Katrin Tempel

Über dem Meer die Freiheit

Roman

PIPER

Mehr über unsere Autoren und Bücher:
www.piper.de

Von Katrin Tempel liegen im Piper Verlag vor:
Stillst du noch oder lebst du schon?
Stillen und chillen
Holunderliebe
Mandeljahre
Rosmarinträume
Über dem Meer die Freiheit

Von Emma Temple liegen im Piper Verlag vor:
Der Tanz des Maori
Der Gesang des Maori
Im Land des Silberfarns
Die Nebel von Connemara

FSC www.fsc.org MIX Papier aus verantwortungsvollen Quellen FSC® C083411

ISBN 978-3-492-06088-2

Dieses Werk wurde vermittelt durch
die Autoren- und Projektagentur Gerd F. Rumler (München).
Satz: Satz für Satz, Wangen im Allgäu
Gesetzt aus der Bembo
Druck und Bindung: CPI books GmbH, Leck
Printed in Germany

Für Georg und Emma

1

Neustadt, Rheinbayern, im Oktober 1831

»Es ist noch nicht trocken!«

»Ich passe schon auf, keine Sorge!«, rief Charlotte, nahm das frisch gedruckte Flugblatt von der Leine, strahlte ihren Vater noch einmal an und verschwand aus dem Schuppen in den sonnigen Herbsttag.

Seufzend sah Christian Trautmann ihr hinterher. Wahrscheinlich würde sie mit der feuchten Druckerschwärze ihr Kleid ruinieren – und er hatte keine Ahnung, von welchem Geld er seiner Tochter ein neues kaufen sollte. Ganz bestimmt nicht von den wenigen Kreuzern, die er für dieses Flugblatt bekam. Er legte ein weiteres leeres Blatt in seine Druckerpresse und achtete sorgfältig darauf, dass sich die schwarze Farbe gleichmäßig verteilte.

Währenddessen stürmte Charlotte durch die engen Gassen von Neustadt, vorbei am Stadttor und hinaus in die Weinberge. Sie wusste genau, wo Friedrich heute bei der Lese war – und tatsächlich: Zusammen mit seinen Brüdern füllte er die Körbe mit weißen Trauben.

Atemlos blieb sie vor ihm stehen und reichte ihm das Papier. »Siehst du? Jetzt muss sich doch etwas ändern! Es kann doch nicht bis in alle Ewigkeit so bleiben! Sei vorsichtig, die Druckerschwärze ist noch ein bisschen feucht. Aber ich konnte nicht mehr warten. Ich musste dir das Flugblatt einfach zeigen!«

Friedrich lächelte sie an und strich ihr eine verschwitzte Strähne aus dem Gesicht. »Bis du dich wie eine echte Dame benimmst, werde ich alt und grau. Charlotte, seit wann rennen die Damen von Neustadt denn durch die Gassen wie kleine Knaben hinter ihren Reifen?«

Seine Stimme klang tadelnd. Schuldbewusst rückte Charlotte ihren Hut wieder gerade und wischte sich den Schweiß von der Stirn. »Besondere Nachrichten erfordern eben besondere Maßnahmen!«, erwiderte sie, während sie mit fliegenden Händen versuchte, sich wieder in eine ehrbare junge Frau zu verwandeln.

Stirnrunzelnd sah Friedrich auf das Flugblatt, das sie ihm in die Hand gedrückt hatte. Die Schrift war ein wenig verwischt, aber die Titelzeile deutlich zu lesen.

»Wider die hohen Zölle!«

»Das wäre ja mal eine gute Nachricht, wenn die Schreiber der Stadt erkennen würden, wo die wahren Probleme liegen«, murmelte er und überflog das Schreiben. Dabei erschien eine Zornesfalte auf seiner Stirn.

»Und? Wie findest du es?« Charlotte sah ihn mit leuchtenden Augen an. »Ich habe dir doch gesagt, dass du mit deinen Sorgen nicht alleine dastehst!«

»Hast du das überhaupt gelesen?«

»Nein. Aber ich habe gestern den Entwurf gesehen. Und da stehen doch so viele kluge und wahre Dinge darin. Dass ihr Winzer ohne die Aufhebung der Zölle nicht überleben könnt. Dass ihr für eure ehrliche Arbeit auch entlohnt werden müsst. Dass die Rebe von jeher der Ursprung des Reichtums in unserem Land war – und man nicht zulassen darf, dass genau dieser Reichtum jetzt verdorrt!«

Er schüttelte den Kopf. »Mag sein, dass das ursprünglich alles in diesem Blatt stehen sollte. Aber sieh dir an, was dein Vater letztlich drucken durfte!«

Langsam drehte er das Blatt so, dass sie es sehen konnte. Zwischen einigen kurzen Texten waren weiße Flächen zu sehen.

»Aber …« Charlotte schüttelte den Kopf. »Das kann doch nicht sein?«

»Doch, natürlich. Dein Vater musste dieses Flugblatt der Zensur vorlegen. Und die hat ihm verboten, die Wahrheit schwarz auf weiß zu drucken. Nichts ist gefährlicher als das Wort, vor allem, wenn jeder es nachlesen kann. Das wissen auch unsere bayerischen Herren – und sie sorgen dafür, dass nicht zu viel auf dem Papier steht.« Er zeigte auf die weißen Flächen. »Und dein Vater hat sich entschieden, anstelle der verbotenen Texte leere Stellen zu drucken, um jedem zu zeigen, wozu die bayerische Zensur fähig ist. Auch wenn er einen flammenden Aufruf seines Pressvereins gegen die überhöhten Zölle drucken wollte. Aber was dabei herausgekommen ist, ist ein Lückentext. Den kann keiner lesen – wir erfahren nur etwas über den Geist unserer Besatzer. Und die würden es nicht erlauben, dass sich jemand gegen sie wehrt. Sie lassen uns bluten, bis kein Tropfen mehr in unseren Adern fließt.«

Er machte eine Handbewegung, die den ganzen Weinberg einschloss. »Hier hängen gesunde Trauben, eine gute Ernte – und ich habe keine Ahnung, was ich damit machen soll. Ich werde schon den Wein des letzten Jahres nicht los, was soll ich dann mit dem neuen Wein machen?« Er lachte bitter auf. »Wir werden noch viel trinken müssen, mein Schatz. Und das ist womöglich der einzige Weg, um zu ertragen, was diese unsäglichen Bayern uns an jedem einzelnen Tag antun.«

Er schmiss das Flugblatt verächtlich auf den Boden. Beschwichtigend legte Charlotte ihm die Hand auf den Arm.

»Wochenlang hast du geschimpft, dass die Freiheitskämpfer und Demokraten in ihren Flugblättern nur hochfliegende Ideen verkünden. Und jetzt geht es endlich einmal um die Dinge, die dich beschäftigen, und dir ist es immer noch nicht gut genug – bloß weil die Zensur zugeschlagen hat?« Kopfschüttelnd hob sie das Blatt auf und strich es energisch glatt. »Du kannst einen guten Gedanken nicht einmal erkennen, wenn er in deiner Hand liegt und dir die Finger schwarz färbt!«

»Immerhin kann ich erkennen, dass mir dieser Anfang von einer schönen Frau gebracht wurde!«, entgegnete Friedrich lächelnd. Er nahm ihre Hand und zog sie zwei Schritte weiter zwischen zwei Reben, wo er ihr einen Kuss auf die Lippen drückte. Charlotte ließ ihn gewähren und schmeckte das Salz seines Schweißes und die Süße der Trauben, die er in seinem Korb gesammelt und immer wieder gekostet hatte.

»Nicht!«, protestierte sie halbherzig. »Man könnte uns sehen!«

»Und selbst wenn uns jemand sehen könnte, was würde es denn ändern? Ein jeder weiß, dass wir nur darauf warten, dass die Zeiten besser werden. Und dann heiraten wir, ganz bestimmt. Es kann ja nicht ewig so trübe um unsere Zukunft bestellt sein!«

Wieder drückte er ihr einen Kuss auf die Lippen.

Charlotte hörte das Gelächter seiner Helfer, viel zu nah – und schob ihn entschieden von sich.

»Lass gut sein, Friedrich! Mein Vater würde mich einsperren, wenn er erführe, dass wir uns hier im Wingert küssen!«

»Als ob man eine Charlotte Trautmann einsperren könnte!« Friedrich lachte – und für einen Moment konnte sie gar nicht fassen, was für ein Glück sie hatte. Friedrich war groß, seine Haut von der Arbeit in den Weinbergen gebräunt, und die Haare ringelten sich dunkel um seinen Kopf. Er war ein gut aussehender Mann, nach jedem Maßstab, der ihr bekannt war. Und das Beste: Er wollte sie eines Tages heiraten. Wenn seine Zukunft auf sicheren Beinen stand, wollten sie gemeinsam den Winzerhof seines Vaters in eine sonnige Zukunft führen.

Sie schüttelte lächelnd den Kopf. »Unterschätze meinen Vater nicht – er würde mich nicht mehr aus seiner Druckerei lassen, wenn er von unserem unschicklichen Tun hier im Wingert hört!«

Mit einem breiten Grinsen ließ er sie los. »Dann warte ich mit meinen Küssen eben, bis wir beide alleine sind!« Er sah in Richtung der Sonne, die sich schon dem Horizont entgegenneigte. »Es dauert nicht mehr lange, dann wird es Abend. Kommst du mit zu meinem Vater und meinen Brüdern? Sie würden sich freuen, dich zu sehen!«

»So gerne ich kommen würde, es geht leider nicht.« Charlotte schüttelte den Kopf. »Ich muss für meinen Vater kochen, das weißt du doch. Und unser Geselle möchte nach seinem Tagwerk sicher auch nicht hungrig ins Bett gehen.«

Friedrich hatte das bereits geahnt und runzelte die Stirn. »Du kannst deinem Vater doch nicht ewig den Haushalt führen. Eines Tages wird er lernen müssen, ohne dich auszukommen.«

»Das mag sein. Aber heute noch nicht. Wenn ich ihm und unserem Gesellen nichts auf den Tisch stelle, dann verhungern die beiden. Zumindest sagt er das immer. Und die Geschäfte laufen nicht gut genug, als dass wir uns eine Haushälterin leisten könnten.« Sie drückte ihm einen Kuss auf die Wange und lächelte ihn bedauernd an. »Heute Abend werdet ihr ohne mich auskommen müssen. Und ich sollte mich allmählich beeilen, sonst wird es zu spät.«

Mit einem letzten Winken machte sie sich auf den Weg zurück in die Stadt. Friedrich sah ihr hinterher und warf dann noch einen Blick auf das Flugblatt, das sie ihm dagelassen hatte. Charlotte glaubte immer noch an die Kraft des bedruckten Papiers. Dabei bewirkten diese Blätter, die ihr Vater in seinem Pressverein druckte, überhaupt nichts. Von bedrucktem Papier verkaufte sich nicht ein einziges der vollen Fässer in seinem Keller. Er zerknüllte das Papier in seiner Hand und warf es auf den Boden.

Als er sich umdrehte, sah er, dass seine Gehilfen ihn nur grinsend ansahen. »Werdet ihr wohl noch ein paar Körbe füllen?«, trieb er sie an. »Ich bezahle euch nicht fürs Maulaffen Feilhalten.«

Charlotte ging mit schnellen Schritten durch die Weinberge in die Stadt zurück. Dabei spürte sie seine Enttäuschung über die leeren Seiten fast körperlich. Sie war sich so sicher gewesen, dass Friedrich durch dieses Flugblatt neue Hoffnung schöpfen würde. Aber er hatte wieder einmal deutlich gemacht: Solange die Zollpolitik der Bayern sich nicht änderte, sah er keine Zukunft für sein Weingut. Die Franzosen würden keinen deutschen Wein trinken – und über den Rhein konnte man den Wein nur zu einem so hohen Preis verkaufen, dass niemand mehr daran interessiert war.

Langsam ging sie durch das Stadttor.

»Charlotte! Wohin des Wegs?«

Sie fuhr herum und stand vor einem kräftigen blonden Mann mit hellblauen Augen, roten Wangen und mehr Bauch, als ihm in seinem Alter guttat. Schon Ludwig Grubers wenige Worte verrieten seine bayerische Herkunft.

»Ich muss zu meinem Vater. Er wartet mit dem Abendessen auf mich, und ich sollte mich nicht verspäten«, erklärte sie und wandte sich zum Gehen. An diesen aufdringlichen Verehrer wollte sie keine Zeit verschwenden.

Aber so schnell ließ der junge Zollbeamte sie nicht gehen. »So rennen Sie doch nicht davon. Ihr Vater wird sich schon ein oder zwei Momente gedulden können mit seinem

Abendessen. Ich bin so glücklich über diesen Zufall, der uns hier zusammengeführt hat.«

Mit einem kleinen Seufzer drehte Charlotte sich erneut um. Gruber gehörte zu den einflussreichen Männern in der kleinen Stadt, da sollte sie ihn besser nicht einfach stehen lassen. Vor allem jetzt nicht, wo seine Kameraden ihn vom Stadttor her beobachteten. Sie bemühte sich um ein höfliches Lächeln.

»Und wie kommt es, dass mein Anblick Sie glücklich macht?«

»Wir werden in einigen Tagen eine Nachmittagsgesellschaft zu Ehren meines Vaters veranstalten. Ich würde mich sehr freuen, wenn Sie uns die Ehre Ihrer Anwesenheit geben würden.« Er sah sie erwartungsvoll an.

Was erwartete er? Dass sie in Ohnmacht fiel, bloß weil sie ins Haus der Grubers eingeladen wurde? Charlotte kräuselte ihre Nase und rang sich zu einer höflichen Antwort durch. »Leider kann ich nicht kommen. Der Haushalt meines Vaters gerät leider völlig durcheinander, wenn ich nur einen einzigen Tag fehle. Sie müssen mich entschuldigen, so gerne ich auch kommen würde. Und jetzt verzeihen Sie, ich muss mich wirklich beeilen …«

Eine Ader auf der Stirn des bayerischen Zöllners schwoll an. Ansonsten ließ er sich nicht anmerken, wie sehr ihn ihre Antwort ärgerte. Statt einer Entgegnung zog er einen Umschlag aus seiner Tasche. »Das ist natürlich sehr bedauerlich. Dabei habe ich hier einen Auftrag, der Ihren Vater vielleicht über Ihre Abwesenheit hinwegtrösten könnte. So könnte er sich beschäftigen, während Sie der Schmuck unserer Gesellschaft sein könnten. Aber wenn Sie nicht kommen können …«

Gruber lächelte vielsagend und ließ den Umschlag wieder in die Tasche seines Rocks gleiten.

Nein, sie wollte wirklich keine einzige Sekunde mit diesem unsäglichen Bayern und seiner Familie in einem Raum verbringen.

Aber ein Auftrag der Regierung bedeutete gutes Geld für einen Drucker. Die Flugblätter der Revolution wurden unzureichend bezahlt und bedeuteten mehr Ärger mit den regierenden Bayern als eine Entlastung für die knappen Kassen der Trautmanns.

Mit einem gezwungenen Lächeln neigte Charlotte den Kopf. »Das ändert natürlich alles, warum haben Sie das nicht gleich gesagt? Wenn mein Vater diesen Auftrag sieht, wird er gewiss zustimmen, wenn ich ihm von der Einladung erzähle und dass ich nur allzu gern hinginge.«

Sie kam sich in diesem Moment vor, als würde sie ihre Seele verkaufen. Für einen lächerlichen Auftrag musste sie sich mehrere Stunden von diesem Ludwig Gruber zur Schau stellen lassen. Doch sie verdrängte ihre Gefühle und zwang sich zu einem freundlichen Lächeln. »Was ist denn der Anlass dieser Gesellschaft? Habe ich überhaupt etwas Passendes anzuziehen? Ich hoffe, ich störe nicht?«

Leider wollte ihr Gruber auch diesen Ausweg nicht geben. »Verehrtes Fräulein Charlotte, Sie sind doch in jedem Kleid der Schmuck einer Gesellschaft. Ich habe gehört, Sie spielen bezaubernd Klavier. Vielleicht wollen Sie ja ein Stück zum Besten geben? Mein Vater wäre bestimmt sehr erfreut. Wir feiern an diesem Tag seinen neuen Rang in der Armee.«

»Das wird bestimmt ganz wunderbar«, log Charlotte. »Aber jetzt muss ich wirklich nach Hause. Kann ich den Auftrag für meinen Vater gleich mitnehmen?«

Mit einem wohlwollenden Lächeln zog Ludwig erneut den Umschlag aus der Tasche und reichte ihn ihr. Als sie danach griff, hielt er ihn noch einen Augenblick lang fest. »Ich kann mich doch auf Ihr Erscheinen verlassen?«

Sie nickte. »Ich könnte mir kaum etwas Schöneres vorstellen.« Außer vielleicht zehn Tage Regen, sauren Wein und alten Fisch, dachte sie leise bei sich. Endlich ließ er den Umschlag los, und sie konnte sich verabschieden.

Wütend ging sie die letzten Meter nach Hause. Diesem Ludwig Gruber war es gleichgültig, dass er sich ihre Zusage zu seiner Einladung erkauft hatte. Hauptsache, er bekam seinen Willen – und er hatte sich nun einmal in den Kopf gesetzt, Charlotte auf seinem Fest und später an seiner Seite zu haben. Zumindest den letzteren Teil seines Plans würde sie zu verhindern wissen.

Ihr Elternhaus lag in einer engen Gasse mitten in Neustadt. Das Fachwerk hatte schon mehr als ein Jahrhundert auf dem Buckel, aber sie fand die dunklen Balken einfach wunderschön. Die eigentliche Überraschung lag allerdings hinter dem Vorderhaus mit seinen engen Gängen und steilen Stiegen. Dort lag nämlich ein kleiner Garten versteckt – und in dem Garten befand sich der einfache Schuppen, in dem ihr Vater seine Druckerei betrieb.

Wie so häufig, war er um diese Zeit noch mit seiner Presse beschäftigt. Er sah auf und lächelte seine Tochter freundlich an, bis er ihr finsteres Gesicht bemerkte.

»Was ist denn, mein Liebling? Hast du Friedrich nicht getroffen? Oder hat er den Wert unseres Flugblatts nicht erkannt?«

»Doch, sicher habe ich ihn getroffen. Es ist allerdings immer das Gleiche: Er kann sich nicht vorstellen, dass sich jemals etwas ändert, wenn wir nicht mehr unternehmen, als nur Flugblätter zu drucken. Außerdem hättest du mich warnen können. Über die Hälfte des Textes ist der Zensur zum Opfer gefallen! Ich habe ihm leere Seiten gebracht. Das hat ihn mehr erzürnt als erfreut.«

Ihr Vater schmunzelte. »Du wolltest nicht auf mich hören, erinnerst du dich? Aber was liegt dir wirklich auf der Seele? Bestimmt nicht diese lästige Zensur, so, wie ich dich kenne.«

»Nein, das ist es nicht … Ich habe auf dem Heimweg Ludwig Gruber getroffen.« Sie verdrehte theatralisch die Augen.

»Und? Was ist so schlimm daran? Du grüßt recht höflich und gehst deiner Wege. Das kann doch kaum dazu führen, dass du ein Gesicht ziehst, als würde es seit Tagen regnen.« Seine freundlichen Worte machten Charlotte noch wütender.

»Das klingt so einfach.« Sie nahm den Umschlag aus der Tasche und warf ihn auf den Tisch. »Aber dann lockt er mit einem gut bezahlten Auftrag dieser vermaledeiten Bayern, und ich kann nicht anders, als ihm mein Erscheinen bei seiner Gesellschaft zuzusichern. Ich muss also hübsch sein, lächeln und Klavier spielen, damit du auch einmal wieder einen gut bezahlten Auftrag hast. Und da soll ich auch noch glücklich lächelnd herumlaufen? Diese Bayern sorgen dafür, dass ich mich zum Hanswurst mache!«

»Na, na, mein Kind.« Christian Trautmann kam hinter seiner Druckerpresse hervor und nahm sie in den Arm. »So schlimm kann es doch nicht sein, zu einer Gesellschaft dieser Grubers zu gehen. Ich wette, der Wein wird vorzüglich sein und die Speisen ganz erlesen. Und leider hast du recht: Wir brauchen die Aufträge der Bayern dringend. Ich habe wirklich keine Ahnung, wie ich mir auch weiterhin unseren Gesellen leisten soll. Daher meine Bitte an dich: Mach bitte gute Miene zum bösen Spiel dieses Ludwig Gruber. Du musst ihn ja nicht heiraten …«

Charlotte schnaubte verächtlich. »Das nicht. Aber ich kann es nicht ertragen, dass er meint, mich kaufen zu können. Dabei hat er ja recht. Denn kaum winkt er mit einem Auftrag, ziehe ich mein schönstes Kleid an und komme zu ihm. Das ist doch erniedrigend. Es fehlt nicht viel, und ich kann mich zu den Dirnen in den Gastwirtschaften und Spelunken gesellen. Ich bin keinen Deut besser.«

Trautmann nahm seine wütende Tochter in den Arm.

»Du machst wie so häufig ein zu großes Drama aus der Sache. Es gibt wahrlich Schlimmeres als eine kleine Einladung. Keiner verlangt von dir, dass du für immer in seinem Haushalt bleibst.«

»Du hast gut reden«, murmelte Charlotte. »Du musst dort nicht hin.«

»Nein«, erwiderte ihr Vater lächelnd. »Und ich denke, auf meine Gesellschaft legen Ludwig Gruber und sein Vater auch wenig Wert. Vor allem, wenn ihnen klar wird, dass ich dem Pressverein angehöre, der ihnen immer nur Ärger macht.«

»Vielleicht sollte ich es ihnen verraten?« Charlottes schlechte Laune verflog sofort. »Er möchte doch bestimmt nichts mit einer so politischen Familie zu tun haben?«

Trautmann musterte seine Tochter. Mit ihrem fein geschnittenen Gesicht, den funkelnden grünen Augen und der schmalen Taille war sie eine wahre Augenweide. »Leider kann Ludwig Gruber besser sehen als denken – also wird er dich sicherlich trotzdem in seiner Nähe haben wollen …«

Vater und Tochter brachen in ein gemeinsames Gelächter aus.

2

Neustadt, Rheinbayern, im Oktober 1831

Missmutig zerrte Charlotte die Bänder ihres Korsetts fester. Für die Gesellschaft bei Ludwig Gruber hatte sie ihr schönstes Kleid angezogen: Es war leuchtend gelb-weiß gestreift und lag in großen Falten über dem Reifrock. Die weiten Ärmel, die mit steifem Rosshaar in Form gebracht wurden, sorgten dafür, dass sie die Arme nicht mehr eng am Körper tragen konnte – und der Hut nach der neuesten Mode erinnerte Charlotte eher an die Scheuklappen der Karrengäule, so sehr behinderte die Schute sie beim Sehen. Darunter hatte sie ihre Haare sorgfältig in Löckchen gedreht. Mit zusammengezogenen Brauen musterte sie sich im Spiegel. Sie sah wie eine Dame aus, kein Zweifel. Eine Dame, die höchsten Wert auf Mode und gutes Benehmen legte.

Gegen ihren Willen lächelte sie sich an. Wenn sie auf ein schönes Fest mit ihrem Friedrich hätte gehen dürfen, hätte sie vor Glück getanzt. Aber all die Bemühungen um ihr Aussehen für diesen bayerischen Gockel waren es nicht wert.

Mit einem kleinen Seufzer fuhr sie mit den Füßen in die feinen gelben Seidenschuhe, deren Farbton genau zu dem

Kleid passte, und lief die Treppe nach unten und durch den kleinen Garten in die Druckerei ihres Vaters.

Mit einem formvollendeten Knicks blieb sie vor ihm stehen. »Was meinst du, Väterchen? Kann ich mich so sehen lassen?«

Christian Trautmann fuhr sich mit einer Hand durch seine üppigen weißen Koteletten.

»Mein Schatz, du bist die Zierde eines jeden Festes, wenn du dich so kleidest. Pass nur auf, dass Friedrich dich so nicht sieht. Er wird dich kaum allein auf eine Gesellschaft gehen lassen …«

»Was soll ich nicht sehen?«, ertönte es da auch schon vom Garten her. »Habt ihr etwa Geheimnisse vor mir?«

Als Friedrich die kleine Druckerei betrat, machte Charlottes Herz einen Satz. In seinem Gehrock sah er einfach noch viel besser aus als im Winzerhemd. Er schien über ihren Anblick allerdings weniger erfreut zu sein – genau wie ihr Vater es vorhergesehen hatte.

»Was hast du denn heute vor? Dieses Kleid kenne ich ja gar nicht an dir?« Er sah sie fragend an.

Verlegen zuckte Charlotte die Schultern. »Doch, ich habe es zuletzt an Ostern getragen, erinnerst du dich nicht? Und ich habe dir vor ein paar Tagen von der Einladung in das Haus der Grubers erzählt. Sie geben meinem Vater immer wieder gut bezahlte Aufträge, da kann ich eine solche Einladung kaum ablehnen …«

»Kannst du doch! Du bist doch nicht das Eigentum dieser Bayern, bloß weil sie deinem Vater einen Auftrag geben. Wer würde denn sonst ihre Pamphlete drucken? Sie werden es kaum in Bayern machen lassen …« Er schnaubte verächtlich und sah Charlottes Vater an. »Ich kann es gar nicht glauben, dass du deine Tochter verkaufst, nur damit deine Presse nicht stillstehen muss!«

Trautmann hob die Hand, um den Redefluss des Winzers zu stoppen. »Halt ein! Ich habe meine Tochter nicht verkauft, wo denkst du hin? Als ob irgendjemand meiner Tochter sagen könnte, was sie zu tun und zu lassen hat! Es handelt sich lediglich um eine nachmittägliche Gesellschaft. Und wenn sie dafür sorgt, dass ich meinem Gesellen doch nicht kündigen muss, dann soll es mir recht sein. Charlotte soll für wenige Stunden ein schönes Lächeln zeigen. Es steht dir nicht zu, über Charlotte und mich zu urteilen – denn ich weiß genau: Wenn du mit dem Besuch einer Gesellschaft einen Teil deines Weines verkaufen könntest, dann würden wir dich von keiner Gesellschaft mehr fernhalten können. Egal, ob dir die Gastgeber passen oder nicht.«

Einen Moment lang standen die Männer wütend voreinander da. Doch dann lachte Friedrich, und die Spannung verflog.

»Du magst recht haben, Meister Trautmann«, entgegnete er. »Es steht mir nicht zu, dich zu tadeln. Und vielleicht sollte ich wirklich versuchen, meinen Wein an die bayerischen Zöllner und ihre Schergen zu verkaufen.«

Er nickte Charlotte zu. »Und du achte darauf, dass du dich von diesen Bayern nicht umgarnen lässt! Du musst nur gerade eben nett genug sein, um deinem Vater weitere Aufträge zu sichern. Aber nicht mehr, hörst du?«

Wieder knickste sie. »Aber sicher, mein Herr!«

Damit machte sie sich auf den Weg – bis ihr in der Tür noch etwas einfiel. Sie drehte sich um und sah Friedrich neugierig an. »Aber was hat dich eigentlich zu uns geführt? Du wolltest doch sicher nicht in Erfahrung bringen, was ich heute Abend anziehe?«

Er machte eine wegwerfende Handbewegung. »Nichts Großes. Ich wollte nur in der Stadt nach dem Rechten sehen und hatte gehofft, dass dein Bruder heute vielleicht zu Besuch ist. Leider sehe ich meine Hoffnung enttäuscht – aber immerhin war es mir vergönnt, dich in deinem wunderschönen Kleid zu sehen!«

Einen Augenblick zögerte Charlotte. Ein unangekündigter Besuch sah Friedrich überhaupt nicht ähnlich. Für wahrscheinlicher hielt sie es, dass er eine Idee hatte, die er mit ihrem Bruder durchsprechen wollte. Denn eines war sicher: Friedrich würde seine Pläne und Ideen niemals mit ihr besprechen. Dafür war ein Frauenköpfchen seiner Meinung nach gänzlich ungeeignet.

Nachdenklich lief sie durch die Gassen zum großen Haus der Grubers. Um ihre seidenen Schuhe dabei nicht gänzlich zu ruinieren, musste sie immer wieder über Pfützen und schlammige Stellen in der Straße springen. Ihr war es ein Rätsel, wie die anderen Damen der Gesellschaft das hinbekamen.

Die Gesellschaft war bereits in vollem Gange, als Charlotte eintraf. Ein Diener empfing sie an der Tür und musterte sie von oben herab, ohne die Miene zu verziehen.

»Das junge Fräulein Trautmann wird bereits von Herrn Gruber erwartet«, näselte er und brachte sie in den Salon, in dem sich eine Menge Menschen angeregt unterhielt. Charlotte blieb unsicher an der Tür stehen. Sollte sie sich hier einfach ungezwungen unter das feiernde Volk mischen – oder wäre es geschickter, nach Ludwig Ausschau zu halten und ihn zu begrüßen?

Noch bevor sie eine Entscheidung getroffen hatte, kam Ludwig quer durch den Raum auf sie zu. In seinem taubenblauen Gehrock nach der neuesten Mode sah er für ihren Geschmack ein wenig geckenhaft aus – und der Wein hatte dafür gesorgt, dass seine Wangen in noch stärkerem Rot leuchteten, als es ohnehin der Fall war. Aber sie lächelte ihm so freundlich entgegen, wie es ihr nur möglich war.

Besitzergreifend legte er ihr seinen Arm um die Taille und steuerte mit ihr auf eine Gruppe junger Männer zu. »Das ist Charlotte Trautmann. Sie stammt aus Neustadt, ist aber trotzdem ein reizendes Geschöpf!«

Alle lachten über seinen schlechten Scherz. Charlotte musste sich dazu zwingen, ihre Lippen freundlich zu verziehen. Wie konnte er es nur wagen, sich über ihre Herkunft lustig zu machen? Unauffällig versuchte sie, sich aus seinem Griff zu winden. Aber er ließ keine Sekunde locker. Ganz im Gegenteil, seine Finger kamen ihr vor wie eine eiserne Klammer.

»Fräulein Charlotte hat mir zugesagt, uns mit einer Probe ihrer Kunst auf dem Klavier zu unterhalten«, verkündete er eine Spur zu laut. »Das solltet ihr euch nicht entgehen lassen!«

Verlegen schüttelte Charlotte den Kopf. »Vielleicht haben Ihre Gäste ja einen ausgefalleneren Geschmack, als ich ihn mit meinem bescheidenen Können erfreuen könnte. Ich möchte mich nicht aufdrängen …«

»Papperlapapp! Auf der Gesellschaft meiner Familie ist der Musikgeschmack meiner Gäste immer noch meine Sache!« Erst jetzt bemerkte er, dass sie offensichtlich noch nichts zu trinken bekommen hatte. Er winkte mit befehlsgewohnter Geste nach einem der Diener. »Bring er meiner Begleitung doch einen Wein!«

Augenblicke später hatte Charlotte einen reichlich gefüllten Weinpokal in der Hand. Als Ludwig Gruber das Glas auf ihr Wohl erhob, nippte sie nur daran. Obwohl sie in einer Stadt voller Weinbauern groß geworden war, hatte sie sich an den Genuss des Rebensafts trotzdem noch nicht gewöhnt. Darauf achtete schon ihr Vater.

Zwei junge Frauen traten neben Ludwig. Ihre runden, rotwangigen Gesichter ließen keine Zweifel zu: Das mussten seine Schwestern sein. Sie musterten Charlotte neugierig. »Das ist also die Pfälzerin, von der du uns erzählt hast?«, meinte schließlich die kräftigere der beiden. »Du hast recht, sie sieht wirklich allerliebst aus. Wenn man sich dieses altmodische Kleid moderner denkt und sie den Mund nicht öffnet, um ihren pfälzischen Dialekt hören zu lassen, dann könnte man sie fast eine gute Partie nennen.«

Fassungslos starrte Charlotte die junge Frau an. »Was fällt Ihnen denn ein, mich so zu beleidigen?«, fragte sie schließlich.

Ein wieherndes Gelächter war die Antwort. »Wie gesagt, du wirst ihr noch das Schweigen beibringen müssen. Dann könnte sie sogar als dekorativ durchgehen.«

Ludwig stimmte herzhaft in das Gelächter seiner Schwestern ein. »Ihr seid schrecklich!«, rief er. »Was kann Charlotte denn dafür, dass sie sich nicht regelmäßig in München nach der neuesten Mode einkleiden lassen kann? Es kann nicht jeder so ein Glück haben wie ihr – oder einen so großzügigen Vater!«

»Darf man denn fragen, wie die Familie des Fräulein Trautmann ihren Lebensunterhalt bestreitet?«, fragte die zweite Schwester, die sich bisher zurückgehalten hatte.

»Mein Vater ist …«, setzte Charlotte zu einer Antwort an, als Ludwig sie mitten im Satz unterbrach.

»Er ist ein einfacher Handwerker, aber daran kann ich nichts Ehrenrühriges sehen«, erklärte er. »Doch jetzt lasst uns in das Klavierzimmer gehen, damit Charlotte uns eine kleine Probe ihres Talents geben kann.«

Verblüfft ließ Charlotte sich ins Musikzimmer führen. Hatte Ludwig womöglich Angst, dass seine Schwestern vom Beruf ihres Vaters erfuhren? Eigentlich war in der Stadt durchaus bekannt, dass ihr Vater Drucker war – aber womöglich hielten die Bayern so wenig Kontakt mit den anderen Bewohnern des Orts, dass sie es nicht wussten.

Charlotte setzte sich an das Klavier, das dekorativ in der Mitte des Raums aufgebaut war. Fragend sah sie ihre Schwestern an. »Wollen Sie nicht zum Auftakt ein wenig spielen?

Ich möchte Ihnen als Gastgeberinnen dieses Recht nicht streitig machen.«

Beide schüttelten den Kopf. »Unser Vater hat es versäumt, uns rechtzeitig in den Unterricht zu geben. So haben wir es wohl verpasst, zu einer Fertigkeit zu kommen, die es wert wäre, vor Publikum gehört zu werden«, erklärte die kräftigere. Sie wirkte dabei nicht im Geringsten verlegen.

Mit einem kleinen Seufzen ließ Charlotte sich auf dem Klavierhocker nieder und schlug zur Probe einige Töne an. Das Klavier war gut gestimmt und hatte einen schönen Ton. Beherzt spielte sie ein Lied, das sie auswendig konnte. Wenn sie die Gäste mit Musik erfreute, war sie wenigstens keinen Scherzen über ihre Pfälzer Herkunft ausgesetzt. Sie musste auch mit niemandem reden, ein weiterer Vorteil. Und so spielte sie einfach weiter.

Am liebsten war ihr Schuberts Liederzyklus *Die schöne Müllerin*, denn dabei konnte sie von fröhlich bis traurig viele verschiedene Stimmungen auf dem Klavier zum Schwingen bringen. Anfangs kamen auch einige Gäste ins Musikzimmer und hörten höflich ein oder zwei Liedern zu. Aber schon nach kurzer Zeit leerte sich der Raum. Die Begeisterung für das Klavierspiel war im Hause der Grubers offensichtlich nicht sonderlich ausgeprägt.

Nur Ludwig blieb beharrlich, nippte an seinem Wein und nickte ihr immer dann auffordernd zu, wenn sie die Finger von den Tasten nahm.

Endlich fielen Charlotte keine weiteren Lieder mehr ein. Mit einem energischen »Jetzt muss ich aber wirklich wieder nach Hause!« erhob sie sich von ihrem Hocker. Immerhin hatte das Klavierspiel sie vor weiteren peinlichen Unterhaltungen mit Ludwigs Schwestern gerettet.

Als sie den Raum verlassen wollte, trat Ludwig ihr in den Weg. »Sie müssen mit mir noch in den Garten kommen«, erklärte er. Sein Ton verriet, dass er keinen Widerspruch dulden würde.

Er griff eine Spur zu fest nach ihrer Hand und führte sie durch die offen stehende Tür hinaus in den kleinen Garten, der von der kundigen Hand eines Gärtners angelegt war. Ein kleiner Weg führte sie in einen Laubengang, in dem das herbstliche Laub für zauberhafte Farben sorgte. Es roch nach Laub und jungem Wein.

»Ich habe nachgedacht!« Ludwigs Wangen wurden noch eine Spur röter. »Und ich möchte mein Anliegen ohne Zögern vortragen: Ich habe gespürt, dass Sie die ideale Frau für mich wären. Und eine gute Wahl für die Mutter meiner Kinder. Ich fühle, dass wir gemeinsam eine gute Ehe führen könnten und einander Halt und Stütze in diesen bewegten Tagen geben könnten. Daher meine Frage: Wollen Sie meine Frau werden?«

Charlotte sah ihn entsetzt an. Er musste doch wissen, dass sie längst einem anderen versprochen war – oder etwa nicht? Die Bayern bekamen in dieser Stadt, in der eigentlich jeder alles über jeden wusste, offenbar nur wenig mit. Sie lächelte verlegen.

»Ihre Frage ehrt mich ungemein. Aber ich fürchte, es ist Ihrer Aufmerksamkeit entgangen, dass ich bereits dem Sohn eines Winzers fest versprochen bin. Und diese Verbindung möchte ich nicht leichten Herzens aufgeben, sosehr Ihre Frage mir auch schmeichelt …«

Die höflichen Sätze kamen ihr so flüssig über die Lippen, als wären sie einstudiert.

Unwirsch schüttelte der junge Zollbeamte den Kopf. »Dieser Friedrich Wirth kann doch für Ihren Unterhalt nicht sorgen, es steht ja nicht einmal fest, von welchem Geld er und seine Familie im nächsten Jahr leben sollen. Wie können Sie ihn mir vorziehen? Ich habe doch ein sicheres Auskommen, und – wer weiß? – vielleicht können wir in einigen Jahren sogar zurück nach München ziehen, und ich kann in der Hauptstadt arbeiten?«

Charlotte trat einen Schritt zurück und stieß an das schmiedeeiserne Gestänge des Laubengangs.

Jetzt war sie wirklich sprachlos. Ludwig Gruber wusste von Friedrich und hatte trotzdem die Dreistigkeit, um ihre Hand anzuhalten? Sie spürte, wie ihre Wangen flammend rot wurden, als sie ihm antwortete.

»Ich weiß nicht, wie das in Ihren Kreisen gehalten wird. Aber ich für meinen Teil stehe zu jedem Wort, dass ich gebe. Und wenn Friedrich Wirth und ich uns unsere Liebe gestanden haben und ich eingewilligt habe, seine Frau zu werden – dann kann mich das Angebot eines sicheren Lebens und eines Umzugs nach München ganz bestimmt in meinem Entschluss nicht wankelmütig machen.«

Sie nickte ihm entschlossen zu.

»Und jetzt entschuldigen Sie mich bitte. Ich muss nach Hause und meinem Vater das Abendessen zubereiten. So, wie es sich für die pflichtbewusste Tochter eines Handwerkers gehört!«

Mit diesen Worten drehte sie sich um und lief durch Garten und Haus auf die Straße hinaus. Sie hörte Ludwig hinter sich rufen, achtete jedoch nicht darauf.

Erst nachdem die Tür hinter ihr ins Schloss gefallen war und sie sich wieder in Sicherheit fühlte, gestattete sie sich, in einem sittsamen Tempo weiterzugehen.

Wie wagte es dieser Mann, sich so zu verhalten? Er fühlte sich Friedrich offenbar so überlegen, dass er sich nicht einmal vorstellen konnte, sie würde sein Angebot ausschlagen. Aber so einen Mann würde sie ganz sicher nicht haben wollen.

Ihr Atem ging ruhiger, als sie an ihrem Elternhaus ankam. Sie schob die Tür auf und fand am Esstisch ihren Vater und seinen Gesellen, die sich Brot, Käse und ein wenig

Wurst teilten. Das Gesicht ihres Vaters leuchtete auf, als er sie sah.

»Liebling, setz dich zu uns. Wie war dein Nachmittag bei unseren bayerischen Besatzern?«

Charlotte ließ sich auf den freien Stuhl fallen und griff nach einem Stück Brot.

»Genau wie ich es erwartet hatte. Sogar noch ein wenig schlimmer. Stell dir vor: Dieser Ludwig Gruber will mich heiraten, obwohl er von Friedrich weiß. Er denkt doch tatsächlich, dass ich bei seinem verlockenden Angebot sofort meine Versprechen brechen werde.« Sie schüttelte sich.

»Was hast du ihm denn geantwortet?« Ihr Vater sah sie neugierig an. »So erregt, wie du aussiehst, kann ich mir nicht vorstellen, dass du ihm deine Absage schonend beigebracht hast.«

»Ich werde für ihn ganz bestimmt keine Versprechen brechen. Das habe ich ihm deutlich gemacht. Dann habe ich ihn stehen lassen.« Sie biss von ihrem Brot ab. »Ich bin mir allerdings nicht sicher, ob er sich morgen an alle meine Worte erinnern kann. Er hat doch tüchtig dem Wein zugesprochen, während ich Klavier gespielt habe.«

»Na, dann hoffen wir doch das Beste«, murmelte ihr Vater.

Erschrocken sah Charlotte ihn an. »Wieso? Habe ich denn etwas falsch gemacht?«

»Ganz und gar nicht, mein Liebling«, beruhigte sie ihr Vater. »Aber es kann gut sein, dass wir uns damit von den Aufträgen der Bayern verabschieden müssen. Und die haben immerhin dafür gesorgt, dass meine Druckerei sich bisher ganz wacker geschlagen hat.« Er seufzte. »Ach, wenn nur endlich diese verdammte Zensur beendet wäre. Oder die Bayern der Rheinpfalz ein wenig Freiheit geben würden. Es ist doch kein Zustand, dass sie mir immer wieder sagen, was ich drucken darf und was nicht. Der Pressverein …«

»Darüber muss ich mit Ihnen sprechen!«, unterbrach ihn

in diesem Augenblick der Geselle Amadeus. Vater und Tochter Trautmann sahen ihn überrascht an. Amadeus redete nur wenig – und schon gar nicht ohne Aufforderung. Tatsächlich vergaßen sie nicht selten, dass er mit am Tisch saß.

»Ja?« Christian Trautmann zog eine Augenbraue nach oben. »Sprich frei heraus. In meinem Haus gibt es keine Zensur.«

»Ich sehe, dass Sie immer mehr für die Ideale der Demokraten und Revolutionäre eintreten«, brach es aus Amadeus hervor. »Das sind aber nicht meine Ideale. Ich habe Angst, dass ich mit Ihnen und in dieser Druckerei meinem sicheren Untergang entgegengehe. Die Mitglieder des Pressvereins sind Aufrührer und Unruhestifter. Die Stadt wird sie sicher in den Kerker stecken. Wenn nicht morgen, dann doch wenigstens übermorgen. Damit möchte ich aber nichts zu tun haben.«

Er schwieg so plötzlich, wie er seine Rede begonnen hatte. Die längste Rede, die Charlotte je aus dem Mund dieses ängstlichen, blassen Jungen gehört hatte.

»Und das bedeutet?« Trautmann sah seinen Gesellen immer noch fragend an.

»Dass ich Sie bitten möchte, mich aus meinem Vertrag zu entlassen. Geben Sie mir meine Freiheit zurück, damit ich mir einen weniger gefährlichen Lehrherren suchen kann!«

»Ab wann?«

»Am liebsten ab sofort. Ich fürchte, die Falle der Gesetzeshüter und Beamten kann jederzeit zuschnappen – und da möchte ich nicht mehr unter Ihrem Dach leben.« Amadeus zögerte, bevor er weitersprach. »Verstehen Sie mich nicht falsch, Meister Trautmann. Ich habe viel bei Ihnen gelernt, und in ruhigeren Zeiten wäre ich gerne bei Ihnen geblieben. Aber jetzt, wo nicht einmal mehr der Zollbeamte Gruber seine schützende Hand über Sie halten wird …«

Christian Trautmann nickte nur. »Das kommt etwas überraschend, aber ich kann deine Gründe verstehen. Auch wenn ich sie nicht gutheißen mag, denn eigentlich sollte ein junger Mann, wie du es bist, für die Sache der Freiheit geradezu brennen. Geh, wann immer dir der Sinn danach steht. An deinen Lehrvertrag mit mir musst du dich nicht mehr halten. Ich spreche dich frei.«

»Danke, Meister Trautmann. Dann würde ich, mit Verlaub, noch heute mein Säckel schnüren und gehen.« Damit stand er auf und verschwand in seiner kleinen Kammer, die direkt neben dem Aufgang zu den Schlafräumen der Trautmanns lag. Vater und Tochter hörten ihn nur kurz hin- und herräumen, dann tauchte Amadeus mit einem kleinen Beutel in der Hand wieder auf. Größer war sein Besitz nicht.

Er nickte seinem ehemaligen Lehrherrn und Charlotte noch einmal zu, dann schob er sich durch die Tür und verschwand.

Charlotte schüttelte überrascht den Kopf. »Ich war ja schon immer der Meinung, dass sich in seinem Spatzenhirn nicht allzu viel abspielt – aber ich wusste nicht, dass er so dumm ist! Wo will er denn in diesen Zeiten einen neuen Lehrherrn finden? Einen, der nichts daran findet, dass er bereits eine Lehre abgebrochen hat?«

Trautmann fuhr sich durch seine buschigen Koteletten. »Ehrlich gesagt bin ich nicht unglücklich. Natürlich sollte ein so junger Bursche immer auf der Seite der Freiheit sein – aber gleichzeitig fehlen mir im Grunde doch die Mittel, einen eigenen Gesellen zu beschäftigen. Sein Weggang verschafft mir ein wenig mehr Luft zum Atmen.«

»Aber wer soll dir denn künftig zur Hand gehen?« Neugierig sah Charlotte ihn an.

Ihr Vater lächelte sie verlegen an. »Nun, mein Kind, ich fürchte, das wirst du sein. Das Druckerhandwerk ist keine Hexerei, und ich bin mir sicher, du wirst rasch begreifen, welche Handgriffe von Nöten sind. Würdest du das für mich tun? Ich weiß, es ist nichts, womit eine junge Dame sich normalerweise beschäftigen sollte, das ist mir klar. Aber es bleibt mir keine andere Wahl.«

»Aber Vater! Nichts würde ich lieber tun als das! Ich freue mich doch, wenn ich dir helfen kann und zu mehr zu gebrauchen bin als nur zum Klavierspiel!« Charlottes Begeisterung war nicht gespielt. Tatsächlich hatte sie ihrem Vater seit ihrer Kindheit gerne zugesehen, und sie war sich sicher, dass sie auch ohne seine Anleitung die Presse bedienen könnte.

»Dann beginnt deine Lehre bei mir gleich morgen«, entschied Christian Trautmann. Stirnrunzelnd sah er ihr leuchtendes Kleid an. »Wir sollten allerdings ein wenig passendere Kleidung für dich auswählen, meinst du nicht?«

»Keine Sorge, du wirst mich morgen nicht von einem echten Druckergesellen unterscheiden können«, versicherte Charlotte lächelnd.

3

Neustadt, Rheinbayern, Weihnachten 1831

Charlottes Blick wanderte zum Baum, der in der Zimmerecke von der Decke hing. Zumindest in dieser Hinsicht war das Weihnachtsfest so wie in den vergangenen Jahren auch.

Ansonsten war nichts wie immer.

Statt eines stattlichen Bratens hatte sie für den ersten Feiertag in diesem Jahr nur ein Hühnchen zubereitet. Es musste auch nicht mehr für viele Menschen reichen, sondern nur für sie selbst und ihren Vater. Am heutigen Heiligabend gab es den traditionellen Heringssalat. Leise klapperte das Besteck auf dem Geschirr. Was sollten sie reden? Die wenigen Aufträge und das fehlende Geld gaben nicht gerade ein geeignetes Thema für Heiligabend ab. Die langweilige Predigt des Pfarrers, der über das Durchhalten in düsteren Zeiten geredet hatte, half auch nicht weiter.

Charlotte dachte angestrengt über ein passendes Gesprächsthema nach, als es an der Tür klopfte. Augenblicke später stand Friedrich in der Stube. Mit ihm schien das Leben zurückgekehrt zu sein. Er nahm Charlotte in den Arm und drückte ihr einen Kuss auf die Wange. »Ich wünsche dir von Herzen frohe Weihnachten, mein Schatz!«

Seinem künftigen Schwiegervater legte er ebenfalls den Arm um die Schulter. »Ich weiß, dass es düstere Zeiten sind, aber ich habe wenigstens etwas Wein mitgebracht, um alles erträglicher zu machen.« Er stellte zwei Flaschen auf den Tisch. »Und so könnt ihr mir helfen, meine vollen Keller ein wenig zu leeren.«

Charlotte rannte in die Küche, um ein weiteres Gedeck für Friedrich zu holen. Aufgeregt stellte sie Teller und Besteck vor ihm ab. »Wie konntest du dich an diesem Weihnachtsabend von deiner eigenen Familie lösen?«, fragte sie aufgeregt. »Hast du in den letzten Jahren nicht immer gesagt, dass dein Vater höchsten Wert darauf legt, dass ihr wenigstens zu Weihnachten alle um den Tisch sitzt?«

Friedrich machte eine wegwerfende Handbewegung. »Das mag sein. Aber es war eine so trübselige Veranstaltung mit all den Problemen, die uns derzeit drücken, dass ich es nicht mehr ausgehalten habe. Ich habe gedacht, ich müsste wenigstens für ein oder zwei Stunden bei euch nach dem Rechten sehen! Schließlich seid ihr beide so sehr meine Familie wie mein Vater und meine Brüder.«

Christian Trautmann schlug ihm mit der Hand auf die Schulter. »Das hast du richtig gemacht! Bei uns fühlte es sich ebenfalls eher wie eine Trauerfeier an. Aber Charlotte und ich sind an so gedankenschweren Tagen wie dem heutigen einfach zu nichts zu gebrauchen.«

Friedrich entkorkte die erste der beiden Flaschen und füllte den hellen Weißwein in die Gläser. »Das sollte eigentlich nicht sein. Weihnachten ist doch ein freudiges Fest, egal, wie die Umstände sein mögen.«

In dieser Sekunde flog die Tür zur Stube erneut auf. Wilhelm stürmte herein, und Charlotte stieß vor Glück einen kleinen Schrei aus.

Mit ihrem Bruder hatte sie an diesem Abend nicht mehr gerechnet. Sie fiel ihm um den Hals. »Ich habe schon gedacht, du feierst nur mit deinen Freunden von der Burschenschaft!«

»Nein, wo denkst du hin? Weihnachten kehrt jeder zu seiner eigenen Familie zurück.« Wilhelm sah den Wein auf dem Tisch, nahm sich eines der gefüllten Gläser und stürzte den Inhalt mit einem einzigen Zug hinunter. »Das ist es, was ich jetzt brauche. Ich war mir nicht sicher, ob ich es überhaupt noch vor Mitternacht nach Neustadt schaffen würde. Ich wurde von Zollbeamten aufgehalten, die ausgerechnet in der Heiligen Nacht unterwegs waren, um noch ein paar Demokraten einzufangen. Ich hatte nur Glück, dass ich meine Schärpe und Kappe in Heidelberg gelassen habe.«

Charlotte holte ein viertes Gedeck und machte eine einladende Handbewegung. »Bedient euch. Es ist leider nicht allzu viel, aber ich habe heute nur mit einem Essen für Vater und mich gerechnet ...«

Wilhelm und Friedrich teilten sich den letzten Rest Heringssalat.

»Charlotte, mach dir keine Gedanken«, versicherte Wilhelm. »Das Wichtigste ist doch, dass wir in diesen schwierigen Zeiten zusammen feiern können!«

»So sind sie, die Studenten. Sie können alles und jedes ins Gegenteil verkehren«, murmelte Friedrich, der bei der lautstarken Begrüßung von Charlottes Bruder etwas in den Hintergrund getreten war.

Doch Wilhelm schien die Boshaftigkeit in dieser Bemerkung überhaupt nicht wahrzunehmen. Im Gegenteil, er legte seinen Arm um die Schulter des Winzers. »Ach Friedrich. Wenn wir Studenten und ihr Winzer uns auch nur einen Augenblick einig über unsere Ziele und Wünsche wären, dann würde hier in diesem Land kein Stein auf dem anderen bleiben.«

»Leider sind wir davon weit entfernt«, entgegnete Friedrich. »Wir Winzer müssen an unser Überleben denken. Wir waren fleißig, haben volle Fässer mit gutem Wein. Wir haben das getan, was wir gut können. Aber die Regierung in München sorgt dafür, dass wir unsere Weine nirgends verkaufen können. Die Franzosen haben eigenen Wein – und auf der anderen Seite des Rheins müssen sie zwar sauren Apfelmost trinken, aber unser Wein ist durch die Zölle unerschwinglich. Und es scheint sich niemand darum zu kümmern! Weinpreise klingen ja auch nicht so aufregend wie der Kampf um Freiheit und Demokratie.«

»Doch! Wenn wir für die Einheit unseres Landes kämpfen, dann doch auch dafür, dass diese sinnlosen Zölle abgeschafft werden!« Wilhelm sah Friedrich mit funkelnden Augen an. »Wenn wir Demokraten siegen, dann könnt ihr mit uns feiern, weil es keine Grenzen mehr gibt, die den Verkauf von euren Weinen hemmen. Es ist an der Zeit, dass ihr das versteht und nicht immer nur über unsere Ideale schimpft. Wir bewegen Deutschland nicht nur für uns, sondern für alle, die aufrechten Sinnes sind!«

»Genug der politischen Reden!«, fuhr Christian Trautmann dazwischen. »Heute feiern wir Weihnachten! Und ich möchte meiner Tochter an diesem Tag etwas schenken!«

Mit einem Mal wurde es still um den Tisch. Der Drucker öffnete eine kleine Lade und holte ein Beutelchen aus heller Seide heraus, das mit einem roten Band verschlossen war. Er überreichte es seiner Tochter.

»Liebe Charlotte, es ist an der Zeit, dass ich dir diese Erinnerungen an deine liebe Mutter übergebe …« Tränen traten in seine Augen. »Sie hätte ganz bestimmt gewollt, dass ich dir das hier schenke, wenn du groß genug bist. Ich denke, du bist jetzt eine erwachsene Frau, die ihren eigenen Weg gehen wird. Da solltest du auch den Schmuck einer Frau tragen …«

Seine Tochter nestelte an dem roten Band und öffnete

dann das kleine Beutelchen. Als Erstes zog sie ein schmales Armband aus fein geflochtenen, hellen Strähnen heraus. Zärtlich fuhr Charlotte darüber. »Hat sie das selbst gemacht?«, fragte sie leise.

Christian Trautmann nickte. »So, wie es hier Brauch ist.«

Das Armband war kunstfertig aus Haar geflochten und verwoben, um ein flaches, fein ziseliertes Mittelstück aus Gold zu halten. Viele Frauen beherrschten diese Kunst des Haarschmucks – und Charlottes Mutter war offensichtlich eine Meisterin darin gewesen.

Charlotte zog ein weiteres Schmuckstück hervor, dieses Mal eine Halskette, ebenfalls aus Gold und Haaren gefertigt. Das dritte goldglänzende Stück aus dem Beutel war ein kleines Medaillon, das Charlotte vorsichtig öffnete. Es zeigte die Miniaturporträts von zwei Kindern.

»Das seid ihr beide«, erklärte Trautmann leise. »Das habe ich ihr zu Weihnachten geschenkt, kurz nach deiner Geburt. Das muss also 1815 gewesen sein. Die Franzosen waren noch nicht lange weg, wir waren so jung und uns so sicher, dass die Zukunft uns gehörte …«

Charlotte nickte nur und legte die Schmuckstücke sorgfältig zurück in das Beutelchen. Ihre Mutter war vor fünf Jahren gestorben, ein böses Fieber hatte sie innerhalb kürzester Zeit dahingerafft. Seitdem gab es keinen Tag, an dem ihr Vater nicht seiner schönen Caroline nachtrauerte. Und obwohl sich einige Witwen der Stadt angeboten hätten, hatte er nie wieder geheiratet.

»Es bedeutet mir sehr viel, dass du mir den Schmuck gegeben hast«, murmelte sie.

Der Drucker streichelte seiner Tochter über die Haare. »Ich denke, es ist an der Zeit, dass du ihn trägst«, erklärte er. »Sicherlich hätte Caroline es gerne gesehen, wenn ihr Schmuck auch weiter in Ehren gehalten wird. Und wer weiß? Vielleicht kannst du ihn ja eines Tages an deine eigenen Kinder weitergeben. Ich habe das Gefühl, dass es nicht mehr lange dauert, bis du eine verheiratete Frau bist.« Er lächelte Friedrich vielsagend an.

Der seufzte nur. »Wenn ich nur endlich Sicherheit hätte, was die Zukunft unseres Weinguts betrifft, so hätte ich Charlotte schon längst geehelicht. Allein: Unser Gut ernährt kaum einen Mann. Wie soll ich dann eine Familie haben und gleichzeitig meine Brüder bezahlen? Außerdem werden die beiden jeweils ein Drittel des Guts erben – und dann ist es endgültig zu klein, um eine Familie zu versorgen.« Er hob verzweifelt die Hände. »So, wie es im Moment aussieht, kann ich mir einfach nicht erlauben, über eine Zukunft nachzudenken.«

Wilhelm sah ihn nachdenklich an. »Und wenn du dein Weingut deinen Brüdern überlässt und auch etwas studierst? Oder hier in der Druckerei meines Vaters mitarbeitest? Du bist ein kluger Mann, du könntest auch etwas anderes zur Arbeit nehmen als dein Weingut. Oder etwa nicht?«

Friedrich schüttelte den Kopf. »Nenn mich romantisch. Oder dämlich. Wahrscheinlich stimmt beides. Aber ich liebe es, zwischen den Reben zu arbeiten. Ich mag es, wenn unter meinen Händen ganz allmählich der Wein entsteht, den ich gerne trinke. Es ist eine so wunderbare Arbeit, und ich wäre nicht glücklich, wenn ich meinen Traubensaft plötzlich durch Druckerschwärze ersetzen müsste.«

Einen Augenblick herrschte Schweigen am Weihnachtstisch. Dann erhob Charlotte sich lächelnd. »Wir sollten heute Abend nicht so trübsinnig sein. Ich habe noch allerlei Backwerk, das lassen wir uns jetzt zu deinem Wein schmecken.«

Wenig später tranken sie und genossen die kleinen Gewürzküchlein, die Charlotte in den letzten Wochen gebacken hatten. Die Revolution würde an diesem Weihnachtstag wohl kaum stattfinden. Und es sah auch nicht so aus, als würde es in den nächsten Monaten im Haus der Druckerei eine Hochzeit geben.

Charlotte hörte den Männern bald nur noch zu und knabberte an ihrem Gebäck, während sie ihren Bruder und ihren Verlobten beobachtete. Friedrich sah mit seinen dunklen Locken und den breiten Schultern aus wie das Urbild eines kraftvollen Mannes. Doch ihm waren die Hände gefesselt durch die Gesetze, Zölle und die strengen Beamten, die für ihre Durchsetzung sorgten. Er wirkte mit jedem Tag mehr wie ein Vulkan, der irgendwann explodieren musste. Und niemand konnte ahnen oder wissen, was dann mit ihm passierte. Sie hatte Angst um ihn. Womöglich würde er etwas Unüberlegtes tun und damit ihre gesamte Zukunft riskieren.

Und ihr Bruder? Bei Wilhelm war sie sich nicht sicher, ob er im Freiheitskampf und seiner Burschenschaft wirklich seine Berufung gefunden hatte – oder ob es sich nicht nur um eine studentische Laune handelte, die seinem wilden Temperament entsprach. Sicher, im Moment liebte er es, große Reden zu schwingen. Aber ob dieser Elan auch durch Verfolgung und Gefängnis anhalten würde? Schon immer hatte er es geliebt, die Leute herauszufordern, und das große Wort geführt – aber eine ernsthafte politische Überzeugung? Irgendwie konnte Charlotte sich das nicht vorstellen. Aber wer wusste schon, wer oder was in ein paar Jahren hier in Neustadt regieren würde und welche Art Mann die Politik dann verlangte.

Die Stimmen ihres Vaters und der beiden jungen Männer wurden lauter, während Friedrichs Weinflaschen immer weiter geleert wurden. Wenn jetzt irgendein Gendarm das Gespräch belauschen würde, dann wären sie sicher alle miteinander im Gefängnis. Aber zum Glück befanden sie sich in ihren eigenen vier Wänden – und in der Heiligen Nacht würden nicht einmal die Bayern auf Patrouille gehen.

Irgendwann zog Charlotte sich in ihr Bett zurück – und sie war sich sicher, dass die Revolutionäre mit den hochfliegenden Ideen an ihrem Esstisch es kaum bemerkten.

4

Neustadt, Rheinbayern, im April 1832

»Das soll uns ein Zeichen der Freiheit sein!«

Mit diesen Worten stellte Wilhelm das mit Bändern geschmückte Bäumchen auf und schaufelte ausreichend Erde in die kleine Grube, damit es nicht wieder umfiel. Die Umstehenden brachen in Jubel aus und warfen ihre Hüte in die Höhe. Mitten auf dem Marktplatz stand jetzt für jeden sichtbar dieses Zeichen der Revolution und der Demokratie – ein echter Freiheitsbaum.

»Möge es wachsen, wie auch unsere Demokratie wachsen und die deutschen Länder zu einem einigen Reich werden sollen!«

Friedrich, der an ihrer Seite stand, schnaubte verächtlich. »Sicher, von diesen Bäumen werden sich die Oberen sicherlich beeindrucken lassen. Die Gewehre werden sie angesichts der Vielzahl der Bäume sinken lassen und erschrocken eine Verfassung aus dem Rock kramen, die mit einem Mal Pressefreiheit und freien Handel gewährt.«

Zum Glück hatte er so leise gesprochen, dass nur Charlotte ihn hörte. Die anderen sangen bereits wieder eines der Freiheitslieder und waren »besoffen von sich und ihren

Ideen«, wie Friedrich immer wieder erklärte. Auch jetzt wollte er sich schon zum Gehen wenden, als Wilhelm mit einem Flugblatt in der Hand bei ihnen auftauchte.

»Habt ihr das gelesen? In Hambach soll ein Fest stattfinden. Schon in wenigen Wochen werden wir da machtvoll zeigen, dass wir an einen Aufbruch in ein neues Deutschland glauben!«

»Und was wollt ihr da machtvoll tun? Wieder einen Baum pflanzen? Oder gar zwei?« Der Spott in Friedrichs Worten war nicht zu überhören.

»Nein, es soll eine größere Sache werden. Mit vielen Rednern aus allen Ländern Europas. Jeder, der für die Sache der Demokratie brennt, soll kommen. Wir werden so viele sein, dass die Oberen gar nicht anders können, als uns Gehör zu schenken!« Wilhelm winkte einen Mann zu sich, der mit seiner hohen Stirn und den vielen dunklen Haaren wie ein verwirrter Denker aussah. »Kennt ihr Philipp Siebenpfeiffer?«

Charlotte sah den Mann neugierig an. Er war Herausgeber einiger Zeitungen, die ihr Vater mit Feuereifer las – das wusste sie.

»Was bringt Sie nach Neustadt?«, fragte sie. »Haben Sie Ihren Kampf für die Pressefreiheit nicht zuletzt von Oggersheim aus geführt?«

Der Mann nickte. »Sicher. Aber ich bin auch weiter auf der Suche nach einem Ort, an dem wir eine große Demonstration unseres Willens geben können. Und es scheint mir, als hätte ich mit dem Schloss in Hambach endlich einen passenden Ort für mein Vorhaben gefunden!«

»Und die Bayern lassen Sie gewähren?« Charlotte sah den bekannten Journalisten mit hochgezogenen Augenbrauen an. »Das kann ich mir beim besten Willen nicht vorstellen!«

»Nun, wenn ich zu laut verkünde, was ich plane, würden sie mir wohl die Hände binden. Aber ich plane ein Fest im

Mai, um den Jahrestag der bayerischen Verfassung zu begehen. Und dagegen kann man doch beim besten Willen nichts haben, oder?« Er zwinkerte Charlotte zu und grinste. »Außerdem bin ich nicht der Initiator – das waren einige fleißige Mitkämpfer, die bereits in der *Speyerer Zeitung* einen Aufruf für dieses Fest veröffentlicht haben.«

»Und wer soll zu eurem bayerischen Verfassungsfest kommen?«, wollte Charlotte wissen. »Wie viele Menschen benötigen Sie auf der alten Ruine, damit Sie hinterher sagen können: ›Das war ein Erfolg‹?«

»Je mehr, desto besser«, erklärte Siebenpfeiffer. Er sah sie einen Moment lang sinnierend an, als hätte er plötzlich eine Idee. Dann drehte er sich zu den anderen um, die hinter ihm standen. »Ich denke, es ist an der Zeit, dass wir zu unseren Versammlungen nicht nur alle Männer einladen, die unsere Gesinnung teilen. Es sollen auch Frauen eingeladen werden. Nicht nur als schmückendes Beiwerk einer Männerversammlung, sondern als Ausdruck eines neuen Selbstbewusstseins, einer neuen Zeit, in der auch Frauen an der Zukunft unseres geliebten Deutschlands mitarbeiten sollen.«

Jubelrufe brachen aus, während Charlotte sich zu Friedrich hinüberbeugte. »Vielleicht sollten wir ja zu diesem Fest gehen. Es könnte doch eine große Sache werden. Oder zumindest ein großer Spaß?«

»Und wieder werden von den üblichen Revolutionären große Reden geschwungen, während sich an der Situation für uns Winzer nichts ändert und auch keiner für unsere Belange das Wort ergreift. Da kümmere ich mich besser um meine eigenen Pläne.« Friedrich schüttelte den Kopf.

Wilhelm legte ihm seine Hand auf die Schulter. »Lieber Friedrich, das wird so sein, wenn du untätig bleibst. Wenn du dich aber darum kümmerst, dass in Hambach nicht nur über hohe Ideen, sondern auch über die Abschaffung der Zölle geredet wird, dann kann das eine Demonstration sein, bei der die Interessen der Winzer im Zentrum stehen. Verstehst du denn nicht: Es geht darum, was du willst! Wie du die Zukunft gestalten willst! Bring deine Ideen mit, und es wird nicht nur eine Veranstaltung der Studenten sein. Es wird dann um alle denkenden Menschen gehen, die es nicht mehr ertragen wollen, dass man sie in diesen kleingeistigen Staaten gefangen hält.« Er sah Friedrich gespannt an. »Wie sieht es aus? Machst du mit?«

Zögernd nickte Friedrich. »Ja, auch wenn ich mir nicht so recht vorstellen kann, was das eigentlich bringen soll. Aber wenn es für dein Seelenheil wichtig ist, dann komme ich wohl einen Tag lang mit und schaue mir eure ›machtvolle Demonstration‹ an.« Er grinste. »Wenn ausreichend Menschen auf dem Schloss sind, werden wir wenigstens einen Teil unseres Weins los.«

Wilhelm ließ sich auf den Scherz nicht ein. »Anschauen ist nicht genug! Wir brauchen jeden Mann, der unsere Sache unterstützt. Jede Stimme, die stark genug ist, um gehört zu werden.« Sein Blick fiel auf seine kleine Schwester. »Und von mir aus auch jede Frau. Schadet ja hoffentlich nicht.«

Einige der umstehenden Männer lachten eine Spur zu gönnerhaft.

»Ihr müsst es ernst meinen, Freunde«, beharrte nun Siebenpfeiffer. »Mit den Frauen an unserer Seite wird eine neue Ära beginnen, ihre bisherige Missachtung ist eine wahre Schande. Es wird eine Zeit anbrechen, in der es eine Freude sein wird, ein Mensch zu sein. Egal welchen Geschlechts …«

»Ich habe ja nichts gegen Frauen. Ich finde sie hübsch, und sie sind sicher ein Schmuck unseres Fests. Aber du wirst sie doch nicht reden lassen, oder?« Die Stimme kam von einem der selbst ernannten Kämpfer für die Freiheit.

»Wenn sich eine Frau findet, die eine Rede über die Belange der Frauen in unserer Bewegung halten will, dann habe ich nichts dagegen. Ihr könnt Frauen nicht für alle

Zeiten in die Küche verbannen. Es wird Zeit, dass sich das ändert.« Es wirkte fast so, als hätte Siebenpfeiffer ein neues Thema gefunden, das er jetzt verteidigen konnte.

»Das klingt wunderbar!«, rief Charlotte begeistert. »Ich wünschte mir, der Morgen des Fests wäre schon angebrochen!«

Siebenpfeiffer nickte ihr zu. »Das geht mir ähnlich. Dann wäre ich mir nämlich auch sicher, dass es nicht doch noch verboten wird. Auch wenn ich glaube, dieses Mal wirklich alles bedacht zu haben: Wer weiß, mit welcher Finte die Bayern dieses Mal unsere Versammlung zu unterbinden suchen?«

Siebenpfeiffers Unkenrufe sollten sich schon bald bestätigen: Wenige Tage später fand Charlotte einen Erlass des Vertreters der bayerischen Regierung in der Zeitung. Mit dem Blatt in der Hand rannte sie zu ihrem Vater in die Druckerei. »Hast du das gesehen? Sie behandeln uns, als wären wir Schwerverbrecher! Der Zutritt zu Neustadt, Winzingen und Hambach ist begrenzt, Versammlungen mit mehr als fünf Teilnehmern sind verboten, und das Halten von Reden an öffentlichen Orten ist genauso untersagt. Wir müssen dankbar sein, dass sie uns das Atmen nicht auch noch verbieten!«

»Wer hat das denn unterschrieben?« Christian Trautmann griff nach der Zeitung und las den Artikel noch einmal mit gerunzelter Stirn durch. »Andrian-Werburg. Wieder so ein Sprachrohr der bayerischen Regierung. Aber so einfach kommen die damit nicht durch. Ich werde mal sehen, was ich mit dem Pressverein ausrichten kann!«

Verächtlich schnaubte Charlotte durch die Nase. »Verzeih, Vater, aber was soll dieser Pressverein schon bewirken? Bis jetzt hat er dir nur Ärger eingebracht …«

Nur einen Tag später veröffentlichte der Ort Neustadt seinen Protest gegen das Verbot, und einige der umliegenden

Städte schlossen sich an. Zu Charlottes Überraschung reichte der Vorstand des Pressvereins sogar eine Klage gegen das Verbot ein.

Die Artikel über das Fest wurden immer länger, innerhalb kürzester Zeit wusste jedermann, dass am 27. Mai ein großes Ereignis auf dem Hambacher Schloss stattfinden würde.

Jede einzelne Zeile in der Zeitung erschien es Charlotte jetzt wert, gelesen zu werden. Sogar in den Anzeigen fahndete sie nach Hinweisen auf das Fest. Zu ihrer Überraschung stolperte sie dabei immer wieder über die Annoncen von sogenannten Auswanderergesellschaften. Offensichtlich gab es immer mehr Menschen, die nicht mehr an eine Zukunft in diesem Land glaubten, sondern sich lieber über das Meer davonmachten.

Beim Abendessen schob sie ihrem Vater eine solche Anzeige hin. »Hast du das gesehen? Es scheint mir, als glaubten viele nicht mehr an die Revolution oder die Demokratie. Sie gehen lieber in ein anderes Land. Oder verstehe ich da etwas falsch?«

Gelassen biss Christian Trautmann in sein Brot. »Das ist nichts Neues. Es sind mit jedem Jahr mehr Menschen, die es hier nicht mehr aushalten. Schau dir deinen Friedrich an. Von dem Weingut werden er und seine beiden Brüder nicht leben können. Wenn einer oder noch besser zwei der Brüder auswandern würden, dann würde deiner Zukunft mit Friedrich nichts mehr im Wege stehen. Und in Amerika hätten sie ein sehr viel besseres Auskommen als hier.«

»Aber …« Sie sah ihren Vater entsetzt an. »Es ist doch ein gewaltiger Schritt, seiner Heimat für immer den Rücken zu kehren. Stell dir vor, du wüsstest, dass du nie wieder zum Rhein hinabblicken kannst und unsere Heimat für immer verlassen müsstest. Das wäre doch unerträglich!«

»Es kommt immer darauf an, als wie unerträglich man die

Verhältnisse empfindet. Amerika ist ein großes und freies Land, in dem man sicher ganz anders leben kann als hier im Schatten der Bayern.« Ihr Vater hob die Schultern. »Ich für meinen Teil kann mir nicht vorstellen, Neustadt jemals den Rücken zuzukehren. Aber ich bin auch alt. Wenn ich so jung wie du wäre, dann würde ich sicher anders darüber denken.« Er sah auf die Anzeige und lächelte. »Johannes Fitz hat die Gesellschaft rheinbaierischer Auswanderer gegründet. Er ist ein durch und durch rechtschaffener Mann, seine Absichten sind mit Sicherheit die besten. Ich habe ihn schon vor Jahren kennengelernt, im Pressverein sehen wir uns jetzt häufiger. Solltest du jemals in Schwierigkeiten geraten, dann würde ich dir immer empfehlen, dich an ihn zu wenden. Wenn Fitz eine Auswanderergesellschaft unterhält, dann sicher nur aus einem Grund: Er möchte den Menschen helfen.«

»Wo würde ich ihn denn finden?« Neugierig sah Charlotte ihn an.

»In Pfeffingen, einem kleinen Ort bei Dürkheim. Das Haus ist nicht zu übersehen, es hat einen steilen Giebel und ungewöhnliche halbrunde Fenster.« Trautmann sah seine Tochter an. »Aber du wirst wohl kaum planen, dich über das Meer davonzumachen, oder?«

»Wo denkst du hin?« Charlotte winkte ab. »Ich würde dich niemals mit der Druckerei alleine lassen. Und Friedrich ist doch der Älteste. Wenn einer der Wirth-Brüder auswandern müsste, dann ganz bestimmt nicht er.«

Trautmann schüttelte den Kopf. »Das kann ich mir allerdings bei deinem Friedrich auch nicht vorstellen. Der liebt doch das Land, auf dem seine Reben wachsen, viel zu sehr, als dass er es verlassen könnte.«

Nachdenklich betrachtete Charlotte noch einmal die Anzeige. Konnte es wirklich in einem anderen Land so viel besser sein als hier? Sie bedauerte die Menschen, die alle Hoffnung auf eine Zukunft in ihrer Heimat fahren ließen.

In den nächsten Tagen musste die Regierung die Verordnung zum Redeverbot, Versammlungsverbot und Zutrittsverbot zurücknehmen. Gleichzeitig blieb aber das eigentliche Verbot des Fests bestehen. Auch wenn Charlotte aus diesem Wirrwarr an Verboten und Erlaubnissen nicht richtig schlau wurde, so merkte sie doch, dass jeder an der Vorbereitung des Fests arbeitete. Zettel mit Liedtexten, Aufrufen, Reden – die Druckerpresse ihres Vaters war vom frühen Morgen bis spät in die Nacht im Einsatz, die Aufträge wollten einfach nicht enden. Und jeder, der die kleine Druckerei betrat, hatte die gleiche Bitte: »Es muss vor dem Fest fertig werden!«

Und jeder zweite Auftraggeber bat mit gesenkter Stimme darum, die Zensur nicht mit seinem Text zu behelligen. Charlotte war davon überzeugt, dass in diesen Tagen so viele Zettel und Zeitungen kursierten, dass nicht einmal die gestrenge bayerische Zensur alles lesen konnte.

Jetzt musste ihr Vater ihre helfenden Hände beanspruchen. Schneller als geplant, lernte Charlotte alles über die Tücken der Knebelpresse, die richtige Farbe und wie man sie gleichmäßig auf das passende Papier brachte. Für die Arbeit gewöhnte sie es sich an, tagsüber nur ein schlichtes Kleid aus dunkelblauem Stoff zu tragen – darauf waren die Flecken der Druckerfarbe nicht zu sehen. Die Spitzen, die die Ärmel des Kleids zierten, trennte sie schon nach wenigen Tagen ab. Auch wenn diese Dinger hübsch aussahen – praktisch waren sie nicht. Stattdessen nähte sie sich schwarze Schoner, die sie bei der Arbeit immer über die Ärmel schob. Die feinen Spitzen legte sie in eine Schublade. Wenn die Zeiten sich änderten, konnte sie sie ja wieder anbringen. Aber fürs Erste war sie die Gehilfin eines Druckers. Und zwar eines Druckers mit sehr viel Arbeit.

So sehr war sie an der Presse beschäftigt, dass ihr kaum auffiel, dass Friedrich sich plötzlich nicht mehr sehen ließ.

Jeden Abend fiel sie todmüde ins Bett und sank in einen traumlosen Schlaf.

Bis eines Nachts, weit nach Mitternacht, eine Handvoll kleiner Steinchen an ihr Fenster flog. Das Prasseln hätte einen Toten geweckt, da war sie sich sicher. Sie fuhr schlaftrunken auf und öffnete das Fenster. Auf der Straße unter ihr sah sie den Umriss von Friedrich. Sie hätte ihn unter Tausenden erkannt. Mit einem Schlag war sie hellwach.

»Wo warst du denn?«, flüsterte sie. »War im Wingert so viel zu tun?«

»Komm herunter«, entgegnete Friedrich. Seine Stimme klang drängend.

So schnell sie konnte, eilte sie die Treppe hinunter und schob den Riegel zur Eingangstür auf.

Ohne auch nur ein Wort zu sagen umschloss Friedrich mit beiden Händen ihr Gesicht und drückte Charlotte einen Kuss auf den Mund. Sie spürte, dass er sich einige Tage nicht rasiert hatte, die Stoppeln kratzten an ihrer Wange. Sein Kuss war so voller Leidenschaft, wie sie ihn noch nie erlebt hatte.

Überrascht wich sie zurück. »Friedrich! Was machst du hier? Es ist doch mitten in der Nacht! Was, wenn dich jemand sieht?«

Ohne ein Wort zu sagen schob Friedrich sie in den Flur und zog die Haustür hinter sich zu. Er küsste sie ein weiteres Mal und fuhr mit beiden Händen über Charlottes Rücken. Ihr wurde bewusst, dass sie in dieser warmen Frühlingsnacht nichts außer einem dünnen Nachthemd trug, und sie schob Friedrich mit beiden Händen etwas zurück.

»Was ist denn mit dir? Du bist ja ganz verändert«, fragte sie. »Was ist passiert?«

»Wir können endlich heiraten«, erklärte Friedrich. »Ist das nicht großartig? Ich habe eine Möglichkeit gefunden, wie ich meinen Wein zu Geld machen kann. Eine gute Möglichkeit. Gutes Geld. Alle Probleme sind gelöst!«

»Aber wie ...?« Charlotte kam nicht dazu, ihre Frage zu stellen. Friedrich fing wieder an, sie zu küssen. Seine Hand bewegte sich unverschämt nah an ihrem Hinterteil.

Entrüstet trat sie einen weiteren Schritt nach hinten. »Die Möglichkeit, irgendwann zu heiraten, ist wunderbar, lieber Friedrich. Das gibt dir aber noch nicht alle Privilegien, die ein verheirateter Mann genießen darf! Und wirst du mir jetzt endlich erklären, welchen Weg du gefunden hast? Ich hoffe, es ist nicht gefährlich? Du musst auf dich aufpassen, hörst du?« Sie machte eine kurze Pause. »Außerdem hast du länger kein Rasiermesser und auch kein Bad gesehen, wenn mich meine Nase nicht trügt.«

Er machte eine abwehrende Handbewegung, die sie in der Dunkelheit nur ahnen konnte.

»Mach dir keine Sorgen. Ich mache nichts Gefährliches, und ich gehöre auch nicht zu den Männern, die ein sinnloses Risiko eingehen. Darauf kannst du dich verlassen. Und wenn das Fest beginnt, dann bin ich wieder der glatt rasierte, wohlriechende junge Mann, den du gerne an deiner Seite haben möchtest. Und irgendwann werde ich dir auch erzählen, mit welcher Idee ich unsere Geschicke so sehr geändert habe. Aber jetzt noch nicht – ich möchte dein weibliches Gemüt nicht mit meinen Sorgen belasten.«

Er legte noch einmal den Arm um sie. »Darf ich dir einen letzten Kuss geben, bevor ich gehe? Ich wollte dich nur unbedingt sehen, bevor ich nach Hause laufe. Ich hoffe so sehr, du teilst meine Begeisterung. Mit einem Mal sieht unsere Zukunft wieder so rosig aus. Es ist einfach wunderbar, findest du nicht?«

»Solange ich nicht weiß, was du treibst, kann ich auch keine Meinung dazu haben«, erklärte Charlotte, während sie weiter versuchte, seinen unziemlichen Berührungen auszuweichen. Sie kam sich nackt und verletzlich vor – und seine Hände schienen ein Eigenleben entwickelt zu haben. »Vor allem dann, wenn es so eng mit unserer Zukunft zusammenhängen soll. Aber einen Kuss bekommst du allemal von mir. Und auch die Zusicherung, dass ich mich auf unsere Zukunft so sehr freue wie du.«

Sie reckte sich und gab ihm einen Kuss auf die Lippen. Und dann noch einen. Und noch einen. Doch bevor seine Hände wieder zu zudringlich wurden und sie sich zu sehr daran gewöhnte, schob sie ihn aus der Haustür auf die Straße. »Ich freue mich darauf, dich morgen in der Druckerei zu sehen«, flüsterte sie. »Und ich hoffe, dass du dann auch keine Ähnlichkeit mehr mit einem Straßenräuber hast.«

Damit schloss sie die Tür und lauschte einen Augenblick lang den Schritten, die sich auf der Straße entfernten. Sie liebte diesen ungestümen, wunderbaren Mann von ganzem Herzen. Das Leben an seiner Seite würde ein einziges Fest werden.

Auf einmal kroch ihr die Angst ins Herz. Sie liebte Friedrichs Wesen und hoffte sehr, dass es ihm bei seinem geheimen Tun nicht zum Verhängnis werden würde.

Denn eines war sicher: Was er vorhatte, war verboten.

5

Neustadt, Rheinbayern, am 27. Mai 1832

Böllerschüsse tönten über der Stadt, die in der Morgendämmerung noch ruhig dalag. Verschlafen drehte Charlotte sich auf den Rücken. Es dauerte einige Atemzüge, bis ihr einfiel, was für ein Tag heute war: Endlich würde das Fest auf dem Hambacher Schloss stattfinden.

Schon gestern waren die Besucher aus allen deutschen Ländern in die Stadt geströmt. Wilhelms Freunde von der Burschenschaft schliefen allesamt unten in der Stube und im Zimmer des Gesellen. Alle Gasthäuser, jedes Zimmer der Stadt war belegt – und so hatten sie darum gebeten, die Nächte bei den Trautmanns auf dem Boden verbringen zu dürfen. Als Charlotte für die Gäste am Abend Brot kaufen wollte, musste sie schnell feststellen, dass kein Krümel mehr in der Bäckerei zum Verkauf stand. Die Bäckerin hatte sie nur müde angesehen und erklärt, dass es in der Stadt schon seit den Mittagsstunden weder Brot noch Käse oder Wurst zu kaufen gab.

Zum Glück hatte Charlotte noch Mehl im Haus – so konnte sie das Brot für ihre Gäste selbst backen. Sie und ihr Vater hatten die Druckerei seit Tagen kaum verlassen. Es gab zu viele Aufträge, die in letzter Sekunde fertiggestellt werden sollten. Gestern Abend hatte Charlotte ihm noch bis Mitternacht geholfen, dann war sie ins Bett gewankt, während er alleine weitergearbeitet hatte. Die zehn oder elf jungen Männer in ihrem Haus waren gestern gemeinsam durch die Straßen gezogen und noch später in der Nacht heimgekehrt.

Schnell schlüpfte Charlotte in ihr gestreiftes Kleid. Heute war ein Festtag, das war ein guter Grund, sich schön zu machen. Sie flocht ihre Frisur, spritzte sich am Waschtisch einige Hände voll Wasser ins Gesicht – und lief dann die Treppe nach unten. Den leisen Stimmen konnte sie entnehmen, dass die Studenten aus Heidelberg schon wach waren.

Charlotte klopfte an die Tür, um sicher zu sein, dass sie die Männer nicht in einem unschicklichen Moment überraschte. Aber sie hätte sich keine Sorgen machen müssen: Sie waren bereits angekleidet, einige befestigten noch Kokarden an ihren Mänteln.

Neugierig sah Charlotte sich die Schleifen an. »Schwarz, Rot und Gelb? Die Farben habe ich gestern schon ständig gesehen. Was sollen die bedeuten?«

Einer von Wilhelm Freunden reichte ihr eine Kokarde. »Du solltest sie auch anstecken. Sie sind ein Zeichen dafür, dass du gegen die Unterdrückung durch die Mächtigen bist. Dass du ein einiges Vaterland erstrebst. Dass du für die gleichen Rechte für alle kämpfst. Von heute an sollen es nicht nur die Farben der Burschenschaften, sondern auch die unseres neuen Vaterlandes sein.«

Ohne zu zögern nahm Charlotte die Schleife und befestigte sie mit einer Nadel an ihrem Ausschnitt. »Dann will ich die Farben gerne tragen!«

»Aber tu mir einen Gefallen, Schwesterherz«, ertönte hinter ihr Wilhelms Stimme. »Wenn du von diesen Farben sprichst, dann bitte von Schwarz, Rot und Gold. Das klingt doch irgendwie besser als Gelb, oder?«

Achselzuckend lächelte Charlotte ihn an. »Wenn es dich glücklich macht.«

Sie öffnete den Brotschrank und zog zwei Laibe hervor, die sie am Vorabend gebacken hatte. »Da ich nicht weiß, ob Neustadt heute genug zu essen für alle Freiheitskämpfer hat, habe ich gestern wenigstens Brot gebacken und ein wenig Spundekäse angerührt. Ich hoffe, das ist als Frühstück für dich und deine Genossen ausreichend?«

»Ganz bestimmt ist es das«, entgegnete Wilhelm und lächelte. Die Männer säbelten sich dicke Scheiben des Brots ab und strichen den Käse darauf. Christian Trautmann kam aus seiner Druckerei herüber, und Charlotte wurde bewusst, dass ihr Vater die ganze Nacht durchgearbeitet haben musste. Er wedelte mit einigen Blättern.

»Sie sind noch feucht, aber das hier sind die letzten Liedtexte, die ich noch drucken sollte. Nehmt ihr sie mit auf den Marktplatz? Ich habe gehört, von da soll der Zug hinauf auf das Schloss beginnen.«

»Sicher!« Einer der Burschenschafter nahm ihm den Stapel aus der Hand, warf einen Blick auf den obersten Liedtext und fing an zu singen.

Fürsten zum Lande heraus, jetzt kommt der Völkerschmaus.
Fort!
Erst schubst den Kaiser Franz, dann den im Siegerkranz!
Schub!
Baiernland ins Gewehr! Ludewig reimt nicht mehr.
Weh!
Adlig Hanoverland, du wirst zur Affenschand.
Pfui!
Sachsen, wo bleibt ihr dann? Der Mitregent muss dran!
Auf!
Zierlicher Kurfürstensohn, dein Stündlein läutet schon.
Bim Bam!

Odenwald schleif die Sens'! Zieh in die Residenz.
Autsch!

Alle griffen nach den Blättern und fielen mit ein. Charlotte sah ihren Vater fassungslos an. »Das hast du heute Nacht gedruckt? Da können wir nur hoffen, dass das niemals bekannt wird. Das würden die Bayern dir übel nehmen ...«

»Wer kann an einem Tag wie heute schon bestimmen, was wo gedruckt worden ist?« Trautmann machte eine wegwerfende Handbewegung. »Heute verlieren sie den Überblick. Wir sind einfach viel zu viele.«

»Wir müssen zum Stadtplatz, sonst geht der Zug ohne uns los!«, rief einer der jungen Männer. Schnell griffen sie alle nach ihren Mänteln und Überziehern und waren nur wenig später auf den Straßen. Trotz des frühen Morgens waren sie nicht alleine: Menschen jeden Alters und jedes Standes drängten in Richtung des Stadtplatzes, wo noch mehr Menschen darauf warteten, dass es endlich losging.

Charlotte sah eine große Fahne in Schwarz-Rot-Gold mit der Inschrift »Deutschlands Wiedergeburt«. Etwas mehr am Rand eine schwarze Fahne. »Die Weinbauren müssen trauren« stand darauf. Sie sah genauer hin, und tatsächlich stand Friedrich mit einem breiten Grinsen direkt darunter.

Charlotte drängte sich durch die Menschenmenge, bis sie bei ihm ankam. »Du hast dein Versprechen gehalten!« Sie hängte sich bei ihm ein und genoss den vertrauten Geruch seiner Haut. Friedrich drückte ihr einen Kuss auf die Wange. »Siebenpfeiffer hat recht: Wenn wir nicht mitmachen, dann wird man uns niemals hören. So wird aus diesem Fest auch ein Protest der Winzer! Gehst du mit uns hinauf zum Schloss?«

»Aber sicher! Mit wem sollte ich sonst gehen? Die Burschenschafter werden mich kaum in ihren Reihen dulden. So weit geht es mit der Freiheit und Einigkeit dann doch nicht. Und schließlich hast du mir ja versprochen, dass ich noch in diesem Jahr die ehrbare Frau eines Winzers werde …«

Friedrich küsste sie ein weiteres Mal, dieses Mal auf den Mund. »Dieses Versprechen werde ich halten, darauf kannst du dich verlassen!«

Unruhe machte sich auf dem Stadtplatz breit. Die einzelnen Gruppen fingen an, sich zu formieren, Trommeln und Musikanten stimmten die unterschiedlichsten Melodien an, ohne sich auf ein Lied einigen zu können. Einen winzigen Moment lang dachte Charlotte, dass dieser Wirrwarr und das Durcheinander sehr gut die Lage der deutschen Demokratiebewegung widerspiegelten – aber dann fingen mit einem Mal alle an, das gleiche Lied zu spielen. Die Ersten sangen dazu, und sie konnte den Text verstehen:

Hinauf, Patrioten, zum Schloss, zum Schloss!
Hoch flattern die deutschen Farben:
Es keimet die Saat, und die Hoffnung ist groß,
Schon binden im Geiste wir Garben:
Es reifet die Ähre mit goldenem Rand,
Und die goldne Ernt' ist das – Vaterland.

Unter Böllerschüssen, Glockengeläut und der Musik der Ehrengarde setzte sich der Zug allmählich in Bewegung. Der Weg zum Schloss war eigentlich in weniger als einer Stunde zu schaffen – aber es waren so viele Menschen, dass er immer wieder zum Halten kam und sich dann nur zögernd wieder in Bewegung setzte. Die Sonne stieg immer höher. Fliegende Händler mit Wecken, Wein oder Würsten hatten sich entlang des Wegs aufgebaut, und es dauerte nicht lange, bis auch Charlotte den ersten Schluck Wein trank und von einem Weck einen großen Bissen nahm.

Es fühlte sich an wie ein Volksfest oder wie eine ausgelassene Landpartie. Von allen Seiten kamen immer mehr

Menschen und schlossen sich dem Zug an. Charlotte zupfte Friedrich am Ärmel. »Was denkst du? Wie viele sind das?«

Er sah die Menge an und zuckte mit den Achseln. »Keine Ahnung. Aber es sind ganz bestimmt mehr, als in Neustadt wohnen.«

Der Weg wurde auf den letzten Metern steiler und schmaler, der Zug zog sich in die Länge, und als sie endlich das Schloss erreichten, hörten sie schon den ersten Redner. Oder war es gar schon der zweite?

Charlotte erkannte Siebenpfeiffer, der laut und erregt sprach. Sie hörte nur Wortfetzen – es ging irgendwie um die vielen Länder, für die die Deutschen fieberten, obwohl sie sich doch um ihre eigene Freiheit und Einigkeit kümmern sollten. Zu ihrer Überraschung erklärte er, dass er die Nordamerikaner um die Möglichkeit beneidete, ihre Zukunft aus eigener Kraft neu zu erschaffen. Sie wollte schon näher treten, um ihm zuzuhören, als Friedrich sie am Ärmel packte und weiterzog. »Komm, das hier sind doch nur große Reden, die schnell vergessen werden. Lass uns doch zur Musik gehen und sehen, ob wir nicht etwas zu essen finden!«

Widerstrebend folgte Charlotte ihm. Sie war neugierig auf die Reden und konnte sich einfach nicht vorstellen, dass all diese klugen Männer nichts bewirken konnten. Aber sie wollte Friedrich nicht verärgern. Immerhin hatte er sich überreden lassen, hier mit den Winzern aufs Schloss zu laufen, da konnte sie nicht auch noch verlangen, dass er sich in die Sonne stellte und langen und komplizierten Reden lauschte.

Sie gingen weiter und kamen an eine Ecke, wo eine Gruppe von Musikanten aufspielte. Friedrich legte ihr die Hand um die Taille. »Darf ich es wagen, um einen kleinen Tanz zu bitten?«

Sie drehten sich so schnell im Kreis, dass es Charlotte fast schwindlig wurde. Sein Arm lag dabei aber so fest um ihre

Mitte, dass sie sich unendlich sicher und geborgen fühlte. Einen winzigen Moment lang schloss sie die Augen.

Die Musik, Gesänge, Reden und Applaus von weiter weg, das Spiel von Licht und Schatten durch die geschlossenen Augenlider – konnte es überhaupt einen Moment geben, an dem man lebendiger und glücklicher war?

Sie öffnete ihre Augen wieder und sah lächelnd in Friedrichs Gesicht. »Ich kann dir gar nicht sagen, wie glücklich ich bin, deine Frau zu werden.«

Statt einer Antwort beugte er sich zu ihr hinunter und küsste sie auf den Mund.

Gewehrschüsse unterbrachen jäh ihre Zweisamkeit. Sie donnerten über den Platz, und einige der Festbesucher schrien auf. »Die Bayern! Sie kommen und schießen!«

In heller Panik rafften die ersten Damen ihre Röcke und liefen los. Charlotte wollte sich ihnen schon anschließen, als Friedrich sie am Arm nahm und den Kopf schüttelte. »Die Bayern würden niemals nur fünf oder sechs Schüsse abschießen. Wenn sie wirklich auf uns losgehen, dann mit Gewehrsalven und der Kavallerie. Das sind unsere eigenen Leute, die wieder einmal ihrer Freude freien Lauf gelassen haben.«

Er sollte recht behalten, aber es dauerte einige Zeit, bis sich alle wieder beruhigt hatten.

Während diejenigen, die für das Mittagsmahl im Schloss eine Menükarte erstanden hatten, sich zum Essen niederließen, standen Charlotte und Friedrich vor einem der Essensstände an. Noch nie war ihr eine schlichte Bratwurst so lecker vorgekommen. Sie ließen sich auf einem kleinen Wiesenstück an der Schlossruine nieder und genossen die Mahlzeit mit vielen anderen Menschen.

Ein Mann, der sich neben sie setzte, hob sein Schoppenglas. »Auf euch, junge Leute! Ihr seid es, die in unserem Land die Zukunft gestalten werden.« Andere fielen in seine Hochrufe ein und hoben ebenfalls ihre Gläser.

Dunkle Wolken zogen über der Ruine auf, während sie weiter feierten und redeten. Friedrich sah mit zusammengezogenen Brauen nach oben. »Wir sollten uns einen Baum mit dichtem Laub suchen, wenn wir nicht allzu nass werden wollen. Auch die feinen Herrschaften an der Tafel im Schlosshof werden ihr Mahl nicht trocken beenden können, wenn ich mich nicht täusche.«

Er sollte recht behalten. Er und Charlotte stellten sich unter die ausladenden Äste einer Eiche – aber viele der Festgäste mussten einfach im Regen ausharren, bis der Wolkenbruch wieder vorbei war.

Neben Charlotte drängte sich eine schmale dunkelhaarige Frau unter den Baum. Sie lächelten sich zu, während sie sich beide bemühten, den Regentropfen so gut wie möglich auszuweichen.

»Vielen Dank!«, sagte die andere, als Charlotte noch ein wenig mehr zur Seite trat. Ihr Akzent verriet, dass sie nicht aus der Gegend kam.

»Wo stammst du denn her?«, erkundigte sich Charlotte.

»Hört man das so deutlich, dass ich nicht von hier bin?«, erwiderte die Frau lächelnd. »Ich komme aus Polen.«

Charlotte hatte schon viel von den polnischen Flüchtlingen gehört, aber noch niemanden näher kennengelernt. Nun wollte sie die Gelegenheit nutzen, um einiges zu erfragen, was sie schon länger beschäftigt hatte. »Warum bist du von dort weggegangen?«, wollte sie wissen.

»Ach, man konnte einfach nicht mehr bleiben. Unser Kampf ist verloren, zumindest für mich. Hier kann ich wieder an die Zukunft denken. Das ist gut.«

»Verzeih meine Neugier, aber wie ist es, eine ganz neue Sprache zu lernen und neue Bräuche zu verstehen?«

Ein leises Kopfschütteln war die Antwort. »Die Sprache? Die kann man lernen. Und die Bräuche sind nur die Sprache eines Volks, auch die kann man verstehen lernen. Nein, wirklich schlimm ist das Heimweh. Nichts kann so schön sein wie meine Heimat. Und die werde ich nie mehr wiedersehen.« Tränen traten ihr in die Augen. »Siehst du? Ich kann es nicht einmal aussprechen, ohne dass mich die Trauer überkommt. Meine künftigen Kinder werden Polen nicht einmal kennen. Sie werden nicht verstehen, was ich vermisse, es wird einfach verschwinden. Das macht mich so unendlich traurig …«

Tröstend legte Charlotte ihre Hand auf den schmalen Rücken der Frau. »Das tut mir leid. Kann ich denn irgendetwas für dich tun?«

Ein Kopfschütteln war die Antwort.

»Nein, ihr Deutschen seid alle so gut zu uns, ihr helft uns, wo ihr könnt. Wir Polen wurden herzlich aufgenommen – und ich höre sogar in vielen der heutigen Reden, dass ihr unseren Kampf für die Freiheit unterstützt, wo es nur geht. Nein, es wäre undankbar, noch mehr zu verlangen. Und meinen größten Wunsch, eine Rückkehr nach Polen, wird es nicht geben …«

Hilflos streichelte Charlotte der Frau weiter über den Rücken. Sie konnte und wollte sich nicht vorstellen, ihre Heimat nie mehr wiederzusehen. Wie verzweifelt musste man sein, um zu solch einer Entscheidung zu kommen.

Als der Regenguss vorbei war, winkte eine ganze Gruppe von Polen nach der Frau, mit der sie den trockenen Platz unter dem Baum geteilt hatte. »Ich muss wieder zu meinen Leuten«, erklärte sie lächelnd. »Aber noch einmal vielen Dank für deine guten Worte.«

Damit ging sie und verschwand wieder in der Menge. Charlotte sah ihr einen Augenblick sinnend hinterher.

»Was bedrückt dich denn? Doch hoffentlich nicht die paar Regentropfen? Keine Sorge, dein Kleid wird im Handumdrehen wieder trocken sein, wenn die Sonne wieder hervorkommt!«

Friedrich hatte von ihrer kurzen Unterhaltung mit der Polin überhaupt nichts mitbekommen. Stattdessen schüttelte er die Tropfen aus seinen dunklen Locken und sah sich unternehmungslustig um. »Was machen wir jetzt?«

Der allgemeinen guten Laune hatte der kurze Wolkenbruch keinen Abbruch getan. Der Wein kreiste weiter in großen Gläsern, und die Gesänge wurden lauter, während der Nachmittag voranschritt. Immer wieder tanzten Friedrich und Charlotte bei den Musikanten, die sich in immer neuen Gruppen zusammenfanden. Das Lied, das ihr Vater noch in der Nacht gedruckt hatte, war innerhalb von Stunden in aller Munde, es ertönte immer wieder. Es schien den eigentlichen Traum aller Festteilnehmer zum Ausdruck zu bringen: Am liebsten hätten sie alle Fürsten und Herrschaften zum Teufel gejagt.

Viel zu schnell neigte sich dieser Tag dem Ende zu, die schwarz-rot-goldene Fahne wehte in der Abendsonne auf der Spitze des Schlosses. Charlotte hätte ewig mit ihrem Friedrich eng umschlungen herumlaufen können. An einem Tag wie heute waren die normalen Gesetze des Lebens außer Kraft gesetzt, alles schien möglich. Morgen würde das Alltagsleben weitergehen, in dem wieder Regeln zu beachten waren. Aber nicht heute. Und das wollten sie noch genießen.

Friedrich nahm sie fest an der Hand, als sich in der Dämmerung allmählich alle Festbesucher wieder auf den Weg ins Tal machten. »Schwer zu glauben, dass jetzt schon wieder alles vorbei ist«, murmelte sie.

»Das ist es doch nicht«, erklärte Friedrich. »Morgen treffen sich noch einmal einige Hundert Menschen in Neustadt. Sie wollen Beschlüsse fassen und diskutieren, wie weiter verfahren werden soll. Und ich denke, heute Nacht wird in Neustadt nicht geschlafen, sondern gefeiert.«

Er beugte sich zu ihr und küsste sie mitten auf dem Weg auf den Mund.

Ängstlich sah Charlotte sich um. »Wenn uns einer sieht?«

»Dann ist das heute rechtschaffen egal!«, entgegnete er. »Merkst du es nicht? Wir sind alle frei und können in einem neuen Deutschland tun, wonach uns der Sinn steht …«

Sein Kuss schmeckte nach Wein. Zögernd gab Charlotte nach. An ihnen drängten sich die Menschen vorbei, immer noch singend und allesamt trunken von dem Gefühl, dass sie in ihrem Kampf um ein neues Vaterland nicht mehr zu bremsen waren.

Ein paar Burschenschafter rempelten Charlotte grob in den Rücken. Sie stolperte direkt in die Arme von Friedrich, der sie umfing und einige Schritte vom Weg wegführte. Mit einem Mal hörten sie die Stimmen der Festbesucher nur noch leise, und die Gesänge drangen gedämpfter zu ihnen herüber. Das Laub der Bäume über ihnen war noch frühlingshaft grün und glänzte in der Abendsonne.

Friedrich nahm sie an die Hand und ging mit ihr einige Schritte weiter, tiefer in den Wald. Hinter einigen Büschen blieb er stehen und küsste Charlotte erneut auf den Mund. Sein Kuss war anders als bisher, drängender. Zögerlich erwiderte Charlotte seine Zärtlichkeiten, wich zurück, als er seinen Mund öffnete, und gab dann doch nach. Sie hatte das Gefühl, ein neues Land zu betreten, von dem sie bis zu diesem Augenblick noch nie gehört hatte. Ihre Hände schienen einem uralten Gesetz zu folgen, als sie über Friedrichs Rücken strichen und ihren Weg unter sein leinenes Hemd fanden.

Ohne einen Moment zu zögern legte Friedrich seinen langen Gehrock ab und breitete ihn mit einem Schwung auf dem noch feuchten Boden aus. Er nahm sie an der Hand und zog sie zu sich herunter.

»Wir werden deinen Mantel ruinieren …«, setzte sie an, aber er verschloss ihr mit einem weiteren Kuss den Mund.

Seine Hände fuhren über ihren Rücken und ihre Arme,

während er mit seinen Küssen ihren Hals und ihren Ausschnitt bedeckte. Charlotte spürte sein Drängen und gab mit einem kleinen Seufzen nach. Es war ihr zukünftiger Ehemann, der Mann, den sie liebte, und heute war ohnehin ein Tag, an dem alles möglich, alles erlaubt war. Sie wollte sich nicht mehr gegen seine Liebe und seine Leidenschaft wehren.

Jetzt endlich erlaubte sie sich, seine Küsse zu genießen. Seine Berührungen wurden wagemutiger, als seine Hände ganz langsam unter ihre weiten Röcke schlichen und er ihr über die Kniekehlen und die Oberschenkel strich, während er mit seinen Küssen den weichen Stoff beiseiteschob, um die Ansätze ihrer Brüste zu küssen.

Charlotte ertappte sich dabei, wie sie vorsichtig die Knöpfe seines Hemds öffnete, um endlich seine Brust streicheln zu können. Sie schob ihm das Hemd von den Schultern und erschrak einen Augenblick vor dem Anblick seiner Muskeln unter seiner schneeweißen Haut.

Als sie ihn berührte, konnte sie seine Wärme spüren. Sie roch seinen vertrauten Geruch nach Wein, Schweiß und der feuchten Erde, auf der sie lagen.

Andächtig öffnete er die Haken ihres Kleids und löste behutsam das Korsett, mit dem sie ihre ohnehin schmale Taille umschlossen hatte. Irgendwann lag sie vor ihm, so, wie der Herrgott sie erschaffen hatte.

»Du bist so wunderschön«, murmelte er leise und strich über ihre Brüste, ihren Bauch und fuhr ihr leicht über den Flaum zwischen ihren Schenkeln. »Ich möchte dir nicht wehtun.«

»Das kannst du nicht«, erwiderte Charlotte lächelnd. »Du bist doch mein geliebter Mann. Ich gehöre nur dir.«

Damit zog sie ihn zu sich herunter und küsste ihn, so leidenschaftlich sie konnte. Sie wollte keine Angst mehr haben. Nicht heute. Und nie mehr.

Als Friedrich sich dann endlich auf sie legte und sie sanft miteinander verschmolzen, da kam es ihr so richtig und so wunderbar vor, wie es nur eben ging. Friedrich war ihr Mann, mit Leib und Seele. Das konnte einfach nichts Schlechtes sein.

Sie ließ sich auf seine Bewegungen ein und fühlte sich so vollständig als Frau wie noch nie zuvor. Sie bemerkte nicht, dass es allmählich dunkler wurde, sie hörte nicht mehr die leiser werdenden Gesänge der Studenten und Feiernden. Und sie bemerkte nicht das hochrote Gesicht des bayerischen Zollbeamten, der ihnen nachgeschlichen war und jetzt einfach nicht den Blick von den beiden ineinander verschlungenen Körpern abwenden konnte.

Später lagen sie einander in den Armen. Ihre Hände fuhren immer noch über seinen Körper, so, als müssten sie sich versichern, dass der andere noch da war.

»Willst du mir jetzt verraten, was deine grandiose Idee ist, mit der du unsere Hochzeit möglich machen willst?«, fragte Charlotte schließlich.

Sie konnte sein Kopfschütteln mehr erahnen, als in der Dunkelheit sehen.

»Warum willst du es mir nicht sagen?« Dabei versuchte sie, sich nicht anmerken zu lassen, wie sehr sein Schweigen sie verletzte.

»Weil es für dich sicherer ist. Wenn du etwas nicht weißt, dann kannst du dich auch bei deinen Freundinnen nicht unbedacht verplappern. Es ist ein Geheimnis, und ich denke, es ist am besten, wenn du nichts davon ahnst.«

»Aber ich bin doch bald deine Frau! Eheleute sollten keine Geheimnisse voreinander haben, da bin ich mir ganz sicher.«

»Wenn wir erst verheiratet sind, dann will ich dir erzählen, wie ich mein Geld verdiene. Bis dahin wirst du dich wohl damit zufriedengeben müssen, dass du es nicht weißt!« Er drückte sie ein wenig an sich. »Es ist zu deinem Schutz, und ich hoffe, dass du das auch verstehst.«

Das tat sie keineswegs. Ganz im Gegenteil. Sie hatte sich ihm voll und ganz hingegeben, und er hatte weiterhin Geheimnisse vor ihr – das konnte doch nicht wahr sein. Entrüstet schwieg sie.

Erst jetzt lauschte sie wieder den Geräuschen im Wald, und mit einem Mal spürte sie den Hauch der Frühlingsnacht auf ihrer bloßen Haut. Nach dem warmen Tag war es abgekühlt, und sie fröstelte. Das Knacken von Ästen in der Nähe verriet, dass es hier im Wald auch wilde Tiere gab – doch zum Glück klang es, als ob sie sich entfernten.

»Ist dir kalt?«, wollte Friedrich wissen. Seine Stimme klang besorgt.

»Ja. Ich sollte mich wieder anziehen.« Mit schnellen Bewegungen schlüpfte sie wieder in ihr Kleid und hoffte inständig, dass nicht irgendwo doch ein Fleck wäre, der sie verraten würde. Der Hut, die Schuhe, die Häkchen am Kleid – es dauerte eine ganze Weile, bis sie sich wieder vollständig angekleidet hatte.

Friedrich, der sehr viel schneller in seine Hose und sein Hemd geschlüpft war, wartete, bis sie fertig war, und reichte ihr dann die Hand. Vorsichtig führte er sie über die Wurzeln zurück auf den Weg, auf dem immer noch fröhliche Festbesucher zurück nach Neustadt liefen. Sie reihten sich ein und machten sich eng umschlungen auf den Weg. Für Charlotte hätte er noch einige Kilometer weiter sein können, so sehr genoss sie das Gefühl, ihren Friedrich im Arm zu halten und seine Bewegungen mit jedem Schritt zu spüren. Immer wieder blieben sie stehen und küssten sich, und so war es weit nach Mitternacht, als sie endlich die engen Gassen von Neustadt erreichten.

Hier waren immer noch so viele Menschen unterwegs, als wäre helllichter Tag. Die Gasthäuser hatten ihre Türen weit geöffnet, und auf den Straßen sangen die Leute, schwenkten ihre Gläser und wünschten sich, dass dieser Tag niemals enden möge.

An einigen Ständen entdeckte Charlotte Erinnerungsstücke an das Fest auf dem Hambacher Schloss. Ein Händler verkaufte Liedblätter, ein anderer hatte Feuerzeuge mit dem Bildnis Siebenpfeiffers im Angebot. Ein Schild verkaufte sie als »Staatsstreich-Feuerzeuge«. Charlotte lachte und deutete darauf. »Auf diese Idee muss man erst einmal kommen!« Neben dem Feuerzeug lagen bedruckte Tücher, die sie neugierig auseinanderzog, um sie sich genauer ansehen zu können. Es zeigte in der Mitte das Hambacher Schloss, zu dem der Festzug führte. Im Kreis darum waren die Gesichter der sechzehn Redner des heutigen Tages abgebildet. Charlotte erkannte natürlich sofort Siebenpfeiffer, bei einigen anderen war sie sich weniger sicher, um wen es sich handelte. In den Ecken befanden sich Symbolfiguren – wenn sie sich nicht irrte, waren es die Weisheit, die Gerechtigkeit, die Tapferkeit und die Besonnenheit. Es war aus einfachstem und billigstem Stoff gefertigt. Lachend zeigte Charlotte Friedrich ihren Fund. »Sieh dir das an. So wird aus großen Ideen doch nur schnödes Geld gemacht. Und wer weiß? Vielleicht ist der kluge Kopf, der dieses Tuch bedruckt hat, der Einzige, der aus dem heutigen Tage wirklich Gewinn zieht?«

»Das glaube ich nicht«, erklärte Friedrich mit ernstem Gesicht. »Es kann nicht sein, dass so viele Menschen ungehört bleiben.« Er beugte sich zu dem Händler, der ihrem Gespräch aufmerksam gelauscht hatte. »Was soll dieses Tuch denn kosten, mein Herr?«

Der Händler machte eine wegwerfende Handbewegung. »Fast nichts, wenn ich bedenke, welche Mühe es gekostet hat, dieses Tuch schon heute anzubieten. Geben Sie mir ein paar Kreuzer, und das Tuch gehört Ihnen.«

»Wenn Sie das günstig nennen, dann möchte ich besser

nicht nach dem fragen, was Sie für teuer halten«, erklärte Friedrich und reichte ihm ein paar Münzen. Dann nahm er das Tuch und legte es um Charlottes Schultern. »Das ist für dich. Es soll dich für immer an den Tag des Hambacher Fests erinnern. Der Tag, an dem ich mit einem Mal die gesamte Zukunft gesehen habe. Die des Landes ebenso wie deine und meine.«

Charlotte drückte ihm einen Kuss auf den Mund. »Das ist lieb von dir, vielen Dank! Ich verspreche, ich werde dieses Tuch für immer in Ehren halten, was mir auch widerfahren mag.«

Sie liefen noch eine Weile weiter, aber irgendwann war es an der Zeit, ins Bett zu gehen. Charlotte spürte, wie eine bleierne Müdigkeit sie befiel. Der lange Tag forderte seinen Tribut. Sie gähnte und lehnte sich an Friedrich an. »Wie gerne würde ich den Rest der Nacht mit dir verbringen. Es erscheint mir so falsch, jetzt alleine in mein Bett zu gehen und dich nicht mehr im Arm zu halten.«

Friedrich lachte. »Du wirst mich den Rest deines Lebens im Arm halten können, was kommt es da auf diese eine Nacht an? Und dein Vater wird mich wohl kaum unter seinem Dach willkommen heißen, solange wir nicht verheiratet sind.«

Er küsste sie zum Abschied, und Charlotte kehrte in das leere Haus zurück. Weder ihr Vater noch ihr Bruder oder seine Freunde waren schon wieder nach Hause gekommen. Sie ging also langsam die Treppe nach oben und zog das gestreifte Kleid aus. Als sie sich in ihr Bett legte, sah sie noch lange aus dem Fenster und lauschte den Stimmen und Gesängen auf der Straße. Heute war der schönste Tag ihres ganzen bisherigen Lebens, das stand fest.

6

Neustadt, Rheinbayern, am 28. Mai 1832

»Das war eine Versammlung von Beschwichtigern und Schönrednern. So wird sich niemals etwas ändern!«

Wilhelm feuerte seinen Mantel in die Ecke des Esszimmers. Bebend vor Zorn drehte er sich zu seinem Vater um. »Und du gehörst dann auch noch zu denjenigen, die nach Mäßigung rufen. Die keinen weiteren Druck machen wollen, um das bisher Erreichte nicht zu gefährden. Was haben wir denn bisher erreicht? Nichts! Und damit gibst du dich zufrieden!«

Trautmann funkelte seinen Sohn an. »Wage es nicht, so mit mir zu reden! Wir steuern auf unruhige Zeiten zu, es wird gefährlich werden. Wir wollen an dieser Stelle die Sache nicht auch noch anheizen und sinnlos große Forderungen stellen. Das muss doch sogar ein Hitzkopf wie du begreifen!«

»Ich begreife, dass ihr wieder einmal den Kopf einzieht. Mit dem Fest habt ihr gezeigt, wie mächtig unsere Bewegung ist, wie viele Menschen unseren Aufrufen folgen werden. Davor haben die Mächtigen Angst. Um das zu vermeiden, müssen sie unseren Forderungen nachgeben. Aber mein

Herr Vater stellt lieber keine Forderungen und hofft darauf, dass die Oberen nicht zu wütend sind auf ihre kleinen Untertanen. So werdet ihr niemals mündige Staatsbürger, das ist wohl klar. Ihr macht alles kaputt, was wir bisher erreicht haben!«

»Was ist denn passiert?«, fragte Charlotte verwirrt. Am Vormittag waren ihr Bruder und ihr Vater noch fröhlich ins Neustadter Schießhaus gegangen. Es sollte über das weitere Vorgehen nach dem Fest gesprochen werden. Und seit sie wieder nach Hause gekommen waren, brüllten sie sich an.

»Was passiert ist?« Wilhelm fuhr herum. »Wir haben den großen Beschluss gefasst, dass alle Reden des Fests dokumentiert und als Buch gedruckt werden sollen, damit die goldenen Worte von Siebenpfeiffer und den anderen nicht verloren gehen. Einstimmiger Beschluss, großer Jubel. Und dann stellt sich Schüler, der Vorsitzende des Pressvereins, doch allen Ernstes hin und erklärt, dass man jetzt nur darauf hinarbeiten wolle, den Verein bekannter zu machen. Und dass man erst einmal nichts mehr unternehmen werde, um eine Veränderung der Politik zu bewirken. Weißt du, was dann passiert ist? Schüler wurde nicht zum Teufel geschickt, wo er hingehört, sondern sein Antrag wurde angenommen. Dabei war das Fest ganz bestimmt nicht die Veranstaltung des Pressvereins, sondern ein Aufruf von Siebenpfeiffer und den Studenten. Der Verein hat sich doch nur drangehängt, als schon klar war, dass wir einen großen Triumph feiern würden. Und weißt du, was am schlimmsten ist? Dein Vater hat sich auch noch an die Spitze derjenigen gestellt, die nach Mäßigung riefen. Es ist zum Heulen!«

»Wilhelm!« Trautmann fasste seinen Sohn an beiden Armen und sah ihm in die Augen. »Wenn wir jetzt zu viel fordern, machen wir alles kaputt. Wir müssen die Obrigkeit davon überzeugen, dass wir gute, verlässliche Verhandlungspartner sind – und nicht ein Haufen kämpferischer Schwätzer!«

»Das ist es also, wofür du uns hältst? Schwätzer? Die Burschenschaften werden die deutschen Länder verändern, wenn wir nur nicht gebremst werden von Menschen, wie du es bist. Aber damit möchte ich nichts mehr zu tun haben. Ich gehe wieder nach Heidelberg und sehe, was ich mit meinen Kameraden ausrichten kann. Wir wollen ein neues Deutschland, und wir werden nicht ruhen, ehe wir das auch erreicht haben!«

»Solange ich dein Studium in Heidelberg bezahle, verlange ich von dir, dass du tust, was ich von dir verlange.« An Trautmanns Stirn trat eine Ader deutlich hervor. »Bis jetzt habe ich deine revolutionären Gedanken unterstützt, wir haben auf der gleichen Seite gekämpft. Aber jetzt habe ich das Gefühl, dass du dich auf einem Weg befindest, den ich nicht mehr gutheißen kann.«

»Ich soll tun, was du verlangst? Du bist so sehr in den alten Systemen verhaftet, dass du es selber nicht merkst. Wenn es nach dir ginge, dann sollte sich gar nichts verändern – außer dass du wieder drucken darfst, was du willst. Doch das ist eigensüchtig, Vater. Und damit will ich nichts zu tun haben!«

Wilhelm bückte sich nach dem Mantel, den er vorher quer durch den Raum geworfen hatte. »Ich gehe jetzt nach Heidelberg, um weiter für die deutsche Sache zu kämpfen. Es ist mir egal, was du davon hältst. Oder ob du mir weiter deine Wechsel schickst. Ich lasse mich von dir nicht aufhalten, ganz bestimmt nicht!«

Damit stürmte er aus der Tür und warf sie so heftig hinter sich zu, dass die Fenster im Hause leise klirrten.

»Wilhelm!«, rief Trautmann. Aber sein Sohn konnte ihn schon nicht mehr hören.

Auf einen Schlag war es still.

Charlotte betrachtete ihren Vater, der plötzlich grau und erschöpft aussah.

»Was ist denn passiert?«, fragte sie noch einmal. »Es kann doch nicht sein, dass man sich bereits am Tag nach einem so großartigen Fest nicht mehr über das weitere Vorgehen einig ist. Das muss unter vernünftigen Menschen doch zu klären sein. Oder nicht?«

»Vernünftig? Wirkt dein Bruder auf dich wie ein vernunftbegabter Mensch?«

Trautmann ließ sich auf einen der Stühle am Esstisch fallen und schenkte sich ein Glas verdünnten Wein ein, der in einer Karaffe auf dem Tisch stand. Er nahm einen großen Schluck, bevor er weiterredete.

»Diese wilden Kerle von den Burschenschaften wollen alles – und zwar am liebsten sofort. Aber das wird nur dafür sorgen, dass die Staatsmacht ihre Muskeln zeigt. Das werden wir nicht überleben – und das meine ich nicht nur für die Idee der Demokratie, sondern auch ganz wörtlich für all diejenigen, die gestern Reden gehalten haben. Wir müssen jetzt klug sein …«

Er schüttelte den Kopf. »Ich habe Angst um Wilhelm. Er redet sich um Kopf und Kragen, und seine Burschenschafterfreunde werden ihn nicht bremsen. Sie haben sogar davon geredet, Gewalt anzuwenden. Was, wenn er im Gefängnis landet?«

»So dumm ist Wilhelm nicht«, beruhigte Charlotte ihren Vater. »Er wird auf sich aufpassen, du wirst schon sehen.«

Trautmann sah seine Tochter aufmerksam an. »Wie siehst du denn die Sache? Ich habe dich gestern auf dem Schloss überhaupt nicht gesehen …?«

»Wir waren kaum bei den Rednern«, erklärte Charlotte. »Friedrich meinte, dass ihn das Geschwätz und die Sonntagsreden nicht interessieren würden. Wichtig wäre nur die machtvolle Demonstration der Menge, die auf das Schloss gezogen ist. Allein das müsse doch etwas an der sturen Haltung der Bayern und der anderen Mächtigen verändern.«

»Und was habt ihr dann gemacht?« Trautmann hob die eine Augenbraue. »Ich dachte, auf dem Schloss gab es nur Reden zur Zerstreuung?«

Sie lachte. »Papa, das zeigt bloß, dass du dich nicht ein einziges Mal umgesehen hast. Es gab Musik, wir haben uns unterhalten – und überall wurden Wecken, Wein und Wurst zum Verkauf angeboten. Es war wie ein Weinfest, nur größer. Ich habe mich prächtig amüsiert, auch wenn ich von den Reden nichts mitbekommen habe.«

»Na, dann wirst du sie ja im Buch allesamt nachlesen können«, bemerkte ihr Vater achselzuckend. »Auch wenn ich es merkwürdig finde, dass man auf einer politischen Veranstaltung mit den klügsten Köpfen, die wir im Augenblick haben, lieber der Musik lauscht.«

Charlotte wagte keinen Widerspruch – aber ihr war klar, dass ihr Vater ihr Verhalten missbilligte. Wahrscheinlich fand er seine Tochter doch zu oberflächlich und zu sehr auf Vergnügungen bedacht.

»Ich gehe noch zum Bäcker und hole uns etwas Brot zum Abendessen«, erklärte sie schließlich in das unangenehme Schweigen hinein. Sie nahm ihren Mantel und ging auf die Straße.

Immer noch waren viele der Festbesucher in der Stadt. Es summte wie in einem aufgeregten Bienenstock. Täuschte sie sich, oder waren das immer noch Gesänge in der Ferne?

Fröhlich schob sie die Tür zum Bäcker auf. »Haben Sie noch etwas Brot für mich?«

Die Bäckerin nahm einen Laib vom Regal hinter sich und sah Charlotte dann etwas genauer an. »Das sollten Sie besser abnehmen!«, erklärte sie.

Verwirrt sah Charlotte an sich herunter.

»Was meinen Sie?«

»Na, das bunte Ding!« Die Bäckerin deutete auf die schwarz-rot-goldene Kokarde, die immer noch am Kragen des Mantels hing. Charlotte hatte ganz vergessen, dass sie diese Schleife gestern Morgen angesteckt hatte.

»Aber warum denn? Das haben wir auf dem Fest gestern alle getragen! Waren Sie denn nicht da?« Sie sah die ältere Frau neugierig an.

Aber die winkte nur mürrisch ab. »Für so einen Kinderkram habe ich keine Zeit. Außerdem musste ja irgendeiner die vielen Wecken und Brote für die ganzen Herren und Damen Demokraten backen. Das haben wir getan, da blieb keine Zeit für einen Sonntagsspaziergang aufs Schloss.« Sie nickte noch einmal in Richtung der Kokarde. »Und die Bayern sind heute ganz scharf auf alle, die mit so einem Ding herumlaufen. Stecken alle ins Gefängnis, ohne viel Federlesen zu machen. Daher mein Rat: Nehmen Sie das Ding ab und stecken es in die Tasche. Es sei denn, Sie wollen unbedingt Bekanntschaft mit dem Gefängnis machen!«

Verwirrt nestelte Charlotte an der Nadel, die die Schleife zusammenhielt. Sie kam sich fast wie eine Verräterin vor, als sie die Farben des gestrigen Fests in ihrer Manteltasche verschwinden ließ. Dann ging sie langsam mit ihrem noch ofenwarmen Brot nach Hause und sah sich aufmerksam um.

Die Stadt war in Aufruhr, doch die Stimmung war nicht mehr freudig wie am Vorabend des Fests oder gestern. Jetzt wirkten die Menschen aufgeregt – und in der Tat waren die schwarz-rot-goldenen Farben auf einen Schlag wieder verschwunden.

Soldaten liefen durch die Straßen. Charlotte wurde es eng ums Herz. Ihr Vater hatte recht. Der Staat wollte die Zügel wieder in die Hand nehmen, und zwar schnell.

Das Abendessen verlief schweigend. Christian Trautmann schien an seinen Sohn zu denken. Oder an seine Druckerei. Auf jeden Fall war er nicht zu einer Unterhaltung aufgelegt.

Charlotte fragte sich allmählich, wo ihr Friedrich stecken mochte. Nach dem gestrigen Abend konnte er doch heute nicht einfach untertauchen. Wenigstens einen kurzen Besuch, einen Strauß Wiesenblumen oder ein paar liebe Worte – das war das Geringste, was sie erwartet hätte.

Sie ging an diesem Abend früh zu Bett, aber konnte lange nicht einschlafen. Was würde aus ihrem wilden Bruder werden? Und aus den anderen Demokraten der Stadt, allen voran ihr Vater, der doch die Einladung zum Fest mit unterschrieben hatte? Was waren es für geheimnisvolle Unternehmungen, mit denen ihr Friedrich wieder Geld verdienen wollte? Es konnte nichts sein, das mit den Gesetzen vereinbar war, sonst hätte er ihr davon erzählt. Sie wälzte sich von einer Seite auf die andere. Eines war sicher: Schon morgen würde sie ihn auf seinem Weingut besuchen und zur Rede stellen. Sie wollte sich nicht mehr mit einer Ausrede abspeisen lassen.

Als sie diese Entscheidung gefällt hatte, fiel sie endlich in einen unruhigen Schlaf.

Direkt nach einem schnellen Frühstück mit ihrem Vater machte sie sich auf den Weg. Das vertraute schmiedeeiserne Tor der Familie Wirth stand weit offen, und so lief sie direkt in den Hof hinein. Hier fand sie Friedrichs Vater, der ein neu angeliefertes Fass inspizierte.

»Herr Wirth, können Sie mir vielleicht sagen, wo ich Friedrich finde?«

Der alte Mann zuckte zusammen, als sie ihn ansprach. Offensichtlich hatte er nicht gehört, wie sie über den Hof gekommen war.

»Friedrich?« Er sah aus, als hätte sie ihn bei etwas Verbotenem ertappt, nicht bei der schlichten Inspektion eines Fasses, dass der Küfer wohl kurz zuvor angeliefert hatte. »Keine Ahnung, wo der steckt. Schon seit gestern habe ich ihn nicht mehr gesehen. Ich habe gedacht, er wäre vielleicht bei dir, wie so oft in letzter Zeit.«

Ihr zukünftiger Schwiegervater war ein freundlicher Mann. Und ein richtig schlechter Lügner.

»Er ist nicht bei mir. Weder heute noch war er es in den letzten Wochen. Das wissen Sie so gut wie kaum ein anderer.« Charlotte lachte. »Also rücken Sie raus mit der Sprache: Wo treibt sich Ihr Sohn denn herum?«

Der Winzer rieb sich verlegen über die Stirn. »Das kann ich dir wirklich nicht sagen, so gerne ich es auch würde. Friedrich klärt mich nicht über alles auf. Er sagt, das sei besser, falls er Ärger bekommen sollte. Also bleibt mir nichts anderes übrig als dir: Ich muss warten und mich in Geduld üben. Irgendwann ist er wieder da.«

»Ist er alleine unterwegs?« Charlotte war das Lachen vergangen. Der Winzer wirkte bedrückt und alles andere als sorglos.

»Nein. Aber ich kann dir auch nicht sagen, wer ihn begleitet. Er will es mir nicht verraten, und wie du weißt, kann er ganz schön stur sein.«

Langsam nickte Charlotte. In ihrem Herzen nistete sich die Angst wie ein kleines Tier ein. Ein Tier, das an ihrer Unbeschwertheit und dem Glück der letzten Tage nagte. Sie wandte sich zum Gehen.

»Sollte er hier auftauchen, dann sagen Sie ihm doch, dass ich auf ihn warte. Machen Sie das für mich?«

»Gerne, mein Kind. Aber ich denke, du weißt, dass er sich zuallererst bei dir melden wird. Du wirst noch vor mir hören, dass er wohlbehalten wieder hier ist.«

Sie nickte und ging durch die engen Gassen der Stadt wieder nach Hause. Nachdenklich legte sie die Hand auf ihren Bauch. Was, wenn ihre gemeinsame leidenschaftliche Nacht Folgen haben würde und sich womöglich ein Kind in ihr eingewurzelt hatte? Dann wäre ihr Ruf für immer dahin. Aber es hatte wenig Sinn, darüber nachzudenken. Gewissheit würde sie erst in einigen Wochen haben. Vielleicht konnten sie bis dahin bereits einen Termin für die Hochzeit festlegen, dann wäre die Schmach nicht ganz so groß.

Als sie um die letzte Ecke bog, blieb sie wie angewurzelt stehen. Die Tür zu ihrem Elternhaus stand weit offen, ein Gendarm stand davor und sah mit ernstem Gesicht die Straße hinab. Charlotte drückte ihren Rücken durch und ging möglichst selbstbewusst zu ihm hin. »Was geschieht hier?«

Ihre Stimme klang ein bisschen weniger selbstbewusst, als ihr lieb war.

Der Gendarm musterte sie von oben bis unten. »Bist du mit Herrn Trautmann verwandt?«

»Er ist mein Vater«, erklärte Charlotte. »Hätten Sie die Güte, mir zu erklären, was hier vorgeht?«

»Wir haben guten Grund zu der Annahme, dass dein Herr Vater in seiner Druckerei aufrührerische Schriften vervielfältigt und damit das Volk zur Revolution aufgerufen hat. Das können wir nicht dulden, das wirst du wissen.«

»Das ist doch Unfug!«, rief Charlotte. »Mein Vater ist Drucker, das ist wahr. Aber er hat sich immer an die geltenden Gesetze der Zensur gehalten. Wenn ihm etwas nicht gepasst hat, dann hat er seine Meinung über den Pressverein bekannt gemacht.«

»Wahrlich schlimm genug«, brummelte der Gendarm.

»Darf ich jetzt ins Haus?«

Widerwillig trat der Gendarm einen Schritt zur Seite.

»Aber du darfst nichts anrühren, was wir als Beweisstück brauchen könnten, verstanden?«

Sie nickte und drückte sich an ihm vorbei ins Innere des Hauses. Von oben hörte sie nichts, aber über dem Hof, in der Druckerei, klang es so, als würde in diesem Augenblick die Presse mit großen Hämmern zerschlagen.

So schnell es ging, lief sie hinüber – und blieb an der Tür wie angewurzelt stehen. Vier oder fünf Gendarmen hatten alle Schubladen geöffnet und durchsuchten nun jedes einzelne Blatt Papier, das darin lag. Charlotte schickte ein Stoßgebet zum Himmel, dass ihr Vater in den letzten Wochen nicht seine übliche gründliche Ablage betrieben haben mochte. Denn eigentlich war es seine Gewohnheit, all seine Druckerzeugnisse immer fein säuberlich zu nummerieren und aufzuheben – in genau den Schubladen, die in diesem Moment inspiziert wurden.

Die Gendarmen schienen genau zu wissen, was sie suchten.

Christian Trautmann saß währenddessen auf einem Schemel neben seiner Druckerpresse und sah dem Treiben der Gendarmen mit interessiertem Blick zu. Er sah nicht so aus, als würde er auch nur das Geringste befürchten.

Charlotte ging die wenigen Schritte zu ihm hin. »Was wollen diese Menschen alle hier in der Druckerei?«, fragte sie.

Trautmann zuckte mit den Achseln. »Sie suchen irgendetwas. Ich habe ihnen schon angeboten, dass ich ihnen heraussuche, was sie finden wollen. Aber sie haben meine Hilfe abgewiesen, sie befürchten wohl, ich könnte Dokumente verschwinden lassen …«

Eine Weile sahen Vater und Tochter schweigend dem Treiben der Gendarmen zu. Die Beamten schienen das Gesuchte nicht zu finden, sondern immer hektischer zu werden. Ziellos wühlten sie sich durch die Papierstapel.

Es dämmerte bereits auf der Straße, als sich endlich der Kommandant an Trautmann wandte: »Für heute machen wir hier Schluss. Ich muss Sie aber bitten, sich auch weiterhin bereitzuhalten und die Stadt nicht zu verlassen. Es könnte sein, dass wir noch einmal wiederkehren.«

Damit verschwand der unfreundliche Trupp aus der Druckerei. Charlotte wartete, bis hinter dem Letzten von ihnen die Tür ins Schloss fiel.

»Wo hast du sie?«

»Was?«

Ihr Vater bemühte sich um ein harmloses Gesicht.

»Du weißt genau, wovon ich rede. Du hebst alles auf, was du jemals hier gedruckt hast. Ich bin mir sicher, du hast die Liedblätter, Aufrufe und Flugblätter der letzten Wochen nicht einfach ins Feuer geworfen.«

»Nein, habe ich nicht. Aber sie sind an einem sicheren Ort, mach dir bitte keine Gedanken. Ich mag für dich wie ein alter Mann wirken, aber ich bin doch noch nicht verblödet. Es war mir von Anfang an klar, dass einige der Lieder nicht nur Dokumente von großem Wert sind, sondern auch gefährliches Material, das mich sofort ins Gefängnis bringen kann.« Er sah sie beschwichtigend an. »Und jetzt sollten wir schauen, ob wir etwas zu essen in der Küche finden.«

Wenig später teilten sie sich das Brot, das sie am Vormittag gekauft hatte.

»Hast du Friedrich getroffen?« Trautmann sah seine Tochter fragend an.

»Nein.« Charlotte schüttelte den Kopf. »Er macht irgendetwas Verbotenes, da bin ich mir sicher. Aber er möchte mir nicht sagen, was. Nicht einmal sein Vater weiß Bescheid. Und das macht mir noch mehr Sorgen … denn sein Vorhaben scheint gefährlich zu sein, was immer es ist.«

»Friedrich passt schon auf sich auf«, beruhigte Trautmann seine Tochter. »Ich kann mir nicht vorstellen, dass er sich in Gefahr bringt. Dafür freut er sich viel zu sehr auf das Leben an deiner Seite.«

Nachdenklich biss Charlotte in den Brotkanten. »Das hoffe ich wirklich …«

7

Neustadt, Rheinbayern, im Juni 1832

Sorgfältig faltete Charlotte das Tuch mit den Rednern des Fests zusammen und legte es unter ihre Strümpfe in der Schublade – da, wo bereits die schwarz-rot-goldene Kokarde lag. Innerhalb einer einzigen Woche war das Tuch von einer einfachen Erinnerung an einen ganz besonderen Tag in ihrem Leben zu einem politischen Gegenstand geworden. Einem gefährlichen Gegenstand dazu.

Erst am frühen Vormittag war sie Zeuge geworden, wie die immer zahlreicher werdenden Gendarmen einem jungen Mann die Farben von den Aufschlägen gerissen und ihn verhaftet hatten. »Wir dulden diese aufrührerischen Umtriebe nicht mehr!«, hatte einer von ihnen gebrüllt und keinen Zweifel daran gelassen, dass er es auch ernst meinte. Es herrschte eine Stimmung der Angst und der Unterdrückung. Fast täglich hörten sie von Verhaftungen, Verhören und Durchsuchungen.

Von Friedrich hatte sie immer noch keine Nachricht. Vielleicht konnte er in diesen Tagen mit den vielen Soldaten auf den Straßen auch nicht frei reisen. Womöglich harrte er in einem Versteck aus, bis er sich wieder auf den Heimweg von wo auch immer machen konnte. Das redete Charlotte sich zumindest gerne ein.

Und auch Wilhelm war wie vom Erdboden verschluckt. Er war nicht mehr in Heidelberg eingetroffen, und ihr Vater vermutete, dass sein Sohn sich dem radikalen Untergrund angeschlossen hatte. Damit gehörte er zu den jungen Männern, die auf jeden Fall wollten, das sich etwas in den deutschen Ländern änderte – und sei es mit Gewalt zu erzwingen. Ihr Bruder war noch nie ein Freund der Mäßigung gewesen, jetzt sah er ganz bestimmt seine Chance in der Revolution.

Müde blickte Charlotte aus dem Fenster auf die Straße – und zuckte zurück. Ein Trupp von sechs Gendarmen marschierte direkt auf ihr Haus zu. Es war derselbe Anführer, der schon vor einigen Tagen in der Druckerei die Durchsuchung der Schränke überwacht hatte.

Noch bevor sie jemanden warnen konnte, klopfte es an der Tür. Sie versicherte sich noch einmal, dass Tuch und Kokarde gut zwischen ihren Kleidern versteckt waren, und lief dann die Treppe nach unten. Vorsichtig öffnete sie die Tür und sah den Hauptmann an, so freundlich es eben ging.

»Was kann ich für Sie tun?«

Der Hauptmann hielt sich nicht mit Freundlichkeiten auf. »Ist dein Vater zu Hause?«

Als Charlotte nickte, drückte er heftig gegen die Tür, die mit einem lauten Krachen gegen die Wand flog. Charlotte blieb nichts anderes übrig, als zur Seite zu treten, um von den Gendarmen nicht über den Haufen gerannt zu werden. Sie stürmten durch den Gang und die Küche in Richtung Garten, wo sie völlig zu Recht den Drucker in seinem Schuppen vermuteten.

»Trautmann, Sie sind verhaftet! Kommen Sie mit!«, bellte der Hauptmann Charlottes Vater an, der mit seiner Druckerpresse beschäftigt war.

»Was werfen Sie mir denn vor?«, fragte Trautmann, während er in aller Seelenruhe weiterarbeitete.

»Die Frage ist doch vielmehr, was ich Ihnen nicht vorwerfe. Sie sind einer der Anführer dieser sogenannten Bewegung, Ihre Unterschrift steht für jeden sichtbar unter dem Aufruf zu diesem sogenannten Hambacher Fest. Und wir alle wissen, dass dieses Fest nur zur Verbreitung umstürzlerischer Gedanken diente. Das allein ist schon Grund genug, um Sie in ein Gefängnis zu sperren. Aber darüber hinaus haben wir inzwischen Beweise, dass mehr als ein Lied genau hier auf dieser Presse vervielfältigt wurde. Allen voran dieses *Adelige Treibjagen*, in dem das Volk aufgefordert wird, sich gegen die Fürsten zur Wehr zu setzen. Schlimmer noch: Die von Gott bestimmten Führer unserer Völker sollen umgebracht werden!«

Trautmann sah seine Tochter hinter den Gendarmen. »Charlotte, könntest du diesen Auftrag hier zu Ende bringen, während ich mit den Gendarmen gehe?«

Er redete so, als handele es sich bei dieser Verhaftung um einen Sonntagsspaziergang. Außer sich vor Angst wandte Charlotte sich an den Hauptmann.

»Wo bringen Sie meinen Vater denn hin?«

»Nach Frankenthal. Da wird er ausreichend Gelegenheit haben, um über seinen Wunsch nach Freiheit nachzudenken.« Er funkelte sie an. »Und ich hoffe, du bist dir im Klaren darüber, dass wir dich heute nur deswegen nicht mitnehmen, weil du ein Weibsbild bist. So eine wie du kann dem König nicht gefährlich werden – und trotzdem ist es verboten, sich so offen gegen ihn aufzulehnen. Betrachte das als Warnung. Wenn du noch einmal an einer Versammlung teilnimmst, aufrührerische Lieder singst oder mit den Abzeichen der Demokraten angetroffen wirst, dann hilft es dir auch nicht mehr, dass du nur eine Frau bist. Dann wirst du ebenso bestraft wie jeder andere fehlgeleitete Anhänger dieser Bewegung.«

»Meine Tochter müssen Sie nun wahrlich nicht fürchten«, bemerkte Trautmann lächelnd. »Sie ist ein harmloses Ding ohne irgendeine Ahnung von politischen Dingen.«

»Das harmlose Ding wurde auf dem Hambacher Schloss gesehen«, erklärte der Hauptmann. »Verkaufen Sie mich also nicht für dumm, Trautmann. Man kann Ihrer gesamten Familie nicht über den Weg trauen.«

»Kann er denn noch etwas mitnehmen? Etwas zu essen, ein wenig Kleidung zum Wechseln?« Fragend sah Charlotte den Hauptmann an.

Der nickte. »Wenn es schnell geht, dann soll es mir recht sein.«

Mit fliegenden Händen griff Charlotte in der Küche nach einem halben Brotlaib und etwas Käse. Dann rannte sie die Treppe nach oben und stopfte ein frisches Hemd und eine Hose in einen Beutel. Beides drückte sie ihrem Vater in die Hand, während der sich in aller Seelenruhe seinen Mantel überzog. »Mach dir keine Sorgen um mich, mein Kind. Die Juristerei ist eine ehrliche Sache, ich bin mir sicher, dass man mich am Ende freisprechen wird.« Dann nickte er dem Hauptmann zu. »Wir können gehen.«

Die Gendarmen machten sich mit ihrem Gefangenen auf den Weg. Hinter der Gruppe schlug die Tür zu, und Charlotte blieb allein in der Küche stehen. Erst jetzt wurden ihr die Knie weich, und sie ließ sich auf einen der Stühle sinken.

Kein Mensch war in der Nähe, dem sie von den Geschehnissen erzählen konnte, der einen Rat für sie gehabt hätte. Tränen stiegen ihr in die Augen. Es gab keine Möglichkeit, ihren Bruder zu erreichen. Ihr Vater saß im Gefängnis. Ihr Verlobter war spurlos verschwunden.

Sie erinnerte sich an die Aufforderung ihres Vaters, sich um die Fertigstellung des Auftrags in der Druckerei zu kümmern. Langsam ging sie in den Schuppen und sah genauer in die Presse. Für wen mochte der letzte Auftrag ihres Vaters gewesen sein?

Zu ihrer Überraschung handelte es sich um einen Aufruf. Wieder einmal. Mit zusammengezogenen Augenbrauen las sie genauer, worum es sich handelte. Es schien ein Aufruf zur Unterstützung der Frauen zu sein, deren Männer im Gefängnis waren. Wollte ihr Vater ihr damit sagen, dass sie nicht allein war? Dass sich andere um das Wohl der mittellos zurückgebliebenen Frauen kümmerten? Mechanisch begann sie, den Aufruf fertig zu drucken und die Blätter zum Trocknen aufzuhängen. Als sie endlich fertig war, hatte sich bereits die Dunkelheit über Neustadt gesenkt.

Todmüde ging sie in die Küche. Natürlich gab es hier nichts zu essen, das restliche Brot und der Käse lagen ja im Beutel ihres Vaters, und sie hatte vergessen, etwas Frisches zu besorgen.

Sie war zu müde, um sich noch aufzuregen. Stattdessen legte sie sorgfältig den Riegel vor, um in der Nacht keinen unerwarteten Besuch zu bekommen. Dabei hätte sie ein Vermögen dafür gegeben, dass heute Nacht wieder die Steinchen aus Friedrichs Hand gegen ihr Fenster flogen …

Sie lauschte noch ein Weilchen, immer in der Hoffnung, Friedrichs Schritte zu hören. Irgendwann fiel sie in einen unruhigen Schlaf. Sie quälten Träume von Gendarmen, Gewehren und ihrem Vater, der sie hilflos anblickte. Irgendwann hörte sie laute Stimmen auf der Straße und fuhr auf. Aber es ging wohl nicht um eine weitere Festnahme, sondern nur um einen Händel zwischen zwei Betrunkenen.

Langsam legte sie sich zurück und zählte die Schläge der Kirchturmuhr. Noch drei Stunden bis zum Sonnenaufgang, die sie irgendwie herumbringen musste.

Sie warf sich auf die Seite und sah ins Dunkle. Leise knarzte das hölzerne Stiegenhaus, fast so, als würde sich jemand zu ihr nach oben schleichen. Charlotte schalt sich selbst einen

Hasenfuß, weil bei diesem Geräusch ihr Herzschlag schneller wurde. Aber dann zwang sie sich, ruhiger zu atmen. Niemand ahnte, dass heute Nacht der Drucker Trautmann nicht in seinem Haus weilte, was sollte ihr also passieren?

Als das Viereck des Fensters in ihrem Zimmer allmählich heller wurde und die Sterne verblassten, atmete sie tief durch: Die erste Nacht allein im Haus war geschafft.

Zum Glück.

Aber es würden noch viele Nächte folgen.

Sie stand auf und lief durchs Haus, das ihr mit einem Mal riesig groß und leer erschien. Der Klang ihrer Schritte hallte von den Wänden wider, als sie die Treppe hinunterging. Oder bildete sie sich das nur ein?

Die Bäckersfrau grüßte sie freundlich wie immer. Bis jetzt wusste noch niemand, dass ihr Vater im Gefängnis war. Ob künftig immer noch alle so nett zu ihr sein würden? Charlotte war sich sicher, dass so mancher dann nicht mehr mit ihr reden würde. Wer wollte schon den Zorn der bayerischen Gendarmen, Polizisten und Zollbeamten auf sich ziehen?

Charlotte brach einen Kanten von dem frischen Brot ab und biss lustlos ab. Ihr fehlte der Hunger.

Als es wenig später an der Tür klopfte, zuckte sie zusammen. Bestimmt würden die Gendarmen sie holen und ihre Drohung von gestern wahr machen. Vorsichtig öffnete sie die Tür, erwartete den Anblick von Uniformen und grimmigen Gesichtern. Stattdessen sah sie in das freundliche Gesicht einer älteren Frau.

»Ist Meister Trautmann zu Hause?«

Charlotte schüttelte den Kopf. »Leider nicht. Kann ich Ihnen vielleicht helfen?«

»Ich habe ihm den Auftrag gegeben, für eine Verlosung einen Aufruf zu drucken …«

Es musste sich um die Flugblätter handeln, die sie gestern

noch fertiggestellt hatte. Charlotte bat die Frau herein und hieß sie, einen Moment zu warten. In der Druckerei holte sie die Blätter, die mittlerweile getrocknet waren, von der Leine. Sie packte sie zu einem ordentlichen Stapel zusammen, legte das Belegexemplar zur Seite, wie ihr Vater es immer gemacht hatte, und schlug den Rest in ein dünnes Papier ein.

Dann brachte sie den Stapel in die Küche und überreichte ihn der Frau mit einem freundlichen Lächeln. »Das hat mein Vater gestern noch fertiggestellt. Leider ist er heute verhindert.«

»Solange alles fertig ist, werde ich mich nicht beklagen.« Die Frau griff nach ihrer Börse und reichte Charlotte einige Münzen. »Vielen Dank für Ihre Mühe, ich denke, ich werde bald mit einem neuen Auftrag zu Meister Trautmann kommen.«

Damit nahm sie ihr Paket und verschwand.

Charlotte betrachtete die Münzen auf dem Tisch. Immerhin konnte sie sich in den nächsten Tagen etwas zu essen kaufen, ohne die Ersparnisse ihres Vaters anzurühren. Vielleicht sollte sie in den Tagen, in denen er im Gefängnis war, sein Geschäft weiterführen? Die Monate, in denen sie ihm immer wieder geholfen hatte, waren sehr lehrreich gewesen – es würde ihr nicht schwerfallen, selber Druckeraufträge anzunehmen und zu drucken. Sie musste nur noch herausfinden, wo ihr Vater Farbe und Papier erstand.

Beruhigt atmete sie durch. Es war ein guter Plan, vorausgesetzt, genug Kundschaft fand den Weg in die kleine Druckerei. Aber das Geschäft ihres Vaters war in Neustadt gut bekannt, das sollte also kein Problem sein.

Ein vertrauteres Geräusch von der Tür zeigte ihr, dass die Zeitung ausgeliefert wurde. Sie stand auf und nahm sie in Empfang. Heute konnte noch nichts über die Verhaftung ihres Vaters darinstehen, die war ja eben erst geschehen.

Aber wahrscheinlich stand so einiges über die neuen Verordnungen zur Versammlungsfreiheit darin.

Charlotte setzte sich an den Küchentisch und las die Titelseite aufmerksam durch. Wie sie angenommen hatte, drehte sich viel um die Verordnungen, die die Bayern direkt nach dem Fest erlassen hatten. Versammlungen waren verboten, auch das Aufstellen von Freiheitsbäumen war bei hohen Strafen untersagt. Das Singen der Lieder zum Fest war natürlich nicht mehr gestattet, man suchte sogar nach dem Urheber einiger Lieder. Unwillkürlich musste sie an Siebenpfeiffer denken. Stammte das *Hinauf, hinauf zum Schloss* nicht aus seiner Feder? Wenn sie ihn erwischten, dann war ihm das Gefängnis ebenso sicher wie ihrem Vater.

Seufzend blätterte Charlotte um. Was vor kurzer Zeit noch so hoffnungsvoll begonnen hatte, war zu einem schrecklichen Unglück geworden. Die Herrscher ließen sich nicht gefallen, dass man lautstark über ihre Absetzung und über die Rechte der einfachen Bürger nachdachte, so viel stand fest.

Neugierig las sie weitere Artikel, bis sie auf der letzten Seite angekommen war. Ihr Blick fiel auf eine kleine Meldung.

> **Im Rhein ertrunken**
> Vier Weinschmuggler ertranken bei dem Versuch,
> den Rhein mit ihrer Schmuggelware zu überqueren,
> in den Fluten. Ihre Namen sind nicht bekannt, ihr
> Schicksal möge zur Warnung dienen.

Das war alles. Keine Namen, kein Datum, keine genauere Angaben. So etwas stand häufig in der Zeitung, und sie hatte solche Meldungen bisher nur schnell überflogen. Was interessierte sie sich für Schmuggler, die entweder wagemutig oder dumm den Rhein überquerten und so hofften, ihren Wein zu einem anständigen Preis zu verkaufen?

Doch jetzt erinnerte sie sich an den unrasierten Friedrich, der vor einigen Wochen bei ihr aufgetaucht war. Oder war es erst kurz vor dem Fest gewesen? Sie konnte sich nicht mehr auf ihre Erinnerung verlassen, alles verschwamm. Er hatte ihr nicht verraten wollen, wie seine überraschende Geldquelle aussah – aber mit einem Mal war es ihr völlig klar: Friedrich war unter die Weinschmuggler gegangen. Er hatte das große Risiko, das hinter dem Schmuggel steckte, einfach nicht beachtet. Hatte alles darangesetzt, endlich mit ihr verheiratet zu sein und wieder zu Geld zu kommen.

Ihr Blick fiel auf den Artikel. Fast täglich versuchten Schmuggler, den Rhein zu überqueren. Sie wurden immer wieder erwischt, oder ihre behelfsmäßig zusammengezimmerten Boote kenterten in den Fluten. Bestimmt war ihr Friedrich nicht unter den Toten gewesen, ganz bestimmt nicht. Und doch spürte sie, wie die Angst nach ihrem Herzen griff und sich wie eine eiskalte Hand darumlegte.

In den nächsten Tagen konnte sie niemand beruhigen. Ganz allmählich erfuhren Nachbarn und Freunde ihres Vaters von seiner Verhaftung. Sie kamen vorbei, brachten ihr etwas zu essen oder ein wenig Geld. Es würde länger dauern, bis Christian Trautmann das Gefängnis in Frankenthal wieder verlassen durfte. Wenn er überhaupt wieder freikam.

Denn mit jedem Tag gab es mehr Soldaten in der Stadt. Wie Charlotte schon vermutet hatte, wurde auch Siebenpfeiffer verhaftet und landete im Gefängnis in Landau. Trüge sie das Tuch noch um ihren Hals, hätte sie der Reihe nach die darauf abgebildeten Köpfe ausstreichen können. Drei Wochen nach dem Fest war keiner von ihnen mehr in Freiheit.

Zum Glück hatte sie immer wieder kleine Druckaufträge, die sie ohne Hilfe problemlos erledigen konnte. Ihr Vater hatte noch einen Vorrat an Papier in seinen Schränken – und auch Druckerfarbe stand reichlich bereit. Die Arbeit lenkte sie von ihren Sorgen ab und brachte ein kleines Einkommen, das sie fürs Erste unabhängig von den milden Gaben ihrer Besucher machte.

Trotzdem konnte und wollte sie sich nicht an das einsame Haus gewöhnen und legte abends nicht nur den eisernen Riegel sorgfältig vor, sondern schob auch eine schwere Kiste vor die Tür. Ob die im Zweifelsfall mehr Sicherheit bot, war Charlotte egal: Sie fühlte sich sicherer, das war die Hauptsache.

An einem späten Nachmittag, der Riegel war schon vorgelegt, klopfte es an der Tür. Laut, selbstsicher, fordernd.

»Wer da?«, fragte Charlotte und bemühte sich, ihre Stimme möglichst selbstsicher klingen zu lassen.

»Ich bin's!« Sie runzelte die Stirn. War das die Stimme von Ludwig? Sie hatte ihn seit seinem missglückten Heiratsantrag nicht mehr gesprochen. Und jener Nachmittag im Herbst erschien ihr ein halbes Leben entfernt.

Vorsichtig fragte sie nach. »Herr Gruber, sind Sie es?«

»Erkennen Sie etwa meine Stimme nicht mehr? Jetzt machen Sie schon auf, bevor ich die Geduld verliere!«

Hastig schob Charlotte die Kiste zur Seite und öffnete den Riegel. Noch bevor sie die Tür öffnen konnte, trat Ludwig in ihr Haus. Neugierig sah er sich um.

»Hier wohnen Sie also«, stellte er fest. »Sie haben mich noch nie eingeladen!«

»Nun, es gab keinen Anlass«, versuchte Charlotte sich zu rechtfertigen.

»Ist auch nicht wichtig.« Er machte eine wegwerfende Handbewegung. »Nicht mehr.«

»Wollen Sie sich nicht setzen?« Sie deutete auf die Stühle am Küchentisch.

»Nein. Was ich Ihnen zu sagen habe, kann ich Ihnen auch im Stehen sagen. Es wird nicht viel Zeit in Anspruch nehmen.« Er musterte sie – und Charlotte war sich nicht sicher, ob dieser Blick hinterhältig oder einfältig war.

»Nun, was führt Sie hierher?«

»Wir haben Friedrich Wirth gefunden«, erklärte Ludwig ohne weitere Umschweife. »Ersoffen im Rhein, er hing in der Uferböschung. Seine Familie soll ihn abholen und begraben.«

Charlotte spürte, wie ihre Knie unter ihr nachgaben. Sie taumelte und hielt sich mit Mühe an der Lehne eines Stuhls fest. »Aber das kann doch nicht sein! Wann?«

»Gestern. Wir konnten ihn anhand seiner Jacke identifizieren. Er trug darin ein Bild und einen Brief von Ihnen. Es gibt also keinen Zweifel.«

»Und was soll er am Rhein gemacht haben?« Schon während sie die Frage stellte, fand sie, dass sie töricht klang. Natürlich hatte Friedrich Wein geschmuggelt. Natürlich war das gefährlich. »Er ist ein Schmuggler!« Zornesröte stieg in Ludwigs Gesicht. »Und Sie sollten nicht so tun, als ob Sie keine Ahnung gehabt hätten. Spätestens seit diesem Fest an der Schlossruine wusste jeder, dass Sie sein Mädchen sind. Das Mädchen, das seine Ehre hinwirft wie einen stinkenden Lumpen!«

»Woher wollen Sie das wissen?« Sie spürte, wie ihr schwarz vor Augen wurde. Friedrich war tot, er würde nie mehr wiederkommen. Sie war eine Witwe, die nie geheiratet hatte. »Weiß seine Familie Bescheid?«

»Nein. Ich bin zuerst zu Ihnen gekommen, damit Sie die Nachricht ohne Verzug erhalten. So habe ich auch die Möglichkeit, Ihnen mein Angebot zu machen.« Er sah sie eindringlich an. »Sie müssen sich bewusst sein, dass Ihr Name und Ihre Schönheit keinen Pfifferling mehr wert sind. Ich selbst habe gesehen, wie Sie sich auf dem Heimweg vom Schloss mit Ihrem Galan in die Büsche geschlagen haben wie eine rollige Katze. Ihr Vater sitzt im Gefängnis und wird in Frankenthal verschimmeln, bis ihm endlich der Prozess gemacht wird. Ihr Bruder träumt mit seinen Kommilitonen von einem bewaffneten Aufstand gegen die Mächtigen, wie sollte er da auch nur das Geringste für Sie bewirken? Sie sind allein, von Gott und der Welt verlassen. Das ist Ihre Situation, nüchtern betrachtet.«

Tränen stiegen Charlotte in die Augen. Er hatte recht. Was auch passieren mochte – ihr Leben war in der Sekunde beendet gewesen, in der Friedrich ihr erklärt hatte, dass er endlich einen Weg gefunden habe, sie zu heiraten und zu versorgen.

Sie nahm Ludwig Gruber nur verschwommen wahr, als sie schließlich fragte: »Machte es Ihnen wirklich so viel Freude, mir all diese schlechten Nachrichten zu überbringen? Ich habe von Ihnen nie viel gehalten. Aber jetzt bin ich mir sicher, dass jedes einzelne Wort, das ich bislang an Sie gerichtet habe, zu viel war.«

Ludwigs Wangen färbten sich flammend rot, als er eine Hand hob, um sie zum Schweigen zu bringen.

»Sie haben mir nicht bis zum Ende zugehört. Ich habe von einem Angebot gesprochen.« Er musterte sie eindringlich. »Wie ich Ihnen schon deutlich gemacht habe, haben Sie in diesem Leben nichts mehr zu erwarten. Keiner wird Ihnen helfen, und Sie werden als Bettlerin oder womöglich als etwas noch Schlimmeres enden. Vor diesem Schicksal möchte ich Sie bewahren, denn ich habe Sie in mein Herz geschlossen. Deswegen biete ich Ihnen einen Ausweg: Sie werden meine Frau und lassen Ihre Vergangenheit hinter sich. Ich bin bereit, Ihnen Ihre Mesalliance mit diesem Winzer ebenso zu verzeihen wie Ihr Kokettieren mit diesen sogenannten Demokraten. Wenn Sie bereit sind, ein neues Leben an meiner Seite anzufangen und mir künftig eine gehorsame Ehefrau zu sein – dann will ich Sie vor dem dunklen Schicksal bewahren, das vor Ihnen liegt.« Er machte eine kurze Pause. »Sie müssen sich nicht sofort entscheiden. Ich lasse Ihnen bis morgen Zeit. Wenn Sie sich für den richtigen Weg entscheiden und ein Leben an meiner Seite nach meinem Willen führen wollen, dann müssen Sie bis morgen Abend in mein Haus kommen und mir Gehorsam geloben.«

Seine Augen funkelten boshaft, als er weiterredete.

»Wenn Sie sich entscheiden, mein Angebot nicht anzunehmen, dann schwöre ich, dass ich Ihnen Ihr Leben zur Hölle machen werde. Sie sind bisher nur deswegen nicht verhaftet worden, weil Sie eine Frau sind. Doch das kann ich ändern. Und ich werde dafür sorgen, dass Sie im Gefängnis kein angenehmes Leben haben. Selbstverständlich werde ich mich auch um Ihren Vater in Frankenthal kümmern. Es gibt dunkle und feuchte Keller in diesem Gefängnis, in dem die Häftlinge gerne auch einmal vergessen werden … Ich denke, die Verlegung in ein solches Loch liegt durchaus in meiner Macht.«

Er lächelte zufrieden. »Ich schätze Ihre Klugheit. Ich bin mir sicher, Sie werden die richtige Entscheidung für sich und Ihre Familie fällen. Nun, dann bis morgen! Ich freue mich schon darauf, Sie meiner Familie als meine zukünftige demütige Ehefrau vorzustellen.«

Damit machte er auf dem Absatz kehrt und schlug die Eingangstür hinter sich zu.

Wie betäubt sah Charlotte ihm hinterher. Es konnte nicht wahr sein. Friedrich war tot. Und der einzige Ausweg eine Ehe mit diesem Scheusal von Mann, der sie immer wieder daran erinnern würde, dass sie es nur seiner Gnade zu verdanken hatte, dass sie überhaupt atmen durfte.

Sie ließ sich auf einen der Stühle fallen und starrte auf ihre Hände. Was sollte sie jetzt tun? Schlimmer: Was konnte sie überhaupt noch tun?

Wahrscheinlich würde Ludwig Gruber jetzt zur Familie Wirth laufen und ihnen die Nachricht von Friedrichs Tod überbringen. Ein Mensch wie er würde sich nicht die Gelegenheit entgehen lassen, sich am Elend der anderen zu weiden.

Sie vermisste ihren Bruder. Wenn sie sich jetzt nur mit Wilhelm besprechen könnte, dann wäre vieles leichter. Aber der war seit dem Streit mit seinem Vater wie vom Erdboden verschwunden. An seiner Seite oder auch nur in seiner Nähe wäre sie kein Deut sicherer als hier in der Druckerei.

Seufzend stand Charlotte wieder auf und lief im Zimmer auf und ab. Sie zwang sich, alle Möglichkeiten zu bedenken.

Das Angebot anzunehmen bedeutete ein Leben im Unglück mit einem boshaften Mann. Hätte Ludwig Gruber als unbedeutender Zollbeamter wirklich die Macht, etwas gegen ihren Vater oder Bruder in die Wege zu leiten? Das war doch eher unwahrscheinlich. Die Ehe mit ihm würde nur sie selbst retten, niemanden sonst aus ihrer Familie. Nein, ein Leben ohne die geringste Aussicht auf Glück, das wollte sie nicht führen.

Lehnte sie das Angebot ab, würde sie ins Gefängnis kommen, so weit reichte Ludwig Grubers Einfluss ganz bestimmt. Über die Dinge, die Frauen in den Gefängnissen widerfuhren, hatte sie schon viel gehört. Und selbst wenn sie eines Tages wieder aus der Haft entlassen würde – solange die Bayern hier das Sagen hatten, würde sie diesem Ludwig Gruber nicht entkommen. Diese Aussicht war ebenso düster wie eine Ehe mit ihm.

Gab es wirklich keinen weiteren Ausweg? Was, wenn sie einfach verschwand? Die Tür zur Druckerei abschloss und nur einen Brief an ihren Vater hinterließ? Sie erinnerte sich an das Gespräch mit ihrem Vater über Johannes Fitz, den Gründer der Auswanderergesellschaft. Sie zögerte. Musste sie wirklich ihre Heimat verlassen, um dieser Entscheidung aus dem Weg zu gehen? Wie würde Ludwig Gruber reagieren? Ihm musste klar sein, dass es keinen Zweck mehr hatte, ihre Familie zu drangsalieren. Die einzige Gefahr bestand darin, dass man ihr die Ausreise aus Rheinbayern verweigerte. Dafür musste er allerdings rechtzeitig erfahren, dass sie sich auf der Flucht befand. Wenn sie also ihre Heimat verlassen wollte, dann musste es schnell geschehen.

Im Grunde war ihre Entscheidung schon gefallen. Zwei Möglichkeiten, unglücklich zu werden, standen der einen Möglichkeit entgegen, die zu Glück und Freiheit führen konnte – ein neues Leben in einem neuen Land.

Langsam ging sie die Treppen nach oben. Dort suchte sie einen Beutel aus Leinen und Leder heraus und legte die Dinge hinein, die ihr auf ihrer Reise nützlich sein würden oder die sie nicht missen wollte.

Das Tuch vom Hambacher Fest.

Der Schmuck ihrer Mutter.

Ein schlichtes Kleid.

Ein großes, warmes Schultertuch.

Eine Bürste, Seife, Handtuch.

Unterwäsche und Socken.

Nachdenklich sah sie sich in ihrem Zimmer um.

Alles andere war nur Tand. Kleinigkeiten, die sie seit ihrer Kindheit angehäuft hatte. Eine abgegriffene Puppe, ein angeschlagener Kerzenhalter – all diese Dinge waren es nicht wert, dass sie eingepackt wurden.

Sie sah an sich herunter. Weil sie heute wieder an der Druckpresse gearbeitet hatte, trug sie das einfache Kleid aus blauem Wollstoff mit einer hellen Schürze darüber. Es war bei Weitem nicht so ausladend, wie es die Mode im Moment vorschrieb – aber es war praktisch. Ebenso wie die ledernen Schnürschuhe, die ganz und gar nicht weiblich wirkten, mit denen man aber einen guten Stand an der Presse hatte. Schon vor Monaten hatte sie diese abgelegten Schuhe ihres Bruders übernommen. Für ihr Vorhaben waren sie ganz bestimmt geeigneter als die Seidenschühchen, die im Schrank ihrer Kammer standen.

Die Druckerei. Bestimmt war dort noch etwas, das ihr nützlich sein könnte. Sie schulterte ihren Beutel, warf noch einen letzten Blick auf ihre Kammer und lief dann die Stiege nach unten.

Es war längst dunkel geworden, und so zündete sie sich eine kleine Öllampe an und ging in die Druckerei. Die Flamme malte tanzende Schatten an die Wand, während sie sich prüfend umsah. Papier und Farbe konnte sie nicht mitnehmen. Ihr Blick fiel auf ein schmales, von ihrem Vater mit der Hand geschriebenes Büchlein, das die Tücken seiner Kniehebelpresse ebenso erklärte wie die Herstellung von Druckerfarbe und worauf es bei der Auswahl des Papiers ankam. Ihr Vater war immer der Meinung gewesen, dass er so sein Wissen für seine Gesellen oder seine Nachfahren bewahren könnte.

Sie griff nach dem Büchlein und ließ es in ihrem Beutel verschwinden.

Zurück in der Küche setzte sie sich wieder hin und griff nach Feder und Papier. Es war keine Zeit für lange Erklärungen.

Geliebter Vater,

ich hoffe, diese Zeilen finden Dich wohlbehalten und bei guter Gesundheit. Friedrich ist gestorben, Ludwig Gruber ließ mir mit seinen Drohungen keine andere Wahl: Ich muss die Stadt verlassen und werde Johannes Fitz um Hilfe bitten. Er kann Dir erklären, welchen Weg ich eingeschlagen habe. Sobald ich an einem sicheren Ort angekommen bin, werde ich versuchen, mich bei Dir zu melden. Mach Dir keine Sorgen um mich.

Deine Dich liebende Tochter Charlotte

Sorgfältig faltete sie das Papier zusammen und schob es in einen Umschlag, auf den sie den Namen ihres Vaters schrieb. Dann steckte sie den Brief in einen weiteren Umschlag, den sie mit der Adresse der Winzerfamilie Wirth beschriftete. Ihr Vater würde ganz sicher dort nach ihrem Verbleib fragen, von Friedrichs Tod hören und mit ein wenig Glück auch diesen Brief ausgehändigt bekommen, sobald er aus dem Gefängnis entlassen wurde. Doch wann das passieren würde, das wusste nur der Herrgott.

Nachdenklich sah Charlotte sich um. War jetzt der Zeitpunkt, an dem sie für immer ihr Zuhause verlassen musste? Sie nahm noch das letzte Stück Brot, Käse und Speck aus dem Schrank. Ein Proviant für die Nacht, es würde hier ohnehin nur verderben.

Dann warf sie sich ihren langen Mantel über, schnürte noch einmal die Schuhe fester und griff nach ihrem Beutel. Ab sofort würde sie ihren Blick nur nach vorne richten. Auf eine hellere Zukunft, in der sie die Chance auf ein klein wenig Glück hatte.

Entschlossen trat sie auf die Straße, zog die Tür hinter sich zu und drehte sorgfältig den Schlüssel um. Sie sah die leere Straße hinunter. Es war keine kalte Nacht, mit ein bisschen Glück würde sie von Regen verschont werden.

Ohne einen Blick zurück lief sie los. Sie musste sich beeilen, wenn sie vor der Morgendämmerung in Pfeffingen sein wollte.

8

Zwischen Neustadt und Pfeffingen, Rheinbayern, am 22. Juni 1832

Sie kannte den Weg, denn sie war ihn seit ihrer Kindheit häufig gegangen. Links verlief der dunkle Höhenzug der Haardt, rechts die Ebene, in der irgendwo weit entfernt der Rhein floss. Bei Tageslicht war dieser Weg ein Kinderspiel, noch dazu war er gepflastert.

In dieser Sommernacht wurde es allerdings – kurz nachdem sie Neustadt hinter sich gelassen hatte – stockdunkel. Der Mond verbarg sich hinter dicken Wolken, Charlotte konnte kaum den Weg erkennen und tastete sich mit suchenden Schritten voran. Dabei stolperte sie immer wieder, Zweige verfingen sich in ihrer Kleidung. Gut, dass sie das einfache Kleid gewählt hatte.

Anfangs war sie noch der Meinung, dass sie die Straße allein für sich hätte. Es war Mitternacht vorbei, wer würde da schon unterwegs sein? Sie lief also in der Mitte der Straße. So entkam sie den tiefen Spurrinnen, die die Räder der schweren Fuhrwerke in dem Pflaster hinterlassen hatten.

Aber schon kurz nach Neustadt hörte sie zum ersten Mal Stimmen. Viel zu spät, denn sie hatte einfach nicht damit gerechnet – und als sie endlich die Männer hörte, waren sie nur noch wenige Schritte entfernt. Beherzt sprang sie hinter einen Busch.

Sie hatten sie nicht gesehen und liefen einfach vorbei, laut scherzend und offensichtlich nicht ganz nüchtern. Zollbeamte. Waren sie auf dem Rückweg von einem Gasthaus? Oder wollten sie womöglich Schmugglern, wie Friedrich einer gewesen war, das Handwerk legen? Der Gedanke an Friedrich versetzte ihr einen Stich.

Sie waren schnell vorbei, und Charlotte machte sich wieder auf den Weg. Jetzt lauschte sie allerdings immer wieder in beide Richtungen. Wo ein Trupp auf Patrouille unterwegs war, da konnte durchaus noch ein zweiter sein.

Die Wolken vor dem Mond wurden noch dichter. Es war nun so finster, dass sie kaum die Hand vor dem Gesicht erkennen konnte. Immer wieder traten ihre Füße ins Leere, wenn der Straße einige Pflastersteine fehlten. Die Löcher waren mit Wasser gefüllt, die Schuhe ihres Bruders wurden nass und fingen an zu reiben. Der Trageriemen ihres Beutels schnitt in die Schulter, und sie war dankbar, dass der Mantel wenigstens ein wenig Schutz gab. Zum Wandergesellen war sie offensichtlich nicht geboren.

Doch heute Nacht durfte sie keine Rücksicht auf schmerzende Füße oder die bleierne Müdigkeit nehmen, die sich allmählich einstellte. Sie zwang sich, weiterzugehen.

Dann hörte sie erneut Stimmen. Nur zwei Männer, aber sie versteckte sich wieder, dieses Mal in einem Graben neben der Straße, die hier nur durch Wiesen führte. Sie drückte sich fest an die feuchte Erde, während die schweren Stiefel der beiden Männer keinen Meter entfernt auf die Straße krachten. Charlotte wagte es nicht, ihren Kopf zu heben. Ihrem Gespräch entnahm sie, dass es keine Zöllner waren, sondern zwei Diebe, die sich über die Ausbeute ihres nächtlichen Raubzugs unterhielten.

Die Feuchtigkeit aus dem Gras kroch durch die Kleider, aber sie wartete lieber etwas länger, bis sie sich sicher sein konnte, dass die beiden schon ein ganzes Stück weiter waren. Was Diebe mit einer einsamen Frau mitten in der Nacht auf einer Landstraße anstellten, wollte sie sich nicht einmal in ihren dunkelsten Träumen ausmalen.

Irgendwann tauchte Deidesheim vor ihr auf. Um nicht von irgendjemandem gesehen zu werden, wählte Charlotte einen Weg, der am Haardtrand oberhalb des Städtchens vorbeiführte. Sie kletterte durch die Wingerte bergauf und folgte dann dem schmalen Pfädchen, das über unebenes Gelände verlief. Immer wieder stolperte sie und fiel auf die Knie. Zum Glück verletzt sie sich nicht ernsthaft, denn der Boden war weich.

Als sie endlich an dem kleinen Ort vorbei war, kam ein leichter Wind auf und vertrieb die finsteren Wolken. Mit einem Mal stand der Mond am Himmel, und nun konnte sie viel schneller ausschreiten. Überraschend, wie hell der Mondschein doch sein konnte, dachte sie bei sich. Das war ihr in ihrem bisherigen Leben noch nicht aufgefallen.

Leise ermahnte sie sich, nicht zu viel über ihr bisheriges Leben nachzudenken. Ab sofort würde einiges anders werden.

Vor allem musste sie das Wort daheim aus ihrem Wortschatz streichen. Eine Heimat hatte sie nicht mehr. Die musste sie sich erst wieder suchen.

Noch zweimal traf sie auf patrouillierende Zöllner. Bald war es nicht mehr weit nach Dürkheim. Am Horizont zeigte sich ein heller Schimmer, der das Ende der Nacht ankündigte. Charlotte zwang sich zu einem schnelleren Schritt. Sie wollte nicht gesehen werden. Womöglich stand das Haus des Johannes Fitz ja unter Beobachtung, und ganz sicher würde Ludwig Gruber in dem Fall bald erfahren, wo sie steckte. Dann würde er ihr seine Kollegen auf den Hals hetzen, die sie unter einem Vorwand ins Gefängnis brachten. Nein, das durfte sie nicht riskieren.

Und so hörte sie nicht auf die schmerzenden Füße und auch nicht auf die bleierne Müdigkeit. Vor allem das Luftholen fiel ihr jetzt schwer. Das Korsett ließ nicht zu, dass sie tief einatmete, und schnitt tief in ihre Seiten ein. Irgendwann versteckte sie sich in einem Wäldchen und lockerte das quälende Ding ein wenig. Dann lief sie weiter, an Wingerten und Getreidefeldern entlang und immer mit dem dunklen Wald zur Linken, der über alles wachte.

Was hatte ihr Vater gesagt? Das Haus von Johannes Fitz in Pfeffingen sei nicht zu übersehen. Ein steiler Giebel und ungewöhnliche halbrunde Fenster.

In ihrem Eifer, das Haus zu erreichen, hätte sie fast zwei Beamte übersehen, die an einem Baum lehnten und gemütlich über die Rheinebene sahen, während sie sich leise unterhielten. In letzter Sekunde bemerkte Charlotte die beiden und sprang ins knöcheltiefe Wasser des Grabens. Sie hielt den Atem an. Hatten die beiden sie bemerkt? Immerhin war sie einfach auf der Straße dahingestapft, im beginnenden Licht des Tages für jeden deutlich zu sehen, der auch nur Augen im Kopf hatte.

Das Glück blieb ihr hold. Die Beamten sprachen leise weiter und kümmerten sich offenbar nur um ihre eigenen Probleme. Leise kletterte Charlotte wieder aus dem Graben und schlug sich durch die Weinreben. Eine vorwitzige Ranke fuhr ihr ins Gesicht und verfing sich in ihren Haaren. Als sie sich mit einem Ruck losriss, löste sich eine Nadel aus ihrem Haar, das ihr lang über den Rücken fiel.

Charlotte war ihr Aussehen längst egal. Sie wollte endlich das Anwesen erreichen, das vor ihr auf einer leichten Erhebung lag und genauso aussah, wie ihr Vater es beschrieben hatte. Ihr Herz schlug schneller. Was, wenn dieser Fitz jetzt doch nicht der hilfreiche Mann war, als den ihr Vater ihn beschrieben hatte? Wenn er doch nichts mit einem flüchtigen Mädchen zu tun haben wollte?

Die letzten Meter zum Tor legte sie nur langsam zurück. Ihr ganzer Plan beruhte darauf, dass man ihr hier, im Haus von Johannes Fitz, half. Zögerlich griff sie nach dem Türklopfer und ließ ihn nur ein einziges Mal fallen.

Es war immer noch früher Morgen, auch wenn jetzt Sonnenstrahlen über die Landschaft tanzten und einen wunderbaren Tag verhießen. War überhaupt schon jemand wach?

Leise knarrend schwang die Tür auf.

Eine ältere Dame musterte sie von oben bis unten. Charlotte lächelte unbehaglich. Sie war sich bewusst, dass sie mit ihrem dreckigen, zerrissenen Kleid, den wirren Strähnen, die aus ihrer Frisur hingen, und den lehmigen Männerschuhen ziemlich wild aussah.

»Mein Name ist Charlotte Trautmann …«, begann sie.

Mit einer kleinen Handbewegung trat die Frau zur Seite und winkte Charlotte ins Innere des Hauses. »Man weiß nie, wer hier draußen zuhört«, erklärte sie knapp. »Kommen Sie lieber herein.«

Durch einen langen Flur wurde Charlotte in die helle und warme Küche des Hauses geführt. Die Frau füllte einige Blätter in eine Kanne, goss heißes Wasser darauf, das auf dem Herd leise vor sich hin simmerte, und wandte sich erst dann wieder Charlotte zu.

»Mein Name ist Philippine, ich bin die Schwester von Johannes Fitz. Ich denke, du wirst mit ihm reden wollen, nicht wahr? Er wird sich nach dem Frühstück Zeit für dich nehmen. Aber vielleicht willst du dich erst einmal ausruhen? Woher kommst du denn heute Morgen?«

»Aus Neustadt. Mein Vater ist der Drucker Christian Trautmann, er sitzt in Frankenthal im Gefängnis. Und da komme ich auch hin, wenn ich nicht weggehe.« Die Sätze waren aus Charlotte nur so herausgeplatzt.

Gelassen stellte Philippine Fitz eine Tasse vor ihr ab. »Dann trinke doch erst einmal eine Tasse Tee, das wird dir guttun. Wir werden schon eine Lösung finden, um dir zu helfen.«

Die Ruhe der älteren Frau sorgte dafür, dass auch Charlotte durchatmete. Offenbar war sie nicht die Erste, die zu nachtschlafender Stunde an die Pforten des Hauses geklopft hatte. Ihr Vater hatte recht: Hier konnte man ihr helfen. Langsam trank sie einen Schluck des heißen Getränks.

»Hast du auch Hunger?« Philippine Fitz wartete die Antwort nicht ab, sondern griff nach einem Brot und schnitt zwei dicke Scheiben ab, die sie dick mit Butter bestrich.

Charlotte hatte ihre Vorräte schon kurz hinter Neustadt gegessen und griff gierig nach dem Brot. »Vielen Dank«, murmelte sie. »Und verzeihen Sie, dass ich Sie so früh geweckt habe.«

»Ich stehe immer so früh auf«, erwiderte die Frau lächelnd. »Ich mag die frühen Stunden des Tages, da kann ich mich noch um allerlei Dinge kümmern, für die ich später keine Zeit mehr finde.«

Erst jetzt hatte Charlotte die Gelegenheit, ihr Gegenüber genauer anzusehen. Hohe Wangenknochen, ein schmales Gesicht und lebhafte Augen. Die Haare trug Philippine Fitz noch von der Nacht in einem Zopf, der lang über den Rücken fiel. Ihr Auftreten zeigte, dass sie in diesem Haus das Sagen hatte.

»Möchtest du dich denn ein wenig ausruhen, bevor du mit meinem Bruder sprichst?«, wollte sie wissen. »Du siehst erschöpft aus. Was ja kein Wunder ist, die Strecke von Neustadt nach Dürkheim ist alles andere als ein kurzer Spaziergang. Vor allem, wenn man des Nachts unterwegs ist. Bist du vielen Patrouillen begegnet?«

»Drei oder vier Stück«, erzählte Charlotte. »Und dann noch Schmugglern. Natürlich nicht gleichzeitig.« Sie lachte leise. »Und ich würde lieber erst mit Ihrem Bruder sprechen, wenn es recht ist. Sonst finde ich keine Ruhe.«

»Dann bleib doch hier sitzen und versuch, ein wenig ruhiger zu werden. Ich hole dich, wenn er Zeit für dich hat.« Sie nickte Charlotte freundlich zu. »Aber du musst dir keine Sorgen machen. Wir werden eine Lösung für dich finden, da bin ich mir sicher.«

Damit verließ sie die Küche, und Charlotte war allein. Langsam trank sie ihren Tee und aß die beiden Brotscheiben. Es kam ihr vor, als hätte sie selten etwas Besseres bekommen.

Es dauerte eine Weile, bis Johannes Fitz sie zu sich in sein Arbeitszimmer bat. Da sie ihn bereits auf dem Fest gesehen hatte, war sie nicht überrascht über seine leuchtend roten Haare – der Grund dafür, dass er landauf, landab als der »Rote Fitz« bekannt war. Seine Gesichtszüge ähnelten denen seiner Schwester.

»Verzeih, dass ich dich so lange habe warten lassen«, sagte er und lächelte sie freundlich an. »Aber ich bin dieser Tage nicht so häufig hier, wie es mir lieb wäre. Wenn ich ständig auf Reisen bin, können mich die Soldaten nämlich nicht so leicht greifen … Aber du bist nicht hier, um von meinen Schwierigkeiten zu hören. Meine Schwester sagte, du seist die Tochter von Christian Trautmann, dem Neustädter Drucker. Ist das richtig?«

»Ja. Er wurde inzwischen verhaftet und sitzt in Frankenthal im Gefängnis. Ich denke nicht, dass er bald seine Freiheit wiedererlangen wird.«

»Das fürchte ich auch. Sicher, es gilt noch die Rechtsprechung aus Frankreich, das wird uns womöglich zum Vorteil gereichen. Ein Richter allein kann kein Urteil fällen, er braucht dafür Geschworene. Ich bin zuversichtlich, dass es auch bei deinem Vater gut ausgehen wird. Aber das Ganze kann durchaus ein Jahr dauern. Wenn nicht länger.« Er sah sie neugierig an. »Aber das kann nicht der Grund sein, dass du dich mitten in der Nacht auf den Weg zu uns nach Pfeffingen machst.«

»Nein.« Sie zögerte kurz, dann sprudelte die Geschichte von Ludwig Gruber, von Friedrich, ihrem Bruder und dem Hambacher Fest aus ihr heraus. »Jetzt stehe ich ganz allein da – und wenn ich nicht bis heute Abend diesem Ludwig Gruber erkläre, dass ich seine Frau werde, dann lande ich selbst im Gefängnis«, endete sie. »Deswegen habe ich beschlossen, nach Amerika auszuwandern.«

»Bist du dir sicher, dass du so weit weg willst? Hast du denn nirgends Verwandtschaft, bei der du für einige Monate unterschlüpfen kannst? Irgendwo in Hessen oder Preußen könntest du abwarten, was hier weiter geschieht ...« Er schüttelte den Kopf. »Amerika, das ist der letzte Ausweg, meinst du nicht?«

»Leider bin ich ganz allein auf dieser Welt. Und wie lange soll ich abwarten?« Charlotte sah Fitz trotzig an. »Was ich in den letzten Wochen gesehen habe, hat mir gezeigt, dass die Sache der Freiheit im Moment keine schnellen Siege feiert. Im Gegenteil: Die Mächtigen sammeln ihre Kräfte, um jede fortschrittliche Idee sterben zu lassen. Und ich habe gehört, dass man in Amerika ein neues, freies Leben beginnen kann. Ich möchte nicht fürchten müssen, dass es an der Tür meines Hauses klopft und die Gendarmen mich auch noch holen ...«

Während sie redete, war Philippine ins Zimmer gekommen und hatte sich schweigend neben ihren Bruder gesetzt.

»Das freie Leben gibt es leider nicht ohne einen hohen Preis. Damit meine ich nicht die teure Überfahrt, sondern den Verlust der Heimat. Du musst alles, was dir lieb ist, hinter dir lassen – und es ist nicht sicher, dass du es jemals wiedersehen wirst. Ebenso wenig ist es sicher, dass du dein Ziel erreichst. Der Atlantik ist groß und voller Gefahren. Nicht alle, die sich an Bord eines Segelschiffs begeben, werden das andere Ufer auch erreichen. Das alles will wohlbedacht sein. Außerdem bist du eine Frau. Das macht die Sache noch schwieriger.«

»Aber was soll ich denn hier?«, rief Charlotte verzweifelt aus. Weigerte Johannes Fitz sich etwa, ihr bei der Flucht zu helfen? »Durch meinen Bruder werden meine Probleme womöglich noch größer. Ich vermute fast, er plant eine Gewalttat, um die Sache der Revolution nach vorne zu bringen. Danach kann ich erst recht nicht mehr in Ruhe leben. Es gibt niemanden, bei dem ich mich für mehrere Monate oder gar Jahre verstecken kann. Wer kann denn sagen, wann hier endlich wieder Frieden einkehrt? Mit Verlaub, meine Hoffnung ist gering, dass wir noch in diesem oder den nächsten Jahren einen greifbaren Erfolg haben werden. Dafür sind die Kämpfer doch viel zu zerstritten. Und ohne meinen Verlobten, der sein Weingut sicher nicht verlassen hätte, möchte ich auch nicht mehr unter der Herrschaft der Bayern leben. Überall ist es besser als hier.«

»Zumindest herrscht in den Kolonien ein großer Frauenmangel«, murmelte Fitz nachdenklich. »Du wirst ohne Zweifel wieder einen Mann finden, der auch deinen Ansprüchen genügt.«

»Das ist aber mitnichten mein Ziel«, fuhr Charlotte auf. »Ich möchte ein Leben führen, wie es mir selber gefällt – und nicht, wie es den Bayern oder irgendeinem anderen Mächtigen richtig erscheint.« Sie sah ihn bittend an. »Ich habe mich gestern Abend entschieden, und ich werde in meinem Entschluss nicht mehr wanken: Ich möchte nach Amerika.«

Einen Moment lang herrschte Schweigen in dem Zimmer. Eine Fliege summte am Fenster. Es roch nach Büchern und Leder. Johannes Fitz wechselte einen langen Blick mit seiner Schwester, bevor er ihr antwortete.

»Wenn du dir so sicher bist, dann werde ich dir helfen.« Er

stand auf und ging mit großen Schritten durch den Raum. »Zuerst werden wir dir einen neuen Namen und neue Papiere geben müssen. Sonst sorgt dein Ludwig dafür, dass du gleich an der ersten Grenze scheiterst. Dann müssen wir deine Route planen. Bist du des Französischen mächtig?«

»Nur ein wenig«, bekannte Charlotte.

»Nun, dann ist der Weg über Bremerhaven sicher besser. Da musst du dich nur mit deutschsprachigen Zöllnern herumschlagen.«

»Bremerhaven?« Sie sah ihn überrascht an. Von diesem Hafen hatte sie noch nie gehört.

»Das ist der neue Hafen der Stadt Bremen. Seit Anfang des Jahres wird ein regelmäßiger Schiffsverkehr zwischen Bremerhaven und New York betrieben. Da diese Route neu ist, wird dein bayerischer Galan womöglich nicht auf die Idee kommen, dass du diesen Weg wählst.« Er sah sie ernst an und schüttelte dann den Kopf. »Das ändert aber nichts an dem Problem, dass du ein hübsches Kind bist – und du auf dem Weg sicher nicht nur Männer treffen wirst, die an deinem Fortkommen und deinem Wohl interessiert sind. Es wird gefährlich, keine Frage. Wenn du in einer Gruppe reisen würdest, dann hättest du wenigstens ein gewisses Maß an Sicherheit …«

Jetzt mischte sich Philippine Fitz ein. »Vielleicht möchtest du lieber warten, bis sich eine Auswanderergesellschaft auf den Weg macht? Wir planen für 1833 den Aufbruch einer größeren Gruppe.«

»Sie kann nicht so lange bei uns bleiben«, unterbrach Fitz seine Schwester. »Seit dem Fest müssen wir fast täglich mit einer Durchsuchung unseres Hauses rechnen. Wenn die Gendarmen dann eine Frau finden, die sich in Neustadt der Verhaftung durch Flucht entzogen hat, können wir alle gemeinsam die Mauern des Frankenthaler Gefängnisses von innen betrachten.«

Philippine sah Charlotte mit zusammengezogenen Augenbrauen an. »Ich habe eine Idee, wie wir Charlotte doch noch zu einer halbwegs sicheren Flucht verhelfen können. Ein bisschen verrückt, aber es könnte funktionieren …«

Belustigt sah Fitz seine Schwester an. »Hör auf, in Rätseln zu reden. Was hast du dir ausgedacht?«

»Was, wenn wir aus Charlotte einen Karl machen? Sie ist jung, da werden ihre helle Stimme und der mangelnde Bartwuchs kaum auffallen. Als Bursche könnte sie unbehelligt durch die Lande wandern, im Freien schlafen und sich mit Handlangerdiensten ein wenig Geld verdienen, ohne dass irgendjemand Verdacht schöpft. Und ihr bayerischer Verfolger sucht nur nach einer Frau – er wird sie also niemals finden.« Philippines Stimme klang aufgeregt. »Je länger ich darüber nachdenke, desto sicherer bin ich mir, dass hier die Lösung aller Probleme liegt. Solange es Charlotte gelingt, ihr Geheimnis für sich zu bewahren, ist sie leidlich sicher vor allen Gefahren, die einer jungen Frau auf einer solchen Reise widerfahren können.«

»Aber wie soll ihr das gelingen? Wann immer sie einem menschlichen Bedürfnis nachkommt, kann ihre Tarnung auffliegen.«

Mit einer einzigen Handbewegung wischte Philippine die Bedenken ihres Bruders vom Tisch. »Da wird ihr schon etwas einfallen. Wenn am Ende der Reise alle der Meinung sind, dass dieser Karl krankhaft schüchtern ist, dann ist nichts verloren.« Sie sah Charlotte gespannt an. »Was hältst du davon? Würdest du dir das zutrauen – monatelang als Mann zu reisen, Männerkleider zu tragen und dich in rauer Gesellschaft zu bewegen?«

»Nach der letzten Nacht, in der ich ständig mit meinen Röcken an irgendwelchen Dornen hängen geblieben bin, kann ich mir nichts Besseres vorstellen als Männerkleidung!«, rief Charlotte. »Ihre Idee ist einfach großartig!«

»Allerdings werden wir dir die Haare abschneiden müssen«, erklärte Fitz.

»Noch besser.« Charlotte zuckte mit den Achseln. »Wer möchte sich schon auf Reisen ständig mit seinen Zöpfen beschäftigen? Wahrscheinlich ist es mit kurzen Haaren sogar leichter, die Läuse im Zaum zu halten.«

»Dann ist es entschieden«, erklärte Philippine. »Wir verpassen dir einen Männernamen, wenn wir deine Papiere fälschen. Einen möglichst unauffälligen. Karl ist gut, das erinnert noch an deinen alten Namen. Du musst ja reagieren, wenn dich jemand ruft. Karl … Messmer? Das ist ein Allerweltsname, den sollten wir nehmen. Und du musst dir eine Geschichte überlegen, die du erzählen kannst. Warum bist du unterwegs, wo willst du hin, was hast du bisher gemacht? Darüber solltest du in den nächsten Tagen nachdenken.«

Fitz nickte Charlotte zu. »Wir sehen uns bestimmt vor deinem Abschied noch einmal, aber jetzt wird sich erst einmal meine Schwester um alle Einzelheiten kümmern.«

Gemeinsam mit Philippine verließ Charlotte das Arbeitszimmer von Johannes Fitz. In ihrem Kopf wirbelten die Gedanken wild durcheinander. Nicht mehr lange, und sie war wirklich unterwegs …

9

Pfeffingen, Rheinbayern, am 25. Juni 1832

»Fertig!« Philippine trat zurück und musterte Charlotte mit zufriedenem Gesicht. Auf dem Boden lagen die langen, hellbraunen Haarsträhnen, die sie soeben abgeschnitten hatte. Sie deutete auf einen Haufen Kleider, die unordentlich auf dem Bett lagen.

»Jetzt probier diese Sachen an und wähl ein paar Teile aus, die du mit auf die Reise nehmen kannst. Sie sind abgetragen und geflickt – aber mit neuen Kleidern würdest du nur unnötig auffallen.«

Zögernd griff Charlotte nach einem leinenen Hemd. Am Kragen war es ein wenig fadenscheinig, an den Ellenbogen durchgewetzt. Langsam schlüpfte sie aus dem einfachen Kleid, mit dem sie hier in Pfeffingen angekommen war. Sie sah unsicher an sich herab.

Philippine lächelte aufmunternd. »Zieh es aus. Wenn es noch wärmer wird, wirst du es nie wieder anziehen wollen.«

Die beiden Frauen lachten. Es gab keine Frau, die sich gerne jeden Morgen in das Korsett quälte – aber es war schlichtweg undenkbar, ohne ein solches Ding aus dem Haus zu gehen.

»Komm, ich helfe dir.« Philippine löste die Bänder des Korsetts, und es glitt auf den Boden.

»Zum Glück hast du keine großen Brüste, es sollte reichen, wenn du ein Leibhemd trägst.« Philippine reichte ihr das Hemd, und Charlotte schlüpfte hinein. Es war aus einem rauen Stoff, der sich auf ihrer Haut ungewohnt anfühlte. Langsam zog sie das abgetragene Leinenhemd darüber. Es fühlte sich überraschend fest an.

Als Nächstes wählte sie eine schmale dunkelbraune Stoffhose aus dem Stapel. Auch hier waren einige Nähte schon geflickt, aber sie saß gut, und die Hosenträger sorgten dafür, dass sie nicht nach unten fallen konnte. Ein einfacher Mantel und die Schuhe, mit denen sie gekommen war, vervollständigten ihre Ausstattung.

»Schau in den Spiegel«, meinte Philippine lächelnd. »Du musst unbedingt Karl Messmer kennenlernen. Ich finde, er sieht wie ein netter Bursche aus, der eines Tages zu einem famosen Mann heranwachsen wird.«

Sie zog Charlotte vor einen Spiegel in der Ecke des Zimmers. Charlotte sah einem jungen Mann in die dunkelgrünen Augen. Seine hellbraunen Haare waren zerzaust, die Sommersprossen zeichneten sich dunkel auf der hellen Haut ab.

Verlegen fuhr sie sich durch die kurzen Haare. »Ich sehe aus wie ein gerupftes Hühnchen«, murmelte sie.

»Blödsinn. Du siehst aus wie ein netter junger Mann, der wenig Zeit auf sein Äußeres verschwendet. Vor dir hat niemand Angst, dafür bist du zu schmal und zu jung. Aber das ist von Vorteil, ich denke, du flößt den Menschen Vertrauen ein. Das ist gut bei deinem Vorhaben! Jetzt gehe ein paar Schritte auf und ab.«

Vorsichtig ging Charlotte durch den Raum.

»Du musst größere Schritte machen!«, rief Philippine. »Ist dir das nie aufgefallen? Männer machen große raumgreifende Schritte, während wir Frauen immer nur dahintippeln. Du musst dir einen solchen Gang angewöhnen, sonst wirkst du zu weibisch.«

Charlotte stampfte wie ein Pferd durch das Zimmer. »Wenn ich das ein Jahr lang mache, werde ich mich nie wieder wie eine Dame bewegen können«, meinte sie und lachte.

»Darum musst du dich erst sorgen, wenn du eines fernen Tages tatsächlich wieder ein Kleid anziehst«, erklärte Philippine. »Bis dahin solltest du dich bemühen, möglichst glaubhaft einen jungen Mann zu spielen. Das wird schwer genug.«

Mit einigen Handgriffen wählte Philippine zwei weitere Hemden, eine Hose und einen Wollmantel aus dem Kleiderstapel. »Das steckst du noch in deinen Beutel, dann hast du etwas zum Wechseln. Der Mantel wird dir auf dem Schiff von guten Diensten sein. Ich habe in den Briefen vieler Auswanderer gelesen, wie kalt es auf der Überfahrt sein kann.«

»Wie kann ich diese Hilfe jemals zurückzahlen?«

»Mir reicht es als Bezahlung, wenn ich höre, dass du wohlbehalten in Amerika angekommen bist«, erklärte Philippine, die mit einem Mal wieder ernst war. »Du hast ein großes Abenteuer vor dir – und ich bin mir nicht sicher, ob es gut ausgehen wird.«

Sie griff nach einem Umschlag, der auf der Kommode lag. »Hier sind deine Papiere. Wie ich schon vor ein paar Tagen gesagt habe: Du musst dir ein Leben für deinen Karl ausdenken – und zwar schnell. Du darfst nicht zögern, wenn du nach deinen Zielen und deinem Heimatort gefragt wirst. Bleibe möglichst nah an der Wahrheit, dann fällt es dir nicht so schwer, deine Geschichte zu erzählen. Und noch etwas: Jeder kann hören, dass du aus der Pfalz kommst. Du solltest unbedingt sagen, dass du von hier kommst, alles andere ist nicht glaubwürdig.«

Neugierig sah Charlotte in den Umschlag und zog die Papiere heraus. Karl Messmer. Das war jetzt also ihr Name.

»Meine Name ist Karl …«, murmelte sie probeweise vor sich hin. Es klang so fremd, wie ihr Spiegelbild aussah.

»Am besten machst du dich gleich morgen früh auf den Weg«, sagte Philippine. »Es ist Sommer, jetzt solltest du ohne Probleme eine Fahrt auf dem Rhein organisieren können, es sind viele Boote unterwegs. Am besten gehst du zur Rheinschanze, da legen viele Boote an, und du kannst einen Kapitän ansprechen.«

Sie hatte bereits über den Weg gesprochen, den Charlotte einschlagen sollte. Auf dem Rhein bis nach Wesel, dann über Land nach Münster, weiter bis zur Weser und schließlich mit dem Boot nach Bremen. Niemand konnte wissen, wie lange diese Reise dauern würde. Aber Charlotte hatte sich den Weg auf der Landkarte im Fitz'schen Haus genau eingeprägt.

Seit sie hier eingetreten war, hatte sich Charlotte sicher und behütet gefühlt. Jetzt fiel es ihr schwer, diese Sicherheit wieder hinter sich zu lassen. Philippine schien dieses Zögern zu spüren. Sie legte der so viel jüngeren Frau die Hand auf die Schulter.

»Die Sicherheit, die du hier in Pfeffingen empfindest, gibt es nicht. Sie ist eine Illusion, weil die Gefahr nicht zu sehen ist. Glaube mir, die Gendarmen haben meinen Bruder in Verdacht, eines der wichtigsten Lieder des Hambacher Fests verfasst zu haben – sie werden bald kommen und nach ihm suchen. Er versucht, mit vielen Reisen seiner Verhaftung zu entgehen.« Sie seufzte. »Aber irgendwann werden sie ihn hier antreffen. Und dann ist jeder, der unter seinem Dach lebt, verdächtig. So sehr ich dich ins Herz geschlossen habe: Du kannst hier nicht bleiben, unser Haus ist nicht sicher.«

»Sie haben so viel für mich getan«, flüsterte Charlotte. – Die Tränen traten ihr in die Augen. Ihr Vater hatte ihr seinerzeit geraten, in diesem Haus um Hilfe zu bitten. Wenn sie das Anwesen der Geschwister Fitz verließ, dann war auch dieses letzte Stück Heimat dahin.

Ohne weiter nachzudenken schlang sie die Arme um die ältere Frau. »Ich fürchte mich«, bekannte sie. »Auch wenn ich weiß, dass kein Weg zurückführt, so habe ich doch Angst.«

Beschwichtigend klopfte ihr Philippine auf den Rücken, als wäre Charlotte ein kleines Kind.

»Alles andere wäre die reine Dummheit«, murmelte sie. »Dein Weg ist lang, gefährlich und unvorhersehbar. Keiner, der bei klarem Verstand ist, kann dir vorhersagen, wo du in einem Jahr sein wirst. Aber du kannst auf Gott vertrauen, dass er dich nicht in die Irre leiten wird. Irgendwann wirst du zurückblicken und erkennen, dass du die richtige Entscheidung gefällt hast.«

»Hoffentlich haben Sie recht«, flüsterte Charlotte leise.

»Und jetzt leg dich noch eine Nacht in ein richtiges Bett und genieße deinen Schlaf. Wer weiß schon, wann du wieder unbeschwert und ohne Angst schlafen kannst.«

Philippine lächelte ihr zu und verließ das Zimmer. Zögernd legte Charlotte ihre Kleider auf den Stuhl. Ab morgen würde sie nur noch Hemd, Wams, Hose und Mantel tragen. Verlegen fuhr sie sich über den merkwürdig nackten Kopf. Daran musste sie sich erst gewöhnen, keine Frage.

Mit Schaufel und Besen kehrte sie die Haare auf dem Boden zusammen und brachte sie zu einem Eimer in der Küche, in dem der Unrat gesammelt wurde. Irgendwann würden ihre Haare schon wieder wachsen, sagte sie sich.

Dann legte sie sich auf ihr Bett und starrte mit weit geöffneten Augen in die Dunkelheit. In dieser Nacht fand sie keinen Schlaf. Gedanken an ihren Vater, ihren Bruder und an Friedrich ließen sie nicht zur Ruhe kommen. Wie schnell hatte sich doch ihrer aller Glück gewandelt.

Als es endlich hell wurde, stand sie auf und zog die ungewohnte Kleidung an. Dann packte sie ihren Beutel. Ganz unten hinein legte sie das Tuch, das ihr Friedrich vor wenigen Wochen geschenkt hatte. Sie hob es an ihre Nase und hoffte noch, die Erinnerung an seinen Duft einzufangen. Vergebens, der Geruch war längst verflogen.

Darauf legte sie die Aufzeichnungen ihres Vaters über die Druckerpresse und ihre richtige Verwendung. Es folgten ihre Kleidung zum Wechseln und der wollene Mantel.

Mehr gab es nicht zu tun.

Sie sah sich noch einmal im Zimmer um und machte sich auf den Weg. Als sie an der Küche vorbeikam, winkte Philippine sie zu sich herein und drückte ihr noch einen Laib Brot und ein Stück Käse in die Hand.

»Nimm das mit, dann hast du wenigstens auf der ersten Wegstrecke keinen Hunger.«

Ein letzter Gruß – und Charlotte stand auf der Straße. Wenn sie heute tüchtig vorankam, dann würde sie noch am Nachmittag die Rheinschanze erreichen. Auf die Kutsche wollte sie verzichten, so gut es nur ging. Sie musste versuchen, Geld zu sparen, damit sie sich in Bremen dann die Passage auch leisten konnte.

Langsam lief sie los. Sie vergrößerte ihre Schritte, damit sie männlicher wirkten. Die Arme ließ sie wenig damenhaft an ihrer Seite schwingen und merkte schon nach wenigen Hundert Metern, dass man so schneller vorankam als mit dem feinen Gang der Frauen. Die Hose rieb noch an der Innenseite ihrer Oberschenkel, fühlte sich rau und ungewohnt an. Aber daran würde sie sich schon noch gewöhnen.

»Ich bin Karl Messmer«, murmelte sie leise vor sich hin. Es klang nicht besser als am Tag zuvor.

»He, Bursche!«, erklang eine Stimme hinter ihr. Sie schreckte aus ihren Gedanken auf und sprang auf die Böschung des Feldwegs, den sie entlanggelaufen war.

Ein schweres Ochsengespann überholte sie langsam.

Der Fahrer deutete auf den freien Platz neben sich. »Willst du für ein paar Schritte deine Schuhsohlen schonen?«

Charlotte nickte und sprang auf die langsam fahrende Kutsche auf. »Vergelt's Gott«, meinte sie lächelnd.

Ihre ersten Worte als Mann.

Der Kutscher schien keinen Verdacht zu schöpfen und nickte nur. »Wohin des Wegs?«

»Zur Rheinschanze. Ich hoffe, ich kann auf einem der Rheinboote anheuern.« Sie räusperte sich. Klang ihre Stimme wirklich wie die eines Mannes?

»Anheuern? Bist du nicht ein bisschen jung für so ein großes Abenteuer?« Der Kutscher musterte sie von der Seite. »Dir wachsen ja noch nicht einmal Haare im Gesicht. Hat dir das deine Mutter erlaubt?«

»Meine Mutter ist tot.« Keine Lüge. »Also musste ich fort. Bei mir daheim ist kein Platz für mich.« Auch hier blieb sie bei der Wahrheit.

Der Mann nickte nur. »Dann viel Glück auf deinem Weg. Die erste Hälfte kannst du bei mir mitfahren.«

»Danke«, entgegnete Charlotte und verzog den Mund erneut zu einem Lächeln. Dann erinnerte sie sich, dass Männer seltener lächelten, und wurde sofort wieder ernst. Aber der Kutscher achtete gar nicht mehr auf sie.

Stattdessen zog er an den ledernen Leinen. »Haaalt!«

Die Ochsen blieben stehen und der Kutscher sprang von seinem Bock. »Ich muss pinkeln. Du nicht?«

Fast hätte Charlotte genickt, dann schüttelte sie den Kopf. Sie konnte sich schwerlich gemeinsam mit dem Kutscher an einen Baum stellen und der Natur ihren Lauf lassen. Wenn er sie allein ließ, konnte sie immer noch hinter einem Busch verschwinden. Aber sie ahnte, dass sie hier schon einem der größten Probleme ihrer Reise begegnet sein könnte – genauso, wie es Johannes Fitz vorhergesehen hatte.

Zu ihrem Glück erwies sich der Kutscher auf dem weiteren Weg als reichlich maulfaul. Er kaute auf einem Strohhalm und trieb seine Ochsen nur selten an. So zogen die Felder mit Kohl, Getreide und Rüben nur langsam vorbei.

Die Sonne stand schon hoch am Himmel, als sie eine Weggabelung erreichten. »Du musst jetzt weiter in diese Richtung«, erklärte er und deutete auf einen staubigen Weg, der zwischen zwei Feldern entlangführte.

Charlotte winkte zum Abschied, während der Karren sich rumpelnd entfernte. Kaum war er um die nächste Biegung verschwunden, sprang sie hinter einen Busch und erleichterte sich, während sie den Weg im Blick behielt. Sie hatte Glück: Weit und breit war kein Mensch zu sehen. Es hatte wohl kaum jemand Lust, sich in der schlimmsten sommerlichen Mittagshitze draußen zu bewegen.

Sie schob sich ein Stück Brot in den Mund und machte sich mit langen Schritten auf den Weg. Hosen waren eindeutig eine tolle Sache, wenn man sich bewegen wollte.

Sie gönnte sich keine Rast, bis die Rheinschanze vor ihr auftauchte: Ein von Hand gegrabener Hafen am Rhein, einige lang gestreckte Häuser, die sich am Wasser drängten. Mehr war hier nicht zu sehen. Nur im Hafen herrschte rege Betriebsamkeit, hier waren vier oder fünf Schiffe fest vertäut und wurden von emsigen Arbeitern be- oder entladen.

Die Boote waren alle von gleicher Bauart: etwa fünfzehn Schritt lang und drei Schritt breit, aus groben Brettern zusammengenagelt, in der Mitte ein Mast, an dem ein Segel nachlässig zusammengerollt war. Sehr zuverlässig sahen diese kastenförmigen Teile allerdings nicht aus.

Entschlossen trat sie an das erste Boot in der Reihe. Es gab kein Zurück mehr – und der Weg nach vorne führte nur über diese Boote.

Ein muskulöser Mann mit nacktem Oberkörper lief an ihr vorbei. »Verzeihen Sie, Meister?«, rief sie.

Aber er achtete nicht auf sie, sondern rannte einfach weiter.

Dem Nächsten stellte sie sich in den Weg. »Erlauben Sie mir eine einfache Frage. Ich bin auf der Suche nach Arbeit. Brauchen Sie nicht zwei Hände, die keine Arbeit scheuen?«

Nach einem kurzen Blick auf ihre zarten Hände prustete der Mann verächtlich in seinen Schnauzbart. »Egal, was du über deine Hände sagst, Junge: Arbeit sind die nicht gewohnt. Ich kann nur Männer brauchen, die richtig anpacken. Und jetzt aus dem Weg!«

Damit ließ er sie stehen.

Ohne zu zögern lief sie weiter zum nächsten Schiff. Hier schüttelte der Kapitän schon den Kopf, bevor sie auch nur ihre Frage loswerden konnte.

Blieben noch zwei Schiffe. Sie drückte ihren Rücken durch, um ein klein wenig größer zu wirken, und lief weiter. Ein bärtiger Mann sah ihr belustigt entgegen.

»Ich weiß, ich bin nicht sehr kräftig. Aber ich kann jede Arbeit erledigen, die auf Ihrem Boot anfällt! Auf mich können Sie sich verlassen!« Sie sah ihn bittend an und schickte gleichzeitig ein kleines Stoßgebet zum Himmel.

»Kannst du auch kochen?«, fragte der Mann ohne Umschweife.

»Sicher! Meine Mutter ist früh gestorben, da habe ich alle meine Geschwister versorgt!«, erklärte Charlotte.

Er strich sich über den Bart. »Ich suche jemanden, der nachts aufpasst. Eine ganze Menge Diebe und leider auch meine eigenen Männer finden Gefallen an meinem Wein. Der muss bewacht werden, wenn alle schlafen. Und wenn du dann noch kochen kannst, ohne mein Boot in Brand zu stecken, darfst du bleiben. Als Lohn kann ich dir aber nur freie Passage anbieten und das Essen, das du kochst.« Er sah Charlotte herausfordernd an.

»Bis Wesel bin ich dabei«, versicherte Charlotte.

»Gut. Dann kannst du heute Nacht gleich anfangen. Morgen früh geht es weiter. Wir machen nur selten Pausen, bis wir bei den Preußen sind. Zu viel Zoll, zu viel Ärger. Das lässt sich nur mit fleißigem Fahren umgehen.«

Fast hätte Charlotte den Mann umarmt. »Ich bleibe gleich hier, Meister ...« Sie sah ihn fragend an.

»Braun. Aber du kannst mich Käpt'n nennen. Such dir einen Platz an Bord. In der Truhe findest du alles, was du zum Kochen brauchst.« Er nickte in Richtung des Masts, um den einige Säcke standen.

Vorsichtig balancierte Charlotte über eine schmale Planke an Bord des kleinen Boots. Ängstlich sah sie dabei hinunter in das grüne Wasser. In diesem Wasser war Friedrich jämmerlich ertrunken. Sie schüttelte energisch den Kopf. Jetzt war nicht die Zeit, daran zu denken. Der Weg in ihre Freiheit führte über das Wasser.

Zu ihrer Überraschung roch das Boot nach frischem Harz.

Neugierig öffnete sie die Truhe. Ein großer Topf, Rüben, Gerste, Zwiebeln, ein wenig Speck. Ein dreibeiniges Gestell, um den Topf über ein Feuer zu hängen. Löffel, ein Messer. Ein Beutelchen mit Salz.

Sie drehte sich zu Braun um. »Soll ich heute Abend schon etwas kochen?«

»Sicher. Fang gleich an. Dann wissen wir, ob wir dich überhaupt mitnehmen wollen – oder ob du uns nur vergiften willst.« Kleine Lachfältchen verrieten, dass er einen Scherz gemacht hatte.

Vorsichtig trug Charlotte die Truhe vom Boot und entfachte etwas abseits ein Feuer. Sie brachte Wasser zum Kochen, kochte Zwiebeln, Getreide und Rüben, bis ein Brei entstanden war. Während das Gericht garte, lief sie am Flussufer entlang und suchte nach Dost und Knoblauchsrauke. Beides zupfte sie in den Brei und sah sich dann nach den drei anderen Männern um, die auf dem Boot arbeiteten. Als

Charlotte einladend zu ihrem Topf winkte, unterbrachen sie ihre Arbeit auf dem Boot und kamen sofort mit ihren hölzernen Näpfen näher. Nach einigen Löffeln sah einer auf und nickte dem Kapitän zu.

»Den behalten wir. Ist der Erste, der wirklich kochen kann und nicht nur behauptet, dass er sich darauf versteht.«

Braun lachte. »Jetzt muss er nur noch nachts wach bleiben und unseren Wein bewachen, und wir haben bis Wesel keine Sorgen mehr.«

Wieder Gelächter, dann nur noch das leise Klappern der hölzernen Löffel in den Schalen. Verstohlen sah Charlotte sich die Gesichter der Männer an. Sie waren allesamt bärtig, ihre Hemden waren häufig geflickt und fadenscheinig. Keiner sah so aus, als hätte er ein anderes Zuhause als dieses Boot.

»Arbeitet ihr immer auf diesem Boot hier zusammen?«, fragte sie möglichst unbefangen.

Dröhnendes Gelächter war die Antwort. »Junge, weißt du gar nicht, auf was für einem Boot du angeheuert hast? Das ist eine Lauertanne, auf der kann man nicht für immer zusammen sein, sondern nur für eine Tour. Zehn oder zwölf Tage bleiben wir zusammen, dann wird unser Schiff wieder zerlegt. Das ist ein Floß, mit dem Holz und Wein transportiert wird … Und du hast noch nie davon gehört? Wo bist du denn groß geworden?«

»Ich komme von der Haardt«, versuchte Charlotte zu erklären. »Ich war noch nie am Rhein …«

»Und dann soll es gleich bis Wesel gehen? Hast du dir da nicht ein bisschen viel vorgenommen?« Braun sah sie fragend an.

Mit einem kleinen Schulterzucken erklärte Charlotte: »Bei uns daheim ist nicht mehr genug Platz für mich. Da habe ich mich entschlossen, in der großen Welt mein Glück zu versuchen. Wer weiß, vielleicht schaffe ich es bis nach Amerika …«

»Dann hoffen wir mal, dass du dann ein besseres Schiff als unseren Holzkasten findest«, erklärte der Mann neben ihr. »Du hast dir da eine Menge vorgenommen, wenn du nicht einmal ein Schiff von einer Lauertanne unterscheiden kannst …«

»Das lerne ich schon noch!«, versicherte Charlotte. Sie sammelte die Näpfe und Löffel ein und wusch sie an den Treppen zum Rhein gründlich ab. Dabei hatte sie das Gefühl, dass alle Männer hier im Hafen ihr dabei zusahen. Was, wenn jetzt einer brüllte: »Das ist doch eine Frau!«

Aber sie waren wohl nur überrascht, dass der neue Nachtwächter auch die Schüsseln seiner Kameraden auswusch – das war wohl alles andere als üblich.

Allmählich wurde es dunkel, und die drei Männer suchten sich Plätze unter ihren Decken zwischen den Fässern. Wenig später konnte Charlotte sie alle schnarchen hören. Sie selber setzte sich in den Bug. Hier war sie vor dem auffrischenden Wind vom Wasser her geschützt – und sie konnte aufpassen, ob jemand sich an Bord schlich.

Sie wickelte sich in ihren wollenen Mantel und sah vor sich hin in die Dunkelheit. Erst jetzt, wo sie für ihre Hände nichts mehr zu tun fand, konnten ihre Gedanken frei wandern. Immer wieder musste sie an Friedrich denken. Hatte er die Schmuggelei nur deswegen auf sich genommen, weil er sie unbedingt heiraten wollte? Trug sie an seinem Tod die Schuld? Hatte er sie mit seinen letzten Atemzügen noch verflucht? Das leise Plätschern des Flusses an der Bordwand murmelte von den vielen Seelen, die dieser Strom schon genommen hatte. Sie hätte nicht einmal Schlaf gefunden, wenn sie ihn gesucht hätte.

Als es hell wurde, kam der Kapitän bei ihr vorbei, sah sie prüfend an und nickte ihr anerkennend zu. »Du kannst bleiben!«

Die nächsten Tage waren sicher. Mit einem Lächeln erlaubte sie sich, in einen leichten Schlaf zu sinken. Als sie das nächste Mal die Augen öffnete, zog eine liebliche Landschaft voller Weinberge auf beiden Seiten des Boots vorbei, und die Sonne stand hoch am Himmel. Jetzt war sie wirklich unterwegs.

10

Auf dem Rhein, am 29. Juni 1832

Das Boot bewegte sich träge vorwärts. Das Segel konnte nur verwendet werden, wenn der Wind richtig stand. Im Moment hing es schlaff vom Mast. Es knarrte, wann immer Braun mit dem Ruder ein wenig die Richtung änderte – was auf dem sich dahinschlängelnden Fluss ständig vorkam.

Die Sonne stand hoch am Himmel, als ein massiger Dom am linken Flussufer auftauchte.

»Worms«, erklärte der Kapitän. »Wir halten kurz an.« Offenbar hielt er es für überflüssig, auch nur eine einzige seiner Entscheidungen zu begründen.

Zielsicher fuhr er zu einer Kaimauer, auf der zwei Menschen warteten. Hier vertäute er die Lauertanne gar nicht erst, sondern legte nur kurz an, hielt das Boot mit zwei dicken Tauen am Platz, während die beiden Passagiere an Bord stiegen und zwei weitere Männer eine große Truhe an Bord wuchteten – und stieß dann sofort wieder ab.

Neugierig betrachtete Charlotte die beiden Neuankömmlinge. Eine ältere Frau, gekleidet in dunkle Gewänder mit einem hellen Hut über dem grauen Haar. Sie setzte sich in der Mitte des Boots auf ihre Truhe und hielt ihre große Tasche ängstlich in Händen. Misstrauisch sah sie die Besatzung des Boots an, als fürchte sie, sofort ausgeraubt zu werden.

Neben ihr saß ein Mädchen, das so schmal war, dass es fast hinter der älteren Frau verschwand. Dabei sah sein Gesicht gar nicht so jung aus. Charlotte vermutete, dass es nur wenige Jahre jünger als sie selbst war. Ihre Nase stand spitz in dem blassen Gesicht, die Arme waren dünn und zerbrechlich, und auf ihren weißen Händen konnte man die blauen Adern durch die Haut scheinen sehen. Zwei dünne, weißblonde Zöpfe lagen auf dem Rücken. Sie sah sich mit hellwachen Augen um. Als einen Moment lang ihre Blicke aufeinandertrafen, nickte Charlotte ganz leicht zur Begrüßung. Sofort wandte das Mädchen den Blick ab und sah lieber wieder zum Flussufer hin.

Ein Schiffsjunge war sicher das Letzte, was dieses Mädchen auf ihrer Reise kennenlernen wollte. Trotzdem studierte Charlotte weiter das ungewöhnliche Paar. Der Kapitän schien sich jetzt doch noch an seine Manieren zu erinnern. Er räusperte sich vernehmlich.

»Meine Herren, darf ich vorstellen: Das sind Mathilde Unruh und ihre Nichte Louise. Sie sind unsere Gäste bis Wesel, und ich möchte, dass ihr sie ordentlich behandelt und keine unflätigen Worte führt, solange sie bei uns an Bord sind. Ist das klar?«

Alle nickten. Es handelte sich also um zahlende Gäste – und sie hatten das gleiche Ziel wie Charlotte. Sie fragte sich, was die beiden dort mit ihrer schweren Truhe wollten. Ihre Kleidung war aus gutem Stoff und mit feinen Stichen verarbeitet. Wenn sie es richtig einschätzte, dann waren die beiden nicht reich – sonst wären sie nicht hier auf der Lauertanne. Aber sie waren bestimmt auch nicht völlig verarmt.

Ein weiteres Mal trafen sich die Blicke von Charlotte und Louise. Dieses Mal musterten sie einander länger, bis sich die Blicke wieder trennten. Charlotte stellte sich vor, was Louise sehen mochte: einen mageren Schiffsjungen, der faul an ein Fass gelehnt in der Sonne saß und nichts tat.

Ihre Tante schien den Blickwechsel bemerkt zu haben.

»Du redest mit keinem von denen. Mit keinem«, zischte sie ihrem Schützling zu.

Gehorsam nickte das Mädchen, während es seine Augen weiter neugierig wandern ließ. Charlotte konnte sich ein Lächeln nicht verkneifen. Die Tante hatte ihrer Nichte schließlich nicht ausdrücklich verboten, sich umzuschauen.

Frau Unruh sah den Kapitän streng an. »Ihre Männer werden doch die Finger von meiner Louise lassen?«

Ein Achselzucken war die Antwort. »Die mögen keine kleinen Mädchen. Und der Schiffsjunge ist noch zu jung, als dass er sich nach Mädchen umschauen würde. Ihre Louise ist auf meinem Boot vor allen Männern sicher. Da kommt höchstens der Klabautermann.« Er lachte auf.

Offensichtlich reichte ihr dieses Versprechen erst einmal. Sie lehnte sich etwas zurück, öffnete einen Beutel und holte ein Stück Brot für sich und ihre Nichte heraus. Das erinnerte Charlotte an ihren eigenen Vorrat. Inzwischen war sie richtig hungrig.

Das Boot fuhr gemächlich zwischen Weinbergen dahin, ohne dass etwas Aufregendes passierte. Die Männer dösten leise vor sich hin, der Kapitän hielt die Lauertanne in der Mitte des Flusses, und Charlotte genoss die Sonne in ihrem Gesicht. Wenn sie es nicht besser gewusst hätte, dann hätte man die Gesellschaft für einen Sommerausflug halten können.

Kurz bevor die Sonne unterging, legte die Lauertanne wieder an. Charlotte war vollauf beschäftigt, Feuerholz zu sammeln und aus den Vorräten ein Essen zu kochen. Es schmeckte genauso wie am Vortag, was jedoch niemanden zu stören schien. Ganz in Gegenteil, einer der Männer nickte Charlotte anerkennend zu. »Für einen Jungen kochst du wirklich fast so gut wie eine Frau! Wo hast du denn das gelernt?«

»Wie schon gesagt, wir sind viele Geschwister, und ich bin der Älteste. Nach dem Tod meiner Mutter habe ich die Küche übernommen. Meine Geschwister mussten am Anfang viele Versuche über sich ergehen lassen, die weniger lecker waren.«

»Und du fährst jetzt immer auf dem Rhein herum?«, wollte Louise neugierig wissen.

»Nein.« Charlotte schüttelte den Kopf. »Ich verdiene mir hier nur die Fahrt bis nach Wesel, dann will ich weiter nach Bremerhaven und Amerika. Ich hoffe, dass ich dann einen Teil meiner Geschwister nachkommen lassen kann.«

»Das haben wir ja auch vor«, ertönte die überraschte Stimme von Frau Unruh. »Dann werden wir uns auf dem Weg womöglich öfter sehen!«

»Das mag sein«, erwiderte Charlotte lächelnd. »Allerdings muss ich mir den größten Teil des Wegs erarbeiten oder laufen. So bin ich nicht allzu schnell, denke ich.«

»Das werden wir dann sehen«, meinte Frau Unruh. Täuschte sich Charlotte, oder hatte sie einen kleinen Moment gezögert?

»Fürchtest du dich nicht, wenn du so alleine unterwegs bist?«, sagte Louise leise. »Es ist doch unheimlich, wenn man nicht weiß, was am nächsten Tag passiert!«

»Klar fürchte ich mich«, bekannte Charlotte. »Aber was hilft es denn? Ich konnte nicht bleiben, also muss ich jeden neuen Tag in Angriff nehmen.«

»Genug geplappert«, erklärte Frau Unruh streng. »Jetzt wird geschlafen! Gerade weil wir nicht wissen, was am nächsten Tag geschieht, sollten wir dringend darauf achten, dass wir ausreichend Schlaf bekommen.«

Damit breitete sie zwei Decken auf dem Boden des Schiffs aus, wickelte sich und Louise in eine weitere und legte sich zum Schlafen nieder. Die Männer des Boots sahen ihren Gästen einen Augenblick verblüfft zu, dann verzogen sie sich in das Heck des Schiffs, wo sie den Rest des Abends mit Kartenspielen und einem Schluck Wein verbrachten.

Charlotte ging wieder zu ihrem Wachtposten, setzte sich hin und starrte in die Nacht. Die Frage des Mädchens ließ ihr keine Ruhe. Sie war alleine, niemand kümmerte sich darum, wie es ihr erging. Schlimmer noch: Es wusste niemand, wo sie war. Sie musste irgendwann ihrem Vater eine Nachricht schicken – aber das ging erst, wenn sie dem bayerischen Herrschaftsbereich und damit den langen Armen der Gendarmerie entronnen war.

Ein leises Rascheln am Ufer schreckte sie auf. Kamen jetzt die Diebe? Aber es zeigte sich nur eine nächtliche Katze, die ein wenig Wasser trank und dann wieder in den Büschen verschwand. Ein Nachtvogel rief, und immer wieder sah sie Fledermäuse tief über das Wasser fliegen. Der Fluss in der Nacht war eine ganz eigene Welt. Vom Boot her hörte sie nur das laute Schnarchen der Männer, die irgendwann den Wein geleert, die Karten zur Seite gelegt hatten und eingeschlafen waren. Wahrscheinlich könnte man ihnen jetzt das Boot unter dem Kopf zerlegen, und sie würden es nicht merken. Charlotte lächelte. Der Kapitän hatte gewusst, warum er einen Nachtwächter angestellt hatte.

In der ersten Morgendämmerung versteckte sie sich hinter einigen niedrigen Bäumen und etwas Schilf. Dann wusch sie sich ausgiebig mit dem Wasser, das sie mit einem Eimer aus dem Fluss geholt hatte. Solange außer ihr niemand wach war, konnte sie sich ungehemmt bewegen und musste nicht fürchten, entdeckt zu werden. Als später Frau Unruh und ihre Nichte erwachten, brachte sie auch den beiden Gästen einen Eimer voller Wasser.

»Ich werde mich doch nicht mit dieser Brühe abwaschen!«, erklärte Frau Unruh mit angeekeltem Gesicht.

»Es ist eigentlich recht klar, der Fluss ist sauber«, erklärte Charlotte. »Aber wenn ihr nicht wollt, dann kann ich das Wasser gerne wieder zurückkippen, kein Problem.«

»Danke«, flüsterte Louise und wusch sich das Gesicht und die Hände in dem Wasser. »So habe ich wenigstens das Gefühl, ich hätte ein bisschen für meine Sauberkeit getan.«

Während das Mädchen sich wusch, fiel Charlotte erneut auf, wie unglaublich dünn es war. Die Adern schienen durch die helle Haut. Louise wirkte geradezu zerbrechlich. Drüber hinaus sah sie sich immer wieder furchtsam um, gerade so, als würden jeden Augenblick Räuber durch das dichte Unterholz brechen.

Bei den Männern fiel die Morgentoilette noch sehr viel kürzer aus. Sie fuhren sich mit den Fingern durch die Haare, pinkelten ungeniert über die Bordwand und streckten sich ausgiebig. Damit waren sie für den Tag bereit. Charlotte schwor sich heimlich, nie so sehr Mann zu werden.

»Heute haben wir ein schweres Stück vor uns«, erklärte der Kapitän, als die Männer die Lauertanne vom Ufer abstießen und das Boot in der Mitte des Flusses Fahrt aufnahm. »In Bingen haben sie ein Loch in den Felsen gesprengt, damit wir künftig die Boote nicht mehr über das trockene Land heben müssen. Es ist nur einige Schritt breit, habe ich gehört, aber es spart viel von meiner Zeit und eurer Kraft – und wir sollten es wagen. Es kann nicht mehr weit sein.«

Charlotte sah einen der Männer an. »Was für ein Loch? Was ist da in Bingen?«

»Es ist in einem Felsen, der quer über den Rhein führt. Wie eine Sperre, die Vater Rhein aufgebaut hat, damit wir nicht einfach ins Meer fallen. Seit Jahrhunderten ziehen Rheinschiffer davor ihre Boote aus dem Fluss und tragen sie an dieser Sperre vorbei. Eine gewaltige Plackerei ist das. Ich habe keine Ahnung, wie dieses Loch aussehen kann, aber ich habe schon einiges davon gehört. Es ist nicht breit, und das

Wasser gurgelt und zischt, wenn es durch die Öffnung rast. Nicht ungefährlich, mir wäre die alte Schlepperei lieber. Aber wenn der Kapitän unbedingt das neue Loch ausprobieren will, dann hilft wohl nur noch ein kräftiges Gebet.«

Tatsächlich war es fast Mittag, als sie das ferne Rauschen hörten. Ängstlich sah Charlotte den weißen Schaum, der sich in einiger Entfernung auf dem Wasser bildete. Es wirkte tatsächlich wie ein Nadelöhr in einem steinernen Wall. Ein Nadelöhr, durch das sich mit aller Macht das Wasser drückte und dabei spritzte und schäumte. Der Fluss, der bis zu diesem Moment so friedlich und ruhig dahingeflossen war, wurde jetzt mit einem Schlag zu einem wilden Tier.

»Betet!«, rief Braun und hielt das Ruder fest, um die Lauertanne in Richtung des schmalen Spalts im Felsen auf Kurs zu halten. Das Boot wurde immer schneller. Die Männer rannten in den Bug, jeder mit einer Stange bewaffnet, die am Ende mit einem Haken versehen war. Sie hielten die Stange bereit und sahen gespannt auf die Felsen, die sich rasend schnell näherten. Gleichzeitig bewegten sich ihre Lippen. Sie beteten tatsächlich.

Das Boot schlingerte hin und her, Wasserspritzer benetzten Charlottes Gesicht. Das Wasser, in dem ihr Friedrich jämmerlich ersoffen war.

In diesem Moment stieß das Boot mit einem dumpfen Knall gegen einen Felsen, der seitlich aus dem Wasser ragte. Der Bug schien in das Wasser zu tauchen, ein kalter Schwall Wasser lief über die niedrige Bordwand, alles wurde nass.

Ängstlich krallte Charlotte sich an ein Tau, um das Gleichgewicht nicht zu verlieren – da fiel ihr Blick auf Louise.

Das Mädchen war jetzt kalkweiß, lehnte sich an eine Tonne und hielt ihre Knie umfasst. Charlotte stürzte zu ihr hinüber. »Halt dich gefälligst an einem Tau fest!«, rief sie. »Sonst fällst du noch über Bord!«

Gehorsam löste Louise den Klammergriff um die eigenen

Knie und griff nach einem Tau, mit dem einige Weinfässer befestigt waren. »Ich kann nicht schwimmen«, jammerte sie leise. »Wenn das Boot jetzt untergeht, werde ich ertrinken. Ich will nicht ertrinken! Ich bin viel zu jung!«

»Wir werden jetzt auch nicht untergehen«, herrschte Charlotte sie an. Und hoffte, dass sie recht behalten würde. »Das Boot wird ein wenig nass, aber wir haben dieses Loch gleich hinter uns gebracht. Dann ist es geschafft, und du bist nur ein bisschen feuchter als vorher, sonst nichts.«

Mit einem dumpfen Schlag schlug die Lauertanne erneut gegen einen Felsen. So, als wollte sie Charlottes beruhigende Sätze Lügen strafen. Die scharfen Steinkanten glitten direkt neben der Bordwand vorbei, Charlotte hätte die Hand danach ausstrecken können.

Stattdessen griff sie aber nach der Hand des Mädchens und drückte sie. »Schau mir in die Augen! Du wirst nicht ertrinken, beruhige dich doch endlich. Heute wirst du nur nass, sterben wirst du wann anders!«

Ihre Augen waren tiefblau, und Charlotte bemerkte erst jetzt, aus der Nähe, dass sie einen dunkelvioletten Rand hatten. In ihnen stand die nackte Angst. Louise atmete stoßweise und krallte sich mit erstaunlicher Kraft an Charlottes Hände. Ein weiterer Schwall Wasser kam vom Bug her durch das Boot, das jetzt einige Zentimeter hoch gefüllt war. Sollte es doch untergehen? Kurz zweifelte Charlotte an ihrer eigenen Zuversicht – doch dann schlug das Boot ein drittes und letztes Mal dumpf gegen einen Felsen und kam mit einem dumpfen Ächzen wieder in ruhigere Gewässer. Das Binger Loch lag hinter ihnen.

Einen Moment lang herrschte Stille, dann bellte der Kapitän: »Und jetzt hört auf zu beten und rührt euch. Schöpft das Boot wieder leer und seht nach, ob es irgendwo ernsthaften Schaden genommen hat.«

Die Männer leisteten Gehorsam. Mit dem Eimer schöpften sie das Boot leer und spannten ihre nassen Hemden und Socken zum Trocknen auf eine Leine. Auch Charlotte hängte die nass gewordene Wechselkleidung aus dem feucht gewordenen Seesack auf – nur das Hambacher Tuch ließ sie lieber darin stecken. Sogar ihr Wams und ihre Strümpfe zog sie aus und hängte sie an die Leine. In dem einfachen Leibhemd spürte sie die wärmende Sonne direkt auf den Schultern – und freute sich über die Freiheit, die ihr das Dasein als Mann bescherte. Barfuß hätte sie sich als Dame niemals gezeigt, und auch ihre Schultern hätte sie niemals entblößt …

Die Sonne wärmte, und ein sanfter Wind trocknete die nassen Kleider direkt am Körper. Frau Unruh und ihre Nichte saßen an den Mast gelehnt da und sahen dem Treiben der Mannschaft mit großen Augen zu. Bis Charlotte auffiel, dass Louise in ihrem nassen Kleid nur so schlotterte. »Du musst dich ausziehen«, erklärte sie.

»Das hättest du wohl gerne«, keifte Frau Unruh. »Meine Nichte wird sich ganz bestimmt nicht hier vor den Augen der Mannschaft entkleiden!«

»Aber sie holt sich den Tod, wenn Sie sie nicht aus diesem nassen Kleid befreien«, erklärte Charlotte. »Dann stirbt sie tugendhaft an einer Lungenentzündung. Das wird nicht Ihr Ziel sein.«

»Aber wir haben nichts Trockenes, das Louise anziehen könnte«, jammerte Frau Unruh. »Es ist doch alles nass geworden!«

Das war in der Tat richtig. »Trotzdem«, erklärte Charlotte streng. »Louise darf nicht einfach so dasitzen und frieren. Hängen Sie wenigstens Ihre Wolldecken auf, damit Sie heute Nacht im Trockenen liegen. Haben Sie denn keine Wechselwäsche in Ihrer Kiste? Hängen Sie sie besser schnell auf, sonst fängt der Stoff an zu schimmeln oder bekommt Stockflecken!«

Zögernd reichte Frau Unruh Charlotte die feuchten Decken, die diese über Fässer und Kisten ausbreitete. Der Wind und die Sonne würden dafür sorgen, dass sie heute Abend wenigstens halbwegs trocken waren.

Die geöffnete Kiste zeigte, dass Frau Unruh zwar mit allerlei Hausrat, aber wenig Wäsche zum Wechseln unterwegs war. Ungläubig sah Charlotte auf die Töpfe und Kannen.

»Das wollen Sie alles mit nach Amerika nehmen?«

»Ich konnte es wohl kaum in Worms lassen«, erklärte Frau Unruh kategorisch. »Das war meine Aussteuer und wird dereinst wohl auch Louise in die Ehe begleiten!«

Sie deutete auf einen Leinensack, der neben der Kiste lag. »Darin sind noch weitere Kleider von Louise. Aber ich denke, auch die sind nass geworden. Ich werde sie heute Abend aufhängen. Es ziemt sich nun einmal nicht, dass wir die Wäsche einer Frau auf diesem Schiff voller Männer aufhängen.«

Louise stand da und zitterte erbärmlich. Zögernd griff Charlotte nach ihrem eigenen wollenen Mantel, den sie für kalte Herbsttage eingepackt hatte. Er war auch ein wenig feucht geworden – aber es war allseits bekannt, dass Wolle auch wärmte, wenn sie feucht geworden war. Sie hob den Mantel hoch. »Vielleicht möchte Ihre Nichte sich den hier um die Schultern legen? Dann trocken ihre Kleider zwar nicht so schnell, aber sie friert sich nicht die Seele aus dem Leib.«

Frau Unruh nickte. »Das ist sehr freundlich.«

Sorgsam legte Charlotte den Mantel über Louises Schultern. »Das wird dir helfen«, erklärte sie. »Und wenn wir heute Abend anlegen, dann solltest du sehen, dass du trockene Kleidung anziehst. Sonst holst du dir den Tod …«

»Im Moment habe ich das Gefühl, ich werde nie wieder warm«, murmelte Louise.

»Ich mache heute Abend ein großes Feuer und eine warme Suppe. Dann wird alles besser«, versprach Charlotte. Wie sollte dieses schmale Mädchen nur den strapazenreichen Weg nach Amerika überstehen?

Wie immer legten sie erst mit dem letzten Tageslicht an. Charlotte suchte dieses Mal nach reichlich Feuerholz und entfachte ein kräftiges Feuer. Nun hängten die Männer ihre feuchte Kleidung an Taue, die sie zwischen den Bäumen spannten. Und auch Louise entledigte sich im Schutz eines Buschs endlich ihrer nassen Kleider und wickelte sich in die Decken, die im Lauf des Nachmittags fast getrocknet waren.

Charlotte drückte ihr einen Napf mit dampfender Suppe in die Hand. »Das wird dich von innen wärmen«, erklärte sie.

»Danke«, flüsterte Louise kaum hörbar. Ihre Lippen waren immer noch blau verfärbt und zitterten.

»Leg dich heute Nacht neben das Feuer, das ist wärmer«, schlug Charlotte dann vor. »Ich halte ohnehin Wache, da kann ich immer wieder Holz nachlegen und dafür sorgen, dass dir nicht kalt wird.«

»Das ist sehr freundlich«, erklärte Frau Unruh. »Kann ich auch hier am Feuer bleiben?«

»Sicher«, erwiderte Charlotte. »Ein wenig Wärme kann heute Nacht wohl niemandem schaden.«

Die Männer zogen sich wie immer auf das Boot zurück und feierten mit Wein ihr Überleben im Binger Loch. Doch Louise wurde einfach nicht warm. Als sie endlich einschlief, redete sie immer wieder im Traum und warf sich unruhig hin und her.

Als der Morgen dämmerte, erwachte sie und sah Charlotte aus großen Augen an. »Warum macht dir die Kälte nichts aus? Du bist nur wenig kräftiger und älter als ich.«

»Ich denke, es liegt daran, dass ich nicht nur ein wenig kräftiger bin als du, sondern eine ganze Menge. Und dann sind diese Männerkleider einfach sehr viel praktischer: Ein Korsett trocknet nicht so schnell, dafür ist es viel zu eng und fest gewebt.«

»Was weißt du denn schon von einem Korsett?«, fragte Louise überrascht. »Du bist doch noch überhaupt nicht verheiratet.«

Erschrocken biss Charlotte sich auf die Lippen. Das Mädchen hatte natürlich recht. »Ich habe auch Schwestern«, erklärte sie schnell. »Da bekommt man mehr mit, als einem lieb ist!«

»Vermisst du sie?«

»Wen?«

»Deine Geschwister? So, wie du es erzählst, seid ihr doch recht viele gewesen? Wie alt war das Jüngste?«

Charlotte schluckte. So genau hatte sie sich das nie überlegt. »Das Jüngste? Der war erst sechs, als ich mich auf den Weg gemacht habe. Wahrscheinlich wird er sich kaum noch an mich erinnern, wenn er mal erwachsen wird. Dabei hoffe ich doch sehr, dass ich einige von ihnen nachkommen lassen kann. Wenn ich erst einmal ein gutes Einkommen in New York habe, dann muss das doch möglich sein, oder?«

»So wie mein Onkel, der erst jetzt meine Tante und mich nachreisen lässt? Er ist schon vor drei Jahren abgereist. Und letztes Jahr kam dann endlich der Brief, in dem er meiner Tante aufgetragen hat, alles zu verkaufen und zu kommen. Und jetzt sind wir unterwegs …« Ihre Stimme klang schläfrig.

»Und warum reist du mit deiner Tante? Was ist mit deinen Eltern?«

»Die sind schon seit vielen Jahren tot. Tante Mathilde hat mich aufgenommen und kümmert sich seitdem so liebevoll um mich, als wäre ich ihre eigene Tochter. Dabei bereite ich ihr viele Sorgen. Ich bin leider nicht so gesund, wie ich sein sollte.« Ein kleines Seufzen unterbrach ihre Ausführungen. »Ich fürchte, ich habe die Natur meiner Mutter geerbt, die an Schwindsucht gestorben ist. Alle erzählen mir, dass ich ebenso zart sei wie sie … Aber bei Mathilde bin ich gut aufgehoben.«

»Und in New York wartet also dein Onkel auf euch? Was macht er denn? Und ist er auch nett?«

Es kam keine Antwort mehr. Louise war wieder eingeschlafen, und dieses Mal sah sie friedlich und ruhig dabei aus.

Charlotte zog ihr die Decke nach oben und lächelte. Vielleicht wurde Louise ja doch nicht krank.

11

Auf dem Rhein, Königreich Preußen, am 2. Juli 1832

Charlottes Hoffnung in den frühen Morgenstunden erwies sich als trügerisch. Louise erwachte zitternd, auf ihrer Stirn stand kalter Schweiß. Frau Unruh legte ihr immer wieder die Hand auf die Stirn und an die Wangen und schüttelte den Kopf.

»Sie war von Anfang an ein kränkliches Kind. Es ist ein Wunder, dass sie so groß geworden ist – ich habe mehr als einmal nicht mehr zu hoffen gewagt, dass sie das Licht des nächsten Tages noch einmal sieht. Etwas Zugluft, kalte Füße oder ein Regentag – und schon war meine Louise wieder krank. Ich habe gebetet, dass sie unsere Reise ohne eine Krankheit übersteht, aber es sieht nicht so aus, als wären meine Gebete erhört worden.«

»Kann ich denn irgendwie helfen?«, unterbrach Charlotte das Lamentieren der Frau. »Vielleicht würden Wadenwickel ihr Fieber senken. Oder eine weitere heiße Suppe ihre Lebensgeister wecken? Ich könnte auch ein paar Steine hier am Feuer wärmen, damit wir sie nachher auf dem Boot warm halten können.«

Frau Unruh sah sie überrascht an. »Für einen jungen

Mann bist du erstaunlich praktisch. Man merkt, dass du dich um deine jüngeren Geschwister gekümmert hast. Waren die häufig krank?«

»Nein, nein. Nur was eben so anfällt im Lauf der Jahre.« Charlotte versuchte, möglichst beiläufig zu klingen. Junge Männer wussten nichts von Wadenwickeln, auch das hatte sie vergessen.

»Aber dein Angebot mit der Suppe und den heißen Steinen nehme ich gerne an. Nicht, dass meine Louise nachher auf dem Fluss noch friert.«

Schnell bereitete Charlotte mit einigen Rüben und ein wenig Getreide einen warmen Brei, dann musste sie auch schon ihre kleine Küche wieder auf die Lauertanne packen und all ihre Utensilien verstauen.

Louise schwankte auf das Boot und ließ sich mit geschlossenen Augen neben den Mast fallen. Ihr Fieber wurde mit jeder Minute höher, und Frau Unruh blieb nichts anderes zu tun, als ein feuchtes Tuch auf die Stirn ihrer Nichte zu legen und leise vor sich hin zu jammern.

Nun forderten die durchwachten Stunden ihren Tribut: Charlotte legte sich in den Bug neben einige Fässer und schlief ein, fest in ihren wollenen Mantel gewickelt.

Das beruhigende Gluckern des Flusses sorgte dafür, dass sie tief und fest schlief, bis das Boot mit einem harten Schlag wieder anlegte. Dieses Mal hatte der Kapitän einen richtigen Hafen unterhalb einiger Weinberge ausgewählt.

»Jetzt können sie kommen, die Preußen«, murmelte er. »Um diesen Zoll komme ich sicher nicht herum.«

»Haben wir uns etwa in den letzten Nächten versteckt?«, fragte Charlotte überrascht.

Braun lachte. »Sicher. Warum denkst du, dass wir bis zum letzten Licht gefahren sind und dann irgendwo in der Wildnis angelegt haben? Ich habe Zoll an die Bayern in der Rheinschanze bezahlt. Da wollte ich nicht auch noch den Nassauern und Hessen etwas von meinem schwer verdienten Geld abgeben. Und die Rechnung ist aufgegangen, wie es scheint. Auf dem Fluss können Sie uns nicht abkassieren … Sie lungern immer nur in den Häfen herum und hoffen auf willige Opfer.«

Er drückte ihr etwas Geld in die Hand. »Schau, dass du ein wenig Gemüse zum Abendessen einkaufen kannst. Achte nur darauf, dass es nicht zu teuer ist! Für meine Männer muss es ja nicht unbedingt die beste Ware sein.«

Sie nickte, sprang auf die Kaimauer und sah sich um. Der Rhein lag hier zwischen Höhenzügen, die mit Wein bedeckt waren. Der Hafen gehörte zu einem beschaulichen kleinen Städtchen. Sie lief in Richtung Kirchturm und fand tatsächlich einen kleinen Markt, auf dem sie einige verschrumpelte Rüben erstehen konnte. Dazu ein wenig Mehl und Graupen vom Krämer, ein grobes Brot vom Bäcker – und sie konnte zufrieden zum Hafen zurückkehren.

Geschickt bereitete Charlotte ein Abendessen zu und brachte dann Frau Unruh einen Napf mit dem dampfenden Brei.

»Das soll sie essen. Sie muss bei Kräften bleiben!«

Frau Unruh nickte. Mühsam schob sie das Mädchen in eine halb sitzende Stellung und fing an, sie zu füttern. Mit jedem Bissen kehrten die Lebensgeister ein wenig mehr zurück. Auch wenn sie noch leichenblass war, lächelte Louise schwach.

»Es tut mir leid, dass ich solche Umstände mache«, erklärte sie. »Aber ich bin mir sicher, dass ich in Amerika nicht mehr krank werde. Ich habe gehört, dass dort alles viel schöner ist!«

»Ich fürchte, Schönheit bewahrt nicht vor Krankheiten«, murmelte Frau Unruh. »Aber tatsächlich sind wir in Sicherheit, wenn wir nur gesund im Haus meines Mannes angekommen sind.«

»Was arbeitet er denn in New York?«, wollte Charlotte wissen.

»Er ist Kaufmann.« In der Stimme von Frau Unruh war Stolz zu hören. »Er hat Anstellung bei einem Mann gefunden, der Waren von den Schiffen aufkauft und sich darum kümmert, dass sie ihren Weg in das Landesinnere finden. Ich bin mir sicher, mein Mann ist ihm in seinem Geschäft eine unentbehrliche Stütze geworden. Sonst hätte er uns ganz bestimmt nicht nachkommen lassen.«

»Was hat er denn sonst so aus New York berichtet?« Charlotte sah Frau Unruh neugierig an. »Ich kann mir gar nicht vorstellen, wie es in einem Land zugehen mag, in dem vor Kurzem nur Wilde gelebt haben …«

»Er hat mir recht ausführliche Berichte geschrieben.« Frau Unruh langte in einen Beutel und beförderte einen ganzen Stapel eng beschriebener Seiten ans Tageslicht. »Soll ich dir ein wenig daraus vorlesen? Aber nur, wenn du es wirklich hören willst!«

»Aber sicher!«, rief Charlotte. »Ich bin mir sicher, dass alles, was ich jetzt schon höre, mich vor so manchem törichtem Fehler bewahren wird.«

Und so fing Frau Unruh an, die Geschichte ihres Mannes zu erzählen. In seinen Briefen erzählte er von großem Reichtum und großem Risiko, von schwerer Arbeit und hoffnungslosen Fällen. Von fruchtbaren Landschaften fernab jeder Zivilisation und von Seuchen, die immer wieder von den Einwandererschiffen nach New York gebracht wurden.

Die ganze Mannschaft versammelte sich allmählich um Frau Unruh – und als sie endlich endete, war es tiefe Nacht. Die kranke Louise schlief schon lange, aber alle anderen hatten jedem Wort gelauscht.

»Da bleibe ich doch lieber hier auf meinem Rhein!«, erklärte der Kapitän mit ernster Miene. »Da weiß ich wenigstens, was auf mich zukommt, und muss nicht jeden Tag fürchten, dass ich eine schwere Krankheit bekomme oder gar von verbrecherischen Gestalten ausgeraubt werde. Nein, das wäre nichts für mich.«

»Aber er hat doch von ungeahnten Möglichkeiten geredet«, murmelte der jüngste der drei Männer. »Ein Land, in dem man nicht ständig an Grenzen stößt, stellt euch nur die Freiheiten vor … Aber mir fehlt der Mut für den großen Sprung. Da ertrage ich lieber weiterhin die Launen der Fürsten und Könige.«

Der Reihe nach verschwanden die Männer in irgendwelche dunklen Winkel des Boots, um ein wenig Schlaf zu finden. Womöglich träumten sie dabei auch von dem Land der großen Freiheiten.

Dankbar lächelte Charlotte die ältere Frau im flackernden Licht des Feuers an. »Jetzt kann ich mir sehr viel besser vorstellen, was für ein Leben auf der anderen Seite des Meers auf mich warten mag. Danke!«

Frau Unruh nickte nur. Dann zog sie Louise die Decke etwas höher und murmelte leise: »Betrachte es als ein Dankeschön für die angebotene Hilfe. Aber betrachte es nicht als Einladung, Freundschaft mit meiner Louise schließen zu wollen. Das werde ich nicht zulassen. Sie soll in New York ankommen mit einem makellosen Ruf und als gute Partie. Dafür werde ich sorgen.«

Der drohende Unterton war nicht zu überhören. Zweifellos würde diese Frau dafür sorgen, dass ihrer Louise nichts zustieß.

Nachdenklich ging Charlotte auf ihren Wachplatz. Heute wollte sie sich auf die Kaimauer setzen, um ganz sicher zu sein, dass niemand Fremdes die Lauertanne betrat.

Sie musste nicht lange warten, bis zwei dunkle Gestalten über die Mauer huschten und ohne einen Moment zu zögern über die Bordwand sprangen. An den Geräuschen war leicht zu erkennen, dass sie sich an einem oder gar mehreren Fässern zu schaffen machten.

»He!«, rief Charlotte, so laut sie konnte. »Was macht ihr denn da! Diebe!« Dann noch einmal lauter: »Diebe! Macht euch fort von meinem Boot. Wann ich aufpasse, gibt es keinen Wein für euch, verstanden?«

Einen Moment lang herrschte Stille. Dann wurden die Bewegungen im Dunkeln nur hektischer. Gerade hob einer ein Fass hoch über seinen Kopf und wollte es wohl an seinen Kumpel weiterreichen, als die massige Gestalt des Kapitäns hinter ihm auftauchte und ihm einen Schlag in den Rücken verpasste. Der Mann sank zusammen, ohne einen weiteren Ton von sich zu geben. Sein Freund setzte zu einem Sprung von Bord des Boots an, aber auch er wurde von dem Kapitän zu Boden gestreckt.

»Gut gemacht, Karl«, brummelte Braun, während er die beiden Diebe im Schein einer Laterne betrachtete. »Sie werden mit jedem Jahr dreister – und in diesen kleinen Städten mit Hafen wird es besonders gefährlich. Komm, wir werfen sie ins Wasser. Dann vergeht ihnen künftig der Spaß daran, ehrliche Schiffer zu beklauen.«

»Aber was, wenn sie nicht schwimmen können?«

»Dann hätten sie sich das früher überlegen sollen«, erklärte der Kapitän ungerührt. Er griff dem Ersten um die Hüfte und warf ihn ohne erkennbare Mühe über die niedrige Bordwand. Ein lautes Klatschen und ein empörter Ruf zeigten, dass der Dieb durchaus bei Bewusstsein war und sich wohl nur reglos gestellt hatte, um seiner Strafe zu entgehen. Erstaunlich behände für einen so kräftigen Mann griff der Kapitän nach dem zweiten Dieb. Doch der sprang wieselflink auf, um sich mit einem Sprung auf die Kaimauer zu retten.

Hier wartete allerdings bereits Charlotte, die ihm ohne Umschweife ein Bein stellte. Er fiel der Länge nach hin und sah ängstlich zu Charlotte auf. Dabei bemerkte sie, dass es noch kein Mann war. Eher ein Knabe, auf jeden Fall jünger als sie selber. Sie zögerte einen winzigen Moment, als sie die weichen Gesichtszüge und die angstgeweiteten Augen sah. Und den nutzte der Junge aus: Er sprang auf die Beine und rannte davon. Um seinen Freund, der inzwischen von der Strömung des Flusses abgetrieben wurde, kümmerte er sich nicht.

»Du sollst sie doch nicht laufen lassen!«, rief Braun tadelnd vom Boot herüber. »Aber immerhin wissen sie jetzt, dass wir eine Nachtwache haben. Damit haben sie nicht gerechnet. Gib weiter so gut acht, dann bin ich zufrieden.«

Damit verschwand er wieder auf seinen Schlafplatz, und wenig später mischte sich sein Schnarchen in das seiner Mannschaft.

Als sie sich am nächsten Tag wieder auf den Weg machten, lag Louise bewegungslos in der Mitte des Boots, bewacht von ihrer Tante. Charlotte brachte ihr erneut warme Steine, die Frau Unruh unter die Decke ihrer Nichte schob. Louise schien es ebenso wenig zu bemerken wie die malerische Landschaft, die jetzt auf beiden Seiten des Flusses vorüberzog. Burgen standen auf einigen Höhen, Weinberge und kleine Städtchen zeugten davon, dass hier schon lange Menschen vom und am Fluss lebten. Das Tal wurde enger.

»Betet, meine Freunde!«, rief der Kapitän. »Es ist zwar ein schöner Tag, aber ich will doch hoffen, dass die Zwerge uns heute verschonen.«

Seine Stimme verriet, dass er keinen Scherz gemacht hatte.

Tatsächlich erklang wenig später ein mehrstimmiges Gemurmel von den steinigen, steilen Hängen. Es klang unheimlich, wie das missmutige Raunen bösartiger kleiner Männer. Fasziniert lauschte Charlotte diesem eigentümlichen Geplapper, als ihr Blick auf Louise fiel.

Sie war aufgewacht, und in ihren blauen Augen stand die

nackte Angst. Unauffällig ließ Charlotte sich neben ihr nieder. »Wovor fürchtest du dich denn?«, fragte sie leise.

»Hörst du sie nicht? Das sind die Zwerge. Sie wollen meine Seele. Sie rufen nach mir.« Ihr Atem ging flach.

»Niemand ruft nach dir. Das ist doch alles nur Gerede, um dir Angst zu machen.« Charlotte bemühte sich, ihre Stimme möglichst fest klingen zu lassen.

»Warum hat der Kapitän dann gesagt, dass wir beten sollen? Er hat auch Angst, da bin ich mir sicher.« Sie versuchte, sich aufzusetzen, und Charlotte stieg der Gestank von kaltem Schweiß und Krankheit in die Nase.

Beruhigend legte sie ihre Hand auf Louises Arm. »Du kannst mir vertrauen: Es gibt keine Zwerge. Die wurden nur erfunden, um kleinen Mädchen wie dir Angst zu machen. Und wenn ein Kapitän es nicht schafft, sein Boot sicher um die Felsen hier zu steuern, dann kann er sich immer nur auf die Zwerge berufen. Dabei hat er einfach nur sein Steuer nicht fest genug in der Hand gehabt. Aber du kannst dir sicher sein: Wir werden hier sicher vorbeikommen. Lass dich nicht …«

Eine schwere Hand schlug ihr die Hand von Louises Arm. »Ich habe dir gesagt: Lass deine dreckigen Finger von meiner Nichte!«, schrie Frau Unruh ihr ins Ohr. »Es war ein Fehler, dir zu vertrauen und zu hoffen, dass du dich an meine Regeln hältst. Am Ende bist du doch nur ein dreckiges Mannsbild, das hinter meiner Louise her ist!«

»Aber ich wollte sie doch nur trösten …« Charlotte war verwirrt und rieb sich über die schmerzende Hand. Sie hätte dieser Frau Unruh nicht so einen schweren Schlag zugetraut.

»Trösten! Wer muss denn getröstet werden vor ein paar Felsen, die ein Echo zurückwerfen? Das ist doch Unsinn! Oder hattest du etwa Angst, mein Kind?« Sie sah Louise streng an.

»Nein, nein«, beeilte sich das Mädchen zu erklären, obwohl der Angstschweiß auf ihrer Stirn noch nicht getrocknet war. Oder hatte sie immer noch Fieber?

Das Raunen, Flüstern und Rufen von den Felsen wurde lauter, als der Kapitän die Lauertanne mit dem Steuer um die Flussbiegung zwang. Hoch über ihnen lag der Felsen, und in den dunklen Schatten der Wand konnte man sich durchaus Zwerge oder bösartigere Monster vorstellen. In diesem Augenblick war allerdings Frau Unruh die einzige erkennbare Gefahr.

Charlotte vermied einen weiteren Blickkontakt mit der ängstlichen Louise und zog sich in eine Ecke des Boots zurück, in der sie niemandem im Weg stand. Gleichzeitig ärgerte sie sich über sich selbst. Es reichte nicht, eine Hose anzuziehen, sie musste auch lernen, sich wie ein Mann zu verhalten. Mit der Hand fuhr sie sich durch die immer noch ungewohnt kurzen Haare. Ein Mann berührte keine Frau, es sei denn, es war seine eigene. Oder seine Mutter. Aber auf keinen Fall eine Frau im gleichen Alter, selbst wenn es nur eine harmlose, tröstende Berührung gewesen war.

Sie seufzte.

Am Vorabend noch hatte sie fast das Gefühl gehabt, das Frau Unruh ein wenig Vertrauen zu ihr gefasst hatte – und jetzt galt sie wieder als ein typischer Mann, der jede Möglichkeit für eine engere Berührung ausnutzte. Sie musste künftig besser auf sich aufpassen.

Das Boot fuhr durchs schäumende Wasser unterhalb des Felsens in ruhigere Gewässer. Kaum waren sie um die Ecke gefahren, hörte auch das Rufen der Zwerge auf. Stattdessen rauschte und gluckerte der Rhein wieder friedlich vor sich hin. Charlotte sah über ihre Schulter zum Felsen hinüber.

»Wie wird diese Ecke genannt?«, fragte sie. »Ist sie denn wirklich so gefährlich?«

»Loreley«, brummte der Kapitän. »Ich habe keine Ahnung,

ob es die Zwerge sind oder die blonde Maid, die oben auf dem Felsen sitzt und ihr Haar kämmt – aber jedes Jahr zerschellen an diesen Felsen einige Boote. Man sollte diese Stelle nicht auf die leichte Schulter nehmen. Aber ab jetzt kannst du beruhigt sein. Zumindest hier auf dem Fluss passiert nicht mehr viel. Bald wird er breiter und gemütlicher, und dann sind wir so sicher wie in Abrahams Schoß. Wenn du dann noch nachts gut auf uns aufpasst, sind wir schneller in Wesel, als du es dir jemals erträumt hast.«

Tatsächlich wichen schon bald die Hügel links und rechts des Flusses zurück, und sie glitten durch weite Landschaften. Es dauerte nicht lange, da tauchte ein merkwürdiges Bauwerk direkt am Fluss auf. »An dem Ding bauen die Kölner seit dem Mittelalter«, bemerkte der Kapitän lachend. »Und jetzt träumen sie davon, dass der Dom endlich fertig wird. Und einen gewaltigen Turm soll er kriegen. Sogar zwei, heißt es. Und das alles Gott zu Ehren.« Er spuckte in das grüne Wasser. »Dann muss Gott künftig besonders gut zu den Kölnern sein.«

»Legen wir hier an?« Charlotte war begierig, diese unfertige Kirche von nah sehen. Wo sollten da noch Türme hingebaut werden?

Der Kapitän schüttelte nur den Kopf. »Nein. Hier in Köln sind wir nicht sicher. Da würde in der Nacht nicht nur ein einzelner Dieb vorbeikommen. Mit dem Wein an Bord sind wir ein begehrtes Ziel für alle, die sich in den Schatten dieses Doms drängen und auf bessere Zeiten hoffen. Nein, wir werden erst nach der Stadt für die Nacht anlegen.«

Und so zogen Dom und Stadt vorbei. Mit offenem Mund sah Charlotte die Häuser, die kein Ende zu nehmen schienen. Wie konnten Menschen in einer so großen Stadt leben? Verirrten sie sich nicht ständig? Und brachen nicht in einem fort Krankheiten aus, wenn Menschen so dicht aufeinandersaßen?

Während sie über Krankheiten nachdachte, fiel ihr Blick wieder auf Louise. Sie saß immer noch den größten Teil des Tages in Decken gewickelt da, hielt die Augen geschlossen oder sah nur hin und wieder müde der vorbeiziehenden Landschaft zu. Sie benötigte ungewöhnlich lange, um sich zu erholen.

Charlotte wandte ihren Blick rasch wieder ab. Sicher empfand Frau Unruh es als wenig sittsam, wenn ein junger Mann ihre Nichte unverhohlen anstarrte. Besser konzentrierte sie sich für den Rest dieser Fahrt darauf, das Essen zuzubereiten und das Boot zu bewachen. Sie wollte keinen Ärger mit Frau Unruh, auch wenn ihr das Mädchen in ihrer Obhut von Herzen leidtat.

Braun sollte recht behalten. Sie erreichten Wesel sehr viel schneller, als sie sich hätte jemals vorstellen können. Die Lauertanne segelte in einen beachtlichen Hafen mit einer langen Kaimauer. Ein Schiff mit einem hohen Kran lud große Säcke von einem anderen Schiff, und unzählige Menschen trugen, schoben und schleppten Säcke, Kisten und Fässer. Charlotte fühlte sich an einen riesigen Ameisenhaufen erinnert, bei dem ein Außenstehender nicht verstehen konnte, was gerade passierte.

Während Kapitän Braun sein Boot ein wenig abseits vertäute, legte sich eine Hand auf Charlottes Schulter. Sie fuhr herum – und sah sich erneut Frau Unruh gegenüber. Dieses Mal bemühte sich die Frau allerdings um ein freundliches Gesicht.

»Ich weiß, wir hatten einige Schwierigkeiten. Aber ich fürchte, jetzt benötige ich Hilfe für meine Nichte. Louise ist zu schwach, als dass ich ohne Weiteres mit ihr in Richtung Bremerhaven aufbrechen könnte.« Sie zögerte einen Augenblick, bevor sie weiterredete. »Nachdem du in die gleiche Richtung unterwegs bist, habe ich mir Folgendes gedacht: Ich zahle dir ein wenig Geld, damit du mir bei Louises Versorgung hilfst und uns ein Gefährt beschaffst, das uns für möglichst wenig Geld eine Etappe weiterbringt. Kannst du das?«

Charlotte verschlug es die Sprache. Das war wunderbar, so musste sie sich nicht ganz alleine nach Münster durchschlagen. Auch wenn Frau Unruh ihre Nichte bewachte wie ein missmutiger Metzgershund – immerhin schien sie Charlotte ein gewisses Vertrauen entgegenzubringen, wenn sie ihr so ein Angebot machte.

»Ich …«, fing sie zögernd an.

»Allzu viel Geld gibt es nicht! Wir sind nicht reich, mein Mann hat mir gerade ausreichend hinterlassen, damit wir nach Amerika kommen …«

»Ich freue mich, wenn ich Ihnen behilflich sein kann«, erklärte Charlotte lächelnd. »Ich erwarte nicht, dass ich reich werde, aber ich denke, es ist von Vorteil, wenn wir zu dritt reisen.«

»Und so haben wir auch einen Mann dabei«, sagte Frau Unruh. »Auch wenn du noch sehr jung bist, so werden so manche Gestalten doch Respekt vor dir haben. Das hoffe ich wenigstens.«

Charlotte bemühte sich, ihre Schultern ein wenig nach hinten zu schieben und möglichst aufrecht zu stehen. »Ich werde mein Bestes geben! Wie wollen Sie denn weiterreisen, wenn wir das Boot verlassen haben?«

Die ältere Frau sah an den Himmel und kniff ihre Augen etwas zusammen, sodass man die unzähligen Lachfältchen sehen konnte. Wahrscheinlich war sie gar nicht so übel, wenn man sie nicht gerade dazu zwang, um die halbe Welt zu reisen und auf ein krankes Mädchen aufzupassen. »Ich denke, heute ist der Tag bereits zu weit fortgeschritten, um noch weiterzureisen. Und Louise ist auch viel zu schwach dafür. Wir sollten in Wesel übernachten und morgen auf eine Gelegenheit hoffen, um unsere Reise möglichst günstig in

Richtung Münster fortzusetzen. Kannst du dich darum kümmern?«

Mit einem Nicken sah Charlotte auf Louise, die sich immerhin ein wenig aufgerichtet hatte und ihrem Gespräch lauschte. »Wollen Sie hier im Hafen warten, während ich mich in der Stadt umsehe? Ich helfe Ihnen noch mit dem Gepäck, das ja sicher einiges wiegt …«

Sie stellte schnell fest, dass die Reisekiste von Frau Unruh noch schwerer war, als es den Anschein hatte. Die Aussteuer war nicht nur völlig unpraktisch, sie wog auch einiges. Charlotte schleppte das unhandliche Ding mithilfe eines der Männer und einiger Mühe auf die Kaimauer, lehnte ihren eigenen kleinen Beutel daneben und half dann noch Louise beim Verlassen des Boots. Das Mädchen wog deutlich weniger als die Reisekiste.

Mit einem Nicken verabschiedete sie sich dann noch von dem Kapitän. »Sehe ich Sie nachher noch?«

Der lachte. »Kommt darauf an, wie schnell ich Wein und Holz verkaufe. Wenn ich Glück habe, dann ist mein Schiff schon heute Abend nur noch ein Stapel Bretter, die ich für gutes Geld losgeworden bin. Kann aber auch sein, dass ich noch ein paar Tage warten muss. Ist ja nicht immer so, dass man hier in Wesel auf Holz wartet.« Er sah sich um. »Obwohl ich das Gefühl habe, die Stadt wird jedes Mal größer, wenn ich anlege. So eine Hansestadt ist eben wie ein Tor zu einer anderen Welt … Aber wem sage ich das, du bist es ja, der unbedingt in diese große Welt hinauswill.« Er schlug ihr auf die Schultern. »Aber wenn du es dir anders überlegst, kannst du immer wieder bei mir anheuern. Das war wirklich nicht schlecht, als du diese beiden Diebe erwischt hast. Auch wenn du den einen hast laufen lassen. Gott möge dich schützen!«

Charlotte nickte ihm nur zu. Wie verabschiedeten sich Männer eigentlich? Mit Schulterklopfen? Handschlag? Nicken? Sie hatte keine Ahnung und fragte stattdessen: »Haben Sie einen Rat, wie ich hier in Wesel am besten eine Unterkunft finde? Günstig, mit einer Kammer für die beiden Unruhs und vielleicht einem Lager im Stroh für mich?«

Nachdenklich fuhr Braun sich mit der Hand übers Kinn. »Frag nach dem Hof von Peer Petry. Ich kenne ihn als ehrlichen Mann, der hat vielleicht ein Zimmer für unsere beiden Damen. Bestell ihm einen Gruß von mir, vielleicht hilft das ja ein wenig!«

Sie bedankte sich, nickte möglichst männlich und machte sich auf den Weg. Eine Kirchturmspitze zeigte ihr, wo der Mittelpunkt der Stadt liegen musste.

12

Wesel, Königreich Preußen, am 7. Juli 1832

Der Weg vom Hafen ins Stadtzentrum lag voller Unrat. Wieder einmal beneidete Charlotte alle Männer um ihre Kleidung – und beglückwünschte sich zu den derben Schuhen und der praktischen Hose. So konnte sie immer wieder über verdächtig aussehende und streng riechende Haufen springen oder ausweichen. Die Weseler schienen alles, was sie in ihren Häusern nicht mehr benötigten, einfach vor die Tür zu werfen. Von den Scherben eines Tontopfs bis hin zu Fischgräten oder gar verrottetem Gemüse. Und hin und wieder war sie sich nicht sicher, ob es sich um tierische oder menschliche Hinterlassenschaften auf dem Weg handelte. Sie hielt lieber die Luft an und wich in den Straßengraben aus.

Eine freundlich aussehende Frau mit zwei kleinen Kindern im Schlepptau kam ihr entgegen. Charlotte lächelte, so freundlich sie konnte.

»Verzeihung, können Sie mir sagen, wo ich das Haus des Peer Petry finde?«

Verständnislos sah die Frau sie an. »Watt?«

»Das Haus des Peer Petry suche ich. Wissen Sie vielleicht …?«, versuchte Charlotte es erneut.

Ein verständnisloses Kopfschütteln war die Antwort. Dann erklärte die Frau in vielen Worten etwas, das Charlotte nicht verstehen konnte. Damit ließ die Frau sie einfach auf der Straße stehen.

Entsetzt sah Charlotte ihr hinterher. Was mochte das für eine barbarische Sprache sein? Sie hatte kein Wort verstanden. Es konnte doch nicht sein, dass die Menschen hier kein Deutsch sprachen?

Etwas weniger forsch sprach sie den nächsten Menschen auf der Straße an. Immerhin schien der sich mehr zu bemühen. Er sah sie aufmerksam an und fragte nach: »Petry?« Dann deutete er in die Richtung der großen Kirche.

Charlotte ging weiter. Wesel war doch deutschsprachig – oder etwa nicht? Sie hatten extra einen Weg ausgesucht, bei dem es keine Rolle spielte, dass sie kein Französisch sprach. Sie lauschte zwei älteren Frauen, die sich auf der Straße lautstark unterhielten. Es klang kehlig, hart und abgerissen. Ganz anders als die weiche Mundart, die sie seit ihrer Kindheit gewohnt war. Und sie verstand tatsächlich kein einziges Wort.

Mit einem etwas mulmigen Gefühl in der Magengegend lief sie weiter. Wie konnte man nach einer Unterkunft fragen, wenn man nicht verstanden wurde? Sie betrat einen großen Platz, an dem zwei riesige Gebäude bis in den Himmel reichten. So etwas hatte Charlotte in ihrem Leben noch nicht gesehen. Bei diesem Anblick vergaß sie, dass sie eigentlich eine Schlafgelegenheit suchte. Stattdessen lief sie an den Fassaden der beiden Häuser vorbei. Das eine war fest verschlossen – aber das andere war anscheinend eine Kirche. Durch die halb offen stehende Tür konnte sie sich hineindrücken.

Neugierig sah sie sich unter den aufstrebenden Säulen um. In Neustadt gab es nichts Vergleichbares zu dieser Pracht und dieser Eleganz. Für einen Augenblick ließ Charlotte sich auf eine der Kirchenbänke sinken und sah sich um. Wie viel reicher war diese Welt doch, als sie jemals angenommen hätte?

Erst als zwei Frauen halblaut redend an ihr vorbeigingen, fuhr sie aus ihren Gedanken auf. Sie sollte eine Unterkunft für die kränkelnde Louise finden – und konnte nur hoffen, dass dieser Peer Petry wenigstens ihre Sprache verstand oder selbst Deutsch sprach. Mit einigem Bedauern erhob sie sich von ihrer Bank und warf noch einen letzten Blick auf die prachtvolle Kirche. Sie hätte hier gerne Stunde um Stunde verbracht und die Wunder dieser gewaltigen Bauten bewundert.

Zurück auf dem großen Marktplatz fasste sie sich ein Herz und wandte sich an eine Frau, die mit einem Korb am Arm über den Platz eilte.

»Verzeihen Sie, kennen Sie Peer Petry?« Dabei betonte sie eigentlich nur den Namen des Gastwirts, in der Hoffnung, dass die Frau wenigstens das verstehen würde.

Tatsächlich deutete die Frau auf eine schmale Gasse, die hinter der Kirche verschwand, und erklärte dazu in ihrer unverständlichen Sprache den genauen Weg. Mit Achselzucken und Augenrollen versuchte Charlotte zu zeigen, dass sie dieser Sprache nicht mächtig war. Da lachte die Frau und erklärte mit ihren Händen, dass der gesuchte Gasthof nur hundert Schritte in dieser Gasse auf der linken Seite lag. So verstand es zumindest Charlotte. Nachdem sie sich auf den Weg gemacht hatte, stand sie schon bald vor einem kleinen Schild, auf dem zwei Fische eingezeichnet waren. Eindeutig das Zeichen eines Wirtshauses.

Sie holte tief Luft und öffnete die Tür. Alleine in einem Gasthaus – undenkbar für eine Frau, aber Alltag für einen jungen Mann, wie sie es jetzt war. Sie bemühte sich um ein ruhiges Gesicht, aber sie spürte, wie ihr Herz schlug, als sie sich umsah. Und dann atmete sie wieder aus. Nur an zwei oder drei Tischen saßen ein paar Männer, die allesamt auf das Bier starrten, das vor ihnen auf dem Tisch stand. Keiner von ihnen sah auch nur auf, als sie den Raum betrat.

Hinter den Tresen stand ein kräftiger Mann, der mit einem dreckigen Tuch ein noch dreckigeres Glas polierte.

»Meister Petry?«, fragte Charlotte vorsichtig.

»Wer will das wissen?« fragte er, ohne aufzusehen.

Sie konnte ihn verstehen, auch wenn das Deutsch bei ihm hart und abgehackt klang.

»Mein Name ist Karl. Kapitän Braun hat mir Sie als rechtschaffenen Mann genannt. Ich suche für zwei Herrschaften eine Bleibe für die Nacht. Und ich selber würde gerne im Stroh bei den Tieren übernachten. Können Sie mir helfen?« Sie sah ihn fragend an – und er schien sie tatsächlich zu verstehen.

»Ein Zimmer habe ich wohl noch. Können deine Herrschaften denn zahlen?« Er sah sie misstrauisch an. »Und woher kommst du? Du klingst ja wie ein Franzose!«

»Wir sind aus Rheinbayern. Da redet jeder so wie ich … Immerhin verstehen Sie mich. Was ist das für eine Sprache, die hier gepflegt wird?«

»Amtssprache ist hier Niederländisch, die meisten Menschen reden Platt. Das ist eine richtige Sprache, nicht wie euer Franzosengesang.«

»Kann ich das Zimmer sehen?« Charlotte beschloss, dass es womöglich der falsche Moment wäre, um dem Mann zu erklären, dass seine Sprache ganz sicher ihrem Pfälzischen nicht überlegen war. Sie wollte sich lieber auf ihre Aufgabe konzentrieren.

Der Wirt nickte und drehte sich wortlos um, um ihr ein niedriges, muffiges Zimmer zu zeigen. Die Strohsäcke waren immerhin mit halbwegs ordentlichem Leinen bezogen, soweit sie das beurteilen konnte. Für die wenigen Kreuzer, die Frau Unruh ausgeben wollte, konnte sie schwerlich mehr erwarten. Sie nickte.

»Ich hole die Herrschaften noch vom Hafen ab, dann können sie hier sicher noch etwas essen. Sie haben doch etwas in der Küche für hungrige Reisende?« Sie merkte, dass sie mit jeder Frage sicherer klang.

Wieder ein Nicken. »Einen Eintopf habe ich immer auf dem Herd. Den können die Frauenzimmer dann auch im Zimmer essen, wenn sie die Männer in meiner Gaststube nicht sehen wollen. Ich weiß ja nicht, wie sehr deine Herrschaften die Nase oben haben …«

»Ich bin noch nicht so lange in ihren Diensten«, beeilte Charlotte sich zu versichern. »Deswegen kenne ich ihre Gepflogenheiten nicht so gut. Aber ich bin mir sicher, sie werden lieber in ihrem Zimmer essen. Die junge Herrschaft ist kränklich …«

»Ich hoffe, nichts Ansteckendes?« Petry sah sie misstrauisch an. »Ich will hier keine Krankheiten haben. Dann kommt niemand mehr in meine Gaststube!«

»Nein, nein«, beeilte Charlotte sich zu versichern. »Es ist nur eine Erkältung, und ich fürchte, die Gesundheit der jungen Herrschaft hat ein wenig unter dem kalten Wasser des Rheins gelitten.« Sie schnitt eine Grimasse, die hoffentlich zeigte, dass sie aus einem ganz anderen Holz geschnitzt war.

Es schien zu funktionieren. »Brauchst du Hilfe mit dem Gepäck?«, fragte Petry.

Abwehrend schüttelte Charlotte den Kopf, obwohl ihr schon beim Gedanken an die Reisekiste der Frau Unruh anders zumute wurde.

»Nein, das geht schon. Haben Sie vielleicht einen kleinen Handkarren, damit ich mit dem Gepäck schneller wieder hier bin?«

»Sicher, du findest im Stall, was du suchst. Bring den Karren aber heil zurück, sonst werde ich dafür sorgen, dass du deines Lebens nicht mehr froh wirst.« Der Gastwirt sah Charlotte belustigt an. »Und mir will es scheinen, dass es bei dir nicht allzu viel bedarf, um dich unglücklich zu machen …«

Mit einem frechen Grinsen verschwand Charlotte in den Stall, in dem die Pferde und Maultiere der anderen Gäste ihr Heu kauten. Eine Karre mit blank gewetzten Handgriffen und eisenbeschlagenem Reifen sah überraschend stabil aus. Charlotte schickte ein kleines Dankgebet gen Himmel und machte sich auf den Weg. Jetzt, wo sie wusste, in welche Richtung sie unterwegs war, erreichte sie den Hafen recht schnell. Die Abenddämmerung kündigte sich durch eine kühle Brise vom Fluss her bereits an.

Frau Unruh sah ihr mit zusammengezogenen Brauen entgegen. »Wo warst du denn so lange? Ich habe schon befürchtet, dass ich noch eine weitere Nacht auf diesem Kasten verbringen muss!«

»Keine Sorge, ich halte meine Versprechen«, erklärte Charlotte.

Sie hievte die schwere Reisekiste mit einiger Mühe auf den Karren und überließ es Frau Unruh, ihre Nichte zu stützen. Langsam setzte sich die kleine Karawane in Bewegung. Zuerst Charlotte, die schwankend den Karren in Richtung der Kirche bewegte. Frau Unruh hatte ihren Arm um Louise gelegt und trug Sorge, dass Louise nicht in jeden Unrat auf die Straße trat.

Als die drei endlich das Gasthaus erreichten, hatte sich die Dämmerung bereits über die Stadt gelegt. Der Schankraum war inzwischen mit Männern jeden Alters gefüllt. Mühselig lud Charlotte die Kiste vom Karren.

»Ich übernachte im Stroh und passe auf Ihre Kiste auf«, erklärte sie. »Die Stiegen in Ihr Zimmer kann ich sie leider nicht hochschleppen, dafür fehlen mir die Kräfte.«

Frau Unruh nickte nur. Auf ihrer Oberlippe standen kleine Schweißperlen, die zeigten, dass der Weg vom Hafen sie reichlich angestrengt hatte. »Der Wirt wird Ihnen seinen

Eintopf auf das Zimmer bringen«, fuhr Charlotte fort. »Ich denke, Sie wollen sich nicht in den Schankraum setzen?«

Entsetzt schüttelte Frau Unruh den Kopf. »Nein, das wäre für meine Louise jetzt wirklich zu viel. Lass dir auch einen Napf Eintopf geben, das hast du dir redlich verdient.«

Damit verschwand sie auf der Treppe nach oben.

Charlotte zögerte kurz. Dann erinnerte sie sich selbst an ihr Dasein als Karl und betrat den Gastraum. Sie setzte sich an das freie Ende eines Tischs, an dem zwei oder drei weitere Männer schweigend aßen. Keiner von ihnen wirkte gefährlich.

Sie winkte der drallen Frau, die hier bediente. »Ich bekomme Essen!«

Ein kurzes Nicken – und Augenblicke später stand ein dicker Eintopf vor ihr. Bohnen, Getreide und sogar ein wenig Speck schwammen darin herum. Sie merkte erst jetzt, wie groß ihr Hunger war, und löffelte begeistert, bis der letzte Bissen gegessen war.

Dann erst sah sie sich die anderen Gestalten an ihrem Tisch an. Mit vollem Magen kehrte ihr Mut zurück.

»Fährt einer von Ihnen vielleicht in Richtung Münster?«, fragte sie in die Runde. »Meine Herrschaft sucht eine Mitfahrt auf einem Ochsenkarren oder etwas Ähnlichem.«

Schweigen war die Antwort. Dann nickte einer der Männer in Richtung eines vierschrötigen Mannes, der zwei Tische weiter saß. »Musst du Jan fragen. Der fährt. Morgen schon.«

Einer der anderen schien etwas dazu sagen zu wollen, machte aber dann eine wegwerfende Handbewegung und murmelte: »Zum Mitfahren wird er schon taugen.«

Immerhin konnte sie die beiden verstehen.

Ohne lange zu fackeln stand Charlotte auf und setzte sich zu dem Mann, der ihr gezeigt worden war.

»Ich suche eine Mitfahrt nach Münster. Oder wenigstens

in die Richtung. Meine Herrschaft kann auch ein paar Kreuzer zahlen, wenn sie auf Ihrem Karren mitfährt.«

Er hob seinen Blick und sah sie aus trüben Augen an. »Können die nicht selber laufen?«

»Leider nein, das Mädchen war krank und ist noch recht schwach. Sie würden ein wahrlich gutes Werk vollbringen, wenn Sie sie mitnehmen!« Sie sah ihn bittend an. »Wir werden auch nicht zur Last fallen, versprochen.«

»Du sowieso nicht. Du wirst ja laufen«, brummte der Mann missgelaunt. »Aber wenn sie mich dafür zahlen, soll es mir recht sein. Morgen Vormittag geht es los. Sorge dafür, dass ich nicht warten muss. Denn ich werde nicht warten!«

Dankbar nickte sie. »Mache ich!«

Damit war für Jan das Gespräch offensichtlich beendet. Er richtete seinen Blick wieder in den Bierkrug.

Einen Moment zögerte Charlotte, dann erhob sie sich langsam. Sie war todmüde, ihre Lider fühlten sich schwer an. Zeit, das Strohlager aufzusuchen, von dem Petry gesprochen hatte.

Es war nicht schwer zu finden. In einer Ecke des Stalls lagen einige Arme voll Stroh, drei Männer lagen bereits da und schnarchten mit weit offenem Mund. Eigentlich besetzten sie den kompletten Platz.

Vorsichtig schob Charlotte mit dem Fuß einiges von dem Stroh zur Seite. Doch bevor sie sich versah, schnellte die Hand eines der Männer, die angeblich so tief schliefen, nach vorne und umfasste ihren Knöchel.

»Wenn du nicht willst, dass dir etwas Furchtbares widerfährt, dann lässt du das Stroh genau hier!«, knurrte er. »Du bist noch zu grün hinter den Ohren, als dass du dir es verdient hättest, hier im weichen Stroh zu liegen. Such dir einen anderen Platz.«

Damit ließ er ihren Knöchel so schnell los, wie er ihn sich gepackt hatte, drehte sich um und schnarchte weiter.

Ratlos sah Charlotte in die Dunkelheit. Sie musste einen anderen Platz suchen. Bloß wo?

Vorsichtig schlich sie durch den Stall. Bei einem dösenden Maultier blieb sie stehen. Das Tier stand in einem recht großen Unterstand, vielleicht konnte sie sich hier irgendwo an die Wand drücken.

Vorsichtig schob sie sich hinein und legte sich unter die Futterraufe. Das große Tier schien nichts dagegen zu haben, und so wickelte sie sich fester in ihren Mantel und schloss die Augen.

Um nur wenig später wieder aufzufahren. Zwei Männer stritten sich in der Ecke, in der sie auch gerade eben noch schlafen wollte. Es ging wieder um Platz – und wenn sie es richtig verstand, dann auch um Körperausdünstungen. Mit einem Mal war sie froh, dass sie hier unter der Futterraufe doch einen Platz ganz für sich gefunden hatte. Beruhigt schloss sie wieder die Augen und fiel bis zum nächsten Morgen in einen tiefen Schlaf.

Als sie aufwachte, fand sie einen kleinen, drahtigen Mann direkt vor sich, der sie aus seinen kleinen Knopfaugen neugierig ansah.

»Keine Ahnung, wie du das hingekriegt hast. Mein Muli lässt sonst niemanden in die Nähe, den er nicht kennt – und du schläfst direkt unter seiner Futterraufe. Du musst dich wirklich gut auf Tiere verstehen, mein Junge. Kommst du etwa von einem Bauernhof?«

Lächelnd hob Charlotte die Schultern. »Nein, überhaupt nicht. Ich habe mit Tieren bisher nicht mehr zu tun gehabt, als dass ich unsere Katze bei der Mäusejagd ein bisschen angefeuert habe. Das war alles. Es muss Zufall sein …«

Der Mann wiegte seinen Kopf bedächtig von einer Seite zur anderen. »Tiere haben ein Gespür für das, was einen Menschen tief im Inneren ausmacht. Du hast ein gutes Herz, das ist mal sicher.«

Er lächelte, band das Muli von seiner Futterraufe ab und winkte ihr zum Abschied zu. Langsam richtete Charlotte sich auf und rieb sich die Augen. Der Maultiertreiber war offensichtlich ein Frühaufsteher, denn von den anderen Männern war außer Schnarchen nichts zu hören. Davon hatte sie für heute Nacht genug. Sie schlich sich aus dem Stall, wusch sich an der Viehtränke Gesicht und Arme ab und machte sich in der Stadt auf die Suche nach einem Frühstück. Außerdem wollte sie sich noch einmal in diese gewaltige Kirche setzen. Wenn sie schon so viel mehr von dieser Welt sah, als in ihrem Leben eigentlich vorgesehen war, dann wollte sie es auch genießen.

In der Stille des weiten Raums nahm sie auf einer der Kirchenbänke Platz und schloss die Augen. Wie von selbst fing sie leise an zu beten.

»Lieber Gott, bitte achte auf meinen wilden Bruder und halte deine schützende Hand über meinen Vater. Wenn Friedrich jetzt bei dir ist, dann richte ihm doch aus, dass ich ihn immer noch von ganzem Herzen liebe und vermisse. Ich hätte so gerne mein Leben mit ihm geteilt …«

Tränen schossen in ihre Augen. Sie legte eine Hand auf ihren Bauch. Noch immer war sie sich nicht sicher, ob die Nacht auf dem Hambacher Fest nicht doch Folgen gehabt hatte. Nun kündigte jedoch ein leises Ziehen an, dass sie bald bluten würde. Damit hatte sie in den nächsten Tagen ein Problem mehr: Wie konnte sie nur verbergen, dass ihre Regel eingesetzt hatte? Sie musste sich unbedingt ein paar Lumpen zusammensuchen, mit denen sie sich notdürftig behelfen konnte.

Mit einem leisen Seufzen stand sie auf. Was so manche Dinge anging, war es nicht damit getan, Männerhosen zu tragen …

13

Zwischen Wesel und Münster, Königreich Preußen, am 8. Juli 1832

Der Karren rumpelte über die tiefen Schlaglöcher, aus schlammigen Pfützen spritzte das Brackwasser bis über die Achse. Louise wurde auf den Kisten, auf die Charlotte und Frau Unruh sie am späten Vormittag gebettet hatten, heftig hin und her geworfen, aber es schien sie nicht zu stören. Charlotte war sich nicht einmal sicher, ob Louise es überhaupt bemerkte.

Ihre Augen waren wieder geschlossen, und sie sah fast schwächer aus als am Vortag. Frau Unruh hatte in der Früh erzählt, dass Louise wegen der vielen Wanzen im Strohsack kaum geschlafen hatte, vielleicht holte sie jetzt die fehlende Nacht nach.

Frau Unruh thronte auf dem Brett, das am Ende des Ochsenkarrens angebracht war, und hob immer wieder ihre Beine, um den Spritzern zu entgehen. Aber sie beschwerte sich keinen Augenblick über die Unbequemlichkeiten des Gefährts. Es war allen klar, dass der holpernde und ächzende Karren allemal besser war als eine Wanderung bis Münster.

Jan erwies sich auch ohne Bierkrug vor der Nase als

schweigsamer Gefährte. Er ließ von Zeit zu Zeit seinen Ochsenziemer über seinen Tieren kreisen und trieb sie zu ein wenig mehr Eile an – aber ansonsten hockte er auf seinen Kisten und sah schweigend vor sich hin.

Charlotte sollte es nur recht sein. Hin und wieder ließ sie sich etwas zurückfallen, um hinter einem Busch zu sehen, ob sich ihre Vermutung bewahrheitete. Und tatsächlich: Ihre Regel hatte eingesetzt. Zumindest würde sie kein Kind von einem toten Verlobten mit nach Amerika bringen. Mit den Lumpen, die sie von einer Leine im Stall gestohlen hatte, konnte sie sich behelfen. Allerdings rieb der harte Stoff ihr die Schenkel wund – aber daran konnte sie wohl nichts ändern.

Sie hatte in der Früh feine weiche Milchbrötchen bei einem Bäcker gekauft, die sie als Frühstück verspeist hatten. Für die Pausen hatten sie jetzt noch Brot und einen Kanten Speck dabei. Hunger würde sie in den nächsten beiden Tagen wohl kaum leiden.

Da sah sie einen schwer beladenen Kirschbaum am Wegesrand stehen. Charlotte rannte juchzend voraus und sammelte so viele, wie sie nur ernten konnte, in ein Tuch. Sogar Jan bremste mit einem groben Ruck seine Ochsen und brachte so etwas wie ein Lächeln zustande. »Hol uns, so viel du eben in deinem Tuch mitnehmen kannst!«, rief er. »Das wird aus unserer Pause ein wahres Fest machen!«

Tatsächlich wachte später sogar Louise auf und aß einige der saftigen roten Früchte. Sie lächelte mit Lippen, die von den Kirschen blutrot waren.

»Sie sind so wunderbar süß, es ist fast wie ein Besuch im Paradies!«

Keiner wollte ihr widersprechen.

Bis zum Abend schaukelte das Gefährt über ausgefahrene Straßen, Hohlwege und tiefe Schlaglöcher. Mehr als einmal musste auch Charlotte kräftig mit anschieben, damit die

Ochsen aus einem ausgefahrenen Loch wieder herauskamen. Auf einer Lichtung hielten sie schließlich an, um zu übernachten.

Charlotte entfachte wieder ein kleines Feuer, an dem sich alle ein wenig wärmen konnten und das mit seinem Qualm die Mücken ein wenig fernhielt.

»Könnten wir Louise heute Nacht vielleicht unter den Wagen legen?«, fragte Frau Unruh Jan, bevor sie sich für die Nacht zur Ruhe legten.

Er sah unwirsch auf. »Das ist mein Platz zum Schlafen. Wenn Sie den haben wollen, dann müssen Sie ihn extra bezahlen!«

»Aber meine Nichte ist nicht gesund, das haben Sie doch gesehen!« Frau Unruh war von so viel Unfreundlichkeit überrascht.

Ein Grinsen flog über Jans Gesicht. »Ich habe ja nicht gesagt, dass sie den Platz nicht bekommt. Ich habe nur gesagt, dass es etwas kostet. Wenn es heute Nacht regnet – und das ist nicht unwahrscheinlich –, dann gibt es nur einen Ort, an dem man nicht nass wird. Den gebe ich ganz bestimmt nicht leichtfertig auf, verstehen Sie? Mein gutes Herz lasse ich mir von Ihnen fein bezahlen.«

Frau Unruh nickte. Sie nestelte einige Kreuzer aus ihrem Geldbeutel und reichte sie ihm. »Sie herzloser Halsabschneider«, schimpfte sie.

»Ich bin nur ein geschäftstüchtiger Mann.« Jan ließ das Geld in seinem Beutel verschwinden. »Und Sie können sich sicher sein, dass Ihr zartes Pflänzchen heute Nacht nicht nass wird. So hat jeder etwas von unserer Verabredung.«

Tatsächlich fing es in dieser Nacht an zu regnen. Dicke Tropfen fielen vom Himmel, und Charlotte beneidete die beiden Unruhs, die geschützt unter dem Wagen auf ihren Decken lagen. Sie selber versuchte, sich unter ihrem Mantel so gut wie möglich zu schützen. Leider ohne Erfolg: Als der

Morgen graute, war der Mantel schwer und nass, und sie selber hatte keinen trockenen Faden mehr am Leib.

Seufzend stand sie auf. Hoffentlich hörte dieser Regen bald auf, sonst würde Louise niemals wieder gesund werden.

Der Himmel hatte ein Einsehen. Am Vormittag kam die Sonne wieder hinter den Wolken hervor, und sie breiteten die nassen Wolldecken und Mäntel auf dem Ochsenkarren aus. Dampfend lagen sie in der Sonne, und am Nachmittag waren sie wieder trocken. Sogar Louise hatte der Regen nichts ausgemacht, sie thronte mit wachem Blick auf dem Karren und sah sich um.

Die Sonne fing schon an, sich Richtung Horizont zu neigen, als sie hinter einer Wegbiegung im Wald auf einen ganzen Trupp von Männern in Uniform trafen. Ein stattlicher Kerl, der offensichtlich das Sagen hatte, hob die Hand.

»Halt! Zollkontrolle! Haben Sie etwas zu verzollen?«

Jan zerrte an den Riemen seines Gespanns und brachte die Ochsen zum Halten.

»Mein Fuhrwerk hat nur Stoffballen geladen!«, rief er. »Sehen Sie selbst. Es sind Stoffe, die ich nach Münster bringe. Das sollte doch nichts kosten, oder?«

»Das werden wir überprüfen«, erklärte der Zöllner mit barschem Ton. Mit einer einzigen Handbewegung bedeutete er seinem kleinen Trupp von fünf Uniformträgern, sich an die Arbeit zu machen.

»Sagen Sie Ihrer Familie, dass sie vom Karren steigen soll!« Der Mann hielt offenbar nichts von freundlichem Geplauder. Frau Unruh und Louise kletterten vom Wagen und stellten sich an den Wegesrand.

»Das ist mitnichten meine Familie!«, widersprach Jan. »Es sind zahlende Gäste. Ich habe keine Ahnung, was sich in ihren Beuteln und der Reisekiste verbirgt. Dafür sind sie selber zuständig.«

»Das werden wir dann beachten«, knurrte der Zöllner.

Er wandte sich an Frau Unruh. »Wohin des Wegs, meine Dame?«

»Nach Münster und dann nach Bremerhaven und Amerika«, erklärte Frau Unruh mit selbstbewusster Stimme. Sie deutete auf ihre Reisekiste, die auf dem Karren befestigt war. »Dies ist unser Gepäck.« Sie warf einen Blick auf Charlotte. »Und mit ›uns‹ meine ich mich und meine Nichte. Dieser junge Herr dort reist auf der gleichen Route, aber allein.«

Wenn es gefährlich wurde, dann kämpfte jeder nur noch für sich. Diese Lektion lernte Charlotte in diesem kurzen Gespräch. Den Zöllnern war es egal.

Sie wuchteten die Reisekiste der Frau Unruh auf den Boden und inspizierten sie genau. Offenbar fanden sie den gebrauchten Hausrat der Frau Unruh wenig aufregend, trotzdem leerten sie den gesamten Inhalt auf den Boden. Grinsend hielt dabei einer der Zöllner einen Nachttopf aus Porzellan in die Höhe. »Und so etwas bringen Sie bis in die Neue Welt? Einen Nachttopf?«

Frau Unruh nickte indigniert. »Bloß weil wir in die Fremde reisen, in der andere Sitten herrschen, muss es ja nicht heißen, dass wir alle Errungenschaften unserer Kultur hinter uns lassen, nicht wahr?«

»Reichlich viel Ballast für so ein bisschen Kultur«, erklärte der Hauptmann. Zum ersten Mal zeigte sich ein Lächeln in seinem Gesicht. Dann wurde er wieder ernst und deutete auf die fest geschnürten Ballen. »Jetzt sehen wir uns diese Ladung genauer an. Und alles andere, was darauf ist!«

Vier seiner Männer lösten die Schnüre und warfen einen Ballen nach dem anderen neben den Karren. Stoffballen, genau wie Jan es gesagt hatte.

Ein anderer griff nach dem privaten Gepäck der anderen Reisenden. In dem einen Sack führte Frau Unruh Dinge für den täglichen Bedarf und die Kleidung zum Wechseln mit sich.

Der andere Sack gehörte Charlotte.

Der Zöllner nahm sich ihren Beutel vor, löste die Bänder und sah in die Runde. »Wem gehört der?«

Frau Unruh, die damit beschäftigt war, ihre Reisekiste wieder einzuräumen, und dabei die schmutzig gewordenen Teile mit einem Tuch sauber rieb, schüttelte den Kopf.

»Das ist mein Beutel!«, rief Charlotte. Gleichzeitig fiel ihr das Hambacher Tuch ganz unten im Sack ein. Wenn er alles andere herausgeräumt hatte – und das war nicht viel –, dann würde dieser Mann ganz bestimmt auf das bedruckte Tuch stoßen. Sicherlich war es auch im Königreich Preußen verboten, mit so einem Zeugnis revolutionärer Gedanken zu reisen.

Sie spürte, wie sich unter ihren Achseln der Schweiß sammelte. Sie schalt sich selber in Gedanken einen Dummkopf. Wie hatte sie nur annehmen können, dass sie niemals in eine Kontrolle geraten würde? Und warum nur hatte sie dieses Tuch nicht besser versteckt?

Währenddessen flogen weiter die Stoffballen auf den Waldboden. Jan lamentierte lautstark, dass sie mit seiner Ware etwas sorgsamer umgehen sollten. Charlotte waren diese Ballen gleichgültig. Sie konnte nur gebannt zusehen, wie der Zöllner ihre Habseligkeiten aus ihrem Beutel räumte und in diesem Moment mit einigem Interesse im Druckerhandbuch ihres Vaters blätterte.

Plötzlich hörte sie die laute Stimme eines der Zollbeamten: »Habe ich es mir doch gedacht! Sie sehen einfach nicht wie ein typischer Stoffhändler aus! Das hier sieht schon eher nach der Ware aus, die euresgleichen geladen hat!«

Unter den Ballen verborgen lagen über der Achse des Wagens einige Fässer, sorgfältig mit Stricken befestigt und mit Stroh abgepolstert, damit sie nicht aneinanderklappern konnten. Der Hauptmann winkte einen seiner Männer mit einem solchem Fass zu sich.

»Sie haben nichts zu verzollen?«, rief er mit drohender Miene. »Wollen Sie mir weismachen, dass sich in diesen Fässern nichts als reines Wasser verbirgt? Soll ich es vielleicht einfach hier auf den Waldboden schütten – da es doch, wie Sie sagen, nichts wert ist?«

»Nein, nein!«, rief Jan, der sehr blass geworden war. »Das hatte ich ganz vergessen, es sind ja auch nur wenige Fässer. Für die Münsteraner Ratsherren, die haben nach Wein aus Baden verlangt, da habe ich einige Fässer geladen und auch gleich wieder vergessen …«

Seine Stimme wurde allmählich leiser, ihm war klar, dass der Hauptmann auf keine seiner Aussagen auch nur einen Pfifferling geben würde.

»Wie viel haben Sie geladen? Machen Sie sich keine Mühe, sich eine Zahl auszudenken, wir werden es nachprüfen!« Der Hauptmann klang sehr zufrieden mit sich und seinem Erfolg.

»Sechs Fässer. Es ist kein sehr hochwertiger Wein, bitte bedenken Sie das, wenn Sie den Zoll berechnen …«

»Dazu kommt die Strafe dafür, dass Sie mir nicht gleich ordnungsgemäß gemeldet haben, was Sie wirklich auf Ihren Karren geladen hattet! Eben noch haben Sie mir versichert, dass es sich um Wein für die Ratsherren in Münster handeln würde. Dann wird es doch schwerlich eine saure Plörre sein, die niemand haben will, oder? Soll ich ein Fass anstechen lassen und den Wein probieren?«

Jan sank zusammen. Diesen Kampf hatte er verloren.

Charlotte beobachtete währenddessen den Mann, der ihren Beutel untersuchte. Er hatte bei der Entdeckung des Weins innegehalten und gespannt zugesehen, wie Jan und der Hauptmann sich unterhielten. Dann sah er in die Runde. »Wem gehört das hier?« Als Charlotte nickte, warf er ihr den Beutel zu. »Bei dir ist wahrlich nichts zu holen außer alten Kleidern. Du solltest sie mal waschen, sie riechen nicht mehr sehr gut!«

Alle Zöllner lachten, und Charlotte bemühte sich um ein verlegenes Gesicht.

»Sie haben recht. Ich hoffe, dass ich in Münster die Gelegenheit habe, meine Sachen ein wenig gründlicher zu reinigen. Aber auf Reisen …« Sie versuchte ein unschuldiges Schulterzucken. »Da kann ich mich nicht auch noch um die Nasen meiner Mitreisenden sorgen!«

Einige lachten, während Jan hinter dem Wagen die Geldstücke aus seinem Beutel kramte. Selbst aus einigen Metern Entfernung konnte man erkennen, wie wütend ihn die Sache machte. Wahrscheinlich war er in den nächsten Tagen noch übellauniger als bisher, dachte Charlotte bei sich.

Das änderte nichts an ihrer eigenen Erleichterung, als die Zöllner endlich mitsamt dem Geld und nach einer letzten Ermahnung an Jan zufrieden wieder verschwanden.

»Packt mit an!«, herrschte Jan sie in diesem Moment an.

»Wenn wir nicht die Stoffballen wieder auf den Karren hieven, dann kommen wir niemals aus diesem verdammten Wald heraus.«

Frau Unruh sah ihn mit einer hochgezogenen Augenbraue an. »Ich kann mich nicht entsinnen, dass ich dazu angestellt wäre, bei irgendwelchen Ladearbeiten zu helfen. Aber vielleicht erbarmt sich unser Karl, wenn Sie ihn nett darum bitten?«

»Klar, ich tue, was ich kann«, entgegnete Charlotte lächelnd. Nachdem das Hambacher Tuch unentdeckt geblieben war, hätte sie fast alles gemacht. Sie griff gemeinsam mit Jan bei den schweren Stoffballen an und legte sie sorgfältig zurück auf die in Stroh gebetteten Weinfässer.

Neugierig sah sie ihn an. »Wie oft klappt das denn?«

»Das geht dich überhaupt nichts an, du naseweises Bürschchen«, knurrte er. »Zwei von drei Fahrten haben sie keine Lust, so viele Ballen vom Karren zu nehmen. Ich bin nicht gierig und nehme immer nur ein paar Fässer unter mehreren

Lagen Stoffballen mit. Deswegen werde ich seltener als meine Kollegen dabei ertappt.« Mit einem Mal schlich sich ein Grinsen in sein Gesicht. »Und die Kollegen haben dieses Mal nicht darauf bestanden, meinen Wein zu kosten. Das ist ein richtiger Glücksfall für mich. So haben sie nicht gemerkt, dass ich Süßwein mit mir führe. Für den müsste ich nämlich sehr viel mehr berappen.«

»Na, dann hoffen wir doch mal, dass das unser letzter offizieller Besuch vor Münster gewesen ist«, bemerkte Charlotte grinsend, während sie den letzten Ballen mit Stricken befestigte. Auch die schwere Reisetruhe der Unruhs war schnell verstaut, und so konnten sie sich gemeinsam wieder auf den Weg machen.

Es dauerte nicht lange, und sie erreichten einen abseits gelegenen Gasthof, wo sich die Ochsen in einem ordentlichen Stall ausruhen konnten. Auch die Unruhs würden in dieser Nacht in einer kleinen Kammer übernachten und sich ein wenig erholen.

Beim Abendessen dachte Charlotte darüber nach, wie sie das verräterische Tuch besser verstecken konnte. Sie konnte nicht darauf hoffen, dass sie bei der nächsten Kontrolle wieder so viel Glück hatte.

Kaum hatte sie den letzten Bissen hinuntergeschluckt, entschuldigte sie sich bei ihren Mitreisenden, schnappte ihren Beutel und murmelte etwas von großer Müdigkeit.

Rasch ging sie hinter das Haus, setzte sich in eine abgelegene Ecke hinter einem Holzstapel und leerte den kompletten Inhalt auf den Boden aus. Mit dem Finger fuhr sie ins Innere des Beutels – und tatsächlich: Er war innen mit einem dünneren Stoff gefüttert.

Schnell griff sie nach einem Messerchen und trennte ein Stück der Innennaht auf. Dann griff sie nach ihrem Tuch. Der billige Stoff lag weich in ihrer Hand, und sie presste ihn wieder einmal gegen ihre Nase.

Aber es war kein Geruch mehr an dem Tuch, der sie an den wunderbaren Tag auf dem Hambacher Schloss erinnern könnte. Und noch weniger ein Geruch, der an Friedrich erinnerte. Sie rief sich seine blitzenden Augen ins Gedächtnis, als er ihr das viel zu teure Erinnerungsstück gekauft hatte. Der Tag erschien ihr wie ein einziger leuchtender Traum mit dem wunderbaren Ende im Wald unterhalb des Schlosses. Wie hatte Ludwig nur erfahren, was dort passiert war? Egal. Sie würde diese Erinnerung mit sich tragen, solange sie lebte.

»Was hast du denn da?«

Die Stimme riss sie aus ihren Gedanken. Vor ihr stand Louise mit schief gelegtem Kopf und deutete auf das Tuch.

»Was kann denn so schlimm an so einem Fetzen Stoff sein, dass du bei den Zöllnern fast vor Angst umkommst – und es jetzt so innig umarmst, als wäre es ein guter Freund?«

Das Mädchen fragte ohne Böswilligkeit und sah Charlotte neugierig an.

»Das geht dich nichts an«, erklärte sie trotzdem. »Es bringt dich nur in Gefahr, wenn ich dir erkläre, was ich hier in Händen halte. Und wenn deine Tante es erfährt, dann muss ich mir wahrscheinlich neue Reisebegleiter suchen. Und so übel seid ihr nicht …«

»Meine Tante ist in der Tat nicht so verkehrt, wie du denken magst«, erklärte Louise und setzte sich auf einen Holzklotz. »Eigentlich ist sie ziemlich modern. Sie hat eben nur Angst, dass mir etwas passiert. Und da hat sie ja auch recht … Kaum kriege ich ein paar Tropfen vom kalten Rheinwasser ab, schon werde ich krank.« Sie schniefte.

»Heute Abend scheint es dir aber besser zu gehen«, erwiderte Charlotte. »Es ist das erste Mal, dass du dich nicht sofort in dein Bett oder in dein Nachtlager legst, nachdem wir angekommen sind.«

Louise verzog ihr Gesicht. »Die Kammer, in der wir übernachten, ist so niedrig und stickig, dass ich noch ein wenig frische Luft schöpfen wollte. Und dann war ich neugierig, warum du dich so hastig von uns entfernt hast.«

Charlotte lächelte. »Nun, wie du sehen kannst, nähe ich ein wenig an meinem Beutel herum. Ist damit deine Neugier befriedigt?« Sie deutete auf die offene Naht, die sie gerade eben noch selbst aufgetrennt hatte. »Das muss ich wieder reparieren, sonst fällt mir mein Reisesack bald in Einzelteilen von der Schulter.«

»Und was hat es mit diesem Fetzen auf sich?« Louise ließ nicht locker. Sie deutete auf das Hambacher Tuch, das Charlotte immer noch in der Hand hatte. »Du hast es gerade eben noch mit einem so andächtigen Gesicht an deine Nase gehalten, dass man meinen könnte, es wäre etwas Besonderes!«

»Es ist etwas Besonderes!«, verteidigte Charlotte sich heftiger, als sie eigentlich wollte. »Es erinnert mich an einen ganz besonderen Menschen, der leider gestorben ist.«

»Und warum ist es dann gefährlich?« Das Mädchen ließ einfach nicht locker.

Seufzend reichte Charlotte ihr das Tuch. »Schau es dir an. Du wirst nicht verstehen, warum es etwas Besonderes ist. Und dann gibst du es mir wieder und vergisst es einfach, in Ordnung?«

Louise nahm das Tuch, entfaltete es und sah es lange und gründlich an. »Ich erkenne Siebenpfeiffer«, erklärte sie endlich und gab Charlotte das Tuch zurück. »Und das Schloss ist wahrscheinlich die Ruine von Hambach, auf der dieses Fest stattgefunden hat.«

»Du erkennst Siebenpfeiffer?« Charlotte war überrascht.

Ein Achselzucken war die Antwort. »Ich bin viel krank und muss im Bett liegen. Was kann man da schon anderes tun, als viel in der Zeitung zu lesen? Da taucht der Name Siebenpfeiffer häufiger auf, einmal war sogar ein Bild von ihm dabei. Und das mit dem Schloss war geraten. Aber von dem Fest in Hambach hat fast jeder geredet, es waren viele dort. Worms ist ja nicht so weit entfernt, es gab also einige aus unserer Stadt, die mitgemacht haben. Ein Erinnerungsstück von diesem Fest ist sicher nichts, was ein Zöllner oder Gendarm entdecken sollte.«

»Richtig.« Charlotte nahm das Tuch zurück, faltete es sorgfältig zusammen und ließ es dann durch die aufgetrennte Naht zwischen Innenfutter und Außenstoff verschwinden. Anschließend nahm sie die Schmuckstücke ihrer Mutter und schob sie ebenfalls in das Futter – da waren die fein gewebten Haare und das schön ziselierte Gold sicherer aufgehoben. Schließlich griff sie nach ihrer Nadel und verschloss die Naht sorgfältig mit kleinen Stichen.

Louise sah schweigend zu. Als sie endlich etwas sagte, war Charlotte schon dabei, die Naht fest zu vernähen. Kein loses Fädchen sollte verraten, dass sich hier etwas Verbotenes verbarg.

»Dein Geheimnis ist bei mir sicher. Ich werde meiner Tante nichts davon erzählen, das verspreche ich dir. Und selbst wenn sie es wüsste – sie ist der Sache der Demokratie gar nicht so abgeneigt, weißt du? Sie ist wirklich eine ganz besondere Frau, wenn man ihre ruppige Art ein wenig außer Acht lässt.«

»Ich bin trotzdem dankbar, wenn sie keine Ahnung hat, was ich hier in meinem Beutel mit mir herumtrage«, erklärte Charlotte. »Denn bis jetzt fällt es ganz schön schwer, daran zu glauben, dass sich hinter ihrer rauen Schale ein gar nicht so übler Kern verbirgt.«

»Du kannst für einen Mann ganz schön gut nähen«, bemerkte Louise mit einem Mal.

»Und du kannst für ein Mädchen erstaunlich gut beobachten«, erwiderte Charlotte grinsend. »Ich habe dir doch schon gesagt, dass ich auf meine kleinen Geschwister aufpassen musste. Die haben ständig ihre Kleider zerrissen, da ist es kein Wunder, dass ich gut nähen gelernt habe. Oder zumindest eine Naht ordentlich setzen kann.«

Louise musterte sie aus ihren intensiv blauen Augen. Sie wollte noch etwas sagen, aber dann lächelte sie nur und stand auf. »Ich behalte deine Geheimnisse für mich, wie gesagt. Und jetzt muss ich zurück in die enge Kammer, sonst fragt sich Tantchen noch, wo ich nur stecke. Und sie möchte ganz bestimmt nicht, dass ich mit dir hinter einem Holzstapel sitze und rede.« Wieder ein langer Blick. »Dabei hat sie keine Ahnung, wie wenig ich zu befürchten habe.«

Damit verschwand sie und ließ Charlotte in der einbrechenden Dunkelheit alleine. Sie sah ihr verblüfft hinterher. Hatte dieses Mädchen etwa eine Ahnung von ihrem Geheimnis?

Mit einem Seufzen räumte sie den Beutel wieder ein. Besser, sie fragte nicht weiter nach …

14

Münster, Königreich Preußen, am 17. Juli 1832

»Jetzt haben Sie doch ein Erbarmen! Ich laufe schon den ganzen Tag herum, und kein einziges Fuhrwerk in Richtung Weser will uns mitnehmen! Das kann doch nicht sein!«

Es fehlte nicht viel, und Charlotte hätte vor Wut aufgestampft. Zwei Tage war es her, dass sie hier in Münster angekommen waren und in einem kleinen, engen Gasthaus Unterkunft gefunden hatten. Seitdem lief Charlotte durch die schmucke Stadt mit den spitzen Giebeln und den beeindruckenden Kirchen – und schaffte es nicht, die Weiterreise ihrer kleinen Gruppe zu organisieren. Jedes Fuhrwerk, das die Stadt verlassen sollte, war schon übervoll beladen – oder der Fuhrmann hatte schlicht keine Lust, die Gesellschaft von drei Reisenden für einige Tage zu ertragen.

Und auch jetzt war es nicht besser. Der Mann, den Charlotte ja fast schon angefleht hatte, sah sie nur kühl an. »Ich nehme niemanden mit, verstehst du das nicht, Jüngelchen? Dich allein, das wäre ja kaum ein Problem. Aber zwei Frauen, noch dazu mit Reisegepäck für Amerika? Das will ich mir nicht antun. Die beiden jammern bestimmt die ganze Zeit. Und wenn wir dann auch noch über die Grenze kommen, dann kann ich nur beten, dass die Hannoveraner uns nicht zu sehr drangsalieren. Vier Menschen bedeutet die vierfache Gefahr, dass mein Karren auf den Kopf gestellt wird und ich einen halben Tag verliere. Nein, ich will lieber meine Ruhe haben.«

Mit einem Seufzer wollte Charlotte sich schon abwenden. Sie saßen in Münster fest – und sie verstand einfach nicht, warum. Da legte ihr der Fuhrmann eine Hand auf die Schulter.

»Du kannst es vielleicht bei Geert probieren. Der braucht jeden Kreuzer, das weiß jeder. Seine Frau leidet an einer gefährlichen Krankheit.« Er ließ seine Zähne aufblitzen, als er lächelte. »Der Verschwendungssucht. Da muss der arme Geert immer möglichst viel Geld heranschaffen. Die Sache hat allerdings einen Haken: Seine Kutsche ist in keinem guten Zustand, und ich bin mir nicht sicher, ob sie noch ein weiteres Mal dem Weg an die Weser gewachsen ist. Aber das denke ich mir schon seit über einem Jahr. Du könntest also Glück haben …«

»Wo finde ich denn diesen Geert?«

Es war Charlotte reichlich egal, ob die Kutsche baufällig war oder nur drei Räder hatte. Sie wollte jetzt endlich jemanden finden, der bereit war, drei Reisende mitzunehmen.

Der Fuhrmann zuckte nur mit den Achseln. »Der hat seine Ochsen immer beim alten Gasthaus am Aasee stehen. Da wirst du ihn schon finden.«

Also machte sie sich auf den Weg. Nach ein paar Fragen fand sie Geert, stellte sich vor und erklärte ihr Anliegen. Der magere Mann mit dem übergroßen Adamsapfel und den schütteren blonden Haaren ließ sie kaum zu Ende reden.

»Sicher kannst du mit deinen beiden Frauen mitkommen. Ich fahre in drei Tagen nach Neusalzwerk.«

Von diesem Ort hatte Charlotte noch nie gehört. Deswegen fragte sie lieber vorsichtig nach. »Neusalzwerk? Wo liegt denn das?«

»Eine Saline direkt an der Weser. Es ist nur eine kleine Ansiedlung, aber ich möchte dort Salz laden und hierher nach Münster bringen. Damit kann man tüchtig Geld verdienen – und nach Neusalzwerk muss ich keine Grenze überqueren. Das erspart mir viel lästigen Händel mit den Zöllnern.«

Alles, was Charlotte hören wollte, war die Lage des Orts an der Weser. Sie würden schon auf irgendeinem Boot oder Floß weiter nach Bremen kommen, da war sie sich sicher. Also streckte sie Geert ihre Hand entgegen.

»Dann ist es also abgemacht? Übermorgen brechen wir auf nach Neusalzwerk? Was denkst du, wie lange wir brauchen?«

Geert schlug ein. »Vier Tage. Vielleicht fünf. Meine Ochsen sind nicht die schnellsten, aber das sollten sie schaffen.«

Erst jetzt fiel Charlotte ein, dass sie Geerts Fuhrwerk nicht in Augenschein genommen hatte. Nun war es zu spät.

»Holen Sie uns in unserem Gasthaus ab? Wie ich schon gesagt habe, führen die Damen eine schwere Reisekiste mit sich, die können wir dann direkt dort verladen.«

Geert nickte nur. »Aber ich komme gleich am frühen Morgen, du und deine beiden Frauen solltet euch bereithalten.«

»Keine Sorge, das werden wir tun!«

Um ein Haar hätte sie den hässlichen Kerl umarmt, so erleichtert war sie, endlich eine Möglichkeit gefunden zu haben, die Stadt zu verlassen.

Sie rannte fast die komplette Strecke zurück in das Gasthaus, in dem die Unruhs bestimmt auf eine Nachricht warteten. Und tatsächlich fand sie Frau Unruh missmutig in dem kleinen, stickigen Zimmer vor.

»Wo steckt denn Louise?«, fragte sie sofort.

»Es geht ihr täglich besser. So gut, dass sie heute Vormittag beschlossen hat, sich die Stadt ein wenig anzusehen. Angeblich benötigt sie frische Luft und ein wenig mehr Anregung, als es ihr meine Anwesenheit zu geben vermag. Was für ein verwöhntes Mädchen!«

»Aber sie hat doch recht«, entgegnete Charlotte. »Wenn man sich schon auf eine so lange Reise begibt, dann sollte man unterwegs doch möglichst viel lernen und sehen. Wer weiß, womöglich werden wir Amerika nicht mehr verlassen – so haben wir wenigstens noch Erinnerungen an die deutschen Städte und Länder.«

Frau Unruhs Laune wurde durch diese Bemerkung keinen Deut besser. »Ich werde mich hauptsächlich an stinkende Betten in zweifelhaften Gasthäusern erinnern. An unfreundliche Menschen, ungenießbares Essen und Wanzen. Außerdem muss ich hier in unserem Zimmer auf unseren Besitz aufpassen, während das junge Ding sich in der Stadt vergnügt.«

»Frau Unruh, Sie sind zu streng. Aber ich bringe gute Nachrichten: Schon übermorgen werden wir auf einem Fuhrwerk Richtung Neusalzwerk mitfahren. Das ist wohl eine Saline an der Weser, etwa fünf Tagesreisen entfernt.«

»Ist der Kutscher denn vertrauenswürdig?« Frau Unruh blieb misstrauisch.

Charlotte dachte an den dünnen Geert und zuckte mit den Schultern. »Er hat einen Ochsenkarren, er hat Ochsen, und er fährt in die richtige Richtung. Das reicht mir, um ihn für uns zu empfehlen.«

Zwei Tage später hielt am späten Vormittag mit rumpelnden Reifen das Fuhrwerk vor dem kleinen Gasthaus. Charlotte hatte schon Stunden vorher die Reisekiste der Unruhs auf die Straße gezerrt, sich daraufgesetzt und mit steigender Unruhe auf das Gespann gewartet. Jetzt war sie erleichtert, als Geert endlich mit seinem Gespann auftauchte.

Frau Unruhs Gesicht sprach Bände, als sie die etwas schiefen Reifen und das rissige Leder des Geschirrs sah. Aber sie sagte kein Wort, sondern setzte sich mit einem Seufzer neben den Fuhrmann. Louise nahm wieder hinten Platz und lehnte sich an die Reisekiste, die Charlotte mit einiger Mühe und der tatkräftigen Hilfe des Wirts aufgeladen hatte.

Dann setzte sich das Fuhrwerk langsam in Bewegung. »Was transportieren Sie denn nach Neusalzwerk?«, fragte Frau Unruh höflich.

Geert zuckte mit den Achseln. »Dies und das. Hauptsächlich irdene Töpfe und Schalen.«

»Zerbrechliches Gut«, bemerkte Frau Unruh. »Muss man da nicht ganz besonders vorsichtig fahren?«

»Ich habe es gut verpackt. Und es ist auch nicht sonderlich empfindlich – ich glaube, da sind Ihre Besitztümer in der Kiste sehr viel zerbrechlicher. Nein, nein. Meine Näpfe und Teller sind nicht dafür da, das Auge zu erfreuen, sondern nur für den praktischen Nutzen.« Er schnalzte mit der Zunge, um seine Ochsen anzutreiben, aber die ließen sich von ihrem langsamen Trott nicht abbringen.

»Wie lange werden wir denn bis Neusalzwerk brauchen?« Frau Unruh schien in die Geschwindigkeit der Tiere kein Vertrauen zu haben.

»Wenn alles gut geht, sind wir in fünf oder sechs Tagen da. Aber man weiß natürlich nie, ob das Wetter mitspielt. Bei Regen sind die Wege in einem üblen Zustand. Und wenn es zu heiß ist, werden die Ochsen recht langsam.« Geert zuckte wieder mit den Achseln. »Es kommt, wie es kommt. Kann man ja ohnehin nichts dran ändern.«

Sie ließen langsam die Stadt hinter sich, durchquerten Wälder, fuhren an kleinen Bächen entlang und durch kleine Weiler mit schmucken roten Backsteinhäusern.

»Wo planen Sie denn Ihre Übernachtungen?«, erkundigte sich Frau Unruh schließlich.

»Wie es eben kommt«, erklärte Geert. Das schien seine liebste Antwort zu sein. Charlotte vermutete allmählich, dass er seiner Frau auf den Reisen ganz gerne entkam. Wenn sie wirklich so übel war, wie sie es gehört hatte, dann war der Platz auf einem schwankenden Fuhrwerk vielleicht gar nicht so schlecht. »Mal bleibe ich einfach nur auf einer Lichtung im Wald, und dann liegt wieder ein Gasthaus auf der Strecke. Kommt immer drauf an, wie schnell meine Ochsen sind.«

Frau Unruh nickte und musterte die beiden mageren Rücken vor sich. Einer braun, der andere schwarz-weiß, beide nicht besonders kräftig. Sie warf Charlotte einen langen Blick zu, bevor sie schließlich murmelte: »Dann hoffen wir mal das Beste.«

Tatsächlich erreichten sie an diesem ersten Tag kein Gasthaus, sondern nur eine kleine Wiese direkt neben einem Flüsschen. Der Himmel versprach eine trockene Nacht, Charlotte bereitete einen Eintopf aus den mitgebrachten Vorräten zu, und schon bald legten sie sich alle zum Schlafen.

Charlotte wartete, dann erhob sie sich wieder und ging ein Stück am Flüsschen entlang. Das Wasser glitzerte silbern im Mondschein, und sie entdeckte einen kleinen Steg. Schnell sah sie sich um, ob ihr jemand gefolgt war. Aber hinter ihr blieb alles still, und so schlüpfte sie schnell aus ihren Kleidern und ließ sich am Ende des Stegs in den kleinen Wasserlauf sinken.

Es war sehr viel kälter, als sie gedacht hatte – aber nach den Tagen in der heißen, sommerlichen Stadt war es einfach wunderbar, endlich wieder Wasser auf der Haut zu spüren. Sie konnte sich schließlich nicht wie die anderen Knechte mit freiem Oberkörper an der Viehtränke waschen. Aber jetzt war sie bis zum Hals im Wasser. Ihre Füße sanken im moorigen Boden etwas ein, aber sie konnte noch stehen. Ein Nachtvogel schrie auf, und sie hörte, wie sich im Schilf ein

Tier bewegte. Zumindest hoffte sie, dass es ein Tier war. Doch ihr Wohlbehagen überwog ihre Unruhe.

Sie legte sich für einen Augenblick auf den Rücken und sah zum Himmel auf. »Beschütze mich auch weiterhin«, flüsterte sie leise. Die Sterne glitzerten ungerührt, und ihre helle Spur am Himmel leuchtete hier wie einst in Neustadt.

Allmählich wurde ihr kalt. Sie zog sich am Steg hoch und stand einen Moment zitternd in der kalten Nachtluft. Dann griff sie nach dem Leibhemd und zog es sich einfach über ihre nasse Haut. Hemd und Hose folgten, dann ging sie vorsichtig zurück zum Schlafplatz. Sie wollte niemanden wecken, aber als sie sich zum Schlafen niederlegte, räusperte sich Louise und flüsterte leise: »Warum kannst du nicht schlafen?«

»Ich war nur noch ein wenig spazieren am Wasser«, flüsterte Charlotte zurück. Sie konnte nur hoffen, dass das neugierige Mädchen ihr nicht gefolgt war. Im hellen Mondlicht wäre es unübersehbar gewesen, dass sie alles andere als ein junger Mann namens Karl war.

»Du läufst den ganzen Tag neben dem Karren her, und am Abend gehst du noch spazieren? Du bist wunderlich«, murmelte Louise.

»Schlaf jetzt. Mach dir keine Sorgen über meine merkwürdigen Gewohnheiten«, wisperte Charlotte zurück.

Zum Glück kamen keine weiteren Bemerkungen – und wenig später fiel Charlotte auch schon in einen tiefen Schlaf.

Am nächsten Morgen machte sich die kleine Reisegesellschaft schon kurz nach Sonnenaufgang wieder auf den Weg. Der entpuppte sich als ausgefahrener Pfad mit tiefen Spurrinnen, in denen der Karren bedenklich hin und her schwankte. Irgendwann kam ihnen ein Fuhrwerk entgegen, und die Kutscher mussten, so gut es ging, in den Graben neben der Wiese ausweichen. Einer der Reifen rumpelte gegen einen Stein, der unter dem Gras verborgen lag – und brach mit einem lauten Knacken. Der Karren stürzte zur Seite, und Louise konnte sich vor einem Sturz nur durch einen beherzten Sprung in die Wiese retten. Frau Unruh fiel wie ein Stein ins Gras.

Die Ochsen blieben stehen und fingen sofort an, das Gras zu fressen, während Geert sich vom Kutschbock gleiten ließ und sich die Haare raufte, während er den Schaden begutachtete. »Kommt, ihr müsst alle mit anpacken, die Kisten müssen runter vom Wagen. Hoffentlich ist meinem Steingut nichts passiert!«

Vom anderen Karren rief der Kutscher: »Kann ich helfen?«

»Meine Kisten!«, schrie Geert.

»Meine Tante!«, rief Louise, die sich mühsam aufrappelte. Sie deutete auf Frau Unruh, die im Gras lag und sich nicht mehr rührte. Charlotte, die einfach hinterhergelaufen war, beschloss, sich zuerst um die gestürzte Frau zu kümmern. Die Kisten mit dem Steingut konnten warten.

Die kräftige Frau lag auf der Seite und rang mühsam nach Atem. Aber immerhin war sie bei Bewusstsein, und Charlotte konnte auch keine Verletzung erkennen.

»Wie geht es Ihnen?«, fragte sie.

»Keine Luft!«, japste Frau Unruh.

»Louise, komm und hilf mir! Wir müssen sie aufrichten, dann kann sie leichter atmen«, erklärte Charlotte.

Dem Mädchen war offensichtlich durch den Sprung nichts passiert. Sie kam sofort angelaufen und zerrte an ihrer Tante, um ihr aufzuhelfen – aber offensichtlich reichten ihre Kräfte nicht für die doch recht massige Frau.

Ohne weiter nachzudenken griff Charlotte ihr unter die Arme und zog einmal kräftig. Mit Erfolg: Frau Unruh saß nun aufrecht und konnte sich gegen eine der Kisten lehnen, die vom Karren gestürzt waren.

Während die ältere Dame langsam wieder zu Atem kam,

schirrten die beiden Kutscher die Ochsen aus und ließen sie auf der Wiese grasen. Anschließend stapelten sie die Kisten am Wegesrand auf. Dann deutete der Kutscher des anderen Karrens bedauernd auf seine Ochsen: »Die beiden sind leider nicht sehr schnell, und ich muss morgen noch in Münster sein. Ich hoffe, du verstehst, dass ich jetzt nicht weiterhelfen kann. Nichts für ungut, Kollege – aber ich denke, deine maroden Räder musst du selber reparieren.« Er sah Geerts Karren an und hob die Hände. »So, wie der aussieht, hätte ein kleines Steinchen oder ein Windhauch gereicht, um ihn umzustürzen.«

Damit schwang er sich auf seinen Kutschbock, ließ den Ziemer über seinen Ochsen kreisen und verschwand rumpelnd um die nächste Ecke.

Geert sah ihm mit großen Augen hinterher. »Das gehört sich nun wirklich nicht – einfach davonzufahren, ohne mir zu helfen!«

Frau Unruh, deren Gesicht inzwischen wieder eine gesunde Farbe hatte, ließ von ihrem Platz ein schnaubendes Geräusch verlauten. »Der Kerl hat recht. Wenn Ihr Karren bei einem echten Unglück kaputtgegangen wäre, hätte er Ihnen sicher geholfen. Aber bei diesem Haufen von Holz und Nägeln, die nur noch von Gebeten und dem guten Willen irgendwelcher Götter zusammengehalten werden, kann man wohl nicht darauf hoffen, dass einem ein Fremder hilft.«

»Bis jetzt hat der Karren immer seine Dienste versehen. So etwas wie heute ist mir noch nie passiert!«, verteidigte sich Geert. Seine Stimme war wenig überzeugend, denn er wusste, dass Frau Unruh einfach recht hatte.

»Die Frage lautet doch nicht, wer an diesem Unglück die Schuld trägt«, mischte Charlotte sich ein. »Viel eher sollten wir überlegen, wie wir diesen Karren wieder zusammenflicken können, um weiterzureisen. Oder etwa nicht?«

»Na, du wirst mir natürlich helfen, Bürschchen«, rief

Geert. »Du wirst ja wohl mit Nägeln, Säge, Hammer und Holz umgehen können!«

Konnte sie nicht. Woher auch? Junge Frauen beschäftigten sich mit Klavierspiel, Sticken und kluger Konversation. Ganz bestimmt nicht mit Holzarbeiten. Leider würde ihr niemand glauben. Es gab keinen Mann, der nicht auch einen Hammer führen konnte.

Sie atmete tief durch. »Ich werde mein Bestes versuchen«, erklärte sie. »Leider bin ich alles andere als geschickt, wenn es um solch handwerkliche Arbeiten geht.«

Geert machte eine wegwerfende Handbewegung. »So schlimm wird es schon nicht sein. Ich sage dir schon, was du zu tun hast.«

Doch es war noch viel schlimmer, als Geert befürchtet hatte.

Sie schlug die Hämmer neben die Nägel, konnte mit der Säge kein Brett bearbeiten, und als sie schließlich ein Eisenband um den notdürftig geflickten Reifen legen wollten, sprang es umher, als wäre es ein Wesen mit eigenem Willen.

Anfangs hatte Geert noch geduldig erklärt, was genau zu tun war. Aber während der Nachmittag voranschritt, wurde er zunehmend ärgerlicher.

»Es kann doch nicht sein, dass ein echter Mann nicht einmal weiß, wie man einen Hammer in der Hand hält!«, rief er immer wieder. »Wie bist du groß geworden? In einem Haushalt voller Weiber, ohne einen Vater?«

Charlotte versagte ihm die Antwort und versuchte weiter, mit einer Zange das Eisenband gleichzeitig zu biegen und festzuhalten. An ihren Fingern bildeten sich Blasen, sie hatte das Gefühl, dass ihr gesamter Körper sich gegen diese Arbeit wehrte. Verbissen machte sie weiter. Ein Schweißtropfen rann ihr über die Stirn.

Ohne Unterlass schimpfte der Kutscher weiter. »Du benimmst dich wie ein Mädchen!«, rief er. »Mag sein, dass du zum Frühstückmachen taugst, aber viel weiter reicht es nicht. Du willst nach Amerika? Dann solltest du vielleicht erst einmal lernen, wie man Werkzeug führt. Gib her!«

Wütend entriss er Charlotte die Zange. Mit einer einzigen Handbewegung gelang es ihm, das widerspenstige Eisenband um den Reifen zu legen und dann mit einem Eisenstift festzunageln. Ihre Achtung vor dem mageren Mann stieg. Handwerklich war er in der Tat sehr geschickt und konnte den Reifen ohne weitere Hilfe reparieren.

Mit einer verächtlichen Kopfbewegung deutete er dann in Richtung Karren. »Kannst du mir wenigstens helfen, den Reifen wieder auf die Achse zu schieben, oder bist du auch für diese Arbeit zu schwach?«

»Doch, das geht schon«, murmelte Charlotte. Sie wollte unbedingt vermeiden, dass er sie noch einmal ein Mädchen nannte. Wenn er Frau Unruh und Louise einmal auf diesen Gedanken gebracht hatte, dann würde ihre Tarnung auffliegen, da war sie sich sicher.

Aber die beiden saßen einige Schritte entfernt unter einem Baum und beachteten die beiden Männer überhaupt nicht. Zumindest sah es für Charlotte so aus.

Sie wuchteten also gemeinsam den Reifen wieder auf seinen Platz an der Achse und stellten den Karren dann mit einiger Mühe wieder auf.

»Jetzt müssen wir meine Ladung wieder ordentlich aufladen!«, erklärte Geert. »Komm, hilf mir!«

Ihre Schultern schmerzten, und ihre Finger waren voller Blasen. Mit einem Mal hatte Charlotte genug. Sie drückte ihren Rücken durch. »Ich kann mich nicht erinnern, dass ich mich für diese Fahrt als Knecht verdingt hätte. Wenn ich Ihnen helfen soll, dann sollten Sie sich um einen anderen Ton bemühen. Sonst setze ich mich zu den beiden Frauen unter den Baum und sehe Ihnen bei der Arbeit zu.« Herausfordernd hob sie ihr Kinn. »Also?«

»Du willst auch noch gebeten werden, du Bürschchen? Taugst nichts, aber hast Forderungen?«

»Wenn Ihr Karren überhaupt wieder fahrtauglich wird«, rief Charlotte. »Wahrscheinlich kracht er beim nächsten Stein in zwei Hälften. Und Ihre Ochsen sind heute Nachmittag wahrscheinlich das erste Mal seit vielen Wochen wieder satt geworden.«

Louise und Frau Unruh hörten ihnen inzwischen mit einigem Interesse zu. Jetzt mischte sich Frau Unruh ein. »Karl hilft uns bei unserer Reise – und das hat er bis jetzt auf wahrlich vorbildliche Weise getan. Ich fürchte, unser Bursche hat recht: Sie haben keinerlei Anspruch auf seine Mithilfe.« Sie musterte Charlotte – und ihr wurde bei diesem prüfenden Blick mehr als nur unbehaglich. »Darüber hinaus ist unser Karl bei Tätigkeiten mit dem Hammer und Holz auch keine große Hilfe, wenn ich das richtig beobachtet habe. Beim Beladen eines Karrens mag er mehr taugen. Aber Sie müssen ihn schon höflich darum bitten.«

Geert zögerte nur kurz. »Meinetwegen«, knurrte er. »Wenn es euch so wichtig ist.«

Er wandte sich Charlotte zu, deutete eine kleine Verbeugung an und fragte mit seiner freundlichsten Stimme: »Lieber Karl, wärst du wohl so gut, mir beim Beladen des Karrens zu helfen? So würden wir schnell fertig werden und könnten morgen möglichst früh weiterfahren.«

Charlotte nickte nur. »Sicher. Ich kann es nur nicht leiden, ständig angebrüllt zu werden.«

Ohne ein weiteres Wort luden sie die schweren Kisten wieder auf den Karren, befestigten sie sorgfältig mit Seilen und hoben zuallerletzt die Reisekiste der Frau Unruh wieder an ihren Platz. Als endlich das letzte Seil an seinem Platz war, dämmerte es bereits. Frau Unruh hatte in der Zwischenzeit auf einer Decke ein Brot und einen kleinen Käse in Stücke geschnitten. Ein einfaches, schnelles Abendessen, nach dem

Charlotte sich nur noch zusammenrollen und schlafen wollte. Sie hatte mehr als einmal mit dem Hammer ihre Finger getroffen, und jetzt schmerzten sie empfindlich. Bestimmt würden sich ein oder gar zwei Fingernägel lösen. Am liebsten wäre sie vor Müdigkeit und Schmerzen in Tränen ausgebrochen – aber dann wäre ihre Tarnung endgültig aufgeflogen. Männer durften einfach nicht weinen.

Umso überraschter war sie, als sie Louises leise Stimme plötzlich direkt neben sich hörte. Sie hatte nicht einmal gemerkt, dass sich das Mädchen so nah hingesetzt hatte. »Du musst nicht traurig sein, bloß weil es Dinge gibt, die du nicht so gut wie andere kannst. Ich bin zum Beispiel eine richtige Versagerin beim Nähen. Egal, was meine Tante sagt und wie oft sie es mir erklärt: Die Nadeln tun nie, was ich gerne von ihnen will. Vielleicht ist es bei dir und dem Hammer ähnlich?«

Mit einem kleinen Seufzer richtete Charlotte sich wieder auf. »Aber Männer können das! Alle Männer wissen, wie sie ihr Werkzeug zu führen haben, nur ich benehme mich, als wäre es eine geheime Kunst, in die man sorgfältig eingeweiht werden muss.«

»Vielleicht ist es ja so?« Am Klang ihrer Stimme konnte Charlotte hören, dass Louise lächelte. »Womöglich wurdest du nie in diese geheime Wissenschaft der Männer eingeweiht?«

»Was willst du damit sagen?« Charlotte hörte selber, wie ängstlich ihre Stimme klang.

»Nichts. Bei mir sind Geheimnisse gut aufgehoben, niemand hört auf die dumme kleine, kranke Louise. Du musst dir also keine Sorgen machen!«

»Jetzt klingst du aber bitter«, erwiderte Charlotte. Die Sache mit dem Geheimnis wollte sie lieber nicht ansprechen.

»Warum sollte ich nicht bitter sein? Es ist schlimm genug, dass ich so häufig krank bin. Aber weil ich so klein und zierlich bin, wird mich wohl niemals jemand wie eine erwachsene Frau behandeln. Ist dir nicht aufgefallen, dass ich bei allen Menschen immer nur ›das Mädchen‹ bin? Ich bin alt genug, um zu heiraten – aber das sieht einfach niemand.«

Ihre Stimme klang nicht einmal besonders traurig. Es wirkte eher so, als würde sie eine einfache Tatsache feststellen.

»Vielleicht wird in Amerika ja alles besser? Ich meine, wenn du gesünder und kräftiger wirst?« Charlotte versuchte, Louise irgendwie zu trösten. Aber sie spürte selber, dass dieser Versuch hohl klang.

»Das wird dann sein, wenn du mit dem Hammer umgehen kannst und dir ein Bart wächst. Wie gesagt, bei mir ist ein Geheimnis gut aufgehoben. Und du musst auch nicht darüber sprechen, wenn du nicht willst. Aber wer heute nicht gesehen hat, dass du nicht als Mann auf die Welt gekommen bist, der muss blind sein. Oder wie unser Geert ziemlich schwer von Begriff …«

Charlotte biss sich auf die Lippen. »Und deine Tante?«

»Die?« Ein leises Lachen erklang. »Keine Ahnung, was sie denkt oder weiß. Aber ich glaube, dass auch sie die Fähigkeit verloren hat, etwas genauer hinzusehen.«

»Seit wann …?«

»Seit wann ich weiß, dass du kein Karl bist? Das habe ich schon auf der Lauertanne bemerkt. Du hast gespürt, dass ich Angst habe, und hast mich in den Arm genommen. Dabei ist mir aufgefallen, dass deine Hände viel zu weich sind. Und außerdem würde ein junger Mann niemals so nett sein, egal, was du über deine Geschwister erzählt hast.«

Es wurde still zwischen den beiden. Einer der Ochsen bewegte sich in der Dunkelheit, dann wurde es wieder ruhig. Nach einer kurzen Pause redete Louise weiter. »Wie heißt du denn wirklich? Und warum diese Verkleidung?«

»Charlotte. Und es ist sehr viel einfacher für einen jungen

Mann, sich alleine durchzuschlagen, als für eine junge Frau. Also reise ich als Karl. Aber bitte verrat mich nicht. Auch nicht an deine Tante. Ich fürchte, dass sie mich irgendwann enttarnen würde. Nicht aus Boshaftigkeit, sondern eher weil sie um mich besorgt ist …«

»Wie oft soll ich dir denn noch sagen, dass ich gut schweigen kann? Wenn man zum Beobachten gezwungen ist wie ich, dann erfährt man mehr über die meisten Menschen, als ihnen lieb ist. Ich habe früh gelernt, besser meinen Mund zu halten und nicht laut zu erzählen, was des Nachts auf der Straße oder im Haus passiert.« Ihre Stimme klang immer noch belustigt.

»Und was möchtest du tun, wenn du unbeschadet in Amerika angekommen bist? Irgendwann wirst du doch aufhören, immer nur die anderen beim Leben zu beobachten?«

»Was ich mir erträume? Ich würde gerne all das aufschreiben, was ich sehe. Geschichten von Menschen, von der Liebe, von Freundschaften und Hass. Das würde mir Spaß machen.«

»Du willst Schriftstellerin werden?«, fragte Charlotte überrascht.

»Ja, sicher. Traust du mir das etwa nicht zu?« Jetzt klang Louise trotzig.

»Doch, natürlich«, versicherte Charlotte. »Es ist nur sehr ungewöhnlich für eine Frau.«

»Nicht ungewöhnlicher als die Tatsache, dass du als Mann reist«, bemerkte Louise trocken.

»Da hast du wohl recht.« Seufzend legte Charlotte sich wieder hin. »Aber jetzt muss ich wirklich schlafen. Sonst weiß ich morgen wirklich nicht, ob ich Mann oder Frau bin. Und wenigstens ich selbst sollte mir darüber im Klaren sein, denke ich.«

Am nächsten Morgen ließ Louise mit keiner noch so kleinen Geste erkennen, dass sie Charlottes Geheimnis kannte.

Eher im Gegenteil: Sie ließ sich auf den Karren helfen, als sie endlich wieder aufbrachen.

Ihr Gefährt ächzte bei jedem ausgewaschenen Schlagloch, durch das sie fuhren, und Geert verlegte sich jetzt aufs Jammern. Kein anderer Fuhrmann sei gezwungen, sich mit einem derart maroden Karren durchzuschlagen, und der Herrgott wolle ihn sicher für allerlei Sünden strafen, an die er sich nicht mehr erinnern könne. So ging es eine ganze Weile, bis Frau Unruh ihn unwirsch um Ruhe bat.

»Halten Sie endlich Ihre Klappe. Ihre Jammerei ist unerträglich, dabei haben Sie doch sicher höchstselbst nicht dafür gesorgt, dass sich ein Spengler Ihres Karrens annimmt und ihn wieder etwas fahrtüchtiger macht. Also beten Sie lieber, damit er uns nicht ein zweites Mal unter dem Allerwertesten zusammenkracht!«

Einen Moment lang hielt Charlotte den Atem an. Hatte die Frau tatsächlich von ihrem Hintern gesprochen? Offensichtlich war sie doch weniger fein, als sie bisher angenommen hatte. Oder sie sah keinen Grund darin, vor dem abgerissenen Geert eine feine Dame zu spielen.

Sie hatten Glück. Der Wagen ächzte, schwankte, klapperte an den folgenden Tagen ganz erbärmlich. Aber weder die Ochsen noch die Reifen gingen in die Knie, als sie endlich die Saline von Neusalzwerk sahen.

Völlig unerwartet traf Charlotte dabei der Anblick der Gradierwerke. Sie sahen aus wie die vertrauten, lang gestreckten Gebäude in Dürkheim. Sie erinnerte sich daran, wann sie diese Bauten das letzte Mal gesehen hatte. Auf dem Weg zum Roten Fitz in Pfeffingen war sie an den rieselnden Wänden vorbeigelaufen – und jetzt stand sie wieder vor einer ähnlichen Anlage. Die einfachen Häuser der Arbeiter in der Saline ähnelten der Siedlung in Dürkheim. Sie würde einiges dafür geben, noch einmal dort zu sein. Dann wäre es nicht so weit nach Neustadt in die kleine Druckerei ihres

Vaters. Unwillkürlich fragte sie sich, wie es ihm wohl ergehen mochte.

Geert lenkte sein Ochsengespann bis zu der kleinen Siedlung, die direkt an einem Fluss lag. Dann brachte er die Tiere mit einem lang gezogenen Ruf zum Stehen und wandte sich seinen Passagieren zu.

»Hiermit ist diese Reise für Sie beendet. Ich wünsche Ihnen viel Glück bei der Suche nach einem passenden Floß.« Er deutete in Richtung des Flusses. »Sollte aber kein Problem sein, wenn ich das richtig sehe.«

»Bringen Sie mir meine Kiste noch bis zur Verladestation!«, forderte Frau Unruh mit strenger Miene.

Ein einfaches Kopfschütteln war die Antwort. »Sie wollten nach Neusalzwerk, jetzt sind Sie hier. Was habe ich damit zu schaffen, dass Sie weiter nach Bremen wollen?«

Er löste die Knoten und beförderte die schwere Kiste mit einem kräftigen Tritt in den Straßengraben. Charlotte bezweifelte, dass Frau Unruhs Geschirr unbeschadet in Amerika ankommen würde. Die kräftige Frau sah den Fuhrmann fassungslos an, und ihre Wangen verfärbten sich dunkelrot. Dann schüttelte sie den Kopf und sah sich suchend um.

Zwei junge Männer kam fröhlich pfeifend die Straße herunter. Sie winkte ihnen zu. »Könnt ihr mir einen Gefallen tun und diese Kiste hinunter an den Fluss zur Verladestation tragen? Es soll euer Schaden nicht sein.« Dabei ließ sie vielsagend eine Münze zwischen ihren Fingern aufblitzen.

Mit einem leisen Schnauben wandte sie sich an Geert. »Sie haben recht, Sie haben genau das getan, worum wir Sie gebeten haben. Ich wünsche Ihnen, dass Sie niemals auf die Freundlichkeit von Mitmenschen angewiesen sind. Die lockeren Nägel, brüchigen Reifen und altersschwachen Riemen an Ihrem Karren muss ich Ihnen gar nicht erst wünschen, die haben Sie ja bereits.«

Damit folgte sie den beiden Männern, die mit Leichtigkeit die Kiste geschultert und sich auf den Weg gemacht hatten. Geert würdigte sie keines weiteren Blicks. Louise zeigte Charlotte mit einer kleinen Grimasse, was sie von Geert und dem Zorn ihrer Tante hielt. Einen kleinen Moment lang wollte Charlotte sich fast vor Lachen ausschütten. Dann beherrschte sie sich, schulterte ihren Beutel und folgte den anderen ans Wasser.

Als sie ankam, verhandelte Frau Unruh bereits mit einem der Männer, die darauf warteten, dass ihr Floß mit Kisten und Säcken voller Salz beladen wurde. Sie deutete auf Louise, auf die Kiste und auch auf Charlotte. Mit einem Nicken und einem Handschlag wurde der Handel besiegelt und die schwere Kiste sofort auf das Floß geladen. Die beiden hilfreichen Männer, die die Kiste hergebracht hatten, bekamen ihre Münze, und Frau Unruh kehrte mit höchst zufriedenem Gesicht zu ihrer Nichte und Charlotte zurück.

»Der Flößer will noch heute Neusalzwerk verlassen. Er denkt, dass er in spätestens vier Tagen Bremen erreicht haben wird. Sind das nicht wunderbare Nachrichten? Wir müssen nur noch darauf hoffen, dass unser Schiff bald ablegt. Dann sind wir noch vor den großen Herbststürmen in New York.« Sie strahlte. »Das klappt doch einfach wie am Schnürchen! Wir sollten hier nur noch schnell unsere Vorräte auffüllen, der Flößer hat nicht ausreichend Verpflegung für uns an Bord.«

»Und ich …?«, wagte Charlotte zu fragen.

Frau Unruh machte eine wegwerfende Handbewegung. »Ich habe ihm gesagt, dass du alleine reist und für die Fahrt gerne für leichte Aufgaben zur Verfügung stehst. Er hat eingewilligt, dich mitzunehmen, er hat sonst keine weitere helfende Hand an Bord. Stell dich also bitte möglichst geschickt an, ich habe deine Fähigkeiten über den grünen Klee gelobt.«

»Das ist sehr nett, herzlichen Dank«, murmelte Charlotte.

»Keine Ursache. Ich wollte nur vermeiden, dass du uns noch einmal eine Mitfahrgelegenheit wie den schrecklichen Geert besorgst. Es reicht, wenn ich im Lauf dieser Reise einmal unsanft im Graben gelandet bin – ich möchte jetzt nicht mit einem unerfahrenen Flößer die Bekanntschaft des Wassers machen. Und jetzt kauf uns bitte noch etwas zu essen für die nächsten Tage!«

15

Auf der Weser, vom Königreich Preußen nach Hannover, 25. bis 28. Juli 1832

Die Sonne stand schon recht tief am Himmel, als der Flößer sich vom Ufer abstieß und das Gefährt in die Mitte der Weser beförderte. Hier erfasste die Strömung das schwer beladene Floß und nahm es mit auf die Reise.

»Setzen Sie sich auf die Kisten«, riet der Flößer. »Dann laufen Sie nicht unnötig herum und bringen mein Floß ins Schwanken.« Er sah sich Charlotte genau an und lächelte dann. »Dich brauche ich erst, wenn wir anlegen. Mit vier Händen sind wir dann sehr viel sicherer unterwegs.«

Charlotte nickte. »Gibt es einen Ort, an dem ich sitzen soll? Etwas, auf das ich achten soll?«

»Setz dich ebenfalls auf die Kisten. Wenn du dich nützlich machen willst, dann solltest du die Riemen und Taue überprüfen, mit denen die Säcke vertäut sind. Sie befinden sich auf den Kisten, damit sie sich nicht voller Wasser saugen – das würde mein Salz fast wertlos machen, und das wäre schade.«

»Das ist alles Salz?« Charlottes Blick glitt über die Kisten und Säcke. »Das muss ein Vermögen wert sein!«

»So ist es«, erwiderte der Flößer lachend. »Aber es gehört

leider nicht mir. Ich werde nur dafür bezahlt, es sicher nach Bremen zu bringen.« Er deutete auf ein Gewehr, das vor ihm auf einer Kiste lag. »Sollte allerdings jemand auf die Idee kommen, dass ich eine leichte Beute bin, dann hat sich derjenige gründlich getäuscht. Ich kann mich wehren, so viel ist sicher!«

»Ich kann auch nachts auf das Floß aufpassen«, erklärte Charlotte. »Das habe ich bereits auf dem Rhein getan.«

»Er hat sogar mal die Räuber vertrieben!«, rief Louise von ihrem Platz auf einer besonders hohen Kiste herab. »Mit ihm haben Sie einen guten Fang getan!«

Der Flößer ließ beim Lächeln seine weißen Zähne aufblitzen. »Wunderbar. Aber eigentlich haben wir wenig Probleme. Es hat sich herumgesprochen, dass alle Flößer bewaffnet sind. Die einzigen Räuber, die uns ganz sicher überfallen werden, sind die Zöllner. Wir fahren nach Hannover, und beim Überqueren der Grenze werden sie sicher ihren Obolus einfordern.«

»Wie weit ist es noch bis zur Grenze?« Louise folgte der Unterhaltung aufmerksam.

»Wir müssten sie schon fast erreicht haben. Neusalzwerk ist der äußerste Zipfel der Preußen. Kaum ist man auf der Weser, schon verlässt man das Königreich … und so ein Fluss lässt sich leicht kontrollieren.«

Es verging keine Stunde, bis sich Soldaten in einer unbekannten Uniform am Ufer zeigten.

»Anlegen! Zollkontrolle!«, rief einer von ihnen über den Fluss.

Der Flößer lächelte nur und nickte. »Ich komme!« Leise wandte er sich an Charlotte und die Unruhs: »Ich hoffe, Sie haben keine verbotenen Dinge in Ihrem Gepäck. Seien Sie auf jeden Fall freundlich und erfüllen Sie alle Wünsche der Uniformierten. Dann sollten wir noch heute Abend fertig mit ihnen sein.«

Am Ufer lag bereits ein weiteres Floß fest vertäut. Die Zöllner ließen jede einzelne Kiste und jeden Sack öffnen und sahen sich den Inhalt an. Einer von ihnen notierte emsig auf einer Liste, wie viel Salz auf dem Floß geladen war. Bis sie endlich eine Summe nannten und kassierten, wurde es Abend.

Erst dann nahm der Hauptmann die kleine Reisegruppe und ihren Flößer in Augenschein.

»Was transportiert ihr außer Salz?«, lautete seine knappe Frage.

»Zwei Passagiere auf dem Weg nach Bremen und ihr Gepäck. Und dazu ein junger Handlanger, der mir ein wenig hilft und dafür ohne zu zahlen auf meinem Floß mitreist«, erklärte der Flößer, ohne nervös zu werden. »Was soll ich zeigen?«

»Ihre Gäste sollen ihr Gepäck komplett auf der Wiese ausbreiten. Ich möchte alles sehen und den korrekten Zoll für die Einfuhr ins Königreich Hannover berechnen.«

Mit einem kleinen Seufzer zerrte Charlotte gemeinsam mit dem Flößer die Reisekiste der Unruhs ans Ufer, öffnete sie und legte jedes einzelne Stück an Leinen, Tüchern und Geschirr auf dem Rasen aus. Während sie den Nachttopf ans Tageslicht brachte, konnte sie ein leichtes Lächeln im Gesicht des Zöllners entdecken. Wahrscheinlich war nicht jeder Mensch in Uniform auch ein Scheusal.

Als endlich alles in der Wiese lag, inspizierte er den Inhalt genau und nahm sogar einzelne Teile in die Hand, um sie genauer zu begutachten. Seine Gefährten sahen in der Zwischenzeit auf dem Floß in alle Kisten.

Irgendwann wandte sich der Hauptmann an Frau Unruh und nannte eine Summe von einigen Kreuzern. »Das wollen Sie alles nach Amerika mitnehmen?«, fragte er. »Ist es denn wirklich wert, dass Sie dafür die Passage bezahlen?«

»Nun, ich hoffe doch, dass bei meiner Überfahrt ein Gepäckstück in der Passage inbegriffen ist«, erklärte Frau Unruh.

Der Hauptmann hob zweifelnd eine Augenbraue. »Ich bin nicht mit allen Gebräuchen in dem neuen Hafen vertraut, aber ich denke, man kann getrost davon ausgehen, dass nichts kostenlos oder selbstverständlich ist. Aber vielleicht habe ich mich getäuscht.«

Er deutete auf Charlottes Beutel, der bis zu diesem Augenblick unbeachtet neben der Kiste gelegen hatte. »Kann ich auch sehen, was sich darin verbirgt?«

Gelassen schüttete Charlotte alles in die Wiese. »Nur Kleider zum Wechseln und ein Buch über die Kunst des Druckhandwerks«, erklärte sie. »Ich habe es von meinem Vater bekommen und wollte es nicht zurücklassen.«

Der Hauptmann griff nach dem Büchlein und blätterte es neugierig durch. »Das kann eine wirklich sinnvolle Erinnerung sein, mein Junge! Solange du nicht diesen Quatsch von Einigkeit und Fürstenmord druckst … Wir brauchen Menschen, die mit der Druckmaschine umgehen können!«

Charlotte nickte nur. »Darf ich den Beutel wieder einräumen?«, fragte sie leise. Allein der Anblick des Büchleins mit der vertrauten Schrift ihres Vaters löste starke Gefühle in ihr aus. Mit einem Mal hatte sie wieder den Geruch nach Druckerfarbe und Papier in der Nase und sah ihren Vater vor sich, wie er sorgfältig ein Papier vom Stapel nahm, es in die Maschine einlegte und die Presse mit der Farbe darauf herabsenkte. Dabei hatte er immer diesen konzentriert-liebevollen Ausdruck im Gesicht gehabt. Was wurde jetzt wohl aus seiner Druckerei? Kümmerte sich ein Nachbar darum? Oder legte sich der Staub zentimeterdick über Küche, Druckerpresse und Betten, bis er endlich zurückkehrte? Bis dahin würden die Mäuse wahrscheinlich ein Fest feiern …

»Träumst du?« Der barsche Ton des Hauptmanns riss sie aus ihren Träumen.

»Verzeihung, ich war für einen Moment in Gedanken«, erwiderte sie. »Das Büchlein weckt einfach zu starke Erinnerungen. Ich denke, Sie verstehen …«

Zeigte sich im Gesicht des Mannes ein Lächeln? Charlotte war sich nicht ganz sicher.

»Sie können alles wieder einräumen. Ich wünsche Ihnen viel Glück in Amerika. Und eine sichere Überfahrt. Da hört man ja mitunter nichts Gutes.«

Frau Unruh sah ihn misstrauisch an. »Was haben Sie denn gehört?«

»Auf jeder Fahrt soll es zu Todesfällen kommen. Das Essen sei schrecklich und das Wasser ungenießbar. Aber vielleicht sind das auch alles nur Gerüchte, es kehrt ja nur selten jemand zurück. Was allerdings sicher ist: Es dauert oft lange, bis die Reisenden Bremen oder Bremerhaven verlassen können. Und das sorgt ganz sicher für einiges Ungemach. Aber vielleicht haben Sie ja Glück, und Ihr Schiff segelt schon bald in die Neue Welt …«

Das klang alles andere als beruhigend, fand Charlotte. Dabei hatte sie schon Frau Unruhs Freude geteilt: Womöglich würden sie noch vor den Herbststürmen ablegen und den Winter bereits in der Neuen Welt verbringen. Aber womöglich war Bremen doch eine größere Hürde, als sie bisher angenommen hatten.

Für diesen Abend reichte es allerdings, das Floß neu zu beladen und alles wieder fest zu vertäuen.

Die Zöllner zogen ab und ließen sie am Ufer der Weser allein zurück.

Wieder einmal packte Charlotte die Vorräte aus und bereitete über einem kleinen Dreifuß, den der Flößer mit sich führte, eine Mahlzeit aus Gerstengrütze und einigen Rüben zu. Wenigstens hatte sie neben dem Wasser etwas Kresse gefunden, die dem langweiligen Eintopf ein wenig Schärfe verlieh.

»Es fehlt Salz«, bemerkte der Flößer lächelnd und griff in einen kleinen Beutel. »Und das ist wohl das Einzige, was wir wirklich reichlich dabeihaben.«

Alle lachten und würzten ihren Brei nach. Immerhin war er sättigend, mehr konnte man kaum verlangen. Frau Unruh und ihre Nichte suchten sich auf der Wiese einen Schlafplatz. Dabei schimpfte die Frau leise vor sich hin.

»Wir werden auf dieser Reise wie die Tiere, die sich ohne zu klagen unter jeden Baum legen und schlafen. Ich möchte endlich wieder ein Bett!«

»Tantchen, die letzten Betten, in denen wir geschlafen haben, waren voller Wanzen«, besänftigte Louise sie. »Wenn wir hier unter freiem Himmel schlafen, dann ist es doch sehr viel sauberer und frischer als diese schrecklichen Häuser, in denen wir bisher übernachtet haben. Bloß weil es einen Strohsack und eine Decke über dem Kopf gibt, ist es nicht besser. Wenn ich die Wahl hätte, dann würde ich immer wieder hier auf einer Wiese übernachten.«

Damit breitete sie eine Decke aus und legte sich darauf. Ihre Tante sah sie kopfschüttelnd an. »Man könnte glauben, dass ihr dieses Leben unter dem freien Himmel gut bekommt. Sie sieht gesünder aus als zu Beginn unserer Reise.«

»Womöglich haben Sie sie zu häufig in das Haus eingesperrt«, entgegnete Charlotte lachend. »Es hätte ihr gutgetan, wenn sie häufiger im Garten gesessen hätte.«

»Dafür hätten wir einen Garten besitzen müssen.« Frau Unruh hob die Schultern. »Aber so einen Luxus haben wir leider nie gehabt. Ich hätte ohnehin keine Muße gehabt, mich auch noch um Grünzeug zu kümmern. Ich denke, das ist lediglich eine Beschäftigung für die bessergestellten Damen.«

Charlotte zog ihre Schuhe aus, setzte sich auf die Kante

des Floßes und ließ ihre Füße ins Wasser hängen. »Es gibt nichts Erfrischenderes nach einem so heißen Tag!«, erklärte sie mit einem Seufzer.

Frau Unruh sah ihr mit neidvoller Miene zu. »Der Anstand verbietet es leider, dass ich meine Füße oder meine Knöchel zeige.«

»Und wenn wir es nicht weitererzählen?« Charlotte deutete einladend auf den freien Platz neben sich. »Es dämmert ohnehin schon, wir können nichts sehen.«

Ein heftiges Kopfschütteln war die Antwort. »Das schickt sich wirklich nicht. Ich lege mich zu meiner Nichte!«

Auch der Flößer hatte seinen Schlafplatz zwischen zwei Kisten eingenommen. Charlotte blieb allein mit den Füßen im Wasser sitzen und genoss das Gefühl, für eine kleine Weile ungestört zu sein. Das Wasser gluckerte leise, und der Mond malte eine breite Straße auf das Wasser. Von irgendwoher hörte sie ein paar Frösche, der Wind spielte im Schilf, und die Sterne legten ihren funkelnden Nachtmantel über den Himmel.

Sie sah nach oben. Gab es in Amerika andere Sterne? Sie wusste so wenig von ihrem Ziel. Waren dort die Regeln strenger für Frauen – oder war ihnen in der Neuen Welt ein freieres Leben gestattet? Eines, in der auch Frauen ihre Füße in kühlendes Wasser strecken konnten, ohne dass man sie gleich als leichte Mädchen ansah?

Wahrscheinlich würde sie sich schwertun, wieder ein Kleid zu tragen. Längst hatte sie sich an die großen Schritte der Männer gewöhnt, ebenso wie an die Freiheit, zu tun und zu lassen, was ihr in den Sinn kam. Sogar das laute Fluchen hatte durchaus eine befreiende Wirkung.

Ob ihr Bruder oder ihr Vater in diesem Moment den gleichen Himmel ansahen? Oder saßen sie in ihren Verstecken oder in ihrer Zelle ohne die Möglichkeit, auch nur ein wenig frische Luft einzuatmen? Unweigerlich wanderten ihre

Gedanken zu Friedrich. Sie sah seine blitzenden Augen vor sich, die Art, wie er im Wingert gestanden und ihr fröhlich entgegengesehen hatte. Seine Hand auf ihrer Haut, damals auf dem Hambacher Fest, konnte sie fast noch spüren. Er hatte sie so geliebt, dass er alles aufs Spiel gesetzt hatte, und letztlich doch verloren.

Was würde die Familie Wirth von ihr denken, wo sie doch nicht einmal zu Friedrichs Beerdigung gekommen war? Ganz allmählich fing sie an zu frösteln. Charlotte zog die Füße aus dem kalten, dunklen Wasser und rollte sich unter ihrem Mantel zusammen. Sie fühlte sich einsam. Wo waren die Arme, die sie umschlossen? Warum nur flüsterte ihr niemand beruhigende Worte ins Ohr, wenn sie Angst vor der Zukunft bekam?

Tränen liefen ihr über das Gesicht. Jetzt, tief in der Nacht, wurde ihr die Aufgabe plötzlich zu schwer. Sie musste sich in einer Welt zurechtfinden, von der sie keine Ahnung hatte. Schlimmer noch, einer Welt, in der niemand an ihrem Wohlergehen interessiert war. Ihr fehlte eine Hand im Rücken, die ihr Schwung gab und sie stützte. Irgendwann schlief sie mit einem Gefühl der tiefen Verzweiflung ein.

Am nächsten Morgen weckten sie die ersten Sonnenstrahlen im Gesicht. Alle anderen schliefen noch, als sie sich erhob und erst einmal ihr Gesicht im Fluss wusch. Sie musste unbedingt die Dämonen der letzten Nacht loswerden. Verzweiflung durfte keinen Platz haben, sie musste sich zwingen, voller Mut in die Zukunft zu sehen.

Da hörte sie leise Schritte hinter sich. Louise setzte sich neben sie und wusch sich ebenfalls Gesicht und Hände in dem kühlen Wasser der Weser.

Langsam richtete sie sich auf und sah nachdenklich auf das vorbeiziehende Wasser. »Ist es nicht merkwürdig, dass sich hier nichts ändert? Der Fluss fließt durch diese Landschaft, Vögel singen, und das Gras wächst – und unser Leben steht auf dem Kopf. Irgendwie hat das etwas Beruhigendes, findest du nicht? Die Veränderungen sind nur für uns so groß, für die Welt um uns sind sie nur der Hauch eines Schmetterlingsflügels.«

Charlotte rieb sich nachdenklich einen Tropfen aus dem Gesicht. »Wenn man es so betrachtet, dann ist es völlig egal, was wir tun. Das will ich aber nicht so sehen. Es ist wichtig, dass wir etwas dazu beitragen, dass es auf dieser Welt besser wird. Dass weniger Menschen in Angst leben und die Mächtigen fürchten müssen. Es reicht nicht, dass der Fluss auch ohne unser Zutun weiterfließt …«

»Deswegen willst du also über das Meer.« Es war keine Frage, es war eine Feststellung.

Charlotte nickte. »Hier gibt es keine Freiheit. Und mir reicht es nicht, wenn nur die Gedanken frei sind.«

»Da hast du dir viel vorgenommen«, entgegnete Louise grinsend. »Sag noch einmal, dass mein Wunsch, Schriftstellerin zu werden, zu ehrgeizig ist. Deiner ist noch viel größer, wenn ich das richtig sehe.«

Die beiden jungen Frauen sahen sich an und lächelten komplizenhaft. Auch wenn dieser Fluss seinen Lauf niemals ändern würde, so konnten sie ihr eigenes Leben verändern. Und genau das hatten sie vor.

Frau Unruh hatte die leisen Stimmen gehört und wollte schon dazwischenfahren, doch dann lauschte sie dem Gespräch der beiden, drehte sich um und tat wieder so, als ob sie schliefe. Wenn dieser Karl etwas anderes war, als er vorgab, dann sollte ihr das nur recht sein. Vielleicht brauchte Louise ja einen Freund. Oder eine Freundin.

Drei Tage lang genossen sie die Ruhe und das wunderbare Wetter auf ihrem salzbeladenen Floß. Charlotte saß stundenlang neben Louise am Heck des Floßes. Sie erzählten von ihrem bisherigen Leben, ihren Träumen und ihren Hoffnungen in dem großen Land, in das sie so dringend wollten. Und Frau Unruh ließ sie mit einem Lächeln gewähren. Der Wind würde sich noch drehen. Da sollten sie diese wenigen Tage des Friedens genießen.

16

Bremen, Königreich Hannover, am 28. Juli 1832

»Ohne Erlaubnisschein könne Sie hier nicht bleiben!« Der Mann am Stadttor sah die drei Reisenden streng an. »Das ist eine neue Verordnung unserer Hansestadt, sie dient nur Ihrem Schutz!«

»Unserem Schutz?« Frau Unruh sah den Mann in Uniform wütend an. »Wie soll etwas für meinen Schutz gut sein, wenn ich es gar nicht haben kann, weil Sie Ihre Verordnungen schneller ändern, als sich im April das Wetter dreht.«

»Gemach, gute Frau. Vielleicht ist Ihr Ärger ja ganz überflüssig. Wenn Ihre Reise gut geplant ist, dann haben Sie doch sicher auch schon eine Überfahrt und ausreichend Geld, um sich während der Wartezeit hier in Bremen zu unterhalten?«

Frau Unruh nickte würdevoll.

»Sicher haben wir das. Was soll die Frage?«

Der Mann trat zur Seite. »Dann heiße ich Sie in der Hansestadt Bremen willkommen. Sie müssen die Papiere nur im Stadthaus vorlegen, dann können Sie ohne weitere Probleme bis zum Auslaufen Ihres Schiffs hierbleiben. Wir wollen auf diese Weise nur vermeiden, dass sich hier allerlei

Volk über Monate oder gar Jahre aufhält und sich letztlich die Passage gar nicht leisten kann. Diese Menschen hoffen wohl, auf eine Weise, die mir nicht bekannt ist, bewerkstelligen zu können, dass sie keine Passage zahlen müssen. Diese Menschen wollen wir allerdings nicht in unserer Stadt haben. Deswegen ist der Aufenthalt nur mit einem Erlaubnisschein möglich, den Sie sich so schnell wie möglich im Stadthaus beschaffen sollten.«

»Wenn das alles ist«, brummelte Frau Unruh. »Dann sprechen wir eben beim Stadthaus vor und zeigen, dass unsere Reise alles andere als eine plötzliche Idee war. Wir haben von langer Hand geplant und gebucht – und hoffen jetzt nur, dass es nicht allzu lange dauert, bis unser Schiff in Bremerhaven ablegt.«

»Darauf haben nur die Götter Einfluss«, erklärte der Uniformierte und wandte sich an Charlotte. »Und du, junger Mann? Auch auf dem Weg nach Amerika?«

»Aber ja doch. Ich plane eine Passage auf dem gleichen Schiff wie diese ehrbare Frau und ihre Nichte«, erklärte Charlotte, so schnell sie konnte.

»Dann gilt für dich das Gleiche: Besorg dir einen Erlaubnisschein.«

Offensichtlich hielt er diesen Schein für die wunderbarste Sache seit der Erfindung des Rads. Oder waren diese Maßnahmen womöglich nötig?

»Wie viele Reisende in die Neue Welt haben Sie denn in diesem Jahr in Bremen bereits begrüßt?«, erkundigte sich Charlotte.

»Es werden einige Tausend gewesen sein – und ich habe das Gefühl, mit jeder Woche klopfen mehr an unsere Tore«, erklärte er. »Der neue Hafen wird schneller beliebt, als wir uns alle das jemals ausgemalt haben. Unsere Stadt ist voll bis unter das Dach.«

»Haben Sie denn eine Empfehlung für ein Gasthaus, in

dem wir auf unsere Passage warten können?« Charlotte sah ihn fragend an.

»Empfehlung? Ihr könnt froh sein, wenn ihr ein leeres Zimmer findet. Aber vielleicht habt ihr ja Glück – ich habe gehört, dass erst vor wenigen Tagen ein Schiff abgelegt hat. Da müsste ja wieder etwas frei geworden sein.« Damit nickte er zum Abschied, und sie standen im Inneren der Stadtmauer.

Sie gingen einige Schritte in Richtung der Kirchturmspitze. Mit einem Ruck blieb Louise stehen und sah Charlotte prüfend an.

»Du hast keine Passage, stimmt's?«

Mit einem kleinen Schulterzucken gestand Charlotte ihre kleine Notlüge. »Aber ich habe bis heute Abend Zeit, um mir eine Passage zu besorgen. Das kann in einer Stadt wie Bremen ja kein Hexenwerk sein.«

»Hast du denn ausreichend Geld dabei?«, schaltete sich Frau Unruh in das Gespräch ein.

Charlotte bis sich auf die Lippen. »Geld? Ein wenig. Allerdings fürchte ich, dass die Passage teurer sein wird, als ich gedacht hatte. Aber ich schlage vor, wir suchen uns erst einmal ein Bett für die Nacht – und dann mache ich mich auf den Weg zu jemandem, der mir eine Passage verkaufen kann. An so einem Erlaubnisschein wird meine Reise nach Amerika auf gar keinen Fall scheitern!«

Ihre Stimme klang optimistischer, als sie sich fühlte.

Sie klapperten einige Gasthäuser ab, bis ihnen in einer kleinen Nebengasse eine winzige Kammer unter dem Dach angeboten wurde. Die schwere Kiste konnten sie zum Glück unter der Treppe verstauen, den Rest ihres Gepäcks brachten sie ins kleine Zimmer. Die Wirtin sah Charlotte missmutig an und bot ihr schließlich an, für ein paar Kreuzer auf der Kiste zu schlafen. »Aber nur, wenn du nicht jede Nacht spät nach Hause kommst. Ihr jungen Männer seid ja hin und wieder zügellos, wenn ihr das erste Mal in eine große Stadt kommt. Ich dulde kein Lärmen, wenn es dunkel geworden ist.«

Charlotte nickte nur, murmelte ein Versprechen und verschwand dann wieder auf die Straße. Suchend sah sie sich um. Wo würde sie wohl einen Reeder finden, der ihr eine Passage verkaufen könnte? Und vor allem: Was würde die wohl kosten?

Sie rannte durch die engen Gassen mit den hoch aufragenden Häusern. Auf dem Marktplatz entdeckte sie einige Stände, an denen die Bauern des Umlands ihr Gemüse anboten. Erst jetzt merkte sie, dass sie Hunger hatte. Morgens hatten sie das Frühstück ausfallen lassen, um möglichst schnell in die Stadt zu kommen.

Sie lief zu einem der Stände und kaufte sich einen grünen Frühapfel. »Wo finde ich denn hier eine Reederei? Jemanden, der mir eine Passage verkaufen kann?«, fragte sie.

Die Marktfrau sah sie nur schweigend an und schüttelte den Kopf. Zu Charlottes Glück schaltete sich eine Bürgersfrau ein, die ebenfalls gerade ihre Einkäufe erledigte. »Geh runter zur Weser, an die Schlachte, und frag da am besten noch einmal nach!«

Charlotte nickte und machte sich auf den Weg in die Richtung, in die die Frau gedeutet hatte. Die Schlachte entpuppte sich als der Kai, an dem die Boote festmachen konnten und wo ihre Lasten gelöscht wurden. Einige Hundert Meter lang und recht breit. Hier hatte wahrscheinlich auch der Flößer angelegt, der sie kurz vor den Mauern der Stadt gebeten hatte, sein Floß zu verlassen. Unwillkürlich suchte sie mit den Augen nach dem vertrauten Floß. Aber sie konnte nur flache Boote und kleine Schiffe erkennen.

Die Häuser an der Schlachte wirkten zum Teil recht wohlhabend, andere beherbergten dunkle Kneipen und Gasthäuser. Ohne zu zögern lief sie in eines davon hinein.

»Ich suche einen Reeder …«

Sie kam nicht dazu, ihren Satz zu beenden. Der Wirt deutete nach nebenan. »Nur zwei Häuser weiter, mein Junge.«

Kurz darauf schob Charlotte die Tür zu einem kleinen Kontor auf. Ein älterer Herr sah ihr geschäftstüchtig entgegen.

»Guten Tag. Womit kann ich dienen, junger Herr?«

»Gott zum Gruße«, erwiderte Charlotte. »Ich brauche eine Passage nach New York. Können Sie mir da weiterhelfen?«

»Sicher.« Der Mann nickte. »Leider hat die Isabella erst vor einigen Tagen ihre Segel gesetzt. Sie werden sich also ein wenig gedulden müssen, bis wieder ein Schiff aufbricht. Was soll es denn sein? Kabine? Welche Klasse? Hin- und Rückfahrt?«

»Nur die Hinfahrt«, erklärte Charlotte und spürte, wie ihr dieser Satz einen kleinen Stich versetzte. Es klang so endgültig, als hätte sie ein Urteil über ihre eigene Zukunft gesprochen. »Und die einfachste Überfahrt, bitte. So reich bin ich nicht …«

Die Freundlichkeit des Mannes kühlte um einige Grade ab. »Wenn das so ist, dann können Sie gerne auf der nächsten Überfahrt der Isabella dabei sein. Zweiundvierzig Taler Courant müssen Sie zahlen, dazu kommen noch einmal vier Taler für Ihre Reiseutensilien, weitere zwei Taler für die Besorgung des Passageplatzes und die Besorgung Ihrer Fahrt nach Bremerhaven.«

Er lächelte sie an, aber ihr kam es vor wie ein Zähnefletschen. »Können Sie das zahlen?«

Ihr wurde ein wenig schwindlig. Schon immer war ihr klar gewesen, dass so eine Passage nicht günstig sein würde. Aber so teuer? Sie hatte nur einige Taler dabei. Vierzehn, um genau zu sein. Sie seufzte.

»Gibt es eine Möglichkeit, die Passage erst zu zahlen, wenn ich in Amerika angekommen bin?«, fragte sie vorsichtig.

Ein Kopfschütteln war die Antwort. »Das ging bis vor ein paar Jahren, da habe ich noch Redemptionsverträge ausgestellt. Sie hätten nur ein paar Jahre in Amerika für die Überfahrt zahlen müssen, und schon wäre die Passage beglichen gewesen. Das haben die Amerikaner aber verboten, es hat den Arbeitsmarkt in New York wohl zu sehr belastet. Wie dem auch sei: Jetzt müssen Sie das Geld in Ihrem Geldbeutel parat haben. Wie sieht es aus?«

Sie schüttelte den Kopf. »Nein. Mit so hohen Kosten habe ich ehrlicherweise nicht gerechnet. Aber ich könnte Ihnen Schmuck anbieten. Mit Gold, fein gearbeitet!«

»Ich verkaufe Schiffspassagen und kümmere mich nicht um Gold. Da müssen Sie einen Schmuckhändler finden, der Ihnen den Schmuck abkauft. Ich kann Ihnen da nicht helfen.«

»Und wo finde ich den?« Es gab keinen Weg zurück mehr. Jetzt musste sie sehen, wie sie ihre Überfahrt finanzierte.

Er nannte ihr ein Haus, das um die Ecke lag. »Ich komme wieder, sobald ich das Geld habe«, erklärte Charlotte zum Abschied. »Wie lange ist denn heute Ihr Büro geöffnet?«

»Bis die Sonne untergeht. Wenn Ihr Schmuck ausreichend Geld bringt, können Sie in aller Ruhe wieder zu mir kommen.«

»Dann bis später.« Sie lächelte ihm zu und verließ fast im Laufschritt das kleine Kontor.

Als Erstes ging es wieder in das Wirtshaus, wo ihr Beutel unbeachtet in der leeren Kammer der Unruhs auf sie wartete. Sie nahm ihn schnell an sich. Die Unruhs waren wahrscheinlich unten, um etwas zu essen. Sie nahm ein kleines Messerchen und trennte das Innenfutter so weit auf, dass sie die Schmuckstücke in ihrem seidenen Säckchen herausziehen konnte. In dem Beutel waren auch die wenigen Taler, die sie aus ihrem Elternhaus hatte mitnehmen können. Ohne in das Säckchen zu sehen machte sie sich wieder auf den Weg an die Weser und zu dem Schmuckhändler, den der Reeder ihr empfohlen hatte.

Er war leicht zu finden, ein Schild zeigte den Eingang an. Sie betrat ein hübsches Lädchen, in dem allerlei Preziosen in gläsernen Kästen ausgestellt waren.

»Womit kann ich dienen, junger Herr?«, begrüßte sie ein kleiner, magerer Mann mit weißen Haaren und buschigen Augenbrauen. »Soll es eine Kleinigkeit für die Allerliebste sein?«

»Leider nein«, erwiderte Charlotte lächelnd. »Ich suche einen Käufer für besonders schöne und seltene Schmuckstücke. Ihr Name wurde mir genannt, als ich nach einem Schmuckhändler gefragt habe. Ist das richtig?«

Die Freundlichkeit des Alten erlosch. »Hin und wieder kaufe ich in der Tat einige ausgewählte Stücke an. Aber seit die Flüchtlinge durch unsere schöne Stadt kommen und allesamt zu wenig Geld in der Tasche haben, bin ich wirklich nur noch an besonders schönen Stücken interessiert. Einfacher Bauernschmuck ist nicht mein Geschäft.«

»Ich bin mir sicher, er wird euch gefallen«, beeilte Charlotte sich zu versichern. »Darf ich ihn zeigen?«

Ohne eine Antwort abzuwarten öffnete sie ihr kleines Säckchen und ließ die darin enthaltenen Schmuckstücke auf die Theke des kleinen Lädchens gleiten.

Das fein gearbeitete Gold funkelte in dem schwachen Licht. Der Händler griff als Erstes nach der Kette. »Frauenhaar?« Er sah sie fragend an.

»Ja. Meine Mutter war eine Meisterin darin, aus ihren Haaren diese Schmuckstücke zu knüpfen.« Sie bemühte sich um eine möglichst neutrale Stimme.

»Meisterin würde ich sie nicht nennen«, brummelte der

kleine Mann. »Aber es ist in der Tat eine beachtliche Arbeit, da muss ich Ihnen recht geben.«

Er sah sich das goldene Mittelstück mit einer Lupe genauer an, nickte und wandte sich dann dem Medaillon zu. Mit einem leisen Schnappen öffnete es sich und zeigte die Kinderporträts von Wilhelm und Charlotte. »Eine niedliche Schwester haben Sie«, erklärte der Mann. »Das ist doch Ihre Schwester, oder? Ich möchte nichts mit Diebesgut zu tun haben!«

»Nein, nein, keine Sorge«, beeilte sich Charlotte, ihm zu versichern. »Das sind mein Bruder und ich. Ich meine natürlich, meine Schwester und ich. Es sind Familienerbstücke, meine Mutter ist leider früh gestorben.«

Der Mann nickte nur, so, als hätte er diese Geschichte schon zu häufig in seinem Leben gehört. Mit seinen knotigen Fingern griff er noch nach dem Armband. Er strich über die Haare, und Charlotte kam es wie Verrat vor, die letzten Erinnerungsstücke an ihre Mutter zu verkaufen. Wenn diese drei Schmuckstücke weg waren, dann hätte sie nichts mehr …

»Was wollen Sie mir denn für das Armband und die Halskette geben?«, fragte sie. »Ich bin mir noch nicht sicher, ob ich das Medaillon wirklich verkaufen will.«

»Armband und Kette? Sechsunddreißig Taler Courant. Wenn das Medaillon dabei ist, dann können Sie 48 Taler von mir bekommen. Und ich handele nicht.«

Genau der Preis der Überfahrt. Charlotte schluckte. Es konnte kein Zufall sein: Die Schmuckhändler wussten genau, was die Passage kostete. Sie spürte, wie ihr die Tränen in die Augen stiegen.

»Vierzig Taler für Kette und Armband? Ist das nicht angemessen?« Sie hörte selber, dass ihre Stimme schwankte und keineswegs so sicher klang, wie sie es sich wünschte.

Der Händler strich weiter über die Schmuckstücke, und

es kam Charlotte so vor, als würde er damit über die Haare ihrer Mutter streicheln. Eine verboten vertraute Geste, die sie abstoßend fand. »Ich nehme alle drei Stücke für achtundvierzig Taler. Das ist mein letztes Wort. Sie bilden ein hübsches Ensemble, dafür kann ich einen Liebhaber finden, der bereit ist, mir diese Dinge abzukaufen.« Er hob erst jetzt seinen Blick, und Charlotte sah, dass sein linkes Auge bereits trüb war. Das andere sah sie aber ohne ein Mitgefühl an. »Also, was ist? Ich habe nicht ewig Zeit, mich mit diesen volkstümlichen Schmuckstücken zu beschäftigen. Möchten Sie sie verkaufen, oder möchten Sie mir die Geschichte Ihrer Mutter erzählen? Ich bin nämlich nur an Ersterem interessiert.«

Charlotte schluckte. Wenn sie wirklich nach New York wollte, dann würde sie diesen Weg nur ohne diese Schmuckstücke antreten können. Dann blieb nur die Erinnerung an das Lächeln der Mutter, an den Geruch, wenn sie abends die Bettdecke noch einmal feststeckte. Eine Erinnerung, die allmählich verblasste.

Charlotte schluckte ihre Tränen herunter. Jetzt war ganz bestimmt nicht der Moment für Sentimentalitäten. Und sie war nicht quer durch die deutschen Länder gereist, um jetzt aufzugeben.

Sie streckte dem Schmuckhändler ihre Hand entgegen. »Ich verkaufe! Das Bild aus dem Medaillon möchte ich allerdings behalten.«

Er hatte mit dieser Antwort wohl gerechnet, denn er nickte nur und verschwand in dem kleinen Büro hinter dem Verkaufsraum. Augenblicke später kam er mit den Geldscheinen und dem kleinen Bild zurück.

»Zählen Sie nach, denn ich möchte nicht hören, dass ich Sie übers Ohr gehauen hätte!«

So viel Geld hatte sie noch nie in ihren Händen gehalten. Achtundvierzig Taler – dafür musste so mancher ein halbes

Jahr schuften – und ihr Vater hatte selbst in Zeiten, als die Druckerei sich vor Aufträgen kaum retten konnte, dafür bestimmt zwei Monate arbeiten müssen. Sie war sich sicher, dass der Schmuck mehr wert war, aber nicht heute und nicht hier in Bremen. Also zählte sie die Scheine, nickte zum Abschied und verließ den Laden, so schnell es ging. Sie wollte nicht, dass der Händler ihre Tränen sah.

Charlotte lief durch die Gassen zurück an den Fluss und betrachtete das vorbeifließende Wasser, um sich zu beruhigen. Es kam ihr so vor, als hätte sie mit den letzten Erinnerungen an ihre Mutter auch ihre eigenen Wurzeln verkauft.

Aber sie hatte keine Zeit zu verlieren, wenn sie noch die Passage kaufen und damit ihren Erlaubnisschein für Bremen besorgen wollte. Sie wischte sich energisch mit dem Ärmel ihres Hemds über das Gesicht und stellte dabei fest, dass sie das Hemd dringend einmal wieder waschen müsste. Dann verschwand sie im Büro des Reeders.

»Sie sind schnell«, sagte der Reeder nur, als er sie sah. »Und Sie haben zumindest nicht gelogen, als Sie von Ihrem Schmuck erzählt haben. Sie wollten eine einfache Passage zum günstigsten Preis, richtig?«

Charlotte nickte nur und zückte die Taler. »Das macht achtundvierzig Taler Courant, nicht wahr?« Sie bemühte sich um einen sachlichen Ton.

»Ja.« Er zählte das Geld und stellte auf den Namen Karl Messmer mit schwungvoller Schrift eine Bescheinigung aus, dass er jetzt der Inhaber einer gültigen Passage auf der Isabella sei – und zwar beim nächsten Auslaufen des Schiffs nach Bremerhaven. Darüber hinaus erhielt sie ein Paket mit den nötigen Reiseutensilien – einer Decke, einem Stück Seife, einem Rasiermesser, einem Handtuch, einem Teller und einem Löffel aus Holz.

»Sie müssen sich bereithalten, damit ich Sie rechtzeitig in Richtung Bremerhaven losschicken kann«, erklärte der

Mann. »Die Fahrt nach Bremerhaven haben Sie ja schon bezahlt. Kommen Sie bitte einmal die Woche hierher. Ich kann Ihnen dann sagen, wann es losgeht. Da die Isabella aber erst vor Kurzem in See gestochen ist, wird es wohl Herbst oder gar Winter werden, bis Ihre Reise losgeht. Noch Fragen?«

Er sah sie mit hochgezogenen Augenbrauen an, aber Charlotte fiel erst einmal nichts ein. Stattdessen griff sie nach dem Paket und dem Passageschein und wandte sich zum Gehen. »Nein, im Augenblick nicht. Ich muss mich noch um meinen Erlaubnisschein kümmern.«

»Das Stadthaus hat jetzt seine Pforten geschlossen. Aber Sie können sich diesen Schein morgen früh besorgen, eine Nacht darf man auch ohne diesen Schein in der Stadt bleiben. Und jetzt haben Sie keine Probleme mehr, wenn Sie nach Ihrer Passage befragt werden.«

Sie nickte nur und verließ den kleinen Raum.

Erst jetzt sah sie sich genauer um. Bremen hatte keinerlei Ähnlichkeit mit Neustadt. Auf den Straßen sah man wohlhabende Kaufleute, Frauen in strengen Trachten und jede Menge Arbeiter aus aller Herren Länder. Sie alle sprachen eine hart klingende, eigentümliche Sprache. Leichter zu verstehen als in Wesel – aber es war kaum zu glauben, dass auch das als Deutsch galt. Sie kam an einem Wirtshaus vorbei, aus dem lautes Gelächter und Gesänge drangen – dabei war helllichter Tag.

Nachdenklich kaute sie auf ihrer Unterlippe. Wenn sie bis in den Herbst hinein in dem Gasthof wohnte, in dem auch die Unruhs untergekommen waren, dann würde sie all ihr Geld ausgegeben haben, noch bevor sie überhaupt einen Fuß auf amerikanischen Boden setzte. Das war nicht klug. Sie musste eine andere Möglichkeit finden, die Wochen, wenn nicht gar Monate hier in Bremen zu verbringen.

Nachdenklich warf sie wieder einen Blick auf das Wirtshaus. Das war vielleicht die Lösung. Kurz entschlossen betrat sie durch die geöffnete Tür den halbdunklen Schankraum. Es roch nach saurem Bier und verbranntem Fett.

Suchend sah sie sich um. Eine ältere Frau kam auf sie zu. »Was kann ich dir bringen, Bürschchen?«

»Nichts. Ich bin auf der Suche nach dem Wirt, können Sie mir da weiterhelfen?«

Ein langer Blick folgte. Dann fragte sie: »Warum willst du das wissen?«

»Ich wollte fragen, ob ich hier als Aushilfe arbeiten kann. Bis mein Schiff geht. Ich würde alles machen: Putzen, Bedienen oder in der Küche helfen …« Charlotte versuchte ein verlegenes Lächeln.

»In der Küche helfen? Was versteht ein junger Kerl wie du denn von der Küche?« Die Frau legte den Kopf schief.

»Meine Mutter ist früh gestorben, da habe ich es übernommen, für meine Geschwister zu kochen. Deswegen kann ich das eigentlich ganz gut … Ich kann auch erst einmal zur Probe arbeiten!«

Langsam rieb die Frau mit einem speckigen Tuch einen Krug ab. Dann nickte sie. »Du kannst zur Probe arbeiten. Und wenn ich mit dir zufrieden bin, dann kannst du bei mir bleiben. Aber ich warne dich: Ich kann dir nur freies Essen und Unterkunft für deine Arbeit bieten. Es gibt zu viele wie dich, die hier nur ein wenig arbeiten wollen, bis ihr Schiff endlich ablegt. Aber es ist selten genug, dass ein Kerl behauptet, er würde auch etwas von der Küche verstehen.«

»Sie sind hier die Wirtin?« Charlotte sah die Frau mit offenem Mund an. Sicher, es gab auch in Neustadt Weinstuben, die von Frauen betrieben wurden. Aber so ein dreckiges Wirtshaus wie dieses hier hätte sie niemals im Besitz einer Frau vermutet.

»Was dagegen?« Erst jetzt bemerkte Charlotte, dass die Frau wahrscheinlich gar nicht so viele Jahre zählte, wie sie zunächst vermutet hatte. Der harte Ausdruck in den Augen und das kantige Kinn ließen sie älter aussehen. Außerdem war sie offenbar nicht häufig in der Sonne: Ihre Haut war schneeweiß und teigig.

»Nein, nein, überhaupt nicht«, beeilte sie sich zu sagen. »Ich war nur ein wenig überrascht, das ist alles. Ich habe nicht vermutet, dass so ein Wirtshaus in der Nähe des Hafens einer Frau gehört … Aber ich bin auch noch nicht sonderlich viel in der Welt herumgekommen.«

»Das hört man«, brummte die Frau. »Komm, ich zeige dir, wo du schlafen kannst. Wenn du den ersten Arbeitstag überstehst!«

Sie drehte sich um und ging in die offen stehende Küche. Hier saß eine junge Frau und palte Erbsen. Sie sah nicht einmal auf, als die Wirtin und Charlotte in die Küche kamen.

»Das ist Katharina«, erklärte die Wirtin. »Sie ist meine Köchin. Künftig kannst du ihr zur Hand gehen, wann immer es nötig ist.«

Erst jetzt sah Katharina auf. Sie war hochschwanger, wie Charlotte überrascht feststellte. Dabei war die junge Frau vermutlich kaum älter als sie.

»Ein Jüngelchen als Küchenhilfe?« Katharinas Stimme klang wütend. »Was hast du dir denn dabei gedacht? Ich habe echt genug von allem, was einen Schwanz trägt.«

»Der ist doch viel zu jung, um zu wissen, was man damit anstellen kann. Und du brauchst dringend Hilfe. Ich habe ja jedes Mal, wenn du einen schweren Topf hebst, Angst, dass dir das Kleine unten rausrutscht!«

Die beiden Frauen lachten, während Charlotte nur verlegen lächelte.

»Ich zeig ihm, wo er schlafen kann, dann kann er gleich bei dir anfangen. Wenn er nichts taugt, dann schicken wir ihn weiter. Was haben wir schon zu verlieren? Nichts.«

Sie brachte Charlotte in eine kleine Kammer direkt hinter

der Küche. Es gab nur eine schmale Luke hinaus auf den Hinterhof, das Bett war schmal, und die Kanne auf dem kleinen Waschtisch wies einen langen Sprung auf. Aber immerhin hatte die Kammer eine Tür, die Charlotte hinter sich schließen konnte. Und das war ein Luxus, den sie schon einige Wochen nicht mehr gehabt hatte.

Sie nickte. »Das ist gut genug für mich, vielen Dank. Ich werde Sie nicht enttäuschen. Kann ich noch eben meinen Reisesack holen? Den habe ich bei Freunden gelassen.«

»Sicher. Aber beeil dich, die ersten Gäste für das Abendgeschäft werden bald kommen.« Sie streckte Charlotte eine kräftige Hand entgegen. »Und du kannst mich Mina nennen, das tut hier jeder.«

Charlotte schlug ein und rannte dann den halben Weg ins Gasthaus, wo sie ihren Beutel bei den Unruhs deponiert hatte.

»Ich habe eine Stelle gefunden, bei der ich für Kost und Logis arbeiten kann. Die Isabella wird so schnell nicht in See stechen, da muss ich nicht für Wochen und Monate eine Unterkunft zahlen. Ich komme aber bestimmt mal zu Besuch«, versicherte Charlotte. »Doch jetzt muss ich schnell los!«

»Was? Die Isabella wird nicht so bald in See stechen? Woher weißt du das?« Frau Unruh klang besorgt.

Stolz lächelte Charlotte. »Ich habe mir heute eine Passage besorgt. Und dabei hat mir der Reeder erzählt, dass die Isabella erst vor wenigen Tagen abgelegt ist. Es wird also mindestens drei Monate dauern, bis sie wieder hier ist. So lange müssen wir uns hier in der Stadt bereithalten und uns regelmäßig in der Reederei melden. Die bringen uns dann rechtzeitig nach Bremerhaven, wo die Einschiffung stattfindet.«

»Puh!«, rief Louise. »Wir sollen also monatelang in diesem kleinen Zimmer bleiben?«

»Vielleicht kannst du ja schon an deinem ersten Buch arbeiten«, schlug Charlotte vor. »Aber ich muss jetzt wirklich gehen. Ich möchte meine neuen Arbeitgeber nicht warten lassen. Es gibt hier in der Stadt viel zu viele Auswanderer, die nur auf die Abfahrt ihres Schiffs warten und glücklich wären, wenn sie mit der Arbeit ihrer Hände ein wenig Geld sparen könnten …«

»Versprich, dass du uns besuchst!«, rief Louise. »Es wird sonst einfach zu langweilig.«

»Dann geh doch ein wenig am Fluss spazieren«, erwiderte Charlotte.

»Ein Mädchen allein in einer Hafenstadt?«, rief Frau Unruh dazwischen. »Niemals!«

»Dann hole ich dich mal zum Spazierengehen ab«, versprach Charlotte, winkte und rannte die Treppe wieder nach unten.

Wenig später kam sie atemlos in dem Wirtshaus an. Erst jetzt entdeckte sie das Schild über der Eingangstür: *Zum wilden Weib*.

Mit einem leisen Lächeln ging sie hinein. Hier konnte sie ja nur richtig sein. Sie brachte ihren Beutel mit ihren Habseligkeiten zu ihren Reiseutensilien, die sie schon in ihrer Kammer gelassen hatte.

Katharina stand jetzt am Herd und rührte mit einem Holzlöffel in einem großen Topf. Sie hatte ihren Rücken durchgedrückt und stützte sich mit der freien Hand ab. Eigentlich wollte Charlotte fragen, ob es ihr nicht gut ging. Aber sie schluckte die Frage hinunter. Katharina wirkte nicht gerade wie eine junge Frau, die auf Mitgefühl wartete.

»Was kann ich denn tun?«, fragte Charlotte stattdessen.

Mit dem Kopf nickte Katharina in Richtung einer Schüssel voller Linsen. »Kannst du die aussortieren? Ich fürchte, die sind nicht mehr alle in Ordnung.«

Charlotte nickte und fing an, die Linsen zu verlesen. In der Tat waren einige schon von Schimmel überzogen. Diese

Arbeit war sie von zu Hause gewöhnt – bereits als kleines Kind hatte sie für ihre Mutter Linsen sortiert.

»Schon fertig?« Skeptisch sah Katharina die beiden Töpfe an. Dann nickte sie. »Vielleicht hatte Mina ja recht, als sie dich angestellt hat. Jetzt kannst du mir bei der Fischsuppe helfen.«

Sie deutete mit einem Nicken auf eine flache Schale, in der verschiedene Fische und Krebstiere lagen. »Kannst du mir die sauber machen? Also abwaschen, Innereien rausnehmen, die Krebse kochen und das Fleisch auslösen …?«

Charlotte wurde blass. »Mit den Fischen kann ich noch was anfangen. Aber da, wo ich herkomme, gibt es keine Krebse. Doch ich glaube, ich lerne recht schnell.«

»Ich zeig es dir!«, entschied Katharina. Die nächste Stunde kochten sie Krebse, brachen Beine und Scheren heraus, und Katharina lehrte Charlotte, wie man das Fleisch aus den Gliedmaßen löste. Ihre Finger wurden an den rauen Schalen schnell wund, aber sie ließ sich nichts anmerken, sondern arbeitete weiter.

Allmählich füllte sich die Gaststube mit laut pöbelnden Männern, die Lieder über Körperteile anstimmten und was man mit ihnen anstellen konnte. So etwas hatte Charlotte noch nie gehört – und sie war mehr als dankbar, dass sie in der Küche bleiben konnte. Mina schleppte in einem fort Eintopf und Suppen zu den Männern hinaus – und Charlotte wusch die dreckigen Näpfe und Krüge so schnell es ging ab.

Sie war so sehr beschäftigt, dass sie gar nicht merkte, wie die Zeit verging. Irgendwann wurde es ruhiger und schließlich ganz leise. Der letzte Gast war gegangen.

Mina kam in die Küche und ließ sich schwer auf einen Stuhl fallen. Sie sah noch blasser aus als am Nachmittag.

»Hast dich gar nicht schlecht angestellt für deinen ersten Tag. Nimm dir etwas von der Fischsuppe!«

Hungrig machte sich Charlotte über einen großen Napf mit der Suppe her – und sah nach dem ersten Löffel überrascht auf. »Die schmeckt ja wunderbar! Ich habe noch nie Krebs gegessen – aber der ist wirklich fein.«

Mina lachte spöttisch. »Was glaubst du, warum die alle hierherkommen? Bestimmt nicht wegen meiner Schönheit, das kann ich dir sagen. Nein, es ist das Essen von Katharina, das die Männer herführt. Sie ist einfach wunderbar.« Dabei lächelte sie ihre Köchin so liebevoll an, dass Charlotte das Gefühl hatte, sie würde Zeuge von etwas Verbotenem.

Auch Katharina hatte sich hingesetzt und fing an zu essen. »Für einen Kerl hast du dich auch gar nicht so schlecht angestellt.« Sie lachte auf. »Auch wenn deine Finger eher wie die von einem Mädchen aussehen. Einem Mädchen, das immer nur nähen oder Klavier spielen musste …«

Die beiden Frauen lachten auf, während Charlotte erschrocken zusammenzuckte. Sie war so ein Mädchen, aber die Erinnerung an ihre Vergangenheit wurde immer schwächer. Ob sie in ihrem Leben jemals wieder ein Klavier anfassen würde, das war mehr als fraglich. Und es war ihr auch nicht wichtig.

»Magst du ein Bier?«, fragte Mina.

Charlotte schüttelte den Kopf. »Ich bin kein großer Trinker, aus Bier mache ich mir nichts. Danke.«

»Und du bist dir sicher, dass du ein Kerl werden willst?« Mina lachte und wurde dann wieder ernst. »Ehrlich gesagt ist das nur eine weitere Empfehlung für dich. Du kannst gerne bleiben, bis dein Schiff ablegt. Was du heute getan hast, war wirklich tüchtig.«

Katharina nickte. »Ja, Karl kann bleiben. Vielleicht haben wir ja Glück, und er bleibt bei uns, bis das Kind kommt. Das würde einiges leichter machen …«

Sie redeten noch einige Minuten weiter über den Tag

und die Gäste. Dann verabschiedete sich Charlotte und ging in ihre kleine Kammer.

Hier holte sie tief Luft. Die nächsten Wochen musste sie nichts befürchten, in diesem Wirtshaus am Hafen bei diesen beiden Frauen fühlte sie sich sicher. Morgen würde sie noch den Erlaubnisschein im Stadthaus besorgen – und dann konnte sie in aller Ruhe warten, bis sie nach Bremerhaven musste.

17

Bremen, Königreich Hannover, im September 1832

Sie wachte von einem gellenden Schrei auf, der durch das nächtliche Haus hallte. Mit einem Ruck richtete Charlotte sich auf und sah sich einen Augenblick lang verwirrt um. Es war erst zwei oder drei Stunden her, dass der letzte Gast das »Wilde Weib« verlassen und sie wie immer mit den beiden Frauen noch kurz zusammengesessen hatte.

Jetzt war der Himmel immer noch dunkel, es konnten noch nicht allzu viele Stunden vergangen sein.

Sie lauschte in die Stille.

Dann wieder ein Schrei.

Dieses Mal war sie sich sicher: Es war Katharina, oben im großen Schlafraum unter dem Dach, den die beiden Frauen gemeinsam nutzten. Charlotte sprang von ihrem schmalen Bett, warf sich ein Hemd über und rannte die Stiege nach oben.

Vorsichtig klopfte sie an die Tür. »Ich bin's, Karl. Kann ich euch helfen?«

Die Tür flog auf, und Mina stand mit aufgelösten Haaren vor ihr. »Katharinas Kind kommt. Kannst du laufen und die Hebamme holen? Sie wohnt nicht weit.«

Charlotte ließ sich den Weg beschreiben und rannte los. Die Hebamme erwies sich als eine junge Frau, die es offensichtlich gewöhnt war, zu nachtschlafender Zeit die Gebärenden der Stadt aufzusuchen. Sie nahm ihre Tasche und lief hinter Charlotte her, ohne viele Fragen zu stellen. Im Wirtshaus angekommen, verschwand sie gleich im Zimmer der beiden Frauen.

»Du kannst Wasser in der Küche heiß machen!«, wies sie Charlotte noch an, dann klappte die Tür zu.

Während der Morgen über Bremen graute, wurde die Schreie und Rufe von Katharina immer lauter – bis sie am hellen Vormittag mit einem Mal abrissen und von dem lauten Geschrei eines Neugeborenen abgelöst wurden.

Charlotte, die in der Küche neben dem siedenden Wasser vor sich hin gedöst hatte, wachte mit einem Schlag wieder auf. Wenige Atemzüge später stand Mina neben ihr.

»Es ist ein kleines Mädchen, das ist eine gute Nachricht. Wenigstens kein kleiner Mann – von den großen haben wir schon genug. Bringst du den Topf nach oben und kümmerst dich dann darum, dass unsere Gäste etwas zu essen bekommen? Die Rezepte von Katharina müsstest du ja inzwischen alle kennen.«

Charlotte nickte nur. »Ja, ich kümmere mich darum. Mach dir keine Sorgen.«

Damit trug sie vorsichtig den Topf ins obere Stockwerk und betrat zum ersten Mal das Zimmer, in dem die beiden Frauen wohnten. Zu ihrer Überraschung gab es nur ein breites Bett. Durch zwei weit geöffnete Fensterflügel kam frische Luft herein, und man konnte den gesamten Hafen überblicken. Es wirkte hier oben, als wäre man in einer anderen Welt.

Verstohlen sah Charlotte sich um, während sie den Topf abstellte. Aber Katharina war nur mit dem kleinen Bündel beschäftigt, das sie in ihren Händen hielt.

»Sie ist so zerbrechlich«, murmelte sie. Ihre Stimme klang dabei überrascht.

»Was hast du erwartet?«, brummelte Mina. »Dass sie so hässlich und grob ist wie ihr Vater? Immerhin ist sie deine Tochter, da muss ja auch etwas Liebenswertes an ihr sein.«

Wieder wechselten die beiden Frauen einen innigen Blick. Verlegen sah Charlotte zur Seite. »Ich kümmere mich um das Essen, macht euch keine Sorgen!«, versicherte sie und lief die Treppe nach unten.

In den Gesprächen der letzten Wochen hatte sie mitbekommen, dass der Vater von Katharinas Kind kein Thema war. Wenn er Erwähnung fand, dann nur als brutaler und grässlicher Kerl – es war also anzunehmen, dass die Schwangerschaft in einem Verbrechen gründete.

Den Rückhalt fanden diese Frauen wohl in der Freundschaft zueinander. Und die war so tief und eng, wie Charlotte es noch nie erlebt hatte. Sie lächelte vor sich hin. Es war erstaunlich, dass in der rauen Welt dieses Wirtshauses etwas so Schönes wachsen konnte.

In der leeren Küche feuerte sie den Ofen an und machte sich mit inzwischen geübten Händen an die Zubereitung des Essens für den Abend. Der Panzer der Krebse konnte ihren Fingern inzwischen nichts mehr anhaben. Nach einigen Tagen, an denen ihre Finger wund und blutig geworden waren, hatte sich ihre Haut abgehärtet und war weniger empfindlich geworden. Nicht mehr der Schmuck einer feinen Frau, aber sehr viel praktischer für das Leben, das sie jetzt führte.

Der Fischhändler hatte am Vormittag Krebse und Fische gebracht – und so konnte sie am Abend die fertige Fischsuppe nach dem Rezept von Katharina präsentieren.

Mina kam nach unten, sah die Suppe und lächelte. »Für einen Kerl stellst du dich wirklich gut an. Du solltest hierbleiben und als Koch arbeiten. Du hättest ein gutes Auskommen, das kannst du mir glauben.«

Charlotte schüttelte lächelnd den Kopf. »Ich fürchte, ich würde auch hier irgendwann anecken. Ich kann nicht ewig meinen Mund halten, wenn es um Demokratie und Freiheit geht ...«

»Wäre aber klüger«, erklärte Mina trocken. »Es hat keinen Sinn, sich um die Großen und Mächtigen zu kümmern. Wichtig ist nur, was in deinem eigenen Leben passiert. Da musst du dein Glück suchen, nicht in der Politik.«

»Bist du denn glücklich?« Die Frage war Charlotte entflohen, bevor sie länger darüber nachgedacht hatte.

Mina sah sie überrascht an. »Du stellst ganz andere Fragen, als Männer es normalerweise tun. Kann es sein, dass du über das Meer willst, weil du eigentlich lieber eine Frau wärst?«

Charlotte wurde es siedend heiß. Möglichst gelassen winkte sie ab. »Nein, nein. Ich will nur in einem Land mit mehr Freiheit leben, das ist alles. Ich bin ganz glücklich mit meinem Leben als Mann, das kannst du mir glauben.«

Mina musterte den jungen Mann, der vor ihr stand, eingehend. Nach einigen Momenten des Schweigens schüttelte sie den Kopf. »Bei mir kannst du sein, was du willst. Du hilfst mir und Katharina in dieser schweren Zeit ungemein, das weiß ich wirklich zu schätzen. Hast du denn immer noch keinen Bescheid, wann dein Schiff wirklich ablegt?«

»Nein, der Reeder hat noch keine Nachricht erhalten, dass die Isabella auch nur in die Nähe von Bremerhaven kommt. Er meinte, wir sollten uns auf eine Überfahrt im späten Oktober oder frühen November einstellen.«

»Für dich mag das ein Unglück sein«, erklärte Mina. »Für mich und Katharina sind das gute Nachrichten.«

Sie hörten, wie die Eingangstür aufschwang. Mina griff nach ihrer Schürze, band sie sich um und verschwand im Gastraum. In den nächsten Stunden war es wie jeden Abend:

Es gab keine Sekunde Pause. Dieses Mal fehlte allerdings Katharina – und das merkten sie in jeder Sekunde. Ebenso wie die durchwachte Nacht.

Als endlich der letzte Besoffene auf die Straße torkelte, kam Mina das erste Mal wieder zurück in die Küche. »Tolle Arbeit, Karl. Danke. Solange Katharina nicht wieder in die Küche kommt, will ich dich wie einen Koch bezahlen. Zwei Taler für jede Woche.«

»Danke. Das ist sehr großzügig.«

»Das ist nicht großzügig, das ist angemessen. Ich wurde in meinem Leben so oft nicht ordentlich bezahlt, dass ich mir geschworen habe, niemals so zu handeln.« Mina nickte ihr noch einmal zu und verschwand dann auf der Stiege nach oben.

Charlotte saß allein in der Küche, wusch noch die letzten Töpfe und Teller ab und aß den letzten Rest Fischsuppe.

Eigentlich würde sie gerne die Unruhs besuchen, das war ihr seit ihrer Ankunft in Bremen nicht mehr gelungen, dafür hatte sie einfach zu viel zu tun. Aber vielleicht konnte sie ja am kommenden Vormittag zwei oder drei freie Stunden herausschlagen? Müde schleppte sie sich ins Bett und fiel in einen tiefen Schlaf.

Am nächsten Morgen hörte sie nichts aus dem Zimmer von Katharina und Mina. So machte sie sich auf den kurzen Weg zum Gasthaus, in dem die Unruhs hoffentlich immer noch wohnten. Für den Besuch hatte Charlotte sich sogar ein frisch gewaschenes Hemd angezogen – sie fürchtete, dass ihr Hemd, das sie täglich im Wilden Weib trug, zu sehr nach Krabben und Fisch stank.

»Was hast du die ganze Zeit getan? Wir haben schon befürchtet, dass du hier in Bremen unter die Verbrecher geraten bist!«, rief Louise wütend. »Nicht einmal eine Nachricht hast du uns zukommen lassen!«

Schuldbewusst senkte Charlotte den Kopf. »Es tut mir

leid. Ich hatte so viel zu tun, dass ich einfach nicht geschafft habe, euch zu besuchen. Für mein Essen und meine Unterkunft muss ich doch ziemlich viel arbeiten … Aber du hast recht: Ich hätte mir schon früher mal ein oder zwei Stunden freinehmen sollen. Verzeih mir bitte.«

Louise sah Charlotte an und wurde mit einem Schlag milder. »Ich nehme deine Entschuldigung gerne an. Aber nur, wenn du dein Versprechen wahrmachst und wir wenigstens einmal durch diese Stadt gehen!«

»Du hast dich noch nicht umgesehen?« Jetzt war Charlotte wirklich überrascht. »Deine Tante hat dich doch nicht etwa die ganze Zeit in dieser Kammer eingesperrt? Wo ist sie überhaupt?«

»Sie ist wieder mal bei diesem Reeder. Vielleicht hofft sie, dass er die Isabella schneller herbeibringt, wenn sie täglich bei ihm ist. Es kann aber auch sein, dass sie den regelmäßigen Spaziergang zu seinem Kontor genießt.«

»Und sie hat dich nie mitgenommen?«

»Doch, sicher. Aber es ist so langweilig, wenn ich mit ihr unterwegs bin. Sie würde niemals zum Hafen gehen und mit mir das Treiben dort ansehen. Was würde ich darum geben, wenn ich nur einmal dort sein könnte.«

Charlotte erhob sich. »Dann gehen wir jetzt sofort. Draußen ist ein wunderbarer Spätsommertag, die Sonne scheint, und es weht ein frischer Wind – das wird dich auf andere Gedanken bringen.«

»Aber meine Tante …« Louise sah verwirrt aus. »Sie weiß doch gar nicht, wo ich bin.«

»Wir hinterlassen eine Nachricht bei der Wirtin. Komm.«

Wenige Minuten später standen sie auf der Straße und liefen gemeinsam in Richtung Schlachte. An dem langen Kai waren Boote in jeder Größe vertäut, Waren wurden auf- und abgeladen, Menschen liefen zwischen den Ballen und Stapeln hin und her und riefen sich irgendwelche Befehle zu. Dazwischen waren die Kaufleute zu sehen, die die Ware direkt vom Schiff kauften.

Louise sah dem Treiben mit großen Augen zu. »Am liebsten würde ich hier den ganzen Tag bleiben und einfach nur zusehen.«

Die frische Luft hatte ihr rosige Wangen verliehen, und sie sah so gesund aus wie schon lange nicht mehr.

»Warum tust du es nicht? Es ist nicht so gefährlich, wie du glaubst.« Charlotte sah sie aufmunternd an.

»Das sagst du mit deiner Männerkleidung. Dich sieht keiner dieser Kerle an und überlegt sich, hinter welcher Hausecke er dir unter die Röcke greifen kann. Bei dir haben sie höchstens Mitleid, dass dir noch kein Haar im Gesicht wächst.« Louise schüttelte den Kopf. »Nein, ich muss leider darauf warten, dass du etwas Zeit erübrigst, damit ich das hier sehen kann. Denn meine Tante geht niemals mit mir hierher. Sie sieht hier nichts, was sie interessiert. Sie möchte nur noch auf die Isabella und endlich bei ihrem Mann in New York sein. Wahrscheinlich ist sie froh, wenn sie dann endlich die Verantwortung für mich und ihr eigenes Leben wieder abgeben kann.«

»Nun, sie stammt aus einer anderen Generation«, versuchte Charlotte, sie zu trösten. »Aber ich verspreche, künftig häufiger ein paar Stunden von meiner Arbeit fernzubleiben. Eigentlich müsste das einmal in der Woche vormittags gehen. Es tut mir leid, dass ich gar nicht zu dir auf Besuch gekommen bin. Willst du denn sehen, wo ich arbeite?«

»In einem schmierigen Wirtshaus hier am Hafen?« Mit gekräuselter Nase schüttelte Louise den Kopf. »Ich glaube, so stark ist mein Sinn für das Abenteuer dann doch nicht ausgeprägt. Vielen Dank.«

»Dann muss ich dich jetzt leider wieder zurück in euer Gasthaus bringen. Wenn ich noch später komme, dann glaubt

Mina, dass ich dem Wilden Weib den Rücken gekehrt habe. Und das würde ich nicht tun …«

Wenig später lieferte sie Louise im Gasthaus der Unruhs ab. Frau Unruh sah den beiden tadelnd entgegen. »Nächstes Mal müsst ihr mir sagen, wohin ihr geht. Ich bin hier vor Sorge fast umgekommen.«

»Aber ich war doch dabei«, erklärte Charlotte lächelnd. »Und es hätte Sie bestimmt nicht beruhigt, wenn wir der Wirtin die Nachricht hinterlassen hätten, dass wir zur Schlachte wollen, oder?«

»Nein, kaum«, gab Frau Unruh zu.

»Gab es denn etwas Neues über die Isabella?«, fragte Louise dazwischen.

Ein Kopfschütteln war die Antwort. »Wir sollten damit rechnen, dass wir erst im Oktober in See stechen können. Wir sind also noch über einen Monat hier in Bremen gefangen, bevor es endlich losgeht.«

»Die Zeit wird schon vergehen«, meinte Charlotte. »Ich muss jetzt leider los. Aber ich komme wieder!«

Sie winkte zum Abschied und machte sich zurück auf den Weg zum Wilden Weib. Sie musste noch eine Menge Krebse knacken, bevor der Abend kam …

18

Bremen, Königreich Hannover,
im Oktober 1832

»Das Boot nach Bremerhaven legt morgen von der Schlachte ab. Kommen Sie mit allem, was Sie mitnehmen wollen, bis zum Mittagsläuten dorthin, sonst müssen Sie sich selber um Ihren Transport nach Bremerhaven kümmern!« Der Reeder sah sie streng an. »Haben Sie das verstanden?«

Was sollte daran so schwer zu verstehen sein? Charlotte nickte nur. »Wissen Frau Unruh und ihre Nichte schon Bescheid?«

»Aber sicher. Frau Unruh ist schließlich seit dem Sommer jeden Tag, den Gott werden ließ, hier bei mir aufgetaucht und hat nachgefragt. Sie war also ganz bestimmt eine der Ersten, die erfahren haben, dass die Isabella in Kürze in Bremerhaven einläuft.«

»Warum hat es denn so lange gedauert, bis sie wieder hier war?« Neugierig sah Charlotte den Reeder an.

Der zuckte nur mit den Achseln. »Die ersten Herbststürme haben wohl früher eingesetzt, als wir gehofft haben. Es ist reichlich ungemütlich da draußen, vor allem wenn es stürmisch wird. Und dann muss der Kapitän jetzt, im nahenden Winter, eine südlichere Route wählen, damit er nicht in die Nähe der Eisberge kommt.«

»Eisberge? So etwas gibt es?«

»Ja sicher. Das Meer ist kalt, und im Norden liegt das Polareis. Das bricht hin und wieder ab und kann die Schifffahrtsrouten erreichen. Aber keine Sorge. Der Kapitän ist ein erfahrener Kerl und weiß, was er tut.«

Charlotte nickte. Sie konnte nur beten, dass der Reeder recht behalten würde mit dem, was er da sagte. Auf dem Rückweg ging sie in die Liebfrauenkirche, erstand eine kleine Kerze, entzündete sie und bat um himmlischen Beistand für eine sichere Überfahrt – auch wenn sie hin und wieder das Gefühl befiel, dass Gott sich nicht darum scherte, ob so ein Schiff das Meer sicher überquerte oder nicht. Warum sollte es sonst immer wieder zu Untergängen und anderen Katastrophen kommen? Mit der entzündeten Kerze wollte sie immerhin sichergehen, dass sie wirklich alles für eine sichere Überfahrt getan hatte.

Dann lief sie weiter in das Wirtshaus, das ihr in den letzten drei Monaten zu einer echten Heimat geworden war. Sie fand Katharina in der Küche. Das kleine Mädchen schlief in einer kleinen Wiege neben dem Herd, und Katharina schien in ihre Arbeit vertieft zu sein.

Mit einem leisen Klopfen am Türstock machte Charlotte sich bemerkbar. Katharina fuhr herum, aber als sie Charlotte erkannte, entspannte sie sich und lächelte zur Begrüßung. »Ach, du bist es, Karl. Komm, wir haben noch viel zu tun.«

Charlotte griff nach einem Fisch und fing an, ihn zu schuppen. »Ich muss euch leider verlassen«, erklärte sie dabei. »Schon morgen geht mein Schiff nach Bremerhaven. Und dann dauert es nicht mehr lange, bis es endlich nach Amerika geht.«

Für einen Moment ließ Katharina ihre Hände ruhen. Sie

sah Charlotte an. »Du weißt aber, dass du jederzeit bei uns arbeiten kannst, oder?«

Charlotte lächelte. »Das ist sehr lieb von euch. Ich hätte auch niemand anderen treffen können, bei dem ich lieber auf meine Überfahrt gewartet hätte. Aber ich bin mir sicher, dass meine Zukunft jenseits des Meers liegt. Da werde ich das Leben finden, das ich gerne führen möchte!«

Seufzend nahm Katharina ihre Arbeit wieder auf. »Ich habe keine Ahnung, warum du dir da so sicher bist. Die Überfahrt ist gefährlich, und dort drüben sind die Menschen wohl ähnlich wie hier. Nur wenige sind gut und helfen dir, ohne an sich selbst zu denken. Vielen Menschen wirst du völlig gleichgültig sein. Und es wird einige geben, die dir das Leben zur Hölle machen. Vor dieser Wahrheit kannst du nicht davonlaufen.« Ihre Stimme klang hart, als sie das sagte.

»Du bist zu vielen begegnet, die dir das Leben zur Hölle machten?«, fragte Charlotte vorsichtig.

Ein Nicken war die Antwort. Mit einem Seitenblick auf die Wiege kam Katharinas Antwort so leise, dass man sie kaum hören konnte. »Du wirst längst erraten haben, dass Marie kein Kind der Liebe ist. Ich habe in einem anderen, viel dreckigeren Wirtshaus als hier gearbeitet. Als Hure. Da lernt man die Männer kennen – und wenn dir jemals Haare am Sack wachsen, dann hoffe ich, dass du zu den wenigen Männern gehörst, die eine Frau mit Anstand behandeln. Davon gibt es nicht viele. Die meisten sehen in dir nur ein Spielzeug, das ihnen die Zeit vertreibt und das sie danach liegen lassen können wie eine Puppe, der ein Arm fehlt. Aber es war ein Auskommen für mich, an Liebe habe ich sowieso nicht geglaubt.« Sie schlug mit einem Hammer so fest auf die Scheren einer Krabbe, dass Charlotte den Verdacht hatte, dass sie lieber einen dieser Männer getroffen hätte.

»Es kam der Tag, an dem ich schwanger wurde. Ein paar Monate hat man nichts gesehen, aber dann hat der Wirt mich rausgeschmissen. Eine schwangere Hure ist keine gute Werbung für ein solches Haus. Ich saß auf der Straße und wusste nicht, wo ich hingehen sollte. Da hat Mina mich gefunden. Und seitdem ist mein Leben so wunderbar, dass ich nie wieder woanders hingehen möchte.« Katharina lächelte. »Ich wünsche dir, dass du das auch irgendwann einmal mit einem Mädchen erleben darfst.« Als würde sie ihre offenen Worte bereuen, lachte Katharina rau auf. »Jetzt aber genug davon. Wenn wir heute Abend glückliche Männer nach Hause schicken wollen, dann müssen wir noch ein paar Krebse knacken! Und heute Abend bist du noch bei mir, das will ich ausnutzen.«

Sie arbeiteten Seite an Seite weiter, bis Mina nach Hause kam. Auch sie war betrübt, dass sie ihre zuverlässige Küchenhilfe verlieren würde. »Mal sehen, wer uns als Nächster ins Haus schneit und behauptet, dass er kochen kann. Die meisten können nur das Bier verkosten – und das kann ich selbst.«

Die drei lachten – und Charlotte musste sich eingestehen, dass sie die beiden Frauen jetzt schon vermisste. Die vertrauten Gespräche, wenn der letzte Gast gegangen war, würden ihr fehlen. Das Rezept für die Suppe würde sie dagegen für immer auswendig wissen. Und vielleicht konnte sie ja damit auch an einem anderen Ort für satte und glückliche Gesichter sorgen …

Als sie spät an diesem Abend die Tür zu ihrer Kammer hinter sich zuzog, sah sie sich mit einem mulmigen Gefühl um. Hier war sie allein und unbeobachtet gewesen. Sie hatte sich waschen, die Haare schneiden und um ihre Regel kümmern können, ohne dass sie fürchten musste, entdeckt zu werden. Wie würde das wohl auf dem Weg nach Bremerhaven und auf der Isabella sein? Sie ängstigte sich ein wenig vor der Überfahrt mit den vielen Männern auf einem Deck. Aber es gab keinen anderen Weg.

Und auch diese Zeit würde vorübergehen.

Nach einem kurzen, herzlichen Abschied von Mina und Katharina lief Charlotte am nächsten Vormittag zur Schlachte. Sie reiste mit leichtem Gepäck. Außer dem Bündel mit den Reiseutensilien und ihrem Beutel mit den frisch gewaschenen Kleidern zum Wechseln – und dem verborgenen Tuch aus Hambach – hatte sie nichts dabei. Aber schon von Ferne konnte sie sehen, dass sie damit unter den Reisenden eine Seltenheit war. Koffer, Säcke, ja, sogar Käfige mit Hühnern und eine einzelne Ziege konnte sie erkennen. Sollten die wirklich alle auf der Isabella mitreisen? Dann musste dieses Schiff sehr groß sein. Oder es würde sehr eng werden.

Sie entdeckte Frau Unruh und ihre Nichte, die auf ihrer Reisekiste saßen und das Treiben ringsum wie von einem sicheren Berg aus betrachteten. Grüßend winkte Charlotte und setzte sich neben sie.

Louise sah Charlotte aufgeregt an. »Endlich geht es los! Ich kann es kaum noch erwarten!«

»Hauptsache, wir sind endlich aus diesem Gasthaus raus«, erklärte Frau Unruh, die offensichtlich schlecht gelaunt war. »Jetzt wünsche ich mir nur, wir wären schon an Bord. So viele Menschen und so ein Durcheinander – das ist so gar nicht nach meinem Geschmack.«

Charlotte sah sich um. Die meisten der Reisenden um sie herum waren Männer, viele von ihnen mit kleinem Gepäck.

»Ich habe den Verdacht, dass wir der Menschenmenge und dem Durcheinander eine ganze Weile nicht entgehen werden«, murmelte sie. »Ich mag mir gar nicht vorstellen, dass all diese Menschen auf einem einzigen Boot unterwegs sein werden.«

Zwei Männer fingen an, alle Gepäckstücke auf einen flachen Kahn zu verladen, der an der Kaimauer vertäut lag. Dann ließen sie die Reisenden an Bord. Frau Unruh, Louise und Charlotte balancierten über eine schmale Planke an Bord und ließen sich irgendwo im Heck nieder.

»Wie lange sind wir eigentlich unterwegs bis Bremerhaven?«, fragte Louise.

»Knapp zwei Tage, morgen Abend sind wir da«, erklärte Frau Unruh. »Das hat zumindest der Reeder gesagt. Wenn ich ihn richtig verstanden habe, werden wir nachts nur kurz anlegen.«

Louise sah gesund und gut erholt aus, stellte Charlotte fest. Die Wochen in Bremen hatten ihr gutgetan, von ihrer Krankheit nach der Fahrt auf dem Rhein war nichts mehr zu spüren. Hoffentlich setzten ihr jetzt die beiden Tage auf der Weser nicht allzu sehr zu. Vom Fluss her wehte ein frischer Wind, der deutlich zeigte, dass der Sommer vorbei war.

Charlotte zog den Mantel fester um sich, lehnte sich zurück und sah sich die Mitreisenden genauer an. Einige der Männer sahen aus wie Abenteurer, zu jedem Wagnis bereit, durch das sich ihr Schicksal verbessern ließ. Andere saßen in sich gekehrt da und sahen so aus, als würden sie an ihrem Entschluss zur großen Reise zweifeln.

Während der Kahn ablegte und in der Mitte der Weser an Fahrt aufnahm, entdeckte sie zwei oder drei Familien, die gemeinsam im Bug einen Platz gefunden hatten. Sie hatten mindestens acht oder neun Kinder dabei, die ruhig und verängstigt auf den Bänken saßen. Charlotte vermutete, dass zu ihnen auch die Hühner und die Ziege gehörten.

Der Kahn legte erst mit dem letzten Abendlicht an – und es blieb den Passagieren selbst überlassen, wie sie die Nacht verbringen wollten: entweder an Bord oder am Ufer. Charlotte entschied sich, gegen die Bordwand gelehnt ein wenig zu dösen – ebenso wie Frau Unruh und Louise. Hier war wenigstens der Boden trocken, während die Uferböschung durch den Regen der letzten Tage vermutlich feucht und klamm war.

Am nächsten Morgen waren sie von dichtem Nebel umgeben. Als sie ablegten, schien es Charlotte, als würden sie durch ein verzaubertes Land reisen. Hin und wieder waren am Ufer Bäume zu erkennen, deren goldenes Laub im Morgenlicht schimmerte. Wasservögel flogen knapp über dem Kahn vorbei, einmal sah sie sogar am Ufer einige Rehe stehen, die tranken und sich von dem Kahn nicht stören ließen.

Die meisten Reisenden unterhielten sich nur mit gedämpften Stimmen, und so war es friedlich auf dem Boot. Erst am späten Vormittag hob sich der Nebel. Nun konnte Charlotte feststellen, dass die Weser breiter geworden war.

Der Hafen konnte nicht mehr weit sein.

Doch erst als die Sonne vom Horizont nicht mehr weit entfernt war, fuhr der Kahn auf den neuen Hafen zu und legte an.

»Wo sollen wir jetzt hingehen?«, fragte einer der Männer, während alle vom Kahn stiegen und die steif gewordenen Glieder streckten. »Die Isabella ist doch noch nicht eingelaufen, oder?«

»Nein«, erklärte einer der Schiffer, die sie hierhergebracht hatten. »Sie müssen sich jetzt selber um eine Unterkunft bemühen, bis das Schiff eintrifft. Das kann durchaus noch zwei Wochen dauern.«

Eine der Mütter sah den Schiffer fassungslos an. »Selbst kümmern? Wie meinen Sie das? Was gibt es hier?«

Der Mann deutete auf den Kai und die Fläche dahinter. »Die meisten Reisenden haben es sich in den letzten Tagen vor der Abreise hier eingerichtet.«

»Aber hier gibt es doch nichts?« Die Stimme der Frau wurde schriller. »Sie werden uns doch nicht einfach auf einer Wiese warten lassen wie die Tiere?«

»Ich fürchte doch«, erklärte der Schiffer und zuckte mit den Schultern. »Es ist ja nicht für lange Zeit, und vielleicht haben Sie ja auch Glück mit dem Wetter. Auf jeden Fall ist das nicht meine Entscheidung. Ich werde dafür bezahlt, Sie an einem bestimmten Datum hierherzubringen. Das habe ich getan. Alles Weitere müssen Sie mit dem Reeder klären. Oder von wem auch immer Sie Ihre Reise erworben haben.«

Damit kletterte er wieder an Bord seines Kahns und fing an, die Leinen zu lösen. Augenblicke später entfernte sich der Kahn, während die Gruppe der Reisenden ratlos auf dem Kai zurückblieb.

»Ich sehe mich mal um«, erklärte Charlotte. »Warten Sie hier auf mich, Frau Unruh. Womöglich findet sich ja doch ein trockener Unterschlupf in der Nähe. Alles ist besser, als zwei Wochen auf dem feuchten Boden zu verbringen.«

»Ja, geh nur«, drängte Frau Unruh. »Und beeile dich. Wenn du als Letzter kommst, sind sicher alle Unterkünfte besetzt.« Sie sah sich um und seufzte. »Wenn es hier denn überhaupt eine Unterkunft gibt.«

Charlotte rannte los und fand eine kleine Scheune, in der sich bereits mehr Menschen drängten, als eigentlich hineinpassten. In einem nahe gelegenen Hof erfuhr sie, dass die wenigen Zimmer, die vermietet wurden, schon lange im Voraus gebucht wurden. Es blieb noch ein entfernt gelegener Schafstall, der sich unter zwei Bäumen duckte und windschief aussah. Aber auch hier wurde sie von vielen Stimmen empfangen, die erklärten, dass niemand mehr hineinpasse.

Niedergeschlagen kehrte Charlotte zurück. Inzwischen war es dunkel geworden. »Es bleibt uns nichts anderes übrig. Wir müssen hier im Hafen unter freien Himmel schlafen und können nur hoffen, dass die Isabella möglichst schnell kommt.«

»Wo kann ich denn meine Notdurft verrichten?«, fragte Louise leise. »Hier gibt es doch weit und breit keine Latrine.«

»Geh einfach ein Stück abseits«, flüsterte Charlotte. »Ich fürchte, hier geht es nicht anders.«

Sie legten Wolldecken auf den Boden und legten sich in ihre Mäntel gewickelt darauf. Die kalte Nachtluft kroch trotzdem schon bald durch die Kleider und klebte feucht in den Haaren. Als endlich der Morgen graute, merkte Charlotte, dass fast alle, die auf dem Kahn mit ihnen gereist waren, jetzt hier auf dem Kai lagerten. Sie holte einen Kanten Brot aus ihrer Tasche und teilte ihn zum Frühstück mit Frau Unruh und ihrer Tochter. »Habt ihr denn nichts zum Essen mitgebracht?«, fragte sie dabei.

Frau Unruh sah verlegen aus. »Ich bin davon ausgegangen, dass wir hier sofort auf die Isabella können und dann auf dem Schiff verpflegt werden. Mir war nicht klar, dass wir hier noch einmal warten müssen, bis diese verdammte Isabella endlich eintrifft.«

»Und ich habe den Verdacht, hier kann man nicht allzu viel kaufen«, murmelte Charlotte. »Und selbst wenn es etwas geben sollte, werden wir andere Preise zahlen müssen als noch in Bremen.«

Noch während sie redete, fing es an zu nieseln. Der graue Himmel senkte sich etwas tiefer, und der feine Sprühregen schien innerhalb kürzester Zeit alles zu durchfeuchten. Einige Männer wollten das nicht einfach tatenlos über sich ergehen lassen.

»Wir sind hier an einem Hafen«, rief einer. »Hier muss es doch Segeltuch geben. Damit können wir uns wenigstens ein bisschen gegen den Regen schützen. Sonst sind wir alle erfroren, noch bevor wir an Bord dieses Schiffs gehen!«

Gemeinsam machten sie sich auf dem Kai und den Lagerflächen auf die Suche. Sorgfältig in einem Kasten zusammengelegt, direkt am Wasser, fanden sie tatsächlich einige große Segeltücher, aus denen sie mithilfe von Stöcken und Stangen ein wackeliges Zeltdach errichteten. An den Kanten fielen schwere Tropfen herab, doch in der Mitte war es unter den Segeltüchern trocken. Allerdings mussten die Auswanderer so noch enger zusammenrücken.

Und so dauerte es keine zwei Stunden, bis einer der Männer den anderen anschrie. »Hör auf, dich an mich zu kuscheln, als wäre ich deine verdammte Mutter. Du stinkst nach ungewaschenen Hosen von hier bis nach Amerika, das ist einfach unerträglich!«

»Du wagst es, meine Mutter verdammt zu nennen?« Die Stimme des angegriffenen Mannes überschlug sich fast. »Nimm das zurück, oder …«

»Oder was?«

Schon fingen die beiden Männer an, sich zu prügeln. Charlotte bemühte sich, der Schlägerei keine Beachtung zu schenken. Sie starrte angestrengt nach unten auf den Boden, wo die Nässe sich bereits durch die Decken hindurchgearbeitet hatte. Aber die Rufe wurden lauter und die Schläge heftiger, bis sie plötzlich mit einem Ruck aufstand.

»Ich halte es hier nicht länger aus. Ich mache einen kleinen Spaziergang. Vielleicht finde ich irgendwo etwas zu essen für uns.« Damit machte sie sich auf den Weg, nur fort von diesen streitenden und schlagenden Männern. Heute war der erste Tag ihres Wartens auf die Isabella. Wie sollte das nur in der nächsten Zeit werden – und anschließend auf dem Schiff? Als sie hinter sich schnelle Schritte hörte, drehte sie sich um und wollte schon ihren Verfolger zurechtweisen. Aber es war Louise. »Nimm mich mit, ich will da nicht zuhören! Die bringen sich noch um!«

»Leider nicht«, brummte Charlotte. »Meine Erfahrungen im Wirtshaus haben mir gezeigt, dass Männer wirklich harte Köpfe haben. Die lassen sich nicht so schnell einschlagen. Was eigentlich schade ist, denn so haben sie in den nächsten Tagen Gelegenheit, sich immer wieder zu prügeln. Und an Bord werden sie mit diesem schönen Brauch nicht aufhören, fürchte ich.«

Louise lachte. »Du hast viel über die Männer gelernt in deiner Zeit als Mann, nicht wahr?«

»Wahrscheinlich werde ich sie mit ganz anderen Augen sehen als vorher …«

Jetzt lachten beide, während sie sich auf einem schmalen Weg von dem überfüllten Kai und den streitenden Auswanderern entfernten.

»Reist ihr denn in einer Kabine?«, wollte Charlotte wissen. Sie konnte sich beim besten Willen nicht vorstellen, dass Frau Unruh sich unter das einfache Volk mit den billigsten Passageplätzen mischte.

»Na ja, Tante Mathilde meinte, wir könnten nicht so viel Geld ausgeben, wie sie gern würde. Es ist wohl eine Art Kabine, wenn ich es richtig verstanden habe, aber ohne Fenster. Und wir teilen sie uns mit ein paar anderen Reisenden …«

»Deine Tante Mathilde will immer wie eine feine Dame wirken – aber so richtig viel Geld habt ihr gar nicht für diese Überfahrt, oder?«

Louise schüttelte den Kopf. »Es wurden schon fast alle Ersparnisse aufgebraucht, damit mein Onkel nach Amerika fahren konnte. Wir mussten einiges verkaufen, damit wir uns auf den Weg machen konnten. Aber es reicht noch immer nicht. Sonst hätten wir nicht immer wieder das schrecklichste und billigste Gasthaus vor Ort gewählt.« Sie lächelte Charlotte an. »Und wir hätten dich nicht kennengelernt.«

»Das wäre in der Tat schade gewesen«, meinte Charlotte.

In der Ferne tauchten einige Häuser auf. Neugierig gingen sie auf das kleine Dorf zu. Die neu gebauten Häuser beherbergten die Hafenarbeiter – und zu ihrem Glück gab es auch einen kleinen Gemischtwarenhandel. Sie konnten Käse, Brot und einen Krug mit Milch erstehen, den sie stolz zurücktrugen. Und als sie im Lager der Auswanderer ankamen, war auch wieder Ruhe eingekehrt – zumindest für diesen Tag.

Die Nacht war kalt und nass, die folgenden Tage wurden

noch kälter. Nicht selten hatten sie in der Früh Raureif auf ihren wollenen Decken, es gab zu wenig zu essen, und die meisten der Reisenden verrichteten ihre Notdurft sosehr in der Nähe des Lagers, dass es schon bald zu stinken begann. Täglich hofften alle auf das Erscheinen der Isabella, aber das Meer blieb leer, bis auf einige Lastkähne, die die Küste entlang nach Hamburg oder auf die Friesischen Inseln fuhren. Niemand vermochte zu sagen, wie viele Tage sie noch den eisigen Regen und den kräftigen Wind vom Meer her aushalten mussten.

Charlotte zog schon bald all ihre Hemden übereinander und lief am Meer entlang, um sich ein wenig Ruhe, Einsamkeit und Bewegung zu verschaffen. Nicht selten wurde sie von Louise begleitet, die ebenfalls unter der Enge und dem Gestank litt. Einmal kam sogar Frau Unruh mit, die an allen anderen Tagen mit verächtlicher Miene zwischen all den anderen Reisenden saß und offensichtlich fest entschlossen war, die Unbilden der Reise nicht zu beachten.

Es dauerte keine Woche, bis Louise wieder an Gewicht verlor und anfing zu husten. Charlotte verlor kein Wort darüber, aber sie sah die sorgenvollen Blicke von Frau Unruh. Eine völlig gesunde Louise würde den Strapazen der Überfahrt gewachsen sein. Wenn das Mädchen jedoch angeschlagen war, bevor sie auch nur einen Fuß an Bord setzte, dann sanken die Hoffnungen auf eine gesunde Überfahrt.

Fast täglich brachen zwischen den Männern Streitereien aus. Um Geld, Brot und nicht selten auch über die politischen Ansichten. Liberale, Burschenschafter und Glücksritter waren hier auf kleinstem Raum versammelt – und keiner von ihnen war bereit zu verstehen, warum der andere sich jetzt auf den Weg machte.

»Ich mache mir Sorgen, dass wir hier unsere Nachbarschaft aus New York kennenlernen«, erklärte sie Louise bei einem ihrer Spaziergänge. »Stell dir vor, wir hätten dann nebenan diese Männer, die offensichtlich nur saufen und streiten können. Das wäre doch ekelhaft.«

»Das kannst du so nicht sehen. Dieses Lager hier bringt bei jedem von uns die hässlichsten Seiten zum Vorschein«, erklärte Louise und schlug ihren Mantelkragen hoch, weil es anfing zu graupeln. Kleine eisige Regentropfen benetzten die Wolle und hatten sie schon bald durchnässt.

»Bei dir nicht«, versicherte Charlotte. »Du bleibst immer gleichbleibend freundlich, obwohl ich genau sehen kann, dass du nicht mehr so gesund bist wie am Anfang unserer Tage hier im Lager.«

»Das ist wohl wahr. Aber was soll ich tun? Wehklagen und mich mit meiner Tante prügeln?« Sie lachte. »Ich würde verlieren, und das würde meiner Laune auch nicht guttun. Also übe ich mich lieber in fröhlichem Gleichmut, beobachte die Mitreisenden und plane einen Roman über *Die Auswanderer*. Hier ist ja einiges geboten, was zur Inspiration dienen könnte. Dieser dunkelhaarige Idiot beispielsweise, der jeden Tag verkündet, dass er ein Anrecht auf den trockensten Platz hätte, weil er schließlich als Soldat gedient und seine Gesundheit für unsere Sicherheit geopfert habe …«

Beide brachen in Gelächter aus.

»Wir müssen nur noch herausfinden, für welches Land genau er unterwegs war. Und warum er entlassen wurde, hat er auch noch nicht erwähnt«, erwiderte Charlotte. »Ich mag auch diese keifende Mutter, die immer den Kopf unter der Plane vorstreckt und jammert, dass eine Frau in ihren Umständen so etwas auf keinen Fall erdulden müsse. Hast du die eigentlich jemals komplett gesehen? Ich sehe immer nur ihren Kopf.«

»Stimmt. Ich bin gespannt, ob sie wirklich in anderen Umständen ist. Dabei haben die doch schon ein halbes Dutzend Kinder, wenn ich richtig gezählt habe.« Louise lachte und wurde nur von einem Hustenanfall daran gehindert weiterzusprechen.

Charlotte legte ihr die Hand auf den Rücken, bis der Anfall vorbei war. »Geht es wieder?«, fragte sie vorsichtig.

»Muss ja gehen.« Louise versuchte ein Lächeln, das zu einer Grimasse wurde. »Aber es wäre schön, wenn wenigstens dieser Regen aufhören würde und wir nicht auf einem kalten, nassen Boden schlafen müssten. Aber ich fürchte, mit diesen Wünschen stehe ich nicht allein da. Es ist einfach unfassbar, dass sie so einen Hafen planen, aber keinen einzigen Gedanken daran verschwenden, wo und wie die Auswanderer auf die Ankunft ihres Schiffs warten sollen. Es kann doch nicht so schwer sein, wenigstens ein paar große Scheunen zu bauen, oder?« Sie hustete wieder.

»Da hast du recht.« Charlotte sah ihre blasse Freundin prüfend an. »Sollen wir wieder zurückgehen? Du siehst erschöpft aus.«

Ein Kopfschütteln war die Antwort. »Ich genieße es, wenn ich mit dir reden kann. Endlich einmal bin ich nicht den Streitereien und dem Schnarchen und noch sehr viel intimeren Geräuschen der anderen ausgesetzt. Endlich muss ich nicht den Gestank nach ungewaschenen Körpern und ihren Absonderungen in der Nase haben. Das ist ein echtes Geschenk.« Sie ließ den Blick über die flache Landschaft gleiten. »Es ist schwer zu glauben, dass wir hier wahrscheinlich das letzte Mal unsere Heimat sehen. Wer von uns wird schon jemals die Reise zurück nach Europa antreten? Die wenigsten von uns …«

19

Bremerhaven, Königreich Hannover,
am 18. November 1832

Schweigend und in Gedanken versunken liefen die beiden jungen Frauen weiter, bis Louises Hustenanfälle so heftig wurden, dass sie umkehren mussten. Schon von Ferne hörten sie, dass sich etwas geändert hatte. Das Lager summte wie ein Bienenstock, kurz bevor die Bienen ausflogen. Aufgeregt drehte Louise sich zu Charlotte. »Ich glaube, jetzt geht es wirklich los! Ich bin mir sicher, dass die Isabella endlich kommt!«

Angestrengt spähten die beiden durch den leichten Schneeschauer aufs Meer hinaus. Und tatsächlich konnte man einige Hundert Meter vom Ufer entfernt ein Schiff sehen. Die Segel waren eingeholt, Charlotte zählte zwei Masten.

»Das muss die Isabella sein«, flüsterte sie. »Es geht endlich los.«

Das Schiff, das sie nach Amerika bringen sollte, in ein neues Leben. Es sah überraschend klein und zerbrechlich aus, wie es da draußen auf dem Wasser an seiner Ankerkette tanzte. Ruderboote wurden aufs Wasser gelassen. Einige

Menschen waren darauf zu sehen. Charlotte kniff ihre Augenbrauen zusammen, um genauer erkennen zu können, was da draußen vor sich ging. Offensichtlich wurden jetzt auch irgendwelche Kisten und Ballen auf kleine Ruderboote geladen, die dann in Richtung der Kaimauer gerudert wurden. Es dauerte nicht lange, und die ersten Passagiere erreichten das Festland.

Sie kletterten von Bord und schenkten den Wartenden nur kurze, mitleidvolle Blicke. Es war nicht klar, ob sie damit den jetzigen Zustand der Wartenden meinten – oder die Überfahrt, die noch vor ihnen lag.

Einige Stunden später baute sich ein vierschrötiger Mann vor den Wartenden auf.

»Ich bin der Erste Offizier auf der Isabella!«, rief er mit einer Stimme, die keinen Widerspruch gewöhnt zu sein schien. »Wir machen heute wieder klar Schiff, morgen nehmen wir neue Vorräte und Wasser an Bord, und übermorgen werden wir wieder ablegen. Halten Sie sich also bereit …« Er ließ seinen Blick über die reichlich verfrorene Menge auf dem Kai gleiten. »Aber wenn ich das richtig sehe, dann freut sich jeder Einzelne von Ihnen, endlich diesem Hafen zu entrinnen. Merken Sie sich bitte nur eines: Ich kann nichts dafür, dass zwar dieser Hafen für Handelswaren und Schiffe gebaut wurde, dass man aber nicht an die vielen Menschen gedacht hat, die über Bremerhaven nach Amerika reisen werden. Und so werden Sie eben wie eine Ware auf dem Kai gelagert, bis es endlich losgeht.«

Damit drehte er sich wieder um und verschwand.

Die Wartenden hatten Glück: Am Nachmittag klarte der Himmel auf, und es kühlte ein wenig ab, aber immerhin regnete es nicht, und sie konnten alle ihre Kleidung und ihre Decken vor dem Einschiffen noch einmal trocknen.

Endlich war der Morgen des 20. November gekommen: Heute sollten die Passagiere an Bord gehen, und die Isabella würde in See stechen. Aufgeregt wachte Charlotte in der ersten Dämmerung auf. Längst war es hier im Hafen voller geworden. Auch die Glücklichen, die ihre Wartezeit auf Bauernhöfen, in Ställen oder auf Dachböden verbracht hatten, waren inzwischen eingetroffen. An diesem Morgen kamen außerdem per Pferdekutsche einige Reisende in feinen, sauberen Gewändern und mit zahlreichen Koffern und Reisekisten an. Das waren wohl diejenigen, die in einer Kabine nach New York reisten.

Charlotte beobachtete die Ankömmlinge neugierig. Wer reiste ohne große Not über den Atlantik? Sie sah einige Männer, die allesamt sehr geschäftig wirkten – und vor allem geflissentlich darauf achteten, die Schar der Reisenden auf dem Kai nicht zu sehen. Sie stiegen mit der Selbstverständlichkeit der Reichen in die Ruderboote und hielten ihren Blick stur auf die Isabella und den Horizont gerichtet.

Mit einem leisen Schnauben flüsterte Charlotte in Louises Ohr: »Wenn man diese Menschen ansieht, dann hat man das Gefühl, dass es sich hier um eine Vergnügungsreise handelt, nicht wahr? Ich wette, von denen kann sich jeder eine Rückreise leisten, die müssen nicht jeden Kreuzer dreimal umdrehen …«

»Da bin ich mir nicht so sicher«, murmelte Louise. »Es ist doch sehr oft nur der feine Schein. Sieh dir Tante Mathilde und mich an. Wir wirken doch wie zwei, die sich keine finanziellen Sorgen machen müssen. Und doch ist unser Geldbeutel inzwischen ganz schön dünn. Deshalb können wir uns keine richtige Kabine leisten, sondern müssen uns mit dem Unterdeck begnügen, in dem auch du reisen wirst. Mehr war einfach nicht drin. Immerhin werden wir eine Ecke haben, die mit ein paar Tüchern abgehängt ist und so für ein bisschen Privatheit sorgt. Lass dich nicht immer von dem äußeren Schein blenden. Womöglich trägt hier so mancher deswegen seinen feinen Kittel, weil er das Letzte ist, was er besitzt.«

»Du hast wie immer recht, liebe Louise«, seufzte Charlotte. »Wahrscheinlich spricht aus mir der reine Neid. Ich träume schon jetzt von einem Zimmer nur für mich – und ahne, dass ich in den nächsten Wochen nichts dergleichen haben werde …«

Ein junger Mann mit zerzausten Haaren, einem feinen dunkelblauen Mantel mit roten Aufschlägen und zwei großen Kisten ging jetzt an Bord. Im Gegensatz zu den anderen Passagieren, die eine Überfahrt in der Kabine gebucht hatten, sah er sich um und ließ seinen Blick über die Wartenden gleiten. Charlotte beobachtete, wie er kopfschüttelnd mit dem Matrosen sprach, der sich um seine Überfahrt kümmern sollte. Offensichtlich beschwerte er sich über den Zustand der weniger betuchten Reisenden.

Sie sah sich noch einmal um, während sich der Kai allmählich leerte und die Reisenden der Reihe nach in kleinen Ruderbooten zu der ankernden Isabella gebracht wurden. Das Letzte, was sie also von ihrer Heimat sehen würde, war ein dreckiger Kai, auf dem einiges an Unrat zurückblieb. Das Segeltuch, das sie über ihre Köpfe gespannt hatten, hing immer noch da und erinnerte eher an eine Höhle für Tiere als an eine menschliche Behausung. Sie sah die kahlen Bäume und einige kleine Häuser, die für die Hafenarbeiter gebaut worden waren. Dieser Ort war herzlos und machte es ihr wahrlich leicht, ihn für immer zu verlassen.

Als sie an der Reihe war, das Boot zu besteigen, kletterte sie hinauf, ohne sich noch einmal umzuschauen.

Über eine schwankende Leiter kam sie auf die Isabella und musste zusammen mit all den anderen sofort hinunter ins Unterdeck, wo sie die nächsten Wochen verbringen würde. Hier herrschte eine unglaubliche Unordnung. Menschen kletterten übereinander, schrien und suchten allesamt nach dem besten Platz, um sich dort einzurichten. Die Luft war jetzt schon abgestanden und muffig, es roch leicht nach Schimmel und kräftiger nach Urin und Erbrochenem. Charlotte spürte, wie sich ihr Magen leicht hob. Hier unten gab es keine Fenster, und die grob gezimmerten Stockbetten wirkten allesamt besetzt. Sie drehte sich um und sah, wie Louise und ihre Tante hinter einigen schweren Segeltüchern verschwanden und ihre Stockbetten bezogen. Für die beiden war gesorgt, nur sie selbst musste sich noch umsehen.

Tatsächlich fand sie in einer Ecke ein noch unbesetztes Bett, das unterste in einem Stockbett. Sie warf ihre Decke darauf, ließ sich fallen und sah sich um.

Ganz allmählich gewöhnten sich ihre Augen an das schlechte Licht hier unten. Ein paar tranige Funzeln sorgten für ein schwaches Licht, der Großteil des Unterdecks lag im Schatten verborgen. Das Chaos schien kein Ende zu nehmen, bis einer der Matrosen auftauchte, sich als Quartiermeister vorstellte und anfing sie einzuteilen. Dabei erklärte er immer wieder: »Setzt euch jetzt hin und bewahrt Ruhe! Jeder, der über die Verhältnisse hier an Bord schimpft, bekommt es mit mir zu tun. Wir wollen keine Passagiere an Bord haben, die über diese Fahrt schimpfen – und wir sorgen dafür, dass es sie auch nicht gibt. Setzt euch hin. Verstaut eure Habseligkeiten. Und wartet ab. Heute Abend gibt es die erste Ration Essen für euch. Geht sorgsam damit um.«

Damit verschwand er wieder, während immer weitere Passagiere im Unterdeck eintrafen. Es wurde immer enger – und auch Charlotte musste merken, dass ihr Bett mitnichten ein Bett war, sondern eher eine Art Regal. Sie konnte hier nur an die Wand gelehnt sitzen, während ihre Füße herausragten. Aber wahrscheinlich sollte sie froh sein, dass sie nicht auf dem Boden sitzen musste.

Auf den Pritschen neben ihr machten es sich einige Männer gemütlich. Mit einigem Unbehagen stellte sie fest, dass es ausgerechnet die Kerle waren, die in den letzten Tagen ständig in Prügeleien verwickelt gewesen waren. Von einem kräftigen Bärtigen, der sich direkt neben sie legte, ging ein Gestank nach Urin und Schweiß aus. Charlotte schloss für einen Augenblick die Augen. Sie hatte geahnt, dass die Überfahrt kein großer Spaß sein würde. Die Enge und den Geruch hier unten hatte sie sich allerdings nicht vorstellen können.

Irgendwann hörte sie, wie rasselnd der Anker eingeholt wurde. Charlotte stand auf. Sie wollte unbedingt noch einen letzten Blick auf die Küste werfen. Noch einmal sehen, was sie da hinter sich ließ. Aber einer der Matrosen trat ihr entgegen und schüttelte den Kopf.

»Jungchen, du bleibst hier unten, bis wir dir etwas anderes sagen. Keiner darf einfach so an Deck gehen und sich eine frische Brise um die Nase wehen lassen, wenn wir das nicht wollen. Ist das klar?«

Seinem Gesichtsausdruck war zu entnehmen, dass man hier nicht verhandeln konnte. Seufzend drehte Charlotte sich um und setzte sich wieder auf ihren Platz.

Hier würde sie also die nächsten Wochen verbringen. Sie schloss erneut die Augen und versuchte alles, was sich rings um sie abspielte, zu vergessen. Den Gestank und den immer stärkeren Seegang, der sie hier unten durchschüttelte.

Abends gab es eine Ration Schiffszwieback. Ein kleines, dunkles Gebäckstück, das nach nichts roch und auch nach nichts schmeckt, wie sie beim Hineinbeißen feststellte. Mit einigem Widerwillen würgte sie es hinunter und trank das Wasser, das dazu in einem Becher ausgeschenkt wurde. Es schmeckte schon jetzt so muffig, dass sie daran zweifelte, ob in Bremerhaven wirklich frisches Wasser geladen worden war – oder ob man nicht doch einfach nur die vorhandenen Vorräte wieder aufgefüllt hatte. Um einen anderen Geschmack in den Mund zu bekommen, brach sie von einem Stück Käse in ihrem Beutel ein kleines Stück ab und kaute bedächtig darauf herum. Jetzt musste sie nur noch das Problem lösen, wie sie ihre Notdurft erledigen konnte.

In der Ecke des Raums stand ein Eimer. Zum Glück war der Winkel mit einigen Tüchern abgehängt, um wenigstens ein bisschen Privatheit zu bieten. Sie versteckte sich dahinter und war zum ersten Mal dankbar über das schlechte Licht. Auf dem Weg zurück zu ihrem Platz stattete sie den Unruhs einen Besuch ab.

Frau Unruh thronte in ihrem »Bett«, das die gleichen Ausmaße hatte wie der Platz von Charlotte. Bei einer so kräftigen Frau hielt sich die Bequemlichkeit noch mehr in Grenzen. Ihr Gesicht und ihre Körperhaltung drückten Missfallen aus.

»Für ein paar Fetzen, die man mir um das Bett gehängt hat, musste ich tüchtig bezahlen!«, schimpfte sie. »Ich konnte ja nicht ahnen, was die Seefahrer unter Bett verstehen! Hier kann ich kaum aufrecht sitzen, geschweige denn liegen.«

»Jetzt beruhige dich, Tantchen. Es ist ja nicht für die Ewigkeit«, flüsterte Louise.

Selbst in dem schlechten Licht konnte Charlotte erkennen, dass das Mädchen noch blasser geworden war.

»Wie geht es dir?« fragte sie erschrocken.

»Geht schon«, winkte Louise tapfer ab. »Mein Magen ist wohl nicht für die Seefahrerei gemacht. Aber vielleicht gewöhnt er sich noch an dieses Geschaukel.«

In diesem Augenblick wurde sie von einem heftigen Würgen überfallen. Sie übergab sich in einen Eimer und ließ sich mit geschlossenen Augen nach hinten sinken.

»Ich hoffe, ich gewöhne mich möglichst schnell daran«, murmelte sie mit einem schwachen Lächeln.

Ihre Tante wischte ihr mit einem feuchten Tuch über die Stirn. Sie sah besorgt aus. »Wenn es hier nur diesen schrecklichen Zwieback gibt, dann muss man sich ja nicht wundern, wenn sie nichts bei sich behalten kann. Es ist schrecklich!«

»Aber wir haben doch Brot und Käse gekauft, bevor wir an Bord gegangen sind«, erinnerte Charlotte. »Vielleicht bleibt das eher in ihr drin?«

»Kaum«, erklärte Frau Unruh mit strengem Gesicht. »Ich glaube, sie übergibt sich, seit wir den Anker gelichtet haben. Ihr Magen ist einfach zu empfindlich ... Aber es heißt, man gewöhne sich daran, und dann werde alles besser. Also: Hoffen wir auf das Beste!«

Charlotte nickte nur. »Dann lasse ich euch mal allein. Vielleicht dürfen wir morgen ja aufs Oberdeck. Die frische Luft wird Louise sicher guttun.«

»Doch, sicher.« Frau Unruh streichelte weiter über Louises Stirn. »Wahrscheinlich bin ich nur eine alte Frau, die sich zu viele Sorgen macht ...«

Nachdenklich ging Charlotte zurück an ihren Platz und machte es sich so bequem, wie es im Sitzen eben möglich war. Besorgt dachte sie an Louise. Sie war einfach viel zu dünn, als dass sie viele Tage ohne Nahrung überleben konnte. Andererseits war ihre Freundin auch ein wirklich zähes Wesen, das so leicht nicht umzuwerfen war.

Der nächste Tag fing wieder mit einem Stück schwärzlichen Schiffszwiebacks ein, auf dem man ewig herumkauen musste, um ihn irgendwie herunterzubekommen. Wenn Louise dieses Zeug wieder hochwürgen musste, dann wunderte es Charlotte überhaupt nicht. Etwas später besuchte sie die Unruhs – aber es hatte sich nichts verändert. Louise versuchte mit schwacher Stimme, ihre Tante zu beruhigen, aber dazwischen hielt sie die Augen geschlossen und kämpfte mit der Übelkeit.

Sie erhielten die Erlaubnis, für eine Stunde aufs Oberdeck zu gehen. Nicht alle auf einmal, sondern in Gruppen von jeweils zwanzig oder dreißig Leuten. Charlotte und Frau Unruh stützten Louise, damit sie etwas frische Luft schöpfen konnte. Auf Deck angekommen, lehnte Louise sich an die Reling und atmete tief ein.

Charlotte sah sich in der Zwischenzeit um. Die meisten genossen die Novembersonne, die zwar nicht wärmen konnte, aber nach dem ersten dunklen Tag unter Deck immerhin ein wenig Licht schenkte. Andere Passagiere durften offensichtlich auf Deck, wann immer ihnen der Sinn danach stand. Diese Handvoll Menschen hatte vermutlich eine Überfahrt in einer Kabine gebucht und daher nur wenig mit den üblen Zuständen im Unterdeck zu tun.

Charlotte betrachtete die feinen Kleider und die hochnäsigen Gesichter dieser Leute. Eine Familie mit einer Tochter in ihrem Alter – warum mochten diese Menschen nur nach Amerika segeln? Sie sahen nicht so aus, als hätten sie auch nur eine Sekunde unter den Verhältnissen in den deutschen Ländern gelitten.

Sie war so sehr in ihre Gedanken versunken gewesen, dass sie gar nicht auf Louise geachtet hatte, die plötzlich schwankte und fast hingestürzt wäre, wenn nicht ein junger Mann in dunkelblauem Mantel zu Hilfe gekommen wäre. Er stützte sie und führte sie zu einer Kiste.

»Sie sehen blass aus! Setzen Sie sich lieber hin, sonst fallen Sie bei einer unerwarteten Welle noch über Bord«, erklärte er dabei in ernsthaftem Ton.

Louise öffnete die Augen, sah ihn an und murmelte: »Herzlichen Dank! Aber mir ist so übel, dass mir der Gedanke an Ertrinken momentan gar nicht so schrecklich vorkommt.«

»Das geht sicherlich bald vorbei«, tröstete er. »Ich habe gelesen, dass die Seekrankheit bei den meisten Menschen nur einige Tage anhält. Und immerhin sind sie aufs Deck hochgekommen, um frische Luft zu atmen. Das ist sicher sehr vernünftig.«

Louise lachte leise auf. »Meine Tante und Karl haben dafür gesorgt, dass ich herkomme. Sie würden kaum etwas anderes dulden …«

»Oh, wo sind denn meine Manieren!« Mit einer angedeuteten Verbeugung lächelte er Frau Unruh und Charlotte an. »Mein Name ist Georg Geiger.«

»Ich heiße Karl Messmer«, erklärte Charlotte. »Und das hier sind Frau Unruh und ihre Nichte Louise. Vielen Dank, dass Sie uns zu Hilfe gekommen sind. Das hätte wirklich übel ausgehen können. Ich glaube nicht, dass so ein Schiff umdreht und einen Verunglückten aus dem Wasser fischt …«

Geiger sah mit einem leisen Kopfschütteln auf das Wasser. »Darüber wollen wir nicht einmal nachdenken. Die paar Wochen auf der Isabella werden wir doch sicherlich allesamt heil überstehen!«

Erst jetzt sah sich Charlotte den jungen Mann genauer an. Seine rotbraunen Haare sahen ungekämmt aus und waren ein wenig länger, als es Mode war. Seine Augen leuchteten blau, und das Gesicht war von einer langen schmalen Nase mit vielen Sommersprossen beherrscht.

Er sah sie wesentlich weniger genau an, sondern beschäftigte sich lieber mit Louise, die sich jetzt an einen hölzernen Aufbau des Schiffs lehnte.

»Was treibt Sie denn über das Meer?«, wollte er in freundlichem Plauderton wissen.

»Mein Mann arbeitet in New York, wir wollen ab jetzt bei ihm leben«, mischte sich Frau Unruh mit strengem Ton in das Gespräch. »Und woher kommen Sie, Herr Geiger?«

»Ist es jetzt nicht vor allem wichtig, wohin wir gehen, und weniger, woher wir kommen?« Wieder das ironische Lächeln, das Charlotte sofort aufgefallen war. Eigentlich veränderten sich nur die Fältchen an seinen Augen ein wenig. »Aber wenn Sie es von Bedeutung finden: Ich habe zuletzt in Heidelberg studiert und dabei vor allem gefunden, dass man in Deutschland nicht mehr ungestört leben kann. Entweder man buckelt vor den herrschenden Verhältnissen – oder man muss das Land verlassen. Ich habe mich lange mit meinen Eltern beraten und mich dann für Letzteres entschieden.«

»Sie haben in Heidelberg studiert?«, unterbrach ihn Charlotte aufgeregt. »Kennen Sie womöglich Wilhelm Trautmann?«

»Sicher kenne ich Wilhelm. Wir haben so manchen Abend gemeinsam in einer Kneipe verbracht und uns darüber unterhalten, was man am besten bei den herrschenden Verhältnissen tun könnte.« Er sah sie neugierig an, schien sie überhaupt erst jetzt wirklich wahrzunehmen. »Wie kommt es, dass Sie ihn kennen?«

»Ich bin, ich meine, ich kenne, ich …« Sie verhaspelte sich, wurde flammend rot und versuchte es mit einem verlegenen Lachen, das für einen jungen Mann gänzlich unpassend war. »Er ist der Freund meines Bruders«, erklärte sie schließlich. »Er war einige Male in unserem Haus, da habe ich ihn kennengelernt.«

»Ah, Ihr Bruder ist also auch Student?« Wenn er ihre Verwirrung bemerkte, dann ließ er sich wenigstens nichts anmerken.

»Nein, nein. Wir kommen nur aus der gleichen Straße in Neustadt.«

»Richtig, Wilhelm hat erwähnt, dass er aus Neustadt kommt. Hat Ihr Bruder denn noch Kontakt mit ihm?«

»Leider weiß ich es nicht. Ich bin schon bald ein halbes Jahr unterwegs, um hier auf das Schiff zu kommen. Seit dem Hambacher Fest ist er allerdings untergetaucht. Er hat wohl Streit mit seinem Vater gehabt, als es um den zukünftigen Kampf für die Freiheit ging. Wilhelm ist der Meinung, dass es nur noch mit Waffen weitergehen kann.«

Georg Geiger lachte auf. »Das sieht ihm ähnlich. Wilhelm

ist ein Heißsporn, der immer den radikalsten Weg sucht, so habe ich ihn kennengelernt.«

Bevor Charlotte antworten konnte, bellte der Erste Offizier quer über das Deck: »Eure Zeit ist vorbei! Geht wieder nach unten. Wenn das Wetter es morgen zulässt, dann könnt ihr noch einmal an Deck!«

»Sie haben wirklich keinen langen Freigang. Das ist ja fast wie im Gefängnis!« Geiger sah entsetzt aus.

»Und Sie haben keine Ahnung, wie eng und scheußlich es da unten ist.« Charlotte zog eine Grimasse, als sie Louise um die Taille fasste und sie stützte, damit sie die steile Leiter nach unten steigen konnte. Von Geiger verabschiedete sie sich nur mit einem Winken.

Den Rest des Tages saß sie dösend auf ihrem Platz und versuchte, nicht allzu viel von den anderen mitzuhören. Ohne Erfolg. Der Streit um das zukünftige Leben, der Ärger um das schlechte Essen, die Brutalität einiger Männer und die Übellaunigkeit der Frauen – hier blieb einem nichts verborgen.

20

Zwischen Bremerhaven und New York, im Dezember 1832

In den nächsten Tagen fing es an zu stürmen.

Das Schiff hob und senkte sich in den immer höheren Wellen, während der schwere Regen über die Aufbauten an Deck peitschte. Das konnten sie allerdings nur erahnen. Sie sahen die Wassermengen, die über die Treppe zu ihnen herunterkamen und dafür sorgten, dass alles klamm wurde.

Sie konnten nicht mehr an Deck. Wegen des schweren Seegangs wurden fast alle Reisenden von Seekrankheit gequält. Das Würgen und Stöhnen und der Gestank nach Erbrochenem waren unerträglich. Gleichzeitig verschwammen Tag und Nacht zu einer Einheit: Die geschlossenen Luken hielten alles Tageslicht draußen, in der Unterwelt des Schiffs herrschte gleichbleibend Dunkelheit. Immer wieder erloschen die funzeligen Lampen, und es wurde komplett dunkel.

Charlotte kümmerte sich um die Unruhs, brachte ihnen Wasser und vom trockenen, ekligen Zwieback und sorgte dafür, dass sie wenigstens ein wenig zu sich nahmen. Auch Frau Unruh lag nur noch mit geschlossenen Augen da und übergab sich immer wieder. Louise wirkte dagegen mehr tot als lebendig. Sie reagierte nur noch selten, wenn Charlotte sie ansprach. Und egal, was sie versuchte, ihr einzuflößen: Sie würgte es innerhalb kürzester Zeit wieder heraus.

Mit einem feuchten Tuch wischte Charlotte den verdreckten Boden auf und bemühte sich, es den beiden so angenehm wie möglich zu machen. Um Frau Unruh machte sie sich weniger Sorgen, aber Louise wurde mit jedem Tag durchsichtiger. Sie versuchte nicht einmal mehr, den Zwieback zu essen, und sogar vom Wasser nahm sie nur wenige Schlucke.

Überrascht stellte Charlotte fest, dass ihr selbst vom Anblick des Zwiebacks zwar fast übel wurde. Aber der Seegang schien ihrem Magen einfach nichts anhaben zu können. Damit gehörte sie hier im Unterdeck zu den wenigen Glücklichen. Während sie sich um Louise und Frau Unruh kümmerte, versuchte sie, die beiden mit Scherzen aufzuheitern. »Wir Trautmanns entstammen eben einer alten pfälzischen Seefahrerfamilie, da liegt es mir im Blut, dass ich bei jedem Seegang aufrecht gehe.« Natürlich hatten ihre Vorfahren das Meer ganz bestimmt nicht einmal von der Ferne gesehen, aber immerhin entlockte sie so Frau Unruh ein schwaches Lächeln. Louise aber regte sich nicht.

Der Sturm wurde mit jedem Tag noch ein wenig wütender. Die Balken ächzten in den Wellen, die feuchtkalte Seeluft schien durch jede Spalte zu dringen. Charlotte wickelte ihren dicken Mantel um Louise, die zitternd dalag. Es schien nichts zu helfen. Charlotte hatte den Eindruck, dass dem Körper des Mädchens jede Energie fehlte, um auch nur ein bisschen Wärme zu erzeugen. Wenn ihr nichts einfiel, dann würde Louise niemals das ferne Ufer sehen.

Mit einem Mal erinnerte sie sich an den freundlichen jungen Mann mit den Lachfältchen um die Augen. Georg Geiger hatte doch sicher eine einigermaßen komfortable

Kabine, wo er zumindest ausreichend Luft zum Atmen hatte und womöglich auch ein Bett, auf dem man ausgestreckt liegen konnte. Mit ein wenig Glück gab es da auch etwas anderes zu essen als den Zwieback.

Nur wie konnte sie ihn ansprechen? Und wie sollte sie ihm erklären, dass er für ein krankes Mädchen in seiner Kabine Platz schaffen sollte? Auch wenn er erklärt hätte, dass ihm die Revolution wichtig sei, so musste er deshalb längst nicht bereit sein, auf seine eigene Bequemlichkeit zu verzichten. Immerhin hatte er dafür auch gezahlt …

Trotzdem: Es gab keinen anderen Weg. Seine freundlichen Augen hatten nicht so ausgesehen, als ob er die Sache mit der Mitmenschlichkeit nicht auch ernst nehmen würde. Sie musste es einfach versuchen …

Leise schlich sie die enge Stiege nach oben. Mehr als die Matrosen fürchtete sie ihre Mitreisenden. Wenn einer merkte, dass sie verbotenerweise das Unterdeck verließ, dann würde es sicher ein höllisches Geschrei geben. Hier unten gönnten die Reisenden einander nichts. Und schon gar nicht die frische Luft auf dem Deck, das sie seit über einer Woche nicht betreten durften. Charlotte hatte es im Lauf des Tages schon zweimal versucht. Und jedes Mal hatte irgendjemand gebrüllt, ob sie jetzt den Verstand verloren habe und sich nicht einmal an die einfachsten Regeln halten könne.

Aber jetzt schliefen alle tief und fest. Es musste gegen Mitternacht sein. Eine Treppe knarrte, und sie verharrte eine Sekunde lang regungslos. Niemand rührte sich.

Sie kletterte weiter und erreichte die Tür zum Deck. Mit einiger Mühe schob sie sie auf und drückte sich durch den Spalt. Es war dunkle Nacht. Die Wolken verdeckten Sterne und den Mond, sie konnte kaum die Hand vor dem Gesicht erkennen. Wenigstens regnete es in diesem Moment nicht.

Vorsichtig lief sie über das nasse Deck, hielt sich an allem fest, was ihr zwischen die Finger kam: Taue, Kisten, die Reling. Wenn sie jetzt ausrutschte und den Halt verlor, dann war es vorbei. Niemand würde jemals erfahren, wohin sie in der Nacht verschwunden war. Die Wellen tauchten immer wieder hoch über dem Schiff auf und klatschten dann als Brecher über das Deck oder an die Bordwand. Sie erzeugten einen feinen Sprühnebel, der alles durchnässte. Das Wasser schwappte über das Deck, bevor es an den Seiten wieder zurück ins Meer lief. Sie spürte, wie ihre Schuhe tropfnass wurden. Endlich erreichte sie den Aufbau, der den Eingang zu den Kabinen darstellte. Zumindest war dieser Georg Geiger aus dieser Tür gekommen, als sie ihn das erste Mal getroffen hatten.

Sie kletterte die schmale Treppe hinunter. Dann hörte sie schwere Schritte. So gut es ging, drückte sie sich in eine schmale Nische in einer Ecke des Gangs. Einer der Männer wankte vorbei, verschwand hinter einer Tür, und sie hörte würgende Geräusche. Seekrankheit verschonte auch die wohlhabenderen Reisenden nicht.

Nach einer Weile kehrte der Mann leichenblass zurück in seine Kabine. Die Tür klappte zu, und Charlotte sah sich in dem schwachen Licht um. Es waren insgesamt sechs Türen. Eine fiel bereits weg, hinter der war ja der Herr mit dem schwachen Magen verschwunden.

Sie lauschte an einer weiteren und hörte ein kräftiges Männerschnarchen. So laute Töne konnte der schmale Georg Geiger unmöglich von sich geben, dachte Charlotte.

Hinter einer weiteren Tür unterhielten sich leise ein Mann und eine Frau. Die konnte es auch nicht sein – zumindest hatte der Student keine Frau an seiner Seite gehabt, als sie ihn kennengelernt hatten.

Blieben drei Türen, hinter denen sie nichts hören konnte. Sie fasste sich ein Herz und klopfte zaghaft an die erste. Schweigen. Sie klopfte etwas kräftiger und hörte, wie sich jemand hinter der Tür bewegte. »Wer stört mich denn mitten in der Nacht?«, brummte eine wütende Männerstimme. Ganz sicher nicht Georg Geiger.

Charlotte drückte sich wieder in die Nische, während die Tür aufflog und ein bärtiger Kopf herauskam, in beide Richtungen sah und dann mit einem leisen Knurren wieder verschwand.

Sie klopfte an die nächste Tür – und dieses Mal schien sie Glück zu haben.

Eine junge Stimme rief: »Ja?« Gleichzeitig öffnete sich die Tür, und Georg Geiger tauchte im Rahmen auf. Seine Haare standen in alle Richtungen ab, und er trug bereits ein Nachthemd. Überrascht sah er Charlotte an.

»Karl Messmer? Was machen Sie denn hier? Dürfen Sie überhaupt auf diesen Gang kommen – und dann auch noch um diese Tageszeit?«

»Nein, es ist streng verboten, das Unterdeck zu verlassen«, flüsterte Charlotte und sah sich ängstlich um. »Kann ich für einen Moment in Ihre Kabine kommen? Es ist wichtig!«

Geiger machte einen Schritt nach hinten und winkte sie mit einer müden Handbewegung in die Kabine. »Kommen Sie herein. Ich hoffe, Sie haben eine gute Erklärung, warum Sie mich mitten in der Nacht stören …«

Sie betrat den winzigen Raum und sah sich unbehaglich um. Auf so engem Raum mit einem Mann, der lediglich mit einem Nachthemd bekleidet war – das erschien ihr doch im höchsten Maße unschicklich. Sie musste sich daran erinnern, dass sie Karl war und als solcher nichts befürchten musste.

Verlegen fuhr sie sich durch die Haare. »Ich habe eine ungewöhnliche Bitte. Wenn ich nicht so verzweifelt wäre, dann würde ich ganz bestimmt nicht zu Ihnen kommen. Aber ich habe wirklich keine andere Idee mehr …«

»Jetzt hören Sie schon auf, um den heißen Brei herumzureden. Worum geht es denn?« Er sah sie ungeduldig an.

»Sie erinnern sich an die junge Frau, Louise Unruh?« Fragend sah sie Geiger an.

Der nickte. »Ja, sicher. Sie sah sehr blass aus. Geht es ihr denn mittlerweile besser?«

»Leider nein. Im Gegenteil: Sie wird von der Seekrankheit geschüttelt und behält nicht einmal Wasser bei sich. Ich fürchte, dass ihre Kräfte nicht bis zum Ende unserer Reise reichen werden. Die Verhältnisse im Unterdeck sind nicht dazu angetan, auch nur ein wenig Erholung zu bringen.« Charlotte sah den jungen Mann bittend an. »Ich kenne niemanden, der hier oben den relativen Luxus einer Kabine genießen kann. Nur Sie. Daher habe ich gedacht …«

»Dass Louise sich hier in meiner Kabine erholen soll?« Er sah sie fragend an.

»Ja. Ich weiß, es ist unverschämt und ganz bestimmt gegen jede Regel, die es auf dem Schiff gibt. Aber wenn Louise stirbt …« Ihre Stimme versagte, wenn sie auch nur an die Möglichkeit dachte. Zu sehr hatte sie das Mädchen in den letzten Wochen und Monaten in ihr Herz geschlossen.

»Sie mögen sie wohl sehr gerne?« Geiger lächelte verständnisvoll, und mit einem Schlag wurde Charlotte klar, dass er dachte, sie sei in Louise verliebt.

»Nein, nein. Nicht so, wie Sie denken. Ich bin nur so lange mit ihr gereist, dass ich ihr Wesen sehr zu schätzen gelernt habe …« Sie verhaspelte sich und spürte, wie ihre Wangen flammend rot wurden.

»Wie auch immer. Es geht hier ja nicht um Ihre Freundschaft mit Louise, sondern um die Gesundheit des Mädchens. Wenn es wirklich so schlimm um sie bestellt ist, wie Sie sagen, dann sollten Sie sie schnellstmöglich hierherbringen.«

Er sagte das so selbstverständlich, als ob er einen riesigen Raum zur Verfügung hätte und nicht eine winzige Kabine, in der nur ein schmales Bett, ein kleiner Tisch und einzelner Stuhl Platz fanden.

»Wirklich?« Charlotte sah ihn fassungslos an. Irgendwie hatte sie nicht damit gerechnet, dass dieser verwöhnte Student einem kranken Mädchen Platz machen würde.

»Ja, sicher. Deswegen sind Sie doch hierhergekommen. Oder benötigen Sie Hilfe, um sie hierherzubringen? Dann ziehe ich eben etwas über, das ist kein Problem.«

»Das wäre nett. Ich bin mir nicht sicher, ob ich Louise allein über die Leiter vom Unterdeck nach oben bringen kann. Und auf dem Deck ist es wirklich gefährlich. Es ist nass, dunkel und sehr rutschig …«

Sie kam gar nicht dazu, ihren Satz zu beenden. Geiger zog sich das Nachthemd über den Kopf und schlüpfte in seine Hose, bevor es ihr gelang, auch nur die Augen abzuwenden. Sein Körper war schlank, aber durchtrainiert, als würde er täglich schwere Arbeiten verrichten. Angestrengt sah sie zur Tür, um ihm nicht weiter beim Ankleiden zusehen zu müssen.

»Kommen Sie«, rief Geiger. »Wir holen Ihre kleine Freundin sofort. Vielleicht hilft ihr ja schon eine Nacht in einem ordentlichen Bett.«

Sie liefen hintereinander zurück zur Klappe, die ins Unterdeck führte. Sie spürte, wie Geiger beim Anblick der vielen Menschen und wegen des bestialischen Gestanks zurückzuckte.

»Das ist doch nicht menschlich«, wisperte er empört. »Ich wusste nicht, dass Menschen auf diese Weise reisen müssen. Das darf doch nicht sein!«

»Leider ist das alles eine Frage des Geldes«, erklärte Charlotte mit gedämpfter Stimme. »Die Unruhs haben für einige Taler mehr immerhin ein wenig Privatsphäre – an der schlechten Luft ändert das leider nichts.«

Sie führte den jungen Mann in die mit Tüchern abgehängte Ecke, hinter der Frau Unruh über ihre Nichte wachte und ihr immer wieder die Stirn mit einem feuchten Tuch abtupfte. Sie sah überrascht auf, als Charlotte mit Georg Geiger im Schlepptau hereinkam.

»Herr Geiger hat sich bereit erklärt, Louise in seiner Kabine aufzunehmen, bis sie wieder ein wenig zu Kräften kommt«, erklärte Charlotte. »Wir wollten keine Zeit verlieren und sie sofort nach oben bringen. Vielleicht erholt sie sich in der besseren Luft ja über Nacht.«

»Ein Mädchen in der Kabine eines Mannes«, widersprach Frau Unruh, »das ist doch überaus unschicklich.«

»Ich versichere Ihnen, ich bin durch und durch ehrenhaft«, erklärte Geiger trocken. »Vor allem, wenn es sich um magere, kranke, sich übergebende Mädchen handelt, muss niemand befürchten, dass ich meinen männlichen Trieben nicht widerstehen kann.«

Nur mühsam verkniff Charlotte sich ein Grinsen. Endlich hatte Frau Unruh ein Gegenüber, der weder sie noch ihre Ängste allzu ernst nahm. Trotzdem zögerte die kräftige Frau noch. Misstrauisch sah sie den Studenten an. »Was erwarten Sie denn als Gegenleistung für den Dienst, den Sie uns erweisen? Sie müssen wissen, dass unsere Ersparnisse durch die lange Reise schon vollständig aufgebraucht sind. Wir können nichts mehr zahlen! An Sie nicht und auch an niemanden sonst!« Ihre Stimme klang trotzig.

»Ich weiß nicht, woher Ihre schlechte Meinung über mich rührt, Frau Unruh. Aber ich versichere Ihnen: Ich bin weder ein Vergewaltiger, noch schwatze ich anderen Menschen ihr Geld ab. Eigentlich bin ich nur ein freundlicher Mann und möchte helfen, weil Karl mich darum gebeten hat. Und wenn ich es richtig sehe, dann hat Louise diese Hilfe dringend nötig.«

»Könnt ihr da hinten mal still sein?«, rief eine mürrische Stimme quer durch das Unterdeck. »Wenn ihr euch eure Lebensgeschichte erzählen wollt, dann solltet ihr das zu einer christlichen Stunde tun und nicht jetzt.«

Frau Unruh sah Georg Geiger an und nickte langsam. »Dann bedanke ich mich für Ihre Großzügigkeit. Tatsächlich ist es vielleicht einfach zu lange her, dass mir jemand ohne Hintergedanken eine Wohltat erwiesen hat.« Ihr Blick streifte Charlotte. »Außer unserem Karl hier, der sich wirklich sehr für uns eingesetzt hat.«

»Dann wollen wir den Worten doch endlich mal Taten folgen lassen«, erwiderte Geiger lächelnd. Er wandte sich Louise zu, die mit geschlossenen Augen der Unterhaltung überhaupt nicht gefolgt war. Vorsichtig strich er ihr über die Wange. »Louise? Können Sie mich hören?«

Ein leises Stöhnen war die Antwort. Dann flatterten die Augen des Mädchens, und sie richtete sich etwas auf. »Was …?«

»Wir haben uns oben an Deck kennengelernt. Mein Name ist Georg Geiger. Ich möchte Sie in meine Kabine einladen, um sich ein wenig von den Anstrengungen der bisherigen Reise zu erholen. Ist das in Ordnung?«

Ein Nicken war die Antwort. »Alles ist besser als diese Hölle hier.«

»Können Sie laufen?«

Louise richtete sich mühsam auf, stand schwankend im niedrigen Unterdeck und stützte sich schwer auf Charlotte. »Wird schon gehen …«, murmelte sie leise.

Langsam setzten sie sich in Bewegung. Frau Unruh erwog einen Moment lang, mitzukommen, aber schüttelte dann den Kopf. »Ich komme morgen, wenn ich darf. Ich möchte nicht, dass wir alle die Regeln an Bord brechen.«

Louise setzte den Fuß auf die unterste Stufe der steilen Stiege, hielt sich fest und zog sich mit zitternden Beinen nach oben. Schweißperlen standen ihr auf der Stirn.

»Ich bin hinter dir und fange dich auf«, ermunterte Charlotte sie. Unendlich langsam hob Louise einen Fuß und stieg eine Stufe weiter hoch. Charlotte stützte sie von hinten, so gut es eben ging. Immer wieder sah sie sich um. Es konnte nicht mehr lange dauern, und irgendeiner der Bewohner dieser Vorhölle würde ihr Unternehmen bemerken und es verhindern.

Geiger sah diesem Versuch noch einen Augenblick lang zu, dann schüttelte er den Kopf. »So brauchen wir bis zum Morgengrauen. Kommt, ich nehme Louise auf den Rücken.«

Ohne viel Federlesen fasste er dem Mädchen um die Taille und setzte sie ab. Dann griff er hinter sich und zog sie auf seinen Rücken.

»Jetzt müssen Sie sich nur noch festhalten. Legen Sie Ihre Arme um meinen Hals, dann wird das schon gehen.« Gehorsam umarmte Louise ihn und schmiegte sich an ihn.

Georg Geiger stieg ohne erkennbare Mühe die Stufen nach oben. Unwillkürlich dachte Charlotte daran, wie sie den Mann unbekleidet gesehen hatte. Er war muskulös und kräftig – und das war jetzt von großem Vorteil.

Charlotte blieb hinter ihm, als er die Tür öffnete und auf das Deck ging. Hier machte er einige Schritte – aber dann rächte sich, dass er keine Hände mehr frei hatte, um sich festzuhalten. Mit einem leisen Aufschrei rutschte er auf dem nassen Holz aus und taumelte in Richtung Reling. Charlotte sprang ihm hinterher und packte ihn am Arm. Mit einiger Mühe erlangte er sein Gleichgewicht wieder.

Er warf einen Blick auf die tosende See und grinste Charlotte schief an. »Das wäre dann das Ende meiner edlen Gesinnung und der liberalen Idee gewesen. Danke!«

Charlotte spürte seine kräftigen Arme unter dem dünnen Stoff des Hemds. Er fühlte sich stark und verlässlich an. Sie lächelte ihn an und ließ fast widerwillig los. »Dann bin ich doch froh, wenn ich die liberale Sache ein wenig unterstützt habe.«

Geiger ging mit tastenden Schritten weiter zum Eingang seiner Kabine. Er schleppte Louise noch die wenigen Schritte nach unten, dann stieß er die Tür auf und ließ seine Fracht aufs schmale Bett gleiten.

Charlotte öffnete die festen Schnürschuhe und nahm Louise den Mantel ab. Danach wollte sie schon das Korsett lockern, aber bremste sich in letzter Sekunde. Was sollte Geiger von einem jungen Mann denken, der einem jungen Mädchen an die Wäsche ging? Vielleicht hatte Frau Unruh das Korsett ohnehin schon gelockert oder ausgezogen, um es ihrer Nichte möglichst bequem zu machen.

»Ich denke, um alles Weitere kann sich morgen Frau Unruh kümmern«, murmelte sie.

»Keine Frage, das wird sie tun. Ich sollte mich glücklich schätzen, dass sie mir ihre Nichte trotz aller Bedenken anvertraut hat. Dankbar für so viel Großzügigkeit lege ich mich jetzt also auf den Boden meiner Kabine.« Während er Charlotte frech angrinste, fiel ihm eine Haarsträhne in die Stirn.

»Kann ich Sie einfach so alleine lassen? Ich komme dann morgen wieder. Wenn ich es irgendwie schaffe, das Unterdeck zu verlassen – das könnte schwierig werden.« Charlotte dachte an die vielen Menschen, die alle von nichts anderem träumten als einem kurzen Ausflug ans Oberdeck.

Geiger sah sich kurz um und nickte dann. »Es wird schon gehen. Ich würde Ihnen ja auch gern einen Platz auf dem Boden anbieten, aber ich fürchte, dann wird es wirklich ein bisschen eng. So viel Platz hat mir das Geld meines Vaters dann doch nicht verschafft. Auch wenn ich gerade eben beim Anblick des Unterdecks beschlossen habe, ihm einen überaus dankbaren Brief zu schreiben. Er hat mir doch einigermaßen viel Ungemach erspart, indem er mir eine Kabinenpassage gekauft hat.« Er sah sie aus seinen leuchtend blauen Augen an. »Um ehrlich zu sein, habe ich ein rechtschaffen schlechtes Gewissen, Sie wieder zurück in diesen Moloch zu schicken. Allein der Gestank da unten …«

Charlotte winkte ab. »Wirklich, machen Sie sich keine

Sorgen. Ich freue mich, wenn Louise so wenigstens die Möglichkeit bekommt, sich ein wenig zu erholen. Und ich kann gar nicht sagen, wie dankbar ich Ihnen dafür bin. Ich lasse Sie jetzt allein und hoffe, dass der Rest der Nacht möglichst ruhig verläuft.«

Damit verließ sie die enge Kabine und machte sich wieder auf den Weg zurück in die Hölle des Unterdecks. Immerhin war Louise davon erst einmal befreit.

Bevor sie erneut die Stiege betrat, blieb sie einen Augenblick lang stehen und sog die salzige, frische Luft in ihre Lungen. Der Wind strich ihr über die Wangen. Wie eigentümlich, dass sie mit einem Mal einen solchen Augenblick der Einsamkeit als den größten Luxus empfand.

Mit einem Krachen fiel die Isabella in ein Wellental. Das Meerwasser lief über das Deck und ihre Füße. Seufzend wandte Charlotte sich der Stiege zu. Hier oben konnte sie nicht bleiben, es war einfach zu stürmisch. Höchste Zeit, wieder ins Unterdeck zurückzukehren.

21

Zwischen Bremerhaven und New York, im Dezember 1832

»Du kommst hier nicht hoch! Befehl vom Kapitän! Bei diesem Wetter bleiben alle Passagiere des Unterdecks da, wo sie hingehören.« Der Matrose musterte sie mit einem Blick, der deutlich machte, dass er sich zu nichts anderem überreden lassen würde.

»Aber fragen Sie doch bei Herrn Georg Geiger nach! Er benötigt dringend meine Hilfe, glauben Sie mir!« Charlotte sah ihn flehend an.

»Was bedarf ein so feiner Mann der Hilfe eines Jungen, wie du einer bist? Da musst du dir schon eine bessere Geschichte ausdenken. Solange das Wetter so ist wie jetzt, bleibt ihr unten. Mehr habe ich dazu nicht zu sagen.«

Er drehte sich um und warf die schwere Tür zum Deck zu.

Einen Augenblick blieb Charlotte auf der Stiege stehen. Wie mochte es Louise gehen? Und vor allem: Konnte Geiger sich um sie kümmern? Er konnte wohl kaum zugeben, dass er ein Mädchen aus dem Unterdeck in seiner Kabine beherbergte – der Kapitän würde sonst von ihm womöglich den Preis für einen weiteren Kabinenplatz fordern.

Seufzend machte sie sich auf den Weg zurück und machte es sich in der Enge so gemütlich es irgend ging. Sie musste also wieder die Nacht abwarten, bis sie sich in Geigers Kabine schleichen konnte. Bis dahin musste sie ihm vertrauen. Er würde Louise schon bestmöglich versorgen.

Sie dämmerte ein wenig weg und wurde erst wieder geweckt, als in einer Ecke des Unterdecks eine Gitarre erklang. Zunächst nur einige Akkorde, dann fing plötzlich eine Frau mit einer überraschend klaren und schönen Stimme an zu singen.

Es ist ein Ros entsprungen
aus einer Wurzel zart.
Wie uns die Alten sungen,
von Jesse war die Art …

Richtig, in wenigen Tagen würden sie das Weihnachtsfest an Bord der Isabella feiern. Leise sang Charlotte mit und erinnerte sich an das letzte Weihnachten. Damals hatten sie noch alle zusammengesessen, sogar ihr Friedrich war gekommen. Es kam ihr so vor, als wäre das alles mehr als ein halbes Leben entfernt. Was für ein naives Mädchen sie doch damals gewesen war. Wenn sie nur die Zeit zurückdrehen könnte, dann würde sie ihrem Friedrich sagen, dass er nichts riskieren sollte. Sie hätte alle Geduld der Welt gehabt, bis sie ihn heiraten könnte.

Aus Gottes ewgem Rat
Hat sie ein Kind geboren
Und blieb doch reine Magd.

Zuletzt hatten alle Menschen mitgesungen, die hier unten saßen, und einen winzigen Moment lang fühlte es sich an, als wären sie eine Gemeinde im Kirchenschiff.

Aber der Moment verflog, als einer der Männer direkt im Anschluss ein anderes Lied anstimmte. »Ich bin der Doktor Eisenbart …« Die anderen stimmend grölend mit ein und vergnügten sich durch viele Strophen mit den Behandlungsmethoden des Doktors. Charlotte lächelte vor sich hin. Wenn sie sangen, dann waren sie wenigstens friedlich.

Es war tiefe Nacht, als sie wieder bei Georg Geiger an die Kabinentür klopfte. Der Sturm hatte ein wenig nachgelassen, und sie hoffte inständig, dass es ihrer Freundin endlich besser gehen würde.

Geiger öffnete die Türe so schnell, als hätte er dahinter gewartet. »Gut, dass Sie da sind!« Seiner Stimme war die Erleichterung anzuhören. »Es geht ihr leider nicht sehr gut.«

Louise lag mit geschlossenen Augen auf dem schmalen Bett der Kabine. Selbst im flackernden Licht der Lampe konnte Charlotte sehen, dass sie leichenblass war. Auf der Stirn hatte sich kalter Schweiß gesammelt, ihre Locken klebten feucht an den Schläfen. Vorsichtig beugte Charlotte sich über sie und bemerkte dabei den säuerlichen Geruch nach Schweiß und Erbrochenem.

»Louise?« Sie legte ihr die Hand auf die Schulter. »Ich bin es. Wie geht es dir? Kannst du mich hören?«

Louise reagierte nicht. Charlotte beugte sich etwas tiefer über ihr Gesicht und hörte sie zu ihrer Erleichterung atmen.

Sie richtete sich wieder auf. »Wie ist es ihr seit gestern ergangen? Hat sie geredet? Oder sich erneut übergeben? Ist wenigstens irgendetwas in ihr dringeblieben?«

Geiger hob die Hände. »Nur ein paar Schluck Wasser, aber ich bin mir nicht sicher, ob das wirklich ausreichend war. Ich habe ein wenig Zwieback in Wasser aufgelöst, weil ich gehofft habe, dass sie diesen Brei wenigstens bei sich behalten kann. Aber sie hat sich geweigert, davon etwas zu essen. Was ich ihr, ehrlich gesagt, nicht verdenken kann. Das

Zeug ist so ekelhaft, dass es schon einem gesunden Magen Probleme bereiten kann.«

»Was können wir noch tun?« Charlotte betrachtete die reglose Gestalt.

»Beten. Aber es sieht so aus, als wäre sie schon reichlich angeschlagen an Bord gekommen. Oder etwa nicht?« Er sah sie fragend an.

»Sicher. Louise ist nicht besonders stark. Und die Warterei auf dem Kai im Novemberregen war ihrer Gesundheit ganz bestimmt nicht zuträglich. Es ist eine Schande, dass man Reisende völlig ungeschützt der Witterung aussetzt, während sie auf ihre Einschiffung warten. Offensichtlich hat sich beim Bau dieses Hafens niemand Gedanken gemacht, wo die vielen Passagiere unterkommen sollen. Ein typisches Werk von Männern, die nur an Dinge wie die Wassertiefe unter dem Kiel und ausreichend Ladekräne denken können.« Ihre Stimme klang bitter.

»Sie scheinen keine hohe Meinung von Männern zu haben, dabei sind Sie doch selbst einer!« Die Verwunderung in Geigers Stimme war echt.

Charlotte entschloss sich, diese Bemerkung einfach zu ignorieren. »Vielleicht sollte ich versuchen, ihre Tante hierherzuschaffen, damit sie Louise wäscht und ihr vielleicht auch etwas Frisches anzieht. So etwas kann ja Wunder bewirken. Was meinen Sie?«

»Wollen wir uns nicht lieber mit Du ansprechen? Nenn mich bitte Georg. Wir sind hier so nah beieinander, dass mir das Sie reichlich deplatziert vorkommt. Und die Idee ist gut. Womöglich reagiert sie auch besser, wenn sie eine so vertraute Stimme wie die ihrer Tante hört. Holst du sie?«

Charlotte nickte und öffnete die Tür. »Kannst du vielleicht ein wenig Wasser beschaffen, damit ihre Tante sie waschen kann? Dann verlieren wir keine Zeit.«

Frau Unruh musste nicht geweckt werden. Sie lag an ihrem Platz und starrte mit offenen Augen in die Dunkelheit. Als Charlotte zu ihr kam und ihr wispernd erklärte, wie es Louise ging, erhob sie sich sofort.

Wenig später stand sie vor Georg Geigers schmalem Bett und musterte ihre Nichte mit zusammengekniffenen Augen. »Selbstverständlich werde ich sie waschen. Ich habe auch ihr Nachthemd dabei. Wenn sie das trägt, wird es ihr besser gehen, so hoffe ich. Auch wenn ihr Aufenthalt in der Kabine eines Mannes dann endgültig jede Schicklichkeit verliert. Aber ich denke, im Moment gibt es Wichtigeres zu bedenken. Könnten die beiden Herren mich bitte mit Louise allein lassen?«

Gehorsam gingen Charlotte und Georg auf das nächtliche Deck. Ein kalter Wind fegte über das nasse Holz, aber die See war ausnahmsweise relativ ruhig, und sie konnten sich ein ungestörtes Plätzchen hinter einem Aufbau suchen. Zum Glück schien die Besatzung die nächtlichen Bewegungen zwischen Unterdeck und Kabinen bisher nicht bemerkt zu haben.

»Du hast die Unruhs also erst auf der Reise nach Bremerhaven kennengelernt?«, erkundigte sich Georg.

Sie nickte. »Louise war von Anfang an nicht sehr gesund. Am Binger Loch sind alle auf der Lauertanne tüchtig nass geworden. Aber sie hat sich als Einzige eine kräftige Erkältung geholt, die sie wirklich erst weit hinter Münster auskuriert hatte. Ihre Tante hat erzählt, dass sie schon seit Louises Kindheit mehr als einmal um ihr Leben gebangt habe. Offensichtlich war Louise aber doch recht zäh und hat sich immer wieder erholt.«

»Dann hoffen wir doch, dass sie es dieses Mal wieder tut«, murmelte er. »Auch wenn ich nicht mehr viel Hoffnung hege, wenn ich ehrlich bin. Ohne Essen und Trinken hält es kein Mensch sehr lange aus. Und ich denke nicht, dass dieser Sturm der letzte war.«

Charlotte nickte. Ihre Kehle wurde eng, wenn sie auch nur daran dachte, dass der einzige Mensch, der von ihrem Geheimnis wusste, sie womöglich für immer verlassen würde. Louise war ihr in den letzten Wochen wahrlich zu einer guten Freundin geworden.

Um sich ein wenig von ihren dunklen Gedanken abzulenken, fragte sie Geiger: »Hast du denn schon Pläne, was du in New York tun willst? Oder ist es nur ein Besuch, und du planst eine Rückkehr nach Europa?«

Ein Kopfschütteln war die Antwort. »Nein, ich glaube nicht daran, dass sich unser Deutschland schon so bald auf einem besseren Weg befinden wird. Es werden noch viele Gesetze gemacht und Menschen eingesperrt und geprügelt, bevor wir den Sieg der Demokratie feiern können. Das wird nicht mehr in deinem oder meinem Leben passieren, da bin ich mir sicher. Also werde ich nicht mehr nach Hause zurückkehren. Allein, ich bin mir noch nicht sicher, was ich in Amerika wirklich will. Was sind meine Talente? Das Studium der Juristerei wird mich in New York wahrscheinlich nicht weiterbringen. Und wenn ich ehrlich bin, dann hat es mich schon immer mehr interessiert, was die Menschen denken, was sie bewegt und wie sie ihr Leben führen. Vielleicht sollte ich eine Zeitung für die Deutschen gründen? Ein Geschäft, von dem ich keine Ahnung habe.« Er seufzte. »Womöglich ist das zu riskant, und ich sollte mir etwas Bodenständigeres aussuchen.«

Überrascht sah Charlotte ihn von der Seite an. Im Licht der wenigen Sterne konnte sie sein Profil nur erahnen. Er klang aufrichtig und nachdenklich. So ganz anders als die vielen Männer, die immer so genau zu wissen schienen, was sie machen wollten. Unwillkürlich dachte sie an Friedrich, der ihr nicht einmal von seinem waghalsigen Plan erzählen wollte.

»Eine Zeitung?«, fragte sie schließlich. »Da könnte ich dir

vielleicht sogar helfen. Oder wir könnten unsere Talente zusammenwerfen. Ich habe das Druckerhandwerk gelernt, mein Vater hat in Neustadt eine eigene Druckerei betrieben und mich in alle Geheimnisse seines Gewerbes eingeweiht.«

»Du bist Drucker?« Jetzt klang seine Stimme in der Dunkelheit mehr als aufgeregt. »Angenommen, wir kaufen eine Druckerpresse, drucken darauf unsere eigene Zeitung und verkaufen sie? Dann wären wir nicht abhängig von irgendwelchen Fremden, die unsere Zeitung mal mehr, mal weniger gut machen. Wir könnten ganz selbstständig sein, wäre das nicht ein Traum? Als gleichberechtigte Partner?«

Charlotte verschlug es fast die Sprache. Die Idee war ebenso abenteuerlich wie wunderbar. »Bei allem, was ich über die Pressefreiheit in Amerika gehört habe, muss es eine Freude sein, dort ein Nachrichtenblatt herzustellen. Und es kommen so viele Deutsche nach Amerika, dass es auch für eine deutsche Zeitung ganz bestimmt Käufer gäbe.« Sie fing an, sich so eine Zeitung auszumalen. »Wir könnten ja auch eine Rubrik einführen, bei der wir den Neuankömmlingen genau erklären, worauf sie zu achten haben. Und könnte es nicht sein, dass auch die Geschäfte in New York in unserer Zeitung Annoncen schalten wollen? Würden die Deutschen vielleicht Nachrichten aus ihrer alten Heimat begrüßen?« Sie lachte über sich selbst. »Ich fürchte, ich bin zu enthusiastisch. Erst einmal müssten wir sehen, ob und zu welchem Preis man eine Druckerpresse erstehen kann. Ich muss auch einräumen, dass ich nur mein Wissen in unsere Partnerschaft mitbringen kann. Geld habe ich keines – spätestens seit ich für meine wunderbare Passage in diesem Loch dort unten bezahlt habe. Ich bin nicht auf jeder Presse erfahren, mein Vater hatte eine Knebelpresse …«

Geiger lachte mit ihr. »Das sind alles Probleme, die sich lösen lassen. Wer weiß, vielleicht war es ja doch Schicksal, dass wir uns auf diesem Boot getroffen haben.«

Er bewegte seinen Kopf zur Seite, und mit einem Mal war er nur wenige Zentimeter von ihrem Gesicht entfernt. Sie sah seine schmalen Lippen, um die sogar in diesem Augenblick ein spöttisches Lächeln spielte. Einen Moment lang hätte Charlotte ihn fast in den Arm geschlossen, so nah und verbunden fühlte sie sich ihm, doch sie zuckte rechtzeitig zurück.

Zum Glück schien er nichts von ihrer Verwirrung bemerkt zu haben. Nachdenklich sah er wieder auf das Meer. »Wenn wir ehrlich sind, haben wir einfach keine Ahnung, was uns da drüben erwartet. Ich habe mich fast zwei Jahre lang darauf vorbereitet, auf diesem Schiff zu sein und nach New York zu fahren. Und was weiß ich? Ein paar Geschichten von Rückkehrern, die wie Räuberpistolen klingen oder wie ein Märchen vom Land, in dem Milch und Honig fließen. Irgendwie glaube ich, dass beide Wahrheiten so nicht zu finden sind. Wir werden unser eigenes Amerika suchen müssen. Und das kann durchaus ein Weilchen dauern …«

Er sprach zum ersten Mal ernsthaft, ohne einen Anflug von dem Schalk, der sonst allem, was er sagte, anhaftete.

Charlotte dachte nach. »Aber könnte diese Suche nicht auch eine der großen Möglichkeiten sein? In unserer Heimat, da war alles genau vorgeschrieben. Die Mächtigen haben die Gesetze gemacht, denen hatte man sich unterzuordnen und seinen Mund zu halten. Jetzt ist alles viel offener. Das muss die Freiheit sein, auf die wir so sehr hoffen. Es ist auch die Freiheit zu scheitern.« Sie lachte leise. »Und sei es mit einer alten Druckerpresse.«

In diesem Augenblick hörten sie Schritte, die über das Deck kamen. Ein Matrose mit einer Laterne drehte seine Runde und sah in jedem Winkel nach dem Rechten. Sie drängten sich in den Schatten, um nicht aufzufallen. Dabei spürte Charlotte überdeutlich, wie warm Georgs Körper unter der Kleidung war. Als der Lichtkegel der Laterne nur

Zentimeter von ihren Schuhen entfernt vorübertanzte, drückte sie sich noch enger an ihn. Beide hielten ihren Atem an. Und der Lichtkegel wanderte weiter, erhellte eine Ecke hinter einigen aufgerollten Tauen und verschwand dann mit dem Matrosen in Richtung des Hecks. Sie lösten sich zögernd wieder voneinander.

»Wir sollten in der Kabine nach dem Rechten sehen. Vielleicht benötigt Frau Unruh ja unsere Hilfe«, murmelte Georg. Seine Stimme klang etwas verwirrt. Oder bildete Charlotte sich das ein?

Er drehte sich abrupt um und machte sich auf den Weg. Sie folgte seiner langen, schmalen Gestalt. Spürte er auch die Anziehung zwischen ihnen? Wie konnte sie ihm nur erklären, dass sie eine Frau war?

Sobald sie allerdings das Gesicht von Frau Unruh sah, drängte die Sorge um Louise alles andere in den Hintergrund. Sie saß auf dem kleinen Stuhl neben dem Bett und starrte ihre Nichte mit ernstem Gesicht an.

»Sie reagiert kaum. Ich habe sie gewaschen und in ihr Nachthemd gekleidet. Doch sie stöhnt nur hin und wieder ein wenig. Es ist, als würde ich einer Blume beim Verwelken zusehen. Und ich habe keine Vorstellung, wie ich es verhindern kann.«

Sie schüttelte den Kopf und nestelte mit ihren Fingern an dem Lappen, den sie zum Waschen von Louise benutzt hatte.

»Wann hat sie denn das letzte Mal etwas getrunken?«, wollte Georg Geiger wissen.

Ein Schulterzucken war die Antwort. »Ich weiß es nicht genau. Einige Stunden, bevor wir sie zu Ihnen gebracht haben vielleicht? Im Unterdeck verschwimmt ein Tag mit dem anderen … Ich habe anfangs geglaubt, sie würde nur ein wenig unter Seekrankheit leiden, wie so viele andere auch.«

»Wir müssen unbedingt ein wenig Flüssigkeit in sie hineinbringen«, sagte Geiger. Entschlossen griff er in eine Tasche und förderte ein Taschentuch aus weißem Stoff zutage. Dann goss er ein wenig Wasser in die Waschschüssel und tränkte sein Tuch.

»Können Sie bitte Louises Lippen ein wenig öffnen?«

»Sicher.« Frau Unruh nickte und fasste mit festem Griff an den Kiefer des Mädchens. Dabei drehte sie Louises Kopf in Geigers Richtung. Er hielt das Tuch über ihre Lippen und wrang es ein wenig aus. Einige Tropfen fielen in ihren Mund, und sie schluckte sie tatsächlich hinunter.

»Noch besser wäre es, wenn wir ein wenig Salz in das Wasser geben würden«, erklärte er dabei. »Sie wird durch das Erbrechen sehr viel an Salzen verloren haben, das schwächt sie sicher noch zusätzlich.«

»Frau Unruh und ich können ihr weiter Wasser geben, während du nach dem Salz fragst«, bot Charlotte an. »Ein Kabinenpassagier wird da sicher besser behandelt als Unterdeckpassagiere, die hier oben eigentlich nichts verloren haben.«

»Bin schon unterwegs.« Geiger verschwand.

Schweigend flößten sie Louise weiter tröpfchenweise das Wasser ein, bis Geiger wiederkam. Er hatte ein kleines Töpfchen in der Hand, in dem Charlotte das Salz erkennen konnte.

»Ich habe es einfach geklaut – der Koch hat geschlafen«, gestand er. »Das Essen ist ohnehin immer geschmacklos, da wird es niemandem auffallen, wenn noch mehr Salz fehlt.«

Sie gaben eine kleine Portion Salz ins Wasser und flößten es Louise ein, die immer wieder schluckte. So verbrachten sie den zweiten Teil der Nacht, bis vor dem winzigen Bullauge allmählich das Tageslicht zu erkennen war.

Frau Unruh erhob sich. »Ich muss zurück in das Unterdeck. Es gäbe jede Menge Ärger, wenn jemandem mein Fehlen auffiele.«

»Ich denke, mich wird niemand vermissen«, erklärte Charlotte. »Ich habe mich bis jetzt mit niemandem unterhalten und bin immer wieder stundenweise bei euch gewesen. Nein, ich kann sicher einen Tag lang hierbleiben.« Unsicher sah sie den Studenten an. »Wenn es dir nicht zu viel ist. Ich meine, zu dritt wird es wirklich ein wenig ungemütlich hier in der Kabine.«

»Ich freue mich, wenn du mir bei der Pflege von Louise ein wenig hilfst«, erklärte Georg. »Und die Enge ist durchaus erträglich, wenn ich sie mit dem vergleiche, was ich im Unterdeck gesehen habe. Keine Sorge. Ich weiß zu schätzen, dass ich so luxuriös reisen kann – und ich sehe es als meine Verpflichtung an zu helfen, wenn es nötig ist.«

Frau Unruh sah ihre Nichte lange an. »Passt mir nur auf, dass ich sie nächste Nacht lebend wiedersehe. Versprecht ihr mir das?«

»Wir werden alles tun, was in unserer Macht steht«, versicherte Georg Geiger mit ernster Miene.

Frau Unruh nickte und verschwand.

»Aber ich bin mir nicht sicher, ob es reicht, was wir hier tun«, fügte er leise hinzu, nachdem die Tür der Kabine ins Schloss gefallen war. »Louise ist sehr schwach, und diese Reise ist noch lange nicht zu Ende. Ich befürchte das Schlimmste …«

»Wenn sie nur irgendein Lebenszeichen von sich geben würde«, meinte Charlotte, während sie weiter Tropfen um Tropfen in Louises Mund fallen ließ.

Sie spürte eine lähmende Müdigkeit. Die letzten beiden Nächte hatte sie nur wenig geschlafen, und allmählich forderte die andauernde Sorge um Louise ihren Tribut.

»Möchtest du dich nicht ein wenig ausruhen?«, fragte Georg. »Du siehst todmüde aus – und wenn wir uns abwechseln, dann brechen wir wenigstens nicht gleichzeitig zusammen.«

»Stimmt, denn wenn sie gleich drei reglose Gestalten hier

in der Kabine finden würden, gäbe das dem Kapitän einige Rätsel auf.« Sie brachte ein schwaches Lächeln zustande. »Aber du hast recht. Ich versuche, ein wenig zu schlafen. Weckst du mich, wenn dich die Müdigkeit zu übermannen droht?«

Er lächelte nur. »Sicher. Mach dir keine Sorgen.«

Sie machte es sich auf dem Stuhl so bequem, wie es irgend möglich war, während Georg den Platz auf der Bettkante übernahm und Louise weiterhin Wasser einflößte.

Charlotte erwachte von einem schwachen Essensgeruch. Sie brauchte einen Moment, bis ihr wieder einfiel, wo sie war, und richtete sich dann mit einem Ruck auf.

»Alles in Ordnung? Ist sie …?« Besorgt betrachtete sie Louise.

»Nein, nein, keine Sorge. Sie atmet noch und sollte inzwischen ausreichend Wasser getrunken haben, um wieder zu sich zu kommen. Das ist zumindest meine Hoffnung.«

Er schob den Napf mit der dünnen Erbsensuppe in Charlottes Richtung. »Möchtest du ein paar Löffel davon? Eine echte Delikatesse ist allerdings etwas anderes.«

Sie nickte und griff nach dem Löffel. »Du hast keine Ahnung, wie schrecklich der Schiffszwieback aussieht, der unten ausgegeben wird. Er ist schwarz, und wenn man genau hinsieht, kriechen die Maden ans Licht. Da ist diese Suppe besser als alles, was ich jemals in meinem Leben gegessen habe.«

»Ich auch …«, klang es in diesem Moment schwach vom Bett her.

Charlotte und Georg fuhren herum.

Louise sah sie aus halb geschlossenen Augen an und versuchte ein leichtes Lächeln, das mit ihren aufgesprungenen Lippen jämmerlich misslang.

»Louise!«, rief Charlotte. »Komm, ich stütze dich. Dann

kannst du so viel von Georgs Erbsensuppe haben, wie du willst.«

Vorsichtig half sie Louise auf und stopfte ihr einen Mantel in den Rücken. Dann fütterte sie sie Löffel für Löffel mit der Erbsensuppe.

»Wie geht es dir?«, wollte sie wissen.

»Mit jedem Löffel besser«, erklärte Louise. Nachdem sie den halben Teller gegessen hatte, sah sie sich um. Erst jetzt schien sie zu bemerken, dass sie nicht mehr im Unterdeck gefangen war. Und sie entdeckte Georg Geiger, der sich im Hintergrund gehalten hatte – soweit das in der Enge der Kabine möglich war.

»Wo bin ich denn? Und wer ist der Mann, der da hinter dir in der Ecke steht?« Sie sah verwirrt aus.

»Wir sind in Georg Geigers Kabine. Ich habe dich hergebracht, als es dir so schlecht ging – und er hat dir gerade eben sein Mittagessen geschenkt. Du weißt doch: Unten gibt es eigentlich fast immer nur den ekligen Schiffszwieback. Er hat mitgeholfen, dich mit Wasser tröpfchenweise zurück ins Leben zu holen.« Charlotte konnte es immer noch nicht fassen, dass ihre Freundin plötzlich wieder wach war und sogar klar reden und denken konnte. Das musste ein Wunder sein!

Sie drehte sich zu Georg Geiger um, der immer noch hinter ihr stand. »Ist das nicht wunderbar? Wir haben sie zurück ins Leben geholt!«

Er nickte nur, aber sein Gesicht sah immer noch sorgenvoll aus. »Dann hoffen wir nur, dass sie jetzt die Suppe verträgt. Sie sollte auch nicht noch mehr davon essen, ihr Magen ist Nahrung ja gar nicht mehr gewöhnt. Und wir wollen doch nichts riskieren …«

»Du hast wahrscheinlich recht.« Charlotte ärgerte sich, dass ihr das nicht selbst eingefallen war. Sie stellte die Suppe zur Seite und reichte Louise lieber einen Becher. »Hier, trink das hier. Wir müssen dafür sorgen, dass wir mehr Flüssigkeit in dich hineinkriegen.«

Gehorsam trank Louise ein paar Schlucke, sah aber immer noch gierig zur Suppe hinüber. »Ich habe einen solchen Hunger …«, jammerte sie.

»Du solltest deinem Magen trotzdem eine kleine Pause gönnen. Später darfst du wieder etwas essen, aber jetzt sollten wir erst einmal abwarten, wie du die Suppe verträgst. Erbsensuppe ist ja eigentlich keine Schonkost.« Sie lächelte Louise tröstend zu. »Es dauert nicht mehr lange. Versuch doch noch einmal, ein wenig zu schlafen, das wird dir guttun.«

Gehorsam nickte Louise, sank wieder zurück und fiel in einen unruhigen Schlaf. Sie warf sich von einer Seite auf die andere und flüsterte wirre Sätze. Aber wenigstens wirkte sie jetzt wieder lebendig und nicht mehr wie ein langsam verlöschendes Feuer.

Geiger sah sie immer noch mit ernster Miene an. »Sie kommt mir vor wie so mancher Kommilitone, der in Kämpfen mit der Gendarmerie verletzt wurde und kurz vor seinem Tod noch einmal all seine Kräfte zusammenreißt – um dann nur umso schneller sein Ende zu finden. Hoffentlich ist es bei ihr anders. Und wir können nur beten, dass die See so ruhig bleibt wie jetzt. Wenn sie noch einmal in die Fänge der Seekrankheit gerät, dann werden ihre Kräfte nicht ausreichen …«

»Wie kannst du nur so herzlos sein!« Charlotte sah ihn wütend an. »Jetzt geht es ihr endlich ein wenig besser, und du sprichst von einer Verschlimmerung oder gar dem Tod. Dabei ist sie dem doch eben von der Schippe gesprungen. Schau sie dir doch an: Sogar ihre Wangen haben wieder eine rosige Färbung bekommen. Das Leben kehrt zurück, und du erzählst Geschichten vom Sterben!«

Entschuldigend hob Geiger seine Hände. »Niemand

wünscht sich so sehr wie ich, dass ich im Unrecht bin. Das musst du mir glauben. Aber meine Erfahrung ist eben nicht so, dass sie schon über dem Berg ist. Und ich wollte vor zu viel Optimismus warnen.«

Kopfschüttelnd wischte Charlotte mit einem Tuch über Louises feuchte Stirn. »Alles wird gut«, erklärte sie dabei mit ein wenig zu lauter Stimme, als müsste sie sich selbst überzeugen.

»Ich gehe mal an die frische Luft und spreche mit einem der Matrosen. Vielleicht haben sie ja schon eine Ahnung, wie sich das Wetter in den nächsten Tagen entwickelt. Oder wie weit es noch bis zur amerikanischen Küste ist.«

Damit verließ er die Kabine, und Charlotte war mit Louise allein. Immer wieder wischte sie ihrer Freundin den Schweiß von der Stirn und murmelte dabei: »Du musst wieder gesund werden, hörst du? Wir sind nicht so weit gekommen, damit du jetzt hier mitten auf dem Atlantik aufgibst. Versprichst du mir, dass du weiterkämpfst? Tust du das für mich?«

Sie hörte selbst, dass ihre Stimme voller Verzweiflung war. Ganz tief in ihrem Herzen wusste sie, dass Geiger mit seiner Sorge recht hatte. Aber jetzt, in diesem Augenblick, sah es doch gut aus. Oder etwa nicht?

Wenig später öffnete sich die Tür erneut, und Georg Geiger tauchte wieder auf. »Das Wetter draußen ist herrlich. Es ist ein kalter, klarer Tag, und sie haben heute sogar die Gäste aus dem Unterdeck nach oben gelassen. Ich konnte ein wenig mit Frau Unruh reden und sie beruhigen. Ich habe ihr erzählt, dass ihre Nichte bei Bewusstsein war und jetzt wieder schläft. Aber …«

Er brach ab.

»Was aber?« Charlotte sah ihn prüfend an. »Hast du auch einen Matrosen gesprochen?«

»Ja. Und sie gehen davon aus, dass nur zwei Tage Pause

zwischen zwei Herbststürmen ist. Schon morgen soll das Wetter wieder umschlagen. Und sie rechnen mit einem noch heftigeren Sturm zwischen Weihnachten und Neujahr.« Er sah Charlotte sorgenvoll an. »Hoffentlich hat sie genug Kraft, um den zu überstehen.«

Mit einem Mal wurde Charlotte klar, dass schon fast Weihnachten sein musste. »Was für ein Datum haben wir denn heute?«

Seine Lachfältchen wurden tiefer. »Es ist Heiligabend. Der Kapitän wird die Weihnachtsgeschichte vorlesen, und es gibt sogar für die Passagiere des Unterdecks etwas anderes als Schiffszwieback zu essen. Wenn ich den Matrosen richtig verstanden habe, dann soll es eine kräftige Suppe für alle geben.«

Sie nickte nur. Fast hätte sie vergessen, dass heute Weihnachten war. Dabei hatte sie als Kind doch Wochen vorher auf dieses Fest hingefiebert.

Als es allmählich Abend wurde, lud der Kapitän tatsächlich alle Passagiere auf seinem Schiff an Deck, wo er mit lauter, kräftiger Stimme die Weihnachtsgeschichte vorlas.

»Es begab sich aber zu der Zeit, dass ein Gebot von Kaiser Augustus ausging, dass alle Welt geschätzt würde …«

Sie hatten die schlafende Louise in der Kabine zurückgelassen und standen nebeneinander unter den Matrosen und Passagieren. Charlotte schloss die Augen und lauschte den vertrauten Worten.

Sie merkte nicht, dass Georg Geiger sie dabei von der Seite her immer wieder ansah. Inzwischen hatten sie fast vierundzwanzig Stunden miteinander verbracht, aber er wurde nicht recht schlau aus diesem jungen Mann mit den weichen Gesichtszügen. Wie er jetzt mit geschlossenen Augen der Lesung aus dem Lukasevangelium lauschte, wirkte er so schmal und feingliedrig, dass er ihm seine angeblichen neunzehn Jahre kaum abnehmen wollte. Vielleicht war er in

Wirklichkeit erst fünfzehn? Das würde seine eigentümliche Ausstrahlung erklären, die Geiger so faszinierte. Dann schüttelte er den Kopf. Vielleicht würde er mit diesem jungen Mann eine Druckerei gründen und eine Zeitung drucken, da sollte er aufhören, sich wundersame Gedanken über Ausstrahlung und Aussehen zu machen.

Nach der Lesung sangen alle erneut *Es ist ein Ros entsprungen*, dann wurde an alle eine kräftige Suppe mit Rüben, Gerste und sogar einigen Speckwürfeln ausgegeben. Zufrieden zogen sich alle wieder zurück, während die Isabella weiter durch die ruhige Dünung pflügte.

Frau Unruh trat zu Georg und Charlotte. »Wie geht es ihr?«

»Sie schläft immer noch, hoffentlich wacht sie erholt und gekräftigt auf«, erwiderte Charlotte. »Es wäre gut, wenn wir ihr jetzt noch einmal etwas zu essen geben könnten.«

»Das beruhigt mich«, sagte Frau Unruh. »Dann gehe ich jetzt lieber mit den anderen nach unten. Ich möchte nicht, dass jemand Verdacht schöpft.«

Louise wachte an diesem Abend nicht mehr auf. Die Suppe wurde kalt und stand unberührt auf dem Tisch, so sehr Charlotte und Georg sich auch bemühten, die junge Frau zu wecken. Irgendwann gaben sie auf und richteten sich auf eine weitere Nacht zu dritt in der Kabine ein.

22

Zwischen Bremerhaven und New York,
im Dezember 1832

Mit einem dumpfen Krach landete die Schale mit Louises Suppe auf dem Boden. Der kalte Eintopf verteilte sich auf dem Boden. Charlotte fuhr auf und sah sich verwirrt um. Das Schiff hob sich erneut in den Wellen und legte sich schwer auf die Seite. Der angekündigte Sturm hatte begonnen.

Mit einem Ruck war sie hellwach und sah Louise an.

Sie lag flach auf dem Rücken, während ihr Erbrochenes über das Kinn lief. Wie lange lag sie schon so? Charlotte packte Louise an den Schultern und richtete sie so schnell wie möglich auf. Sie war so schwer und leblos wie eine Puppe. Und ebenso kalt.

Ohne ein Wort zu sagen half ihr Georg dabei, Louises Gesicht abzuwischen. Vorsichtig hielt Charlotte ihre Hand auf den Brustkorb von Louise. Sie konnte nichts spüren. Verzweifelt sah sie Georg an.

»Atmet sie noch? Ich kann nichts mehr spüren!«

Er beugte sich vor und hielt sein Ohr vor ihr Gesicht. Dann richtete er sich auf und sah Charlotte kopfschüttelnd an. »Ich kann auch nichts mehr hören. Ich fürchte …«

In diesem Augenblick begann Louise wieder zu würgen.

»Sie lebt!«, rief Charlotte. Aber der Anblick der leidenden Freundin sorgte dafür, dass ihre Freude nicht allzu groß war. Dies war erst der Beginn des Sturms – und schon jetzt litt Louise erneut unter heftigster Übelkeit. Sie warf sich irgendwann erschöpft zurück auf ihr Kissen.

»Wie geht es dir?«, flüsterte Charlotte.

»Ich halte das nicht mehr aus. Ich will nur noch, dass es vorbei ist. Ich will lieber tot sein, als noch einen weiteren Tag zu erleben«, flüsterte Louise leise.

»Das darfst du nicht sagen. Es sind nur noch wenige Tage, bis wir in New York sind, und dann musst du nie wieder einen Fuß auf ein Schiff setzen, das verspreche ich dir. Aber die paar Tage musst du noch schaffen, versprich mir das!«

Ein leises Kopfschütteln war die Antwort. »Ich kann es nicht versprechen. Ich weiß nicht einmal, ob ich diesen Tag durchstehe. Oder ihn durchstehen will …«

Wieder musste sie würgen. Ein dünner Faden Speichel tropfte aus ihrem Mund.

Georg fing währenddessen wortlos an, den Boden seiner Kabine aufzuwischen. Was sollte er auch sagen? Louises Zustand verschlechterte sich so rapide, dass man zusehen konnte. Sie weigerte sich, auch nur einen Schluck Wasser zu sich zu nehmen.

Es wurde Nachmittag, und der Sturm nahm an Schwere eher noch zu. Immer wieder legte das Schiff sich schwer auf die Seite und kam dann so mühsam ächzend wie ein altes Pferd wieder hoch.

Charlotte und Georg sahen sich an. »Hoffentlich ist das Ding stabil genug für so schwere Stürme. Sonst ist Louises Seekrankheit irgendwann unser geringstes Problem«, murmelte er.

»Der Kapitän will ja auch nicht untergehen«, versuchte Charlotte sich zu beruhigen. »Da wird er wohl kaum im

Winter eine Atlantiküberquerung auf einem zu windigen Schiff versuchen.«

Stöhnend warf Louise sich auf ihrer Pritsche hin und her. Ihre blonden Locken klebten an ihren Schläfen, und sie schwitzte, obwohl es in der Kabine eher kühl war.

Draußen senkte sich die Dunkelheit über das Meer.

»Es ist jetzt über vierundzwanzig Stunden her, dass sie irgendetwas zu sich genommen hat«, sagte Georg. »Das kann nicht mehr lange gut gehen. Wir sollten ihre Tante holen.«

»Ich gehe«, erklärte Charlotte und stand entschlossen auf. »Es sollte jetzt spät genug sein, dass ich sie wieder hierherschmuggeln kann.«

Frau Unruh schien schon auf sie gewartet zu haben. Sie saß mit weit geöffneten Augen auf ihrem Bett und stand wortlos auf, sobald sie Charlotte sah.

»Wie geht es ihr?«, fragte sie, während sie auf der Stiege nach oben kletterten.

»Nicht gut. Mit dem Sturm ist auch die Seekrankheit zurückgekehrt. Sie übergibt sich ständig – und dazwischen verliert sie immer wieder das Bewusstsein.« Sie drückte die Tür zum Deck auf. »Gut festhalten, es ist ganz schön wackelig hier draußen!«, warnte sie Frau Unruh, bevor sie in den tosenden Sturm verschwand. Der eisige Regen kam waagrecht von der Seite, Brecher schwappten über das komplette Deck, und die weißen Brecher rings um das Schiff sahen aus wie weiße Girlanden, die irgendjemand in der Dunkelheit aufgehängt hatte.

Mit Mühe und völlig durchnässt erreichten sie den zweiten Eingang und klopften bei Georg Geiger an.

Er öffnete, und Charlotte wusste nach einem einzigen Blick in sein Gesicht, das etwas Schreckliches geschehen war.

»Louise?«

Er schüttelte den Kopf. »Sie hat nur noch einmal kurz die

Augen geöffnet, ein paar wirre Sätze gesagt und dann aufgehört zu atmen. Einfach so. Louise ist nicht mehr bei uns.«

Mit einem Aufschrei drängte sich Frau Unruh an ihm vorbei und nahm ihre Nichte in den Arm. Sie schluchzte und fuhr ihr immer wieder über die feuchten Haare.

»Mein armes kleines Kind, mein Liebling, du kannst mich doch nicht einfach so allein lassen. Nicht so kurz vor dem Ziel …«

Auch Charlotte liefen die Tränen über das Gesicht. Sie hatte sich so gefreut, dass sie in Amerika eine Vertraute haben würde. Eine Freundin, mit der sie alle Sorgen und Probleme teilen könnte. Sie hätten gemeinsam alle Schwierigkeiten bewältigt, Louise als erfolgreiche Schriftstellerin und sie mit ihrer Druckerei. Und jetzt waren all diese Träume vorbei, alle Texte, die Louise jemals geplant hatte, würden ungeschrieben bleiben.

Jetzt war sie wieder allein.

Unwillkürlich lehnte sie sich an Georg Geiger und suchte Halt. Der legte seine Arme unbeholfen um sie und klopfte ihr ungelenk den Rücken. »Es wird schon wieder«, murmelte er.

»Nein«, widersprach Charlotte. »Manche Dinge heilen nicht mehr, sondern bleiben für immer. Louise wird mir für den Rest meines Lebens fehlen …«

»Was hat sie denn noch gesagt?«, fragte Frau Unruh plötzlich.

Ein Schulterzucken war die Antwort. »Wie gesagt, ich glaube nicht, dass sie noch wirklich bei Sinnen war. Sie hat mir aufgetragen, dass ich mich um Charlotte kümmern soll. Wer von euch kennt schon eine Charlotte? Vielleicht war das ja eine Freundin aus ihrer Kindheit?«

Er sah sie fragend an.

Frau Unruh schüttelte nur den Kopf. »Nein, an eine Charlotte kann ich mich beim besten Willen nicht erinnern. Ihre

Freundinnen hießen Helene und Wilhelmine. Aber eine Charlotte? Nein.«

Leise räusperte Charlotte sich. »Das … das bin ich. In Wirklichkeit heiße ich nicht Karl Messmer. Das ist nur der Name in meinen falschen Papieren.« Ihre Stimme war immer leiser geworden, bis sie nur noch flüsterte. »Mein wahrer Name ist Charlotte Trautmann. Louise hat es irgendwann entdeckt und versprochen, mein Geheimnis zu bewahren.«

»Dachte ich es mir doch!«, rief Frau Unruh aus. »Du warst einfach zu geschickt mit Nadel und Faden und beim Kochen, um ein echter Mann zu sein.«

»Das hat Louise auch gesagt. Und als ich mich dann auch noch bei der Reparatur des Karrens wie der erste Mensch mit einem Hammer angestellt habe, war sie vollends überzeugt.« Charlotte sah ängstlich von einem zum anderen. »Jetzt wisst ihr es also. Werdet ihr mich verraten?«

»Was denn verraten?«, sagte Frau Unruh. »Du hast für deine Passage bezahlt, und du benimmst dich anständig. Alles andere ist deine Sache.«

Sie sah zu ihrer leblosen Nichte hinüber. »Ich denke, wir haben mit dem Kapitän andere Dinge zu klären. Was geschieht jetzt mit Louise? Wie wird sie beerdigt?« Sie schluchzte auf. »Sie werden sie ins Meer werfen, das weiß ich. Ausgerechnet in das Meer, das ihr den Tod gebracht hat. Das ist so grausam.«

»Ich denke, sie ist jetzt in einer besseren Welt. Jetzt muss sie endlich nicht mehr leiden. Und solange wir uns an sie erinnern, wird sie niemals ganz verschwinden«, erklärte Charlotte.

Erst jetzt fiel ihr auf, dass Georg Geiger die ganze Zeit nichts gesagt hatte. Er sah sie nur mit einem merkwürdigen Blick an, den sie einfach nicht deuten konnte. Als er bemerkte, dass sie ihn ansah, schien er wieder zu sich zu kommen.

»Ich gehe zum Kapitän«, erklärte er. »Es hat keinen Sinn, damit bis morgen früh zu warten. Ich weiß auch nicht, ob er bei diesem Sturm nicht ohnehin am Steuer ist.«

Damit verließ er seine Kabine in einem Tempo, als wäre er auf der Flucht.

»Er scheint von deiner Enthüllung mehr getroffen zu sein als von Louises Tod«, bemerkte Frau Unruh. »Ich gebe zu, ich habe schon länger vermutet, dass sich hinter deiner Männerkleidung eine junge Frau verbirgt. Deswegen hatte ich auch nichts gegen eure Freundschaft. Aber ich habe immer gedacht, dass auch Louise nichts von deinem wahren Ich wüsste. Nie hätte ich gedacht, dass sie ein Geheimnis vor mir bewahren kann.«

»Sie war einfach eine ganz besondere junge Frau«, murmelte Charlotte. »Ich denke, in ihr steckte viel mehr, als wir alle ahnten, Frau Unruh.«

»Lass doch bitte das förmliche Sie weg und nenn mich Tante Mathilde, wie es Louise immer getan hat«, entgegnete die alte Dame. »Es würde mir sehr gefallen, wenn ich auch weiterhin die Tante einer jungen Frau sein könnte, die ich sehr ins Herz geschlossen habe.« Sie streichelte Louises Hand, während sie weiterredete. »Und vielleicht kannst du ja etwas Hilfe brauchen, wenn du dich entschließt, wieder ein Leben als Frau zu führen. Du wirst doch irgendwann wieder in andere Kleider steigen?«

»Ja, sicher. Ich wollte in Amerika mein neues Leben auf jeden Fall als Charlotte Trautmann beginnen. Es ist zu anstrengend, immer mit einer Lüge zu leben. Und wie du gemerkt hast, Tante Mathilde: Auf Dauer nimmt mir auch keiner den Karl ab.«

»Den jungen Herrn Geiger hast du offenbar reichlich verwirrt«, meinte Frau Unruh mit einem schwachen Lächeln. »Er hat dich eben ja so angesehen, als wärst du ein Geist.«

In diesem Augenblick flog auch schon die Tür auf, und

der Kapitän kam herein. Er füllte mit seinem schweren, nassen Ölzeug fast den kompletten Raum. Schweigend sah er die schmale junge Frau auf dem Bett an – und dann den jungen Mann und die ältere Frau, die danebenstanden.

»Wir haben also den Tod von Louise Unruh zu beklagen?«, fragte er schließlich. »Sie beide können bezeugen, dass es sich um diese Person handelt und um keine andere?«

Frau Unruh und Charlotte nickten nur.

»Dann werden wir diese junge Frau noch hier auf See bestatten. Sobald sich dieser Sturm ein wenig gelegt hat.« Er runzelte die Stirn und sah sich die beiden genauer an. »Darf ich fragen, wie Sie hier in diese Kabine gelangt sind? Wenn ich mich recht entsinne, sind Sie Passagiere im Unterdeck. Und bei diesem Wetter habe ich verboten, das irgendjemand von dort unten das Deck betritt!«

Jetzt schaltete sich Georg Geiger in das Gespräch ein. »Das muss ich dann wohl als meine Schuld bekennen. Ich habe das Fräulein Louise an einem der Tage kennengelernt, an denen die Passagiere aus dem Unterdeck sich hier oben haben aufhalten dürfen. Sie erschien mir sehr freundlich, und so habe ich mich länger mit ihr unterhalten. Als ich dann gehört habe, dass es ihr nicht gut geht, habe ich ihr den Platz in meiner Kabine angeboten. Es erschien mir einfach richtig – und ich habe sehr gehofft, dass sie sich in der Ruhe meiner Kabine ein wenig erholt. Leider hat sich diese Hoffnung nicht bewahrheitet …«

Der Kapitän nickte. »Ihre Hilfsbereitschaft ehrt Sie, Herr Geiger.« Sein Blick fiel auf die beiden anderen Anwesenden. »Und Sie?«

»Ich bin die Tante der Verstorbenen. Als es dem Ende zuging, hat Herr Geiger dafür gesorgt, dass ich davon erfahre. Ich bin sofort hierhergeeilt. Leider bin ich zu spät gekommen, um meine arme kleine Louise noch einmal am Leben zu sehen.« Sie schluchzte auf, zückte ein Taschentuch und tupfte sich die Augen ab.

»Mein Name ist Karl Messmer. Ich bin in den letzten Wochen gemeinsam mit den Unruhs gereist und habe mich ein wenig um sie gekümmert. In diesen schweren Stunden wollte ich Beistand leisten«, erklärte Charlotte.

Nachdenklich sah der Kapitän erst auf Frau Unruh und Charlotte, dann auf die leblose Louise. Aus seinen Haaren und dem Ölzeug tropfte das Wasser auf den Boden und bildete eine kleine Pfütze. Endlich antwortete er.

»Dann will ich in Anbetracht der tragischen Umstände Ihre Missachtung meiner Befehle nicht weiter ahnden. Ziehen Sie sich jetzt bitte ins Unterdeck zurück. In Zukunft werde ich nicht dulden, dass sich Passagiere des Unterdecks mit meinen Reisenden in den Kabinen im freizügigen Austausch befinden. Ich werde dafür sorgen, dass Louise Unruh erst dann beerdigt wird, wenn die Reisenden des Unterdecks auch beiwohnen dürfen.« Er hob seinen Blick und sah sie an. »Mein tief empfundenes Beileid ist Ihnen gewiss. Aber jetzt wird einer meiner Matrosen Sie beide ins Unterdeck zurückbegleiten. Falls ich Sie noch einmal hier oben erwische, landen Sie in meinem Karzer – und ich versichere Ihnen, dass Ihnen das Unterdeck anschließend wie eine Luxusunterkunft vorkommen wird.«

Er sah Georg Geiger an. »Und von Ihnen erwarte ich, dass Sie keine eigenmächtigen Quartierzuteilungen mehr vornehmen. Wie großherzig der Grund auch sein mag. Gute Nacht, meine Herrschaften.«

Damit verschwand er.

Charlotte betrachtete Louise. Sie sah aus, als würde sie schlafen. Bildete sie sich das ein, oder war da sogar ein sanftes Lächeln um ihre Lippen? Louise hatte dafür gesorgt, dass Charlotte mit ihrem Geheimnis nicht allein zurückgeblieben war. Hatte sie das glücklich gemacht? Oder befand sie sich jetzt einfach in einer Welt, in der es ihr endlich nicht mehr schlecht ging?

Charlotte machte einen Schritt nach vorne und strich Louise sanft über die kühle Wange. »Lebe wohl«, murmelte sie. »Ich hoffe, du bist jetzt in einer besseren Welt.«

In diesem Augenblick tauchte an der Tür ein magerer, großer Matrose auf. Sein Blick huschte neugierig über den leblosen Körper auf dem Bett, dann bellte er: »Bitte mitkommen!«

Damit griff er Charlottes und Tante Mathildes Arm und zog sie mit festem Griff mit sich ins Freie. Hier schubste er sie in Richtung der Luke zum Unterdeck.

»Haltet euch gut fest, damit ihr nicht ins Meer gespült werdet. Da kann euch dann keiner mehr retten, auch nicht euer feiner Freund aus der Kabine!« Seine Stimme klang unfreundlich.

Er wartete noch, bis sie auf der Stiege ins Unterdeck geklettert waren, dann warf er hinter ihnen die Luke zu. Sie konnten hören, wie dieses Mal ein Riegel vorgeschoben wurde. Daran hatte in den letzten Tagen zum Glück niemand gedacht.

Charlotte und Tante Mathilde umarmten sich, bevor sie sich trennten. Jede war mit ihren eigenen Gedanken beschäftigt und wollte für sich sein – aber für einen Augenblick tat die Nähe noch einmal gut.

An ihrem Platz angekommen, machte Charlotte es sich, so gut es ging, bequem. Ihre Gedanken kreisten aber weiter um ihre Freundin. Es erschien ihr immer noch völlig unbegreiflich, dass Louise eben nicht an ihrer Seite durch New York laufen würde.

»Ich werde alles auch für dich miterleben«, flüsterte sie leise vor sich hin. Es kam ihr vor wie ein Versprechen.

23

Zwischen Bremerhaven und New York, Neujahr 1833

Es sollte noch bis in die Silvesternacht dauern, bis das Wüten der Winde nachließ. Irgendwann, in einer besonders finsteren und stürmischen Nacht, kam ein Kind auf die Welt. Das Stöhnen der Frau, das Schreien des Kindes – das alles kam Charlotte wie ein Versprechen vor. Auf diesem Weg in die Neue Welt schien alles möglich, Leben und Tod lagen ganz eng beieinander.

Am Neujahrsmorgen wurde die See mit einem Schlag wieder still. Es verging nicht viel Zeit, bis die Luke über ihren Köpfen geöffnet wurde.

Der Kopf von einem der Matrosen tauchte auf. »Wir bitten anlässlich der Bestattung der bedauernswerten Louise Unruh zum gemeinsamen Gebet an Deck!«

Alle kletterten hinauf in die kühle Januarluft. Den meisten war diese Bestattung egal, aber keiner wollte die Möglichkeit versäumen, ein wenig frische Luft zu schöpfen und den Himmel wiederzusehen.

Als Charlotte hinauskam, erspähte sie sofort den leinenen Sack, der bereits auf einem Brett an der Reling lag. Es war der Strohsack, auf dem Louise im Unterdeck geschlafen hatte. Charlotte erinnerte sich noch an Louises Gesicht, als sie ihn auf ihrem Platz vorgefunden hatte. Niemand wusste, wie oft er den Atlantik schon überquert hatte.

Jetzt würde dieser fadenscheinige Sack also ihr Sarg für die letzte Reise werden. Charlotte spürte, wie ihr die Kehle eng wurde.

Der Kapitän trat vor die Wartenden.

»Meine lieben Mitreisenden, eigentlich ist dies der Morgen, an dem ich Ihnen einen guten Start ins neue Jahr wünschen wollte. Ein ganz besonderes Jahr, in dem so viele Ihrer Hoffnungen endlich wahr werden sollen. Leider ist aber in den letzten Tagen eine Mitreisende für immer von uns gegangen, und es ist meine traurige Pflicht, Sie zum stillen Gebet zu bitten. Möge ihre Seele für immer die Segel setzen und ihre Reise in eine bessere Welt antreten.«

Damit nahm er seine Mütze vom Kopf und senkte den Kopf. Die Mitreisenden taten es ihm gleich. Nach nur wenigen Atemzügen – so erschien es Charlotte zumindest – hob er den Kopf wieder und rief: »Amen!«

Brav murmelten alle ihr »Amen« hinterher, und der Kapitän nickte einem jungen Matrosen zu. Der hob ohne Umschweife das Brett, auf dem Louise lag, an. Der Sack mit ihrem Leichnam rutschte, fiel, überschlug sich und landete mit einem lauten Platschen auf den Wellen.

Tante Mathilde, die neben Charlotte stand, sah mit starrer Miene vor sich hin. Ihre Hände hatten sich an die Reling gekrallt und waren das Einzige, was sie davon abhielt zusammenzubrechen.

Charlotte selbst aber spürte, dass sie jetzt einen anderen Menschen brauchte. Wie durch Zauberhand tauchte in diesem Augenblick Georg Geiger neben ihr auf. Sie lehnte sich mit tränenüberströmtem Gesicht an ihn.

»Es ist so ungerecht, wenn ein junger Mensch stirbt«,

schluchzte sie. »Sie war so lebendig, so klug und so einmalig genau in ihren Beobachtungen. So viel Talent und jetzt …« Sie machte eine vage Bewegung in Richtung der Wellen. Man konnte den Leinensack immer noch sehen, er versank nur langsam in den trügerisch ruhigen Wellen.

Georg strich ihr sanft über den Rücken. »Wir können keinen Grund in so einem Tod finden«, meinte er leise. »Was soll es für einen tieferen Sinn geben? Sie hätte noch viele Jahre vor sich gehabt, in denen sie Liebe hätte empfinden sollen, Kinder gebären, ihren Enkeln beim Spielen zusehen und mit ihrem Mann streiten und ihn lieben. Bis sie endlich lebenssatt und glücklich lächelnd den Tod umarmt hätte. Aber das hier? Das ist einfach nur ungerecht und in meinen Augen ein abgerissenes Leben …«

So genau hätte Charlotte ihre Gefühle kaum ausdrücken können. Sie nickte nur. »Ja, das ist wahr.«

Ein letztes Mal suchten ihre Augen nach dem Sack in den Wellen. Aber da war nichts mehr. Nur noch bleigraues Wasser, das bis zum Horizont reichte.

Eine ganze Weile standen sie nebeneinander an der Reling und sahen gedankenverloren in die Wellen.

»Wie lange es wohl noch dauert?«, sagte Charlotte irgendwann leise.

»Nicht mehr sonderlich lange. Das hat zumindest einer der Matrosen gesagt. Was wirst du als Erstes in New York tun?«

Sie zuckte mit den Schultern. »Ich weiß es nicht. Mir eine Unterkunft suchen. Eine Arbeit vielleicht? Genau genommen hatte ich keine weiteren Pläne als meinen Entschluss, nach Amerika zu reisen. Es wird allmählich Zeit, neue Pläne zu schmieden.« Sie sah ihn nachdenklich an. »Wie ernsthaft hast du deinen Vorschlag gemeint, eine Zeitung und eine Druckerei zu gründen? Würdest du das auch zusammen mit einer Frau machen?«

Noch bevor Georg antwortete, zeigten sich kleine Lachfältchen um seine Augen. »Nun, im Moment kämen noch nicht so viele Leute auf die Idee, dass du ein weiblicher Drucker sein könntest. Wie lange willst du denn diese Hosen noch tragen? Wenn du mich fragst, würde ich meine Zeitung noch lieber gemeinsam mit einer Charlotte als mit einem Karl herausbringen. Du musst dich nur irgendwann entscheiden, ab wann du wieder Röcke tragen willst.«

Erleichtert lachte Charlotte auf. »Nun, dafür müsste ich erst einmal Röcke besitzen. Aber ich denke, ich werde mir in New York mit dem ersten Geld, das ich verdiene, weiblichere Gewänder schneidern lassen. Bis dahin habe ich nur die Wahl, mit diesen Hosen oder unbekleidet zu gehen. Ich fürchte, da ist die Hose die bessere Wahl …«

»Da magst du recht haben«, stimmte ihr Georg zu. Da unterbrach ihn die merkwürdig brüchig klingende Stimme von Tante Mathilde.

»Wenn es dir nichts ausmacht, dann kannst du die Kleider von Louise haben. Sie hatte zwei Reisekleider und ein besseres Kleid dabei. Ich habe dafür keine Verwendung mehr und würde mich freuen, wenn sie dir den Start in ein angemesseneres Leben ermöglichen würden.« Sie musterte Charlotte nachdenklich. »Und es würde mir auch leichter fallen, dich Charlotte zu nennen, wenn du nicht mehr aussiehst wie ein junger Mann.«

»Danke, liebe Tante Mathilde, ich kann gar nicht sagen, wie viel mir das bedeutet. Seitdem ich mir die Haare abgeschnitten und die Hosen angezogen hatte, habe ich mir nie überlegt, wie ich eines Tages meine Verkleidung wieder rückgängig machen könnte. Aber jetzt erscheint es mir fast wie ein Kinderspiel … Ich kann einfach meinen richtigen Namen angeben, wenn wir uns in New York registrieren lassen.« Ihr Blick wanderte wieder hinaus auf das schiefergraue Meer. »Obwohl ich immer noch nicht glauben kann, dass

Louise diese Kleider nicht mehr selbst tragen wird. Ich verspreche, ihr Andenken in Ehren zu halten.«

»Das weiß ich doch, Kindchen, das weiß ich doch«, murmelte die alte Frau. Dabei sah sie aufs Meer, und eine weitere Träne lief über ihre Wange. »Ihr beide könnt sicher auch in den ersten Tagen bei mir und meinem Mann wohnen. Er hat ja alles für Louises und meine Ankunft vorbereitet. Jetzt, wo ich alleine ankomme, sollte wenigstens ein bisschen Platz übrig sein. So könnt ihr die allerersten Tage überbrücken. Aber jetzt lasst mich bitte einfach noch ein bisschen allein.«

Die beiden jungen Leute nickten und gingen die wenigen Schritte bis in den Bug. Nachdenklich sah Georg an den Horizont, an dem in wenigen Tagen ihre neue Heimat auftauchen sollte.

»Frau Unruhs Angebot ist wirklich sehr nett«, meinte Georg schließlich. »Ich bin mir sicher, dass es uns leichter fällt, nach zwei oder drei Tagen eine Unterkunft zu finden, wenn wir davor bei ihr wohnen. Dann müssen wir nicht vom Schiff herunter die erstbeste erschwingliche Unterkunft nehmen.«

»Das ist wahr«, entgegnete Charlotte. »Ich denke, Tante Mathilde möchte auf diese Weise nicht sofort die Verbindung zu Louise aufgeben. Wir sind immerhin eine Erinnerung an ihre letzten Tage. Noch einmal vielen Dank, das du so hilfsbereit gewesen bist. Es ist nicht häufig, dass jemand so selbstlos seine eigene Bequemlichkeit aufgibt.«

Eine abwehrende Handbewegung war die Antwort. »Wer Menschen in Not nicht hilft, der darf sich wohl kaum mit dem Titel Liberaler schmücken. Meiner Meinung nach fängt das Politische im Kleinen an.«

Er sah in die Ferne, und es schien für einen Augenblick, als würde er weiterreden. Aber dann blieb er doch still und sah gedankenverloren weiter auf das Meer.

Charlotte musterte ihn unauffällig von der Seite. Sein

Haar wirkte immer reichlich ungekämmt. Jetzt wurde es vom Wind zerzaust und ins Gesicht geblasen. Seine vorspringende Adlernase, das energische Kinn und seine meerblauen Augen gaben ihm ein sehr eigenwilliges Aussehen.

»Was denkst du?«, fragte Charlotte leise.

Er wandte ihr den Blick zu und lächelte. »Ich dachte eben, dass ich mich auf dieses neue Leben tatsächlich freue. Es ist mir nicht leichtgefallen, meine Eltern und all meine Freunde zurückzulassen. Aber ich denke …«

»Alle Passagiere des Unterdecks bitte umgehend wieder zu ihren Unterkünften zurückkehren!«, rief in dieser Sekunde einer der Matrosen mit durchdringender Stimme.

»Was?« Charlotte sah Georg fragend an.

»Ach, das können wir ja bei unserer nächsten Begegnung hier an Bord besprechen«, winkte Georg ab. Der Zauber des Moments war gebrochen.

Zum Abschied winkte Charlotte ihm zu und machte sich gemeinsam mit Tante Mathilde auf den Weg in die Unterwelt des Schiffs. Sie würgte zum Abendessen einen kleinen Brocken des schrecklichen Schiffszwiebacks hinunter und begab sich dann zu ihrem Schlafplatz. Ihre Gedanken wanderten immer wieder zu dem Studenten in seiner Kabine. Sicher, er war aus gutem Hause, und sein Vater hatte ihm eine halbwegs luxuriöse Überfahrt zahlen können. Aber dennoch wirkte er keinen Augenblick wie ein Angehöriger einer anderen Welt. Im Gegenteil. Sie fühlte sich ihm so nah, wie seit …

Ihr stockte der Atem, als sie diesen Gedanken zu Ende brachte. Ihr Friedrich war ihr ebenso nah gewesen. Noch näher. Und dann musste er ausgerechnet bei dem Versuch, für immer an ihrer Seite zu sein, sterben. War es da nicht Verrat, wenn sie jetzt einen anderen Mann auch nur in die Nähe ihres Herzens ließ?

Aber der Gedanke an Georg sorgte dafür, dass sie sich mit

einem Mal wieder vollständig fühlte. Seine Herzenswärme, seine Scherze und das Gefühl, dass er sich wirklich für sie interessierte – all das war einfach wunderbar. Doch konnte sie sich sicher sein, dass er ähnlich empfand? Sie fuhr sich durch ihre kurzen Haare und seufzte leise. Sollte er sich wirklich für sie interessieren, dann lag es garantiert nicht an ihrem Aussehen. Sie ähnelte nach den Wochen im Unterdeck mehr denn je einem dreckigen Gassenjungen. Und dessen war sie sich schmerzlich bewusst. Über diese Gedanken schlief sie irgendwann ein.

Die letzten Tage auf dem Meer verliefen recht ruhig – und doch ließ der Kapitän seine Unterdeckpassagiere nicht mehr ans Oberdeck. Eingesperrt in der Enge brachen immer wieder Streitigkeiten aus, die Nerven lagen nach den vielen Wochen in der Dunkelheit blank.

»Möchtest du nicht kommen und die Kleider von Louise anprobieren?« Überraschend stand Mathilde vor Charlotte. »Wir haben ohnehin nichts anderes zu tun – und so haben wir noch ein wenig Zeit, um ein paar Änderungen vorzunehmen, falls das nötig sein sollte. Du hast ja doch eine andere Figur als Louise.« Sie musterte Charlotte mit zusammengezogenen Augenbrauen. »Auch wenn man nicht viel erkennen kann unter diesen Männerkleidern.«

»Ich werde die Bequemlichkeit vermissen, da bin ich mir jetzt schon sicher«, erklärte Charlotte lächelnd, während sie aufstand und Mathilde durch das Halbdunkel folgte.

Sie bemerkte nicht, dass ihr vierschrötiger Nachbar in dem Stockbett der Unterhaltung gelauscht hatte und ihr mit finsterem Blick hinterhersah.

Hinter den dünnen Abtrennungen zog sie ihre Hose und das Hemd aus und streifte möglichst schnell das Kleid über, das ihr Mathilde bereitgelegt hatte. Sie hatte es häufig an Louise gesehen. Es bestand aus einem wollenen, dunkelblauen Rock, einem Mieder aus dem gleichen Stoff und einer einfachen hellen Bluse. Noch während sie hineinschlüpfte, wurde ihr klar, dass sie dafür ein Korsett benötigte. Sie wandte sich zu Mathilde um.

»Hast du auch Louises Korsett? Ich fürchte, ohne eine Hilfe werde ich niemals in diesen Rock passen. Und das Mieder ist auch für eine sehr viel zierlichere Frau gefertigt worden. Nicht, dass mich das sehr überrascht.«

Ohne ein Wort zu sagen holte Tante Mathilde das unbequeme Kleidungsstück, half Charlotte hinein und zog die Bänder kräftig an. »Vielleicht sollte ich doch lieber ein Mann bleiben«, japste Charlotte. »Ich hatte tatsächlich vergessen, wie schrecklich diese Dinger sind.« Sie holte versuchsweise Luft und schüttelte sich. »Und wie wenig Luft man in einem Korsett doch bekommt. Der Erfinder hat damit wahrlich ein Verbrechen an der Menschheit begangen.«

»Jetzt jammere nicht herum wie ein kleines Mädchen, das zum ersten Mal ordentliche Kleidung tragen muss!« Mathilde sah sie streng an. »So schlimm ist es nicht, wenn man eine Figur hat wie du. Es sind Frauen wie ich, die wirklich unter einem Korsett leiden.« Sie sah an sich herunter und seufzte. »Und die nie eine so wunderbare Taille wie du erreichen werden. Ich möchte also wirklich keinen Ton hören!«

Langsam schloss Charlotte die letzten Knöpfe und richtete sich in dem Kleid, so gut es eben ging, auf. Verlegen zupfte sie an dem Ausschnitt herum und sah Mathilde fragend an.

Diese nickte nur. »Wir werden ein wenig Stoff in der Taille herauslassen müssen. Und auch der Saum sollte noch ein wenig verändert werden. Das sollte aber alles kein Problem sein. Wir haben immer gehofft, dass Louise noch wächst, und immer einige Reserven vom Schneider einarbeiten lassen. Dass du nähen kannst, habe ich auf unserer Reise ja schon sehen dürfen. Jetzt kannst du dein Wissen also problemlos einsetzen.«

Sie nickte nur, als einer von Mathildes Nachbarn ohne weitere Ankündigung die Absperrung anhob und neugierig zu ihnen hineinspähte. Das, was er sah, quittierte er mit einem leisen Pfiff.

»Der hübsche Bengel ist also gar kein Bengel. Habe ich mir doch gedacht, dass da irgendetwas nicht stimmt. Oder ihr von der ganz perversen Art seid!« Er klang boshaft und redete so laut, dass es wirklich jeder hier im Unterdeck hören konnte, ob er wollte oder nicht.

»Das geht dich nichts an, Walther!«, erklärte Mathilde mit resoluter Stimme. »Hauptsache, du lässt deine schmutzigen Finger bei dir.«

»Keine Sorge, eine so hässliche Frau wie du hat von mir nichts zu befürchten.« Sein Lachen klang dreckig. »Vor allem weiß man bei euresgleichen ja offensichtlich nicht, was sich unter dem Rock verbirgt. Und es gibt Überraschungen, die ich dann doch lieber nicht erleben möchte. Wer weiß schon, ob du nicht nur gut rasiert bist …«

Jetzt fielen weitere Männer in das Gelächter mit ein.

Charlotte fühlte sich in den Frauenkleidern fast wie nackt. Mit einem Mal sah man wieder ihre Taille, die Bluse betonte ihre Brüste, und der schwingende Rock schien ein einziges Versprechen für Männer zu sein. Resolut griff sie nach der Abtrennung und zog sie wieder zu.

So schnell wie möglich schlüpfte sie aus dem Kleid und wieder in ihre Hose und das kräftige Leinenhemd, das ihr schon seit dem Aufbruch in Neustadt so gute Dienste leistete. Sie fühlte sich in dieser Kleidung wie in einer Rüstung, die niemand so schnell überwinden konnte.

Gemeinsam mit Mathilde nähte sie in den nächsten Stunden Louises Kleider um und kehrte erst etliche Stunden später an ihren Platz zurück. Vor Müdigkeit fielen ihr sofort die Augen zu.

Mitten in der Nacht – oder war es schon früher Morgen? – wachte sie wieder auf. Einen Augenblick brauchte sie, um zu begreifen, dass sie immer noch im Unterdeck der Isabella war. Und einen weiteren Augenblick, bis sie begriff, dass sie sich nicht rühren konnte, weil ein kräftiger Männerarm sie mit einem Arm von hinten umschlungen hatte und mit aller Kraft an seine Brust presste. Seine freie Hand wanderte bereits unter ihr Hemd und umfasste grob ihre Brust.

Mit einem empörten Schrei wollte Charlotte sich aus seinem Griff winden und den stinkenden Mann in seine Grenzen weisen. Zu ihrem Entsetzen war sein Griff allerdings so kräftig, dass sie ihm nicht entkommen konnte.

»Sei still, du kleine Hure«, wisperte er in ihr Ohr. Dabei erkannte sie auch seine Stimme. Es war ihr Nachbar der letzten Wochen. Sie hatten kaum ein Wort gewechselt, er hatte immer nur stumpf in die Dämmerung gestarrt und kaum erkennen lassen, dass er lebendig war. Da hatte sie sich offensichtlich getäuscht. Er war wach genug gewesen, um Walthers Bemerkung über ihre Verkleidung gehört zu haben. Oder womöglich schon das Angebot von Mathilde, doch die Kleider anzuprobieren. Und er war klug genug, bis in die frühen Morgenstunden zu warten. Jetzt schliefen wirklich alle Reisenden, und niemand würde ihr zu Hilfe kommen.

Verzweifelt bemühte sie sich um ein wenig Freiheit. Vielleicht konnte sie ihm ja ihren Ellenbogen zwischen die Rippen schlagen. Oder noch besser ins Gesicht.

Ohne Erfolg. Mit überraschender Kraft umklammerte er sie, während seine andere Hand sich genüsslich mit ihren Brüsten beschäftigte, sie knetete und in die Brustwarzen kniff. Er presste sich von hinten so eng an sie, dass sie spüren konnte, wie seine Männlichkeit dabei immer weiter wuchs.

»Hau ab!«, rief sie, so laut sie konnte. Aber niemand schien sie zu hören oder hören zu wollen. Dabei lagen die nächsten Auswanderer ganz in ihrer Nähe – aber offensichtlich wollte sich niemand Ärger einhandeln oder seinen Schlaf unterbrechen. Und der Wüstling hinter ihrem Rücken konnte ungehindert seine freie Hand jetzt auf eine Erkundungsreise in ihre Hose schicken. Grob schob er seine Hand zwischen ihre Beine und steckte ohne weitere Vorwarnung einige Finger in sie hinein. Empört schrie sie auf, aber wieder wollte oder konnte keiner der anderen Reisenden sie hören.

Sein Erfolg schien ihn noch mutiger zu machen. Jetzt begann er, an ihrer Hose zu zerren. Kaum hatte er sie ihr erfolgreich in die Kniekehle gezogen, drückte er seine Männlichkeit tief in sie hinein. Ein tiefes Stöhnen entrang sich seiner Kehle, als er heftig in sie hineinstieß. Gleichzeitig knetete er an ihren Brüsten, als wären sie ein fester Brotteig. Je mehr er zustieß, desto gröber wurden auch seine Griffe.

Charlotte schloss die Augen.

Sie wollte nur sterben. Zu Louise auf den Boden des Meeres sinken und nie wieder auftauchen. Irgendwohin, wo sie niemand mehr beschmutzen konnte.

Er wurde schneller und entleerte sich mit einem letzten tierischen Geräusch in sie hinein. Dann lag er regungslos hinter ihr, so nahe, dass sie den Gestank aus seinem Mund riechen konnte. Seine Atemzüge wurden allmählich tiefer, dann schien er tatsächlich eingeschlafen zu sein.

Vorsichtig rollte sich Charlotte unter ihm weg und wischte sich gründlich mit ihrem Strohsack ab. Sie hatte das Gefühl, dass nur noch der Tod sie würde reinigen können. Hier half kein heißes Bad und erst recht kein dreckiger Stoff, vom dem sie nur noch wunder wurde.

Mit einem leisen Schluchzen zog sie ihre Hose nach oben. Von wegen Rüstung. Dieser Schutz war so leicht zu überwinden gewesen wie ein Blatt Papier. Sie musste hier weg.

Schwankend stand sie auf und warf ihm einen Blick zu. Sein Mund stand weit offen, und er schnarchte im tiefen Schlaf des Befriedigten. Was morgen geschehen konnte und sollte – das war ihm gleichgültig. Charlotte war schließlich nur eine alleinstehende Reisende, die sich mit fragwürdiger Verkleidung ein wenig Sicherheit verschaffen wollte. An ihrer Seite war niemand.

Mühsam legte sie die wenigen Schritte zu Tante Mathildes Lager zurück. Diese schlief tief und bemerkte nicht einmal, wie Charlotte sich leise und unauffällig neben sie legte. Die Tränen rannen ihr unaufhörlich über das Gesicht. An Schlaf war nicht mehr zu denken.

24

New York, im Januar 1833

»Land in Sicht!«

Der Ruf weckte die Schlafenden im Unterdeck. Tumult brach aus. Charlotte blinzelte. Sie lag neben Tante Mathilde und benötigte einen Augenblick, um sich zu erinnern, warum sie hier lag und nicht an ihrem gewohnten Platz. Ihr tat alles weh, und sie fühlte sich schmutzig. Sie krümmte sich zusammen. Nie wieder würde sie sich in ihrem Körper wohlfühlen, davon war sie überzeugt.

»Was machst du denn hier?« Mathildes entgeisterte Stimme zwang sie dazu, ihre Augen wieder zu öffnen. Sie richtete sich auf und rieb sich über das Gesicht. »Ich habe gehofft, ich wäre hier sicherer. Nun, da klar ist, dass ich wohl doch kein Mann bin …«

Die alte Methode. Bleibe so eng wie möglich an der Wahrheit, dann bemerkt niemand die Lüge. Es klappte – wie schon so oft in den letzten sechs Monaten.

Mathilde nickte nur und richtete sich mit einem Kamm die Haare. »Ob wir heute noch von Bord dürfen? Wäre das nicht wunderbar? Dann würde ich noch heute Abend meinen Herbert wiedersehen.«

»Das werden wir sicher bald erfahren.« Charlotte konnte sich nicht für die Ankunft begeistern. Eigentlich war sie sich nicht einmal sicher, ob sie sich überhaupt jemals wieder für etwas begeistern können würde.

»Gut, dass wir gestern deine Kleider hergerichtet haben«, redete die aufgeregte Mathilde weiter. »Dann kannst du heute endlich mit deinem richtigen Namen von Bord gehen und musst dein Leben hier in Amerika nicht mit einer Lüge anfangen. Komm, zieh dich um!«

Zögernd schlüpfte Charlotte aus ihren Kleidern. Ihre Brüste hatten kräftige blaue Flecken, die man aber unter der Bluse zum Glück nicht sehen würde. Und auch an der Innenseite ihrer Schenkel fand sie blaue Flecken und Kratzer. Zum Glück war Mathilde so aufgeregt, dass sie gar nicht auf die Idee kam, Charlotte genauer zu mustern.

Also schlüpfte sie in Rock, Korsett, Bluse und Mieder. Dazu zog sie die schweren Stiefel an, die ihr so gute Dienste geleistet hatten. Louises Schuhwerk war eleganter gewesen, doch es passte ihr nicht. Jetzt war sie froh darum. Mit diesen Stiefeln konnte sie der Welt und vor allem den Männern jedes Mal einen Tritt verpassen, wenn ihr der Sinn danach stand.

»Wir müssen uns etwas mit deinen Haaren einfallen lassen!« Mathilde runzelte die Stirn und sah die zerzausten hellbraunen Strähnen an, die Charlottes Kopf umgaben. Sie gab ihr den Kamm. »Vielleicht reicht es fürs Erste, wenn du sie einfach mal kämmst.«

Gehorsam fuhr Charlotte durchs Haar, machte sich wieder einen Scheitel und schob sich die längeren Strähnen hinter die Ohren. Dann sah sie Mathilde an.

»Wie sehe ich aus?«

»Nun, ich fürchte, im Augenblick können wir da nur Geduld haben. Du siehst aus, als wärst du einem Verbrecher in die Hände gefallen. Aber wenn es eine Sache gibt, die sich ganz bestimmt von alleine wieder regelt, dann sind es Haare. In einem Jahr werden wieder alle Männer hinter dir her sein.«

Die harmlose Bemerkung versetzte Charlotte einen Stich. Sie ließ sich aber nichts anmerken und reckte nur den Hals, um zu sehen, was an der Stiege vor sich ging.

»Dürfen wir jetzt endlich nach oben und auch mal einen Blick auf Amerika werfen?«, rief jemand.

Tatsächlich setzten sich in diesem Augenblick die Reisenden in Bewegung und kletterten nach oben. Charlotte folgte ihnen.

Oben blinzelte sie in die helle Sonne, die an einem blassblauen Himmel stand. Statt dem endlosen Horizont sah sie eine bewaldete Küste, der sie in südlicher Richtung folgten.

»Weiß irgendjemand, wie lange wir noch bis New York unterwegs sind?«

Ratlos sahen sich alle an. Wo sie genau die Küste Amerikas erreicht hatten, ahnte keiner von ihnen. Es sollte Nachmittag werden, bis einer der Matrosen erklärte, dass sie wohl am kommenden Tag ihr Ziel erreichen würden – falls die Winde auch weiterhin so günstig standen.

Charlotte entdeckte Georg Geiger, der auf sie zukam.

»Mit dieser Kleidung fällt es mir leichter, dich Charlotte zu nennen!«, sagte er und lachte sie an.

»Nun, ich habe gehofft, dass wir heute noch von Bord gehen können. Deswegen habe ich die Kleider angezogen. Wie es aussieht, war das eine verfrühte Hoffnung. Offensichtlich wird ja doch noch eine Nacht vergehen …«

Sie stellte fest, dass ihre Stimme merkwürdig spröde klang. Offenbar war das auch Georg aufgefallen. Er sah sie für einen Moment verwundert an. »Ist bei dir alles in Ordnung?«

»Was soll nicht in Ordnung sein?« Sie sah ihm bei ihrer Antwort nicht in die Augen, sondern starrte mit unbewegter Miene auf den Horizont.

»Wirklich? Du wirkst so … Ich weiß nicht. Ich dachte, dieser Augenblick würde dich irgendwie glücklicher machen. Ist es so schlimm, wieder einen Rock zu tragen?«

»Der Rock?« Sie lachte bitter auf. »Die beste Idee war, ihn vor sechs Monaten auszuziehen. Er ist eine Fessel. Eine Qual. So wie das Dasein als Frau.«

Die Worte waren bitter aus ihr hervorgekommen. Betroffen sah Georg sie an. »Ich wusste nicht, dass es so schlimm ist«, murmelte er. »Irgendwie habe ich immer geglaubt, du freust dich, wenn du wieder als Charlotte durchs Leben gehen kannst.«

»Was weißt du denn schon von meinem Leben als Charlotte?« Sie drehte sich von ihm weg, ging ein paar Schritte weiter an die Reling und starrte an den Horizont, ohne ein weiteres Wort zu sagen.

Ihr standen die Tränen in den Augen. Noch gestern hatte sie von einer gemeinsamen Zukunft mit diesem Mann geträumt. Und jetzt war alles zerstört. Sie wollte keinen Mann. Sie wollte nicht einmal eine Zukunft.

Während alle anderen aufgeregt an Deck standen, war sie in ihrer eigenen dunklen Welt gefangen. Sie versuchte, sich auf die nächsten Schritte zu konzentrieren. Wie konnte sie die nächste Nacht unbeschadet überstehen? Was sollte sie an den ersten Tagen in New York tun? Wahrscheinlich war es das Beste, erst einmal bei Tante Mathilde unterzuschlüpfen und sich dann möglichst schnell auf eigene Beine zu stellen. Ob es immer noch sinnvoll war, die Zeitung gemeinsam mit Georg Geiger zu planen? Oder sorgte das nur für weitere Verwicklungen in ihrem Gefühlsleben?

Schon bald wurden die Reisenden für eine letzte Nacht zurück ins Unterdeck beordert. Charlotte hielt sich eng an Mathilde und setzte sich unter Deck neben sie. »Hast du etwas dagegen, wenn ich hier schlafe? Ich fühle mich da drüben einfach nicht sicher. Es sind so viele Männer – und jetzt ist es ja kein Geheimnis mehr, dass ich eigentlich eine Frau bin.«

Mathilde sah sie aufmerksam an, dann nickte sie nur. »Sicher. Mach es dir so bequem wie möglich.«

Charlotte war dankbar, dass die ältere Frau sie nicht mit weiteren Fragen behelligte.

Schlaf fand sie auch in dieser Nacht nicht. Sobald sie auch nur einnickte, fuhr sie beim leisesten Geräusch wieder hoch. Als der Morgen endlich graute, fühlten sich ihre Augenlider an, als wären sie aus Sandpapier.

Charlotte wechselte ein paar Worte mit Mathilde und fuhr sich durch die Haare. Sie verzichtete auf die letzte Ration Schiffszwieback. Mit ein wenig Glück konnte sie heute Abend schon bei Tante Mathildes Mann ein wenig frisches Brot essen. Bis dahin wollte sie lieber hungern, als noch einmal in eine Made zu beißen.

Endlich durften alle nach oben – und jetzt sahen sie die Stadt, von der sie alle so lang geträumt hatten.

Eine unendliche Menge an Häusern mit drei oder vier Stockwerken, einige sogar höher. Fast alle waren aus rotem Backstein. Auf dem Wasser waren so viele Boote und Schiffe, dass man für einen Augenblick hätte meinen können, die letzten Meter nach New York ließen sich trockenen Fußes zurücklegen. Es wehte ein eisig kalter Wind, und vor ihren Gesichtern stand der dampfende Atem.

Mit der Luft und dem eisigen Wind hatte Charlotte endlich das Gefühl, wieder zu sich zu kommen. Sie wickelte sich in ihren dicken Mantel und wartete ab, was als Nächstes passieren würde.

Nur wenig später rasselte die Ankerkette nach unten, und die Isabella hatte das Ziel ihrer langen Reise erreicht. Jetzt mussten sie nur noch auf die Ausschiffung mit den kleineren Booten warten. Aber sie würden heute noch festen Boden unter ihren Füßen haben.

Natürlich wurden wieder die Passagiere aus den Kabinen mit ihrem Gepäck zuerst an Land gebracht. Danach folgten einige Familien – und als einige der Letzten kamen Tante Mathilde und Charlotte an die Reihe.

Einige Matrosen halfen Tante Mathilde mit ihrer großen Reisekiste. Von nun an waren die beiden ganz auf sich gestellt. Einige Uniformträger schoben sie in ein Hafengebäude. Dort fand Charlotte sich wenig später vor einem ernst blickenden Mann wieder, der in einer fremden Sprache irgendetwas von ihr forderte.

Sie sah ihn unsicher an. »Ich verstehe Sie leider nicht …«

»Ach, ich vergaß, dass dieses Schiff aus Bremerhaven kommt. Ist das richtig?«

Charlotte nickte. Der Mann kritzelte auf ein Papier den Namen des Schiffs und sah sie dann fragend an. »Name?«

»Charlotte Trautmann.« Es kam ihr noch ein wenig merkwürdig vor, diesen Namen wieder zu verwenden.

»Geboren wann?«

»Am 4. Februar 1813, als Tochter von Christian und Caroline Trautmann.«

»Also ledig.« Er machte ein Kreuzchen in der vorgesehenen Spalte.

»Fehlt also nur noch die Kautionszahlung. Drei Dollar für eine alleinstehende Frau.« Er sah sie auffordernd an.

»Drei Dollar?« Das hatte sie nicht gewusst. Keiner hatte jemals von einer Kaution gesprochen. Sie kramte in ihrem Beutel und förderte ihr allerletztes Geld zutage. Natürlich keine Dollar, aber vielleicht wurden sie ja dennoch akzeptiert?

Der Mann sah die wenigen Taler mit gerunzelter Stirn an. Dann schüttelte er den Kopf und zählte die Münzen. Nur zwei schob er zu ihr zurück.

»Das wird ausreichend sein«, murmelte er. Mit einem Winken ließ er sie durch – und im nächsten Moment stand sie mitten im aufgeregten Treiben am Hafen der Stadt, von der sie so lange geträumt hatte.

Ein Pferd trabte so dicht vorbei, dass sie sich nur durch einen Sprung in Sicherheit bringen konnte. Einige Fässer wurden auf einen Karren geladen, und auf der gegenüberliegenden Straßenseite verschwanden einige Männer mit hohem Zylinder in einem Laden, der offenbar Nahrungsmittel anbot.

Zwei junge Burschen kamen auf sie zu.

»Suchen Sie eine Unterkunft, Misses?«

»Nein, ich habe …« Sie sah sich suchend um.

Zum Glück tauchte in diesem Augenblick Tante Mathilde auf. Sie dirigierte einen schmächtigen Mann, der unter ihrer ausladenden Reisekiste zusammenzubrechen drohte.

»Wir fahren zu meinem Herbert!«, entschied sie. »Hört mal zu, ihr Jungs! Könnt ihr uns eine Droschke besorgen?«

»Nach Kleindeutschland?«, erkundigte sich der eine.

»Keine Ahnung, wie ihr das nennt. Ist Kleindeutschland das Viertel der Stadt, in dem die Deutschen wohnen?«

Einer der Burschen sah den anderen an. »Eine Droschke können wir Ihnen besorgen. Wenn Sie keine Adresse haben, dann fahren Sie am besten zur Heimat. Da kann man Ihnen sicher weiterhelfen.«

»Heimat?« Tante Mathilde runzelte die Stirn. »Was soll das denn sein?«

»Das werden Sie schon sehen«, meinte der eine Junge grinsend und winkte einer Droschke zu, die am Rande des Platzes wohl nur auf ein Zeichen gewartet hatte. Zwei stämmige kleine Pferde kamen im eiligen Trab heran.

»Die beiden Herrschaften wollen nach Kleindeutschland«, erklärte der Junge. »Bring sie in die Heimat. Die haben keine Adresse.«

»Dürfte ich mich anschließen?«, fragte Georg Geiger, der

in diesem Moment zu ihnen trat. »Verzeiht, ich habe euch aus den Augen verloren. Aber jetzt können wir uns doch den Mietpreis der Droschke teilen. Oder sollte das Angebot, das Sie auf dem Schiff ausgesprochen haben, Frau Unruh, nicht mehr gelten?«

Tante Mathilde nickte. »Doch, sicher. So, wie wir es abgesprochen haben. Kommt, rein in die Droschke!«

Sie kletterten auf die abgeschabten Ledersitze, die Reisekiste wurde verstaut, und die beiden Pferdchen machten sich auf den Weg.

Neugierig betrachtete Charlotte die Menschen auf den Straßen. Es hatte den Anschein, als wären hier alle Völker der Erde an einem Ort vereint. Sie entdeckte sogar einen Mann mit schwarzer Hautfarbe. Aufgeregt zupfte sie an Mathildes Ärmel. »Siehst du den? Er sieht schwärzer aus als ein Kohleneimer.«

Mathilde nickte. »Von solchen Menschen hat mir mein Herbert schon geschrieben.«

Die Straßen wurden enger und voller, überall waren Kutschen und Spaziergänger unterwegs, und jeder schien es eilig zu haben. Der Unrat häufte sich in den Straßen.

Es kam Charlotte wie eine Ewigkeit vor, bis die Droschke endlich vor einem Backsteinhaus hielt. Über den offen stehenden Flügeltüren baumelte ein Schild, auf dem *Heimat* stand. Offensichtlich eine Wirtschaft.

Der Kutscher, der bisher kein Wort gesagt hatte, bremste seine Pferdchen und stellte die Kiste an den Straßenrand. Georg Geiger war der Einzige der Fahrgäste, der bereits Dollar und Cent bei sich hatte – anscheinend hatte er die Zeit seiner Ausschiffung klug genutzt. Nun übernahm er ganz einfach die Kosten für die Droschkenfahrt.

Sie betraten zögerlich die Wirtschaft und sahen sich neugierig um. Ein Raum mit einfachen Holzbänken und Tischen, zur Hälfte gefüllt mit mehr oder weniger abgerissen und dreckig aussehenden Menschen, die alle vor einem Glas Wein saßen.

Ein Mann kam auf sie zu. »Ich bin der Wirt. Mein Name ist Gustav. Ihr kennt die Regeln?«

Während er fragte, trockneten seine Hände geschäftig an einem karierten Handtuch ein Weinglas ab.

Georg schüttelte den Kopf. »Nein. Uns haben die Droschkenkutscher hierhergebracht, als sie gemerkt haben, dass wir in Kleindeutschland keine Adresse haben. Wir sind eigentlich auf der Suche nach einem Herrn. Herbert Unruh sollte hier im Viertel wohnen, und seine Frau ist jetzt nach ihrer langen Reise endlich aus Europa eingetroffen.«

»Herbert Unruh?« Der Wirt kratzte sich an seinem Kopf. »Da klingelt bei mir nichts. Aber vielleicht kann sich einer meiner Kellner an ihn erinnern. Das ist durchaus möglich, ich rede nicht so viel mit meinen Kunden.«

Er winkte einen jungen Mann mit strohblonden Haaren herbei. »Philipp, erinnerst du dich an einen Herbert Unruh? Soll schon seit ein paar Jahren hier in Kleindeutschland leben. Seine Frau ist angekommen.«

Ohne eine Sekunde nachzudenken schüttelte der junge Mann den Kopf. »Ich habe ein gutes Gedächtnis für Namen, aber den habe ich noch nie gehört. Und der soll wirklich hier leben? Dann hat er noch nie einen Fuß in die Heimat gesetzt. Und das ist eigentlich unwahrscheinlich, jeder kommt hier mindestens einmal vorbei.«

Der Wirt sah sie bedauernd an. »Ich kann euch also mit diesem Herbert Unruh nicht weiterhelfen. Aber wenn ihr ihn nicht findet, dann solltet ihr wissen, wie das hier in meiner Heimat funktioniert: Ihr zahlt fünf Cent. Dafür bekommt ihr ein Glas Wein und einen Sitzplatz. Um Mitternacht lösche ich die Lichter, aber ihr könnt bis zum nächsten Tag bleiben. Das ist die günstigste Möglichkeit, um hier in New York eine Nacht in einem geschlossenen Raum zu verbringen. Und das würde ich jetzt im Winter auf jeden Fall empfehlen.«

»Ich denke nicht, dass wir Ihr Angebot benötigen werden«, erklärte Tante Mathilde. »Aber sollte ich bis zum Abend meinen Herbert nicht finden, kommen wir gerne darauf zurück. Darf ich meine Reisekiste hier stehen lassen?«

»Sicher.« Der Wirt nickte.

Charlotte hätte schwören können, dass er die Geschichte vom wartenden Gatten ohnehin nicht geglaubt hatte. Viel wichtiger war ihm offenbar, dass er womöglich drei weitere Kunden für die nächste Nacht gefunden hatte.

Tante Mathilde sah ihre beiden Mitreisenden streng an. »Mir scheint es am besten, wenn ihr hier meine Kiste bewacht und auf mich wartet, während ich nach Herbert suche. Ich werde einfach eine Runde durch dieses Viertel gehen und jeden nach ihm fragen. Ich bin sehr zuversichtlich, dass wir noch heute Abend in seiner Wohnung nächtigen können.«

Sie wartete ihre Antwort gar nicht ab, sondern verschwand nach draußen. Etwas verdutzt sahen Georg und Charlotte ihr hinterher.

»Hoffentlich ist ihr Optimismus nicht unbegründet.« Georg sah nachdenklich aus. »Immerhin ist der Brief, in dem er sie gebeten hat zu kommen, schon über ein Jahr alt. Da kann immer viel passieren in einer Stadt wie dieser hier.«

Charlotte nickte und sah sich neugierig um. Der Raum war niedrig, und es roch ein wenig muffig. Einige der Besucher unterhielten sich lebhaft, andere saßen reglos vor ihrem Weinglas und sahen teilnahmslos vor sich hin. Ganz in ihrer Nähe saß ein Mann, der zerschlissene, abgerissene Kleidung trug. Der Dreck der Straße schien in jeder seiner Poren zu sitzen. Die Stadt der Träume hatte ihm offenbar die Erfüllung seiner Träume verweigert.

Der Bursche, der sich nicht an Herbert Unruh erinnern

konnte, stellte vor ihr und Georg zwei Gläser Wein ab. »Zum Wohl! Hoffentlich wird eure Begleitung fündig. Vielleicht war ihr Herbert ja kein sehr geselliger Mensch, da kann es schon sein, dass ich ihn nicht gesehen habe …«

Damit verschwand er wieder, begrüßte gut gelaunt Gäste, blieb an dem einen oder anderen Tisch stehen und hörte zu – bevor er hinter einer Tür verschwand und eine neue Runde Wein holte.

»Ich habe Hunger«, sagte Charlotte leise. Einige Gäste hatten sich Brot aus den Taschen geholt und fingen an zu essen. Offensichtlich war das hier so üblich.

»Ich kann dir etwas holen!« Hilfsbereit sprang Georg auf. »Vielleicht tut dir das ja gut. Ich bin gleich wieder da.«

Sie sah ihm hinterher. Er war wirklich ein netter Mann. Wenn die letzten Tage ein wenig anders verlaufen wären, dann könnte sie sich nichts Besseres vorstellen als ein Leben an seiner Seite.

Er kam schnell zurück. »Der Bäcker ist gleich nebenan, und er verkauft ganz frisches Brot. Ich konnte mich nicht beherrschen – ich habe gleich einen ganzen Laib gekauft. Hier, nimm!«

Gierig riss sie ein Stück ab und steckte es sich in den Mund. Nach den vielen Wochen mit ranzigem Schiffszwieback kam ihr der Geschmack wie das Himmelreich vor. Noch nie hatte sie etwas Besseres gegessen.

»Es ist ein deutscher Bäcker«, erzählte Georg mit vollem Mund. »Kein Wunder also, wenn das nach Heimat schmeckt …«

Eine kleine Weile saßen sie kauend nebeneinander und genossen den Geschmack des frischen Brots.

»Du bist dir sicher, dass alles in Ordnung ist?«, fragte Georg behutsam. »Du wirkst plötzlich so verschlossen, so, als hättest du dich mit einem Mal entschieden, nicht mehr zu lachen. Möchtest du nicht darüber sprechen?«

Sie schüttelte energisch den Kopf. »Nein. Es ist nichts. Nichts, worüber ich reden möchte. Wir sollten uns lieber überlegen, was wir tun, wenn Tante Mathilde mit leeren Händen zurückkommt.«

»Der Tag neigt sich schon seinem Ende zu. Wenn sie also wirklich keinen Erfolg hat, dann wird uns nichts anderes übrig bleiben, als hier die Nacht zu verbringen. Morgen finden wir etwas Besseres. In einer Stadt wie dieser kommen ständig Menschen an, die auf der Suche nach einer Unterkunft sind. Es kann also nicht so schwer sein … Aber lass uns die Hoffnung nicht verlieren. Vielleicht hatte dieser Bursche ja recht – und Herbert Unruh ist wirklich ein Mensch, der niemals unter Menschen geht.«

Charlotte meinte herauszuhören, dass Georg seine aufmunternden Worte selbst kaum glaubte. Sie nahm einen Schluck sauren Wein und biss noch einmal von dem Brot ab. »Es ist jetzt schon viel besser als im Unterdeck«, bemerkte sie. »Wir sollten uns also nicht beschweren.«

Draußen brach die Dämmerung über die große Stadt herein. Es war schon finstere Nacht, als Mathilde wieder auftauchte. Mit schwerem Gang kam sie zu ihnen an den Tisch und ließ sich auf einen freien Stuhl fallen.

»Er ist nicht da. Ich bezweifle fast, dass er jemals hier war, denn keiner scheint sich an ihn zu erinnern. Es ist wie verhext. Ich habe doch seinen Brief …«

Sie zog das zerknitterte Papier aus der Tasche ihrer Schürze und reichte es ihnen.

»Hier, seht selbst. Ich bin keine alte Frau, die sich in Wahnvorstellungen verliert. Er hat wirklich geschrieben, lest!«

Georg winkte ab. »Das glauben wir Ihnen doch. Was mag da nur passiert sein? Vielleicht ist ja weitergereist? In Illinois soll es eine große Gemeinschaft von Deutschen geben. So einige, mit denen ich zu Hause gesprochen habe, planen dort eine Zukunft. Oder meinen Sie, er ist womöglich in schlechte Gesellschaft geraten?«

Sie sah ihn ratlos an. Tränen glitzerten in ihren Augen. »Ich weiß es nicht. Sicher, Herbert hat gerne einen über den Durst getrunken, Karten und Würfel waren seine große Leidenschaft. Aber ich kann mir nicht vorstellen, dass er mich kommen lässt und dann beim Spielen alles riskiert. So unvernünftig ist er nicht.« Sie sah auf ihre Hände, die ein wenig zitterten. »Was sollen wir jetzt nur tun?«

»Nun, heute Nacht bleiben wir einfach hier«, schlug Georg vor. »Erst einmal bestelle ich auch Ihnen ein Glas Wein, Frau Unruh. Ich habe Brot geholt, wir können hier die Nacht verbringen und werden nur wenige Cent los. Und morgen sehen wir weiter. Wir suchen Ihren Mann. Irgendjemand muss sich ja an ihn erinnern.«

Mathilde Unruh nickte nur.

Der Bursche brachte den sauren Wein – und der Raum füllte sich immer weiter mit Menschen, die auf der Suche nach einem Dach über dem Kopf für die Nacht waren. Draußen fegte ein eiskalter Wind durch die Straßen, und irgendwann fing es sogar leise an zu schneien. Alles war besser, als bei diesem Wetter ohne Unterkunft unterwegs zu sein.

Es war wohl Mitternacht, als der Wirt seine Türen mit einem schweren Riegel verschloss, allen eine gute Nacht wünschte und das Licht löschte. In der Dunkelheit unterhielten sich einige leise wispernd weiter, andere fingen an zu schnarchen, und wieder andere entzündeten eine Kerze und spielten Karten.

Charlotte fielen irgendwann die Augen zu. Die beiden schlaflosen Nächte, die hinter ihr lagen, machten sich bemerkbar.

Am nächsten Morgen lag New York leicht überzuckert vor ihnen. Es war noch kälter geworden, ein blassblauer Himmel spannte sich über das Häusermeer.

Georg tauchte zum Frühstück mit süßem Backwerk und drei Bechern dampfendem Tee auf. Dankbar schloss Charlotte die Hände um das heiße Getränk.

»Und was machen wir jetzt?« Sie sah ihn fragend an.

Er hob die Schultern. »Ich habe den Wirt gefragt, wie wir wohl am schnellsten zu einer Unterkunft kommen. Er hat mir zwei oder drei Adressen genannt, wo wir fündig werden können. Die Reisekiste dürfen wir so lange hier stehen lassen. Ich schlage vor, wir essen auf und machen uns anschließend auf den Weg.« Sein Blick fiel auf Tante Mathilde. »Wollen Sie mitkommen, oder bleiben Sie lieber hier?«

Sie lächelte müde. »Ich denke, das könnt ihr jungen Leute auch ohne meine Hilfe machen. Ich bleibe hier und lasse mich überraschen, was ihr wohl findet. Auf jeden Fall drehe ich noch einmal eine Runde durch dieses Viertel und frage weiter nach Herbert. Es könnte ja sein, dass ich gestern nur Pech gehabt habe – und heute sind alle auf der Straße, die ihn kannten.«

Also machten sie sich gemeinsam auf den Weg.

»Was suchen wir eigentlich?« Charlotte sah ihn fragend an. »Ein Zimmer? Eine Wohnung? Einen Raum, in dem wir auch drucken können?«

Er zuckte mit den Schultern. »Ich denke, wir schauen einfach einmal, was wir finden. Und solange wir noch keine Druckmaschine haben, sollten wir uns nicht den Kopf darüber zerbrechen, wo wir sie aufstellen, oder? Eine Werkstatt oder etwas Ähnliches finden wir dann sicher noch.«

In den nächsten Stunden zeigte man ihnen feuchte Kellerwohnungen mit einem winzigen Schlitz zur Straße anstelle eines Fensters. Oder kleine, dunkle Kammern, in denen nicht einmal Raum für zwei Betten war. Ein Vermieter bot ihnen eine Art Schlafsaal an, in dem bestimmt vierzehn oder fünfzehn Betten standen. Die meisten der Wohnungs- und Hausbesitzer waren Deutsche. Charlotte fragte sich, ob man in diesem Land überhaupt Englisch lernen musste – wenn man dieses Stadtviertel nicht verließ. Nur selten musste Georg für sie übersetzen. Beinahe hatte Charlotte aufgehört, an irgendeine halbwegs vernünftige Unterkunft zu glauben, als ihnen eine ältere Deutsche empfohlen wurde, die immer mal wieder Zimmer vermieten würde.

Die Dame erwies sich als robuste Mittsechzigerin, deren rotes Haar von breiten grauen Strähnen durchzogen war. Sie war bestimmt einst eine Schönheit gewesen. Jetzt hatte sie immer noch funkelnde dunkle Augen, die Georg und Charlotte neugierig musterten. »Ihr seid ein Paar? Nicht? Dann habe ich trotzdem nur noch ein Zimmer übrig, ihr werdet euch arrangieren müssen.«

Sie führte die beiden über eine schier endlose Anzahl von Gängen und Zimmerfluchten in ihrem alten Haus, bis sie endlich vor einer Tür direkt unter dem Dach stehen blieb.

»Seht es euch an. Der Ofen funktioniert nur mit Kohlen, die ihr aus dem Keller holen müsst. Und im Sommer wird es unglaublich heiß. Dafür habt ihr einen schönen Blick aufs Wasser.«

Sie stieß die Tür auf, hinter der sich ein kleiner Raum befand. An der Wand stand ein Bett, und es gab sogar einen Esstisch. Ein Fenster zeigte tatsächlich direkt aufs Wasser, die Sonne schien hell ins Zimmer und verlieh ihm eine freundliche Ausstrahlung.

Charlotte blickte sich um und lächelte. Das hier war die erste Unterkunft, die so aussah, als könnte man sich hier wohlfühlen. Leider war es eisig kalt.

»Der letzte Mieter ist vor zwei Wochen verstorben«, erklärte die Vermieterin. »Seitdem habe ich hier nicht mehr geheizt. Aber der Ofen funktioniert, und es gibt Kohlen im Keller, die ihr für wenig Geld kaufen könnt. Also?«

Georg sah Charlotte ratsuchend an. Sie blickte sich noch einmal um und konnte ihre Begeisterung kaum verbergen.

»Ich bin mir sicher, dass wir uns hier einrichten können. Und der Blick ist einfach wunderbar. Nach den Wochen im Unterdeck möchte ich nie wieder ohne ein Fenster leben …« Sie sah die Vermieterin an. »Wir nehmen das Zimmer. Wo sind denn die Waschräume? Gibt es Toiletten?«

»Toiletten sind auf dem Hof, und was den Waschraum betrifft, gibt es eine Regelung, an welchen Tagen ihr ihn benutzen dürft. Zum Einzug gibt es eine Ausnahme. Wenn ihr heute einzieht, dürft ihr nachmittags baden. Aber das ist eine Ausnahme!«

Sie sah dabei streng aus – aber Charlotte kam es trotzdem vor, als würde man ihr das Paradies versprechen.

»Wir sind zu dritt«, erklärte Georg. »Unsere Tante Mathilde ist auch noch dabei. Wir haben sie für die Wohnungssuche zurückgelassen. Kann sie auch hier übernachten? Sie ist zwar noch auf der Suche nach ihrem Gatten, aber ich kann nicht abschätzen, wie lange diese Suche dauern wird.«

»Wenn ihr euch einig seid, wer auf dem Boden schlafen muss, dann soll es mir recht sein.« Täuschte Charlotte sich oder sah sie das erste Mal ein feines Lächeln in den Augen der Frau?

Mit einem Handschlag machten sie den Vertrag fest, dann rannten sie los, um Tante Mathilde von ihrem Glücksfund zu unterrichten.

Sie fanden die Frau verzweifelt in einer Ecke des Wirtshauses Heimat. Obwohl sie inzwischen jede Straße und jede Gasse des Viertels abgelaufen war, konnte sich niemand an einen Herbert Unruh erinnern. Mit einem Schlag war Mathilde all ihrer Zukunftspläne beraubt worden.

25

New York, im Januar 1833

Mit einem tiefen Seufzer ließ sie sich tiefer in die kleine Sitzbadewanne gleiten. Ihre Vermieterin hatte ihnen gezeigt, wie man das Wasser erhitzen konnte, und Charlotte hatte sich sofort mit einem Handtuch und einem Stück Seife in den Waschraum eingesperrt. Endlich konnte sie den Gestank der Reise und vor allem des Wüstlings in jener Nacht an Bord der Isabella gründlich abwaschen. Sie rubbelte mit der Seife so lange über ihre Haut, bis sie rot glänzte. Und auch ihr kurzes Haar wusch sie mit Seife.

Als sie aus dem Zuber stieg, konnte sie sich selbst in dem großen, leicht angeschlagenen Spiegel betrachten. Sie sah die blauen Flecken, die noch immer ihre wunden Brüste bedeckten. Ihre Rippen waren deutlich zu sehen. Nach der wochenlangen Verpflegung mit Schiffszwieback war sie mager wie ein junges Hühnchen. Sie legte sich die Hand auf den flachen Bauch. Hoffentlich hatte sie nicht auch noch das Pech, dass dieser Barbar ihr ein Kind verursacht hatte.

Ein Klopfen an der Tür sorgte dafür, dass sie schnell in eines von Louises Kleidern schlüpfte – das wärmste mit einem dicken Wollrock und einem festen Mieder. Zufrieden sah sie sich im Spiegel an. Mal abgesehen von den Haaren sah sie jetzt fast wieder annehmbar aus. Sie schob die kurzen Strähnen hinter die Ohren und sorgte mit einigen Klammern dafür, dass sie dort auch blieben.

Mit schnellen Schritten ging sie zu ihrem Zimmer unter dem Dach, das Georg in der Zwischenzeit mollig warm bekommen hatte. Sie setzte sich neben ihn und hielt ihre Hände an den Ofen. »Ich habe das Gefühl, ganz langsam wieder zu den Lebenden zu gehören«, erklärte sie.

Georg sah sie von der Seite her an. »Du siehst auch wieder besser aus«, stellte er fest. »Das Bad hat dir offensichtlich gutgetan.«

Von einem Straßenstand hatte er an diesem Abend ein gebratenes Huhn geholt. Fürstlicher Luxus, aber er hatte erklärt: »Wir sind angekommen, wir haben eine Unterkunft, wir haben wochenlang schlecht gegessen. Da können wir es uns auch einmal gut gehen lassen, meint ihr nicht?«

Charlotte kam es so vor, als hätte sie niemals etwas Besseres als dieses Hühnerbein gegessen. Fast andächtig kaute sie auf jedem Bissen, so lange es ging, um den Geschmack voll auszukosten.

»Und wie geht es weiter?« Tante Mathilde saß mit einem Hühnerflügel in der Hand ratlos auf ihrem Bett und sah sie fragend an. »Was plant ihr jetzt?«

Georg warf Charlotte einen kurzen Blick zu, so, als müsste er sich vergewissern, bevor er antwortete.

»Wir machen uns morgen schon auf die Suche nach einer Druckerpresse. Charlotte kennt sich im Druckerhandwerk aus, und ich denke, New York kann eine deutsche Zeitung vertragen.«

»Gibt es nicht schon eine?« Mathilde sah ihn fragend an.

»Ja. Aber wenn es Platz für eine deutsche Zeitung gibt, dann sollte es auch Leser für zwei geben. Ich bin mir sicher, dass sich aus dieser Idee ein Einkommen für zwei ergeben kann.« Er lächelte sie an. »Eine Seite werden wir dafür reservieren, dass sich Menschen über kleine Anzeigen suchen können. Stellen Sie sich vor, Sie könnten jetzt Ihren Herbert in einer Zeitung suchen! Ich bin mir sicher, dass sich irgendjemand an ihn erinnern würde. Und Sie könnten so erfahren, was mit ihm geschehen ist!«

»Und wie finden wir so eine Presse? Mein Vater hat seine damals im Werk bestellt. Es hat Monate gedauert, bis wir sie endlich bei uns zu Hause hatten.«

»Bestimmt gibt es hier in New York auch gebrauchte Pressen. Ich habe gesehen, dass einige Zeitungen auf große Druckmaschinen umgestellt haben. Da müssen dann doch die älteren Maschinen übrig sein, meint ihr nicht?« Er sah sie begeistert an. »Und dann brauchen wir Redakteure. Und ein Büro. Das wird großartig!«

»Erst einmal muss das hier als Büro reichen«, bemerkte Charlotte. »Es sei denn, du hast wahre Reichtümer mit nach Amerika gebracht. Aber ich habe den Verdacht, dass schon dieses Hühnchen ein echter Luxus ist. Da ist der Weg zu einem eigenem Büro noch weit …«

»Du wirst schon sehen – es wird klappen. Und dann essen wir jeden Tag Hühnchen!«

Sie lachten alle miteinander. Und in dieser Nacht konnten sie sich endlich einmal ganz ausstrecken und ruhig schlafen. Charlotte kam es vor wie das Paradies, und es war ihr rechtschaffen egal, dass ihr Bett nur aus ein paar Decken auf dem Boden bestand. Sie hatte darauf bestanden, den Platz auf dem Boden einzunehmen. »Ich bin hier die Jüngste, und ich habe keinen Cent in der Tasche«, hatte sie erklärt und Georg auf eines der beiden Betten geschoben.

Und Mathilde Unruh bat Georg, sie ab sofort ebenfalls zu duzen und mit Tante Mathilde anzusprechen – nun, da sie nicht nur ein Zimmer, sondern sogar ein Bett teilten!

Am nächsten Morgen wachte sie spät auf. Ein Zettel von

Georg verriet, dass er schon auf dem Weg war, um eine Presse zu finden. Charlotte beschloss, ihre neue Heimat genauer in Augenschein zu nehmen – gemeinsam mit Tante Mathilde, die weiter nach ihrem Mann suchen wollte, machte sie sich auf den Weg.

Zu ihrer Überraschung waren die Schilder an den Läden und sogar die Straßenschilder in deutscher Sprache gehalten. Auf der Straße hörte sie viele verschiedene Dialekte, Pfälzisch, Badisch, Platt und Bayerisch ertönten in einem wilden Durcheinander. An Straßenständen wurden Brezeln, Hühnchen, Sauerkraut und andere Kleinigkeiten verkauft. Droschken jagten nur Zentimeter von den Fußgängern entfernt vorbei, die Fußgänger schienen es allesamt eilig zu haben. Staunend lief Charlotte weiter, während Mathilde sich erneut auf die Suche nach ihrem Herbert machte.

Aus einem Hauseingang erklang ein vielstimmiger Chor, der mit Inbrunst »Komm, lieber Mai, und mache …« sang. Neugierig trat sie ein wenig näher und spähte durch die offen stehende Tür. Tatsächlich standen im Raum dahinter zwanzig oder dreißig Personen, die mit vollen Stimmen das alte Volkslied angestimmt hatten. Andächtig hörte Charlotte zu, summte sogar leise mit. Es war so wunderschön, ausgerechnet hier in New York dieses Lied zu hören. Als der mehrstimmige Gesang endlich verklang, blieb sie einen Moment andächtig stehen. Vielleicht hatte sie ja Glück, und sie sangen ein weiteres Lied.

»He, du da!«

Sie schrak zusammen. Offensichtlich war sie doch aufgefallen.

»Ja, genau du! Wenn es dir so gut gefällt, dann kannst du gleich mitsingen! Oder hast du keine Stimme?« Einer der jungen Männer, die bei den Tenören standen, wollte sie offensichtlich nicht so schnell davonkommen lassen.

Vorsichtig machte Charlotte einen Schritt nach vorne. »Es

tut mir leid, ich wollte hier nicht einfach hereinplatzen. Aber es klang so wunderschön, da musste ich einfach stehen bleiben und zuhören …«

»Und kannst du auch mitsingen?«

»Ich fürchte, ich bin keine so großartige Sängerin.« Charlotte zuckte mit den Achseln. »Wenn ihr ein Klavier hättet, dann könnte ich wohl eher von Nutzen sein.«

»Ein Klavier?« Der Sänger grinste. »Das ist sogar noch besser. Hier in der Ecke steht eines, das keiner von uns bedienen kann – möglicherweise ist es jämmerlich verstimmt.«

Tatsächlich stand in der Ecke des Probenraums ein Klavier. Charlotte klappte den Deckel über den Tasten auf. Probeweise schlug sie einen Akkord an und spielte dann eine Tonleiter. Ihre Finger fühlten sich steif und unbeholfen an. »Es ist ein wenig her, dass ich das letzte Mal gespielt habe«, erklärte sie leise. »Aber das Klavier ist halbwegs in Ordnung.«

Ohne weiter nachzudenken fing sie mit dem Liederzyklus *Die schöne Müllerin* an, wie einst bei der unseligen Einladung im Hause von Ludwig Gruber. Kaum dass sie die ersten Takte gespielt hatte, fielen alle ein: »Das Wandern ist des Müllers Lust, das Wandern ist des Müllers Lust…« Sie lachte und spielte weiter, spürte, wie sich ihre Finger immer mehr in das Klavierspiel einfanden. Sie spielte weitere Stücke aus dem Liederzyklus, und alle konnten ohne Probleme mitsingen. Endlich ließ sie ihre Hände ruhen.

»Das war wunderbar!«, rief der Tenor. »Ich hoffe, du bist bei unserer nächsten Probe wieder mit dabei?«

»Wann soll das denn sein?«

»Wir proben immer am Sonntagnachmittag in diesem Raum. Kommst du?«

»Ich denke schon, aber wenn ich ehrlich bin, dann habe ich noch keine genaue Vorstellung, was mein künftiges Leben hier in New York betrifft. Ich bin erst gestern vom Schiff gestiegen.« Sie lächelte leise. »Aber ich werde versuchen, hier zu sein, versprochen.«

Die meisten der Sänger drängten sich jetzt auf die Straße und verschwanden scherzend und schwatzend in alle Richtungen. Nur der Tenor blieb noch neben dem Klavier stehen und streckte Charlotte seine Hand entgegen.

»Mein Name ist Klaus Lebender. Ich bin hier in der Stadt geboren, meine Eltern sind schon früh ausgewandert. Wenn ich dir also irgendwie helfen kann, dann frag mich einfach. Ich kenne mich hier in der Stadt und vor allem in Kleindeutschland besser aus als manch anderer.«

Sie schüttelte seine Hand. »Das ist wirklich nett von dir. Ich bin Charlotte. Charlotte Trautmann aus Neustadt in Rheinbayern. Und ich habe tatsächlich eine Frage: Ich bin mit einer Frau gereist, die sich ganz sicher war, dass sie hier ihren Mann treffen würde. Er hat sie vor einem Jahr gebeten, ihr nach New York zu folgen. Jetzt ist sie hier, aber niemand scheint sich an ihn zu erinnern. Er hieß, nein: Er heißt Herbert Unruh. Wie kann so ein Mann einfach verschwinden?«

Klaus strich sich nachdenklich über den kurz gestutzten Bart. »Das wäre nicht so ungewöhnlich, wenn er der letzten Choleraepidemie zum Opfer gefallen ist. Die war im Juli am schlimmsten, da sind die Menschen wirklich wie die Fliegen gestorben. Jeden Tag ein Dutzend oder mehr. Überall hingen Plakate, in denen vor kaltem Wasser oder übermäßigem Essen gewarnt wurde. Dabei sind nur die vielen Einwanderer daran schuld, wenn du meine Meinung wissen willst. Die kommen alle von ihren verseuchten Schiffen ...« Er sah ihr erschrockenes Gesicht und unterbrach sich mitten im Satz. »Das muss ja nicht auf das Schiff zutreffen, mit dem du gekommen bist. Es könnte aber doch sein, dass auf anderen Schiffen die Krankheit aus Europa hierhergekommen ist. Und es könnte sein, dass diesen Mister Unruh die Krankheit erwischt hat. Einige Wochen lang wurden die Toten einfach in große Gruben geworfen und sofort begraben. Da hat sich keiner darum gekümmert, wer gestorben ist. Es gibt nicht einmal Listen …«

»Das heißt, wir können nicht sicher herausfinden, ob Herbert zu den Choleraopfern gehörte?« Sie sah ihn aufgewühlt an. »Das wäre schrecklich für Tante Mathilde. Sie findet erst Frieden, wenn sie ganz genau weiß, was ihm widerfahren ist.«

»Ganz genau.« Er hob seine Schultern. »Das hier ist der östlichste Punkt des Wilden Westens. Hier können Menschen auftauchen und verschwinden, ohne irgendwelche Spuren zu hinterlassen. Es gibt keine Sicherheit, das ist das Einzige, was hier sicher ist.«

»Aber das kann ich nicht glauben. Es muss doch Register geben. Taufbücher. Sterbebücher. Kirchenregister. Irgendetwas.« Sie sah ihn verzweifelt an.

»Kirchenregister, das könnte eure letzte Hoffnung sein. Vielleicht war er ja Gemeindemitglied von St. Mark's. Frag doch einfach mal nach!« Er wandte sich zum Gehen.

Charlotte bekam ihn am Ärmel zu fassen. »Das werde ich tun – wenn du mir nur sagst, wo ich St. Mark's finde …«

»Ach, das ist ganz einfach. Du musst nur …« Er zögerte. »Ich bringe dich hin. In den ersten Tagen kann unser Viertel ganz schön unübersichtlich sein, da hast du wohl recht.«

Während er sie durch ein Gewirr an Straßen, Hinterhöfen und kleineren Gassen führte, versuchte sie ihn auszufragen. Wovon lebte jemand, der in New York geboren war? Was machten seine Eltern? Die Antwort war einfach. Klaus' Eltern hatten eine Bäckerei, in der auch er mitarbeitete. Für ihn war das Leben in dieser riesigen Stadt das Normalste der Welt, er war noch nie in seinem Leben jenseits der Stadtgrenzen gewesen und lauschte begeistert ihren Erzählungen von der Reise durch die deutschen Länder.

Endlich deutete er auf ein graues Gebäude mit einem spitzen Turm. »Das ist St. Mark's. Aber jetzt muss ich wirklich wieder in die Bäckerei. Meine Eltern wollen sicher den Sauerteig für morgen ansetzen. Das Brot soll ja schmecken, nicht wahr? Wir sehen uns dann nächste Woche beim Singen!« Mit einem lässigen Winken verschwand er. Sie sah ihm einen Augenblick hinterher. Offensichtlich vertraute er darauf, dass sie sich wiedertreffen würden.

Ihr fiel auf, dass Klaus auf jede Förmlichkeit verzichtete. War es üblich, dass man sich hier gleich duzte? War das der Geist eines so jungen Landes und seiner Bewohner?

Vorsichtig schob sie die Tür zur Kirche auf. Sie sah die vertrauten Symbole: Kreuz, Bilder, Altar und Taufstein. Neugierig sah sie sich um. War das hier eine lutherische Gemeinde? Oder eine katholische? Suchend sah sie sich in der leeren Kirche um.

»Hallo?«

Ihre zaghafte Stimme verhallte. Aber offenbar war sie gehört worden.

»Was kann ich für dich tun, mein Kind?« Ein Mann in einem dunklen Gehrock mit altmodischem Kragen tauchte auf.

Charlotte machte einen angedeuteten Knicks, von dem sie sich nicht sicher war, ob er angemessen war.

»Guten Tag, ich bin auf der Suche nach einem Mann namens Herbert Unruh. Jetzt habe ich gehört, dass er vielleicht ein Opfer der letzten Choleraepidemie sein könnte. Ich hatte gehofft, dass es hier vielleicht ein Sterberegister gibt oder etwas Ähnliches, womit ich seine Frau beruhigen könnte. Sie kann es einfach nicht fassen, dass er spurlos verschwunden sein soll.«

»Ein Register? Nein, tut mir leid, während der Cholera haben wir das nicht ordentlich genug geführt. Außerdem denke ich, dass er eher in einer deutschen Kirche gewesen ist. Wenn er überhaupt in einer Kirche war. Sehr viele Einwanderer lassen auch den Brauch des sonntäglichen Kirchgangs hinter sich, wenn sie ihre Heimat verlassen. Besonders die Deutschen, die am Sonntag lieber trinken als beten …« Er lächelte sie sanft an und verschwand ohne einen weiteren Gruß in der Seitenkapelle, wo er sich offenbar wieder in ein Gebet vertiefte.

Nachdenklich trat Charlotte wieder hinaus in die winterliche Luft. Es wurde schon dunkel, obwohl es sicher noch nicht spät war. Aber es war allerhöchste Zeit, dass sie wieder in ihr Zimmer kam. Bei dem Gedanken, dass sie allein durch die Straßen laufen musste, griff die Angst nach ihrem Herzen wie eine kalte Hand.

26

New York, im Januar 1833

»Was denkst du? Wir sollten sie uns unbedingt ansehen!« Georg stand begeistert vor Charlotte. »Sie ist erst zehn Jahre alt und wurde offensichtlich aussortiert, als die Inhaber auf diese modernen Schnellpressen umgestiegen sind. Ich wette, dass wir damit richtig gut loslegen können!«

»Wer sind denn diese Inhaber? Könntest du mir erst einmal alles erzählen, bevor ich mir eine alte Presse ansehe?« Charlotte sah Georg auffordernd an.

Er seufzte. »Das kann ich dir doch unterwegs erzählen. Seit dem 1. Januar gibt es hier in New York für nur zwei Penny den *Morning Star*. Die Besitzer haben mächtig Geld ausgegeben für moderne Druckanlagen und wollen die alten verkaufen. Und zwar mir. Ich hätte gern, dass du dir die Dinger ansiehst, denn ich habe keine Ahnung, worauf ich achten soll. Und du hast mir doch gesagt, du hättest das Druckerhandwerk gelernt.«

Sie griff nach ihrem warmen Mantel und nickte. »Jetzt begreife ich endlich, was du von mir willst. Du weißt, dass es wahrscheinlich befremdlich wirkt, wenn ausgerechnet eine junge Frau sich Druckerpressen ansieht?«

Er lachte. »Ich freue mich schon auf die Gesichter. Komm, hier ist so viel mehr möglich als in Neustadt. Hier kannst du einfach sagen, dass du dich mit diesen Geräten auskennst. Und man wird dir glauben – zumindest so lange, bis man dich als Scharlatan entlarvt.«

»Richtig, das erinnert mich an etwas …« Sie griff in den Beutel, den sie die ganze lange Reise mit sich geführt hatte, und zog die Aufzeichnungen ihres Vaters heraus. »Ich hoffe, mein Vater kann mir noch den einen oder anderen Ratschlag geben. Auch wenn er auf der anderen Seite des Atlantiks lebt.«

Sie ließ das Büchlein in eine der tiefen Taschen ihres Mantels gleiten und machte sich an Georgs Seite auf den Weg.

»Wie hast du denn davon erfahren?«

Sie waren jetzt seit zwei Wochen in New York und hatten sich intensiv nach Druckerpressen umgehört und nach Möglichkeiten, zu Geld zu kommen. Bis jetzt leider völlig ohne Erfolg.

»Es war ein Zufall. Ich habe mir den *Morning Star* gekauft, weil ich neugierig war, in welcher Qualität man wohl eine Zeitung für so wenig Geld herstellen kann. Dabei kam ich ins Gespräch mit dem Zeitungsjungen, der mir das Blatt verkauft hat. Und so habe ich erfahren, dass es diese Art Zeitung erst seit wenigen Tagen gibt. Das war meine Chance! Wäre es nicht wunderbar, wenn das funktionieren würde? Wir könnten unsere Zeitung herausbringen, ganz bald schon!«

»Du hast mit den Eigentümern geredet?«

»Ja. So gut es eben mit meinem Englisch geht …«

»Ich finde es toll, dass du die Sprache überhaupt kannst. Die muss ich wirklich als Erstes lernen. Aber in Kleindeutschland spricht jeder nur Deutsch. Ich denke, dass die meisten überhaupt kein Englisch können, oder?« Sie sah ihn fragend an.

»Und genau das ist der Grund, warum wir mit einer deutschen Zeitung ganz bestimmt Erfolg haben werden.« Er deutete auf ein Tor zu einem Ziegelbau. »Komm, hier ist es.«

Sie stiegen eine breite Treppe nach oben und erreichten einen Flur. Eine Frau mit einer strengen Frisur kam ihnen entgegen und fragte etwas auf Englisch, was Charlotte nicht verstand. Aus Georgs Antwort folgerte sie, dass sie nach ihrem Anliegen gefragt hatte. Georg erklärte, sie hätten einen Termin mit Mr. Shepperd.

Die Frau nickte nur und führte sie in ein Zimmer, in dem ein überraschend junger Mann auf sie wartete. Er lächelte ihnen entgegen und begrüßte sie. Ohne weitere Vorreden machten sie sich auf den Weg nach unten, wo in einem großen Raum die modernen Druckmaschinen standen – und in einer Ecke zwei alte Pressen mit Tüchern verhängt standen.

Georg tauschte sich kurz mit Mr. Sheppard aus und berichtete Charlotte dann, dass der *Morning Star* erst seit drei Wochen erscheine und die beiden Maschinen erst seit Kurzem nicht mehr in Gebrauch seien. Mr. Shepperd zog ein Tuch von der einen Maschine.

Charlotte näherte sich langsam und begutachtete dann die einfache Handpresse. Sie ähnelte im Aufbau sehr der Knebelpresse, mit der sie in Neustadt gearbeitet hatte, und so wusste sie genau, worauf sie zu achten hatte. Sie untersuchte die Mechanik und sah nach, ob die Lettern bereits sehr ausgeschlagen waren. Konzentriert sah sie sich jeden Einzelnen an und fuhr mit den Fingern über die Griffe der Presse, um sich zu überzeugen, ob es hier vielleicht irgendein Anzeichen für Verschleiß geben könnte. Als sie sich schließlich umdrehte, waren ihre Hände durch die Reste von Druckerfarbe an der Maschine schwarz. Sie lächelte.

»Es ist ganz bestimmt keine neue Maschine mehr«, sagte sie an Georg gewandt. »Aber soweit ich sehen kann, ist sie völlig in Ordnung. Mit dieser Presse könnten wir morgen schon anfangen, unsere Zeitung zu drucken.«

Georg übersetzte ihre Einschätzung, und Shepperd lächelte. Charlotte überließ die beiden Männern die Verkaufsverhandlungen, denen sie in englischer Sprache ohnehin nicht folgen konnte. Währenddessen sah sie sich die modernen Maschinen an, bei denen die Hydraulik viel erledigte, was bei einer altmodischen Maschine nur mit Muskelkraft passieren konnte. Es war beeindruckend, wie schnell diese Maschinen drucken konnten. Kein Wunder, wenn die Zeitung dann nur wenige Cent kostete. Hier brachen wahrhaft moderne Zeiten an.

Nur wenig später tauchte Georg hochzufrieden wieder auf. Gemeinsam verabschiedeten sie sich von Shepperd.

Auf der Straße fasste Georg Charlotte um die Taille und wirbelte sie um sich herum. Er strahlte über das ganze Gesicht. »Wir schaffen das! Jetzt brauchen wir nur noch eine kleine Werkstatt oder einen Raum im Souterrain, dann können wir mit unserer Zeitung loslegen. Ist das nicht wunderbar? Wir können einfach alles wahrmachen, was wir uns wünschen! Das ist Amerika! Pressefreiheit und eine Chance für jeden, der sich bemüht.«

Sein fester Griff um die Taille fühlte sich für Charlotte beklemmend an. Unauffällig versuchte sie, sich zu befreien, während die Panik in ihr aufstieg. Er bemerkte ihre Bemühungen, und eine Wolke zog über sein Gesicht, während er seine Hand zurückzog.

»Freust du dich denn nicht?«

»Doch, sicher. Ich war nur schon in Gedanken bei der Werkstatt, die wir noch suchen müssen. Ein Souterrain ist zu feucht. Und es muss in Kleindeutschland sein, damit wir keine langen Lieferwege haben. Und wer soll dann alle Artikel schreiben? Wir wissen ja selber kaum, wie man sich in dieser Stadt verhält. Es gibt so viel zu bedenken …«

»Und das sagt die Frau, die ohne viel Geld und als Mann verkleidet quer durch das alte Europa gereist ist, um nach Amerika zu kommen!« Er lachte. »Glaub mir – was wir jetzt vorhaben, ist dagegen ein Kinderspiel!«

Sie zuckte mit den Schultern. »Dann hoffe ich, dass du recht behältst!« Heimlich war sie erleichtert, dass er seinen Griff gelockert hatte. So konnte sie wieder klar denken und musste nicht ihre Angst verbergen.

Die nächsten Tage sahen sie sich alle kleinen Werkstätten und Räume in Kleindeutschland an, die auch nur im Entferntesten für ihr Vorhaben infrage kamen. Charlotte bestand darauf, dass sie eine ordentliche Durchlüftung benötigten – also mindestens zwei Fenster. »Sonst können wir unsere Zeitung nicht trocknen und falzen. Druckerschwärze benötigt nun einmal Zeit, bis sie trocknet.« Sie dachte nach. »Wenn wir die Druckerpresse bei Shepperd abholen, sollten wir ihn vielleicht auch gleich fragen, ob wir bei ihm die Farbe kaufen können. So müssen wir sie nicht von einem obskuren Händler kaufen. Es ist immer eine rechte Schweinerei, mit der Farbe zu arbeiten, das habe ich bei meinem Vater lebhaft mitbekommen.«

Er sah sie nachdenklich an. »Vermisst du ihn? Deinen Vater, meine ich.«

»Jede Sekunde. Am meisten bedrückt mich, dass ich nicht weiß, wie es ihm geht. Ich kann ihm auch keine Botschaft übermitteln, dass ich gut in Amerika angekommen bin und hier sogar verwenden kann, was er mir beigebracht hat. Es würde ihn sicher beruhigen. Und auch mein Bruder …« Sie schüttelte den Kopf. »Du hast ihn gekannt. Er ist ein rechter Hitzkopf, ich kann mir nicht vorstellen, dass er sich von Ärger fernhält. Könntest du vielleicht irgendeinen eurer gemeinsamen Freunde aus der Burschenschaft anschreiben und fragen, was aus Wilhelm geworden ist?«

»Sicher. Und wir müssen auch herausfinden, was mit deinem Vater ist. Ich denke, ich kann mit meinem nächsten Brief meinen Vater bitten, sich ein wenig umzuhören. Womöglich werden die Prozesse in Rheinbayern ja auch in den Heidelberger Zeitungen besprochen, dann wüssten wir, ob deinem Vater schon der Prozess gemacht worden ist – oder ob er immer noch in Frankenthal im Gefängnis schmort.«

Charlotte strich sich eine Strähne aus dem Gesicht. Sie hatte sich an diesem Morgen bemüht, ihre kurzen Haare in eine Art Flechtfrisur zu zwingen, aber im Lauf des Tages hatte sich alles aufgelöst, und sie sah wieder wie eine Frau mit der Frisur eines Mannes aus. Sie zog ein Kopftuch aus der Tasche und band es sich über die Haare – so vermied sie zu neugierige Blicke. Eine Weile ließ sie ihren Blick über das eisige Wasser wandern, an dem sie sich ein wenig ausgeruht hatten.

»Das wäre sehr nett von dir. Es ist doch leichter, ein neues Leben zu beginnen, wenn das alte nicht völlig in Unordnung ist.«

Eine Weile schwieg sie und hing ihren Gedanken nach.

»Komm, wir müssen weitersuchen«, sagte sie schließlich. »Es kann ja nicht sein, dass wir eine Druckerpresse besitzen, aber keinen passenden Raum dazu finden, in dem wir sie aufstellen können! Außerdem wird mir kalt, wenn wir zu lange hier stehen bleiben.«

»Du hast recht!«

Gemeinsam zogen sie wieder durch die Straßen von Kleindeutschland und suchten nach den kleinen Schildern, die leer stehende Räume anzeigten.

So vergingen die Stunden, bis Charlotte in einem Hinterhof aufgeregt auf zwei zerbrochene Fensterscheiben deutete. »Da, das sieht doch nun wirklich nicht so aus, als würde da irgendetwas passieren oder jemand wohnen. Und die Fenster können wir sicher ersetzen! Komm, wir suchen nach dem Eigentümer.«

Der war schnell gefunden. Er zeigte ihnen bereitwillig den hellen Raum, durch den der eisige Wind pfiff. »Meine letzten Mieter waren Iren und haben sich den Unmut der anderen Bewohner dieses Hauses zugezogen. Die haben auf ganz einfache Weise dafür gesorgt, dass die Iren wieder ausziehen: In einem New Yorker Winter kann man nicht überdauern ohne ein Fenster, das ist einfach zu kalt.«

»Unmut?« Georg runzelte die Stirn. »Wie kann man Menschen so sehr gegen sich aufbringen, dass sie mutwillig Fenster zerstören?«

»Ach, es handelte sich wohl um Streitereien zwischen den verschiedenen Bevölkerungsgruppen. Es war hier, mitten in Kleindeutschland, wohl eine schlechte Idee, die Wohnung an Iren zu vermieten. Die deutschen Mieter hatten Angst, dass sich eine der irischen Gangs von den Five Points hier einnisten könnte.« Er schüttelte den Kopf. »Normalerweise geht es hier in Kleindeutschland aber sehr sittsam zu.«

Sie wurden sich schnell handelseinig. Die Fenster mussten sie zu einem Teil auf eigene Kosten ersetzen, aber dafür würden sie die ersten drei Monate hier leben und arbeiten können, ohne dafür zu zahlen.

Begeistert kamen sie an diesem Tag zurück in ihr Zimmer, um Tante Mathilde von den Räumen zu erzählen.

Sie fanden die Frau zusammengesunken auf ihrem schmalen Bett. Sie starrte vor sich hin in die Dämmerung und hatte nicht einmal eine Kerze angezündet, um ein wenig Licht ins Zimmer zu bringen.

»Tante Mathilde, was hast du denn?« Charlotte kniete sich vor ihr nieder. Die Neuigkeiten von der Werkstatt konnten warten.

Ein leichtes Kopfschütteln war die einzige Antwort. »Was soll schon sein? Ihr plant euer neues Leben und eure Zukunft in dieser Stadt. Und ich? Ich muss ganz allmählich lernen, dass mein Mann anscheinend ohne erkennbare Spuren einige Jahre hier verbracht hat. Du hast sicher recht, wenn du sagst, er könnte ein Opfer der Cholera geworden sein. Aber dass sich wirklich niemand an ihn erinnert? Ich habe noch nicht einen Menschen gefunden, der sagt: ›Ja, Herbert Unruh war mein Freund, der leider nicht mehr unter uns weilt.‹ Das ist so schwer zu verstehen.«

Sie seufzte tief auf und ließ den Kopf noch tiefer hängen. Tröstend legte ihr Charlotte eine Hand auf den Rücken. »Du darfst den Mut nicht sinken lassen, liebe Tante. Vielleicht ist es ganz allmählich Zeit, dass du deine Suche beendest und nach vorne blickst. Jetzt bist du in New York, wie soll denn deine Zukunft aussehen?«

»Was kann ich denn? Einen Haushalt führen. Wenn ich mich hier in Kleindeutschland umsehe, dann benötigt hier allerdings niemand eine Haushälterin. Noch dazu eine Haushälterin, die kein einziges Wort Englisch spricht. Ich bin nutzlos.« Sie biss sich auf die Lippen. »Nutzlos.«

»Das darfst du doch nicht sagen!« Charlotte suchte den Blick von Georg, der nur leise nickte.

»Du kannst hier so lange wohnen, wie du willst. Und wer weiß? Vielleicht kann ich dich ja auch anlernen im Druckerhandwerk«, sagte Charlotte.

»Genau, du könntest uns bei unserem Unternehmen mit der Zeitung unterstützen. Wir werden Hilfe benötigen, ganz alleine kann niemand eine Zeitung herausbringen«, fiel Georg ein. »Du bist also alles andere als nutzlos. Im Gegenteil. Du kannst uns eine große Hilfe sein. Willst du das denn nicht?«

Langsam hob die Frau den Blick und sah die beiden jungen Leute an. »Das sagt ihr doch nur, weil ihr so schrecklich nette Menschen seid. In Wirklichkeit braucht mich niemand mehr auf dieser Welt. Ich hätte lieber an Louises Stelle ins Meer geworfen werden sollen.«

»Jetzt hör endlich auf, so zu reden.« Georg setzte sich neben sie. »Ich habe zwar ein wenig Geld aus der Alten Welt mitgebracht, aber du kannst dir sicher sein, dass ich mir keine großen wohltätigen Sprünge erlauben kann. Wenn ich sage, dass ich dich für unsere Druckerei und unsere Zeitung brauche, dann ist das nicht nur höflich oder billiger Trost. Dann meine ich das genau so. Morgen kommen neue Fenster in die Werkstatt, die wir angemietet haben, und die Presse wird angeliefert. Die Räume haben eine Weile leer gestanden und müssen dringend geputzt werden. Und wir werden uns überlegen, was in der ersten Ausgabe eigentlich stehen soll! Also, bist du dabei?«

»Wenn ihr mich wirklich haben wollt?« Sie sah immer noch ungläubig von Georg zu Charlotte. »Aber ich möchte wirklich nicht, dass es nur ein Almosen ist.«

»Wenn du siehst, wie dreckig es in dieser Werkstatt ist, dann wirst du nicht mehr glauben, dass es sich um ein Almosen handeln könnte.« Georg lachte. »Du wirst uns ganz im Gegenteil verfluchen und dir eine andere Möglichkeit suchen, um deinen Lebensunterhalt zu verdienen.«

27

New York, im Februar 1833

Befriedigt klappte Charlotte das Klavier zu. Auch an diesem Nachmittag hatte es wunderbar geklungen. Sie hatte einige Noten gefunden, nach denen sie auch andere Volkslieder spielen konnte – und so hatte der Chor heute völlig neue Stücke gesungen.

Sie lächelte Klaus an, der zum Abschied zu ihr an das Klavier kam.

»Ich habe eine Bitte: In Kleindeutschland kenne ich mich inzwischen ganz ordentlich aus, denke ich. Aber ich würde so gerne den Rest von New York sehen. Da ist doch so viel mehr als nur unser eigenes Viertel. Hättest du wohl ein bisschen Zeit, mir da etwas zu zeigen?«

»Klar kann ich das! Aber du musst wissen, dass es da ein paar sehr raue Viertel gibt, in denen es auch mal ungemütlich werden kann. Eigentlich kaum ein Ort, an dem eine junge Frau wie du einen Spaziergang machen sollte. Aber wenn du keine Angst hast, dann können wir uns gerne auf den Weg machen. Wann denn? Jetzt gleich?« Er sah sie unter seinem blonden Schopf auffordernd an.

»Ja, gerne. Zumindest einen ersten kleinen Spaziergang

würde ich gerne machen!« Sie stand auf und zog sich ihren warmen Mantel über.

»Dann fangen wir doch am besten mit der Spitze der Insel an. Warst du da schon? Ich meine, seitdem ihr euer Schiff verlassen habt? Denn da unten kommen sie alle an.«

»Daran erinnere ich mich gar nicht mehr so genau. Ich war so beschäftigt damit, das Gepäck zusammenzuhalten und mich über die Kaution zur Einwanderung aufzuregen, dass ich mir gar nicht angesehen habe, wo wir eigentlich angekommen sind.«

Er lachte. »Damit stehst du sicher nicht allein da. Komm, wir sehen uns das an.«

Gemeinsam liefen sie zur Südspitze der Insel, auf der New York lag. Hier pfiff der Wind noch eisiger durch die Häuserzeilen als in Kleindeutschland. Charlotte zog den Mantel ein wenig fester um sich herum. »Puh, wie gut, dass wir uns nicht hier angesiedelt haben. Es ist ja doch ein wenig zugig hier, oder?«

Noch bevor Klaus antworten konnte, fing hinter ihnen eine hohe Frauenstimme an zu schimpfen. Charlotte verstand noch nicht gut genug Englisch, um sonderlich viel zu verstehen – aber es klang auf jeden Fall unfreundlich.

Fragend sah sie Klaus an. »Was will sie denn?«

»Nun, sie verkündet auf ihre charmante Art, dass es viel zu viele Deutsche in dieser Stadt gibt. Und dass wir uns bitte wieder dorthin begeben sollen, wo wir herkommen. Wenn es nach ihr geht, dann hätten wir auf der Überfahrt ertrinken sollen.« Er hörte ihr noch einen Moment zu. »Das Ganze garniert sie mit recht vielen Schimpfworten und Wünschen, in denen wir Deutsche mehrfach in das Meer geworfen oder dem Feuer überantwortet werden.« Er zuckte mit den Schultern. »Solche Menschen gibt es immer wieder. Wir sollten sie einfach stehen lassen.«

Und damit hob er auch schon ein wenig seine Kappe an,

grüßte freundlich und ließ die schimpfende Frau einfach stehen.

»Gibt es davon viele?« Charlotte sah ihn fragend an. »Ich meine von diesen Menschen, die uns einfach deswegen die Pest an den Hals wünschen, weil wir Deutsche sind?«

»Man merkt, dass du bisher Kleindeutschland noch nicht so häufig verlassen hast. Denn die Antwort auf deine Frage lautet: Ja. Es gibt viele davon – und es werden sehr schnell immer mehr. Viele Deutsche lernen kein Englisch, bleiben nur unter sich, trinken den Wein aus ihrer Heimat und pflegen ihr Brauchtum. Schau dir unseren Chor an: Wenn du bösartig bist, dann siehst du darin nicht ein harmloses Vergnügen an einem Sonntagnachmittag, sondern eine Handvoll verbissener Ewiggestriger, die sich an ihrer alten Heimat festklammern. Was denkst du, warum die Stadt plötzlich Geld verlangt, damit man sie betreten kann? Das machen sie alles, um uns fernzuhalten. Klar, Amerika ist das Land, in dem du es aus eigener Kraft nach ganz oben schaffen kannst. Aber du solltest dabei bitte schön Englisch reden, die amerikanische Flagge vor dir hertragen und ganz schnell vergessen, wo deine Wurzeln sind.«

Mit einem Schlag erschien Charlotte die Gegend um die Südspitze der Insel unfreundlicher. Sie zog den Mantel etwas enger um sich. »Würde es helfen, wenn wir nicht alle auf einen Haufen leben würden? So etwas wie Kleindeutschland ist ja vielleicht auch bedrohlich.«

Klaus schnaubte leise durch die Nase. »Bedrohlich? Sie zwingen uns, genau da zu leben, wo wir sind. Geh doch mal ins Viertel der Iren, der Chinesen oder der Italiener. Die haben ganz bestimmt keinen Platz für einen deutschen Einwanderer. Umgekehrt hat es jeder, der nicht Deutsch spricht, auch ganz schön schwer bei uns … Nein, da sorgt jedes der Völkchen schon selbst dafür, dass sich da nichts mischt.«

Sie liefen eine Weile schweigend am Wasser entlang. Nachdenklich sah Charlotte vor sich hin. »Es ist so schade. Von der Ferne betrachtet ist es doch eine wunderbare Sache, dieses Amerika. Menschen aus aller Welt kommen hierher und leben gemeinsam ihren Traum von einer besseren Welt. Und dann machen sie hier, in der allerersten Stadt, wieder dasselbe wie in Europa: Jeder sitzt auf seinem Stückchen Land und geifert über den anderen.«

Ein Schulterzucken war die Antwort. »Das ist wohl die Natur der Menschen. Und du musst sie alle auch ein wenig verstehen. Sie haben ihr Land und ihre Heimat hinter sich gelassen. Um sich jetzt ein wenig Halt zu geben, bleiben sie eng beieinander. Und wenn alle nur auf einem Haufen leben, dann lernt auch niemand Englisch – und damit bleibt alles so, wie es ist.«

»Aber du kannst Englisch doch ebenso gut wie Deutsch, oder? Woher kommt das?«

»Ich war ein neugieriger Junge. Ich bin hier geboren, also habe ich die Sprache gelernt und bin damit in jedem Viertel zu Hause. Sicher, die Iren hören, dass ich keiner von ihnen bin. Aber die Italiener und die Deutschen – die halten mich schon für einen Amerikaner. Und wer weiß? Vielleicht passiert das ja auch mit den vielen Einwanderern. Deine Kinder und Kindeskinder werden deine Pfalz nur noch von deinen Erzählungen kennen. Schwierig ist es nur mit denjenigen, die hier ankommen und dann erst einmal nur unter sich bleiben …«

»Dann ist genau das der Grund, warum ich wenigstens den Rest der Stadt sehen will. So wie jetzt.« Sie fröstelte. »Es ist allerdings echt kalt hier. Auch wenn der Blick wirklich schön ist.«

Im Hafen lagen einige große Schiffe vor Anker. Sie hatten Menschen aus Europa gebracht und würden schon bald mit Waren aus der Neuen Welt wieder zurücksegeln. Und mit jedem einzelnen Schiff würde es in einem der Viertel der Stadt wieder voller werden.

»Wie ist der Rest von Amerika? Ich meine, das ist ein so großes Land. Streiten sich die Völker da trotzdem?«

»Woher soll ich das wissen?«, erwiderte er. »Ich habe Manhattan noch nie verlassen. Diese Insel ist meine Heimat, hier ist die ganze Welt zu Hause, und hier wird über die Zukunft des Landes entschieden. Ich bin New Yorker, ich muss den Rest von Amerika nicht kennen!«

Charlotte nickte nur und sah weiter hinaus auf das Meer. »Wenn aber immer mehr kommen, dann bleibt einem doch nichts anderes übrig, als in den Rest des Landes weiterzuziehen, meinst du nicht?«

»So mancher Deutsche geht weiter nach Illinois. Vor allem für die Bauern ist das ein gutes Land. Fruchtbarer Boden, viel Platz. Und man hat sich mit den Wilden da wohl auch geeinigt und ihnen das Land abgekauft, damit es keinen Ärger gibt.«

An seiner Stimme war zu hören, dass er das Leben auf dem Land zwar nicht kannte, aber für so schlimm wie eine mehrjährige Strafe in einem feuchten Kerker hielt. Oder schlimmer.

»Und wo ist das?« Sie musste sich eingestehen, dass sie keine Ahnung hatte, wie dieses Land jenseits von New York aussah. Als sie sich auf die Flucht begeben hatte, war nur wichtig gewesen, Rheinbayern zu verlassen. Ihr Ziel hatte sie weniger interessiert. Jetzt musste sie sich eingestehen, dass das womöglich ein Fehler gewesen war.

»Im Westen.« Er machte eine große Bewegung mit seinem Arm, die irgendwie ins Landesinnere führte. »Weit im Westen. Da bist du eine ganze Weile mit einem Planwagen, dem Zug oder einem Dampfschiff unterwegs, bis du dort ankommst.«

»Und wie funktioniert das dann?« Sie war überrascht, wie

wenig sie doch wusste. »Ich fahre da hin und baue mir ein Haus? Und jeder kriegt ein Stückchen Land?«

»Ich nehme an, dass es ungefähr so läuft. Aber ich habe noch nie nachgefragt, wie man zu einem Siedler wird. Mich hat nie das Bedürfnis gepackt, diese Stadt hier zu verlassen.« Er sah sie etwas fassungslos an. »Du spielst doch nicht etwa wirklich mit dem Gedanken, in den Westen zu gehen? Ich meine ... Illinois! Da kann man sich wahrscheinlich auch lebendig begraben lassen und hat dabei mehr Spaß.«

»So schlimm wird es schon nicht sein.« Charlotte grinste ihn an. »Und jetzt habe ich erst einmal eine Werkstatt gemietet und muss mir einfallen lassen, was für eine Art Zeitung die Einwohner von Kleindeutschland wohl spannend finden könnten.«

»Oh, das weiß ich!« Klaus sah siegesgewiss aus. »Ihr erzählt einfach alle Geschichten, die sich im Viertel so zutragen. Wer seine Frau verlassen hat, welcher Geschäftsmann seine Rechnungen nicht mehr bezahlen kann und wer schon wieder zu besoffen war, um noch seinen Weg nach Hause zu finden. Ich bin mir ganz sicher: Das finden die Menschen wirklich spannend. Nicht diesen ganzen politischen Mumpitz, der sonst immer in den Zeitungen steht. Was welcher Politiker wann zu wem gesagt hat – das will ja nun wirklich niemand wissen!«

»Aber das ist doch wichtig!« Charlotte konnte die Empörung in ihrer Stimme nur mühsam unterdrücken.

»Wichtig?« Er lachte sorglos. »Was sollte denn daran wichtig sein? Ich kann doch sowieso nichts beeinflussen. Egal, was ich mache – die Mächtigen bestimmen dann doch, wo es langgeht. Wenn ich mich nicht darum kümmere, dann muss ich mich wenigstens nicht ärgern. Mich beeindruckt, was diese neue Zeitung, die *Morning Star*, macht. Die erzählen echte Geschichten über echte Menschen.«

»Es ist nicht zu glauben. Du weißt schon, dass die vielen

Einwanderer hierherkommen, weil sie es nicht mehr ertragen, was die Mächtigen in ihrer Heimat veranstalten? Mein Vater sitzt im Gefängnis, mein Bruder ist auf der Flucht, und ich bin hier – bloß weil wir eine andere Idee von Freiheit haben als die Herrschenden. Und dir ist einfach egal, was da passiert?«

»Wenn es dir und deiner Familie auch egal gewesen wäre, dann würdet ihr heute noch glücklich in eurer Stadt leben. Schon mal darüber nachgedacht?« Er hob die Hände. »Es tut mir leid. Ich bin der Meinung, man sollte sein Glück einfach nur bei sich selbst suchen. Auf die Geschichte haben wir ja doch keinen Einfluss.«

»Es ist traurig, wenn du das so siehst. Du lebst in einem Land, in dem du so viel machen kannst und werden darfst. Und dir reicht es, wenn du in deinem Stadtviertel glücklich bist, Brot bäckst und Klatsch im *Morning Star* liest.« Sie sah ihn ungläubig an.

»Ein jeder nach seiner Art«, gab er zurück. Seine gute Laune war mit einem Schlag verflogen. »Und jetzt sollten wir uns zurück in unser Kleindeutschland begeben, bevor es dunkel wird. Es kann nämlich sein, dass wir in diesem wunderbaren Land sonst in die Hände von sehr engstirnigen Iren landen. Und die sind der Meinung, dass wir Deutsche uns besser von der Straße fernhalten sollten. Zumindest von ihren Straßen in den Five Points.«

»Können wir uns irgendwann noch mehr anschauen?« Sie sah ihn bittend an. »Ich finde es so aufregend, dass es auch Viertel gibt, in denen die Schilder auf Englisch sind und die Menschen ganz anders aussehen. Jetzt will ich auch den kompletten Rest sehen …«

Klaus schüttelte nur den Kopf. »Warum? Die Gegend der Five Points ist nicht sicher. Da will ich nicht hin, schon gar nicht mit einer Frau im Schlepptau. Mir reicht Kleindeutschland.«

Langsam machten sie sich auf den Heimweg und verabschiedeten sich in der Dämmerung vor der Bäckerei seiner Eltern. Charlotte lief weiter zum kleinen Zimmer, in dem sie immer noch wohnten.

»Wo warst du denn?«, fragte Georg. Lachfältchen zeigten sich in seinen Augenwinkeln. »Hast du heute Überstunden gesungen?«

»Unsinn! Ich habe mir von einem der Sänger mal ein anderes Viertel von New York zeigen lassen. Wir waren unten an der Südspitze.«

»Und? Wie war es? Und wer hat dich da begleitet?« Täuschte sie sich, oder klang aus seiner Stimme ein wenig Eifersucht heraus?

»Ach, das war Klaus. Seine Eltern führen eine Bäckerei, und er ist in New York geboren. Ich dachte, er wäre ein guter Fremdenführer. Und es war auf jeden Fall richtig, dass ich ihn dabeihatte. Wir sind übel beschimpft worden. Die Deutschen sind in anderen Vierteln nicht gerade beliebt, wusstest du das? Wenn er mir das richtig übersetzt hat, dann haben viele Bewohner Angst, dass derzeit zu viele Deutsche kommen. Eine Frau hat uns doch tatsächlich gesagt, dass wir wieder ins Meer zurück und alle da ertrinken sollen. Zumindest hat Klaus das so übersetzt.«

»Ach, das war bestimmt nur eine verwirrte Frau. Was sollten die anderen schon gegen uns haben? In dieser Stadt gibt es so viele verschiedene Völker, da kann es doch gar nicht zu Hass untereinander kommen. Das wäre doch gegen jede Vernunft.« Als wollte er seine Worte bekräftigen, schüttelte er den Kopf. »Da wollte dein Klaus dir doch nur Angst machen.«

»Er ist nicht *mein* Klaus«, gab sie eine Spur zu scharf zurück. »Und seit wann hat die Angst vor einem anderen Volk schon etwas mit Vernunft zu tun?« Sie griff nach einem Stück Brot, das auf dem Tisch lag, und ließ sich auf einen Stuhl fallen. »Und? Was habt ihr heute gemacht?«

»Wir haben die ganze Werkstatt sauber gemacht, am Montag kommen die neuen Fenster, und nächste Woche wird die Presse gebracht. Dann können wir loslegen!« Stolz schob er ihr einen Stapel Papiere herüber. »Ich habe mir gedacht, dass wir in der ersten Ausgabe unsere Grundidee erklären. Es hat ja alles keinen Sinn, wenn wir nicht erst einmal sagen, was wir vorhaben, oder?«

»Und?« Sie sah ihn mit hochgezogenen Augenbrauen an. »Wie sieht unsere Grundidee aus?«

Er sah überrascht aus. »Merkwürdig, dass du mich das fragst. Ich dachte, es ist klar, dass wir die Ideale, für die wir einst gekämpft haben, hier weiterverbreiten. Wir Deutsche sollten uns in die Politik dieses Landes einmischen und für Demokratie und Beteiligung und freie Meinungsäußerung einstehen. Unsere Zeitung sollte eine Stimme für die Deutschen sein. Findest du das nicht?«

»Doch, doch, ich bin mir nur nicht sicher, ob New York für so etwas schon reif ist. Hin und wieder hege ich den Verdacht, dass Herr Shepperd mit seinem billigen Blättchen eher den Geschmack der Masse trifft. Klatsch über Menschen statt Informationen über Politik.« Sie sah ihn nachdenklich an.

»Das kann doch nicht dein Ernst sein! Wir sind nicht hierhergekommen, um unsere Talente auf Klatsch und dumme Geschichten über Menschen zu verschwenden.« Aufgeregt stand er auf und lief in dem kleinen Zimmer auf und ab. »Nein, wir wollen Einfluss auf Politiker nehmen. Und es auskosten, dass es endlich keine Zensur mehr gibt. Die Menschen belehren, ihnen helfen, eine echte Meinung haben. Das soll unsere Aufgabe sein.« Er blieb vor ihr stehen. »Ich kann nicht glauben, dass du lieber an den Kommerz denkst.«

»Es war ja nur eine Idee«, verteidigte sie sich.

Er sah sie ernst an. »Wir sollten die Freiheiten nicht aufgeben, die wir jetzt haben. Das ist meine Meinung. Wirst du mich dabei unterstützen?«

»Sicher.« Unwirsch winkte sie ab. »Du hast mich völlig falsch verstanden. Ich wollte nur, dass wir alle Seiten unserer neuen Zeitung bedenken und uns nicht kopfüber in eine Sache werfen, die zum Scheitern verurteilt ist. Denn es mag sein, dass deine hehren Ideen einfach nicht ausreichend sind, um davon zu leben. Es kann aber auch sein, dass die Menschen genau auf deine Zeitung gewartet haben. Auf keinen Fall ist es das wert, dass wir darüber in Streit geraten.«

Georg atmete tief durch. »Es tut mir leid. Hin und wieder geht mein Temperament wohl mit mir durch. Ich wollte dich nicht beschimpfen.«

Er wollte ihr versöhnlich über den Arm streichen, aber sie versteifte sich unwillkürlich. Berührung, egal von wem, ertrug sie nicht. Wahrscheinlich nie wieder. Sie wandte sich von ihm ab.

Enttäuscht zog Georg seine Hand zurück. »Ich dachte, wir machen diese Zeitung gemeinsam. Aber wenn du sie lieber mit diesem Klaus zusammen machen willst …«

»Was soll das denn jetzt?« Charlotte schüttelte unwirsch den Kopf. »Klaus ist Bäcker, der will keine Zeitung und hat auch ganz bestimmt keine Lust, sein Geld für so etwas auszugeben. Allerdings lebt er schon lange in der Stadt und hat vielleicht hin und wieder ein feineres Gespür für das, was die Leute mögen. Deswegen höre ich ihm zu. Aber es kann wirklich keine Rede davon sein, dass ich jetzt etwas mit ihm zusammen machen will.«

Mit einem Seufzer stand sie auf und ging zu ihrem Bett aus Decken. »Ich bin jetzt zu müde. Lass uns morgen weiterreden.«

Damit legte sie sich mit dem Gesicht in Richtung Wand nieder und zog die Decke fest um ihre Schultern.

Am nächsten Morgen trug sie schon ihren Mantel, als Georg aufwachte. »Ich werde ein wenig herumlaufen und mir New York ansehen«, erklärte sie. »Ich habe das Gefühl, wir müssen unsere neue Heimat besser kennenlernen, bevor wir eine Zeitung für der Bewohner dieser Stadt produzieren.«

»Soll ich dich begleiten? Oder möchtest du lieber wieder deinen Klaus dabeihaben?« Er sah sie hoffnungsvoll an.

»Ich hasse es, mich zu wiederholen: Es ist nicht *mein* Klaus. Er singt in dem Chor, den ich auf dem Klavier begleite, sonst nichts. Und ich denke, heute Morgen wird er eher mit seinen Eltern Brot backen und keine Zeit haben, einer eingewanderten Deutschen seine Stadt zu zeigen. Vor allem möchte er nicht in die Gegend der Five Points. Er sagt, dass die Iren dort sehr ungemütlich sind.« Sie sah ihn an und lächelte ein wenig. »Ich würde mich also durchaus freuen, wenn du heute einen Spaziergang mit mir machst.«

Er sprang auf, fuhr in seine Kleider und machte sich mit ihr auf einen langen Spaziergang. Als sie die Viertel der Iren und Italiener erreichten, bemerkten sie die finsteren Blicke und die leise gezischten Beschimpfungen, als sie sich unterhielten, und waren daher schnell wieder still. Es wurde Mittag, bis sie sich endlich wieder Richtung Kleindeutschland begaben.

»Ich habe jetzt das Gefühl, dass unsere Zeitung nötiger als je zuvor ist«, erklärte Georg. »Wir müssen den Deutschen ein Gefühl der Einigkeit geben!«

»Ziehen wir so nicht den Unmut der anderen auf uns?« Charlotte wiegte ihren Kopf nachdenklich von einer Seite auf die andere. In dieser Sekunde fiel ihr Blick im Vorübergehen in eine kleine Kneipe, in der einige lichtscheue Gesellen ihr erstes Bier tranken. Den Mann, der in der Nähe der Tür saß, würde sie niemals vergessen.

Erschrocken hielt sie die Luft an und sprang einen Schritt zur Seite.

»Was hast du?« Georg sah sie erstaunt an. »Du siehst aus, als hättest du den Teufel persönlich gesehen!«

»So ähnlich ist es auch«, murmelte sie. »Es ist ein Mann, der mit uns auf der Isabella gewesen ist. Er ist … böse.«

Neugierig spähte Georg in Richtung der Spelunke. »Wer? Der mit den schwarzen Haaren und dem struppigen Bart? Der ist mir auf der Isabella gar nicht aufgefallen.«

»Das liegt daran, dass du nicht im Unterdeck warst. Ich würde alles tun, um ihn tot zu sehen.« Aus jedem ihrer Worte sprach der blanke Hass.

Georg sah sie überrascht an. »Was ist denn passiert? So kenne ich dich gar nicht. Ist er etwa Louise zu nahe gekommen? Hat ihre Krankheit mit ihm zu tun?«

»Nein, es geht nicht um Louise. Es geht um mich. Ich werde ihn beobachten und mir überlegen, wie ich ihm schaden kann.«

»Schaden? Meinst du das wirklich? Was könnte er denn Schreckliches getan haben, damit du ihn so sehr …« Mit einem Mal brach er ab, und es dauerte einen Moment, bis er weiterredete. »Wenn es so ist, dann helfe ich dir. Und wir sollten als Erstes herausfinden, wo er wohnt, wenn er nicht gerade in dieser schrecklichen Kneipe sitzt. Ich werde ihn verfolgen, mein Gesicht kennt er nicht. Geh du einfach schon nach Hause. Vielleicht fällt dir auch ein, was wir in unserer Zeitschrift eigentlich schreiben wollen …«

Sie sah ihn an. »Das würdest du für mich tun?«

»Sicher. Wenn ein Mann dir etwas angetan hat, dann ist er mein Feind. Das sollte doch wohl klar sein.«

Damit drehte er sich um und betrat entschlossen die Kneipe. Charlotte sah noch, dass er sich direkt zu ihrem Peiniger setzte, dann wandte sie sich ab und lief die Straße hinunter in ihre Druckerei. Die Gedanken überschlugen sich in ihrem Kopf. Was wollte sie tun, wenn sie erst einmal wussten, womit dieses Ekel seinen Lebensunterhalt verdiente?

Konnte sie wirklich einen Menschen umbringen? Wahrscheinlich nicht …

Sie schob die Tür zur Druckerei auf. Georg hatte recht. Sie kümmerte sich am besten um die neue Zeitung. Es wurde Zeit, dass die ersten Artikel dafür entstanden. Charlotte war davon überzeugt, dass das Blatt Nachrichten aus der alten Heimat und Berichte über die neue Heimat enthalten musste. Sie mussten nur noch abwägen, wie viel von jeder Seite wirklich zu einer perfekten Mischung führte. Und sollten sie nicht auf die vielen Angebote von Bäckereien, Kirchen oder Chören hinweisen, die allesamt die Kultur aus den deutschen Ländern pflegten?

Um sich von den Gedanken an Georg und sein Gespräch mit ihrem Peiniger abzulenken, fing sie an zu schreiben. Es konnte ja nicht schaden, einen ersten Entwurf bereits fertig zu haben.

28

New York, im März 1833

Es war spät in der Nacht, als Georg endlich nach Hause kam. Charlotte war noch wach und hörte, wie er mit schweren Schritten die Treppe nach oben kam und langsam zu seinem Bett ging. Sie sprang auf und lief leise zu ihm hinüber.

»Georg?«

Er drehte sich um, und Charlotte erschrak über seinen Anblick. Sein Mantelkragen war zerrissen, sein linkes Auge war zugeschwollen, und an seinen Lippen klebte getrocknetes Blut.

»Was ist passiert? Kann ich irgendetwas für dich tun?«

»Nein, nein, das wird schon wieder.« Er deutete auf die Tür. »Lass uns auf dem Flur reden, sonst wecken wir noch Mathilde auf. Ich möchte sie nicht beunruhigen.«

Kaum hatten sie die Tür hinter sich geschlossen, zog er seinen Mantel aus und nestelte am Kragen herum. »Wenn du morgen vielleicht diesen Riss hier wieder in Ordnung bringen könntest? Ich habe ja nur diesen einen Mantel ...«

»Sicher mache ich das! Aber erst musst du mir sagen, wer dich so zugerichtet hat. Er kann doch nicht so wütend geworden sein, bloß weil du dich zu ihm gesetzt hast.

Oder doch? Und warum kommst du dann erst jetzt nach Hause?«

Er hob seine Hand, um ihren Redeschwall zum Verstummen zu bringen. »Langsam, langsam. Ich erzähle dir ja alles. Aber ich kann dir jetzt schon sagen, dass wir uns lieber nicht mit ihm anlegen sollten. Er ist unberechenbar und hat viele Freunde, die sich alle gern prügeln. Einen Kampf mit einem solchen Menschen können wir nur verlieren …«

Charlotte schüttelte den Kopf. »So leicht kann ich ihn nicht davonkommen lassen. Aber jetzt erzähl doch erst einmal: Was ist passiert, nachdem ich euch in dieser Kneipe allein gelassen habe?«

Ein schiefes Lächeln breitete sich in Georg zerschlagenem Gesicht aus. »Nun, am Anfang war es durchaus vielversprechend. Ich habe ihn auf ein Bier eingeladen, eines von diesen sauren dünnen Ales, die so oft in solchen Spelunken ausgeschenkt werden. Er hat angenommen und mich gefragt, woher ich ihn kenne. Ich habe ihm gesagt, dass wir doch auf dem gleichen Schiff gereist seien, ob er sich denn nicht an mich erinnern würde. Ganz offensichtlich hatte er keine Ahnung, wer ich bin – aber er scheint mir geglaubt zu haben. Ich habe ihn nach seinem Ergehen seit unserer Ausschiffung gefragt.«

»Und?« Charlotte sah Georg gespannt an.

»Nun, es sieht so aus, dass er wohl schnell einige Menschen von ähnlicher Gesinnung gefunden hat. Allesamt nur auf den eigenen Profit bedacht. Es ist ihnen egal, wenn sie dabei einem anderen Menschen Schaden zufügen. So würde er es natürlich nie beschreiben. Er ist vielmehr stolz, dass sie den ›feinen Pinkeln‹, die von den Schiffen steigen, das Geld abnehmen. Sie bieten ihnen Hilfe bei der Suche nach einer Unterkunft an und sorgen dann dafür, dass Droschken mit gekauften Kutschern sie in irgendwelche entlegenen Gassen fahren, in denen die Neuankömmlinge dann erst einmal ein

Lösegeld zahlen müssen, um überhaupt sicher in einer Herberge anzukommen. Und die ist garantiert nicht so sauber und ordentlich wie versprochen.«

Charlotte biss sich auf die Unterlippe. »Ich habe es doch gesagt. Ein durch und durch mieser Charakter. Wir hatten womöglich richtig Glück, als die Jungs uns damals in die Heimat geschickt haben.«

»Allerdings!« Georg nickte. »Auf jeden Fall hatte er den Eindruck, dass ich sein Geschäftsmodell spannend finde und am liebsten einsteigen würde. Also hat er mich mit zu seinen Kumpels genommen. Ich dachte, das wäre gefahrlos. Wer kennt mich schon in dieser Stadt? Leider habe ich mich total getäuscht. Er hat mir nicht gesagt, dass die miesen Typen, mit denen er zusammenarbeitet, alle von der Isabella stammen. Wir sind also an den Hafen gelaufen, haben es uns da in einer noch viel übleren Hafenkneipe bequem gemacht, haben auch etwas gegessen. Ich habe mir schon überlegt, ob ich ihm noch heute Abend irgendwie eins auswischen kann. So, dass es ihm wirklich wehtut. Ihn um sein Geld bringen oder so – denn du hast es doch sicher nicht ganz ehrlich gemeint, als du ihm den Tod an den Hals gewünscht hast, oder? Dafür bist du doch viel zu freundlich …«

Doch, sie hatte ihm tatsächlich den Tod an den Hals gewünscht. Charlotte versuchte, sich nichts anmerken zu lassen, als sie sich erkundigte: »Und was passierte dann?«

»Dann … dann kamen seine Kameraden.« Unwillkürlich fasste er an seine aufgesprungene Lippe. »Es waren sechs oder sieben Männer. Und einer von ihnen hat sich natürlich an mich erinnert. Er hat erklärt, dass ich ja genau einer von diesen feinen, reichen Kerlen sei, die in einer Kabine in die Neue Welt gekommen seien. Und dass ich sie ja sicher nur aushorchen wolle, um sie dann direkt der Polizei zu übergeben. Oder Schlimmeres. Danach konnte ich nichts mehr sagen. Sie haben mich nach draußen gezerrt und so lange auf mich eingeprügelt, bis ich keinen Mucks mehr von mir gegeben habe. Erst dann haben sie mich liegen gelassen und sind wieder in ihrer Kneipe verschwunden. Ist wahrscheinlich so etwas wie ihr Hauptquartier … Keine Ahnung.«

»Und dann? Was ist dann passiert? Ich wollte nicht, dass dir etwas passiert, das tut mir leid!« Charlotte nahm ein Tuch, feuchtete es an und tupfte ihm die Lippen ab. »Wenn ich geahnt hätte, was ich da von dir verlange, dann hätte ich meinen Mund gehalten.«

»Ach, ich bin doch gerne der ritterliche Held für dich.« Er lachte, verzog aber dann sein Gesicht, als die Lippe wieder aufplatzte und erneut anfing zu bluten. »Aber du solltest nie wieder in deren Nähe kommen. Das nächste Mal ist einer von uns am Ende tot. Das ist es nicht wert.« Er sah sie eindringlich an. »Diese Menschen verdienen ihr Geld am Unglück anderer, und ich bin mir sicher, dass sie dafür auch über Leichen gehen würden. Wenn du sie verfolgen willst, dann machst du dich nur mit ihrer Gesinnung gemein.«

Charlotte schwieg eine Weile. »Wo war das denn?«, fragte sie schließlich.

Er sah sie lange an. »Goldener Anker. In der Nähe vom Hafen. Und ich sage dir das nur, weil ich dir vertraue. Du bist nicht so dumm, dorthin zu gehen. Sie würden dich wiedererkennen. Die Frau, die als Mann an Bord kam – über dich haben sie alle geredet, als wir angekommen sind. Versprich mir, dass du da nicht hingehst!«

»Ich kann dir nichts versprechen.« Sie zögerte. »Ich habe mir selbst geschworen, diesen Mann nicht ungeschoren davonkommen zu lassen. Ich werde nie vergessen, was er mir angetan hat.«

»Was er auch getan haben mag – es kann nicht so schrecklich sein, dass du dafür deine Zukunft auf das Spiel setzt. Bitte lass uns gemeinsam an unserer Zeitung arbeiten. Und nicht an der Rache für Vergangenes. Es hat keinen Sinn, zurückzublicken. Wir können die Zukunft verändern, nicht die Vergangenheit.«

»Wie gesagt, ich kann es dir nicht versprechen …« Sie seufzte. Insgeheim war ihr klar, dass sie ihn nicht einfach davonkommen lassen würde. Er musste büßen. Nie wieder sollte er einem Menschen Leid zufügen. Eine Frage hatte sie aber noch.

»Wie heißt er eigentlich?«

»Pit. Aber du musst ihn vergessen. Versuch es. Für mich!«

Charlotte sagte nichts. Sie wollte Georg nicht anlügen. Stattdessen fuhr sie ihm zart über das geschwollene Auge. »Kann ich etwas für dich tun?«

Ein leises Kopfschütteln war die Antwort. »Nein. Geh wieder ins Bett, ich werde mich ein wenig waschen und dann schlafen. Morgen sieht alles bestimmt schon besser aus.«

Sie nickte nur und schlüpfte hinter ihm wieder zurück in ihr Zimmer. Tante Mathilde atmete tief, sie hatte nichts von ihrem Gespräch mitbekommen. Unter ihrer Bettdecke dachte Charlotte nach. Was für eine Möglichkeit hatte sie, diesem Pit Schaden zuzufügen? Zunächst einmal musste sie ihn gründlich ausspionieren und herausfinden, womit er seine Tage verbrachte.

Schon am nächsten Morgen machte sie sich auf den Weg. Sie wollte nur sehen, wo dieser Goldene Anker lag, und vielleicht auch herausbekommen, wann er öffnete. Es war nicht sonderlich schwer. Sie ging zu den Landungsbrücken, an denen die Einwandererschiffe ankamen, und machte sich dann systematisch an die Erkundung der Nebenstraßen. Enge Gassen zwischen drei- oder vierstöckigen Ziegelhäusern, Unrat auf den Straßen und Betrunkene – es war keine Gegend, in der sie sich wohlfühlte. Sie war dankbar, dass sie das dunkle Kleid und das Kopftuch trug. So war sie in den dunklen Gassen fast unsichtbar.

Schon bald entdeckte sie die Kneipe, deren Tür noch fest verschlossen war. Sie lag am Ende einer Sackgasse, hierher gab es nur einen einzigen Weg. Und es war sicher unmöglich, unbemerkt zu kommen oder zu gehen. Charlotte prägte sich die Strecke ein und machte sich dann schnell auf den Weg nach Hause, damit Georg nicht zu großen Verdacht schöpfte.

In den nächsten Tagen zog es sie immer wieder zum Hafen. Schon bald wusste sie, dass der Goldene Anker erst in der Abenddämmerung seine Türen öffnete. Deswegen hatte Pit sich wohl in der Kneipe in Kleindeutschland herumgetrieben. Regelmäßig wie ein Uhrwerk tauchte er jeden Abend auf, blieb ein Weilchen mit seinen Kameraden dort, die er auf der Isabella kennengelernt hatte, und machte sich dann zu dem Kai auf, an dem nach Einsetzen der Dunkelheit noch immer einige verzweifelte Einwanderer herumirrten. Die bekamen dann die Hilfe der deutschen Bande angeboten, und das Unheil nahm seinen Lauf. Charlotte musste sich beherrschen, um nicht einzugreifen – denn dann würde Pit sie sofort erkennen.

Sie versuchte, jeden Tag in dieser Gegend vorbeizukommen, um viel über die Bande und vor allem über Pit herauszufinden. Georg bat sie zwar immer wieder, doch ein wenig mehr an der neuen Zeitung mitzuarbeiten – aber sie lehnte ab. Schließlich war sie nur für den Druck zuständig, um den Inhalt sollte sich doch lieber ein studierter Mann wie Georg kümmern. Das war es, was sie ihm immer wieder sagte. Und er sah sie dann traurig an und seufzte leise. »Hör auf, zum Hafen zu gehen. Es wird noch dein Verderben werden«, sagte er, aber Charlotte wollte nicht auf seinen Ratschlag hören.

Ende März regnete es in einem fort, ganz New York war dreckig und grau. Wieder einmal warf sich Charlotte ihren Mantel über und ging zum Goldenen Anker. Als sie die Gruppe ringsum Pit nicht entdeckte, lief sie weiter zum Kai.

Und tatsächlich: Im strömenden Regen wurde gerade ein weiteres Auswandererschiff aus Europa ausgeschifft. Charlotte lehnte sich unauffällig an einen Stapel mit Kisten und beobachtete das Treiben. In den letzten Wochen hatte sie sich einen Sport daraus gemacht zu erraten, woher ein Schiff wohl kam. Bei diesem hier tippte sie auf Italien. Oder vielleicht doch Spanien? Sie konnte die Sprachen nicht auseinanderhalten.

Eine Gruppe junger Männer sah sich auf dem Kai suchend um. Vier oder fünf junge Burschen, auffallend gut gekleidet und mit der Ausstrahlung von Männern, die genau wissen, wo sie in der Gesellschaft hingehören. Ganz oben, da bestand für sie sicher kein Zweifel.

Pit gesellte sich zu der Gruppe und unterhielt sich mit ihnen wild gestikulierend. Dabei deutete er immer wieder auf eine Droschke, die ganz in der Nähe stand. Mit dem Kutscher arbeiteten Pit und seine Bande häufiger zusammen, er bekam immer einen kleinen Anteil der Beute und war dafür offensichtlich bereit, einen kleinen Umweg zu machen. Es kam, wie fast jedes Mal: Die Männer nickten, luden ihre zahlreichen Kisten auf die Kutsche – und damit verschwanden sie um die nächste Ecke.

Charlotte sah ihnen einen Moment lang nur hinterher. Sie wusste schon, wo die Droschke jetzt hinfuhr. Sie würde einen kleinen Umweg machen, dann irgendwo unauffällig wieder zurück in Richtung des Hafens fahren und schließlich in einer Nebenstraße des Goldenen Ankers anhalten. Anfangs hatte sie die Kutschen noch verfolgt. Nachdem der Droschkengaul ein sehr gemütliches Tempo anschlug, war das kein schwieriges Unterfangen. Aber dann hatte sie sich die Mühe gespart: Sie wusste jetzt, wo diese Droschke in einer halben Stunde ankommen würde.

Fast beiläufig machte sie sich auf den Weg. Sie hatte wenig Lust, wieder in die Druckerei zu gehen. Georg hatte täglich neue Ideen, was sie in ihrer Zeitung drucken sollten – aber ihre Gedanken drehten sich in diesen Tagen nur noch darum, wie sie sich an Pit rächen konnte. Er war selten allein – und selbst wenn: Wie sollte sie ihm dann Schaden zufügen? Er war ausgesprochen kräftig.

Eine Zeit lang hatte sie sich überlegt, ob sie ihn nicht einfach von der Kaimauer stoßen sollte. Wie so viele Männer pinkelte er einfach von der Mauer hinunter aufs Meer. Es wäre nur ein kleiner Stoß – und er würde im Wasser liegen. Aber sie wusste nicht, ob er womöglich schwimmen könnte. Und dann würde er nur nass und dreckig sein. Ihr Wunsch nach Rache war größer. Außerdem war auf dem Kai immer viel los. Man würde sie beobachten – und wenn sie Pech hatte, dann landete sie im Gefängnis. Trotzdem beobachtete sie ihn weiter und wartete auf ihre Gelegenheit.

Sie erreichte die Nebengasse noch vor der Droschke und stellte sich unauffällig in einen tiefen Hauseingang. Sie war wütend, weil wieder ein paar Männer auf die Hilfsangebote von Pit hereingefallen waren.

Sie musste nicht lange warten. Die Droschke rumpelte durch einige der tiefen Schlaglöcher, brackiges Wasser spritzte auf, und mit einem lauten »Whoa!« brachte der Kutscher sein Pferd zum Stehen.

Aus zwei Richtungen kamen Pit und seine Freunde auf die Kutsche zu, rissen die Tür auf und forderten die Reisenden zum Aussteigen auf. Das taten sie auch, wenn auch widerwillig. Vor allem einer von ihnen musterte Pit und murmelte etwas, das wie eine finstere Drohung klang. Pit war das egal. Er forderte Geld und drohte mit dem Verlust des kompletten Gepäcks. Ein schmieriges Lächeln schlich sich in sein Gesicht, als er in seinem holprigen Englisch etwas erklärte, was sich Charlotte zusammenreimte als: »Ihr zahlt. Entweder mit Geld oder mit Gepäck.«

Er bekam sein Geld und nahm darüber hinaus auch noch

dem Italiener, der ihn am lautesten beschimpfte, den Mantel ab. Dann gab er dem Kutscher ein Zeichen. Die Beklauten durften wieder einsteigen, und die Kutsche verschwand aus der Seitenstraße. Diesmal war sie wirklich zu einer halbwegs sicheren Pension unterwegs, das hatte Charlotte schon einige Male überprüft.

Johlend machten sich die Diebe auf den Weg in den Goldenen Anker, wo sie ohne jeden Zweifel einen Teil ihrer Beute sofort in Bier oder Whiskey anlegen würden. Für heute gab es nichts mehr zu sehen, und Charlotte machte sich langsam auf den Weg. Sie würde sich für den Rest dieses Tages um ihre Zeitung kümmern.

Georg kam ihr entgegen, kaum, dass sie die Druckerei betreten hatte. »Schau dir das an, das hätte ich gerne auf der ersten Seite! Was denkst du – ist das gut genug?«

Mit nur halbem Interesse las sie den Artikel durch. Er handelte von der Stellung der Deutschen in der Gesellschaft von New York und insbesondere von der Forderung nach größerem Einfluss, da doch immer mehr Deutsche in der Stadt lebten.

Sie nickte nur und gab ihm den Text zurück. »Gar nicht schlecht. Hoffentlich bekommen die vielen anderen Völker in dieser Stadt keine Angst vor den bösen Deutschen.«

»Angst? Ach, woher denn? Wir planen doch keine Revolution!« Er lachte leise, dann wurde sein Gesichtsausdruck wieder ernst. »Geht es dir auch wirklich gut? Ich mache mir Sorgen um dich, wenn du so viel in der Stadt herumrennst und dabei immer völlig allein bist. Oder hast du wieder deinen Freund aus dem Chor dabei?«

»Klaus? Wo denkst du hin. Ich sehe ihn nur am Samstag. Den Rest der Woche muss er in der Bäckerei arbeiten. Nein, ich bin allein unterwegs, das kann ich dir versichern. Und du musst dir keine Sorgen machen, ich bin wirklich vorsichtig!«

»Ich mache mir trotzdem Sorgen.« Er schüttelte den Kopf. »Wenn ich nur verstehen würde, warum du so besessen bist von diesem Mann. Er ist es nicht wert, dass du so viele Gedanken an ihn verschwendest, verstehst du das nicht? Willst du mir denn nicht wenigstens sagen, warum du ihn wichtiger findest als unsere gemeinsamen Pläne?«

»Mein Leben fängt erst dann wieder an, wenn er nicht mehr sein Unwesen treiben kann. Es ist wie eine Wunde, die schmerzt und nässt, bis sie endlich abheilt …« Charlotte griff wieder nach dem Artikel und las ihn noch einmal durch. Sie wollte nicht über die Besessenheit reden, mit der sie diesen Pit verfolgte. Nicht mit Georg und auch sonst mit niemandem. Sie hatte ja nicht einmal eine Idee, was sie tun könnte, um ihm zu schaden …

Georg sah sie nachdenklich an. Ihr Mund war verkniffen, unter ihren Augen lagen tiefe Augenringe. Er konnte sich kaum erinnern, wann sie das letzte Mal gelacht hatte. Was war nur aus der lebenslustigen Frau geworden, die er auf der Überfahrt kennengelernt hatte? Was mochte ihr dieser brutale Pit nur angetan haben? Vorsichtig legte er ihr die Hand auf die Schulter und spürte, wie sie sich sofort verspannte. »Wenn ich dir helfen kann, dann sag es mir. Aber du solltest nicht mehr zum Hafen gehen. Dieser Pit ist gerade dabei, dein Leben zu zerstören. Und du tust nichts dagegen.«

Sie schüttelte seine Hand mit einer leichten Bewegung ab und las weiter in ihrer Zeitung.

Seufzend wandte Georg sich wieder seiner Arbeit zu. Er konnte Charlotte nicht helfen. Und das schmerzte ihn tiefer, als er sich selbst eingestehen konnte.

29

New York, im April 1833

»*Der Anzeiger! Der Anzeiger!* Die erste deutsche Zeitung für New York! Alles für die Deutschen in New York!«

Durch Kleindeutschland rannten die Zeitungsjungen und wedelten mit der ersten Ausgabe des *Anzeigers*. Und tatsächlich verkauften sie innerhalb weniger Stunden die komplette erste Ausgabe und kehrten am späten Nachmittag erschöpft wieder in die kleine Druckerei im Hinterhof zurück, um ihre Einnahmen abzugeben.

Begeistert zählten Georg und Tante Mathilde die Cents nach und klopften sich auf die Schulter. »Ich glaube, es funktioniert!«, rief Georg immer wieder. »Wenn uns das einmal die Woche gelingt, dann sind wir bald gemachte Menschen! Ihr werdet sehen: Schon im Sommer wird man uns aus dem Leben dieser Stadt nicht mehr wegdenken können!«

Charlotte lächelte. »Ich habe dir doch gesagt, dass es wahrscheinlich besser ist, wenn ich mich nicht um die Inhalte kümmere. Dafür hast du studiert. Ich kümmere mich lieber um die Technik.«

»Und du denkst nicht mehr, dass wir zu ernst sind? Zu wenig unterhaltsam?« Er sah sie mit leuchtenden Augen an.

Sie hob die Hände. »Ich denke, die Deutschen werden häufig deiner Meinung sein. Ich habe ein wenig Sorge, was die vielen anderen Völker in dieser Stadt denken, wenn sie plötzlich sehen, dass die Deutschen sogar eine Zeitung haben. Eine Zeitung, die sich noch dazu als Sprachrohr der vielen Einwanderer versteht …«

Er winkte ab. »Ach, du siehst alles viel zu schwarz. Es wird höchste Zeit, dass du diese Welt wieder in helleren Farben wahrnimmst.«

Er entkorkte eine Weinflasche und füllte drei Gläser mit dem Inhalt. »Mathilde, trinkst wenigstens du auf den Erfolg unseres *Anzeigers*?«

»Jetzt sei nicht so böse zu Charlotte.« Mathilde nahm zwei Gläser und reichte eines davon weiter. »Sie glaubt nur nicht daran, dass sich jeder New Yorker über deinen Erfolg freut.«

Dann hob sie ihr Glas. »Aber wir hoffen, dass auch die nächsten Ausgaben deines *Anzeigers* ein Erfolg werden! Auf dich und deinen Erfolg!«

Auch Charlotte hob ihr Glas. Sie konnte sich nicht so enthemmt freuen wie ihre beiden Mitstreiter. Ständig sah sie die Frau vor sich, die ihr und Klaus alles Unglück der Welt an den Hals gewünscht hatte. Warum hatte sie dieser eine Moment so ängstlich gemacht? Und jetzt fürchtete sie, dass Georg mit seiner Zeitung solche Menschen dazu brachte, mehr zu tun, als nur zu schimpfen. Sicher, sie sah vieles zu düster – aber Mathilde und Georg waren ihr hin und wieder zu sorglos.

Wenig später trennten sie sich. Georg traf sich mit einem Autor, der bereits einen Kommentar für die nächste Ausgabe geschrieben hatte. Und sie und Mathilde machten sich auf den Heimweg.

»Was ist denn wirklich mit dir los, mein Kind?«, fragte Mathilde leise, als sie sich untergehakt auf den Weg machten.

»Ich kann einfach nicht glauben, dass du seit der Ankunft in Amerika mit einem Schlag so anders geworden bist. Du hast dich doch vor nichts und niemandem gefürchtet, als wir durch Deutschland gefahren sind. Und das war weiß Gott gefährlicher. Hat dich der Tod von Louise so mitgenommen? Sie würde nicht wollen, dass du so sehr um sie trauerst, das weißt du doch.«

Charlotte schüttelte den Kopf. »Nein, es ist nicht der Tod von Louise. Aber ich musste seitdem erkennen, dass ich durch nichts vor den Unbilden des Lebens geschützt bin. Das war früher nicht so. Ich war sorgloser …«

»Du musst versuchen, diese Unbeschwertheit wiederzufinden. Es kann doch nicht sein, dass du dich ausgerechnet in diesem freien Land von deinen Ängsten bremsen lässt. Sei etwas zuversichtlicher!« Sie drückte Charlottes Arm ein wenig. »Und du weißt, dass du mir wirklich alles erzählen kannst? Ich habe das Gefühl, dass du mir und Georg so einiges verheimlichst.«

»Nein, nein. Es ist nichts.« Wenn sie auch nur einem einzigen Menschen von der letzten Nacht auf dem Auswandererschiff erzählen würde, dann konnte sie nicht einmal hoffen, dass sie diese schrecklichen Momente vergessen durfte. Und so klammerte sie sich daran, dass die Erinnerungen in ein paar Monaten oder Jahren nicht mehr ständig dafür sorgen würden, dass sie nachts schweißgebadet aufwachte.

Sie kletterten hintereinander die steilen Treppen zu ihrem Zimmer hoch und machten es sich an dem kleinen Esstisch gemütlich. Zur Feier des Tages hatte Mathilde ein wenig Pastrami besorgt – gekochte Rinderbrust, die es bei einem der Metzger des deutschen Viertels zu kaufen gab. Sie richtete das Fleisch mit Brot, sauren Gurken und Senf auf einem Teller an. »Komm, wir essen! Ich glaube nicht, dass Georg heute rechtzeitig nach Hause kommt. Er bleibt sicher in irgendeinem Wirtshaus und lässt sich für den Erfolg seines *An-*

zeigers feiern.« Sie lächelte. »Und du solltest dich ein wenig für ihn freuen. Bemüh dich, die Welt aus seiner Sicht zu sehen. Er hat eine Zeitung gemacht, in der er sich der Sorgen der Deutschen angenommen hat. Und so, wie es aussieht, hat er damit Erfolg. Das ist doch wunderbar.«

»Ja, das hoffe ich ja auch.« Charlotte nahm einen großen Bissen von dem köstlichen Fleisch. »Ich wünsche ihm den Erfolg von Herzen. Es kommt mir nur so vor, als würde niemand außer mir die vielen Gefahren sehen ...«

»Na also!« Mathilde tätschelte Charlottes Hand. »Das hört sich doch schon viel besser an.«

Die beiden Frauen gingen nur wenig später schlafen – und wurden mitten in der Nacht davon geweckt, dass Georg ins Zimmer rumpelte. »Diese Schweine!«, rief er immer wieder.

Charlotte setzte sich verschlafen auf und blinzelte in das schwache Licht der Gaslaterne, die er entzündet hatte. »Was ist denn los?«

»Die Fenster in unserer Druckerei wurden eingeschlagen! Sie haben Steine hineingeworfen, und ich fürchte, sie haben sogar die Presse beschädigt. Hoffentlich kannst du sie wieder reparieren für unsere nächste Ausgabe.«

Mit einem Schlag war Charlotte hellwach. »Haben sie eine Botschaft hinterlassen?«

Er hob einen zerknüllten Zettel an. »Das hier haben sie um einen Stein gewickelt, den sie hineingeworfen haben.«

»Und? Was steht darauf?«

Er drückte ihr das Papier in die Hand.

»Whose country is this anyway?« Sie runzelte die Stirn, während sie mühsam übersetzte. »Wem gehört dieses Land wirklich?«

»Ja. In dem Text schreiben sogenannte Patrioten, dass sie sich nicht von neuen Einwanderern überrennen lassen, die nicht einmal bereit sind, eine fremde Sprache zu erlernen. Sie verlangen, dass Amerika den Amerikanern gehören muss.«

Er ließ sich auf einen der Stühle fallen. »Wir können froh sein, dass sie nichts angezündet haben. Aber vielleicht sollte ich besser in der Druckerei übernachten und Wache halten. Nur um auf der sicheren Seite zu sein.«

Charlotte stand auf und schlüpfte in eines der Wollkleider, die sie im Alltag trug. »Ich komme mit. Dann können wir abwechselnd Wache halten. Und ich kann auch sofort sehen, ob ich die Presse reparieren kann oder ob ich irgendetwas für eine Reparatur benötige.«

»Das würdest du wirklich tun?« Er sah sie überrascht an.

»Sicher. Es mag sein, dass ich nicht völlig mit deiner Zeitung übereinstimme. Oder dass ich gefürchtet habe, dass es zu solchen Ausbrüchen gegen eine deutsche Zeitung in New York kommen könnte. Ich möchte trotzdem nicht, dass jemand unsere Druckerei zerstört. Das darf doch nicht sein in einem Land, das sich die Freiheit auf die Fahnen geschrieben hat.«

Sie liefen nebeneinander hinunter auf die Straße und machten sich, so schnell es ging und ohne eine Wort zu wechseln, auf den Weg in ihre Druckerei.

Die lag ruhig und verlassen im Hinterhof. Einige Scherben glitzerten im Licht des Mondes. »Puh, ein Glaser hat mit diesen Räumen wirklich ordentlich zu tun.«

Charlotte nahm eine Scherbe und legte sie sorgsam auf den Fenstersims. »Wenn das hier so bleibt, dann werden wir wohl immer in der Druckerei übernachten müssen. Und ich bin mir nicht sicher, ob uns das vor weiteren Angriffen schützt.«

Georg hob die Laterne und sah sich im Inneren um. »So, wie es aussieht, haben sie wirklich nur ein paar Steine geschmissen und sind dann wieder gegangen. Wahrscheinlich sind sie zu feige, um sich einem wirklichen Kampf zu stellen.«

»Zu feige?« Charlotte sah ihn kopfschüttelnd an. »Das glaube ich kaum. Ich denke eher, es war eine erste Warnung. Sie wollten deutlich machen, dass sie keine deutsche Zeitung in ihrer Stadt wünschen. Eigentlich am liebsten überhaupt nichts Deutsches. Ich bin mir nicht sicher, ob es nicht doch schlimmer wird, wenn wir weitermachen. Sie werden es als Kampfansage betrachten. Dafür würde ich meine Hand ins Feuer legen.«

»Und diese Weisheiten stammen alle von deinem Freund Klaus?« Georgs Stimme klang merkwürdig verbittert.

»Nein. Aber ich bin in letzter Zeit häufig am Hafen unterwegs. Und in anderen Vierteln. Erinnerst du dich an unseren ersten Besuch? Wir mussten einander versprechen, dass wir kein Wort wechseln, damit man auf uns Deutsche nicht aufmerksam wird. Es gibt keinen Zweifel, dass diese armen Menschen in den Elendsvierteln von New York Angst haben.«

»Angst? Wenn ich mich hier umsehe, dann sollte ich derjenige sein, der Angst hat.«

»Das verstehst du nicht. Sie sehen, dass hier Einwanderer ankommen, die etwas verändern werden. Einfach weil es so viele sind, die mit jedem Schiff ankommen. Wir sind ein Fremdkörper, wir sprechen eine andere Sprache, gehen in andere Kirchen und singen andere Lieder. Und das fürchten sie. Weil sie es nicht verstehen.«

In Gedanken versunken hob Georg einen umgefallenen Stuhl auf und stellte ihn wieder an seinen Platz. »Woher weißt du das?«

»Während du an deinen Artikeln gearbeitet hast, habe ich mich in New York umgesehen. Ich habe auch ein paar Brocken Englisch gelernt und angefangen, die Menschen zu verstehen. Und alles, was ich gehört habe, war Angst. Sie fürchten sogar, dass die Einwanderer die nächste Epidemie mit in die Stadt bringen. Erinnerst du dich? Sie haben viele Opfer durch die Cholera zu beklagen gehabt, wahrscheinlich ist sogar Mathilde durch die letzte Epidemie zur Witwe geworden. Und da sollen sie ruhig zusehen, wie immer noch mehr Menschen in ihrem Hafen ankommen? Es vergeht kaum ein Tag, an dem nicht ein Schiff eintrifft.«

Sie machte eine große Handbewegung, die nicht nur den Raum, sondern die ganze Stadt einschloss. »Sie wollen uns nicht. Und das wollten sie uns heute Abend sagen. Das hat wirklich nichts mit Klaus zu tun.«

»Ich dachte, ich wäre meinem Traum von einer eigenen Zeitung so nahe«, murmelte Georg. »Wirklich, ich habe heute Abend daran geglaubt, dass alles gut wird. Habe mir sogar eingeredet, dass auch du irgendwann dein altes Ich wiederfindest und ich die junge Frau von der Isabella wiedertreffe, die vor nichts und niemandem Angst hatte. Und jetzt? Mit einem Schlag liegt alles auf dem Boden.« Er versuchte ein schiefes Lächeln, das jämmerlich misslang. »Und genau diese junge Frau erklärt mir, dass sie zu Recht nicht an meinen großen Traum geglaubt habe, weil niemand hier die Flüchtlinge aus Deutschland mit offenen Armen empfange. Im Gegenteil. Wir sind so viele, dass wir offensichtlich anderen Angst machen.«

Er fuhr sich mit gespreizten Händen durch seine Haare, die ihm danach in alle Richtungen vom Kopf abstanden. »Warum nur habe ich nicht mehr auf dich gehört? Ich habe immer nur gedacht, dass du auf deinem privaten Rachefeldzug bist.«

»Was ja auch irgendwie stimmt«, murmelte Charlotte. »Aber ich habe eben auch sonst meine Augen offen gehalten.«

»Warum bist du nur so besessen von diesem Pit? Womit hält er dich gefangen? Oder sind es doch die Erinnerungen an deinen Verlobten?« Charlotte hatte ihm auf der Isabella von Friedrich erzählt.

»Nein. Friedrich ist tot, und ich bin mir sicher, dass er mir alles Glück der Erde wünschen würde. Es ist etwas anderes …«

Mit einem Schlag liefen ihr die Tränen über die Wangen. In nur wenigen Minuten war ihr Glaube an die Zukunft zerstört worden – und jetzt konnte sie nicht einmal den Schmerz teilen.

»Was ist es denn? Warum kannst du es mir nicht sagen?« Er hob seine Hand und wischte ihr die Tränen aus dem Gesicht. »Ich kann es nicht ertragen, dich so traurig zu sehen. Ich weiß nicht, was dieser Pit dir angetan hat, aber ich bin mir sicher, wir können es gemeinsam überwinden. Er darf keine Macht über deine Zukunft haben, das darfst du einfach nicht zulassen!«

Sie schüttelte nur den Kopf. »Das geht nicht so einfach, wie du es dir vorstellst. Wenn ich könnte, dann würde ich gerne unbeschwert durch mein Leben gehen. Aber ich kann es einfach nicht …«

»Dann lass doch bitte zu, dass ich dir helfe!« Er hob seine Hände und nahm sie vorsichtig in seine Arme. Dabei war seine Berührung so sanft, als würde er einen zerbrechlichen Vogel in den Armen halten.

Mit einem Mal brachen bei Charlotte alle Dämme. Alle Gefühle, die sie seit jener schrecklichen Nacht für sich behalten hatte, bahnten sich jetzt ihren Weg. Sie fing an zu schluchzen und presste sich an seine Brust, als würde sie sich hier eine Rettung vor allem Bösen der Welt erhoffen. Er streichelte ihr vorsichtig über den Rücken und murmelte ihr leise beruhigende Worte ins Ohr, so, als wäre sie ein kleines Kind, das in der Nacht wegen eines schrecklichen Albtraums aufgewacht ist.

Nun standen sie in dem kleinen Raum neben der Druckerpresse, inmitten der Scherben des Fensters, und hielten einander fest wie Ertrinkende.

Georg streichelte ihr weiter über den Rücken und spürte, wie sich ganz langsam die schreckliche Anspannung in ihr löste und wie sie anfing, sich in seiner Umarmung wohlzufühlen.

»Bitte«, murmelte er. »Ich möchte mein Leben mit dir verbringen. Jede Stunde, die ich dich nicht in den Armen halte, ist vergeudet. Lass mich nie wieder so allein, das ist alles, was ich von dir will.«

»Aber ich bin nicht so unbeschwert, wie du mich gerne hättest ...« Sie sah ihn verzweifelt an. »Du könntest mit einer anderen Frau so viel glücklicher werden. Was willst du dich mit meinen Dämonen herumschlagen?«

Er drückte sie an sich. »Ich möchte wirklich nichts anderes von diesem Leben als die Gewissheit, dass du zu mir gehörst. Und es ist mir egal, was du erlebt hast und wovor du Angst hast. Wenn ich nur ein Teil davon sein darf ...«

Sie hob ihren Kopf und sah ihm lange in die Augen. Dann hob sie sich auf ihre Zehenspitzen und küsste ihn auf den Mund. Erst ganz sanft und dann immer fordernder. Überrascht erwiderte Georg ihre Küsse, streichelte über ihren Rücken und ihre Arme.

Atemlos sahen sie sich um. Immer noch standen sie inmitten der Scherben, es gab in diesem Raum keinen einzigen Ort, an dem sie sich auch nur hinsetzen konnten.

»Vielleicht sollten wir in das Büro gehen?«, murmelte Charlotte. »Da wären wir ungestört. Ohne Scherben.«

Georg nickte nur und griff nach ihrer Hand. Ohne ein weiteres Wort führte er sie in den kleinen Raum, in dem er in den letzten Wochen sein Büro eingerichtet hatte. Hier traf er sich mit den Autoren seiner Zeitschrift, hierher hatte er sich häufig genug zurückgezogen, während die Druckerpresse arbeitete.

Das Zimmer hatte nur ein schmales Fenster, durch das ein Streifen Mondlicht auf das Ledersofa und den unaufgeräumten Schreibtisch fiel. Doch in diesem Moment verschwendeten weder Georg noch Charlotte einen einzigen Gedanken an die Papiere, die dort lagen. Sie ließen sich auf die Couch sinken und küssten sich weiter, während ihre Hände unendlich langsam und vorsichtig auf Entdeckungsreise gingen.

Sie knöpfte bedächtig sein Hemd auf und fuhr ihm über die knochige Brust. »Wie dünn du bist«, sagte sie leise. Er zog vorsichtig an den Bändern ihres Mieders. »Darf ich das wirklich?«, murmelte er.

Sie nickte nur. Vielleicht war es gar keine so schlechte Idee, ihre Dämonen mit neuen Erinnerungen zu besiegen und für immer zu vertreiben. Langsam öffnete er die Schnürungen und schob ihr das Kleid sanft von den Schultern.

»Du bist wunderschön!« Fast ungläubig fuhr er ihr über die Schultern.

Sie lächelte, zog ihn an sich heran und bedeckte ihn mit Küssen. Seine Haut fühlte sich so lebendig und so warm an. Seine Berührungen waren so zärtlich und liebevoll, dass sie keine Sekunde Angst bekam, als er sie fester packte und sich enger an sie drängte. Endlich lagen sie beieinander wie Mann und Frau, und sie dachte keinen Moment mehr an die Vergangenheit. Oder an die Zukunft. Sie und Georg befanden sich im Hier und Jetzt, die Couch war wie ein Floß, das sie in sichere Gefilde brachte, wo nichts passieren konnte. Sie hatte nur noch einen Wunsch: Diese Nacht sollte niemals enden.

Irgendwann mussten sie doch eingeschlafen sein. Charlotte erwachte, als das erste Licht des neuen Tages durch die offen stehende Tür schien. Ungläubig drehte sie sich um und betrachtete den tief schlafenden Georg. Sein Gesicht sah jetzt im Schlaf so entspannt aus wie nur selten. Sein Mund war leicht geöffnet, und ein leichtes Lächeln umspielte die Mundwinkel. Fast tat es ihr leid, als sie ihn mit einem leichten Kuss auf die Wange weckte.

»Ich glaube, wir wollen nicht in diesem Zustand überrascht werden«, flüsterte sie ihm leise ins Ohr. »Und ich müsste mich sehr täuschen, wenn nicht schon bald Mathilde hier in der Tür stünde. Sie will sicher nach uns sehen.«

Er schlug die Augen auf und lächelte sie mit seinen meerblauen Augen an. »Ewig schade, dass du mich weckst. Ich hatte einen so wunderbaren Traum …«

»Und was ist in ihm passiert?«

»Eine wunderbare Frau hat mich geküsst und mir versprochen, dass sie den Rest ihres Lebens mit mir teilt. Ist das nicht großartig?«

»Und weißt du, was das Schönste ist? Es ist kein Traum …«

In diesem Augenblick hörten sie Tritte in den Scherben im Hof.

»Hallo? Wo steckt ihr denn?«

Mathilde war wirklich früh aufgestanden, um in der Druckerei nach dem Rechten zu sehen.

So schnell es ging, sprang Georg auf und schlüpfte in seine Hose, sein Hemd und seine Schuhe. Er stürzte aus dem Büro, und Charlotte konnte hören, wie er Tante Mathilde begrüßte. Während er mit ihr redete, zog sie sich hastig wieder an und schnürte mit fliegenden Händen ihr Mieder. Danach fuhr sie sich mit den Händen durch die Haare. Leider gab es keinen Spiegel, in dem sie ihr Aussehen überprüfen könnte. Aber so lächelte sie einfach und ging ebenfalls in den großen Vorraum, in dem Mathilde und Georg mit sorgenvollen Mienen die Presse betrachteten. Jetzt, im Tageslicht, wurde sehr viel deutlicher, dass die nächtlichen Besucher vor allem auf die Presse gezielt hatten. Einer der Hebel stand jetzt in einem merkwürdigen Winkel ab, die meisten Lettern lagen auf dem Boden verstreut.

»Was meinst du? Kann man das reparieren?« Mathilde schöpfte offensichtlich keinen Verdacht, was die beiden jungen Leute betraf. Charlotte untersuchte die Mechanik und die Hebel der Presse sorgfältig. Dann drehte sie sich mit einem halben Lächeln um. »Ich denke, wir haben Glück im Unglück. Die Idioten, die hier die Steine geworfen haben, wissen nichts von der Funktionsweise einer Druckerpresse. Wir müssen nur ein paar Dellen ausbeulen, einen Hebel beim Schmied reparieren lassen und die Lettern wieder in den Setzkasten einsortieren. Dann können wir die nächste Ausgabe drucken.«

»Das ist ja wunderbar!« Mathilde sah sich um. »Und wir sollten die Scherben zusammenkehren. Das sieht ja schrecklich aus. Habt ihr denn schon gefrühstückt?«

Charlotte und Georg brachen in Gelächter aus. »Wann hätten wir das denn tun sollen? Du bist ja fast noch vor dem Ende der Nacht hier erschienen!«

Sie lächelte siegesgewiss und holte einen Beutel mit Brot und Pastrami, den sie am Eingang hatte liegen lassen. »Wir haben gestern den Erfolg unseren neuen Zeitung nicht gebührend gefeiert, finde ich. Vielleicht ist es jetzt an der Zeit, das Überleben der ersten Nacht des *Anzeigers* zu feiern. Was meint ihr?«

»Mir ist der Anlass egal, ich habe Hunger!« Charlotte griff nach dem Brot und belegte es üppig mit der gekochten Rinderbrust. »Und wenn wir satt sind, können wir auch über weitere Ausgaben nachdenken.«

30

New York, im April 1833

»Was willst du denn dort?« Georg sah sie verzweifelt an. »Warum kannst du ihn nicht einfach in seinem Hafenloch verrotten lassen? Du verfolgst ihn und vergeudest dein Leben, ohne dass du irgendetwas änderst.«

Charlotte hob die Hände. »Ich weiß es selbst nicht, was mich dorthin treibt. Du hast natürlich recht, ich träume von Rache und kann doch nichts tun. Aber ich muss noch ein letztes Mal dorthin. Danach werde ich mich vom Goldenen Anker fernhalten. Ich habe das Gefühl, dass ich mich von diesen Wochen meines Lebens verabschieden müsste. Kannst du das nicht verstehen?«

»Reicht es denn nicht, dass du jetzt einen neuen Teil deines Lebens beginnst? Das Leben, das du an meiner Seite führen willst?« Er sah sie kopfschüttelnd an.

»Es ist nur dieser eine Nachmittag. Ich muss ihm noch einmal ins Gesicht sehen und ihm sagen, dass ich ihm einen schrecklichen Tod wünsche. Und dann werde ich nicht mehr an ihn denken, das verspreche ich dir.« Bittend sah sie ihm ins Gesicht.

Er musterte sie schweigend und versuchte, in ihren Augen

zu lesen, warum sie so sehr von diesem schmierigen Pit besessen war. Egal, wie nahe sie sich in den letzten Tagen gekommen waren – sie wollte ihm die Geschehnisse an Bord der Isabella nicht anvertrauen.

»Dann gehe in Gottes Namen. Wenn es dunkel wird, komme ich zum Goldenen Anker und hole dich.« Er seufzte. »Ich hoffe, du findest dort den Seelenfrieden, den du suchst.«

Sie schlang sich einen dicken Schal um die Schultern und machte sich auf den Weg zu den Landungskais, bevor Georg seine Meinung ändern konnte.

Der Frühling hielt unverkennbar Einzug in New York. Die Bäume an den Straßen zeigten die ersten zartgrünen Blätter, und auch die Luft war milder. Es war der Aufbruch in den Sommer, in dem ihr neues Leben wirklich anfangen würde. Sie ertappte sich dabei, leise ein Lied vor sich hin zu summen. Drei Tage war es her, dass sie und Georg ihre erste Liebesnacht verbracht hatten. Seitdem waren sie jede Nacht in der Druckerei gewesen und hatten auf die Druckerpresse »aufgepasst«. Sie konnte seine Küsse noch auf ihrer Haut spüren und musste leise vor sich hin lächeln, wenn sie an die kommende Nacht dachte.

Ja, sie wollte diesem Pit nur einmal in die Augen blicken und ihm sagen, dass er es mit seiner Bösartigkeit nicht geschafft hatte, ihr Leben zu zerstören. Sie hatte ihn überlebt. Weil sie sich dazu entschieden hatte.

Vor dem Goldenen Anker herrschte noch Ruhe. Der Wirt wischte mit einem dreckigen Lappen über die Tische, die vor der Tür standen, und schien sie nicht zu bemerken. Sie ging die letzten Meter zum Kai. Bestimmt war wieder ein Auswandererschiff angekommen, und Pits Bande suchte nach einem neuen Opfer.

Sie bog um die Ecke und sah sich in ihrem Verdacht bestätigt. Tatsächlich, da stand Pit und redete auf eine kleine

Familie in dunklen Mänteln ein. Vielleicht konnte sie ja wenigstens diese vier vor einem Fehler bewahren. Entschlossen ging sie näher, als plötzlich eine Droschke auftauchte, aus der fünf dunkelhaarige Männer sprangen.

Charlotte war so nah, dass sie die fünf sofort erkannte. Es waren die Italiener, die Pit erst vor wenigen Tagen um ihr Vermögen gebracht hatte. Der Bärtige packte Pit ohne Umschweife am Kragen. »Du wirst nicht noch mehr Menschen die Ankunft in diesem Land schwer machen!«, zischte er und rief in Richtung der Neuankömmlinge: »Dieser Mann hat nur eines im Sinn – Sie um Ihr Geld zu bringen. Suchen Sie sich eine andere Hilfe, diese hier ist eine Falle!«

Die Familie trat erschrocken einen Schritt zurück, machte kehrt und stellte sich schützend vor die Koffer, die auf dem Kai gestapelt waren. Für den Augenblick waren sie vor dem Verbrecher Pit geschützt.

»Du erinnerst dich noch an mich?«, wandte sich der Bärtige wieder an Pit. »Das hoffe ich doch sehr. Denn es wird die letzte Erinnerung deines Lebens sein.«

Und damit zückte er ein kleines, blitzendes Messer und rammte es Pit mit einer fließenden Bewegung in den Bauch. Pits Gefährten versuchten zu fliehen, aber die Freunde des Bärtigen griffen ebenfalls nach ihren Dolchen und verletzten zwei weitere Männer.

Die übrigen Bandenmitglieder ergriffen die Flucht, verfolgt von zwei Italienern, die ihnen schon nach wenigen Schritten den Weg abschnitten und auch ihnen einen Dolch zwischen die Rippen schoben.

Pit war auf die Knie gesunken und hielt seine Hand auf die klaffende Wunde in seinem Bauch. Er sah mit einem merkwürdig erstaunten Ausdruck auf und betrachtete die Italiener. »Das werdet ihr bereuen …«

»Wohl kaum.« Der Bärtige lächelte auf ihn herab. »Bei Ungeziefer wie dir wird niemand eine Anzeige erstatten oder gar auf Rache sinnen. Diese Welt ist einfach besser, wenn du nicht mehr auf ihr lebst.«

Sein Opfer sah sich weiter um. Sein Blick fiel auf Charlotte, die nur wenige Schritte entfernt stand und die ganze Szene beobachtete.

»Junge Frau!«, rief er. »Rufen Sie einen Arzt. Ich bin das Opfer von Straßenräubern geworden, Sie müssen mir helfen. Bitte!«

Charlotte machte einen Schritt nach vorne und sah ihn ohne Mitleid an.

»Erinnerst du dich an mich?«

Er sah sie an. Trotz seiner Schmerzen gelang es ihm, einen Mundwinkel nach oben ziehen. »Nein. So großartig war die Zeit mit dir offensichtlich nicht. Wer bist du?«

Er erinnerte sich nicht einmal an sie. Einen Moment war Charlotte erschüttert. Dann lachte sie nur. »Mag sein, dass du dich nicht an mich erinnerst. Aber ich weiß genug von dir, um mir sicher zu sein, dass du diesen Tod mehr als verdient hast. Ich werde mich immer daran erinnern, wie du hier im Dreck der Straße verreckt bist. Und dabei lächeln.«

Damit machte sie kehrt und begab sich auf den Weg zurück in die Druckerei. Sie hatte ihren Dämon besiegt. Er hatte keine vier Monate in dieser Stadt überlebt. Und sie würde hier an der Seite ihres geliebten Georgs alt werden.

Als sie sich noch einmal umdrehte, stellte sie fest, dass der Bärtige ihr überrascht hinterhersah. »Danke!«, rief sie übermütig. »Sie haben mir einen großen Gefallen getan!«

Schon nach wenigen Metern trat ihr ein großer, schlaksiger Mann in den Weg. Georg. Sie warf sich in seine Arme und rief: »Was machst du denn hier?« Dann drückte sie ihm einen Kuss auf die Lippen. War es hier in der Neuen Welt nicht egal, was andere über sie dachten?

Er fing sie auf und lachte. »Du hast doch nicht im Ernst gedacht, dass ich dich ganz allein lasse? Ich habe dich die ganze Zeit beobachtet … Aber jetzt siehst du aus, als wäre dir ein Stein vom Herzen gefallen – dabei hast du einen Mord gesehen!«

»Das hat dieser Pit verdient, glaube mir. Er wird weder im wahren Leben noch in meinen Träumen jemals wieder Macht über mich haben. Du hast keine Ahnung, wie glücklich ich bin!«

»Ein Mord macht dich glücklich?« Er zog eine Augenbraue nach oben und sah sie zweifelnd an. »Hin und wieder bin ich mir nicht sicher, was für eine Frau ich mir da ausgesucht habe.« Er griff ihr um die Taille und hob sie in die Höhe. »Und jetzt?« Er sah sie fragend an. »Was machen wir jetzt?«

»Nun, ich schlage vor, wir machen die nächste Ausgabe unseres *Anzeigers* fertig.« Sie sah ihn mit blitzenden Augen an. »Du kümmerst dich um die Inhalte, und ich suche nach einem Schmied, der mir den Hebel reparieren kann. Und dann steht nichts und niemand der zweiten Ausgabe im Weg.«

»Und was machen wir, wenn sie uns wieder anfeinden?« Er sah sie fragend an. »Es könnte immerhin sein, dass uns das nächste Mal mehr blüht als nur ein paar Steine. Du selbst hast gesagt, dass wir uns in Gefahr begeben.«

Sie nickte. »Das glaube ich immer noch, aber wir werden das erst wissen, wenn wir es ausprobieren. Sollten die New Yorker uns dann immer noch nicht haben wollen, dann können wir über einen neuen Plan nachdenken. Wer weiß, vielleicht ist Illinois ja ein besseres Pflaster als New York mit seinen vielen Völkern auf engstem Raum.«

»Illinois?« Er runzelte die Stirn. »Irgendwo mitten im Land, wo sich die ganzen Deutschen ansiedeln?«

»Ja. Da haben wir noch mehr Leser als hier in der Stadt. Könnte ja eine gute Sache sein. Aber jetzt lass uns erst einmal ausprobieren, ob wir hier doch noch Erfolg haben.«

Sie hakte ihn unter. Gemeinsam liefen sie die wenigen Meter zurück in die Druckerei. Hier wartete schon Tante Mathilde auf sie. Sie musterte Georg und Charlotte mit gerunzelter Stirn.

»Ihr könnt mir nichts vormachen. Seit Tagen übernachtet ihr hier in der Druckerei, weil ihr angeblich die Presse bewachen müsst. Wenn ihr gerne ohne meine Gegenwart zusammen sein wollt – und das kann ich gut verstehen –, dann müsst ihr mir das nur sagen. Ich kann mir auch eine eigene Wohnung suchen. Oder wenigstens ein Zimmer. Und bis es so weit ist, sollte besser ich hier in der Druckerei schlafen. Ich wette, ich werde genauso wenig wie ihr von irgendwelchen Steinewerfern geweckt.«

Betreten sahen Georg und Charlotte sich an. »Wir wollten das nicht so offensichtlich …«, begann Georg vorsichtig.

Mathilde winkte ab. »Papperlapapp. Ein Blinder würde merken, dass irgendetwas mit euch passiert ist. Und es macht mich wirklich glücklich, das kannst du mir glauben! Es war in den letzten Monaten nicht zu übersehen, dass ihr euch wie zwei Katzen um den heißen Brei bewegt habt. Gut, dass ihr euch jetzt endlich gefunden habt. Da muss eine alte Frau ja nicht im Weg stehen, oder?«

Sie breitete ihre Arme aus und sah das Paar vor sich gerührt an. »Aber jetzt lasst euch erst einmal umarmen. Es ist so wunderbar, dass ihr endlich ein Paar seid …«

Einen Augenblick standen sie zu dritt in der Druckerei und umarmten sich.

Dann kicherte Charlotte los. »Wenn wir weiter so herumstehen, dann wird der nächste *Anzeiger* niemals fertig. Also los!«

»Aber eine Sache muss ich noch klären!« Georg richtete sich auf. »Wir bleiben hier im Büro, bis Mathilde eine neue Wohnung gefunden hat. Ich dulde es nicht, dass eine ältere

Frau unbequem leben muss, bloß weil sie ein großes Herz hat und unserem Glück nicht im Wege stehen will.«

»Dann wäre das abgemacht«, entgegnete Mathilde. »Ich werde nicht lange brauchen, macht euch keine Sorgen.«

31

New York, im Juni 1833

»Das müssen Sie lesen! Alles über die Pläne zum neuen Einbürgerungsgesetz! Die neuesten Entwicklungen in Frankfurt!« Charlotte drückte einer Frau den neuesten *Anzeiger* in die Hand. Es war schon die vierte Ausgabe, und mit jeder Woche mussten sie mehr Exemplare drucken. Seitdem sie sich entschlossen hatten, eine Mischung aus Nachrichten aus der alten und der neuen Heimat zu drucken, schien der Erfolg ihrer Zeitung unaufhaltbar. Sie lächelte, als sie die Pennys abzählte und sich der nächsten Kundin zuwandte. Sicher, eigentlich sollten die Zeitungsjungs für die Verteilung sorgen. Aber an diesem Morgen hatten sich mehrere von ihnen krankgemeldet – da hatte sie sich kurzerhand einen Packen der *Anzeiger* geschnappt und war selbst auf die Straße gegangen. Georg hatte ihr kopfschüttelnd hinterhergeblickt und irgendetwas davon gemurmelt, dass sie unmöglich sei. Seine Stimme hatte stolz geklungen.

Sie kehrte erst am frühen Nachmittag in die Druckerei zurück und hatte kein einziges Exemplar mehr in ihrer Tasche. Als sie den Hinterhof betrat, fiel ihr Blick auf die Schmiererei an der zweiflügligen Tür.

»Whose country is it anyway?«

Den Spruch hatte ihnen jemand kürzlich zu nachtschlafender Stunde mit großen weißen Lettern an die Tür geschmiert. Die Farbe hatten sie auch mit den besten Scheuermitteln nicht abwaschen können, sie würden die Schrift wohl irgendwann übermalen müssen. Und bis dahin einfach in eine andere Richtung sehen.

Sie seufzte. Es verging kein Tag, an dem nicht irgendetwas passierte. Hin und wieder nur ein böser Leserbrief. Aber erst gestern war einer ihrer Autoren mit blauem Auge und Schürfwunden im Gesicht aufgetaucht. »Ich hätte mich nicht in die anderen Viertel wagen sollen«, hatte er erklärt. »Bei den Five Points hat mich jemand erkannt. Sie haben mir erklärt, dass wir uns auf unsere eigenen Probleme beschränken sollten. Meine Artikel über die unterschiedlichen Viertel von New York haben ihnen wohl nicht gepasst.«

Sie schob die Tür auf, ging an ihrer Presse vorbei in das kleine Büro und hielt überrascht inne. Am Schreibtisch saßen Georg und ein Mann mit angespannten Gesichtszügen, der ihr bekannt vorkam.

Beide Männer sprangen auf, als sie den Raum betrat.

»Du erinnerst dich noch an Herrn Shepperd?«, fragte Georg. »Sicher erinnere ich mich«, erklärte sie. Er hatte ihnen nicht nur die Presse verkauft, sondern belieferte sie seitdem auch mit Papier und Druckerfarbe. Sie reichte ihm die Hand und lächelte. »Das ist aber eine Überraschung. Was führt Sie dazu, uns in unserer kleinen Druckerei zu besuchen?«

Der junge Mann räusperte sich verlegen und fuhr sich durch die Haare. »Leider keine guten Nachrichten. Wie ich Ihrem Mann schon mitgeteilt habe: Bedauerlicherweise kann ich künftig weder Papier noch Farbe über meine Druckerei liefern. So leid es mir auch tut, es geht nicht mehr.«

Überrascht sah Charlotte zu Georg hinüber, der nur mit den Schultern zuckte. »Ich habe schon versucht, Herrn Shepperd davon zu überzeugen, dass eine Fortsetzung unserer Geschäftsbeziehung doch für beide Seiten sehr zuträglich wäre. Aber er will sich nicht überreden lassen, sie fortzusetzen.«

»Wenn es um mich persönlich gehen würde, dann hätte ich nichts gegen eine weitere Zusammenarbeit.« Shepperd schien die Sache tatsächlich unangenehm zu sein. »Aber der *Morning Star* ist eine Zeitung für alle Menschen, die in New York leben. Und von denen haben viele Angst vor einer drohenden Übermacht der Deutschen. Wenn herauskommt, dass wir die deutsche Zeitung in dieser Stadt unterstützen, dann werden sie auch uns angreifen. Das können wir uns nicht leisten, dem *Morning Star* geht es nicht so gut.«

»Haben Sie denn bereits irgendetwas Unangenehmes erlebt? Oder irgendwelche Leserbriefe bekommen?« Charlotte setzte sich auf eine Ecke von Georgs Schreibtisch. »Oder fürchten Sie nur künftige Anfeindungen? Woher sollte denn jemand wissen, dass wir unser Papier über den *Morning Star* beziehen?«

»Nun, um zu beobachten, dass jede Woche ein Fuhrwerk von uns hierherfährt, muss man kein besonders heller Kerl sein. In der Tat haben wir die ersten Briefe erhalten, die uns als ›Deutschenfreunde‹ beschimpfen. Das kann uns schaden, so leid es mir tut.«

»Haben Sie vielleicht einen Ratschlag, woher wir das Papier in Zukunft beziehen könnten?« Charlotte sah ihn fragend an.

»Im Norden der Stadt gibt es eine Papierfabrik. Ich schätze nur, dass auch hier der Besitzer nicht zu den Freunden der Deutschen zählt … Um ehrlich zu sein: Sie stehen vor einem ernsthaften Problem.« Er griff nach seinem Hut. »Ich muss jetzt wieder los, Sie wissen ja sicher, wie das ist, wenn man eine Zeitung besitzt. Wenn man nicht in einem fort anwesend ist, steht einfach alles still. Ich wünsche Ihnen noch einen guten Tag!«

Damit eilte er ohne einen weiteren Gruß aus dem Büro.

Charlotte sah ihm fassungslos hinterher. »Ich nehme an, dass er uns bereits für die nächste Ausgabe sein Papier verweigert?«

Georg nickte. »Ja. Die Wut auf die Deutschen steigt, seitdem in der Nähe des Hafens wieder vermehrt Cholerafälle aufgetreten sind. Viele Menschen sind davon überzeugt, dass die Cholera von den Schiffen der deutschen Einwanderer stammt. Womöglich haben Sie damit sogar recht.«

Er sah müde aus. Charlotte stand auf und strich ihm über den Arm. »Wir finden eine Lösung, da bin ich mir sicher! Es kann doch nicht sein, dass wir eine erfolgreiche Zeitung gründen und dann am Papier scheitern.«

»Ich fürchte, dass es bis zum nächsten *Anzeiger* länger dauert. Ich habe mich in den letzten Wochen schon einmal umgehört, woher wir Papier beziehen könnten. Die Wahrheit ist: Die wenigen Händler und Produzenten haben allesamt abgewunken, als sie gehört haben, dass es sich um eine deutsche Zeitung handelt.« Er lachte leise auf. »Wie du schon öfter gesagt hast: Amerika hat nicht auf uns gewartet.«

»Nun, New York ist nicht Amerika. Ist es nicht so, dass viele der Deutschen nach Pennsylvania oder Illinois gehen und dort in Frieden leben können?«

»Klar, die gibt es. Aber die leben dann als Bauern oder Viehzüchter. Ehrlich gesagt habe ich keine Ahnung, wie man ein Feld bestellt oder eine Kuh melkt. Und du auch nicht. Wir sollten uns etwas anderes ausdenken.«

»Ich habe ja auch nicht gemeint, dass wir künftig auf dem Land leben sollten. Ich weiß selbst, dass wir zu wenig Erfahrung haben, um Land urbar zu machen. Aber denkst du nicht, dass all die deutschen Bauern gerne eine Zeitung hätten? Glaubst du nicht, sie würden gerne Nachrichten aus ihrer alten und ihrer neuen Heimat lesen? Außerdem soll es dort Städte geben, und es werden sicher auch Anwälte gebraucht – Menschen werden sich immer streiten. Und du hast doch die Juristerei studiert. Wir könnten es also zweigleisig versuchen. Mit einer Zeitung und mit einem Büro, in dem du als Anwalt arbeitest.« Sie sah ihn fragend an. »Wäre das nicht eine Idee?«

»Aber …« Er sah sich in dem Büro um. »Wir müssten all das hinter uns lassen. Die Presse … Wie sollten wir ein so schweres Ding quer über das Land transportieren? Das dauert eine Ewigkeit, bis wir ankommen. Und wir können nichts vorausplanen, sondern müssen einfach darauf hoffen, dass wir ein passendes Haus finden.«

Sie lachte. »Ich weiß, du hast deine Reise bis hierher wunderbar geplant. Aber ich fürchte, jetzt ist es an der Zeit, dass auch du deine Pläne den Realitäten anpasst. So, wie es aussieht, werden wir hier in New York immer nur Probleme haben. Unsere Journalisten werden verprügelt, unsere Druckerei wird beschmiert, und wir werden auf den Straßen angebrüllt. Vielleicht sollten wir uns einen Ort suchen, an dem man uns ein bisschen herzlicher begrüßt. Und das sollten wir tun, bevor es hier noch ungemütlicher wird. Du kennst die Lage in den deutschen Ländern. Es werden in den nächsten Jahren noch mehr Flüchtlinge kommen, die das Leben in ihrer Heimat unerträglich finden. Wir sind doch nur der Anfang gewesen. Und sie kommen alle nach New York, wo sie alles andere als willkommen sind. Nein, ich denke, es ist an der Zeit, dass du einen neuen Plan schmiedest.«

Er sah eine Weile sinnend aus dem Fenster. Dann drehte er sich zu ihr um und schlang seine Arme fest um sie. »Aber einen Plan würde ich vorher doch gerne Wahrheit werden lassen. Willst du mich heiraten, bevor wir nach Illinois aufbrechen? Danach bin ich zu allem bereit. Auch zu einer Reise quer durch das Land, wenn du es für richtig hältst.«

Sie presste sich an ihn. Durch den festen Stoff seines Hemdes konnte sie seinen Herzschlag hören. Bis zu diesem Moment hatten sie kein einziges Mal über eine Heirat gesprochen. Sie hatten jeden Moment genossen, den sie hier im Büro miteinander verbracht hatten, während Mathilde sich auf die Suche nach einer neuen Bleibe gemacht hatte. Für sie hätte es ewig so weitergehen können, so wunderbar fand sie ihr Miteinander. Es schien ihr oft, als hätte der Schöpfer sie vom ersten Moment an füreinander bestimmt, so wunderbar passten sie zusammen.

»Du würdest mich heiraten?«, flüsterte sie.

»Sicher. Ich dachte, das sei bereits ausgemacht.« Er grinste. »Wir leben seit Wochen in diesem Büro wie Mann und Frau, wahrscheinlich redet schon ganz Kleindeutschland über uns. Ich möchte in Illinois oder wo auch immer ganz neu anfangen, ohne Grund für Gerede zu geben. Lass uns doch beide als Mann und Frau dort eintreffen. Willst du etwa nicht?« Einen Augenblick lang sah er sie unsicher an.

»Natürlich will ich!« Sie lachte ihn an. »Was denkst du denn? Ich kann mir nichts Schöneres vorstellen, als deine Frau zu sein.«

Sie stellte sich auf die Zehenspitzen und küsste ihn auf den Mund. Einen Moment, der endlos schien, standen sie so da. Charlotte hielt die Augen geschlossen und spürte, wie sich das Glück in ihr ausbreitete.

Irgendwann drangen die Geräusche aus der Druckerei und dem Hinterhof wieder zu ihnen durch. Die Zeitungsjungs kamen mit ihren Einnahmen des Tages zurück und rechneten bei Mathilde säuberlich ab. Sie hörten ihre strenge Stimme, mit der sie die Jungs immer wieder zur Ordnung rief.

»Und was machen wir mit Mathilde?«, fragte Charlotte.

»Wir nehmen sie mit!« Seine Antwort kam ohne einen Moment des Zögerns. »Sie kann uns bei unseren neuen Unternehmungen sicher gut unterstützen, denn sie hat so viele Talente. Ich hätte ein schlechtes Gewissen, wenn wir sie einfach hier in New York zurückließen. Für eine Dame in ihrem Alter wäre es bestimmt nicht einfach, sich zurechtzufinden. Oder siehst du das anders?«

Sie küsste ihn gleich noch einmal. »Nein. Es ist wunderbar, dass du das genauso siehst wie ich. Auch wenn ich mir nicht sicher bin, ob wir zu Anfang wirklich ausreichend verdienen, um davon zu dritt zu leben.« Sie sah ihn stirnrunzelnd an. »Darf ich fragen, ob du noch Ersparnisse hast? Ich für meinen Teil kann leider nichts beitragen …«

»Natürlich darfst du fragen! Schließlich wollen wir bald heiraten! Leider wirst du mit dem Jawort nicht schlagartig eine wohlhabende Frau. Den größten Teil meines Geldes habe ich in die Überfahrt und die Presse investiert.« Er seufzte. »Wir werden noch den Transport der Presse und unsere Reise nach Illinois zahlen können. Die Miete für die ersten paar Wochen, das kriege ich auch noch hin. Aber dann sollten wir wohl bald anfangen, Geld zu verdienen …«

»Wann wollen wir denn aufbrechen?« Jetzt, wo der Abschied aus New York beschlossene Sache war, konnte Charlotte es gar nicht erwarten weiterzuziehen.

»Schnell. Wir sollten vor dem Winter ein Haus und ein Auskommen haben. Und ich denke, die Reise wird einige Wochen dauern. Wir sollten also wirklich keine Zeit verlieren und schauen, wie wir am besten in den Westen gelangen. Aber eine Sache sollten wir unbedingt vorher machen: Heiraten!« Er küsste sie noch einmal auf den Mund. »Jetzt, wo ich dein Jawort habe, will ich keine Sekunde länger warten, bis ich dich endlich als meine Gattin vorstellen kann!«

»Das lässt sich einrichten.« Sie schlang ihre Arme um ihn und atmete den Geruch seines warmen Körpers ein. »Komm, ich denke, wir sollten Mathilde in alle Neuigkeiten einweihen. Und dann suchen wir uns einen Pfarrer, der bereit ist, uns zu trauen. Viele Gäste werden wir ohnehin nicht begrüßen können …«

32

New York, im Juli 1833

»Vorsichtig! Ohne dieses Ding habe ich in Illinois nichts zu tun!« Charlotte griff unter einen der eisernen Füße der Druckerpresse und bemühte sich, das schwere Ding mitten auf die Ladefläche des Dampfschiffs zu schieben.

»Ich weiß, ich weiß! Hättest du dir nicht etwas Leichteres aussuchen können?« Klaus trat zur Seite und wischte sich den Schweiß von der Stirn. Es war ein schwülheißer Tag, typisch für einen Sommer in New York, wie er ihr erklärt hatte.

»Vielleicht noch ein Klavier?« Sie lachte ihn an. »Ihr habt doch jetzt niemanden mehr, der es spielt, oder?«

Klaus lachte. »Es wird schon wieder ein Mädchen vorbeilaufen, das von seinen Eltern wie eine junge Dame erzogen worden ist. Das kann dann sicher auf unserem Klavier spielen …«

Charlotte wurde ernst. »Habe ich dir schon gesagt, wie froh ich bin, dass du uns heute hilfst? Und euer Auftritt gestern war wirklich wunderbar. Ich könnte heute noch weinen, wenn ich nur daran denke …«

Sie hatten am Vortag in der Kirche geheiratet, in der sie

vor einer Ewigkeit nach dem Verbleib von Mathildes Ehemann gefragt hatte. Sie hatte fest damit gerechnet, dass neben ihr und Georg nur Mathilde sowie einige der Journalisten des *Anzeigers* anwesend sein würden. Und dann hatte sich die Tür der Kirche geöffnet, und der gesamte Chor war aufgetaucht und hatte sich in die leeren Bänke der Kirche gesetzt.

Nachdem sie und Georg ihre Treueschwüre ausgetauscht hatten, fing der Chor an zu singen, »Wach auf, meins Herzens Schöne«. Es klang wie aus einem fernen Traum von einer besseren Welt.

Georg hatte Charlotte angelächelt und nach ihrer Hand gegriffen. Ihr war aufgegangen, dass er Klaus um diesen Gefallen gebeten haben musste. Offensichtlich hatte er dafür seine Eifersucht überwunden und nur daran gedacht, wie er ihr eine Freude machen konnte. Nach dem kurzen Gottesdienst hatte sich Klaus netterweise auch noch erboten, ihnen beim Aufbruch aus der Stadt zu helfen.

»Ich verstehe nicht, wie man New York freiwillig verlassen kann, und dann auch noch nach Belleville«, erklärte er, während er Charlotte, Georg und Mathilde beim Verstauen des Gepäcks half. »Da sind die Wilden doch eben erst abgezogen. Aber ihr sucht ja offensichtlich das Abenteuer …«

Sorgfältig breitete Charlotte eine Decke über die Druckerpresse und befestigte sie mit groben Stricken. So konnte sie vielleicht verhindern, dass sich Staub in die Ritzen setzte und das gute Stück für immer ruinierte.

»Abenteuer? Eher nicht«, erwiderte sie. »Ich habe nur das Gefühl, dass es in New York für die Deutschen sehr schnell immer unbequemer wird. Es kommen immer mehr mit den Schiffen an, die Lage in den deutschen Ländern wird für alle fortschrittlich Gesinnten mit jedem Tag unerträglicher. Ich wette mit dir, dass beim nächsten Ausbruch der Cholera alle Schuld bei den deutschen Einwanderern gesucht wird. Da möchte ich lieber nicht dabei sein. Schau dich doch um, wir sind hier nicht alleine.« Sie deutete auf die anderen Reisenden. Es waren fast alles Einwanderer aus Deutschland.

Klaus winkte ab. »Das wird schon nicht so dramatisch, du wirst sehen. Aber wenn du mit deinem Mann lieber im Nirgendwo lebst, wünsche ich euch natürlich alles Glück. Das werdet ihr auch dringend benötigen, wenn ihr auf die erste Rothaut trefft.«

Er trat einen Schritt zurück und begutachtete das Gepäck. Mathildes Reisekoffer war wieder dabei, ebenso die Koffer von Georg, die Presse und irgendwo Charlottes kleiner Beutel, mit dem sie hier in Amerika angekommen war. Mit lautem Rufen wurden die Passagiere an Bord des Raddampfers gerufen. Klaus winkte ein letztes Mal und sprang auf den Kai, wo immer noch der Karren stand, mit dem sie all ihre Habseligkeiten von Kleindeutschland zum Boot gebracht hatten.

Das Schiff legte ab und setzte sich rauschend in Bewegung. Sie würden heute nicht lange damit unterwegs sein: Schon bald würden sie auf die Eisenbahn wechseln und so nach Bortentann fahren. Dort wartete auf dem Delaware ein weiteres Dampfschiff, das sie noch am selben Tag nach Philadelphia bringen würde. Die ersten neunzig Meilen ihrer Reise würden kaum acht Stunden dauern.

Mathilde lehnte sich an die Reling und sah sinnend auf die langsam verschwindende Stadt. »Mich würde schon interessieren, was aus New York wird. Meint ihr, wir werden jemals zurückkehren?«

Charlotte stellte sich neben sie.

»Ich weiß es nicht, Tantchen. Wirklich nicht. Wenn es weiter so komfortabel ist und wir nur hin und wieder Schiffe wechseln oder in eine Eisenbahn steigen müssen, dann kann es schon sein, dass wir diese Reise wiederholen. Aber warten wir doch erst einmal ab, wie es in Belleville ist.«

Tatsächlich war es bequem wie selten auf ihrer Reise. An den Stationen, an denen sie umsteigen mussten, standen immer ausreichend Helfer zur Verfügung, die Eisenbahn erwies sich als riesiger Spaß, und am späten Nachmittag tauchte Philadelphia am Horizont auf.

»Das sieht ja langweilig aus«, erklärte Georg enttäuscht, als er die flache Stadt sah.

Charlotte wedelte mit einer Hand vor ihrem Gesicht, um den Schwarm an Fliegen zu vertreiben, der sie seit geraumer Zeit umschwirrte. »Wenn es langweiliger als New York ist, dann kann ich gut damit umgehen. Es macht einfach keinen Spaß, wenn eine ganze Stadt gegen dich ist.« Sie grinste ihn an. »Außerdem wollen wir hier ja gar nicht bleiben, oder?«

Georg zuckte nur mit den Schultern und sah angespannt in Richtung der Häuser. Die Sonne schien an diesem Sommertag von einem makellos blauen Himmel und sorgte für unglaublich heiße Luft. Ein Schweißtropfen lief an seiner Schläfe herab. Er wischte sich zum wiederholten Male über die Stirn und sah zu, wie der Raddampfer mit einigem Tuten und Rauschen am Kai festgemacht wurde.

Mit einem Mal winkte Georg. »Sieh doch! Da ist mein alter Freund Valentinus. Ich habe ihm geschrieben, dass wir kommen würden, aber ich war mir natürlich nicht sicher, ob er meinen Brief auch erhalten hat. Bestimmt können wir bei ihm ein paar Tage wohnen.«

»Ein paar Tage? Aber wir wollten doch ...« Sie brach mitten im Satz ab, als Georg begeistert auf den Kai sprang und einen etwas rundlichen, dunkelhaarigen Mann in seinem Alter umarmte. Von einem Valentinus hatte sie noch nie gehört, aber es sah zumindest so aus, als ob die beiden sich gut kannten. Sie umarmten einander, klopften sich den Rücken und lachten sich an. Langsam ging sie näher und stellte sich neben Georg. Der bemerkte sie erst, als Valentinus sie fragend ansah.

»Ach ja, ich habe dir gar nicht geschrieben, dass ich in New York geheiratet habe! Darf ich dir Charlotte vorstellen? Sie stammt aus der Pfalz, ich habe sie bei meiner Überfahrt kennengelernt!«

Valentinus reichte Charlotte seine Hand und lächelte sie freundlich an.

»Unglaublich! Andere Männer müssen hier in der Neuen Welt jahrelang suchen, bis sie eine Frau finden. Und mein Freund Georg schnappt sich sofort eine der neuen Bürgerinnen unseres schönen Landes, damit wir hier keine Chance kriegen …« Er schüttelte ihr die Hand und wandte sich weiter an seinen Freund.

»Und du hast tatsächlich in New York eine Zeitung herausgebracht? Du bist ein wahrer Tausendsassa. Planst du das Gleiche jetzt in unserer beschaulichen Stadt?«

»Wer weiß?« Georg deutete auf den beachtlichen Stapel an Gepäck und die Druckerpresse, die inzwischen ausgeladen worden waren. »Als Erstes sollten wir unsere Besitztümer sicher verstauen. Hast du eine Idee, wo wir das alles unterbringen können, bis wir weiterreisen?«

»Kein Problem, ich kümmere mich darum. In der Zwischenzeit kommt ihr mit in mein Haus. Zum Glück habe ich immer Zimmer für Gäste frei. Für heute Abend habe ich ausreichend zu essen kochen lassen – wir können es uns also gemütlich machen!«

Er wandte sich schon zum Gehen, als Charlotte dazwischenrief: »Ich möchte die Presse nicht allein lassen, bis sie ordentlich verstaut ist. Wir brauchen das Ding noch. Und wenn man es mit unkundigen Händen bewegt, dann kann leicht etwas an der Mechanik unwiederbringlich kaputtgehen.«

»Keine Sorge, die Männer passen schon auf.« Valentinus musterte sie mit einer hochgezogenen Augenbraue. »Es scheint mir höchst merkwürdig, dass eine Frau sich so sehr um ein technisches Gerät sorgt. Sage, lieber Georg, woher hast du ein so eigentümliches Wesen?«

»Ich kann durchaus für mich selber sprechen!« Charlotte funkelte Valentinus an. »Ich sorge mich um diese Druckerpresse, weil ich diejenige bin, die sie bedienen kann. Und wenn deine Männer nicht ausreichend Sorgfalt walten lassen, dann bin ich es, die sich um die Reparatur kümmern muss. Ich werde den Transport also beaufsichtigen und erst kommen, wenn die Presse wohlverstaut ist. Einer der Männer kann mich dann ja zu deinem Haus bringen, lieber Valentinus. Ich bin mir sicher, ihr hebt mir ein wenig des bestimmt köstlichen Abendessens auf.«

»Sicher.« Valentinus war nicht wenig verdattert, hakte sich dann aber bei Georg unter und redete begeistert auf ihn ein, während sich die kleine Reisegruppe entfernte.

Charlotte schüttelte den Kopf und wandte sich den Männern zu. »Seid vorsichtig, wenn ihr die Druckerpresse anfasst.«

Tatsächlich war die kleine Lagerhalle, in die ihr komplettes Gepäck gestellt wurde, nicht weit entfernt. Während Charlotte also wieder die Decken auf die Presse legte, fragte sie möglichst beiläufig einen der Männer: »Was macht er denn, dieser Herr Valentinus? Ist er schon lange hier in Philadelphia?«

»Sicher.« Einer der Männer nickte. »Er ist ein Anwalt und kann sich ganz bestimmt nicht über Mangel an Arbeit beklagen. Die vielen Deutschen hier in der Stadt müssen mancherlei Händel austragen. Und er hat einen makellosen Ruf, das müsst ihr mir glauben!«

Sie nickte nur. Warum nur hatte Georg nicht erzählt, dass er einen Freund in Philadelphia von ihrer baldigen Ankunft unterrichtet hatte? Sie behielt in diesem Augenblick ihre Gedanken allerdings für sich. »Könnt ihr mich dann zu seinem Hause bringen?«

Der Mann nickte nur und brachte sie dann durch die breiten Straßen der Stadt zu einem stattlichen Anwesen. Was Charlotte am besten gefiel, waren die vielen Markisen, mit denen die Gehwege im Schatten gehalten wurden. Bei der Hitze in der Stadt erschien ihr das eine wunderbare Einrichtung, ebenso wie die vielen Brunnen, die überall für erfrischendes Wasser sorgten.

Beschwingt ging sie die Stufen nach oben, wo ihr fröhlicher Stimmenlärm den Weg wies.

»Und wie sieht es aus?«, fragte Valentinus, als er sie in der Tür bemerkte. »Wird eure Presse auch in Zukunft arbeiten können?«

»Ganz bestimmt«, antwortete Charlotte lächelnd. »Deine Männer haben sich trefflich gekümmert.«

Sie setzte sich neben Georg und griff nach einem Stück kaltem Huhn, das auf einer Platte lag. Es schmeckte saftig und überaus köstlich.

»Schmeckt es euch?«

Valentinus sah sie gespannt an.

»Das schmeckt wunderbar!« Sie lächelte. »Wenn ich auch zugeben muss, dass ich seit der Überfahrt weniger anspruchsvoll geworden bin. Ich bin dankbar, wann immer ich nicht einen Schiffszwieback essen muss.«

Valentinus verzog sein Gesicht. »Bei mir ist es jetzt schon einige Jahre her, dass ich mich auf den Weg über den Atlantik gemacht habe, aber ich erinnere mich noch gut …«

»Was war denn bei dir der Grund für den weiten Weg?« Sie sah ihn neugierig an. »Und woher kennt ihr euch? Ihr habt doch kaum miteinander studiert – oder verschätze ich mich bei deinem Alter so sehr, Valentinus?«

Georg lächelte Charlotte an. »Wir haben uns vor Jahren kennengelernt, als Valentinus bei meinen Eltern zu Besuch war. Wir waren an derselben Universität, allerdings eher nacheinander.«

»Hast du noch Kontakt nach Heidelberg?« Charlotte sah ihn gespannt an.

»Sicher, warum nicht? Ich schreibe regelmäßig nach Hause.« Er sah sie verwundert an. »Aber macht das nicht jeder?«

Sie schüttelte den Kopf. »Ich habe Angst, dass ich meinem Bruder oder meinem Vater noch mehr Ärger bereiten könnte, wenn ich ihnen schreibe. Aber ich brenne darauf zu hören, wie es ihnen ergeht. Könntest du vielleicht bei einem der nächsten Briefe nachfragen? Mein Bruder ist Wilhelm Trautmann. Womöglich hat ja irgendjemand von seinem Verbleib gehört. Das würde mich wirklich sehr beruhigen, wenn er nur nicht in die Hände der Obrigkeit geraten ist. Oder mein Vater, der in Frankenthal wohl im Gefängnis sitzt. Es sei denn, ihm wurde inzwischen der Prozess gemacht …«

»Sicher, ich werde mich in meinem nächsten Brief nach dem Verbleib deiner Lieben erkundigen.« Valentinus sah Georg neugierig an. »Auch wenn es mich wundert, dass dein Gatte noch keine Nachricht erhalten hat.«

»Ich habe nachgefragt«, erklärte Georg. »Aber leider hat mein Vater wenig Kontakte nach Heidelberg oder gar nach Frankenthal. Ich habe also wenig Hoffnung – und Charlotte offensichtlich noch weniger –, eine Antwort zu erhalten, die uns befriedigt. Bei dir mag das anders sein, du kennst in Heidelberg ja die Professoren und mancherlei Studenten, die sich immer noch um die Burschenschaften bemühen.«

»Sicher kenne ich die.« Valentinus wiegte nachdenklich den Kopf. »Aber ich muss gestehen, dass mit den Geschehnissen in Deutschland immer mehr Burschenschafter das Heil in der Flucht suchen. Wobei noch nicht ausgemacht ist, ob es eine Flucht nach Amerika, in die unpolitische Haltung oder in den Kampf ist … Aber ich werde sicher sehen, was ich tun kann.«

Der Abend verlief in fröhlicher Runde, bei der alte Erinnerungen ausgetauscht wurden und Mathilde und Charlotte nur als Zuschauer zugegen waren. Es schien so, als seien sie kaum anwesend – und ihre Meinung wurde kein einziges Mal an diesem Abend eingefordert.

Charlotte spürte, wie die Strapazen der Reise an ihr zehrten, und stand auf. »Ich werde mich zurückziehen und ein wenig schlafen. Nehmt es mir nicht übel, aber die Fahrt hat mich doch ermüdet …«

Das Gästezimmer erwies sich als komfortabel und groß. Es war spät, als Georg sich endlich an ihre Seite legte und seine Arme um sie schlang.

»Bist du noch wach?«, fragte er leise.

Sie murmelte irgendetwas Unverständliches, was er wohl als Einverständnis auffasste, weiter auf sie einzureden.

»Stell dir vor, Valentinus meint, wir sollten einfach hier in Philadelphia unsere Zeitung herausgeben. Er ist sich sicher, dass sie ein noch größerer Erfolg als in New York sein könnte – und gleichzeitig würden wir wohl auf weniger Widerstand stoßen, da es hier eigentlich nur Deutsche gibt.«

Ihre Müdigkeit verflüchtigte sich auf einen Schlag. »Warum willst du denn jetzt plötzlich hierbleiben? Wir waren uns doch einig, dass wir in Belleville bestimmt eine schönere Heimat finden könnten. Wir könnten sogar ein wenig Land bebauen, damit wir nicht so abhängig vom Glück oder Unglück einer Zeitung sind. Und außerdem wird es hier in Philadelphia auf Dauer ähnlich weitergehen wie in New York: Es werden sich engstirnige Menschen finden, die in der Einwanderung der vielen Deutschen eine Gefahr sehen.«

»Jetzt beruhige dich doch. Warum sollten wir an einem Plan festhalten, wenn sich eine viel bessere Alternative ergibt? Ich habe das Gefühl, dass wir hier gemeinsam mit Valentinus viel bewegen können. Und wir sind nicht so abgeschnitten von der Küste und damit von allen Nachrichten aus der Heimat.«

»Aber warum bist du denn so erpicht auf diese Nachrichten? Sicher, auch ich will wissen, wie es meiner Familie ergeht. Aber unsere weitere Zukunft liegt doch ohnehin nicht mehr in der alten Heimat. Warum also immer nach hinten blicken? In Belleville könnten wir unsere Zukunft aufbauen, ohne auf die Vergangenheit Rücksicht zu nehmen, meinst du nicht?« Er zog sie enger an sich. »Ich verstehe nicht, warum du dich so aufregst«, flüsterte er in ihr Ohr. Seine Hand wanderte unter ihr Nachthemd. »Und ich bin im Moment auch kaum in der Lage, mit dir zu streiten, wenn du so verführerisch vor mir liegst. Da kann ich gar nicht anders, da übermannt mich einfach nur der Hunger auf mein Weib …«

Einen Augenblick lang spürte Charlotte, wie die Erinnerung an eine längst vergangene Qual in ihr aufstieg. Aber dann roch sie den vertrauten Geruch von Georg, dreht sich um und schloss ihn in ihre Arme. Die Sache mit Philadelphia würde sie ein anderes Mal mit ihm besprechen.

33

Philadelphia, im August 1833

»Wir sind immer noch hier!« Sie starrte ihn vorwurfsvoll an. »Jeden Tag hockst du mit Valentinus und seinen Freunden zusammen, während ich mit diesen langweiligen Frauen in irgendeinem Salon sitzen muss. Das ist nicht das Leben, das ich mir erträumt habe!«

»Jetzt sei doch nicht so aufgebracht. Ich habe mit ihm über die vielen Möglichkeiten hier in Philadelphia gesprochen. Warum sollten wir uns in ein Abenteuer stürzen, wenn wir auch einen sicheren Weg wählen könnten?« Er sah sie fragend an.

Charlotte seufzte. »Ich möchte hier nicht von einem anderen Auswanderer abhängig sein. Sicher, Valentinus ist mehr als freundlich und hat uns hier sehr großzügig aufgenommen. Aber das ändert doch nichts daran, dass er nur seinen Einfluss auf die Stadt vergrößern möchte. Und diese Möglichkeit sieht er, wenn wir bleiben und eine Zeitung für Philadelphia drucken. Ich würde lieber etwas ganz Neues beginnen. Etwas, bei dem wir nichts und niemandem Rechenschaft oder Dankbarkeit schulden. Ist das so schwer zu verstehen?«

»Wenn du so genau fragst: Ja. Immerhin reisen wir mit dem Geld, das ich mitgebracht habe, und ich möchte damit möglichst sinnvoll umgehen. Und es erscheint mir einfach nicht sinnvoll, es in eine unsichere Zukunft irgendwo in Illinois zu investieren. Was weißt du schon über Belleville – außer dass es an einem Fluss liegt und sich dort viele deutsche Auswanderer niederlassen? Geht es ihnen gut? Sind sie glücklich? Hier kann ich sehen, wie die Menschen leben, und wenn ich ehrlich bin: Ja, ich möchte ein Teil dieser Gemeinschaft sein. Sobald wir mit unserer Zeitung anfangen, musst du ja auch nicht mehr mit den anderen Damen die Nichtigkeiten des Lebens besprechen, sondern kannst wieder an deiner Druckerpresse stehen.« Liebevoll strich er ihr über den Arm. »Versuch doch wenigstens, meinen Standpunkt zu verstehen.«

»Das versuche ich ja.« Charlotte merkte selbst, dass ihre Stimme trotzig wie die eines kleinen Kindes klang. »Trotzdem … Ich kann und will deinem Valentinus nicht trauen. Und wenn wir nicht bald aufbrechen, dann wird es Winter, bevor wir Belleville erreichen. Dann kostet uns dieser Besuch hier ein ganzes Jahr – und diese Zeit haben wir nicht.«

»Oder wir gewinnen ein ganzes Jahr, weil wir nicht nach Illinois gehen, sondern hierbleiben.« Er lächelte.

Nachdenklich biss Charlotte sich auf die Unterlippe. Sie konnte nicht erklären, warum sie Georgs Freund nicht traute, es war nur ein unbestimmtes Gefühl, dass Valentinus lediglich auf seinen eigenen Vorteil bedacht war. »Und wann willst du diese Entscheidung treffen?«, fragte sie schließlich.

Georg sah sie nachdenklich an. »Ich denke, ich habe sie schon getroffen. Wir bleiben hier. Lass uns eine eigene Wohnung oder ein Haus finden. Ich arbeite als Anwalt, und wir fangen mit unserer Zeitung an. Du wirst sehen, diese Stadt wird dir noch ans Herz wachsen!«

Sie antwortete nicht. Solange sie nur ein ungutes Gefühl

hatte, wann immer sie an diese Stadt dachte, konnte sie ihm wohl kaum widersprechen.

Die nächsten Tage sah sie sich gemeinsam mit Georg immer neue Häuser an. Sie waren allesamt recht modern, so wie diese ganze Stadt mit ihren schmucken Markisen, Brunnen und breiten Gehwegen. Etwas gewöhnungsbedürftig war allerdings der Stil der Häuser: Sie waren dicht an dicht gebaut, ganze Straßenzüge lang. Und diese Entwicklung nannten die Einwohner der Stadt stolz »Reihenhäuser«. Doch je mehr sie nachdachte, gab es wirklich keinen Grund, nicht hierzubleiben.

Valentinus war mit Cecile verheiratet, einer farblosen, zierlichen Frau, die häufig mit ihnen gemeinsam auf Häusersuche war und meist ein wenig unbeholfen wirkte. Sie stammte aus dem Süden, ihre Familie war schon vor mehr als einem Jahrhundert aus Frankreich eingewandert.

»Hast du dich inzwischen entschieden, welches Haus es sein soll?«, erkundigte sich Cecile bei Charlotte. »Es waren doch einige ansprechende dabei, meinst du nicht?«

Widerstrebend zuckte Charlotte mit den Achseln. »Ich weiß nicht recht. Ich mochte eigentlich dieses eine Haus am Ende der Reihe ganz gern. Das hatte mehr Licht …«

Cecile lachte. »Licht? Hier ist es doch im Sommer sowieso zu heiß, da sollte man dankbar sein, wenn nicht allzu viel Sonne hereinscheint. Nein, von diesem Haus würde ich dir entschieden abraten. Ist dir gar nicht aufgefallen, dass ganz in der Nähe einige Neger wohnen?«

»Ja und?« Charlotte sah die kleinere Frau überrascht an. Seitdem sie in New York zum ersten Mal schwarze Menschen gesehen hatte, war ihr der Anblick fast vertraut.

»Die sind doch keine gute Nachbarschaft! Wo Neger wohnen, da ist es immer schmutzig, und die Gegend wird schnell verwahrlosen. Glaub mir, ich weiß, wovon ich spreche. Auf unserer Plantage im Süden hat meine Familie viel mit Negern zu tun – und wenn man sie nicht in einem fort zur Reinlichkeit und Ordnung ermahnt, dann versinken sie in ihrem eigenen Dreck. Wie Tiere, denen sie wahrscheinlich auch ähnlicher sind als uns.« Sie lächelte süß. »Nein, da möchtest du nicht wohnen. Ich finde das Haus von gestern, direkt in unserer Nachbarschaft, sehr viel passender.«

Charlotte war ein wenig überrascht, dass Cecile die Schwarzen so schroff ablehnte. »Ihr habt eine Plantage? Das wusste ich gar nicht. Valentinus hat auf mich immer den Eindruck gemacht, dass ihr nur von seinen Geschäften hier in der Stadt lebt.«

Ein helles Lachen war die Antwort. »Ja, das sieht er gerne so. Tatsächlich ist die Plantage das Erbe meiner Eltern. Und der Grund, warum wir hier im Norden ein recht ordentliches Leben führen können und Valentinus seine unterschiedlichen Interessen verfolgen kann.«

»Was wird auf eurer Plantage denn angebaut? Wo liegt sie?« Bisher hatte Charlotte Cecile kaum Aufmerksamkeit geschenkt. Sie schwieg meistens, wenn Valentinus anwesend war, und trug nur selten etwas zu den Unterhaltungen bei.

»In Missouri. Baumwolle und Mais. Es ist eine richtig große Plantage!« Der Stolz in ihrer Stimme war unüberhörbar.

»Und ihr habt wirklich Sklaven?« Sie bemühte sich, nicht allzu entsetzt zu klingen.

»Sicher.« Cecile sah sie überrascht an. »Wie sollten wir die Plantage sonst bewirtschaften? Wir haben Familien, von denen einige schon in der dritten Generation für uns arbeiten. Sie sind gesund und fleißig, lieben ihre Arbeit und leben glücklich in den Häusern, die wir für sie gebaut haben.«

»Aber …« Charlotte dachte nach. »Können sie kündigen, wenn sie wollen?«

»Nein, natürlich nicht. Wo denkst du hin? Sie sind unser

Eigentum, so wie die Pferde und Ochsen. Die lasse ich ja auch nicht frei, bloß weil ihnen das Gras auf einer anderen Weide besser schmecken könnte.«

»Menschen können doch kein Eigentum sein.« Charlotte sah Cecile kopfschüttelnd an. »So hätten unsere Fürsten und Könige uns auch gern gesehen. Und das ist einer der Gründe, warum wir das alte Europa verlassen haben, um hier ein freieres Leben zu beginnen.«

Cecile lachte erneut ihr künstliches Lachen. »Das ist doch nicht das Gleiche. Die Neger sind keine Menschen wie wir. Sie denken nicht über Politik oder den Weltenlauf nach. Weißt du, die sind glücklich, wenn wir sie gut behandeln, das Dach über ihrem Kopf dicht und das Essen ausreichend ist. Wir schlagen sie nicht, die Peitsche hängt seit Jahren an der Wand und wird nicht verwendet. Wir sind doch keine Unmenschen.«

»Peitsche?« Charlotte kam sich unendlich dumm vor. Sie hatte bisher zwar gehört, dass es in den Südstaaten Sklaven gab – aber sie hatte sich nie auch nur einen Moment damit beschäftigt. »Warum sollte man einem anderen Menschen mit einer Peitsche Schmerzen zufügen?«

»Dummerchen. Es ist wie bei Tieren. Wann schlägst du einen Hund? Wenn er dir nicht gehorcht oder weglaufen will. Bei Sklaven ist es ganz genauso.« Sie schüttelte ungeduldig den Kopf. »Du siehst mich an, als wäre ich eine ganz besonders grausame und widerliche Person. Das stimmt nicht. Ohne uns wären die Neger total hilflos, sie brauchen uns, um zu überleben.«

»Hast du sie gefragt?« Charlotte war fassungslos.

»Natürlich nicht. Ich frage ja auch meine Tiere nicht. Mein Pferd möchte mich nicht tragen oder ziehen, sondern auf der Wiese stehen und Gras fressen. Meine Hühner hätten lieber kleine Küken in ihrem Nest, als dass ich Omelette esse. Meine Neger würden lieber in der Hängematte liegen und singen. Aber leider ist das Leben nun einmal nicht so.« Sie sah Charlotte herausfordernd an. »Du hast dir dein Leben an Georgs Seite in einem Land weit weg von hier ja sicher auch nicht ausgesucht, oder?«

»Ich …« Sie dachte nach. Dann nickte sie. »Doch. Das habe ich mir selbst ausgesucht. Ich habe das Leben in Neustadt nicht so führen wollen, wie andere es von mir erwartet haben. Also habe ich meine Heimat verlassen, um meinen eigenen Weg zu gehen. Ich hatte die Wahl und habe mich für die Freiheit entschieden.«

Cecile blickte sie erstaunt an. Dann wechselte sie das Gesprächsthema. »Vorrangig solltet ihr die Entscheidung treffen, welches Haus ihr bewohnen wollt. Ihr solltet euch nicht zu viel Zeit lassen, es kommen immer mehr Einwanderer, und irgendwann werden die schönen Häuser allesamt verkauft sein. Lass uns jetzt nach Hause gehen, die Männer sind sicher auch schon da.«

Auch wenn Charlotte es kaum erwarten konnte, mit Georg allein zu reden, wartete sie doch den ganzen Abend ab. Wie immer gab es feinstes Essen, guten Wein und langweilige Gespräche über die neuesten Geschehnisse in der Stadt. Charlotte suchte lieber die Nähe von Mathilde, um ein wenig über den Tag zu plaudern. Die alte Dame verbrachte den Tag in der Regel damit, sich ein wenig umzusehen, und zog sich ansonsten gerne in das kleine Zimmer zurück, das Valentinus ihr zugewiesen hatte. Irgendwann verschwanden die Männer in den Raucherraum, während die Damen noch ein wenig Kaffee oder Likör im Salon zu sich nahmen. An den Traditionen des alten Europa war nicht viel geändert worden.

Es war spät in der Nacht, als sie endlich zu zweit im Gästezimmer des Hauses waren. Georg schloss sie besorgt in seine Arme. »Du warst den ganzen Abend so schweigsam. Was beschäftigt dich so sehr, mein Schatz?«

»Mittlerweile kennst du mich gut.« Sie lächelte ihn an. »Wusstest du, dass Valentinus seine Geschäfte und auch dieses Haus hier in Philadelphia mit den Einnahmen von der Plantage seiner Frau finanziert?«

»Sicher, er hat mir erzählt, dass ihr Erbe seine Zukunft sichert. Solange er noch kein gutes Einkommen hat, kann er trotzdem dieses Haus und diesen Lebensstandard erhalten.« Er sah sie überrascht an. »Stört dich das? Bloß weil es das Erbe seiner Frau ist? Dann bist du altmodischer, als ich dachte …«

»Nein, von mir aus können die beiden oder er allein jeden Tag einen Ball mit ihrer Plantage finanzieren. Das wäre mir egal. Nein, was mich wirklich abstößt, ist die Sache mit den Sklaven: Sie betrachten die Schwarzen als ihr Eigentum! Das ist doch schlichtweg ein …« Sie suchte nach dem richtigen Wort. »Ein Verbrechen!«

»Sklaven?« Sie sah an der Überraschung in Georgs Gesicht, dass er nichts davon gewusst hatte.

Sie nickte. »Ja. Und Cecile ist stolz darauf, dass sie die Peitsche nicht mehr im Einsatz haben. Was ihre Sklaven sicherlich auch erfreut. Aber wie kann ein Mensch auf den Gedanken kommen, dass es in Ordnung ist, einen anderen Menschen zu besitzen?«

»Ich denke, sie ist so aufgewachsen …« Er dachte nach. »Aber eigentlich sollte sie doch begreifen, dass allein der Gedanke unerträglich ist, oder nicht? Die Zeiten haben sich geändert, seit die Sklaverei eingeführt wurde.«

»Für sie sind die Sklaven keine Menschen wie du und ich. Wenn man sich nur fest genug einredet, dass sie auf die Fürsorge der Weißen angewiesen seien, dann muss man sich auch nicht mit ihrem Wunsch nach Freiheit beschäftigen.« Sie sah ihm in die Augen. »Was sollen wir jetzt tun?«

Nachdenklich ging er ans Fenster und sah eine Weile auf die dunkle Straße, die von wenigen flackernden Gaslichtern erhellt wurde. Er fuhr sich mit den Fingern durch die Haare und zuckte dann schließlich die Schultern.

»Das ist einfach. Wir holen unsere Sachen aus der Lagerhalle und machen uns auf den Weg nach Illinois. Dort gibt es keine Sklaverei. Aber hier stünde unser Start in ein neues Leben immer im Schatten von Ceciles Plantage. Und das fände ich schlichtweg schrecklich. Ich möchte mein Glück nicht mit dem Unglück eines anderen Menschen bezahlen.« Er warf ihr ein schiefes Grinsen zu. »Außerdem warst du hier in Philadelphia ohnehin nie glücklich. Vielleicht sollte ich also auf deinen weiblichen Sinn für das hören, was richtig ist. Ich gebe Valentinus noch morgen Bescheid, dass wir unsere Pläne geändert haben.«

»Sollten wir ihm auch sagen, warum wir das tun? Er muss doch zumindest wissen, dass wir seine Sklavenhaltung nicht gutheißen können, oder?« Charlotte sah ihren Mann eindringlich an.

»Denkst du wirklich, er würde seine Meinung ändern? Ich denke, es würde ihn nur gegen uns aufbringen. Nein, wir lassen ihn lieber im Dunkeln über die wahren Gründe für unseren Gesinnungswechsel.« Er küsste sie sanft auf den Mund. »Wähle deine Kriege mit Bedacht, mein Herz. Dieser Krieg ist vom ersten Augenblick an verloren. Wenn ein Mensch wie Valentinus nicht von selbst darauf kommt, dass er ein System des Unrechts unterstützt, dann kann man ihn auch nicht zu einem Meinungswechsel überreden.«

»Aber …« Charlotte wollte widersprechen, doch Georg verschloss ihr den Mund mit einem weiteren Kuss.

Schon am nächsten Morgen verkündete Georg während des Frühstücks seine neuen Pläne. »Wir haben eure Gastfreundschaft bereits über Gebühr strapaziert, es wird Zeit, dass wir weiterziehen. Nach reiflicher Überlegung werden wir wohl doch unsere neue Heimat in Illinois und nicht hier in Philadelphia suchen.«

Völlig überrascht sah Valentinus auf. »Wie kommt das? Bis zu diesem Augenblick war ich der festen Meinung, dass die Bürger von Philadelphia sich bereits in naher Zukunft über eine deutsche Zeitung freuen können. Das wäre eine echte Bereicherung für unsere Stadt gewesen – und ich bin mir immer noch sicher, dass es auch für dich ein finanzieller Erfolg gewesen wäre.«

»Das mag sein. Aber Charlotte fühlt sich hier nicht wohl – und ihr abenteuerlicher Geist hat ihr wohl eingeflüstert, dass es sinnvoll ist, wenn wir uns weiter in Richtung Westen bewegen. Und wer bin ich, dass ich den Plänen einer Frau widersprechen würde?« Georg lächelte entschuldigend. »Es tut mir leid, dass wir uns mit dieser Entscheidung so lange Zeit gelassen haben, aber jetzt könnt ihr euch sicher sein, dass wir schon sehr bald unterwegs sind.«

»Das ist schade. Mehr als schade. Nimmst du denn trotzdem die Druckerpresse mit? Bist du dir sicher, dass sie den langen Weg über die Berge und Flüsse überstehen wird?« Er sah Georg an. »Wenn du sie nicht mehr benötigst, wäre ich durchaus bereit, sie dir abzukaufen. Es ist ja doch ein schweres und unhandliches Ding …«

»Nein, mach dir keine Hoffnung.« Georg winkte ab. »Dieses Gerät werden wir sicher mit uns nehmen, egal, wie beschwerlich es ist. Außerdem ist die Presse ohne Charlotte, die mit ihr umzugehen weiß, gänzlich ohne jeden praktischen Sinn.«

»Nun, es kann nicht so schwer sein, etwas zu erlernen, was auch eine Frau kann.« Valentinus lächelte Charlotte verbindlich an. Ihr kam es wie Zähnefletschen vor. »Verzeiht, aber der technische Verstand einer Frau ist eben nicht so ausgeprägt wie der eines Mannes.«

»So, wie ein Neger zu dumm ist, sich um seine eigenen

Dinge zu kümmern?«, gab Charlotte schnippisch zurück. Und bereute die Antwort in dem Augenblick, in dem sie ihren Mund verlassen hatte. Immerhin war sie sich mit Georg einig gewesen, dass sie Valentinus und Cecile nicht auf den wahren Grund ihrer Abreise ansprechen wollten.

»Ah, ich habe von Cecile schon gehört, dass sie dich in der Negerfrage nicht ganz von unserer Sicht der Dinge überzeugen konnte.« Valentinus sah sie mit hochgezogenen Augenbrauen an.

»So, wie ich dich auch in der Frauenfrage nicht von meiner Sicht der Dinge überzeugen kann.« Charlotte sah ihn herausfordernd an. »Dabei hat Siebenpfeiffer schon vor über einem Jahr festgehalten, dass Frauen mehr sein sollten als nur der Zierrat der Revolution. Ich war selbst zugegen, als er Frauen einlud, doch auf das Hambacher Fest zu kommen.«

»Und wo steckt dein Siebenpfeiffer jetzt?« Valentinus lachte. »Entweder im Gefängnis oder auf der Flucht nach Amerika. So wie alle Deutschen, die jetzt in Scharen zu uns kommen. Ihr könnt eure Lebensweise nicht auf die unsere übertragen, das müsst ihr begreifen. Das hier ist unser Land. Passt euch an oder geht wieder nach Hause.«

»Das werden wir ganz sicher nicht tun. Weder das eine noch das andere.« Charlotte funkelte ihn an. »Wir machen aus diesem Land etwas Besseres, als ihr es geschafft habt. *Das* werden wir tun!«

»Und ihr werdet scheitern. Weil ihr die Regeln nicht kennt.« Valentinus lehnte sich zurück und verschränkte seine Arme. »Als Erstes muss ich euch bitten, mein Haus zu verlassen. Nicht heute, ich bin kein Unmensch. Aber morgen. Und bitte lasst mich diese Aufforderung nicht wiederholen …«

Mit einem Ruck schob Georg seinen Stuhl nach hinten und stand auf. »Dann werden meine Frau und ich in die

Stadt gehen und einiges für unsere Abreise vorbereiten. Besten Dank.«

Mathilde, die schweigend am Tisch gesessen hatte, schob ihren Stuhl ebenfalls zurück, nickte hoheitsvoll und erklärte: »Das gilt dann wohl auch für mich. Ich kümmere mich darum, dass mein Zimmer aufgeräumt und in ordentlichem Zustand ist. Mein Dank gilt der Gastfreundschaft der letzten Tage.«

Damit folgte sie den beiden Geigers direkt in ihr Zimmer.

»Hättet ihr nicht die Freundlichkeit haben können, mich von euren Entschlüssen wenigstens zu unterrichten?« Sie sah das Ehepaar stirnrunzelnd an.

»Es ist alles meine Schuld!« Charlotte sah sie verzweifelt an. »Ich habe erst gestern von dieser Plantage in Missouri erfahren, und so haben wir uns entschieden, diesem Haus den Rücken zu kehren. Wir wollen mit Sklaverei nichts zu tun haben. Aber wir waren uns auch einig, dass wir Valentinus und Cecile nicht reizen wollen. Aber ich konnte mich wieder einmal nicht beherrschen – und das war dumm von mir. Jetzt müssen wir bis morgen alles planen. Es tut mir leid, dass auch du unter meinem unbeherrschten Temperament leiden musst.« Sie wandte sich an Georg. »Hast du denn schon einen Plan?«

Mit einem liebevollen Blick auf Charlotte ließ er sich auf einen Stuhl fallen. »Jetzt bade nicht in deinen Selbstvorwürfen. Ich liebe dich gerade wegen deines Eigensinns, da kann ich dir dein Verhalten schwerlich zum Vorwurf machen. Notfalls gehen wir für ein paar Tage ins Hotel. Es lässt sich alles irgendwie regeln. Und es ist gut, dass wir die wahre Natur des Valentinus rechtzeitig entdeckt haben. Stellt euch vor, wir wären hiergeblieben und hätten erst im nächsten Jahr entdeckt, dass er nur an unserer Druckerpresse interessiert ist und uns am liebsten ausbezahlen würde. Und außerdem die Sklaverei eine wunderbare Sache findet. Wir sind doch alle nicht hierhergekommen, um uns indirekt an der Unterdrückung von Dunkelhäutigen zu beteiligen.«

Er sah hinaus auf die Straße, die in der heißen Augustsonne bereits flirrende Hitze versprach. Dabei war es erst Vormittag. »Genug der Reden. Ich mache mich jetzt auf den Weg, um mit verschiedenen Fuhrunternehmen zu sprechen.«

»Ich sehe in der Zwischenzeit nach der Lagerhalle und unserer Presse«, erklärte Charlotte. »Ich möchte sehen, ob alles in Ordnung ist und keinen Schaden genommen hat.«

»Dann mache ich mich am besten hier im Haus nützlich und packe alles zusammen.« Mathilde sah sie einen Moment lang unsicher an. »Das heißt, wenn ihr mich auch weiterhin mitnehmen wollt?«

Charlotte schloss Mathilde in die Arme. »Natürlich wollen wir das! Wir freuen uns, wenn du uns nach Belleville begleitest und wir dort ein gemeinsames Leben aufbauen können! Und es tut mir rechtschaffen leid, dass du mit uns mehr erleben musst, als du wohl eigentlich gedacht hattest.«

Mathilde machte eine wegwerfende Handbewegung. »Es mag sein, dass ihr mich für ein unpolitisches Dummchen haltet. Aber so dumm, dass ich die Sklaverei gutheißen könnte, bin ich ganz bestimmt nicht.«

34

Philadelphia, im August 1833

Neugierig ging Charlotte die schmale Straße entlang, in der Valentinus seine Lagerhalle unterhielt. Während sie nach dem richtigen Eingang suchte, fragte sie sich zum ersten Mal, was er eigentlich in dieser Halle lagern mochte. Als sie seinerzeit die Einlagerung der Presse überwacht hatte, waren ihr zwar die vielen Säcke aufgefallen, die den größten Teil der Halle einnahmen – aber sie hatte nie darüber nachgedacht, was sich wohl darin verbergen mochte. Im Stillen verfluchte sie sich selbst wegen ihrer Gutgläubigkeit. Denn inzwischen war sie sich sehr sicher, dass hier die Baumwolle von Ceciles Plantage lagerte, bevor sie weiter nach New York oder noch weiter in den Norden transportiert wurde. Ihre Presse, die die Idee der Freiheit und der Gleichheit weitertragen sollte, stand also neben Baumwolle, die von Sklaven gepflückt worden war. Sie schnaubte leise durch die Nase. Was für ein Riesenglück, dass sie das wenigstens rechtzeitig herausgefunden hatten.

Inzwischen hatte sie das breite eisenbeschlagene Tor erreicht. Sie drückte sich dagegen, aber die Tür bewegte sich nicht. Stattdessen öffnete sich eine kleine Klappe.

»Sie wünschen?«

In der Öffnung erkannte sie einen von Valentinus' Dienern.

»Gott zum Gruße. Ich würde gerne in die Halle und unsere Druckerpresse und unsere Gepäckstücke in Augenschein nehmen. Wir werden in den nächsten Tagen abreisen, da wollte ich doch vorher sehen, ob alles in gutem Zustand und bereit für die Abreise ist.«

Der Diener musterte sie. Erkannte sie in seinen Augen etwas wie Mitleid?

»Es tut mir leid, aber mein Herr hat gesagt, dass nur noch er selbst und höchstpersönlich hereindarf. Ich darf weder Ihnen noch Ihrem Mann Einlass gewähren. Unter keinen Umständen und zu keinem Zeitpunkt.« Er nickte ihr zu, dann schloss er die kleine Öffnung.

Verdutzt sah Charlotte die Tür an. Sie klopfte noch einmal, aber nichts rührte sich.

»Hallo?« Sie rief lauter, aber es blieb weiterhin still.

Sie klopfte mit beiden Händen gegen die Tür.

Nichts.

Einen Augenblick lang sah sie fassungslos das rohe Holz an. Hier konnte sie nichts ausrichten, da konnte sie noch so wütend sein. Sie sah nach oben. Die Halle war aus festen Ziegeln gemauert, nur ein einziges Fenster über dem Tor sorgte für Licht im Inneren. Die Fensterläden standen offen. Offenbar war die Öffnung nicht verglast. Ob es möglich war, durch dieses Fenster ins Innere zu kommen? Aber ganz bestimmt nicht am helllichten Tag.

Entmutigt wandte sie sich ab und ging langsam zu Valentinus' Haus zurück. Dann musste sie wohl abwarten, was Georg mit dem Fuhrwerk erreicht hatte, bevor sie sich mit ihm besprach.

Sie achtete darauf, niemandem zu begegnen, und schlich sich in ihr Zimmer. Hier war Mathilde damit beschäftigt, alle Kleidungsstücke sorgfältig in Koffer zu schichten. Sie strich sanft über eines der Kleider.

»Ich muss immer wieder an Louise denken, wenn ich die Kleider berühre.« Sie lächelte Charlotte an und sah ihre ernste Miene. »Du siehst aus, als hättest du Gespenster gesehen. Was ist denn passiert?«

»Mir wurde der Zutritt zu der Lagerhalle verwehrt. Ich denke, Valentinus wird die Druckerpresse, Georgs Koffer und deine Reisekiste nicht ohne Weiteres herausrücken. Und ich habe noch keine Idee, wie wir an all diese Dinge herankommen können, ohne allzu viel Aufsehen zu erregen. Wie können wir beweisen, dass die Presse wirklich uns gehört?« Charlotte schüttelte den Kopf. »Das wird noch sehr viel schwieriger, als wir alle dachten.«

»So schwer ist das doch gar nicht.« Mathilde lächelte. »Wenn Herr Valentinus sich verbrecherischer Methoden bedient, um unser Eigentum in seinen Besitz zu bringen, dann werden wir eben auch zu Verbrechern. Wir sollten in seine Lagerhalle einbrechen und alles stehlen, was unser ist. Damit rechnet der feine Herr ganz bestimmt nicht.«

»Einbrechen? Hast du denn damit Erfahrung?« Belustigt sah Charlotte die ältere Frau an.

»Nun, natürlich nicht. Aber ich habe das Gefühl, dass dieses Land ständig neue Herausforderungen an uns stellt. Wie sind denn die Gegebenheiten vor Ort?«

Genau in diesem Moment hörten sie die raschen Schritte von Georg vor der Tür. Strahlend trat er ins Zimmer. »Ich habe doch tatsächlich ein Fuhrwerk mit Maultieren und einem Kutscher gewinnen können. Er bringt uns den gesamten Weg, bis wir wieder auf einen Dampfer umsteigen können. Und das Beste daran ist: Er hat bereits morgen Zeit. Ist das nicht wunderbar?«

»Kannst du ihn auch überzeugen, uns schon in der Nacht zu Diensten zu sein?« Charlotte sah Georg mit einem schiefen Lächeln an. »So, wie es aussieht, hat Valentinus unsere Druckerpresse fest in seinem Lagerhaus verschlossen und gewährt uns keinen Zutritt mehr dazu. Wir werden in der Nacht einbrechen müssen und unser Eigentum stehlen. Da man eine Druckerpresse schwerlich unter den Arm geklemmt davontragen kann, brauchen wir das Fuhrwerk am besten bereits in der Dunkelheit …«

»Valentinus hat dir den Zutritt verwehrt? Dieser Bastard!« Offensichtlich hatte Georg nicht mit dieser Wendung gerechnet. Er lief aufgeregt im Zimmer hin und her und rieb sich nachdenklich das Kinn. »Wenn ich tatsächlich unseren Kutscher überreden könnte, noch im Schutz der Dunkelheit aufzubrechen, dann könnten wir womöglich die Presse irgendwie entwenden und uns dann sofort auf den Weg machen. Nicht dass er uns noch verfolgt und beschuldigt, wir hätten sein Eigentum an uns genommen.«

»Nicht nur die Presse! Es sind auch deine und meine Koffer und Reisekisten!« Mathilde sah ihn aufgeregt an. »Ich habe nicht meine gesamte Ausstattung und alles, was ich besitze, um die halbe Welt geschafft, um es jetzt an einen Sklavenhalter zu verlieren …«

Sie war so außer sich, wie Charlotte sie selten erlebt hatte. Beruhigend legte sie ihr die Hand auf den Arm. »Keine Sorge, wenn wir unsere eigene Presse stehlen müssen, dann nehmen wir auch alles andere mit, was uns gehört.« Sie sah Georg an. »Ich schlage vor, du überredest gleich unseren Kutscher, bei unserem nächtlichen Abenteuer mitzumachen. Wenn es sein muss, bekommt er eben ein wenig zusätzliches Geld für seine Bereitschaft, früher aufzustehen …«

»Er wirkte nicht wie ein Mensch, der einem Abenteuer abgeneigt ist«, erklärte Georg entschlossen. »Ich mache mich sofort auf den Weg!«

Es dauerte nicht lange, bis er wieder zurückkam. »Er macht mit und stellt auch keine Fragen. Ihm ist wohl nur wichtig, dass es kein echter Diebstahl ist, sondern nur die Abholung von unrechtmäßig zurückgehaltenem Eigentum.«

»Wann geht es los?« Gespannt sah Charlotte ihren Mann an.

»Wir sollen etwa eine Stunde nach Mitternacht bei ihm sein. Es hat also keinen Sinn, ins Bett zu gehen. Wir sollten uns noch einen gemütlichen Abend mit Valentinus und Cecile machen.« Er feixte. »Wenn wir nicht hinterher noch nüchtern sein müssten, würde ich vorschlagen, wir trinken alle seine Vorräte aus. Auf jeden Fall aber sollten wir die beiden in Sicherheit wiegen …«

Lachend packten sie ihre Taschen zusammen und gingen dann in das Esszimmer ihrer Gastgeber.

Mit einem Lächeln streckte Georg Valentinus seine Hand entgegen. »Lass uns den Streit von gestern vergessen. Wir haben für morgen unsere Abreise geplant, ihr müsst uns also nur noch diesen einen Abend ertragen.«

Valentinus nickte. »Schön, dass ihr das so seht. Immerhin sollten wir uns doch wie zivilisierte Menschen benehmen, auch wenn wir unterschiedlicher Meinung sind. Leider ist Cecile heute Abend unpässlich, ihr werdet also mit meiner Gesellschaft vorliebnehmen müssen.«

»Richte ihr doch unsere besten Grüße aus.« Georgs Lächeln sah aus, als wäre es in seinem Gesicht festgefroren. Aber vielleicht konnte das auch nur Charlotte erkennen, die ihn so gut kannte. »Wir sehen uns sicher noch morgen Vormittag, wenn unser Kutscher hier vorbeikommt und uns abholt.«

Während des Abendessens plauderten sie über Belangloses wie das Wetter und den neuesten Klatsch in der Stadt – und dann zog sich Valentinus zurück, so früh es die Höflichkeit irgend zuließ.

Unruhig warteten Mathilde, Georg und Charlotte in ihrem Zimmer darauf, dass die ersten Stunden der Nacht verstrichen. Vor allem Mathilde wurde immer wieder vom Schlaf übermannt.

Als es endlich Mitternacht war, griffen sie nach ihren Taschen und schlichen möglichst leise die Treppen hinunter und durch die Tür nach draußen. Erst als das Schloss leise zuschnappte, wagte Charlotte wieder zu atmen. Unwillkürlich griff sie nach Georgs warmer Hand.

Schnell liefen sie durch die Straßen zu Valentinus' Lagerhaus, wo tatsächlich der Kutscher mit seinem Gespann aus vier Maultieren auf sie wartete. Unter seinem breitkrempigen Hut war sein Gesicht kaum zu erkennen, aber er hob grüßend die Hand und winkte ihnen zu.

»Bis jetzt ist hier niemand. Und ich sage euch: Mein Wagen hat einen Höllenlärm gemacht, als ich hergefahren bin.« Seine Stimme klang heiser.

»Gut. Dann müssen wir uns jetzt nur noch Gedanken machen, wie wir in dieses Haus hineinkommen.« Georg sah nach oben. »Meine Frau meinte, dass diese Luke wahrscheinlich unverschlossen ist. Wenn einer von uns in das Lagerhaus klettert, dann kann er wahrscheinlich den Riegel von innen öffnen. Hoffentlich hat unser Freund Valentinus nicht auch noch Ketten vorgelegt …«

»Wenn du dich auf die Kutsche stellst und mich mit hochhebst, kann ich die Luke erreichen.« Charlotte sah mit gerunzelter Stirn nach oben. »Und ich fürchte, es gibt keinen anderen Weg. Ich kann dich nicht heben …«

»Ich lasse dich ungern allein in dieses Haus. Womöglich schläft noch einer von Valentinus' Männern dort drin. Aber es bleibt uns wohl wirklich nichts anderes übrig.«

Entschlossen kletterte Georg auf den Wagen und reichte Charlotte die Hand, damit sie ihm folgen konnte. Dann legte er seine Hand um ihre Taille und hob sie so leicht nach oben, als würde sie nichts wiegen. Sie streckte sich und bekam die untere Kante des Fensters zu fassen. Mühsam zog sie sich nach oben, während Georg ihr half, so gut er konnte. Anschließend schwang sie ihre Beine über den Sims und sah sich um.

Dunkelheit.

Tastend ließ sie sich nach unten, bis sie Grund unter ihren Füßen spürte. Im Inneren des Lagerhauses konnte man kaum die Hand vor Augen sehen. Die einzige Lichtquelle war der Mondschein, der durch die Luke in den Innenraum fiel. Immerhin erkannte sie eine noch dunklere Luke, die nach unten führte. Gerade bewegte sie sich vorsichtig in diese Richtung, als sie ein Geräusch aus dem unteren Teil des Lagerhauses hörte.

Sie beruhigte sich mit dem Gedanken, dass in solch einem Haus bestimmt auch Ratten lebten, und ertastete in der Luke eine steile Leiter, die nach unten führte.

Noch einmal holte sie tief Luft, dann machte sie sich auf den Weg. Es roch stickig, nach Staub und feuchten Säcken. Das Geräusch aus dem unteren Teil des Gebäudes hatte wieder aufgehört. Es kam ihr wie eine Ewigkeit vor, bis sie den Boden des Lagerhauses unter ihren Füßen spürte. Sie erinnerte sich, dass er nur aus fest gestampfter Erde bestand und nicht ganz eben war. Vorsichtig drehte sie sich in die Richtung, in der sie die große Tür vermutete. Jetzt konnte sie sich nur auf ihren Tastsinn verlassen – und auf ihre Erinnerung an den einzigen Besuch, den sie vor Wochen in diesem Lagerhaus gemacht hatte.

Jetzt verfluchte sie sich, dass sie nicht gründlicher hingesehen hatte. Ihre Hände berührten einige Säcke, dann einen Stützbalken, dann wieder Kisten. Unendlich langsam bewegte sie sich weiter, bis sie endlich eine Wand erreichte, an der sie sich entlangtasten konnte, bis sie endlich das raue Holz der Tür spürte. Erleichtert machte sie einen größeren Schritt nach vorne.

Im nächsten Moment ertönte ein lauter Schrei, leise Geräusche entfernten sich rasch, irgendwo rieselte Sand. Dann war es wieder still.

Charlotte rührte sich nicht, bis sich ihr Herz wieder etwas beruhigt hatte. Was immer das gewesen sein mochte – es war kein Mensch, sondern vermutlich nur eine Katze, die hier in der Dunkelheit auf Mäusejagd ging.

Erneut hob sie die Hand, tastete die Tür ab und fand endlich den kantigen Riegel aus Eisen, der überraschend leicht zur Seite glitt.

Die Tür schwang auf, und Georg nahm sie in seine Arme. »Ich habe eben einen seltsamen Schrei gehört. Was war denn das?«

»Ich hoffe mal, dass es nur eine Katze war.« Sie wischte sich den Schweiß von der Stirn.

»Kommt herein, ich kann euch zeigen, wo unsere Presse steht. Wenn Valentinus sie nicht woanders versteckt hat.«

»Mal den Teufel nicht an die Wand«, murmelte Georg und hob seine Lampe, um sich umzusehen.

Das flackernde Licht malte tanzende Schatten an die Wand, aber man konnte Säcke, Kisten und vor allem die unförmige Verpackung der Presse gut erkennen.

Gemeinsam mit dem Kutscher und mit Mathilde gelang es ihnen, das schwere Ding zu bewegen und unter Aufbietung aller Kräfte auf die Kutsche zu heben. Die Kisten und Reisekoffer waren danach das reine Kinderspiel.

Als endlich alles gut vertäut und eingepackt auf der Kutsche stand, zog Charlotte vorsichtig die Tür des Lagerhauses zu. »Leider wird man morgen früh sofort erkennen, dass jemand in der Nacht zu Besuch war. Wir sollten uns möglichst schnell auf den Weg machen.«

Keiner der anderen hätte dieser Aufforderung bedurft. Sie alle kletterten auf die Kutsche, der Kutscher nahm die Zügel in die Hand, und unter beträchtlichem Gepolter setzten sich die Maultiere in Bewegung. Charlotte kam es so vor, als ob der Lärm ihrer Kutsche die ganze Stadt aufwecken würde, aber es blieb hinter allen Fenstern dunkel. Philadelphia nahm keine Notiz von den Abreisenden.

Sie kuschelte sich in der warmen Nachtluft enger an Georg. Ohne ein Wort zu sagen saßen sie nebeneinander, während die Bebauung allmählich spärlicher wurde und sie die Stadtgrenzen hinter sich ließen. Ein fahles grünes Licht am Horizont verhieß das baldige Anbrechen eines neuen Tages. Nicht mehr lange, und Valentinus würde bemerken, dass seine Gäste heimlich und durch die Hintertür verschwunden waren. Und dabei nichts von ihrem Eigentum zurückgelassen hatten.

»Meinst du, er wird uns verfolgen?« Sie sah Georg fragend an.

Ein Schulterzucken war die Antwort. »Schwer zu sagen. Er kann es nicht leiden, wenn etwas nicht nach seinem Kopf geht, das ist sicher. Aber ob er uns wirklich hier in die Wildnis verfolgen wird? Was soll er tun? Uns bedrohen, weil wir unser Eigentum dabeihaben? Nein, ich kann mir nicht vorstellen, dass er wirklich hinter uns her ist. Aber in Philadelphia werden wir uns ganz bestimmt nicht mehr blicken lassen können.«

»Dann sollten wir dafür sorgen, dass wir in Belleville besser gelitten sind als hier«, entgegnete Charlotte lächelnd.

»Wir werden sehen, wie es uns dort gefällt.« Georg legte seinen Arm um ihre Schultern und drückte sie an sich. »Wer weiß, welchen Skandal du dort aufdeckst, der uns zur Weiterreise zwingt.«

Erschrocken schüttelte sie den Kopf. »Bloß das nicht. Es ist an der Zeit, dass wir irgendwo zur Ruhe kommen. Ich für meinen Teil hatte jetzt genug Abenteuer!«

Georg blickte auf und betrachtete die Bergketten, die sich in der Morgendämmerung gegen den Himmel abzeichneten. »Dann hoffen wir doch, dass wir ohne Probleme über die Berge kommen und dann mit einem Dampfer unbeschadet Belleville erreichen.«

35

Belleville, im September 1833

Mit einem lauten Tuten näherte sich der Dampfer dem Ufer. Neugierig stand Charlotte an der Reling und sah sich das Städtchen an.

Belleville. Hier wollten sie also endlich bleiben. Sie erkannte Kirchen, kleine Häuser, staubige Straßen und viele Bäume, deren Laub sich schon herbstlich färbte. Die unerträgliche Hitze, unter der sie in Philadelphia gelitten hatte, war hier einer milden Spätsommerwärme gewichen – auch wenn sie überzeugt war, dass es hier im Sommer ebenso warm war. Aber für den Augenblick genoss sie die frische Luft im Gesicht und das Gefühl, das Ziel ihrer Reise erreicht zu haben.

Seit ihrem nächtlichen Aufbruch in Philadelphia war alles Weitere wunderbar gelaufen. Die Maultiere hatten die Kutsche mit der schweren Druckerpresse problemlos über alle holprigen Passstraßen gezogen, in den Wirtshäusern hatten sie saubere Betten und leckeres Essen vorgefunden. Der Reichtum der Neuen Welt spiegelte sich in jedem einzelnen Eintopf, der mit Wild, Beeren und Pilzen aufwartete.

Nach einigen Tagen waren sie auf einen Schaufelraddampfer umgestiegen, der jetzt seit fast zwei Wochen ihre Heimat war. An ihnen war ein flaches, weites Land vorbeigezogen. Meilenweit sahen sie nur Wälder oder weite Grasflächen – Menschen waren hier noch selten. Nachts spannte sich ein Himmel mit fremden Sternbildern über ihren Köpfen, und sie träumten von den kommenden Wochen, Monaten und Jahren.

Und jetzt waren sie endlich angekommen. Aufgeregt drehte Charlotte sich zu Georg um. »Das hier ist es also!«

Er stellte sich an ihre Seite. »Sehr aufregend sieht es nicht aus«, stellte er nüchtern fest.

Sie puffte ihn mit einem Lachen in die Seite. »Wenn du die Aufregung von New York brauchst, dann kann dir wirklich keiner helfen. Aber wenn es dir hilft, kann ich dich hin und wieder ein wenig beschimpfen, wenn dein deutscher Akzent zu heftig wird.«

Sie lachten. Die Matrosen warfen Taue an Land, und das große Rad des Dampfers kam langsam zur Ruhe. Die beiden jungen Leute gingen gemeinsam mit Mathilde an Land und sahen sich neugierig um, während ihr Gepäck ausgeladen wurde.

»Wir sollten erst einmal eine Unterkunft suchen«, stellte Georg fest. »Wenn wir nur ein Dach über dem Kopf haben, finden wir sicher auch ein Haus und alles, was wir für unsere neue Zeitung benötigen.«

Ohne Scheu wandte er sich auf Englisch an einen Herrn, der neugierig das Entladen des Dampfers mitverfolgte. »Können Sie uns denn eine Pension empfehlen? Wir sind eben erst von diesem Schiff gekommen …«

»Ich habe Sie gesehen!«, antwortete der Mann auf Deutsch und tippte lächelnd an seinen Hut. »Willkommen in Belleville. Am besten gehen sie einfach die Hauptstraße hinunter und klopfen dann beim großen, weiß gestrichenen Haus an. Die Witwe Bernard ist bekannt für ihre Gastfreundschaft und ihre gute Küche. Die Zimmer sollen darüber hinaus sauber sein – aber das weiß ich natürlich nur vom Hörensagen.«

»Besten Dank!« Georg nickte dem Herrn zu und wandte sich an Mathilde und Charlotte. »Wartet ihr hier einen Moment? Dann kann ich schon mal vorlaufen und sehen, ob wir uns erst einmal bei dieser Dame einquartieren können.«

Schon wenig später bezogen sie ihre beiden Zimmer in der Pension der Witwe. Charlotte ließ sich auf das breite, frisch bezogene Bett fallen und strahlte ihren Mann an. »Jetzt stehe ich nie wieder auf. Oder höchstens für ein heißes Bad!«

Er sah lachend auf sie hinab. »Ich frage Frau Bernard, ob sie dir mit dem Bad behilflich sein kann. Ansonsten ist der Gedanke an eine Frau, die das Bett nicht mehr verlassen will, natürlich verführerisch. Vor allem, wenn das Bett so breit und einladend ist.«

Er beugte sich zu ihr hinunter und wollte sie gerade küssen, als es energisch an der Tür klopfte. Mit einem kleinen Seufzer erhob Georg sich wieder und öffnete. Davor stand der Herr, den er am Hafen angesprochen hatte.

»Verzeihen Sie, dass ich so reinplatze. Aber ich habe Ihr Gespräch am Hafen mitgehört und daraus geschlossen, dass Sie in unserer schönen Stadt bleiben wollen.«

Georg nickte.

»Dann könnte ich Ihnen einige schöne Grundstücke anbieten. Nicht unweit der Stadt, direkt am Fluss gelegen und wahrlich ideal für eine junge Familie! Hätten Sie denn Interesse?« Er sah Georg erwartungsvoll an.

»Nun, ich …« Georg drehte sich fragend zu Charlotte um, die sich inzwischen wieder aufgesetzt und dem Gespräch zugehört hatte.

»Aber sicher!« Sie sprang auf und stellte sich neben Georg. »Wann können wir Ihre Grundstücke denn besichtigen? Sofort? Wie weit sind sie vom Stadtzentrum entfernt?«

»Mit der Kutsche ist es keine halbe Stunde. Wenn Sie wollen, dann können wir sofort hinfahren. Und ich sollte mich vielleicht vorstellen: Mein Name ist Peter Bramfeld.«

Charlotte griff nach ihrem Hut. »Dann sollten wir keine Zeit verschwenden! Ich hole nur eben Tante Mathilde, dann können wir sofort aufbrechen.« Sie lächelte Georg an. »Dann müssen wir mit dem Ausruhen eben noch ein bisschen warten ...«

Peter Bramfeld hatte keineswegs übertrieben: Sie erreichten mit seiner Kutsche nach einer knappen halben Stunde ihr Ziel. Der Fluss beschrieb hier eine weite Biegung, die einige Bäume und Wiesen malerisch umfasste. Charlotte sprang von der Kutsche und lief zum Wasser. Die Böschung war hier flach, und man konnte ohne Probleme überall in die träge fließende Strömung gehen. Während sie sich schon ausmalte, wie sie hier an heißen Sommertagen Abkühlung suchen konnte, hörte sie die sachliche Stimme ihres Mannes.

»Wie sieht es in dieser Gegend mit Hochwassern aus? Ist der Fluss gefährlich?«

Ein vorsichtiges Lächeln in Peter Bramfelds Gesicht war die Antwort. »Nun, wir leben selbst erst seit ein paar Jahren hier. In dieser Zeit ist nichts passiert. Im Frühjahr, wenn es regnet und der Schnee schmilzt, fließt der Fluss schneller. Womöglich ist es eine unkluge Idee, direkt am Fluss zu bauen. In jedem Fall kann man die Tiere im Sommer dort tränken. Es gibt auch reichlich Fische, der Fluss sorgt also zu jeder Jahreszeit für eine Bereicherung des Speiseplans.«

Georg wandte sich an Charlotte. »Was meinst du?«

»Ich finde es hier wunderschön. Du hast recht, das Wasser könnte auch eine Gefahr darstellen. Aber der Gedanke an eine Bank am Fluss, von der aus man auf das Wasser blicken und seinen Gedanken Freiheit gewähren kann – den finde ich mehr als verlockend.« Sie sah sich noch einmal um und nickte dann. »Ja, hier ist es gut.«

»Zum Grundstück gehört auch einiges an Land«, mischte sich Peter Bramfeld ein. »Sie können Ihr eigenes Getreide oder Mais anbauen!«

»Ich habe doch keine Ahnung, wie man so etwas macht!«, wehrte Georg erschrocken ab.

Bramfeld lachte auf. »Dann ergeht es Ihnen nicht anders als vielen anderen Deutschen, die hier ankommen. Gebildete Leute, die wir die ›Latin Farmers‹ nennen, weil sie allesamt mehr von der lateinischen Sprache als vom Ackerbau verstehen. Aber keine Sorge: Mit ein wenig Rat von Fachleuten hat es noch jeder geschafft, ein paar Tagwerk zu bestellen … Also, wie sieht es aus?«

Georg nickte. »Ich weiß nicht, ob es klug ist, gleich das erstbeste Stück Land zu kaufen, das einem angeboten wird. Aber ich finde es hier so schön, und meine Frau sieht mit verliebtem Blick auf den Fluss – also will ich hierbleiben. Dieses Land soll mein Land werden. Wir sollten die Formalitäten bald klären.«

»Das nenne ich einen Mann von schnellen Entschlüssen! Darf ich die Herrschaften jetzt zurück in die Pension bringen?«

Während sich die Kutsche in Bewegung setzte, drehte Charlotte sich immer wieder um und sah sich das wunderschöne Fleckchen Erde an. Georg hatte nicht übertrieben, als er ihr unterstellt hatte, sich in diese sanfte Flussbiegung verliebt zu haben. Es war einfach zauberhaft.

»Können Sie uns auch eine Werkstatt, einen Laden oder eine kleine Scheune empfehlen, wo wir unsere Druckerpresse hinbringen können? Wir wollen die Druckerei auf jeden Fall direkt in Belleville haben und nicht hier draußen bei unserem Wohnhaus.« Georg sah ihren Helfer der ersten Stunden fragend an.

Bramfeld lachte. »Sie wollen keine Zeit verlieren, oder? Aber tatsächlich ist das kein Problem. Ich kenne eine Werkstatt, die seit einiger Zeit nicht mehr genutzt wird. Die sollten Sie mieten können. Ich kümmere mich darum, dass der Besitzer sich in der Pension meldet. Dann können Sie die Räumlichkeiten besichtigen und sehen, ob sie Ihren Erwartungen entsprechen.«

»Das klingt wunderbar«, meinte Georg. »Ich habe in der Tat keine Zeit mehr zu verlieren. Mittlerweile bin ich seit bald zwölf Monaten unterwegs. Es wird Zeit, endlich einmal anzukommen und die Arbeit aufzunehmen ... Darf ich fragen, was Sie machen?«

»Wenn ich nicht gerade Grundstücke verkaufe?« Bramfeld lächelte. »Ich bin Anwalt in diesem schönen Städtchen. Das schöne Grundstück am Fluss habe ich vor einem Jahr eher aus einer Laune heraus gekauft. Aber ich brauche es nicht, ich lebe lieber in der Stadt. Ein älterer Herr allein auf dem Land – das kann nicht gut gehen. Aber Sie waren mir auf Anhieb sympathisch.«

Vor der Pension herrschte einige Aufregung. Das Gepäck aus dem Raddampfer war gebracht worden – und die Wirtin weigerte sich, die schwere Druckerpresse auch nur auf die Veranda heben zu lassen.

»Sie wird durchbrechen und mir alles kaputt machen!« schimpfte sie. »Wer reist auch mit einem so schweren Gerät im Gepäck? Ich habe keine Ahnung, wofür das gut sein soll. Und wenn Sie dieses Ding unbedingt in Ihrem Zimmer haben wollen, um damit wer weiß was zu veranstalten, suchen Sie sich gleich eine andere Unterkunft!«

Das Gesicht der Witwe Bernard war dabei hochrot, und sie schien sich gar nicht beruhigen zu können. Tante Mathilde, die ihr gegenüberstand, war mindestens ebenso aufgeregt.

»Wir haben dieses Ding quer durch das Land geschleppt, es bleibt jetzt nicht im Regen stehen!«

Sie schnappte nach Luft, während die Witwe weiter auf sie einredete.

Einen Augenblick lang sahen Georg und Charlotte sich das Durcheinander an. Charlotte spürte, wie ihr Mann sich innerlich über die beiden kräftigen, schimpfenden Damen amüsierte. Dann ging ein Ruck durch ihn, und er erhob seine Stimme.

»Aber warum diese Aufregung, meine Damen? Die Presse wird nicht lange hierbleiben, und solange wir sie vor einem womöglich einsetzenden Regen schützen, muss sie wirklich nicht ins Haus und schon gar nicht in unsere Zimmer.« Er lächelte die Pensionswirtin mit seinem freundlichsten Gesicht an. »Wir können also ohne Probleme bei Ihnen bleiben, und unsere Druckerpresse steht ein paar Tage hier im Garten unter dem Vordach. Mit ein bisschen Glück haben wir morgen schon eine Werkstatt, in die wir sie bringen können. Ist das ein Problem?«

Verdutzt hielt die Witwe mitten in ihrem Redefluss inne. Sie schnaufte. »Nein, natürlich nicht.«

Um nicht völlig ihr Gesicht zu verlieren, deutete sie auf Mathilde. »Aber diese schreckliche Frau hat gesagt, dass dieser Haufen aus Eisen unbedingt ins Innere des Hauses müsste …«

»Diese schreckliche Frau ist unsere Tante, und sie würde unseren gesamten Besitz jederzeit mit ihrem Leben verteidigen. Sie konnte nicht wissen, dass die Presse durchaus robust ist – auch wenn sie keinen Regen verträgt und wahrscheinlich durch die lange Reise erst einmal etwas Betreuung durch meine Frau braucht.«

»Durch … Ihre Frau?« Die Witwe Bernard starrte Charlotte an, als wäre ein merkwürdiges Insekt riesenhaften Ausmaßes vor ihrer Pension gelandet.

»Sicher. Sie ist eine Meisterin des Druckgewerbes und wird hier in der Stadt sicher so einiges bewegen, was schwarz auf weiß gedruckt werden muss.« Georg strahlte Charlotte stolz an.

Sie zuckte zusammen.

Meister. Ihr Vater würde das hoffentlich niemals hören, denn diese Behauptung war nun wirklich nichts als pure Hochstapelei. Andererseits war in diesem Land womöglich jeder ein Meister, der sein Handwerk verstand.

Sie lächelte also die Witwe an, reichte ihr die Hand und bemühte sich um ein harmloses Gesicht. »Mein Vater hat mich sein Handwerk gelehrt, so komme ich zu diesen ungewöhnlichen Fähigkeiten. Keine Sorge, ansonsten habe ich wenig Ungewöhnliches an mir.«

Die Spannung löste sich in einem allgemeinen Gelächter, und sie gingen allesamt ins Haus, nachdem Charlotte wieder die schützende dicke Decke über die Presse gebreitet hatte.

Während sie auf die Veranda gingen, fragte Georg die Wirtin nach einer Badewanne mit heißem Wasser für seine Frau. Wenig später lag Charlotte bis zum Hals im dampfenden Nass und rieb sich genüsslich mit der fein nach Kräutern duftenden Seife der Wirtin ein. Sehr viel besser konnte es nicht mehr werden …

In diesem Augenblick klopfte es kurz, und Georg trat ins Zimmer.

»Wusste ich doch, dass du so schnell wie möglich den Staub der Reise abwaschen wolltest.« Er setzte sich neben die Wanne. »Was meinst du? Haben wir uns zu schnell für ein Grundstück entschieden? Wir müssen ja auch noch ein Haus bauen … und davon habe ich keine Ahnung.«

Seine Hand streichelte ihr über die Schultern und näherte sich beiläufig ihren Brüsten.

»Und sollten wir dabei ein Kinderzimmer einplanen? Oder zwei? Oder noch mehr?«

Seine Hand wanderte weiter abwärts, während er sie unaufhörlich streichelte. Charlotte stöhnte leise auf und ließ sich noch etwas tiefer ins Wasser sinken.

»Wie viele hättest du denn gerne?«, fragte sie leise.

Über Kinder hatten sie noch nie gesprochen.

»Für den Anfang erst einmal eines«, murmelte er. »Und wenn wir wissen, wie es geht, noch eins. Und dann vielleicht noch eins …«

»Bis wir wissen, wie es geht?« Sie sah ihm in die Augen. »Ich hatte bisher den Eindruck, du weißt ganz genau, wie es geht …«

»Ist es dir unangenehm?« Seine Hand hörte für einen Augenblick auf, sie an unerhörten Stellen zu streicheln.

»Nein, nein. Mach weiter!«

Mit einem leisen Lächeln fing er an, seine Finger wieder zu bewegen. Unendlich sanft bewegten sie sich in dem warmen Wasser. Glitten in sie hinein und wieder heraus, und sie musste sich auf die Lippen beißen, um nicht mit einem lauten Stöhnen der ganzen Pension zu verraten, wie sehr sie seine Liebkosungen genoss. »Hör bloß nicht auf«, flüsterte sie.

Er sah ihr lächelnd ins Gesicht, bis sie endlich den Kopf in den Nacken warf und sich in die Hand biss, um einen lauten Aufschrei zu verhindern.

»Darf ich dich jetzt abtrocknen?«, fragte er schließlich.

Sie nickte nur und ließ sich von ihm in ein Handtuch hüllen. Dann umfasste er sie sanft und trug sie zu ihrem Bett, das am anderen Ende des Zimmers lag.

»Ich denke, jetzt solltest du ein wenig ruhen. Darf ich dir dabei Gesellschaft leisten?«

Und damit legte er sie in die weißen Laken, zog sich aus und liebte sie mit einer Heftigkeit wie noch nie zuvor. Während er sie küsste und sein Gesicht in ihren feuchten Haaren verbarg, wurde es langsam dunkel. Und als sie endlich zur Ruhe kamen, herrschte in Belleville schon Nacht.

Sie lagen still beieinander. Charlotte konnte Georgs Herzschlag und die Geräusche der anderen Pensionsgäste hören, die zum Abendessen der Witwe Bernard gingen. Als auch Charlottes Magen knurrte, mussten sie lachen.

»Sollten wir heute die Saat für unser erstes Kind gelegt haben, dann wäre es wohl an der Zeit, auch für die Versorgung der Mutter zu sorgen«, bemerkte Charlotte. »Sollen wir aufstehen und die Küche der Witwe probieren?«

»Das sollten wir, sonst sorgen wir noch für Gerede. Und wir könnten nicht einmal widersprechen.«

Sie schlüpften kichernd wie Kinder in ihre Kleider, küssten sich noch einmal und machten sich dann auf den Weg ins Speisezimmer. Es gab einen wunderbaren Braten mit Kartoffeln, Kürbis und einer süßlichen Soße.

»Im Herbst ist das Angebot hier reichlich, da fällt es nicht schwer, ein wunderbares Essen zu zaubern«, erklärte die Witwe.

Charlotte freute sich schon auf die nächsten Wochen, die sie hier verbringen würden, bis ihr Haus an der Biegung des Flusses fertig war. Fröhlich sah sie in die Runde. »Dann erhebe ich mein Glas auf dieses wunderbare Land und die ebenso wunderbaren Menschen!«

Sie lächelte Mathilde und Georg zu und konnte sich nicht erinnern, jemals in ihrem Leben so glücklich gewesen zu sein.

36

Belleville, im Dezember 1833

»Und der schmeckt?« Misstrauisch musterte Charlotte den riesigen Vogel auf dem Esstisch.

»Sicher. Der Truthahn ist viel besser als die Gans, die du vielleicht von zu Hause gewohnt bist. Er hat gleich zwei verschiedene Fleischsorten, und beide schmecken wunderbar. Du wirst schon sehen. Das Kürbispüree hast du ja auch lieben gelernt.« Peter Bramfeld sah lächelnd zu, wie Charlotte ein großes Stück von dem Fleisch nahm, Kürbispüree und Mais auf ihren Teller häufte und dann von dem Essen kostete.

»Hmm.« Charlotte sah überrascht auf. »Ich muss dir recht geben. Das ist wirklich köstlich. Auch wenn mir diese Viecher mit ihrem Kehllappen ganz schön unheimlich sind. Aber sie schmecken richtig gut.«

Aus ihrem Bekannten vom Tag ihrer Ankunft in Belleville war ein enger Berater geworden. Peter Bramfeld, der schon seit zwanzig Jahren in Amerika lebte, kannte Belleville seit seiner Gründung. Er hatte ihnen nicht nur das Grundstück verkauft, sondern auch bei der Suche nach geeigneten Handwerkern für den Bau des Hauses geholfen. Die Werkstatt, in der jetzt die Druckerei stand, hatten sie schon wenige Tage nach ihrer Ankunft mieten können – und seit wenigen Wochen arbeitete Georg auch in Peters kleiner Kanzlei als zweiter Anwalt mit. Heute hatte er sie zu einem Weihnachtsessen eingeladen.

»Ich habe keine Frau, meine Haushälterin brät einen wunderbaren Truthahn, und dieser Vogel ist viel zu groß für einen Mann allein. Also müsst ihr kommen und mir helfen!«

So hatten sie sich mitsamt Mathilde in seinem gemütlichen Esszimmer zusammengefunden.

Unwillkürlich dachte Charlotte an das letzte gemeinsame Weihnachtsessen mit ihrem Vater, ihrem Bruder und ihrem Verlobten Friedrich. Es kam ihr vor, als läge es über hundert Jahre zurück und weiter als nur einen Ozean entfernt. Wie naiv und unbeschwert sie damals noch durchs Leben gelaufen war! Und wie viele Menschen seither in ihr Leben getreten waren und es wieder verlassen hatten! Allen voran Louise mit ihrem unerschütterlichen Humor und ihren Träumen von einer großen Zukunft als Schriftstellerin. Die Welt war um viele gute Geschichten betrogen worden, da war Charlotte sich sicher.

»Du bist in Gedanken, Liebling«, flüsterte ihr Georg leise zu.

»Ja, verzeih.« Sie lächelte zurück. »An einem Tag wie diesem muss ich an die letzten beiden Weihnachtsfeste denken. Weißt du noch? Auf der Isabella?«

»Wie könnte ich das jemals vergessen? Doch jetzt sollten wir uns lieber mit unserem Gastgeber unterhalten.«

In diesem Augenblick ertönte von der Tür her ein kräftiges Klopfen. Überrascht sahen die Gäste Peter Bramfeld an.

»Ach, ich habe ganz vergessen, euch zu erzählen, dass ich einen weiteren Gast eingeladen habe. Ich habe vor wenigen Tagen den jungen Postmeister von New Salem kennengelernt. Er hält sich für einige Tage in Belleville auf, und ich habe mir gedacht, er könnte eine Bereicherung für unsere

Tafel sein. Außerdem bin ich der Meinung, dass kein Mensch an einem Weihnachtsabend allein sein sollte.«

Die Haushälterin führte einen hochgewachsenen dunkelhaarigen Mann in den Raum. Er sah sich mit seinen braunen Augen in der Runde um.

»Ich hoffe, ich störe Sie nicht«, erklärte er schließlich.

»Nein, nein, auf keinen Fall!« Bramfeld sprang auf und begrüßte ihn mit einem herzlichen Händeschütteln. »Ich bin mir sicher, dass wir einen netten Abend miteinander verbringen werden. Vielen Dank, dass Sie meiner Einladung gefolgt sind.« Er wandte sich an Georg, Charlotte und Mathilde. »Darf ich euch Herrn Lincoln vorstellen? Wie gesagt, er ist für einige Tage in der Stadt, und nach unserem Kennenlernen bin ich zu der Überzeugung gelangt, dass es sich für alle Beteiligten lohnen könnte, sich kennenzulernen.«

Neugierig betrachtete Charlotte den Neuankömmling. Auch im Sitzen war er unglaublich groß. Sein scharf geschnittenes Gesicht wurde von einer adlerartigen Nase und einem energischen Kinn dominiert. Darüber thronte eine Unmenge an dichten schwarzen Haaren, die sich offensichtlich nicht alle dem Regiment eines Kamms beugten.

»Was machen Sie denn in New Salem?«, fragte sie endlich. »Und was darf ich mir unter dem Beruf eines Postmeisters vorstellen?«

»Nun, wie der Name schon sagt, bin ich dafür zuständig, dass die Post ihre Empfänger erreicht – und zwar in beide Richtungen. Damit kann ich dafür sorgen, dass die Menschen miteinander in Kontakt bleiben.«

Mit einem leichten Stirnrunzeln hatte Charlotte ihm zugehört. Ihr Englisch hatte in den letzten Wochen und Monaten große Fortschritte gemacht, eigentlich konnte sie die Sprache inzwischen fließend – aber Lincolns Akzent konnte sie nur schwer verstehen.

»Woher kommen Sie ursprünglich? Verzeihen Sie, mein

Englisch ist nicht besonders gut – und einen Akzent wie Ihren habe ich wirklich noch nie gehört.«

Zum ersten Mal schlich sich ein Lächeln in das Gesicht des Fremden. »Das ist kein Wunder. Ich bin direkt an der Grenze groß geworden. Da, wo es keine Bildung und auch keine Sicherheit gibt – aber dafür einen kräftigen Akzent aus Kentucky. Ich werde mich bemühen, an diesem Abend ein wenig verständlicher zu sprechen. Wie gesagt, draußen an der Grenze zur Wildnis gibt es keine Schulen, die einem ein akzentfreies Englisch beibringen würden. Oder irgendetwas anderes.«

»Was hat Sie denn dann hierherverschlagen?«

»Nun, mein Vater ist vor ein paar Jahren nach Illinois gezogen. Nachdem ich alt genug war, um auf eigenen Beinen zu stehen, habe ich mich zuerst erfolglos als Kaufmann in New Salem versucht. Dann wurde ich zu einem gescheiterten Kandidaten für die Generalversammlung von Illinois. Und jetzt …« Er hob seine Schultern und deutete ein Lächeln an, »… jetzt lässt mir mein Amt als Postmeister ausreichend Zeit, etwas für meine Bildung zu tun, bevor ich mich in mein nächstes Abenteuer stürze. Vielleicht habe ich dann mehr Erfolg.«

»Und welches Abenteuer wird das sein?«, mischte Georg sich ein.

»Nun, ich würde gerne als Anwalt arbeiten. Es macht mir Freude, wenn ich mich für andere Menschen einsetzen kann. Und einer guten Diskussion bin ich auch nie abgeneigt.« Lincoln säbelte sich ein großes Stück von dem Truthahn ab und sah mit seinen dunklen Augen in die Runde. »Aber jetzt ist es an mir, neugierig zu sein: Was machen Sie hier in Illinois? Ihr Akzent ist nicht schwer zu erkennen, Sie kommen bestimmt aus Deutschland. Aber ich weiß noch nicht, warum der gute Meister Bramfeld der Meinung ist, wir hätten einander so viel zu sagen.«

»Nun, das weiß ich auch nicht«, entgegnete Georg lächelnd. »Aber ich kann erzählen, dass wir aus unserer Heimat geflohen sind, weil wir dort mit unseren Ideen von Freiheit und Gleichberechtigung und einem Land ohne Grenzen bei den Mächtigen nicht auf Gegenliebe gestoßen sind. Jetzt hoffen wir, dass wir hier mehr Menschen finden, die unsere Ideen teilen.«

»Und wie genau sehen diese Ideen aus?« Lincoln schien sich tatsächlich für das zu interessieren, was Georg gesagt hatte. Dieser sprang auf und griff sich eine Zeitung, die auf einem kleinen Tischchen im Esszimmer gelegen hatte. »Schauen Sie mal! In Deutschland hätten wir niemals eine Zeitung veröffentlichen können, die nicht vorher von der Zensur geprüft worden wäre. Hier haben wir vor nicht einmal einer Woche zum ersten Mal den *Anzeiger des Westens* publiziert.«

Lincoln griff nach der dünnen Zeitung. Die erste Ausgabe, die aus nur acht Seiten bestand, hatten sie in einer Auflage von wenigen Hundert Exemplaren gedruckt. Aber diese verkauften sich gut – und schon jetzt hatte so mancher Leser geäußert, dass er diese Zeitung künftig gern regelmäßig in seinem Briefkasten vorfinden würde.

Schon nach wenigen Augenblicken hob Lincoln seinen Blick. »Aber die Zeitung ist ja auf Deutsch!«

»Nun, die meisten Neuankömmlinge aus den deutschen Ländern können kein Englisch. Sie wollen auch weiterhin wissen, was in ihrer alten Heimat geschieht – ebenso wie alles, was sich in ihrer neuen Heimat ereignet. Genau diesem Wunsch wollen wir mit dem *Anzeiger des Westens* gerecht werden. Und es ist so eine Wonne, einen Text zu schreiben, der nur den kritischen Augen der Leser standhalten muss – aber nicht auch noch der Zensur gefällt. Ich komme mir vor wie in einem Land, in dem alle Freiheiten noch auf der Straße liegen. Man muss sie sich nur nehmen …«

»Nun, ganz so leicht ist es nicht«, erwiderte Lincoln und lachte. »Ich denke, man muss sich an viele Regeln halten, auch in unserem freiheitlichen Amerika.«

Georg nickte. »Das ist mir als Anwalt natürlich bewusst. Es gibt Regeln und Vorschriften, und die sollte man durchaus beachten. Aber gleichzeitig ist es doch auch erlaubt, seine Meinung frei zu äußern.«

Lincoln sah immer noch die bedruckten Seiten in seiner Hand an. »Und wie lasst ihr diese Ideen drucken? Meines Wissens hat Belleville doch keine Druckerei. Oder hat sich da etwas geändert, seitdem ich das letzte Mal meinen Fuß in die Stadt gesetzt habe?«

Stolz zeigte Georg auf seine Frau. »Ich habe das Glück, eine Frau an meiner Seite zu haben, die es versteht, eine Druckerpresse zu bedienen. Wir haben in New York eine solche Presse erstanden und auf unserem Weg nach Belleville mitgenommen. Damit hat die Stadt eine kleine Druckerei. Und meine Frau ist diejenige, die mit ihrer Kunstfertigkeit dafür sorgt, dass man auch alles ohne Not lesen kann.«

Jetzt flogen die Augenbrauen des jungen Mannes in die Höhe. »Eine Frau beherrscht ein solches Handwerk? Dann sollten Sie vielleicht die Rückständigkeit Ihrer Heimat nicht zu sehr bedauern. Hier in der Wildnis können Frauen zwar durchaus mit einer Waffe umgehen – aber die Druckereikunst beherrscht wohl keine Einzige.«

»Es ist nicht so außergewöhnlich, wie es den Anschein erwecken mag«, erklärte Charlotte. »Mein Vater konnte sich einfach keinen Lehrling mehr leisten. Da lag es nahe, dass ich ihm helfe. Wenn man das lange genug tut, dann kann man durchaus auch ohne Hilfe ein paar Blätter bedrucken. Es ist also weniger ein Zeichen eines politischen Willens, sondern eher das Ergebnis der Zensur und fehlender Einnahmen. Immerhin ist das Ergebnis jetzt sehr hilfreich, denn ich kann ohne Schwierigkeiten mit einer Presse umgehen.«

»Aber ich verstehe immer noch nicht, warum ihr dann hier in Belleville seid«, meinte Lincoln. »Es gibt doch sehr viel größere und schönere Städte in Amerika, in denen ihr mit eurer Druckerei sehr viel leichter ein Auskommen finden könntet. Warum seid ihr nicht dorthin gegangen?«

Georg und Charlotte sahen sich einen Augenblick lang in die Augen. Dann begann Georg langsam zu erzählen.

»Wir haben in New York eine ähnliche Zeitung gegründet. Die Idee erschien uns gut: Die Stadt ist groß und lebendig, die meisten Einwanderer erreichen dort Amerika, und es gibt eine Vielzahl an Deutschen, die sich über eine deutschsprachige Zeitung hätten freuen können. Leider sind die Einwanderer aus Deutschland in New York alles andere als beliebt. Wir wurden beschimpft, unser Papierlieferant wollte uns kein Papier mehr verkaufen, und als in einer Nacht auch noch die Fenster eingeworfen wurden, haben wir die Zeichen erkannt. Es wird nicht mehr lange dauern, bis man in New York auch mit Fäusten gegen die unerwünschten Flüchtlinge vorgehen wird. Und da wollen wir lieber nicht mehr dabei sein. Also sind wir weitergezogen.«

Lincoln sah sie überrascht an. »Anscheinend bekommen wir in diesem abgeschiedenen Flecken der Welt wirklich nicht alles mit. Wie ist es weitergegangen? Sie sind direkt mitsamt Ihrer Presse nach Belleville gekommen?«

»Nein.« Georg verzog sein Gesicht. »Wir sind erst einmal nach Philadelphia. Hier hat sich ein Freund aus lange zurückliegenden Tagen als Partner angeboten. Wir mussten ihm leider absagen.«

»Warum?« Dieser Lincoln war offensichtlich neugierig.

»Seine Frau besitzt eine Plantage irgendwo im Süden. Sie halten Sklaven!« Jetzt hatte sich Charlotte in das Gespräch eingemischt.

»Sklaven? Aber das ist doch im Süden durchaus üblich. Sie sorgen dafür, dass es hier im Norden erschwingliche Kleidung aus Baumwolle zu kaufen gibt.« Er zuckte mit den Schultern. »Es ist sicher nicht schön, aber es ist nun einmal eine unumstößliche Tatsache, dass die Wirtschaft im Süden nur mit der Leistungskraft der Schwarzen funktioniert.«

»Unumstößliche Tatsache …« Charlotte schnaubte verächtlich durch die Nase. »Das mussten wir uns in den deutschen Ländern auch anhören. Fürsten und Könige sind von Gott gewollt, es ist nun einmal so, dass es wenige Menschen mit viel Macht und viele ohnmächtige Menschen gibt. Die einen sind frei, die anderen nicht. Findet euch damit ab. Und wenn man sich damit nicht abfinden will, dann muss man eben in einen Kerker, bis man begriffen hat, dass die Verhältnisse, wie sie eben sind, eine unumstößliche Tatsache sind.« Sie schüttelte den Kopf so heftig, dass sich einige Strähnen aus ihrer Frisur lösten. »Es kann nicht sein, dass wir unsere erschwinglichen Hemden mit dem Leid irgendwelcher schwarzen Menschen im Süden dieses wunderbaren Landes bezahlen. Wenn etwas nicht richtig ist, dann darf man nicht wegsehen. Dann muss etwas geschehen!«

Einen Augenblick herrschte unbehagliches Schweigen am Tisch.

Bramfeld räusperte sich verlegen. »Vielleicht sieht Charlotte das noch aus einer sehr deutschen Sicht …«

»Nein, das ist keine deutsche Sicht«, erklärte Georg mit ruhiger Stimme. »Es ist eine menschliche Sicht. Wir haben beide noch keinen Sklaven gesehen, und es gibt sicher auch Plantagenbesitzer, die sich wunderbar um ihr Eigentum kümmern. Aber es kann nicht sein, dass ein Mensch über einen anderen bestimmt. Das gilt überall auf der Welt und ganz besonders in einem Land, in dem die Freiheit zu Hause ist. So sehen wir diese Angelegenheit. Es gibt Dinge, die einfach nicht hingenommen werden dürfen.«

Nachdenklich kaute Lincoln auf seinem Truthahn. »Ich war bisher der Überzeugung, dass sich die Sklaverei nur auf die Südstaaten beschränken und nicht weiter ausdehnen sollte.« Er sah nachdenklich vor sich hin. »Aber womöglich fehlt einem Amerikaner hin und wieder der unvoreingenommene Blick auf die Dinge, wie sie wirklich sind. Ich werde darüber nachdenken müssen …«

»Lasst uns lieber von eurem neuen Haus reden«, schlug Bramfeld vor. »Wann denkt ihr denn, dass ihr die lauschige Pension der Witwe Bernard verlassen könnt?«

Georg lachte auf. »Nach dem Blizzard in der letzten Woche wird sicher nichts mehr passieren, bis der Schnee schmilzt. Aber dann bin ich zuversichtlich. Schon im Frühling werden wir einziehen und endlich eine echte Heimat haben. Das hier ist das letzte Weihnachten, das wir nicht in unseren eigenen vier Wänden verbringen.«

»Dann vergesst trotzdem nicht, dass ihr bei uns immer willkommen seid.« Bramfeld lächelte seinen Gästen zu. »Und jetzt sollten wir vom köstlichen Kürbiskuchen essen, den meine Haushälterin als Nachspeise zubereitet hat. Ihr werdet euch wundern, wie lecker der ist …«

Alle nickten, und die Stimmung löste sich ein wenig. Lincoln erwies sich als ernsthafter Mann, der immer wieder nachfragte. Es schien nichts zu geben, was ihn nicht interessierte, und vor allem die Feinheiten des deutschen Rechts waren für ihn ein Anlass, immer weiterzufragen.

Als sie sich endlich verabschiedeten, reichten sie sich die Hände. Lincoln lächelte. »Wenn wir uns das nächste Mal treffen – und ich hoffe doch sehr, dass es ein nächstes Mal gibt –, sollten wir doch auf die Förmlichkeiten verzichten. Ich heiße Abraham, werde aber Abe genannt. Und ich würde gern auch weiterhin eure Meinung über mein Amerika hören. Mir scheint, als könnte ich daraus so einiges lernen – auch wenn ich nicht jede eurer Meinungen teile.«

»Da möchte ich gern einstimmen, Mr Lincoln«, erklärte

Peter Bramfeld. »Ich würde mich freuen, wenn wir uns künftig beim Vornamen nennen könnten.«

Sie gaben sich noch einmal die Hände und verschwanden in unterschiedliche Richtungen durch den Schnee. Georg fasste Charlottes Hand, es war so kalt, dass ihr Atem in der eiskalten Luft lange Wolken bildete. »Ich hätte nie gedacht, dass man hier in der Wildnis so gebildete und kluge Freunde findet. Dieser Abraham Lincoln ist wirklich ein ungewöhnlich ernsthafter und kluger Mann«, bemerkte er. »Findest du nicht auch, dass wir einfach das größte Glück haben?«

Sie lächelte ihn an. »Da bin ich mir sicher, seit wir einander gefunden haben.«

Mathilde, die vor ihnen lief, sah sich um. »Verzeiht, wenn ich mich einmische. Aber ich muss euch einfach sagen, dass es mein großes Glück ist, euch auf dieser Reise kennengelernt zu haben. Ohne euch wäre ich in New York ganz bestimmt vor die Hunde gegangen …«

»Jetzt gehörst du zur Familie!« Charlotte streckte Mathilde ihre Hand entgegen. »Und ich bin mir sicher, dass unsere gemeinsame Geschichte noch nicht zu Ende ist.«

37

Belleville, im Mai 1834

Langsam holperte die Kutsche durch die ausgewaschenen Straßenlöcher. Die braune Stute, die sie zog, versuchte immer mal wieder, das Blatt eines Buschs am Wegesrand zu erhaschen. Charlotte, die die Zügel nur lose in der Hand hielt, nahm das alles nicht wahr.

Sie dachte nur an den Brief, der in ihrer Schürzentasche lag. Die durchgestrichenen und neu geschriebenen Adressen auf dem Umschlag zeigten, dass er schon lange unterwegs war – von Philadelphia nach Belleville konnte so ein Brief durchaus einige Wochen unterwegs sein. Aber jetzt war er eingetroffen. Die akkurate Schrift ihres Vaters verriet den Absender. Endlich hatte sie die ersehnte Nachricht aus der Heimat in Händen. Und jetzt fürchtete sie sich vor dem, was sie wohl in diesem Umschlag finden würde. Hatte ihr Vater diese Zeilen im Gefängnis geschrieben? Aber woher hatte er dann ihre Adresse?

Die Kutsche fuhr mit einem Krachen in ein besonders tiefes Loch, und Charlotte fuhr auf. Wenn sie weiterhin so wenig auf den Weg achtete, würde womöglich noch ein Reifen brechen. Was schade wäre, denn sie hatten die Kutsche mitsamt der gutmütigen Stute erst vor einem Monat gekauft.

Mittlerweile waren sie in ihr Haus an der Flussbiegung gezogen. Nein, es war noch nicht alles fertig. Aber abgesehen vom Wohnhaus standen bereits ein kleiner Stall für zwei Pferde und ein kleines Gehege mit fünf fetten Hennen und einem lauten Hahn. Im Wohnhaus waren bisher nur die Küche, das Ess- und Wohnzimmer sowie die beiden Schlafzimmer für sie und Georg und für Mathilde mit Leben erfüllt.

Weitere Zimmer warteten noch auf eine Bestimmung. Charlotte träumte von einem Zimmer, in das sie ihre Näharbeiten, Bücher und womöglich ein Klavier stellen könnte. Aber bis jetzt hatte sie für keines davon Verwendung. Heute hatte sie wieder den ganzen Vormittag an der Druckerpresse verbracht, um die neueste Ausgabe des *Anzeigers des Westens* zu drucken. Mit jeder Ausgabe druckten und verkauften sie mehr. Man konnte den Eindruck haben, als würde jede Farm im Umkreis den *Anzeiger* bestellen. Immer weder traf sie auf begeisterte Leser, denen die Mischung von Nachrichten aus der Heimat und Neuigkeiten aus Belleville und Umgebung gefiel.

Heute Nachmittag wollte Charlotte sich allerdings ein wenig Ruhe gönnen. Der letzte *Anzeiger* war gedruckt, Georg war in Bramfelds Kanzlei gegangen, um sich mit ein paar Fällen zu beschäftigen – und sie selbst wollte in aller Ruhe diesen Brief lesen. Zu Hause angekommen, schirrte sie zuerst die Stute ab und entließ sie auf die kleine Koppel am Haus, die sie mit einem älteren Maultier teilte.

Danach wusch Charlotte sich den Staub der Fahrt von Gesicht und Händen. Im Wohnzimmer fiel ihr Blick auf das Tuch aus Hambach, das sie an die Wand über dem Esstisch gehängt hatte. Hier musste sie nicht fürchten, für die Zurschaustellung im Gefängnis zu landen, und allein das machte sie glücklich.

Sie begab sich zu dem großen Baum, der direkt am Fluss wuchs. Dieser Platz hatte sie seit ihrem ersten Tag auf der Farm magisch angezogen. Seine raue Rinde im Rücken, die breiten Äste und großen Blätter wie ein Schutzschirm gegen die Welt – hier konnte sie sich hinsetzen und die Welt um sich herum komplett vergessen. Georg hatte ein paar Wochen lang beobachtet, dass es sie immer wieder hierherzog. Dann hatte er, ohne ein Wort darüber zu verlieren, eine kleine, weiß gestrichene Bank unter den Baum gestellt.

Heute setzte sie sich schnell nieder, ohne auf die Schönheit des Orts zu achten. Sie zog den Brief ihres Vaters aus der Schürzentasche und sah ihn versonnen an. Er hatte die Adresse aus Philadelphia daraufgeschrieben, und sie erinnerte sich an ihre Bitte an Valentinus, doch seine Verbindungen in die alte Heimat zu nutzen, um Nachricht von ihrem Vater zu erhalten. Überraschend genug, dass er den Brief weitergeschickt hatte – aber wenn sie sich nicht täuschte, dann waren die geschwungenen Buchstaben auch die Handschrift von Valentinus' Haushälterin. Die hatte sicher gehört, dass sie weiter nach Belleville reisen wollten. Charlotte schickte der unscheinbaren ältlichen Dame ein leises Dankeschön. Denn sie war sich sicher, dass Valentinus diesen Brief nicht weitergeleitet hätte.

Fast andächtig brach sie das Siegel und öffnete den Brief. Vorsichtig zog sie die eng beschriebenen Seiten heraus und fing an zu lesen.

Meine liebe Charlotte!

Ich hoffe, diese Zeilen treffen Dich bei guter Gesundheit an. Ich habe von Johannes Fitz erfahren, dass Du Dich auf den langen und gefährlichen Weg nach Amerika gemacht hast – und er hat mir auch diese Adresse gegeben, nachdem er gehört hat, dass Du in Philadelphia lebst. Zu meiner Freude und

Überraschung hat er mir auch gesagt, dass Du in dieser Stadt als verheiratete Frau lebst. Ich kann kaum erwarten, von Dir zu hören und zu erfahren, was Du seit Deiner Abreise aus Neustadt erlebt hast.
Hier hat sich wenig und doch so viel geändert. Ich war fast ein Jahr lang in Frankenthal und habe auf meinen Prozess gewartet. Zu meinem Glück gilt tatsächlich noch die französische Prozessordnung. So konnte ich mich vor den Geschworenen verteidigen und erklären, dass ich als Drucker lediglich die Aufträge meiner Kunden erfülle. Zum Glück konnte ich sie überzeugen, dass die Spottlieder auf die Mächtigen nicht meiner eigenen Feder entstammen, sondern von anderen gedichtet worden sind – von Menschen, die mir namentlich nicht bekannt sind. Es war ein langer und mühsamer Prozess, aber am Ende wurde ich tatsächlich freigesprochen. Im Juni konnte ich in meine kleine Druckerei in Neustadt zurückkehren.
Hier fand ich allerdings alles verwaist vor. Der Staub auf der Druckerpresse und im ganzen Haus hat verraten, dass Du schon einige Zeit nicht mehr zu Hause gewesen bist. Also habe ich mich umgehört – und tatsächlich hatte Friedrichs Vater den kurzen Brief für mich, den Du bei ihm hinterlegt hattest. Wie gut, dass Du trotz Deines schnellen Aufbruchs an Deinen alten Vater gedacht hast.
Er hat mir auch davon erzählt, dass Friedrich beim Versuch, seinen Wein jenseits des Rheins zu verkaufen, ums Leben gekommen ist. Ich kann mir vorstellen, dass Dir dieser Verlust ans Herz gegangen sein muss. Ihr seid doch immer ein sehr passendes Paar gewesen, zumindest schien es mir so. Friedrichs Vater konnte mir allerdings nicht sagen, was Dich letztlich zur Flucht aus Deiner Heimat bewogen hat, aber ich bin mir sicher, dass Du einen triftigen Grund gehabt hast. Schon jetzt bin ich gespannt, was Du mir über Deine Beweggründe zu erzählen hast.

Von Deinem Bruder kann ich Dir allerdings nichts Gutes berichten. Er treibt sich mit seinen radikalen Kommilitonen herum und plant die große Revolution. Zum Glück lässt er mir hin und wieder eine Nachricht zukommen, und so kann ich immerhin berichten, dass es ihm gut geht. Im April dieses Jahres hat er sich mit etwa hundert anderen Burschenschaftern an einem Sturm auf die Frankfurter Polizeiwache beteiligt. Ein ehrenhafter Plan, sie wollten mit diesem Akt ein Signal der demokratischen Erhebung in ganz Deutschland geben. Es kam, wie es kommen musste: Der Plan wurde verraten, die Polizisten haben die Studenten erwartet. Dein Bruder wurde festgenommen und hatte dabei noch Glück. Bei der Schießerei sind neun Menschen gestorben! Dann geschah das Unglaubliche: Die Gefängniswärter haben doch tatsächlich die rebellischen Studenten wieder freigelassen, und auch Deinem Bruder gelang so die Flucht.
Leider kann er jetzt nicht in Frieden leben: Er wird weiter gesucht, und ich habe ihn seitdem nur zweimal gesehen. Er überlegt, ob er nicht seiner Schwester über den Atlantik folgen soll – wundere dich also nicht, wenn eines Tages Wilhelm vor Deiner Tür steht.
Du siehst, die Sache wird nicht einfacher, und auch die Zensur sorgt dafür, dass ich immer noch nicht alles drucken kann, was mir in den Sinn kommt. Oder was die Menschen gerne gedruckt hätten. Die Zeiten sind seit dem Fest auf dem Hambacher Schloß nicht besser, sondern schlimmer geworden – und ich kann mir auch nicht vorstellen, dass es in naher Zukunft anders wird. Du hattest also womöglich recht, als Du Dein Heil in einem anderen Land gesucht hast.
Jetzt aber zu Dir, meine liebe Tochter. Ich kann es gar nicht erwarten, von Dir zu hören. Wer ist Dein Mann? Was macht Ihr in Philadelphia? Geht es Euch gut dort? Ich habe bemerkt, dass Du mein kleines Druckerbüchlein mitgenommen hast, und frage mich natürlich, ob Du in Amerika

wirklich Verwendung dafür findest. Das würde mich sehr glücklich machen. Und – ich wage es fast nicht zu fragen: Habe ich schon einen Enkel? Es ist so viel Zeit vergangen, ich kann mir gar nicht vorstellen, wie Du heute aussiehst und wie es Dir geht. Bitte lass bald von Dir hören!
Ich schicke Dir Küsse und bin mit meinen Gedanken bei Dir.

Dein Dich liebender Vater

Langsam ließ Charlotte den Brief sinken und sah auf den vorbeiströmenden Mississippi. Sie meinte fast, die Stimme ihres Vaters zu hören, seinen leicht tadelnden Ton, als er vom gescheiterten Aufstand seines Sohnes erzählte. Was Wilhelm wohl jetzt machte? War er womöglich schon unterwegs über den Atlantik? Oder träumte er immer noch von einem anderen, freieren Vaterland?

Wenn sie nur mit ihm sprechen könnte. Dann würde sie ihm von einer Zeitung ohne Zensur, einem Land ohne mächtige Fürsten erzählen. Einem Land, an dessen Zukunft man mitarbeiten konnte, ohne Angst vor dem Gefängnis haben zu müssen.

»Habe ich mir doch gedacht, dass ich dich hier finde!«

Georg stand direkt vor ihr. Sie hatte ihn nicht kommen gehört, so versunken war sie in ihren Gedanken. Lächelnd rutschte sie auf ihrer Bank zur Seite, um ihm Platz zu machen.

Sie zeigte auf den Brief. »Ich habe endlich Nachricht von meinem Vater bekommen. Vermutlich hatte Valentinus' Haushälterin Mitleid und hat den Brief an mich weitergeschickt. Valentinus selbst hätte das nach unserem Einbruch und unserer Flucht wohl kaum getan …«

»Gute Nachrichten?« Er sah sie aufmerksam an, während er sich an ihre Seite setzte.

»Ja. Mein Vater schlägt sich so durch, wie er es immer getan hat. Aber er ist nicht mehr im Gefängnis. Und mein Bruder verändert die Welt mit der Waffe in der Hand. Wahrscheinlich steht er schneller vor unserer Haustür, als wir uns das im Augenblick vorstellen können.«

»Dann sollte wir schnell an unserem Gästezimmer arbeiten«, erklärte Georg ernsthaft. »Es kann durchaus sein, dass auch von meiner Familie noch jemand nach Amerika kommt. Darauf sollten wir vorbereitet sein.«

»Ich denke, ein anderes Zimmer ist in diesem Augenblick wichtiger.« Sie lächelte ihn an. »Der Brief ist nicht meine einzige Neuigkeit an diesem Tag.«

Er sah sie verständnislos an. »Was denn? Gibt es einen weiteren Brief?«

Charlotte schüttelte den Kopf. »Nein, keinen weiteren Brief. Aber ich war bei Dr. Heimer.« Sie lächelte ihn an. »Wir bekommen ein Kind.«

Zum ersten Mal, seit sie Georg kannte, war er sprachlos. Er nahm ihre Hände in die seinen, und sie konnte sehen, dass Tränen in seinen Augen standen.

»Das ist die schönste Nachricht, seit ich denken kann. Ich …« Ihm versagte die Stimme.

»Er meinte, es kommt irgendwann im September. Ich habe also noch ausreichend Zeit, dir genauer beizubringen, wie unsere Presse wirklich funktioniert.« Sie legte ihm die Hand auf den Arm. »Aber versprich mir, dass ich auch als Mutter an deiner Seite arbeiten darf. Ich möchte das weiterhin machen. Gemeinsam mit dir.«

»Wie käme ich dazu, dir etwas zu verbieten?« Er lachte sie an. »Mal abgesehen davon, dass ich damit ganz bestimmt keinen Erfolg hätte. Ich werde nie vergessen, dass ich eine Frau geheiratet habe, die sich ganz allein quer durch Deutschland bis nach Amerika durchgeschlagen hat.«

»Und jetzt wird unser Kind Amerikaner.« Sie sah auf den

Fluss. »Ich habe noch eine Bitte. Wenn es ein Mädchen wird, können wir sie Louise nennen?«

Er nahm Charlotte in den Arm. »Das werden wir ganz bestimmt tun. Und wenn es ein Junge wird?«

Sie zuckte mit den Achseln. »Ich denke, ich würde ihn gerne nach meinem Vater benennen. Oder nach deinem? Wir könnten ihm auch beide Namen geben. Christian Alexander. Das klingt doch schön. Und so nehmen wir auch ein kleines Stück unserer Heimat mit hierher.«

»In welcher Zukunft er wohl leben wird?« Sinnend sah Georg sie an. »Was meinst du? Wie wird Amerika sich verändern?«

»Ich weiß es nicht. Aber ich bin mir sicher, dass wir ein wenig dazu beitragen können, dass dieses Land besser wird. Ich denke, hier ist alles möglich. Vielleicht erleben wir noch mit, dass die Sklaverei verboten wird. Wer weiß, womöglich wird dereinst sogar ein Schwarzer Präsident?«

Er lachte. »Oder eine Frau?«

Sie stimmte in sein Gelächter ein. »Ja, vielleicht auch das. Auch wenn uns im Moment beides völlig fantastisch vorkommt, so ist in diesem Land vieles möglich. Das spüre ich. Und wir beide können zu denen gehören, die es mit verändern. Alles ist machbar, wenn wir es nur wollen.«

Gemeinsam sahen sie auf den breiten, trägen Mississippi, der geruhsam an ihnen vorbeifloss. Für ihr Kind würde dieser Anblick so sehr Heimat sein, wie es für sie einst der Anblick des Rheins gewesen war. Diesem Kind würden die Erzählungen aus einem Land, in dem man nicht sagen durfte, was man dachte, wie ein seltsames Märchen vorkommen.

Doch sie mussten dafür sorgen, dass auch dieses Land ein Land der Freiheit für alle blieb. Nur dann hatten sie sich das Recht erarbeitet, sich Amerikaner zu nennen.

Erst dann würden sie hier ihre neue, freie Heimat finden.

Nachwort

Ich lebe nur wenige Kilometer vom Hambacher Schloss entfernt – und doch ist mir die Idee zu diesem Roman in den USA gekommen. Hier habe ich zum ersten Mal von der Forschung über die Forty-Eighters gehört. Damit sind die unzähligen Deutschen gemeint, die nach Vormärz, Hambacher Fest, Frankfurter Wachensturm und der Märzrevolution fliehen mussten. Aus diesen Gründen haben beispielsweise fünf Prozent der Bevölkerung das Land Baden verlassen.

Erstmalig wurde Amerika nicht von hungrigen Bauern und Menschen auf der Suche nach dem ganz großen Abenteuer überschwemmt, sondern von der intellektuellen Elite eines Landes. Den Menschen, die für Demokratie, Einigkeit und Gleichheit gekämpft und verloren hatten. Die Historiker in den USA sind sich sicher: Diese Menschen haben den Lauf der amerikanischen Geschichte verändert.

Sie mischten sich ein, sie kämpften für ihre Ideale – auch in ihrer neuen Heimat. Abraham Lincoln nahm an der Seite eines gleichaltrigen Deutschen seinen ersten Sitz im Repräsentantenhaus von Illinois ein – und das war ganz bestimmt kein Zufall.

Und so habe ich weiter recherchiert und mich mit dem ersten politischen Ereignis dieser Zeit befasst, bei dem auch Frauen eingeladen waren, dem Hambacher Fest. Ich habe von den wilden Fluchten aus Deutschland gelesen, mit falschen Pässen und in Verkleidung, und dann die Schilderungen von Gustav Körner und Theodor Engelmann. Die beiden Freunde waren am Frankfurter Wachensturm beteiligt und begaben sich dann auf die Flucht nach Amerika. Hier wurde Gustav Körner Rechtsanwalt und Richter, Diplomat und Staatsmann. Er freundete sich mit Abraham Lincoln an und brachte es bis zum Vizegouverneur von Illinois, während Theodor Engelmann mit dem *Anzeiger des Westens* (erschienen in St. Louis, Missouri) sowie dem *Freiheitsboten* und dem *Belleville Beobachter* (beide in Belleville, Illinois) erfolgreiche deutschsprachige Zeitungen gründete. Aus einer Kombination dieser beiden Männer ist die Figur des Georg Geiger entstanden. Er macht sich früher auf den Weg als seine beiden Vorbilder, aber so konnte er wenigstens eine junge Frau auf der Flucht vor den Repressalien nach dem Hambacher Fest treffen …

Traurige Realität ist die Partei der Patrioten mit ihrem Slogan »Whose country is this anyway?«, die in New York entstand. Fremdenfeindlichkeit machte auch vor dem berühmten Schmelztiegel aller Völker nicht halt. Die große Anzahl der deutschen Einwanderer machte den eingesessenen New Yorkern Angst. Insbesondere, als sich diese Deutschen der Integration schlicht verweigerten. Sie tranken lieber Pfälzer Weine, sangen ihre eigenen Lieder und druckten deutsche Zeitungen … Das führte zunächst zu Misstrauen und später zu Hass. Merkwürdig, wie sehr die Geschichte sich wiederholt. Der einzige Unterschied: Damals waren die Deutschen die Flüchtlinge.

Charlotte Trautmann ist eine reine Erfindung. Aber es hätte sie geben können – ihr Vorbild ist Regina Wirth, die sich nach dem Hambacher Fest vor allem mit ihren Spendensammlungen für die mittellos zurückgebliebenen Angehörigen der Revolutionäre in Gefangenschaft einen Namen machte. Dadurch geriet sie ins Visier der bayerischen Beamten und musste nach Frankreich fliehen.

Den Drucker Christian Trautmann hingegen gab es wirklich, ebenso wie die Winzer, die sich mit der schwarzen Fahne »Die Weinbauren müssen trauren« am Hambacher Fest beteiligten. Manche von ihnen kamen beim Schmuggel über den Rhein ums Leben.

Und hier schließt sich der Kreis: Das Original der schwarzen Fahne hängt keine hundert Meter von meinem Schreibtisch entfernt im Stadtmuseum von Bad Dürkheim.

Die Leiterin dieses Museums, Dr. Britta Hallmann-Preuß, hat mich, wie schon bei meinen vorhergehenden Büchern, mit ihrer historischen Fachkenntnis unterstützt. Sie war mir eine zuverlässige Quelle, wenn es darum ging, welche Währung wo galt, welche Gesetze in Bremen erlassen wurden, was eine Überfahrt kostete und wie oft die Isabella zwischen Bremerhaven und New York verkehrte. Sollten sich doch historische Fehler eingeschlichen haben, dann gehen die selbstverständlich auf mein Konto.

Aber es gibt noch mehr Menschen, bei denen ich mich bedanken möchte: Bei meinen Agenten Gerd Rumler und Martina Kuscheck, die sofort an meine Idee von einem Roman zwischen Hambach und New York glaubten. Beim Piper Verlag, wo ich ebenfalls auf offene Ohren gestoßen bin. Vor allem aber bei meinem Mann, der mir geholfen hat, aus einer hochfliegenden Idee die spannende Reise einer jungen Frau zu machen.

Hin und wieder wird erst in der Rückschau klar, was für ein wertvolles Gut und schwer erkämpfte Errungenschaft unsere Demokratie doch ist. Umso wichtiger ist es, sie zu bewahren.